2026

모두 풀어버리는

ALL

올풀

타임논술연구소

수원대
논술고사

기출문제 ✚ 실전문제

통합본

수원대 논술고사

기출문제＋실전문제
[통합본]

인쇄일 2025년 9월 1일 초판 1쇄 인쇄
발행일 2025년 9월 5일 초판 1쇄 발행
등 록 제17-269호
판 권 시스컴 2025

발행처 시스컴 출판사
발행인 송인식
지은이 타임논술연구소

ISBN 979-11-6941-685-6 13800
정 가 21,000원

주소 서울시 금천구 가산디지털1로 225, 514호(가산포휴) ｜ **홈페이지** www.siscom.co.kr
E-mail siscombooks@naver.com ｜ **전화** 02)866-9311 ｜ **Fax** 02)866-9312

머리말

그동안 내신 모의고사 3등급 이하의 학생들이 대학에 입학하기 위한 도구로써 활용했던 대입적성검사가 폐지되고 가칭 약술형 논술고사가 새로운 대안으로 떠올랐다. 약술형 논술고사는 400~1,000자의 서술을 요구하는 상위권 대학의 작문형 논술고사가 아니라, 한두 어절이나 30~40자 이내의 한 문장 또는 빈칸 채우기 등의 단답형 논술고사이다.

약술형 논술고사는 학생들의 시험 준비부담을 덜기 위해 고교 교과과정 내에서 또는 EBS 수능연계 교재를 중심으로 출제되므로, 학생들은 별도의 사교육 부담 없이 학교 수업과 정기고사의 단답형 주관식 시험을 충실하게 준비하고, 아울러 EBS 연계 교재를 꼼꼼히 학습한다면 좋은 성과를 얻을 수 있다.

본 도서는 약술형 논술고사를 통해 대학 입학의 관문을 두드리는 학생들에게 각 대학에서 시행하는 약술형 논술고사의 출제경향과 문제흐름을 익힐 수 있도록 다음과 같은 특징들을 갖고 출간되었다.

시험장에서 바로 볼 수 있는 핵심이론

실전문제를 풀기에 앞서 각 과목별 핵심이 되는 기본 이론이나 공식들만 간추려 수록함으로써, 시험장에서 꼭 필요한 필수 이론과 공식을 암기할 수 있도록 하였다.

해당 단원을 총괄하는 대표문제

해당 단원을 가장 대표하는 예시문제를 엄선하여 모범답안, 바른해설, 채점기준에서부터 예상 소요 시간과 배점에 이르기까지 해당 대표문제에 대한 총괄적인 문항 내용을 직관적으로 파악할 수 있게 하였다.

기출유형과 100% 똑 닮은 실전문제

각 대학별 약술형 논술 유형을 철저히 분석하여 실제 시험과 문제 스타일이나 출제방식이 똑 닮은 싱크로율 100%의 실전문제를 수록하였다.

실제 시험 유형을 대비한 최신 기출문제

각 대학에서 시행한 최신 기출문제를 수록하여 학생들이 각 대학들의 논술시험 특징을 파악하고 엉뚱한 시험 범위와 잘못된 공부 방법으로 시간을 낭비하지 않도록 유도하였다.

부디 이 책이 학생들의 대학 진학에 조금이나마 도움이 되길 바라며, 아울러 수험생들의 충실한 길잡이가 되기를 기원한다.

●● 2026학년도 **약술형 논술대학**

※ 전형일정 및 입시요강 등은 학교 측의 입장에 따라 변경 가능하므로, 추후 공지되는 변경사항을 각 대학교 홈페이지에서 반드시 확인하시기 바랍니다.

[전형기초]

대학	모집인원	시험과목	시간	문항수	전형방법	수능최저
가천대	1,009명 (의예6명)	국어+수학	80분	인문: 국어9+수학6 자연: 국어6+수학9	논술100	○
강남대 [신설]	359명	국어+수학	60분	인문: 국어8+수학2 공학: 국어3+수학7 자유전공: 국어5+수학5	학생20+논술80	X
고려대 (세종)	318명	인문: 국어+사탐 자연: 수학(미적분)	120분	인문: 통합국어2 자연: 수학6	논술100	○
국민대 [신설]	226명	국어+수학 (자연: 미적분)	90분	인문: 국어8+수학2 자연: 국어2+수학8	논술100	○
삼육대	154명	국어+수학	80분	인문: 국어9+수학6 자연: 국어6+수학9	논술100	○
상명대	101명	국어+수학	60분	인문: 국어8+수학2 자연: 국어2+수학8	학생10+논술90	X
서경대	204명	국어+수학	60분	공통: 국어4+수학4	학생10+논술90	X
수원대	441명	국어+수학	80분	인문: 국어10+수학5 자연: 국어5+수학10	학생40+논술60	X
신한대	166명	국어+수학	80분	인문: 국어9+수학6 자연: 국어6+수학9	학생10+논술90	X
을지대	251명	국어+수학	70분	공통: 국어7+수학7	학생20+논술80	X
한국공학대	280명	수학1+수학2	80분	수학9	학생20+논술80	X
한국기술교대	150명	수학1+수학2	80분	수학10	논술100	X
한국외대 (글로벌)	162명	수학1+수학2	90분	자연: 수학7	논술100	○
한신대	261명	국어+수학	80분	인문: 국어10+수학5 자연: 국어5+수학10	학생40+논술60	X
홍익대 (세종)	120명	수학1+수학2	70분	수학7	학생10+논술90	○

● ● 2026학년도 수원대 논술전형

[전형일정]

구분		일시	비고
원서접수		2025. 9. 8(월) 10:00 ~ 12(금) 18:00	시험시간 30분전 입실완료
시험일	자연계열 지원자 [혁신공과대학/지능형SW융합대학/ 라이프케어사이언스대학 (스포츠과학부 제외)]	2025. 11. 15(토)	
	인문계열 지원자 [인문사회융합대학/경영공학대학/ 디지털콘텐츠]	2025. 11. 16(일)	
합격자 발표		2025. 12. 12(금) 17:00 이전	본교 입학홈페이지 공고

[특징]

수원대학교 교과논술고사는 평소 고등학교 교육과정과 대학수학능력시험을 충실하게 준비하는 학생이라면 부담 없이 준비할 수 있는 전형입니다. 고교 교육과정 개념에 대한 이해를 바탕으로 한 교과 서술형 논술로 출제된다는 점에서 기존 논술고사에 어려움을 느끼는 수험생에게 차별성 있는 지원의 기회가 될 것입니다.

약술형 논술	국어	묻는 바에 대해서 주어진 요건에 맞게 두세 개의 핵심어로 이루어진 문장으로 간략하게 서술하는 논술
	수학	답을 얻어가기까지의 핵심 과정들을 명확하게 서술하는 논술
쉬운 논술	국어	학교 수업을 충실히 이수한 학생이라면 누구나 쉽게 도전할 수 있도록 전후 맥락과 주장의 독창성보다는 핵심적인 개념을 명확하게 이해하고 있는지를 중요하게 평가하는 논술
	수학	교과서 수준의 문제를 풀 수 있는지 평가하는 논술

[출제범위]

고교교육과정 범위에서 EBS 수능 연계 교재를 중심으로 고등학교 정기고사 서술·논술형 문항 난이도로 출제

[지원자격]

고등학교 졸업(예정)자 또는 고등학교 졸업학력 검정고시 합격자

2026학년도 약술형 논술고사

[평가방법]

계열	문항수		배점	총점	고사시간	답안지 형식
	국어	수학				
인문	10	5	각 문항 10점	150점 + 650점(기본점수)	80분	노트 형식의 답안지 작성
자연	5	10				

※ 대소문항 구분 없음 / 문항별 부분점수 있음
※ 디지털콘텐츠 전공은 인문계열 평가방법을 따름

[세부 출제범위 및 평가기준]

구분	출제범위	평가기준
국어	독서	• 제시문의 핵심 내용을 정확하게 이해한 표현 • 문항에서 요구하는 조건에 충실한 서술
	문학	
수학	수학 I	• 문제에 필요한 개념과 원리에 대한 정확한 서술 • 정확한 용어, 기호를 사용한 표현
	수학 II	

[모집단위 및 모집인원]

계열	대학	모집단위	논술 교과논술 전형
인문	인문사회 융합대학	한국언어문화 영미언어문화 일본언어문화 중국언어문화 러시아언어문화 법학 행정학 미디어커뮤니케이션 디지털헤리티지 소방행정	75

계열	대학	모집단위		논술
				교과논술 전형
인문	경영 공학대학	경영 글로벌비즈니스 회계 경제금융 호텔관광외식경영		63
자연	혁신 공과대학	바이오공학과		10
		건설환경에너지공학부	건설환경공학 환경에너지공학	30
		건축도시부동산학부	건축학 도시부동산학	25
		기계공학부		15
		반도체공학과		15
		전기전자공학부	전기공학 전자공학 정보통신공학	50
		화학공학·신소재공학부	화학공학 신소재공학	30
	지능형SW 융합대학	AI데이터 과학부	AI빅데이터 AI소프트웨어	30
		컴퓨터공학부	컴퓨터공학	30
		지능형 보안학부	정보보안 보안관리	12
	라이프케어 사이언스대학	간호학과		25
		아동가족복지학과		8
		의류학과		5
		식품영양학과		8
예체능	문화예술융합 대학	디지털콘텐츠		10
합계				441

2026학년도 약술형 논술고사

[제출서류]

구분	제출서류	비고
고교 졸업(예정)자	학교생활기록부	온라인 제공 동의자 제외
검정고시 출신자	검정고시 성적증명서	
비교내신 대상자	졸업증명서 또는 검정고시 합격증명서	2025. 9. 19(금)까지 제출

[전형방법]

구분	학생부	논술	총점	수능최저기준
일괄합산	25(20)%	75(80)%	1,000	없음

※ 위 비율은 실질반영비율이며, ( )는 명목반영비율임.
※ 대학수학능력시험 이후 논술고사 실시

[학생부 반영방법]

• 인문계열 : 국어, 수학, 영어, 사회 교과 내 학생이 이수한 과목 중 각 교과별 상위등급 5과목만 반영
• 자연계열 : 국어, 수학, 영어, 과학 교과 내 학생이 이수한 과목 중 각 교과별 상위등급 5과목만 반영
• 졸업자, 졸업예정자 모두 3학년 1학기까지의 성적 반영
• 반영과목이 5과목 미만일 경우에는 이수한 교과목만 반영

[등급점수표] - 2018년 2월 이후 졸업(예정)자

학생부 과목별 등급점수에 이수단위 및 반영비율을 적용하여 산출

석차등급	1	2	3	4	5	6	7	8	9	비고
배점	100	98.25	96.50	94.75	93.00	91.25	83.75	80.00	75	최고 200 최저 150
점수차	−	1.75	1.75	1.75	1.75	1.75	7.5	3.75	5	

※ 성적산출 방식은 학교생활기록부 반영방법(공통) 참조

[등급점수표] - 검정고시 합격자 및 2017년 이전 졸업자

논술고사 성적	600	799~784	783~768	767~752	751~736	735~705	704~679	678~651	650~0	비고
배점	100	98.25	96.50	94.75	93.00	91.25	83.75	80.00	75	최고 200 최저 150
점수차	−	1.75	1.75	1.75	1.75	1.75	7.5	3.75	5	

[논술고사성적 반영방법]

구분	내역	
평가영역	국어능력 + 수학능력	
고사시간	80분	
문항수	인문계열	국어 10문항 + 수학 5문항 = 15문항
	자연계열	국어 5문항 + 수학 10문항 = 15문항
배점기준	인문계열	[(10문항 × 10점) + (5문항 × 10점)] + 650점 기본점수 = 800점
	자연계열	[(5문항 × 10점) + (10문항 × 10점)] + 650점 기본점수 = 800점

[유의사항]

1. 수험생은 신분증(주민등록증, 운전면허증, 여권, 청소년증 또는 학생증(사진, 생년월일 필수)) 및 수험표를 반드시 지참해야 함.
2. 필기도구: 답안작성을 위한 흑색필기구를 준비하며, 답안수정이 불가하므로 화이트나 수정테이프 등은 지참하지 않도록 함.
3. 수험생은 휴대폰이나 기타 전자기기 등을 휴대해서는 안 됨(※ 휴대폰 전원은 반드시 OFF).
4. 논술고사 일시 및 장소는 본교 입학홈페이지를 통하여 공고하며, 예비소집은 따로 실시하지 않음.

[동점자 처리기준]

구분	전형유형	계열	비고	
논술위주	교과논술전형	인문계열 (디지털콘텐츠 포함)	① 논술고사성적(총점) ② 논술고사성적(국어영역)	③ 논술고사성적(수학영역) ④ 학교생활기록부성적(국어)
		자연계열	① 논술고사성적(총점) ② 논술고사성적(수학영역)	③ 논술고사성적(국어영역) ④ 학교생활기록부성적(수학)

※ 단계별 전형의 경우, 1단계 동점자는 모두 합격으로 처리함.
※ 비교내신 성적 적용자의 동점자처리 시 학교생활기록부 성적 반영은 비교내신 성적 반영 방법에 준하여 처리함.

[신입생 장학안내]

장학금 명칭		선발대상	지급내역
수시우수 장학금	논술최우수	수시 교과논술전형 최종합격자 중 모집단위별 전형 총점 최상위자	등록금전액(1학기)
	논술우수	수시 교과논술전형 최종합격자 중 모집단위별 전형 총점 차상위자	등록금의 50%(1학기)

[원서접수 방법]

1. 원서접수는 인터넷으로 하며, 방문접수는 실시하지 않는다.
2. 본교는 인문계열, 자연계열 구분 없이 교차지원이 가능하다.
3. 원서접수 시 유의사항을 반드시 확인하고 안내문의 지시에 따라 작성한다.
4. 본교는 전형유형별 복수(중복)지원이 가능하다. 단, 전형유형별로 1개의 모집단위만 지원할 수 있으며 중복 합격 시 반드시 1개 전형만 등록해야 한다(예체능 포함).
5. 원서접수시 반명함판(3×4cm) 사진을 입학원서 사진란에 업로드해야 하므로 사전에 사진파일을 저장(보관)하고 있어야 한다.
6. 본교에 2026학년도 수시모집 원서접수를 하는 것으로써 본교가 지원자의 학교생활기록부 및 검정고시(온라인제공 사전 동의자에 한함) 자료를 온라인으로 제공받는 것에 동의하는 것으로 본다.
7. 비동의자 및 비대상교 출신자는 출신고교의 학교장 직인 및 간인이 날인된 학교생활기록부 사본을 서류 제출 마감일까지 등기우편(우편물 도착 기준) 또는 직접 방문하여 제출해야 한다.
8. 원서접수는 전형료 결제 후 수험번호가 부여되어야 완료된 것이며, 수험표를 출력하여 접수 여부를 재확인한다.
9. 원서접수가 완료된 후에는 수시모집 6회 초과지원이 아닌 이상 지원취소, 전형관련 서류반환은 불가하며 전형료도 환불하지 않는다.
10. 서류 위·변조, 허위기재 등 부정한 방법으로 합격(입학)한 사실이 확인될 경우 입학한 후에도 합격(입학)이 취소되며, 합격 또는 입학이 취소된 경우 납부한 등록금은 일절 반환하지 않는다(관련 서류 반환은 불가하며 전형료도 환불하지 않음).
11. 본교 원서접수 시 수집한 지원자의 개인정보를 본교에서 입학전형을 위한 자료로 활용하며, 본교 입학 이후에는 교육, 연구, 행정, 대학생활 및 정보 안내의 목적으로 활용·제공하는 것에 동의한 것으로 본다.
12. 성명, 주민등록번호 등은 반드시 주민등록상의 내용과 같아야 하며, 성명, 주민등록번호, 주소, 전화번호 등이 변경되었을 경우 즉시 입학처에 통보한다.
13. 장애학생은 원서 접수 후 고사 참여에 도움이 필요한 경우 사전에 입학처로 장애정도를 통보하여야 한다 (전형방법과 평가기준을 변경할 수 없으나 학생선발과 관련하여 장애로 인한 불이익은 없음).
14. 수험표 분실 시에는 원서접수 대행업체 사이트에서 재출력한다.

2026 올풀 수원대 논술고사를 효율적으로 학습하기 위한

● ● Study plan

영 역				날 짜	시 간
PART 1 국어 영역	I. 문학		핵심이론		
			실전문제		
	II. 독서		핵심이론		
			실전문제		
PART 2 수학 영역	수학 I	I. 지수함수와 로그함수	핵신이론		
			실전문제		
		II. 삼각함수	핵심이론		
			실전문제		
		III. 수열	핵심이론		
			실전문제		
	수학 II	IV. 함수의 극한과 연속	핵심이론		
			실전문제		
		V. 다항함수의 미분법	핵심이론		
			실전문제		
		VI. 다항함수의 적분법	핵심이론		
			실전문제		
PART 3 기출 문제	2025학년도		기출문제		
			모의고사		
	2024학년도		기출문제		
			모의고사		
	2023학년도		기출문제		
			모의고사		
	2022학년도		기출문제		
			모의고사		

●● 구성과 특징

핵심 이론

시험장에서 바로 볼 수 있는 핵심이론

실전문제를 풀기에 앞서 각 과목별 핵심이 되는 기본 이론이나 공식들만 간추려 수록함으로써, 시험장에서 꼭 필요한 필수 이론과 공식을 암기할 수 있도록 하였다.

실전문제

기출유형과 100% 똑 닮은 실전문제

각 대학별 약술형 논술 유형을 철저히 분석하여 실제 시험과 문제 스타일이나 출제방식이 똑 닮은 싱크로율 100%의 실전문제를 수록하였다.

대표문제   해당 단원을 총괄하는 대표문제

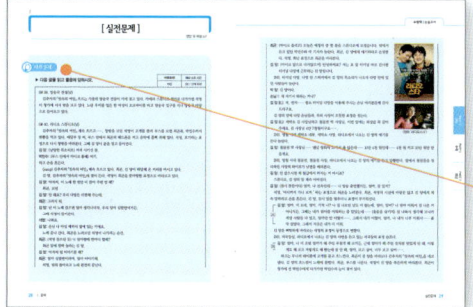

해당 단원을 가장 대표하는 예시문제를 엄선하여 모범답안, 바른해설, 채점기준에서부터 예상 소요 시간과 배점에 이르기까지 해당 대표문제에 대한 총괄적인 문항 내용을 직관적으로 파악할 수 있게 하였다.

기출문제   실제 시험 유형을 대비한 모의 또는 기출문제

각 대학에서 시행한 모의 또는 기출문제를 수록하여 학생들이 각 대학들의 논술시험 특징을 파악하고 엉뚱한 시험범위와 잘못된 공부 방법으로 시간을 낭비하지 않도록 유도하였다.

합격을 기원합니다

CONTENTS

수원대 논술고사 기출문제 + 실전문제[통합본]

PART

국어

I 문학

[핵심이론]

1 현대시

1. 시의 이해

(1) 시의 개념과 특징

　　① 개념: 인간의 사상과 정서를 함축적 · 운율적 언어로 압축하여 형상화한 문학의 한 갈래

　　② 특징: 정서성, 사상성, 음악성, 함축성, 압축성

(2) 시어: 음악적 효과, 이미지 형성, 정서적 연상 작용, 시의 어조와 분위기 형성

2. 시의 내용 요소

(1) 시의 정서: 사물이나 상황에 부딪혀 일어나는 모든 감정과 상념

(2) 시적 화자

　　① 개념: 시인의 목소리를 대변하는 시인의 제2의 자아(허구적 자아)

　　② 기능: 배경 묘사, 인물 정보 제공, 이야기 · 사건의 객관화, 주제 강조, 작품의 분위기 형성

(3) 시의 어조

　　① 개념: 시적 화자에 의해 나타나는 목소리의 특성

　　② 유형

시적 화자의 목소리 지향	독백, 대화 등
시의 내용	고백, 애원, 찬양, 기도, 분개, 풍자, 해학, 관조, 교훈, 회화, 염세, 냉소 등
시의 화자	여성, 남성, 어린 아이

3. 시의 형식 요소

(1) 시의 운율

　　① 개념: 규칙적인 반복에 의해 형성된 음악성을 말하며, 운(韻)과 율(律)로 구분됨

② 종류

    ㉠ 외형률: 반복의 양식이 겉으로 드러나는 운율로, 고전 시가에서 주로 나타남

    ㉡ 내재율: 의미와 융화되어 내밀하게 흐르는 정서적 · 개성적 운율로, 현대 시에 주로 나타남

③ 요소: 음보의 반복(음보율), 음절수의 반복(음수율), 동일 음운 · 음절의 반복, 단어, 문장(통사 구조)의 반복

4. 시의 표현 요소

(1) 비유: 어떤 사물이나 관념(원관념)을 그것과 유사한 다른 사물이나 관념(보조 관념)과 연결시켜 표현하는 방법

(2) 상징: 어떤 시어(보조 관념)가 그 자체의 의미를 유지하면서도 추상적인 다른 뜻(원관념)을 환기하는 표현 방법

(3) 반어(irony): 표현의 효과를 높이기 위하여 실제와 반대되는 뜻의 말을 하는 것

(4) 역설(paradox): 겉으로 보면 명백히 모순된 문장이지만 표현 속에서 나름의 진실을 담고 있는 표현 방법

(5) 이미지: 감각 기관에 의해 떠오르는 대상에 대한 영상이나 대상을 감각적으로 표현하는 것으로 심상(心象)이라고도 함

(6) 객관적 상관물: 시인의 사상이나 정서를 구체적인 심상, 상징, 사건 등으로 표현하여 독자들의 공감을 얻어 내는 수법으로 간접적으로 정서를 환기하는 표현 방법

(7) 감정이입: 시인의 정서를 구체적 대상에 투영하여 그 사물과의 합치, 융화를 꾀하는 표현 방법

② 고전 시가

1. 고대 가요

(1) 고대 가요의 개념과 특징

① 개념: 구석기 씨족 사회부터 삼국 시대 이전의 노래로, 향찰 표기의 향가가 발생하기 전까지 존재했던 모든 시가를 통칭하는 편의상의 명칭

② 특징

    ㉠ 기원과 전개: 주술적 노래에서부터 서사적인 원시 종합 예술의 시기를 거쳐 서정적인 시가로 분리, 발전하여 독자적인 갈래로 자리 잡음

집단적 주술 가요	「구지가(龜旨歌)」, 「해가(海歌)」
개인적 서정 가요	「황조가(黃鳥歌)」, 「공무도하가(公無渡河歌)」

ⓒ 문자 없이 구전되다가 한자의 습득과 더불어 한역으로 전해짐

ⓒ 배경 설화와 함께 전해짐

(2) **주요 작품**: 공무도하가(公無渡河歌), 구지가(龜旨歌), 황조가(黃鳥歌), 정읍사(井邑詞)

2. 향가

(1) 향가의 개념과 특징

① 개념: 신라 때부터 고려 초기까지 존재했던 정형시가를 의미하며, 넓은 의미로는 중국 한시에 대한 우리나라의 노래를 의미함

② 특징

㉠ 표기: 한자의 음과 뜻을 빌려 순 우리말을 국어의 어순대로 적은 향찰(鄕札)로 표기

㉡ 형식: 4구체, 8구체, 10구체

(2) 주요 작품

4구체	「서동요(薯童謠)」, 「풍요(風謠)」, 「헌화가(獻花歌)」, 「도솔가(兜率歌)」
8구체	「모죽지랑가(慕竹旨郎歌)」, 「처용가(處容歌)」
10구체	「혜성가(彗星歌)」, 「원왕생가(願往生歌)」, 「원가(怨歌)」, 「제망매가(祭亡妹歌)」, 「안민가(安民歌)」, 「찬기파랑가(讚耆婆郎歌)」

3. 고려 가요

(1) 고려 가요의 개념과 특징

① 개념: 고려 때 서민, 평민들이 부르던 민요를 궁중에서 일부 개편하여 궁중 속악으로 부른 노래가사로, 경기체가를 제외한 고려 가요를 말하는데, 향가계 가요까지도 포함된다.

② 특징

㉠ 형식

구조	분절체(=분연체, 연장체) 구조가 많음
후렴구	각 연마다 후렴구가 붙음(후렴구는 일정하지 않음)
운율	3·3·2조 또는 3·3·4조의 3음보 운율을 지님

㉡ 내용: 남녀 간의 애정, 자연에 대한 예찬, 이별에 대한 아쉬움 등

(2) **주요 작품**: 동동(動動), 정석가(鄭石歌), 처용가(處容歌), 청산별곡(靑山別曲), 서경별곡(西京別曲), 가시리, 쌍화점(雙花店), 만전춘(滿殿春), 사모곡(思母曲), 상저가(相杵歌), 유구곡(維鳩曲)

4. 경기체가

(1) 개념: 고려 중엽 이후 대두되기 시작한 신흥 사대부에 의해 향유된 시가로, 노래 말미에 반드시 '위~경긔 엇더하니잇고'라는 후렴구가 붙음

(2) 특징

① 형식

형식	몇 개의 연이 중첩되어 한 작품을 이루는 연장(聯章) 형식
구조	분절 구조로 각 장은 4구의 전대절(前大節)과 2구의 후소절(後小節)로 나누어짐
운율	전 3구는 3 · 3 · 4조, 4 · 4 · 4조 등으로 이루어진 3음보이며, 후 3구는 4 · 4 · 4 · 4조로 4음보인 경우가 많음

② **내용:** 귀족들의 멋과 풍류, 사물이나 경치, 학식과 체험 등을 주로 노래하였으며, 고답적 · 퇴폐적 · 도피적 성격의 내용이 대부분임

(3) 주요 작품: 한림별곡(翰林別曲), 관동별곡(關東別曲), 죽계별곡(竹溪別曲)

5. 시조

(1) 시조의 개념과 형식

① **개념:** 고려 말에서 조선 초에 이르는 기간에 정제되어, 조선 시대와 개화기를 거쳐 현재에 이르기까지 생명력을 유지해 온 서정 시가

② 형식

평시조	3장 6구 45자 내외의 기본 형태를 가진 시조
엇시조	초장 또는 종장 중 어느 한 장이 긴 중형 시조
사설시조	3장의 의미 단락만 유지되고, 3장 중 2장 이상이 길어져 파격을 이룬 시조
연시조	2수 이상의 시조를 거듭하여 한 편의 작품을 이룬 시조

(2) 주요 작품

① **조선 전기:** 맹사성 「강호사시사」, 이현보 「어부사」 · 「농암가」, 이황 「도산십이곡」, 이이 「고산구곡가」, 정철 「훈민가」 · 「장진주사」 등

② **조선 후기:** 박인로 「오륜가」 · 「조홍시가」, 윤선도 「견회요」 · 「어부사시사」, 안민영 「오륜가」, 작자미상 「창 내고쟈 창 내고쟈」 · 「귀또리 져 귀또리」 등

6. 가사

(1) 가사의 개념과 특징

① 개념: 고려 말에 경기체가가 쇠퇴하면서 나타난 시가 문학으로, 조선조(朝鮮朝)에 들어와 본격적으로 전개되면서 사대부들에게 널리 향유되었던 4음보의 운문 장르

② 특징

㉠ 형식: 보통 3·4조, 4·4조의 4음보 연속체로 구성(한 행의 길이는 제한이 없음)

㉡ 내용: 강호한정, 연주충군, 사대부 여인의 신세 한탄 등

(2) 주요 작품: 「누항사(陋巷詞)」, 「속미인곡(續美人曲)」, 「일동장유가(日東壯遊歌)」, 「농가월령가(農家月令歌)」, 「규원가(閨怨歌)」

③ 소설

1. 소설의 이해

(1) 소설의 개념과 특징

① 개념: 현실 세계에 있을 법한 일을 작가의 상상력에 의해 창조해 낸 허구의 이야기로, 인물이나 사건의 전개를 통일성 있게 구성하여 인생의 진리를 표현하려는 산문 문학

현실 세계 ⇨ 모방(창조) ⇨ 허구의 세계

② 특징: 허구성, 개연성, 진실성, 모방성, 서사성, 산문성

(2) 소설의 요소

```
                    ┌─ 주제
                    │                ┌─ 구성의 3요소 ── 인물, 사건, 배경
                    │                │             ┌─ 단일 구성과 복합 구성
                    │                │             ├─ 극적 구성과 직선적 구성
                    │                │             ├─ 상승 구성과 하강 구성
 소설의             ├─ 구성 ── 구성의 유형 ─┤─ 평면적 구성과 입체적 구성
 3요소              │                │             ├─ 액자식 구성
                    │                │             ├─ 피카레스크식 구성
                    │                │             └─ 옴니버스식 구성
                    │                └─ 구성의 5단계 ─ 발단, 전개, 위기, 절정, 결말
                    └─ 문체 ─ 문체의 3요소 ── 서술, 묘사, 대화
```

2. 주제

(1) 개념: 작가가 작품을 통해서 전달하고자 하는 말(작품 속 중심 사상)

(2) 표현 방법

　① 작품 속에서 직접 제시 ㉠고전 소설, 신경향파 소설, 카프 소설

　② 갈등 구조와 해소를 통해 제시 ㉠하근찬 「수난 이대」, 윤흥길 「장마」

　③ 상징적 사물에 의해 제시 ㉠이상 「날개」, 이범선 「오발탄」

　④ 작중 인물의 대화를 통해 제시 ㉠김승옥 「서울, 1964년 겨울」, 이태준 「해방전후」

3. 구성

(1) 개념: 주제를 효과적으로 표현하기 위해 일정한 형식과 작가의 미적 안목에 의해 통일성 있게 구성하는 것

(2) 구성의 단계

발단	이야기가 시작되는 부분으로 인물과 배경이 처음으로 제시되고, 주제와 사건의 실마리가 암시되는 단계
전개	사건이 구체적으로 전개되면서 갈등이 표면화되는 단계
위기	새로운 사건이 발생하기도 하고, 갈등이 고조되고 심화되는 단계
절정	갈등이 최고조에 이르고, 사건 해결의 분기점이 되는 단계
결말	갈등과 위기가 해소되고, 등장인물의 운명이 분명해지는 단계

4. 인물

(1) 개념: 소설에서 행위나 사건을 수행하는 주체

(2) 인물의 성격 제시 방법

직접적 제시(분석적, 논평적 제시)	간접적 제시(극적, 장면적 제시)
말하기(telling), 설명적	보여주기(showing), 묘사적
인물의 성격이나 특성을 서사, 서술을 사용하여 설명함	인물의 성격이나 특성을 행동, 대화, 장면의 묘사를 통해 보여줌
서술이 간단하고 시간이 절약됨	구체적이고 감각적인 묘사로 독자의 상상적 참여가 가능함
구체성을 잃고 추상적 설명으로 흐르기 쉬운 단점이 있음	표현상의 제약이 있음

5. 갈등(사건)

(1) **개념**: 등장인물이 겪게 되는 대립적 관계로서, 한 인물의 내부적 혼란이나 그를 둘러싼 외적인 요소 간의 대립

(2) **갈등의 양상**

내적 갈등		개인 내부의 심리적 모순에 의한 내적 갈등
외적 갈등	개인과 개인	주인공과 그와 대립하는 인물 간의 갈등
	개인과 사회	개인과 개인이 속해 있는 사회적 환경과의 갈등
	개인과 운명	개인과 인간의 조건과의 대결에서 오는 갈등

6. 시점과 거리

(1) **시점의 개념**: 서술의 진행 양상을 바라보는 서술자의 각도와 위치를 말하며, 서술자의 위치나 태도에 따라 시점은 달라짐

(2) **시점의 종류**
　① **1인칭 주인공 시점**: 주인공이 자기 자신의 이야기를 하는 시점
　② **1인칭 관찰자 시점**: '나'가 관찰자의 입장에서 주인공에 대해 이야기하는 시점
　③ **전지적 작가 시점**: 작가(서술자)가 전지전능한 위치에서 인물의 심리나 행동을 분석하여 서술하는 시점
　④ **작가 관찰자 시점**: 서술자가 외부 관찰자의 입장에서 이야기를 서술하는 시점

④ 기타 문학의 갈래

1. 수필

(1) **수필의 개념** : 인생이나 자연의 모든 사물에서 보고, 듣고, 느낀 것이나 경험한 것을 형식과 내용상의 제한을 받지 않고 붓 가는 대로 쓴 글

(2) **수필의 종류**
　① **경수필** : 일정한 격식 없이 개인적 체험과 감상을 자유롭게 표현한 수필로 주관적, 정서적, 자기 고백적이며 신변잡기적인 성격이 담김
　② **중수필** : 일정한 격식과 목적, 주제 등을 구비하고 어떠한 현상을 표현한 수필로 형식적이고 객관적

이며 내용이 무겁고, 논증, 설명 등의 서술 방식을 사용

③ **서정적 수필** : 일상생활이나 자연에서 느낀 정서나 감정을 솔직하게 주관적으로 표현한 수필

④ **교훈적 수필** : 인생이나 자연에 대한 지은이의 체험이나 사색을 담은 교훈적 내용의 수필

2. 희곡

(1) 희곡의 정의와 특성

① **희곡의 정의** : 희곡은 공연을 목적으로 하는 연극의 대본, 등장인물들의 행동이나 대화를 기본 수단으로 하여 관객들을 대상으로 표현하는 예술 작품

② **희곡의 특성**

  ㉠ 무대 상연을 전제로 한 문학 : 공연을 목적으로 창작되었기 때문에 여러 가지 제약(시간, 장소, 등장인물의 수)이 따름

  ㉡ 대립과 갈등의 문학 : 희곡은 인물의 성격과 의지가 빚어내는 극적 대립과 갈등을 주된 내용으로 함

  ㉢ 현재형의 문학 : 모든 사건을 무대 위에서 배우의 행동을 통해 지금 눈앞에 일어나는 사건으로 현재화하여 표현함

(2) 희곡의 구성 요소와 단계

① **희곡의 구성 요소**

  ㉠ 해설 : 막이 오르기 전에 필요한 무대 장치, 인물, 배경(때, 곳) 등을 설명한 글로, '전치 지시문'이라고도 함

  ㉡ 대사 : 등장인물이 하는 말로, 인물의 생각, 성격, 사건의 상황을 드러냄

  ㉢ 지문 : 배경, 효과, 등장인물의 행동(동작이나 표정, 심리) 등을 지시하고 설명하는 글로, '바탕글'이라고도 함

  ㉣ 인물 : 희곡 속의 인물은 의지적, 개성적, 전형적 성격을 나타내며 주동 인물과 반동 인물의 갈등이 명확히 부각됨

② **희곡의 구성 단계**

  ㉠ 발단 : 시간적, 공간적 배경과 인물이 제시되고 극적 행동이 시작됨

  ㉡ 전개 : 주동 인물과 반동 인물 사이의 갈등과 대결이 점차 격렬해지며, 중심 사건과 부수적 사건이 교차되어 흥분과 긴장이 고조

  ㉢ 절정 : 주동 세력과 반동 세력 간의 대결이 최고조에 이름

  ㉣ 반전 : 서로 대결하던 두 세력 중 뜻하지 않은 쪽으로 대세가 기울어지는 단계로, 결말을 향하여 급속히 치닫는 부분

ⓜ 대단원 : 사건과 갈등의 종결이 이루어져 사건 전체의 해결을 매듭짓는 단계

> **TIP**
>
> 〈희곡의 구성단위〉
> • **막(幕, act)** : 휘장을 올리고 내리는 데서 유래된 것으로, 극의 길이와 행위를 구분
> • **장(場, scene)** : 배경이 바뀌면서, 등장인물이 입장하고 퇴장하는 것으로 구분되는 단위

(3) 희곡의 갈래

① **희극(喜劇)** : 명랑하고 경쾌한 분위기 속에 인간성의 결점이나 사회적 병폐를 드러내어 비판하며, 주인공의 행복이나 성공을 주요 내용으로 삼는 것으로, 대개 행복한 결말로 끝남

② **비극(悲劇)** : 주인공이 실패와 좌절을 겪고 불행한 상태로 타락하는 결말을 보여 주는 극

③ **희비극(喜悲劇)** : 비극과 희극이 혼합된 형태의 극으로 불행한 사건이 전개되다가 나중에는 상황이 전환되어 행복한 결말을 얻게 되는 구성 방식

④ **단막극** : 한 개의 막으로 이루어진 극

(4) 희곡의 제약

① 희곡은 무대 상연을 전제로 하기 때문에 시간적, 공간적 제약을 받음

② 등장인물 수가 한정

③ 인물의 직접적 제시가 불가능, 대사와 행동만으로 인물의 삶을 드러냄

④ 장면 전환의 제약을 받음

⑤ 서술자의 개입 불가능, 직접적인 묘사나 해설, 인물 제시가 어려움

⑥ 내면 심리의 묘사나 정신적 측면의 전달이 어려움

3. 시나리오(Scenario)

(1) 시나리오의 정의와 특징

① **시나리오의 정의** : 영화나 드라마 촬영을 위해 쓴 글(대본)을 말하며, 장면의 순서, 배우의 대사와 동작 등을 전문 용어를 사용하여 기록

② **시나리오의 특징**

㉠ 등장인물의 행동과 장면의 제약 : 예정된 시간에 상영될 수 있도록 해야 함

㉡ 장면 변화와 다양성 : 장면이 시간이나 공간의 제약 없이 자유자재로 설정

㉢ 영화의 기술에 의한 문학 : 배우의 연기를 촬영해야 하므로, 영화와 관련된 기술 및 지식을 염두에 두고 써야 함

(2) 시나리오의 갈래

　① 창작(original) 시나리오 : 처음부터 영화 촬영을 목적으로 쓴 시나리오

　② 각색(脚色) 시나리오 : 소설, 희곡, 수필 등을 시나리오로 바꾸어 쓴 것

　③ 레제(lese) 시나리오 : 상영이 목적이 아닌 읽기 위한 시나리오

(3) 시나리오와 희곡의 공통점

　① 극적인 사건을 대사와 지문으로 제시

　② 종합 예술의 대본, 즉 다른 예술을 전제로 함

　③ 문학 작품으로 작품의 길이에 어느 정도 제한을 받음

　④ 직접적인 심리 묘사가 불가능

[실전문제]

 대표문제

▶ **다음 글을 읽고 물음에 답하시오.**

배점(총점)	예상 소요 시간
10점	5분 / 전체 80분

S# 39. 방송국 전경(낮)

　김추자의 「빗속의 여인」 흐르는 가운데 방송국 건물이 비에 젖고 있다. 카메라 스튜디오 창가로 다가가면 석영이 창가에 서서 밖을 보고 있다. 노란 우비를 입은 한 여성이 오토바이를 타고 방송국 입구를 지나 방송국 마당으로 들어오고 있다.

S# 40. 라디오 스튜디오(낮)

　김추자의 「빗속의 여인」 계속 흐르고……. 창밖을 보던 석영이 고개를 돌려 부스를 보면 최곤과, 박민수까지 짬뽕을 먹고 있다. 배달부 장 씨, 부스 안에서 최곤의 헤드폰을 끼고 음악에 흠뻑 취해 있다. 석영, 포기하는 표정으로 다시 창밖을 바라본다. 그때 김 양이 문을 열고 들어선다.

김 양: (낭랑한 목소리로) 커피 시키신 분.

박민수: (부스 안에서 마이크 통해) 여기.

하고 손을 흔든다.

　(jump) 김추자의 「빗속의 여인」 계속 흐르고 있다. 최곤, 김 양이 배달해 온 커피를 마시고 있다.

　김 양, 김추자의 「빗속의 여인」에 젖어 든다. 석영이 최곤을 못마땅한 표정으로 바라보고 있다.

김 양: 아저씨, 이 노래 한 번만 더 틀어 주면 안 돼?

　최곤, 보면

김 양: 안 돼요? 우리 다방은 리필해 주는데.

최곤: 그러지 뭐.

김 양: 난 이 노래 들으면 엄마 생각나더라. 우리 엄마 십팔번이거든.

　그때 석영이 들어온다.

석영: 나와요.

김 양: 손님 다 마실 때까지 옆에 있는 거예요.

　노래 끝나 간다. 최곤을 노려보던 석영이 나가려는 순간,

최곤: (석영 들으란 듯) 너 엄마한테 한마디 할래?

　최곤 말에 깜짝 놀라는 김 양.

김 양: 아저씨 뭔 이야기를 해?

최곤: 엄마 십팔번이라며. 엄마 이야기해.

　석영, 멈춰 돌아보고 노래 완전히 끝난다.

최곤: (마이크 올리고) 오늘은 애청자 중 한 분을 스튜디오에 모셨습니다. 밖에서
　　　듣고 있던 박민수와 박 기사가 놀란다. 최곤, 김 양에게 얘기하라고 손짓한
　　　다. 석영, 화난 표정으로 최곤을 바라본다.

김 양: (마이크 앞으로 다가앉으며) 안녕하세요? 저는 요 앞 터미널 바로 건너편
　　　터미널 다방에 근무하는 김 양입니다.

　　INS. 터미널 다방. 다방 안 스피커에서 김 양의 목소리가 나오자 다방 안에 있
던 사람들이 놀란다.

박 양: 김 양이다.

손님 1: 쟤 저기서 뭐하는 거냐?

김 양 (E.): 저, 먼저…… 평소 터미널 다방을 이용해 주시는 손님 여러분들께 감사
　　　드리구요.

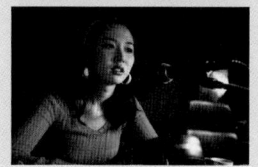
〈영화 '라디오스타'〉

　　김 양의 말에 다방 손님들과, 특히 사장이 흐뭇한 표정을 짓는다.

김 양 (E.): 세탁소 김 사장님하고 철물점 박 사장님, 이번 달에는 외상값 꼭 갚아
　　　주세요. 김 사장님 4만 7천원이구요…….

　　INS. 영월 시내 세탁소 내부. 세탁소 사장, 라디오에서 나오는 김 양의 얘기를
듣다 놀란다.

김 양: 철물점 박 사장님…… 맨날 쌍화차 드셔서 좀 많은데…… 10만 4천 원인데…… 4천 원 까고 10만 원만 받
　　　을게요.

　　INS. 영월 시내 철물점. 철물점 사장, 라디오에서 나오는 김 양의 얘기를 듣고 당황한다. 옆에서 철물들을 정
리하던 사장의 와이프가 남편을 째려본다.

김 양: 안 갚으시면 제 월급에서 까지는 거 아시죠?

　　스튜디오, 김 양의 말 계속 이어진다.

김 양: (잠시 뜸들이다) 엄마, 나 선옥인데…… 나 방송 출연했거든. 엄마, 잘 있지?

　　석영, '어디까지 가나 보자.' 하는 표정으로 최곤을 노려본다. 최곤, 석영의 시선에 아랑곳 않고 김 양에게 계
속 말하라고 손을 흔든다. 김 양, 잠시 말을 멈추더니 표정이 무거워진다.

[A]
김 양: 엄마, 비 오네. 엄마, 기억 나? 나 집 나오던 날도 비 왔는데. 엄마, 알어? 나 엄마 미워서 집 나온 거
　　　아니거든. 그때는 내가 엄마를 미워하는 줄 알았는데…… (울음을 삼키며) 집 나와서 생각해 보니까
　　　세상 사람들 다 밉고, 엄마만 안 미웠어……. 그래서 내가 미웠어. 엄마, 나 내가 너무 미워서…… 좀
　　　막 살았다. 그래서 지금은 내가 더 미워.

　　김 양을 삐딱하게 바라보는 석영의 표정이 동정으로 변한다.

　　INS. 지국장실. 라디오에서 나오는 김 양의 사연을 듣고 있는 지국장의 표정 슬프다.

[B]
김 양: 엄마, 나 비 오면 엄마가 해 주던 부침개 해 보거든. 근데 엄마가 해 주던 것처럼 맛있게 안 돼. 이렇
　　　게도 해 보고 저렇게도 해 봤는데 잘 안 돼. 엄마, 보고 싶어. 너무 보고 싶어…….

　　하고는 무너져 테이블에 고개를 묻고 흐느낀다. 최곤이 김 양을 바라보다 김추자의 「빗속의 여인」을 내보
낸다. 김 양의 흐느낌이 노래에 묻힌다. 최곤, 부스를 나온다. 석영이 김 양을 측은하게 바라본다. 최곤이
창가에 선 박민수에게 다가가면 박민수의 눈이 젖어 있다.

최곤: 뭐야?

박민수: 장마가 지려나?

　　박민수, 괜히 목을 빼고 창밖을 바라본다.

– 최석환, 「라디오 스타」

[예시문제]

[A]와 [B]에 드러난 '김 양'의 발화는 '비 오는 날'을 공통적인 화제로 삼고 있다. 발화 내용을 중심으로 ㉠과 ㉡의 내용을 기술하시오.

	행동		엄마에 대한 회상		정서
[A]	집을 나옴	⇒	"엄마를 미워하는 줄 알았어."	⇒	㉠
[B]	㉡		"엄마가 해 주던 것처럼 맛있게 안 돼."		엄마가 보고 싶음

모범답안 ㉠ 자신이 미움. / 내가 미웠어.
㉡ 부침개를 해봄.

바른해설 [A]에서 '김양'은 자신이 집을 나온 행동에 대해 '내가 미웠어.'라는 정서를 드러내고 있으며, [B]에서 '김양'은 비오는 날에는 '부침개를 해 보'았지만 엄마가 해 주던 것처럼 맛있게 안 된다고 하면서 엄마가 보고 싶다고 한다.

채점기준

답안	배점
㉠, ㉡	각 5점
㉠ '엄마가 안 미움.', '엄마가 밉지 않음.'은	3점
㉡ '부침개'만 적으면	3점
㉡ '부침게', '부침개 만듬'에서와 같이 오타는	1점 감점
㉡ '요리를 해보다'는	3점

[01~02] 다음 글을 읽고 물음에 답하시오.

배회하고 생각하면 참된 자취 다 찾으니
탁영대 연못 고금 없이 맑다마는
어지러운 속세에 사람들이 다투니
이리 맑은 연못에 갓끈 씻을 줄 그 뉘 알리.
사자암 높이 올라 도덕산을 바라보니
빛을 머금은 구슬*은 어제인 듯하다마는
봉황 떠난 빈산에 두견만 낮에 운다.
도화동 내린 물이 밤낮없이 복숭아꽃 띄워 오니
천태인가 무릉인가, 이 땅이 어디인가.
신선 자취 아득하니 어디인지 모르겠네.
어질지도 않은 몸이 무슨 이치 알까마는
산이 좋아 갈 길 잊고 기암에 다시 기대
원근의 내와 들판 경치를 살펴보니,
울긋불긋 꽃 빛깔은 비단빛이 되어 있고
수많은 꽃향기 골바람에 날려오고
산사의 종소리 구름 밖에 들리도다.
이러한 풍경을 명문장가의 붓인들 다 써내기 쉽겠는가.
눈앞의 풍경이 흥취를 더하는 듯
이리저리 거닐며 짐짓 더디 돌아와서
서쪽 산을 바라보니 저녁 해가 다 지는도다.
독락당 다시 올라 좌우를 살펴보니
선생의 풍채를 친히 만나 뵈는 듯.
갱장에 뚜렷하여* 애달피 탄식하며
당시에 하시던 일 다시금 생각하니,
밝은 창가 책상에서 세상 근심 잊으신 채
성현의 책에 뜻을 두어 공들인 결과로
배우고 가르쳐서 유교를 밝히시니
동방의 군자는 이뿐인가 하노라.
더구나 효제를 근본 삼고 충성을 펼쳐 내어
조정에 나아가 직설의 몸이 되어
당우성시*를 이룰까 바라다가
시대 운수 불행하여 어진 이를 멀리하니
듣고 보는 사람들, 심산궁곡인들 뉘 아니 슬퍼하리.
유배 생활 칠 년에 하늘의 해 못 보시고
문 닫고 성찰하여 도덕만 닦으시니
사불승정*이라, 공론이 절로 일어

사람마다 도덕을 숭상할 줄 알아서
유배지 사람들도 받은 교화 다 못 잊어
궁벽한 시골 땅에 사당을 세웠으니
선비들의 추앙은 더욱 일러 무엇하리.

– 박인로, 「독락당(獨樂堂)」

*빛을 머금은 구슬: 덕이 있는 사람은 표시를 하지 않아도 남이 알아준다는 것을 비유한 말. 이언적의 높은 덕을 의미함.

*갱장에 뚜렷하여: 국과 담장에 뚜렷이 보여. 곧 사모함이 지극함을 비유한 말.

*당우성시: 요순시절 같은 태평스러운 세상.

*사불승정: 사악한 것이 바른 것을 이기지 못함.

01 다음의 〈보기〉에서 설명하는 밑줄 친 '공간'이 어디인지 위 작품에서 찾아 한 단어로 쓰시오.

보기

　'무릉'이라 칭하며 '신선'의 자취가 있는 곳이라고 하는 점에서 화자가 있는 공간의 아름다움과 이언적에 대한 예찬을 드러내고 있다.

02 다음은 위 작품의 화자가 느낀 생각을 서술한 것이다. 해당 내용과 연관된 시구를 찾아 첫 어절과 마지막 어절을 쓰시오.

다양한 빛과 향기가 있는 자연물 속에서 산사의 종소리가 들리는 공간의 분위기를 글로 담아내기 어렵다고 생각하였군.	①
조정에서 배척당하는 옛사람의 모습을 떠올리며 비통함을 느끼고 있군.	②

① 첫 어절: _____, 마지막 어절: _____

② 첫 어절: _____, 마지막 어절: _____

[03~04] 다음 글을 읽고 물음에 답하시오.

동방은 하늘도 다 끝나고
비 한 방울 내리잖는 그 땅에도
오히려 꽃은 발갛게 피지 않는가
내 목숨을 꾸며 쉬임 없는 날이여

북(北)쪽 툰드라에도 찬 새벽은
눈 속 깊이 꽃 맹아리가 옴작거려
제비 떼 까맣게 날아오길 기다리나니
마침내 저버리지 못할 약속(約束)이여!

한바다 복판 용솟음치는 곳
바람결 따라 타오르는 꽃성(城)에는
나비처럼 취(醉)하는 회상(回想)의 무리들아
오늘 내 여기서 너를 불러 보노라

— 이육사, 「꽃」

03 다음의 〈보기〉는 이육사의 생애를 평가한 글이다. 위의 작품에서 ⓐ를 통해 '민족의 해방'을 표현한 시구(詩句), 두 가지를 찾아 쓰시오.

> **보기**
>
> 이육사는 일제 강점기의 암울했던 현실 속에서도 저항 정신을 잃지 않고 살았던 시인이다. 생명을 위협하는 일제의 폭압에 맞서 극렬히 투쟁했던 의열단의 일원으로서, 열일곱 번이나 옥살이를 하였지만 ⓐ조국 광복의 염원을 포기하지 않았다. 그의 시는 가혹한 상황에 맞서 당당한 길을 걷고자 했던 그의 삶과 결코 무관할 수가 없다.

① _____

② _____

04 〈보기〉의 ⓑ가 의미하는 공통적인 공간을 위의 작품에서 찾아 쓰시오.

> **보기**
>
> 매운 계절의 채찍에 갈겨
> 마침내 북방으로 휩쓸려 오다.
>
> ⓑ하늘도 그만 지쳐 끝난 고원(高原),
> 서릿발 칼날진 그 위에 서다.
>
> 어데다 무릎을 꿇어야 하나
> 한 발 재겨 디딜 곳조차 없다.
>
> 이러매 눈 감아 생각해 볼밖에
> 겨울은 강철로 된 무지갠가 보다.
>
> – 이육사, 「절정」

[05~06] 다음 글을 읽고 물음에 답하시오.

　그가 처음 이곳에 와서는 무엇보다도 방 안이 맘에 안 들고 도야지굴이나 쇠 외양간같이 생각되었다. 그리고 어쩌다 손님이 오면 피해 앉을 곳도 없었다. 그러니 멍하니 낯선 손님과도 마주 앉지 않으면 안 되게 되었다. 그러나 시일이 차츰 지나니 낯선 남성 손님이 온다더라도 처음같이 그렇게 어색하지는 않았다. 그저 그렁저렁 지낼 만하였다. 그리고 반드시 부뚜막 앞에는 비밀 토굴을 파 두는 것이다. 그랬다가 어디서 총소리가 나든지 개 소리가 요란스레 나면 온 식구가 그 움 속에 들어가서 며칠이든지 있곤 하였다. 그리고 옷이나 곡식도 이 움에다 넣고서 시재 입는 옷이나 먹을 양식을 조금씩 꺼내 놓고 먹곤 하였다. 말할 것도 없이 보위단이며 마적단 등이 무서워서 이렇게 하곤 하였다.
　시렁을 손질한 그는 바구니에 담아 둔 팥을 고르기 시작하였다. 고요한 방 안에 팥알 소리만 재그럭 자르르 하고 났다. 팥알과 팥알로 시선이 옮아지는 그는 눈이 피곤해지며 참새 소리가 한층 더 뚜렷이 들린다. 동시에 저 참새 소리같이 여러 가지 생각이 순서 없이 생각났다. 내일이라도 파종을 하게 되면 아침 점심 저녁에 몇 말의 쌀을 가져야 할 것, 오늘 봉식이가 팡둥을 만나지 못해서 쌀을 못 가져올 것, 그러나 나무를 팔아서 사라고 한 찬감은 사 오겠지…… 생각이 차츰 희미해지며 졸음이 꼬박꼬박 왔다. 그는 눈을 비비고 문밖으로 나오다가 무심히 눈에 뜨인 것은 벽에 매달아 둔 메주였다. '참 메주를 내놓아야겠다.' 하며 바구니를 밖에 내놓고서 메주를 떼어서 문밖에 가지런히 내놓았다. 그리고 그는 비를 들고 메주의 먼지를 쓸어 내었다. 그는 하나하나의 메줏덩이를 들어 보며, 간장이나 서너 동이 빼고 고추장이나 한 단지 담그고…… 그러자면 소금이나 두어 말은 가져야지 소금…… 하며 그는 무의식간 한숨을 푹 쉬었다. 그리고 또다시 고향을 그리며 멍하니 앉아 있었다. 고향서는 소금으로 이를 다 닦았건만…… 다리는* 데도 소금 한 줌이면 후련하게 내려갔는데 하였다. 그가 고향 있을 때는 하도 없는 것이 많으니까 소금 같은 데는 생각이 미치지 못하였는지는 모르나 어쨌든 이 곳 온 후로부터는 그는 소금 때문에 남몰래 운 적이 한두 번이 아니었다. 소금 한 말에 이 원 이십 전! 농가에서는 단번에 한 말을 사 보지 못한다. 그러니 한 근 두 근 극상 많이 산대야 사오 근에 지나지 못한다. 그러므로 장 같은 것도 단번에 담그지를 못하고 소금 생기는 대로 담그다가도 어떤 때는 메주만 썩혀서 장이라고 먹곤 하였다. 장이 싱거우니 온갖 찬이 싱거웠다.

끼니때가 되면 그는 남편의 얼굴부터 살피게 되고 어쩐지 맘이 송구하였다. 남편은 입 밖에 말은 내지 않으나 번번이 얼굴을 찡그리고 밥술이 차츰 느려지다가 맥없이 술을 놓곤 하는 때가 종종 있었다. 이 모양을 바라보는 그는 입안의 밥 알이 갑자기 돌로 변하는 것을 느끼며 슬며시 술을 놓고 돌아앉았다.

[중략 부분 줄거리] 그는 공산당에 의해 남편을 잃고 가장으로서의 고된 삶을 살아가다가 봉염과 봉희 두 딸마저 병으로 잃고 혼자 남겨진다. 갖은 노력에도 먹고살 일이 막막해진 그에게 평소 가깝게 지내던 한 이웃이 일본 순사의 눈을 피해 소금 밀수라도 하여 돈을 벌어 보라는 제안을 한다.

우레 같은 바람 소리가 대지를 뒤흔드는 어느 날 밤 봉염의 어머니는 소금 너 말을 자루에 넣어서 이고 일행의 뒤를 따랐다. 그들 일행은 모두가 여섯 사람인데 그중에 여인은 봉염의 어머니뿐이었다. 앞에서 걷는 길잡이는 십여 년을 이 소금 밀수로 늙었기 때문에 눈 감고도 용이하게 길을 찾아가는 것이다. 그러므로 그들은 이 길잡이에게 무조건 복종을 하였다. 그리고 며칠이든지 소금 짐을 지는 기간까지는 벙어리가 되어야 하며 그 대신 의사 표시는 전부 행동으로 하곤 하였다.

그들은 열을 지어 나란히 걸었다. 바람은 여전히 불었다. 그들은 앞사람의 행동을 주의하며 이 바람 소리가 그들을 다 그쳐 오는 어떤 신발 소리 같고 또 어찌 들으면 순사의 고함치는 소리 같아 숨을 죽이곤 하였다. 그리고 어제도 이 근방 어디서 소금 짐을 지다 총에 맞아 죽은 사람이 있다지 하며 발걸음 옮김을 따라 이러한 불안이 저 어둠과 같이 그렇게 답답하게 그들의 가슴을 캄캄케 하였다.

남들은 솜옷을 입었는데 봉염의 어머니는 겹옷을 입고 발가락이 나오는 고무신을 신었다. 그러나 추운 것은 모르겠고 시간이 지날수록 머리에 인 소금 자루가 무거워서 견딜 수 없다. 머리 복판을 쇠뭉치로 사정없이 뚫는 것 같고 때로는 불 덩이를 이고 가는 것처럼 자꾸 따가웠다. 그가 처음에 소금 자루를 일 때 사내들과 같이 엿 말을 이려 했으나 사내들이 극력 말리므로 아쉬운 것을 참고 너 말을 이게 된 것이다. 그런 것이 소금 자루를 이고 단 십 리도 오기 전에 이렇게 머리가 아팠다. 그는 얼굴을 잔뜩 찡그리고 두 손으로 소금 자루를 조금씩 쳐들어 아픈 것을 진정하였으나 아무 쓸데도 없고 팔까지 떨어지는 듯이 아프다. 그는 맘대로 하면 이 소금 자루를 힘껏 쥐어뿌리고 그 자리에서 자신도 그만 넌떡 죽고 싶었다. 그러나 그것은 공연한 맘뿐이었다. 발길은 여전히 사내들의 뒤를 따라간다. 사내들과 같이 저렇게 나도 등에 져 봤더라면…… 이제라도 질 수가 없을까. 그러려면 끈이 있어야지 끈이…… 좀 쉬어 가지 않으려나. 쉬어 갑시다, 금시로 이러한 말이 입 밖에까지 나오다는 콱 막히고 만다. 그리고 여전히 손길은 소금 자루를 들어 아픈 것을 진정하려 하였다.

이마와 등허리에서는 땀이 낙수처럼 흘러서 발밑까지 내려왔다. 땀에 젖은 고무신은 왜 그리도 미끄러운지 걸핏하면 그는 쓰러지려 하였다. 그래서 그는 정신을 바짝 차리면 벌써 앞에 신발 소리는 퍽이나 멀어졌다. 그는 기가 나서 따라오면 숨이 콱콱 막히고 옆구리까지 결린다. 두 말이나 일 것을…… 그만 쏟아 버릴까? 어쩌누? 소금 자루를 어루만지면서도 그는 차마 그리하지는 못하였다.

어느덧 강물 소리가 어렴풋이 들린다. 그들은 이 강물 소리만 들어도 한결 답답한 속이 좀 풀리는 듯하였다. 강가에 가면 이 소금 짐을 벗어 놓고 잠시라도 쉴 것이며 물이라도 실컷 마실 것 등을 생각하였던 것이다. 그러면서도 강 저편에 무엇들이 숨어 있지나 않을까 하는 불안이 강물 소리를 따라 높아 간다. 봉염의 어머니는 시원한 강물 소리조차도 아픔으로 변하여 그의 고막을 바늘 끝으로 꼭꼭 찌르는 듯 이 모양대로 조금만 더 가면 기진하여 죽을 것 같았다. 마침 앞의 사내가 우뚝 서므로 그도 따라 섰다. 바람이 무섭게 지나친 후에 어디선가 벌레 울음소리가 물결을 따라 들렸다. 낑 하고 앞의 사내가 앉는 모양이다. 그도 털썩하고 소금 자루를 내려놓으며 쓰러졌다. 그리고 얼른 머리를 두 손으로 움켜쥐며 바늘로 버티어 있는 듯한 눈을 억지로 감았다. 그러면서도 앞의 사내들이 참말로 다들 앉았는가 나만이 이렇게 쓰러졌는가 하여 주의를 게을리하지 않았다.

아픈 것이 진정되니 온몸이 후들후들 떨린다. 그는 몸을 웅크릴 때 앞의 사내가 그를 꾹 찌른다. 그는 후닥닥 일어났다. 사내들의 옷 벗는 소리에 그는 한층 더 정신이 바짝 들었다. 그는 잠깐 주저하다가 옷을 훌훌 벗어 돌돌 뭉쳐서 목에 달아매었다. 그때 그는 놀릴 수 없이 아픈 목을 어루만지며 용정까지 이 목이 이 자리에 붙어 있을까 하는 의문이 들었다. 그리고 사내가 이어 주는 소금 자루를 이고 다시 걷기 시작하였다.

벌써 철버덕철버덕하는 물소리가 나는 것을 보아 앞사람은 강물에 들어선 모양이다. 벌써 그의 발끝이 모래사장을 거쳐 물속에 들어간다. 그는 오스스 추우며 알 수 없는 겁이 버쩍 들어서 물결을 굽어보았다. 시커멓게 보이는 그 속으로 물결 소리만이 요란하였다. 그리고 뭉클뭉클 내리 밀치는 물결이 그의 몸을 을러 주었다. 그때마다 머리끝이 쭈뼛해지며 오한을 느꼈다. 그리고 흑 하고 숨을 들이마셨다.

물이 깊어 갈수록 발밑에 깔린 돌이 굵어지며 걷기도 몹시 힘들었다. 그것은 돌이 께느른한 해감탕* 속에 묻히어 있기 때문이다. 그래서 걸핏하면 미끈하고 발끝이 줄달음을 치는 바람에 정신이 아득해지곤 하였다. 봉염의 어머니는 몇 번이나 발이 미끄러지고 또 곱디디었다. 물은 젖가슴을 확실히 지나쳤다. 그때 그의 발끝은 어떤 바위를 디디다가 미끈하여 달음질쳐 내려간다. 그 순간 온몸이 화끈해지도록 그는 소금 자루를 버텨 이고 서서 넘어지려는 몸을 바로잡으려 하였다. 그러나 벌어지는 다리와 다리를 모으는 수가 없었다. 그리고 소리를 쳐서 앞의 사내들에게 구원을 청하려 하나 웬일인지 숨이 막히고 답답해지며 암만 소리를 질러도 나오지도 않거니와 약간 나오는 목소리도 물결과 바람결에 묻혀 버리곤 하였다. 그는 죽을힘을 다하여 왼발에 힘을 들이고 섰다. 그때 그는 죽는 것도 무서운 것도 아뜩하고 다만 소금 자루가 물에 젖으면 녹아 버린다는 생각만이 미끄러져 내려가는 발끝으로부터 머리털 끝까지 뻗치었다.

앞서가는 사내들은 거의 강가까지 와서야 봉염의 어머니가 따르지 않는 것을 눈치채고 근방을 찾아보다가 하는 수 없이 길잡이가 오던 길로 와 보았다. 길잡이는 용이하게 그를 만났다. 그리고 자기가 조금만 더 지체하였더라면 봉염의 어머니는 죽었으리라 직각*되었다. 그는 봉염의 어머니의 손을 잡아 일으키며 일변 소금 자루를 내리어 자기의 어깨에 메었다. 그리고 그의 발끝에 밟히는 바위를 직각하자 봉염의 어머니가 이렇게 된 원인이 여기 있는 것을 곧 알았다. 그리고 자기는 이 바위 옆을 훨씬 지나쳐 길을 인도하였는데 어쩐 일인가 하며 봉염의 어머니의 손을 꼭 쥐고 걸었다.

봉염의 어머니는 정신이 흐릿해졌다가 이렇게 걷는 사이에 정신이 조금 들었다. 그러나 몸을 건사하기 어렵게 어지러우며 입안에서 군물이 슬슬 돌아 헛구역질이 자꾸 나온다. 그러면서도 머리에는 아직도 소금 자루가 있거니 하고 마음대로 머리를 움직이지 못하였다. 그들이 강가까지 왔을 때 맘을 졸이고 있던 나머지 사람들은 우 쓸어 일어났다. 그리고 저마큼* 두 사람을 어루만지며 어떤 사람은 눈물까지 흘리었다. 자기들의 신세도 신세려니와 이 부인의 신세가 한층 더 불쌍한 맘이 들었다.

- 강경애, 「소금」

*다리는: 체함(경북 방언).

*해감탕: 바닷물 따위에서 흙과 유기물이 썩어서 이루어진 진흙탕(북한어).

*직각: 보거나 듣는 즉시 곧바로 깨달음.

*저마큼: 저만큼(전라 방언).

05 다음의 설명에 해당하는 위 작품의 중심 소재를 찾아 차례대로 쓰시오.

| 타향에서의 궁핍한 삶을 체감하는 동시에 고향에서의 삶을 그리워하는 이주민의 열악한 현실을 효과적으로 부각한다. | ⓐ |
| 목숨을 걸고 생계를 유지해 나가야 하는 절박한 처지와 비극적 상황을 드러낸다. | ⓑ |

06 다음의 〈보기〉에서 ㉠의 '내적 연대'가 형성된 단락을 위 작품에서 찾아 마지막 문장을 서술하시오.

〈보기〉

간도 이주민인 주인공은 일상의 기본적인 요건도 갖추지 못한 지독한 가난과 외압에 대한 두려움, 가족의 해체와 이산의 아픔으로 고통스러워하면서도 절망적 현실에 매몰되지 않고 적극적으로 대응하고자 하는 모습을 보인다. 이는 외압에 직접적으로 맞서 싸우기는 어렵더라도 비슷한 고통을 겪고 있는 사람들 간의 공감을 통해 그들만의 ㉠ 내적 연대를 형성해 나감으로써 부정적 현실에 대항하고자 했던 당시 이주민들의 생존 과정을 사실적으로 보여 주는 것이라 할 수 있다.

[07~08] 다음 글을 읽고 물음에 답하시오.

　이때에 주봉은 빌어먹으면서 방방곡곡 마을마다 다니고 있었다. 천만뜻밖에 옥저와 탄금 소리가 바람결에 은근히 들리는데, 마음으로 반가워 찾아가 보니 옥저도 낯익고 탄금도 낯익은 것이었다.

　'내 것이 틀림없구나! 분명히 나의 옥저와 탄금이구나!'

　주봉이 눈물을 흘리니 해선이 물었다.

　"걸인은 무슨 연고로 그렇게 슬퍼하십니까?"

　주봉이 말하기를,

　"나는 황성 남천문 밖에 사는 주 승상의 아들이었다네. 소년 급제하여 한림부에 있었는데, 황제께서 벼슬을 내리시니, 만조백관이 시기하여 나를 해평 도사로 보냈다네. 신하의 도리로 나라의 명령을 거역하지 못하고 부임지로 가다가 해중에서 수적 장취경을 만나 하인 수백 명을 모두 잃고 나 또한 물에 던져졌는데 옥황상제께서 살려 주셨다네. 그 때문에 고향에 가지도 못하고 이곳에서 빌어먹고 있다네."

　주봉이 옥저와 탄금을 자세히 보기에 해선이,

　"옥저와 탄금을 불어 보십시오."

　하고 주었다. 주봉이 받아 가지고 옥저는 입으로 불고 탄금은 손으로 타니, 창창한 소리는 해선이보다 더 나았다. 이때에 구경하던 사람이 다가오며 말하기를,

　"부자지간 아니면 사제지간이겠구나!"

　라고 하였다. 해선이 생각하기를,

　'이 사람의 사연이 황성에서 주 승상 부인이 말씀하신 주봉과 같구나! 또 주 한림이 떠난 지 십사 년이라 하고 또 나의 나이는 십사 세이며, 또 사람마다 일러 말하기를, 내가 저 걸인과 똑같다 하니 참으로 이상하구나!'

　그러나 아직 확신이 서지 않아 아무에게도 말하지 않았다. 해선이 걸인에게 말하기를,

　"우리 두 사람의 재주가 이러하니, 영보산 철보 암자가 대사찰이요, 경치도 좋다 하니, 우리도 그곳에 가서 함께 놀아 봅시다."

　주봉이 승낙하고 해선을 따라 올라갔다.

　이때는 마침 춘삼월이어서 곳곳에서 새소리요, 가지마다 봄빛이었다. 층암절벽은 반공에 솟아 있고, 배꽃과 복숭아꽃은 만발하였으며 두견새가 슬피 울 때, 두 사람이 함께 올라가서 정문에 앉았다. 옥저는 주봉이 불고 탄금은 해선이 타니, 그 옥저 소리는 산천초목이 춤을 추는 듯하고, 탄금 소리는 온갖 짐승이 모여 노래하는 듯하였다. 여승들이 그 노래를 듣고 앞다투어 가면서 구경하였다.

　이때에 이 부인은 근심으로 세월을 보내고 있었는데, 팔관 대사가 부인에게 와서 말하기를,

　"저 풍각 소리를 들어 보니 부자 아니면 사제일 것 같다."

　이 부인이 이상히 여겨 주렴을 걷고 가만히 듣고는,

　"정말 의혹스럽다. 이상하다."

　하고 대사를 불러 여쭙기를,

　"그 풍악을 부르는 이의 근본을 물어보아 주십시오."

　라고 부탁하였다.

　대사가 부인의 부탁대로 찾아가 그들에게 묻기를,

　"과객의 성명은 무엇이며, 또 어디 계십니까?"

　하니, 두 사람이 대답하기를,

"한 사람은 황성에 있고, 또 한 사람은 해평에 있답니다."

대사가 다시 묻기를,

"존함을 알고자 합니다."

해선이 대답하기를,

"장해선입니다."

이 말을 듣고 이 부인이 깊이 생각하기를,

'내 가장과 해선이가 틀림없다. 그러나 가장은 내 눈앞에서 물에 빠져 죽었으니 살아오기는 만무하며 생사도 알지 못한다.'

하였으나 다시 생각하니,

'천지가 감동하여 귀신도 감동하고 일월성신도 감동하시어 천지운기로 살았는가? 부처님의 도술인가?'

하였다.

그래서 그 두 사람의 거주를 알려고 일단 섭실방으로 들게 하여 접대하였다. 그러고는 버선 두 켤레를 집어 가지고 나와,

"아무것도 선물할 것이 없어 이 버선으로 정을 표합니다."

하며 주었다.

주봉이 받아 보니 버선본과 모양이 옛날 자신의 부인이던 이 부인의 수품(手品)이었다. 버선을 신으면서 부인을 자세히 보니, 이 부인이 비록 머리는 깎았으나 얼굴을 어찌 몰라보겠는가? 또한 해선이 버선을 신으려 발을 벗으니 왼쪽 새끼발가락이 없는 것이 아닌가! 이 부인이 생각하기를,

'이것이 무슨 일인가? 저이는 내 가장이요, 또 저 아이는 버린 내 자식이구나!'

싶어 주봉에게 근본을 물었다. 주봉의 말을 듣고 그제야 이 부인이 전후의 곡절을 말하니 반갑고 슬프도다! 한 가족이 다시 만나게 되니 기쁜 마음은 이루 말로 다할 수가 없었다. 해선이 놀라 달려들며 붙들고 위로하자, 이 부인과 한림이 겨우 정신을 차려 앉긴 하였으나 마치 넋을 잃은 사람 같았다.

해선이 울며 물었다.

"소자가 발가락이 없는 것에 반가운 마음을 가지시니, 그 이유를 알고 싶습니다."

하니, 이 부인이 대답하기를,

"처음에 가장이 해평 도사로 가다가, 수적 장취경이 나타나 하인 수백 명을 죽였단다. 그리고 또 가장을 물에 던져 죽이는 것을 보고는 어쩔 수 없이 취경의 집에 가 있었는데, 시비 옥엽이 도망할 꾀를 생각하여 군복을 지어 입고 도망하다가 옥엽은 물에 빠져 죽고, 나는 이를 보고 십생구사하여 도망하다가 천만뜻밖에 팔관 대사를 만나 이 절에 와서 머리를 깎고 너를 낳게 되었단다. 그러나 이 절의 스님들이, '이 절에서는 아기를 낳은 부인이 없으니 아기와 함께 거처할 수가 없었다.' 하여, 할 수 없이 아기를 버리게 되었단다. 그러나 아이의 장래를 생각하여 '혹 죽지 아니하면 천만다행으로 만날까?' 하여 발가락을 끊어 넣고 유복자 해선이라 하여 저고리 안쪽에 새겨 놓았단다."

해선이 이 말을 듣고 주 한림과 이 부인을 위로하며 말했다.

"소자 살아서 찾을 날이 있을 것이니 그동안 이 절에 거처하옵소서."

그렇게 약속하고 해선은 제집으로 내려갔다.

집으로 돌아간 해선은 얼굴색을 변하지 않으면서 제 부친 앞으로 가서,

"미색과 제물을 도적질하여 해변에 놓고 왔습니다."

하니, 장취경이 기쁜 마음을 측량치 못하였다.

– 작자 미상, 「주봉전」

07 위 작품에서 가족 상봉의 매개물로 사용된 소재들을 모두 찾아 쓰시오.

가족 상봉의 매개물 ⇒ _____

08 다음의 〈보기 2〉는 〈보기 1〉을 바탕으로 위 작품을 감상한 내용이다. 〈보기 2〉의 빈칸에 들어갈 말을 다음 〈조건〉에 따라 〈보기 1〉에서 찾아 차례대로 쓰시오.

보기1

'혈육 찾기'는 우리 문학사에서 끊임없이 재생산되는 모티프이다. 「주봉전」은 3대에 걸친 가족의 비극과 그로 인한 한이 주봉의 아들 해선에 의해 해소되는 이야기로, 인물들의 '혈육'과 '가족'에 대한 인식이 서사의 핵심을 이룬다. 특히 인물 간의 관계에 대한 주변 사람들의 호기심은 뿔뿔이 흩어졌던 가족의 상봉을 암시하는데, 이 부인의 혈육 찾기 의식이 인물의 정체 확인과 가족 상봉에서 결정적인 역할을 한다. 또한 해선이 비극적인 성장사를 알고 복수(復讐)의 주체가 되는 과정에서도 혈육의 정을 확인 할 수 있다. 그 외에 초현실적인 세계의 개입, 조력자의 도움 등도 가족 상봉의 서사에서 중요한 역할을 한다.

보기2

• 어쩔 수 없는 상황에서 버려진 해선이 가족의 원수인 '수적 장취경'을 '제 부친'으로 여기며 '장해선'으로 살아온 것은 가족 상봉을 통해 알게 된 비극적인 (①)을/를 보여 주는 것이라 할 수 있군.

• 주봉이 '옥황상제'의 도움으로 죽음의 위기를 벗어난 점, 이 부인이 '시비 옥엽'의 '꾀'로 도적의 소굴을 벗어난 점 등은 초현실적인 세계의 개입, (②)의 도움 등이 가족 상봉에서 중요한 역할을 한 것이라 할 수 있군.

• 처음 만난 주봉과 해선의 연주를 듣고, 팔관 대사가 '부자 아니면 사제일 것 같다'고 말하는 것은 인물 간의 관계에 대한 주변 사람의 호기심을 보여 줌으로써 흩어졌던 (③)을/를 암시하는 것이라 할 수 있군.

• 이 부인이 주봉과 해선을 접대하며 '선물할 것이 없어 이 버선으로 정을 표'한다고 하는 것은 아들을 버릴 때 자신이 남겨 둔 단서, 버선을 매개로 확인하려는 (④) 의식을 보여 주는 것이라 할 수 있군.

조건

① ②는 각각 3음절의 단어로 작성할 것

③ ④는 각각 2어절로 작성할 것

①: _____   ②: _____

③: _____   ④: _____

[09~10] 다음 글을 읽고 물음에 답하시오.

신축년에 홍건적이 고려의 서울인 개성을 점령하자 임금은 복주(福州)로 피란을 갔다. 홍건적은 집을 불태우고 사람을 죽이고 가축을 잡아먹었다. 백성들은 부부, 친척끼리도 서로를 보호하지 못하고 이리저리 달아나 숨은 채 각자 자기 살기를 도모해야 하는 처지가 되었다.

이생도 가족들을 데리고 외진 산골로 숨었는데 도적 한 명이 칼을 빼 들고 그들의 뒤를 쫓아왔다. 이생은 달아나 겨우 목숨을 건졌지만 최 씨는 도적에게 사로잡히고 말았다. 도적이 자신을 겁탈하려 하자 최 씨는 크게 꾸짖으며 말하였다.

"호귀(虎鬼)야, 나를 죽여 삼켜 버려라. 차라리 죽어 승냥이와 이리의 배 속에 들어갈지언정 어찌 개돼지 같은 놈의 짝이 되겠느냐."

도적은 노하여 최 씨를 죽였다. 이생은 거친 들판에 숨어서 겨우 목숨을 보전하다가 얼마 후 도적이 물러갔다는 소식을 듣고 부모님이 사시던 옛집을 찾아갔다. 그러나 집은 이미 전쟁 통에 불타 버린 후였다. 그래서 이번에는 최 씨의 집으로 가 보았더니 행랑채만 덩그러니 남아 황량한 가운데 쥐들이 찍찍대고 새들이 지저귀고 있었다.

이생은 슬픈 마음을 억누를 길이 없어 작은 누각에 올라가서 눈물을 훔치며 길게 탄식할 뿐이었다. 어느새 날이 저물었다. 그는 우두커니 홀로 앉아 지난날을 가만히 떠올려 보았지만 모든 게 한바탕 꿈만 같았다.

이경(二更)쯤 되어 달빛이 희미한 빛을 토하며 들보를 비추었다. 그런데 회랑 끝에서 웬 발소리가 들렸다. 그 소리는 멀리서부터 들려오더니 차츰 가까워졌다. 발소리가 이생 앞에 이르렀을 때 보니 바로 최 씨였다.

이생은 그녀가 이미 죽은 것을 알고 있었지만 너무도 사랑하는 나머지 한 치의 의심도 없이 물었다.

"당신은 어디로 피란하여 목숨을 부지하였소?"

최 씨는 이생의 손을 잡고 한바탕 통곡하더니 그간의 사정을 이야기하기 시작했다.

"저는 본디 양가의 딸로서 어려서부터 어버이의 가르침을 받들어 수놓기와 바느질에 힘쓰고 시서(詩書)와 인의(仁義)의 방도를 배울 뿐이었습니다. 오로지 규문의 법도만 알았을 뿐 어찌 집 밖의 일을 헤아릴 수 있었겠습니까? 그런데 당신께서 붉은 살구꽃이 핀 담장 안을 한 번 엿보신 후 제가 스스로 푸른 바다의 구슬을 바쳤지요.

〈중략〉

집도 없어지고, 부모님도 돌아가셨으니 고단한 혼백조차 의지할 곳이 없었지만 절의는 귀중하고 목숨은 가벼우니 쇠잔한 몸뚱이일망정 치욕을 면한 것만으로도 다행이라 생각했지요. 하지만 누가 마디마디 끊어져 재처럼 식어 버린 제 마음을 불쌍히 여겨 주겠습니까? 그저 조각조각 끊어진 썩은 창자만 모아 두었을 뿐, 해골은 들판에 던져졌고 간과 쓸개는 땅바닥에 버려져 흙먼지를 뒤집어쓰고 있지요. 가만히 지난날의 즐거움을 헤아려 보기도 하지만 오늘의 근심과 원한만이 마음에 가득 차 버렸습니다.

[A] ⎡ 이제 추연(鄒衍)이 피리를 불어 적막한 골짜기에 봄바람을 일으켰으니 저도 천녀(倩女)의 혼이 이승으로 돌아왔듯이 이곳으로 돌아오렵니다. 봉래산에서 십이 년 만에 만나자는 약속을 이미 단단히 맺었고, 취굴(聚窟)에서 삼생(三生)의 향이 그윽이 풍겨 나오니 그동안 오래 떨어져 있던 정을 되살려서 옛 맹세를 저버리지 않겠다고 약속하겠어요. 만약 당신이 아직도 옛 맹세를 잊지 않으셨다면 저는 끝까지 잘해 보고 싶어요. 당신도 허락하시는 거지요?"

이생은 기쁘고도 감격하여 말했다.

"그건 바로 내가 바라던 바요."

두 사람은 다정하게 마주 앉아 그간의 회포를 풀었다. 그러다가 재산을 얼마나 도적에게 약탈당했는가에 관해 묻자 최 씨가 말하였다.

"조금도 잃지 않았어요. 아무 산 아무 골짜기에 묻어 두었답니다."

이생이 또 물었다.

"양가 부모님의 유해는 어디에 있소?"

최 씨가 대답하였다.

"아무 곳에 그냥 버려져 있는 상태랍니다."

두 사람은 그간의 정회를 다 나눈 후 나란히 잠자리에 들었다. 지극한 즐거움이 예전과 같았다.

– 김시습, 「이생규장전(李生窺墻傳)」

09 위 작품의 제목인 「이생규장전」의 유래를 알 수 있는 문장을 찾아 첫 어절과 마지막 어절을 쓰시오.

첫 어절: ＿＿＿＿＿＿＿＿＿＿＿＿＿＿ , 마지막 어절: ＿＿＿＿＿＿＿＿＿＿＿＿＿＿＿

10 위 작품의 [A]를 통해 엿볼 수 있는 위 작품의 주제를 서술하시오.

〈유의 사항〉

– 15자 이내로 기술할 것(공백 제외)

[11~12] 다음 글을 읽고 물음에 답하시오.

순창 서리(胥吏) 최윤재는 사또님께 소지(所志) 올려
원통함을 아뢰오니 올바르게 처결해 주소서
구월 십사일은 담양 부사 생신이라
소인의 사또가 사흘 전에 달려갈 때
소인이 사령의 우두머리로 행차를 따라갔는데
광주 고을 목사와 화순 창평 남평 원님
십사일 조식 후에 일제히 모이셨네
바야흐로 큰상에 성찬을 벌여 놓고
관악기 현악기는 누각에 늘어놓고
구름 같은 묘한 곡에 씩씩한 몸 상좌에 앉아 있고
도내의 제일 명창 담양 순창 명기들이
가무를 대령하여 이날을 보낸 후에
십오야 밝은 달의 후약이 어디인가
호남 소금강의 경치를 보시려고
화려한 육각 양산 청산에 나부끼고
오마(五馬) 쌍전은 단풍 숲으로 들어갈 제
옥패는 쟁그랑쟁그랑 걸음마다 울리고
낭랑한 말소리는 말 위에서 오갈 제
동산의 고상한 놀이* 용문의 눈 구경*에
기생이 따르기는 자고로 있는지라
아리따운 기생들이 의기양양 무리 지어
말 타고 군졸들과 수레를 뒤따르니
창안백발 화순 원님 기생에게 다정하사
굽이진 곳에서 자주 돌아보시기에
소인은 하인이라 말에 앉아 있기 황송하와
올랐다가 내렸다가 내렸다가 올랐다가
오르락내리락 몇 번인 줄 모르겠네
망망히 내렸다가 다시 올라타노라니
석양에 큰길 아래서 실족하야 넘어지니
돌들이 흩어진 곳에 콩 태 자로 자빠지니
팔다리도 부러지고 옆구리도 삐어서
어혈(瘀血)이 마구 흘러 흉격이 펴지지 않고
금령이 지엄하와 개똥도 못 먹고
병세가 기괴하와 날로 위중하니
푸닥거리 경 읽기는 다 해 봐야 헛되도다

이제는 하릴없이 죽을 줄로 알았더니
곰곰 앉아 생각하니 이것이 뉘 탓인고
강천에서 배행하던 기생들의 탓이로다
네 쇠뿔이 아니런들 내 담이 무너지랴
속담에 이른 말씀 예부터 이러하니
소인의 죽는 목숨 그 아니 불쌍한가
소인이 죽거든 저년들을 죽이시어
불쌍히 죽는 넋을 위로하여 주옵실까
실낱같이 남은 목숨 살려 주시길 바라나이다
                    〈중략〉

죄범이 중타 하시어 저리 행하옵시니
수화(水火)에 들라 하신들 감히 거역하리까
죽이시거나 살리시거나 처분대로 하려니와
의녀 등도 원통하와 소회를 아뢸 것이니
일월같이 밝으신 순찰 사또님께
한 말씀만 아뢰옵고 매를 맞고 죽겠나이다
의녀 등은 기생이요 최윤재는 아전이라
기생이 아전에게 간섭할 일 없사옵고
화순 사또 뒤돌아보시기는 구태여 의녀들을 보시려 하셨던 건지
산 좋고 물 좋은데 단풍이 우거지니
경물을 구경하려다 우연히 보셨던 건지
아전이 제 인사로 제 말에서 내리다가
우연히 낙마하여 만일에 죽는다 한들
어찌 의녀들이 살인이 되리이까

– 이운영, 「순창가」

*동산의 고상한 놀이: 진(晉)나라 사안(謝安)이 회계 땅 동산에서 은거하면서 한가로이 노닐 적에 항상 가무에 능한 기녀를 대동했다는 고사를 이름.

*용문의 눈 구경: 서도(西都)의 태수 전유연이 송나라 사희심과 구양수가 눈이 내린 용문의 향산(香山)에 이르자 용문의 눈경치를 구경할 것을 권유한 고사를 이름.

11 위의 작품을 다음과 같이 송사 과정에 따른 시상 전개로 구성할 때, 빈칸에 들어갈 인물들을 위의 작품에서 찾아 차례대로 쓰시오.

원고		판사		피고
ⓐ	청원 ⇒	ⓑ	변론 ⇐	ⓒ

12 위의 작품에서 화자가 '소인의 죽음 목숨'이라며 자신의 억울함을 하소연하기 위해 인용한 속담을 찾아 쓰시오.

〈유의 사항〉
– 하나의 완전한 문장으로 쓸 것

[13~14] 다음 글을 읽고 물음에 답하시오.

반(半) 밤중 혼자 일어 묻노라 이내 꿈아
만 리(萬里) 요양(遼陽)을 어느덧 다녀온고
반갑다 학가(鶴駕) 선용(仙容)*을 친히 뵌 듯하여라   〈제1수〉

풍설 섞어 친 날에 묻노라 북래(北來) 사자(使者)*야
소해(小海) 용안(容顏)*이 얼마나 추우신가
고국(故國)의 못 죽는 고신(孤臣)이 눈물겨워 하노라   〈제2수〉

박제상 죽은 후에 @임의 시름 알 이 없다
이역(異域) 춘궁(春宮)*을 뉘라서 모셔 오리
지금에 ⓑ치술령 귀혼(歸魂)을 못내 슬퍼하노라   〈제4수〉

조정을 바라보니 무신(武臣)도 하 많아라
신고(辛苦)한 화친(和親)을 누를 두고 한 것인고
슬프다 조구리(趙廏吏)* 이미 죽으니 참승(參乘)할* 이 없어라   〈제6수〉

구렁에 낫는 풀이 봄비에 절로 길어
아는 일 없으니 그 아니 좋을쏘냐
우리는 너희만 못하여 시름겨워 하노라   〈제8수〉

이것아 어린것아 잡말 하지 마라
칠실(漆室)의 비가(悲歌)*를 뉘라서 슬퍼하리
어디서 탁주(濁酒) 한잔 얻어 이 시름 풀까 하노라   〈제10수〉

– 이정환, 「비가」

> *학가 선용: 수레를 탄 왕자의 모습.
>
> *북래 사자: 북쪽에서 온 사신.
>
> *소해 용안: 우리나라 왕자의 얼굴.
>
> *춘궁: 왕세자.
>
> *조구리: 조씨 성을 가진 마부. 충신을 가리킴.
>
> *참승할: 높은 이를 호위하여 수레에 같이 탈.
>
> *칠실의 비가: 제 신분에 맞지 않는 근심을 가리킴.

13 〈제1수〉와 〈제8수〉에서 화자의 정서를 드러내기 위해 쓰인 의인화된 소재를 각각 찾아 쓰시오.

〈제1수〉_____ ① _____, 〈제8수〉_____ ② _____

〈유의 사항〉
– 각각 한 단어로 쓸 것

14 작품의 역사적 배경을 고려할 때, ⓐ, ⓑ가 가리키는 인물명을 차례대로 쓰시오.

| ⓐ 임 | ⇒ _____ |
| ⓑ 치술령 귀혼(歸魂) | ⇒ _____ |

[15～16] 다음 글을 읽고 물음에 답하시오.

(가) 수양산(首陽山) 브라보며 이제(夷齊)롤 한(恨)ㅎ노라

　　주려 주글진들 채미(採薇)도 ㅎ는 것가

　　비록애 푸새엣 거신들 긔 뉘 짜헤 낫ᄃ니

　　　　　　　　　　　　　　　　　　　　　　　　　　　– 성삼문의 시조 –

(나) 어져 내 일이야 그릴 줄을 모로ᄃ냐

　　이시라 ㅎ더면 가랴마ᄂ @제 구티야

　　보내고 그리ᄂ 정(情)은 나도 몰라 ㅎ노라

　　　　　　　　　　　　　　　　　　　　　　　　　　　– 황진이의 시조 –

(다) 백구(白鷗) ㅣ야 말 무러보쟈 놀라지 마라스라

　　명구승지(名區勝地)롤 어듸어듸 브렷ᄃ니

　　날ᄃ려 자세(仔細)히 닐러든 네와 게 가 놀리라

　　　　　　　　　　　　　　　　　　　　　　　　　　　– 김천택의 시조 –

(라) 창(窓) 내고쟈 창(窓)을 내고쟈 이내 가슴에 창(窓)을 내고쟈

　　고모장지 셰살장지 들장지 열장지 암돌져귀 수돌져

　　귀 뷔목걸새 크나큰 쟝도리로 둑닥 바가 이내 가슴에 창(窓) 내고쟈

　　잇다감 하 답답홀 제면 여다져 볼가 ㅎ노라

　　　　　　　　　　　　　　　　　　　　　　　　　　　– 작자 미상의 시조 –

---

15 다음의 〈보기〉를 참고하여 글 (가)에서 화자가 '이제(夷齊)'의 고사를 인용한 이유를 서술하시오.

> **보기**
>
> 　성삼문은 사육신(死六臣) 가운데 한 사람이다. 그는 수양 대군이 단종(端宗)을 몰아내고 왕위에 오르자, 이에 반발하여 단종의 복위를 계획하였다가 발각되어 처형당했다.

〈유의 사항〉

– 20자(±5)로 기술할 것(공백 제외)

16 글 (나)의 ⓐ는 주체를 누구로 보느냐에 따라 중의적 해석이 가능하다. 중장 또는 종장과 연결 지은 해석 내용을 차례대로 쓰시오.

① 중장 ⇒ _____

② 종장 ⇒ _____

[17~18] 다음 글을 읽고 물음에 답하시오.

산즁을 매양 보랴 동해로 가쟈스라
남여(藍輿) 완보(緩步)하야* 산영누의 올나하니
녕농(玲瓏) 벽계(碧溪)와 수성(數聲) 뎨됴(啼鳥)는 니별을 원(怨)하는 듯
졍긔(旌旗)를 떨치니 오색이 넘노는 듯
고각(鼓角)을 섯부니 해운(海雲)이 다 것는 듯
명사 길 니근 말이 췌션(醉仙)을 빗기 시러
바다를 겻태 두고 해당화로 드러가니
백구야 나디 마라 네 버딘 줄 엇디 아난

┌ 금난굴 도라드러 |총셕뎡| 올라하니
│ 백옥누 남은 기동* 다만 네히 셔 잇고야
[A] │ 공슈(工倕)*의 성녕*인가 귀부(鬼斧)로 다드믄가
└ 구태야 뉵면은 므어슬 샹(象)톳던고

고성을란 뎌만 두고 삼일포를 차자가니
단셔(丹書)는 완연하되 사션(四仙)*은 어디 가니
예 사흘 머믄 후의 어디 가 또 머믈고
션유담 영낭호 거긔나 가 잇는가
쳥간뎡 만경대 몃 고대 안돗던고

                                    (중략)

텬근(天根)을 못내 보와 망양뎡의 올은말이
바다 밧근 하늘이니 하늘 밧근 므서신고
갓득 노한 고래 뉘라셔 놀내관대
블거니 쁨거니 어즈러이 구는디고
은산(銀山)을 것거 내여 뉵합(六合)의 나리는 듯
오월 댱텬(長天)의 백셜(白雪)은 므사 일고
져근덧 밤이 드러 풍낭이 뎡(定)하거늘
부상(扶桑) 지쳑(咫尺)의 명월을 기다리니
셔광(瑞光) 천댱(千丈)이 뵈는 듯 숨는고야

쥬렴을 고텨 것고 옥계를 다시 쓸며

계명성* 돗도록 곳초 안자 바라보니

백년화(白蓮花) 한 가지를 뉘라셔 보내신고

일이 됴흔 세계 남대되 다 뵈고져

뉴하쥬(流霞酒)* 가득 부어 달다려 무론 말이

영웅은 어디 가며 사션(四仙)은 긔 뉘러니

아매나 맛나 보아 녯 긔별 뭇쟈 하니

선산(仙山) 동해(東海)예 갈 길히 머도 멀샤

송근(松根)을 베여 누어 픗잠을 얼픗 드니

꿈애 한 사람이 날다려 닐온 말이

그대를 내 모르랴 샹계(上界)예 진션(眞仙)이라

황뎡경(黃庭經)* 일자(一字)를 엇디 그릇 닐거 두고

인간의 내려와셔 우리를 딸오는다

져근덧 가디 마오 이 술 한 잔 머거 보오

븍두셩(北斗星) 기우려 챵해슈(滄海水) 부어 내여

저 먹고 날 머겨늘 서너 잔 거후로니

화풍(和風)이 습습(習習)하야* 냥액(兩腋)*을 추혀 드니

구만리 댱공(長空)애 져기면 날리로다

이 술 가져다가 사해(四海)예 고로 난화

억만 창생을 다 취케 맹근 후의

그제야 고텨 맛나 또 한 잔 하쟛고야

말 디쟈 학을 타고 구공(九空)의 올나가니

공듕 옥쇼(玉簫) 소래 어제런가 그제런가

나도 잠을 깨여 바다할 구버보니

기픠를 모르거니 가인들 엇디 알리

명월이 천산 만낙(千山萬落)*의 아니 비쵠 대 업다

— 정철, 「관동별곡」

*남여 완보하야: 남여(가마)가 천천히 나아가.

*백옥누 남은 기동: 총석정 앞의 돌기둥.

*공슈: 중국 고대의 솜씨 좋은 장인의 이름.

*셩녕: 솜씨.

*사션: 신라 때의 선도(仙徒) 네 사람.

*계명성: 샛별.

*뉴하쥬: 신선이 먹는다는 술.

*황뎡경: 도가의 경서로, 이 경서의 한 글자만 잘못 읽어도 이 세상에 내쳐진다는 말이 있음.

*화풍이 습습하야: 바람이 부드럽게 부는 모양.

*냥액: 양 겨드랑이.

*천산 만낙: 온 세상.

17 다음의 〈보기〉를 바탕으로 위의 작품을 감상할 때, 밑줄 친 ⓐ, ⓑ와 관계된 소재를 위의 작품에서 찾아 쓰시오.

> **보기**
>
> 　고전 문학에서 적강 모티프는 일반적으로 ⓐ천상계의 신선이 죄를 지어 인간계로 쫓겨나 죗값을 치른 후에 다시 복귀하는 것을 의미한다. 위의 작품에서 적강 모티프는 화자가 남다른 자질과 능력을 지닌 인물임을 드러내는 데 효과적인 장치로 작용한다. 화자는 이러한 자질과 능력을 통해 목민관으로서 먼저 백성을 즐겁게 한 후에 나중에 자신이 즐기겠다는 선우후락(先憂後樂)을 고려한 선정의 포부를 밝히고 있다. 그리고 자신이 다스리는 관동 지방을 교화시켜 ⓑ백성들이 임금의 덕을 누리게 하겠다는 소망을 상징적인 자연물을 통해 드러내고 있다.

ⓐ _____　　　　ⓑ _____

〈유의 사항〉

– 각각 한 단어로 쓸 것

18 〈보기〉는 [A]의 　총석뎡　을 소재로 한 다른 작품의 일부이다. [A]와 〈보기〉에서 구체적 수치를 통해 사물의 외양을 나타낸 시행을 찾아 쓰시오.

> **보기**
>
> 총석정 좋단 말을 일찍이 들었거니
> 바람 불면 못 보려니 몰아라 어서 보자
> 벽해 위의 높은 집이 저것이 총석정인가
> 올라 보니 후면이라 전면으로 보오리라
> 배 대어라 사공들아 풍랑이 일지 않아
> 층파로 돌아 저어 총석 전면 보게 하라
> 배 띄워라 굽이마다 따라 저어 볼 양이면
> 영소전 태을궁*을 지으려고 경영턴가
> 돌기둥 천백 개를 육각으로 깎아 내어
> 개개이 묶어 세워 몇만 년이 되었던지
> 황량한 데 벌였으니 배 없어 못 실린가
>
> 　　　　　　　　　　　　　　　　　　　　　　– 구강, 「총석곡」에서
>
> ＊태을궁: 옥황상제가 사는 궁궐.

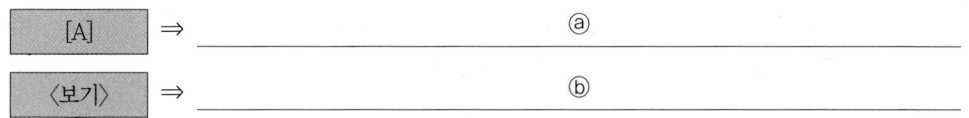

[A]	⇒	ⓐ
〈보기〉	⇒	ⓑ

[19～20] 다음 글을 읽고 물음에 답하시오.

　　찻간 안으로 들어오며 나는 혼자 속으로 외쳤다.

　　'무덤이다! 구더기가 끓는 무덤이다!'

　　나는 모자를 벗어서 앉았던 자리 위에 던지고 난로 앞으로 가서 몸을 녹이며 섰었다. 난로는 꽤 달았다. 뱀의 혀 같은 빨간 불길이 난로 문틈으로 날름날름 내다보인다. 찻간 안의 공기는 담배 연기와 석탄재의 먼지로 흐릿하면서도 쌀쌀하다. 우중충한 남폿불은 웅크리고 자는 사람들의 머리 위를 지키는 것 같으나 묵직하고도 고요한 압력(壓力)으로 지그시 내리누르는 것 같다. 나는 한번 휘 돌려다 보며,

　　'공동묘지다! 공동묘지 속에서 살면서 죽어서 공동묘지에 갈까 봐 애가 말라 하는 갸륵한 백성들이다!'

　　하고 혼자 코웃음을 쳤다.

　　'공동묘지 속에서 사니까 죽어서나 시원스런 데 가서 파묻히겠다는 것인가? 그러나 하여간에 구더기가 득시글득시글하는 무덤 속이다. 모두가 구더기다. 너도 구더기, 나도 구더기다. 그 속에서도 진화론적 모든 조건은 한 초 동안도 거르지 않고 진행되겠지! 생존 경쟁이 있고, 자연 도태가 있고, 네가 잘났느니 내가 잘났느니 하고 으르렁댈 것이다. 그러나 조만간 구더기는 낱낱이 해체가 되어서 원소가 되거나 흙이 될 것이다. 에잇! 뒈져라! 움도 싹도 없이 스러져 버려라! 망할 대로 망해 버려라! 사태가 나든지 망해 버리든지 양단간에 끝장이 나고 보면 그중에서 혹은 조금이라도 쓸모 있는 나은 놈이 생길지도 모를 것이다.'

　　[뒷부분 줄거리] 서울에 도착한 '나'는 병석에 누운 아내를 보지만 불편하기만 하다. 또 현대 의학으로 고칠 수 있는 병을 방치한 아버지와 주변 사람들의 무지에 환멸을 느끼지만 적극적으로 바꾸려고 하지 않는다. 며칠 후 아내가 숨지고, '나'는 아내의 장례를 치르고 서둘러 도쿄로 떠나려고 하지만 집안 식구의 만류로 발이 묶인다. 그 사이에 일본에서 새로운 생활을 찾아 대학에 진학하겠다는 술집 여급인 정자의 편지가 오고, '나'는 그녀의 새 출발을 축하하는 의미에서 돈을 부쳐 준다. 집안이고 사회고 구더기가 끓는 공동 묘지 같은 조선을 떠나고 싶어 하는 '나'는 불쌍한 아내, 사랑보다 연민이 앞섰던 가련한 아내를 생각하면서 탈출하듯 다시 도쿄로 떠난다.

　　　 – 염상섭, 「만세전」

19 윗글에서 '무덤'과 '구더기'는 '나'의 현실 인식이 반영된 대상물이다. '무덤'과 '구더기'가 상징하는 바를 각각 한 문장으로 서술하시오.

　　ⓐ '무덤' ⇒ ＿＿＿＿＿＿＿＿＿＿＿＿＿＿＿＿＿＿＿＿＿＿＿＿＿＿＿＿＿＿＿＿＿＿

　　ⓑ '구더기' ⇒ ＿＿＿＿＿＿＿＿＿＿＿＿＿＿＿＿＿＿＿＿＿＿＿＿＿＿＿＿＿＿＿＿

〈유의 사항〉

－ ⓐ는 20자, ⓑ는 25자 이내의 한 문장으로 기술할 것(공백 제외)

20 다음의 〈보기 2〉는 일제 강점기 조선의 암담한 현실에 대해 〈보기 1〉의 시적 화자와 윗글의 '나'가 바라보는 태도를 비교하여 설명한 것이다. 빈칸에 들어갈 단어를 차례대로 쓰시오.

보기 1

지금 눈 내리고
매화 향기 홀로 아득하니
내 여기 가난한 노래의 씨를 뿌려라.

다시 천고의 뒤에
백마 타고 오는 초인이 있어
이 광야에서 목 놓아 부르게 하리라.

― 이육사, 「광야」

보기 2

식민지 조선의 암울한 현실

이육사 「광야」	염상섭 「만세전」
광야, 초인	무덤, 구더기
목 놓아 부르게 하리라	혼자 코웃음을 쳤다
(ⓐ)	(ⓑ)

[21~22] 다음 글을 읽고 물음에 답하시오.

여관에 들어서자 우리는 모든 프로가 끝나 버린 극장에서 나오는 때처럼 어찌 할 바를 모르고 거북스럽기만 했다. 여관에 비한다면 거리가 우리에게는 더 좁았던 셈이었다. 벽으로 나뉜 방들, 그것이 우리가 들어가야 할 곳이었다.

"모두 같은 방에 들기로 하는 것이 어떻겠어요?"

내가 다시 말했다.

"난 지금 아주 피곤합니다."

안이 말했다.

"방은 각각 하나씩 차지하고 자기로 하지요."

"혼자 있기가 싫습니다."

라고 아저씨가 중얼거렸다.

"혼자 주무시는 게 편하실 거예요."

안이 말했다.

우리는 복도에서 헤어져서 사환이 지적해 준, 나란히 붙은 방 세 개에 각각 한 사람씩 들어갔다.

"화투라도 사다가 놉시다."

헤어지기 전에 내가 말했지만,

"난 아주 피곤합니다. 하시고 싶으면 두 분이나 하세요."

라고 안은 말하고 나서 자기의 방으로 들어가 버렸다.

"나도 피곤해 죽겠습니다. 안녕히 주무세요."

라고 나는 아저씨에게 말하고 나서 내 방으로 들어갔다.

ⓐ숙박계엔 거짓 이름, 거짓 주소, 거짓 나이, 거짓 직업을 쓰고 나서 사환이 가져다 놓은 자리끼를 마시고 나는 이불을 뒤집어썼다. 나는 꿈도 안 꾸고 잘 잤다.

다음 날 아침 일찍이 안이 나를 깨웠다.

"그 양반, 역시 죽어 버렸습니다."

안이 내 귀에 입을 대고 그렇게 속삭였다.

"예?"

나는 잠이 깨끗이 깨어 버렸다.

"방금 그 방에 들어가 보았는데 역시 죽어 버렸습니다."

"역시……."

나는 말했다.

"사람들이 알고 있습니까?"

"아직까진 아무도 모르는 것 같습니다. 우린 빨리 도망해 버리는 게 시끄럽지 않을 것 같습니다."

"자살이지요?"

"물론 그것이겠죠."

나는 급하게 옷을 주워 입었다. 개미 한 마리가 방바닥을 내 발이 있는 쪽으로 기어 오고 있었다. 그 개미가 내 발을 붙잡으려고 하는 것 같은 느낌이 들어서 나는 얼른 자리를 옮겨 디디었다.

밖의 이른 아침에는 싸락눈이 내리고 있었다. 우리는 할 수 있는 한 빠른 걸음으로 여관에서 떨어져 갔다.

"난 그 사람이 죽으리라는 걸 알고 있었습니다."

안이 말했다.

"난 짐작도 못했습니다."

라고 나는 사실대로 얘기했다.

"난 짐작하고 있었습니다."

그는 코트의 깃을 세우며 말했다.

"그렇지만 어떻게 합니까?"

"그렇지요. 할 수 없지요. 난 짐작도 못 했는데……"

내가 말했다.

"짐작했다고 하면 어떻게 하겠어요?"

그가 내게 물었다.

"어떻게 합니까? 그 양반 우리더러 어떡하라는 건지……"

"그러게 말입니다. 혼자 놓아두면 죽지 않을 줄 알았습니다. 그게 내가 생각해 본 최선의 그리고 유일한 방법이었습니다."

"난 그 양반이 죽으리라고는 짐작도 못 했다니까요. 약을 호주머니에 넣고 다녔던 모양이군요."

안은 눈을 맞고 있는 어느 앙상한 가로수 밑에서 멈췄다. 나도 그를 따라서 멈췄다. 그가 이상하다는 얼굴로 나에게 물었다.

"김 형, 우리는 분명히 스물다섯 살짜리죠?"

"난 분명히 그렇습니다."

"나두 그건 분명합니다."

그는 고개를 한번 기웃했다.

"두려워집니다."

"뭐가요?"

내가 물었다.

"그 뭔가가, 그러니까……."

그가 한숨 같은 음성으로 말했다.

"우리가 너무 늙어 버린 것 같지 않습니까?"

"우린 이제 겨우 스물다섯 살입니다."

나는 말했다.

"하여튼……."

하고 그가 내게 손을 내밀며 말했다.

"자, 여기서 헤어집시다. 재미 많이 보세요."

하고 나도 그의 손을 잡으며 말했다.

우리는 헤어졌다. 나는 마침 버스가 막 도착한 길 건너편의 버스 정류장으로 달려갔다. 버스에 올라서 창으로 내다보니 안은 앙상한 나뭇가지 사이로 내리는 눈을 맞으며 무언지 곰곰이 생각하고 서 있었다.

– 김승옥, 「서울, 1964년 겨울」

21 윗글의 ⓐ에서 작가가 전달하고자 하는 현대인의 성향을 한 단어로 쓰시오.

22 윗글에서 '나'와 '안'이 외면한 '사내의 죽음'을 통해 작가가 말하고자 하는 주제 의식을 두 단어로 쓰시오.

[23~24] 다음 글을 읽고 물음에 답하시오.

구보가 머리를 돌렸을 때, 그는 그 곳에, 지금 막 차에 오른 듯싶은 한 여성을 보고, 그리고 신기하게 놀랐다. 집에 돌아가, 어머니에게 오늘 전차에서 '그 색시'를 만났죠 하면, 어머니는 응당 반색을 하고, 그리고 "그래서 그래서", 뒤를 캐어물을 게다. 그가 만약 오직 그뿐이라고라도 말한다면, 어머니는 실망하고, 그리고 그를 주변머리 없다고 책할지도 모른다. 그러나 누가 그 일을 알고, 그리고 아들을 졸(拙)하다고라도 말한다면, 어머니는, 내 아들은 원체 얌전해서……. 그렇게 변호할 게다.

구보는 여자와 시선이 마주칠까 겁(怯)하여, 얼토당토않은 곳을 보며, 저 여자는 내가 여기 있는 것을 보았을까, 하고 생각한다.

〈중략〉

그는 결코 대담하지 못한 눈초리로, 비스듬히 두 칸 통 떨어진 곳에 앉아 있는 여자의 옆얼굴을 곁눈질하였다. 그리고 다음 순간, 그와 눈이 마주칠 것을 겁하여 시선을 돌리며, 여자는 혹은 자기를 곁눈질한 남자의 꼴을, 곁눈으로 느꼈을지도 모르겠다고, 그렇게 생각하여 본다. 여자는, 남자를 그 남자라 알고, 그리고 남자가 자기를 그 여자라 안 것을 알고 있을지도 모른다. 이러한 경우에, 나는 어떠한 태도를 취해야 마땅할까 하고, 구보는 그러한 것에 머리를 썼다. 알은체를 하여야 옳을지도 몰랐다. 혹은 모른 체하는 게 정당한 인사일지도 몰랐다. 그 둘 중에 어느 편을 여자는 바라고 있을까. 그것을 알았으면, 하였다. 그러다가, 갑자기, 그러한 것에 마음을 태우고 있는 자기가 스스로 괴이하고 우스워, 나는 오직 요만 일로 이렇게 흥분할 수가 있었던가 하고 스스로를 의심해 보았다. 그러면 나는 마음속 그윽이 그를 생각하고 있었던지도 모르겠다고 생각해 보았다. 그러나 그가 여자와 한 번 본 뒤로, 이래 일 년간, 그를 일찍이 한 번도 꿈에 본 일이 없었던 것을 생각해 내었을 때, 자기는 역시 진정으로 그를 사랑하고 있는 것은 아닌지도 모르겠다고, 그러한 생각이 들었다. 만약 그렇다면 자기가 여자의 마음을 헤아려 보고, 그리고 이리저리 공상을 달리고 하는 것은, 이를테면, 감정의 모독이었고, 그리고 일종의 죄악이었다.

〈중략〉

행복은 그가 그렇게도 구하여 마지않던 ㉠행복은, 그 여자와 함께 영구히 가 버렸는지도 모른다. 여자는 자기에게 던져 줄 행복을 가슴에 품고서, 구보가 마음의 문을 열어 가까이 와 주기를 갈망하였는지도 모른다. 왜 자기는 여자에게 좀 더 대담하지 못하였나. 구보는, 여자가 가지고 있는 온갖 아름다운 점을 하나하나 세어보며, 혹은 이 여자 말고 자기에게 행복을 약속해 주는 이는 없지 않을까, 하고 그렇게 생각하였다.

방향판을 한강교로 갈고 전차는 훈련원을 지났다. 구보는 자리에 앉아, 주머니에서 오 전 백동화(白銅貨)를 골라 꺼내면서, 비록 한 번도 꿈에 본 일은 없었더라도, 역시 그가 자기에게는 유일한 여자가 아닐까 하고 생각해 본다.

– 박태원, 「소설가 구보 씨의 일일」

23 위 작품의 ㉠과 〈보기〉의 ㉡은 각각 '구보'와 '나'가 소망하는 대상인데, 이를 바라보는 정서적 차이점을 서술하시오.

〈보기〉

마침내 나는 ㉡너에게로 간다
아주 먼 데서 나는 너에게 가고
아주 오랜 세월을 다하여 너는 지금 오고 있다
아주 먼 데서 지금도 천천히 오고 있는 너를
너를 기다리는 동안 나도 가고 있다
남들이 열고 들어오는 문을 통해
내 가슴에 쿵쿵거리는 모든 발자국 따라
너를 기다리는 동안 나는 너에게 가고 있다.

– 황지우, 「너를 기다리는 동안」

〈유의 사항〉
– '행복'과 '너'를 각 문장의 주어로, 25자 이내의 '대등하게 이어진문장'으로 기술할 것(공백 제외)

24 다음의 〈보기〉는 위 작품의 서술 방법과 그 효과를 설명한 것이다. 빈칸에 들어갈 말을 차례대로 쓰시오.

〈보기〉

이 작품은 시간의 순서와 논리성을 무시한 채 생각의 흐름에 따라 등장인물의 이야기를 전개하는 (ⓐ) 기법에 따라 서술하고 있다. 생각의 흐름대로 이어지는 서술 방법은 일제 강점하에서 무기력하게 살아가는 인물들의 (ⓑ)을/를 드러내는 데 효과적이다.

[25~26] 다음 글을 읽고 물음에 답하시오.

자진모리

　홍보가 들어간다, 홍보가 들어간다. 홍보 치레를 볼작시면 철대 부러진 헌 파립(破笠) 버레줄 총총 매여 조사 갓끈 달아 쓰고 편자 떨어진 헌 망건(網巾) 밥풀 관자(貫子) 노당줄을 뒤통 나게 졸라매고 떨어진 헌 도포(道袍) 실띠로 총총 이어 고픈 배 눌러 띠고 한 손에다가 곱돌 조대를 들고 또 한 손에다 가는 떨어진 부채 들고 죽어도 양반(兩班)이라고 여덟 팔자걸음으로 엇비식이 들어간다.

┌─────────────┐
│　　　ⓐ　　　│
└─────────────┘

　홍보가 들어가며 별안간 걱정이 하나 생겼지. "내가 아모리 궁핍(窮乏)할망정 반남 박씨(潘南朴氏) 양반인디 호방을 보고 허재를 하나 존경(尊敬)을 할까. 아서라 말은 하되 끝은 짓지 말고 웃음으로 얼리는 수밖에 없다." 질청으로 들어가니 호방이 문(門)을 열고 나오다가, "박 생원(朴生員) 들어오시오.", "호방 뵌 지 오래군.", "어찌 오셨소.", "양도(糧道)가 부족(不足)해서 환자 한 섬만 주시면 가을에 착실히 갚을 테니 호방 생각이 어떨지. 하하하.", "박 생원, 품 하나 팔아 보오.", "돈 생길 품이라면 팔고말고.", "다른 게 아니라 우리 고을 좌수(座首)가 병영영문(兵營營門)에 잡혔는디 좌수 대신 가서 곤장(棍杖) 열 대만 맞으면 한 대에 석 냥씩 설흔 냥은 꼽아 논 돈이오. 마삯까지 닷 냥 제시했으니 그 품 하나 팔아 보오.", "돈 생길 품이니 가고말고, 매품 팔러 가는 놈이 말 타고 갈 것 없고 내 발로 다녀올 테니 그 돈 닷 냥을 나를 내어 주지."

중모리

　저 아전(衙前) 거동(擧動)을 보아라. 궤(櫃) 문을 철컹 열고 돈 닷 냥을 내여 주니 홍보가 받아 들고, "다녀오리다.", "평안(平安)히 다녀오오." 박홍보 좋아라고 질청 밖으로 썩 나서서, "얼씨구나 좋구나 돈 봐라 돈 돈 봐라 돈돈 돈돈돈 돈을 봐라 돈. 이 돈을 눈에 대고 보면 삼강오륜(三綱五倫)이 다 보이고 조금 아따 나는 지화를 손에다 쥐고 보면 삼강오륜이 끊어져도 보이는 건 돈밖에 또 있느냐. 돈돈돈 돈 봐라 돈." 떡국집으로 들어를 가서 떡국 한 푼어치를 사서 먹고 막걸릿집으로 들어를 가서 막걸리 두 푼어치를 사서 먹고 어깨를 느리우고 죽통을 빼뜨리고, "대장부(大丈夫) 한 걸음에 엽전(葉錢) 설흔닷 냥이 들어를 간다. 얼씨구나 돈 봐라." 저의 집으로 들어가며, "여보게 마누라, 집안 어른이 어딜 갔다가 집 안이라고서 들어오면 우루루루루 쫓아 나와서 영접(迎接)하는 게 도리(道理) 옳지. 계집 이 사람아 당돌(唐突)이 앉아서 좌이부동(坐而不動)이 웬일인가, 에라 이 사람 몹쓸 사람."

중중모리

　홍보 마누라 나온다 홍보 마누라 나온다. "아이고 여보 영감, 영감 오실 줄 내 몰랐소. 어디 돈 어디 돈 돈 봅시다 돈 봐.", "놓아두어라 이 사람아, 이 돈 근본(根本)을 자네 아나. 잘난 사람도 못난 돈 못난 사람도 잘난 돈 맹상군(孟嘗君)의 수레바퀴처럼 둥글둥글 생긴 돈 부귀공명(富貴功名)이 붙은 돈, 이놈의 돈이 아나 돈아 어디를 갔다가 이제 오느냐 얼씨구나 절시구 돈돈돈 돈돈돈 돈 봐라."

┌─────────────┐
│　　　ⓐ　　　│
└─────────────┘

┌
│　　"이 돈 가지고 쌀팔고 고기 사서 육죽을 누구름하게 열한 통만 쑤소." 육죽을 쑤어서 아이도 한 통 어른도 한 통
[A] 각기 한 통씩 먹여 노니 모두 식곤증(食困症)이 나서 앉은자리에서 고자백이 잠을 자는디 죽 말국이 코끝에서 소주
│　(燒酒) 후 주 내리듯 댕강댕강하겄다. 홍보 마누라가 이 틈을 타서 막내둥이를 하나 만들었지. "여보 영감, 이 돈이
└

무슨 돈이오. 돈 속이나 좀 압시다.", "이 돈이 다른 돈이 아닐세. 우리 고을 좌수가 병영 영문에 잡혔는듸 대신 가서 곤장 열 대만 맞으면 한 대에 석 냥씩 준다기에 대신 가기로 삯전으로 받아온 돈이제." 흥보 마누라가 이 말을 듣더니, "아이구 여보 영감, 중한 가장 매품 팔아 먹고산다는 말은 고금천지(古今天地) 어디 가 보았소."

— 작자 미상, 「흥보가」

25 다음의 〈보기〉에서 설명하는 내용이 잘 드러나는 부분을 윗글의 [A]에서 찾아 한 문장으로 쓰시오.

보기

우리의 설화, 고전 소설, 판소리, 탈놀이 등에는 해학이 풍부하게 드러난다. 우리는 이러한 해학 문화를 통해 선인들의 삶의 자세를 엿볼 수 있다. 선인들은 해학을 통해 악한 대상을 효과적으로 비판하거나 풍자했으며, 힘들고 슬픈 현실을 해학의 웃음으로써 씻어 내기도 했다. 또한 속마음을 재치 있게 드러내기 위해서 해학적 표현을 사용하기도 했다. 이와 같은 해학적 표현은 글을 읽는 독자나 공연을 보는 관객에게 재미와 흥취를 더하는 역할을 했다.

26 다음의 〈보기〉는 소리, 발림과 함께 판소리를 구성하는 주요 3요소 중 하나인 '이것'에 대한 설명이다. 윗글의 [ⓐ   ]에 공통적으로 들어가는 '이것'을 쓰시오.

보기

창의 중간중간에 이야기하듯 엮어 나가는 사설 부분으로 주로 사건의 변화, 시간의 경과, 작중 인물과의 대화, 인물의 심리 묘사 등을 전달한다.

[27~28] 다음 글을 읽고 물음에 답하시오.

　나는 멍하니 서 있다, 양말을 벗고 바지를 걷어 올렸다. 현관 앞 신발들을 모두 신발장 안에 넣고, 컴퓨터와 티브이 등 가전제품의 콘센트를 뽑았다. 피아노 주위엔 마른 수건 몇 장을 단단히 둘러놓았다. 방바닥에 고인 물은 걸레로 훔쳐 내면 될 일이었다. 나는 걸레로 바닥을 닦은 뒤 세숫대야에 물을 짜내고 훔쳐 내는 일을 반복했다. 구정물은 화장실에 버리고, 마른 수건으로 한 번 더 물기를 없앴다. 순서대로 일을 처리하다 보니 언니 말대로 별일 아닌 것처럼 느꼈다. 조금쯤 내가 어른이 된 것 같은 기분도 들었다. 한바탕 집 안을 정리하고 숨을 돌리며 허리를 폈다. 그리고 상쾌한 표정으로 주위를 둘러봤다. 조금 전 물기를 닦아 낸 곳에 다시 빗물이 고여 있었다. 아까보다 더 많은 양이었다. 나는 하얗게 질려 언니에게 전화했다.

　"언니."

　언니가 주위 눈치를 보는 듯 조그맣게 대꾸했다.

　"왜?"

　나는 울먹이며 말했다.

　"비 와."

　언니가 한숨을 쉬며 답했다.

　"그래, 아까도 말했잖아."

　나는 아이처럼 훌쩍였다.

　"응, 근데 자꾸 와."

　언니는 조용히 나를 타이르며 집으로 갈 테니, 그때까지만 참으라고 했다.

　"언제 올 건데?"

　언니는 모르겠다고, 하지만 곧 가겠다는 말만 반복했다. 나는 전화를 끊고 손등으로 눈물을 훔쳤다. 물은 발등까지 차올랐다. 빗물에서 매캐하고 비릿한 도시 냄새가 났다. 주인집에 도움을 청할까 싶었지만, 너무 늦은 시간이었다. 어쨌든 다시 일을 시작해야 했다. 우선 컴퓨터 전선을 한데 묶어 서랍장 위에 올려놓았다. 그리고 쓰레받기를 이용해 빗물을 퍼내기 시작했다. 물은 계단과 창문을 타고 자꾸자꾸 들어왔다.

〈중략〉

　물은 정강이까지 올라와 있었다. 책장 아래 칸의 책들은 빗물에 퉁퉁 불어 가고 있었다. 그중에는 언니가 아직 풀지 못한 영어 문제집도 있었다. 나는 가까스로 사내를 옮겨 피아노 의자 위에 누일 수 있었다. 사내는 평온한 표정을 지었다. 몸통이 기역 자로 꺾여, 발목은 물에 잠긴 채였다. 나는 한숨을 쉰 뒤 사내를 바라봤다. 양 볼이 불그스레한 게 좀 모자라 보였다. 한참 사내의 얼굴을 보고 있자니, 언니가 말한 이 얘기가 떠올랐다. 그러자 나도 사내의 이를 보고 싶다는 마음이 들었다. 신속하게, 잠깐만 보면 괜찮지 않을까 하고. 나는 사내의 입술을 향해 조심스럽게 손을 뻗었다. 그는 자세가 불편한지 돌아누웠다. 나는 다급히 손을 거두며 스스로를 책망했다. 셋방이 물에 잠겨 가는데 무슨 짓인가 싶었다. 빗물은 어느새 무릎까지 차 있었다. 나는 피아노가 물에 잠겨 가고 있다는 걸 깨달았다. 저대로 두다간 못 쓰게 될 것이 분명했다. 순간 '쇼바'를 잔뜩 올린 오토바이 한 대가 부르릉— 가슴을 긁고 가는 기분이 들었다. 오토바이가 일으키는 흙먼지 사이로 수천 개의 만두가 공기 방울처럼 떠올랐다 사라졌다. 언니의 영어 교재도, 컴퓨터와 활자 디근도, 아버지의 전화도, 우리의 여름도 모두 하늘 위로 떠올랐다 톡톡 터져 버렸다. 나는 피아노 뚜껑을 열었다. 깨끗한 건반이 한눈에 들어왔다. 건반 위에 가만 손가락을 얹어 보았다. 엄지는 도, 검지는 레, 중지와 약지는 미 파. 아무 힘도 주지 않았는데 어떤 음 하나가 긴소리로 우는 느낌이 들었다. 나는 나도 모르게 손가락에 힘을 주었다.

　"도—"

도는 긴소리를 내며 방 안을 날아다녔다. 나는 레를 짚었다.

"레—"

사내가 자세를 틀어 기역 자로 눕는 모습이 보였다. 나는 편안하게 피아노를 연주하기 시작했다. 하나 둘 손끝에서 돋아나는 음표들이 눅눅했다.

"솔 미 도레 미파솔라솔라솔⋯⋯"

물에 잠긴 페달이 뭉텅뭉텅 공기 방울이 새어 나왔다. 음은 천천히 날아올라 어우러졌다 사라졌다.

"미미 솔 도라 솔⋯⋯"

사내의 몸에서 만두처럼 김이 모락모락 피어났다. 빗줄기는 거세졌다 잦아지길 반복하고, 검은 비가 출렁이는 반지하에서 나는 피아노를 치고, 발목이 물에 잠긴 채 그는 어떤 꿈을 꾸는지 웃고 있었다.

— 김애란, 「도도한 생활」

27 윗글에서 나타난 문제 상황에 대한 '나'의 반응을 〈보기〉와 같이 도식화 할 때, 반응이 변하게 된 계기가 무엇인지 다음의 핵심어를 사용하여 기술하시오.

〈유의 사항〉

– 25자 이내의 한 문장으로 기술할 것(공백 제외)

28 윗글에서 '나'가 빗물을 퍼내는 과정에서 느낀 도시 생활의 고단함과 비정함을 후각적으로 나타낸 표현을 찾아 4어절로 쓰시오.

[29~30] 다음 글을 읽고 물음에 답하시오.

내가 감히 존재의 테이블을 갖겠다고 생각한 것은 바슐라르를 흉내 내려는 치기에서가 아니다. 아마도 그가 이룬 업적이나 성공보다는 한 인간으로서 고통과 외로움을 이겨 내는 방식에 대해 더 깊이 공감했기 때문일 것이다. 그리고 내게도 그런 자리가 필요하다면 이렇게 자그마하고 나지막한 테이블일 거라고 생각하면서 나는 그것을 샀다. 다리는 접었다 폈다 조립이 가능하고, 둥근 판 위에는 작은 꽃문양을 새겨 넣은 테이블이었다.

그 테이블을 사는 순간 어찌나 행복했던지 그것만으로도 인도에 온 보람이 있다고 생각할 정도였다. 그러나 행복함은 차차 후회로 변해 갔다. 여행 초기에 커다란 짐 하나가 생긴 셈이니 여행 내내 나는 그것을 끌고 다니느라 여간 고생을 한 게 아니었으니까. 존재의 자리를 낙타의 혹처럼 자기 등 뒤에 짊어지고 다니는 내 모습이라니! 그처럼 우매한 충동과 집착이 또 어디 있을까 싶었다.

그 테이블을 사지 않고도, 이미 집에 있는 테이블로도 충분히 만들 수 있는 존재의 자리를 나는 왜 그 테이블이 아니면 안 될 것처럼 생각했던 것일까. 그것은 아마도 오랫동안 자기 존재의 자리를 잃어버린 채 생활에 휘둘려 살아가고 있다는 위기감 때문이었을 것이다. 그리고 아무리 큰 집을 가졌다 해도 그 속에 정작 존재의 자리를 갖지 못한 사람들보다는 덜 우매해지려는 욕심에서였을 것이다.

이런 쓸쓸한 자부심이 그 테이블에는 깃들어 있다. 그런데 문제는 '존재의 테이블'을 인도에서 한국 땅까지 끌고 와서 집 안에 들여놓은 후에도 그 앞에 앉을 시간을 그리 많이 갖지 못했다는 것이다. 아주 오래도록 거기에 앉지 못할 때도 있었다. 그럴 때는 바로 곁에 있는 그 테이블이 아주 멀리, 그것이 만들어진 인도보다도 멀리 있는 것처럼 느껴진다. 새겨진 꽃문양 사이사이로 먼지가 끼어 가는 걸 보면서 내 마음이 그 모습 같거니 생각할 때도 많았다. 그토록 애착을 느꼈으면서도 어느 순간 잡동사니 속에 함부로 굴러다니며 삐걱거리게 된 그 테이블을 볼 때마다 나는 새삼 쓸쓸해지고는 한다.

매일 학교에 갔다가 부랴부랴 돌아와 밥하고 청소하고 빨래하고 아이들 챙겨서 재우고 나면 자정이 넘어 버리는 일상 속에서 그 앞에 앉기란 사실 쉬운 일이 아니다. 행복하면 그 짧은 행복을 즐기느라. 고통스러우면 그 지루한 고통에 진절머리를 치느라 그 앞에 가 앉지 못했다. '존재의 테이블'을 장만한 뒤에도 존재의 자리는 쉬이 생기지 않았다.

그러다가도 그 삐걱거리는 ⓐ테이블을 잘 만져서 바로잡고 아주 공들여서 먼지를 닦는 날이 있다. 그러면 나는 내가 닦고 있는 것이 테이블이 아니라 실은 하나의 거울이라는 것을 알게 된다. 내가 지금 어디에 어떻게 앉아 있는가를 가장 잘 비추어 주는 거울. 그리고 힘든 일이 닥칠수록 그 테이블만큼 더 작아지고 고요해지는 것이 필요하다고 넌지시 일러 주는 거울.

그렇게 잘 닦고 나면 다시 그 앞에 앉을 엄두도 나는 것이다.

볕이 잘 드는 창문 쪽으로 그 테이블을 가져다 놓고 두 손을 씻고……. 이렇게 누추한 생활에서 간신히 스스로를 건져 올려 그 앞에 데려다 놓는다. 그 드문 순간들에야 비로소 나는 고통스러우면서도 행복하다는 것이 무엇인지를 어렴풋하게나마 느끼게 된다.

— 나희덕, 「존재의 테이블」

29 '나'의 삶에서 '존재의 테이블'이 갖는 의미를, 윗글의 주제 의식을 반영하여 두 단어로 기술하시오.

30 다음의 〈보기〉에서 ⓐ의 '테이블'과 같은 역할을 하는 대상을 찾아 쓰시오.

> 보기

> 파란 녹이 낀 구리거울 속에
> 내 얼굴이 남아 있는 것은
> 어느 왕조(王朝)의 유물(遺物)이기에
> 이다지도 욕될까.
>
> 나는 나의 참회(懺悔)의 글을 한 줄에 줄이자.
> ― 만 이십사 년 일 개월을
> 무슨 기쁨을 바라 살아왔던가.
>
> 내일이나 모레나 그 어느 즐거운 날에
> 나는 또 한 줄의 참회록(懺悔錄)을 써야 한다.
> ― 그때 그 젊은 나이에
> ― 왜 그런 부끄런 고백(告白)을 했던가.
> 밤이면 밤마다 나의 거울을
> 손바닥으로 발바닥으로 닦아 보자.
>
> 그러면 어느 운석(隕石) 밑으로 홀로 걸어가는
> 슬픈 사람의 뒷모양이
> 거울 속에 나타나 온다.
>
> ― 윤동주, 「참회록」

[31~32] 다음 글을 읽고 물음에 답하시오.

　예로부터 하늘과 땅은 어질지가 않다[天地不仁]는 말이 있다. 온갖 생물을 낳고 기르면서도 그 생물들 가운데 어느 것을 편들거나 어느 것을 떼치거나 하지 않고 자연에 그대로 맡긴다는 뜻이다. 서양의 한 자연주의 작가 역시 자연은 인간의 운명에 대해 관심을 두지 않는다고 말한 적이 있다. 이를테면 큰 잉어가 어린 붕어를 먹고, 큰 붕어가 어린 피라미를 먹고, 큰 피라미가 어린 송사리를 먹고, 큰 송사리가 어린 생이를 먹고 살더라도 말리지 않으며, 넓고 넓은 바닷가의 오막살이집에서 늙은 아비가 고기잡이를 하며 철모르는 딸과 함께 살다가 배가 뒤집혀 돌아오지 않는다고 하더라도 모르쇠를 댄다는 것이다.

그러고 보면 '자연스럽다'라는 말처럼 매몰스럽고 정나미가 떨어지는 말도 드물 걸 같다. 그러나 그것은 어디까지나 인간의 이기주의적인 생각에 지나지 않는다. 자연은 인간의 힘을 더하지 않은 채 우주 사이에 저절로 된 그대로 그냥 있는 것이 제 본성이기 때문이다.

아무 데나 나는 풀도 이름이 없는 풀은 없다고 한다. 그러나 농부는 저마다 논밭에 심고 가꾸는 것이 아닌 것은 죄다 잡풀이라고 한다. 자기에게 필요할 때는 나물도 되고 화초도 되고 약초도 되고 목초도 되고 거름도 되고 하는 풀도 필요가 없을 때는 잡풀이 되는 것이다. 잡풀로 그치는 것만도 아니다. 논밭에 나서 서로가 살려고 작물과 경쟁을 할 때는 여지없이 농부의 원수가 되어 낫에 베이거나 호미에 뽑히거나 농약에 마르거나 하여 덧없이 죽어 가기 마련이다. 논밭의 작물은 주인의 발걸음 소리에 자란다는 말을 들을 때 잡풀의 서러움은 그 무엇에 견주어 말한대도 성에 찰 리가 없을 터이다.

나는 장마 전에 시골집에 가서 고추밭과 집터서리에 뒤덮인 잡풀을 이틀에 걸쳐서 뽑고 베고 하였다. 장마가 지면 고추밭이 풀밭이 되고 울안의 빗물도 빠지지 않아서 나간 집이나 다름이 없어질 터이기 때문이었다. 풀을 뽑고 베는 동안에 팔과 다리에 '풀독'이 올랐다. 뽑히고 베일 때 성이 난 풀잎에 팔과 다리가 긁히더니 이윽고 벌겋게 부르트면서 옻이나 옴이 오른 것처럼 가렵고 따갑고 쓰라려서 안절부절못하게 된 거였다.

약국에서는 접촉성 피무염이라면서 먹는 약과 바르는 약을 주었지만, 열흘이 지나고 보름이 지나도 가라앉지 않았다. 누구는 병원의 주사 한 방이면 직방으로 나을 텐데 미련을 떤다고 흉을 보기도 했다. ㉠그러나 장마가 끝나도록 병원을 찾지 않았다.

한갓 잡풀일망정 뽑히고 베일 때 왜 느낌이 없을 수 있겠는가. 느낌이 있다면 왜 가만히 있을 수 있겠는가. 자연스럽다는 것은 본디 인간의 뜻과 무관한 것이 아니었던가. 풀독은 근 달포나 되어서야 자연스럽게 가라앉았다.

– 이문구, 「성난 풀잎」

31 다음의 〈보기〉는 풀독이 오르기 전과 오른 후에 뒤바뀐 글쓴이의 인식 변화를 설명한 것이다. 빈칸에 들어갈 말을 차례대로 쓰시오.

보기

인간 중심의 (ⓐ) 사고가 생명을 존중하는 (ⓑ) 사고로 전환되었다.

32 윗글의 글쓴이가 풀독이 오른 후에도 ㉠처럼 행동한 이유가 무엇 때문인지 서술하시오.

〈유의 사항〉
– 15자 이내로 기술할 것(공백 제외)

[33~34] 다음 글을 읽고 물음에 답하시오.

다링: 마침내 결정한 거예요?

기임: 그래, 함께 가서 살기로 했어.

다링: (살림 도구들이 있는 곳에서 접시, 그릇, 찻잔들을 가져와 낡은 짐 가방에 담으며) 무조건 다 가져가요.

기임: (다링이 담은 것들을 다시 꺼내 놓으며) 아냐, 반절만 내 것인걸!

다링: 둘이서 함께 쓰던 물건은 어쩌려구요? 반절로 나눌 수도 없잖아요.

　자앙과 운전수, 손수레에 상자를 싣고 창고 안으로 들어온다.

운전수: 우린 트럭에 상자들을 다 옮겼어. 그런데 너희는 짐도 안 싸고 뭘 했지?

자앙: 짐이라니……?

기임: 으음, 그렇게 됐어. 오늘 나는 이 창고 속을 떠난다구!

자앙: 정말 가는 거야? 이렇게 갑자기……?

기임: 미안해! 그런데 막상 떠나려니까 조금은 서운하군.
　　(창고 안을 둘러보며) 너하고 여기서 얼마나 살았더라……? 몇십 년은 훨씬 더 될 거야, 아마…….

자앙: 그래…… 우린 철부지 시절부터 이 창고지기였어.

기임: 언제나 너는 나를 고맙게도 보살펴 줬지.

자앙: 날 의붓어미라고 미워했으면서 뭘…….

기임: 진짜로 미워한 건 아니잖아?

자앙: 나도 알아. (기임을 껴안는다.) 제발 가지 마! 이 창고도, 나도, 전혀 달라진 게 없잖아?

기임: 그건 안 돼. 이 창고는 더 이상 내가 살 곳이 아냐.

운전수: 남자들끼리 헤어지면서 무슨 말이 그렇게 많아? (창고 밖으로 나가며) 시간 없어! 나 먼저 트럭에 가서 있을 테니까 너희는 어서 짐 싸 들고 나와!

〈중략〉

　창고 밖으로 떠나는 것이 즐겁다는 듯이 기임의 환호성이 들린다. 트럭 운전수와 다링의 웃음소리도 들린다. 잠시 후, 트럭이 경음기를 울리며 떠나는 소리가 들린다. 창고는 조용해진다. 자앙, 식탁 앞에 힘없이 주저앉는다. 늙고 허약해진 모습이다. 그는 식탁 위에 놓여 있는 ㉠북어 대가리를 물끄러미 바라본다.

자앙: 그래, 나도 너처럼 머리만 남았군. 그저 쓸쓸하고…… 허무한 생각으로 가득 찬…… 머리만…… 덜렁…… 남은 거야. (두 손으로 북어 대가리를 집어서 얼굴 가까이 마주 바라보며) 말해 보렴, 네 눈엔 내가 어떻게 보이는지? 그토록 오랜 나날…… 나는 이 어둡고 조그만 창고 속에서…… 행복했었다. 상자들을 옮겨 오고…… 내보내며…… 내가 맡고 있는 일을 성실하게 잘 하고 있다는 뿌듯함…… 그게 내 삶을 지탱해 왔었는데……. 그러나 만약에…… 세상이 엉뚱하게 잘못되고 있는 것이라면…… 이 창고 속에서의 성실함이…… 무슨 소용 있는 거지? (사이) 북어 대가리야, 왜 말이 없냐? 멀뚱멀뚱 바라만 볼 뿐 왜 대답이 없어? (북어 대가리를 식탁 위에 내려놓는다.) 아냐, 내 의심은 틀린 거야. 덜렁 남은 머릿속의 생각만으로 세상을 잘못됐다구 판단해선 안 돼. (손수레에 실린 상자들을 옮겨 놓아라! 정확하게 쌓아! 틀리면 안 돼! 단 하나의 착오도 없게, 절대로 틀려서는 안 된다!

자앙, 느릿느릿 정성을 다해 상자들을 쌓는다. 무대 조명, 서서히 자앙에게 압축되면서 암전한다.

– 이강백, 「북어 대가리」

33 윗글에서 창고에 혼자 남은 자앙의 처지와 심리를 고려하여, ⊙의 '북어 대가리'가 의미하는 현대인의 삶의 모습을 기술하시오.

〈유의 사항〉

– 25자(±5)로 기술할 것(공백 제외)

34 위 작품에 대한 〈보기 1〉의 감상 내용을 바탕으로 〈보기 2〉의 빈칸에 알맞은 말을 차례대로 쓰시오.

보기1

이 작품은 인간의 이성과 육체를 두 명의 인물로 형상화하여, 한 개인의 내면 풍경을 그려 내고 있다. 두 인물은 창고라는 한 인간의 공간에서 오랫동안 함께해왔다. 인간의 이성은 육체를 통제하려 하기 때문에, 이 작품에서도 이성적 자아가 우위에 있는 모습을 보인다. 그러나 육체적 자아를 상실하면 인간은 존재감을 상실하고 무기력한 존재로 남게 된다. 이 작품 역시 그러한 인간의 내면을 드러내고 있다.

보기2

• 성실함을 중요하게 생각하는 자앙은 (ⓐ) 자아를, 현실적 행복을 찾아 떠나는 기임은 (ⓑ) 자아를 상징한다.

• 자앙이 자신을 보살펴 주었다는 기임의 말을 통해 (ⓒ) 자아가 (ⓓ) 자아보다 우위에 있는 모습을 확인할 수 있다.

• 자앙이 쓸쓸하고 허무한 생각으로 가득 찬 자신을 북어 대가리와 같다고 느끼는 것을 통해 (ⓔ) 자아를 상실하면 무기력한 존재로 남게 됨을 확인할 수 있다.

[35~36] 다음 글을 읽고 물음에 답하시오.

[앞 부분의 줄거리] 판문점 내 공동 경비 구역 북측 초소에서 총격전이 벌어져 중립국 감독 위원회가 조사를 벌인다. 조사 과정에서 북측 병사인 경필과 우진, 남측 병사인 수혁과 성식이 공동 경비 구역 북측 초소와 벙커에서 자주 만났다는 사실이 드러난다.

S# 60. 돌아오지 않는 다리(밤)

걷는 두 사람의 네 발을 길게 따른 카메라. 군사 분계선에 도착하면 그중 발 하나가 벽돌 너머를 디디려다 허공에서 잠시 머뭇거리더니, 홱 돌려 도로 남쪽으로 돌아온다.

성식: (속삭이는 목소리) 저…… 안 가면 안 될까요?
수혁: (자못 진지한 목소리) 뭐? 야, 넌 지금 분단의 반세기…… 음…… 오욕과 고통의 세월을 뛰어넘어…… 에…… 통일 의 물꼬를 트러 가는 거야.
성식: (목소리) …… 나중에…… 트면 안 될까요?

고개를 푹 떨구는 성식, 고개 숙인 채 곁눈질로 분계선을 내려본다. 분계선과 이미 넘어가 있는 수혁의 다리가 보인 다. 조심스레 한 다리를 움직이는 성식. 분계선 너머로 내려오는 성식의 군화 발바닥 클로즈업*에서 프리즈 프레임*.
잠시 후 – 경필과 우진, 수혁과 성식을 반갑게 맞는다.

경필: (손을 내밀며) 얘기 많이 들었다. 나 오경필이야.

반응이 없어 어색해지는 경필. 머뭇거리는 성식, 불안한 듯 손은 권총 손잡이에 가 있다. 수혁이 눈치를 주자 손을 떼 는 성식. 경필을 향해 멋쩍게 웃어 보이는 수혁. 마주 보며 억지로 웃으려고 노력하는 경필과 우진. 식은땀을 흘리는 성 식. 성식의 손 클로즈업. 주저하다가 드디어 권총을 포기하고 앞으로 뻗어 나간다. 성식의 손을 굳게 쥐고 흔드는 경필, 갑자기 성식을 확 끌어당긴다. 끌려와서 팍 안기는 성식의 놀란 얼굴.

경필: 반갑다.

포옹을 풀면서 성식의 어깨를 잡고 밀어내는 경필. 밀려나는 성식, 무릎이 풀리면서 풀썩 주저앉는다.

(중략)

S# 62. 벙커(밤)

경필: (수혁에게) 갖구 왔니? (수혁에게서 맛동산을 받아들며 기쁘게) 왜 공화국은 이런 거 못 만드나 몰라?

경필, 봉지를 가운데 놓고 두 손바닥으로 박수치듯 때린다. 봉지 터지는 소리 대신 딱! 하고 호두 껍질 빠개지는 소리. 경필이 권총 손잡이로 호두를 깨는 중이다. 옆에서는 우진이 총알 다섯 개로 공기놀이를 하고 있다. 손등에 오른 총알 하나가 굴러떨어진다. 땅을 치는 우진, 환호하는 수혁과 성식. 혀를 차는 경필.

우진: (총알들을 팽개치며 성식에게) 아이 씨, 그냥 돌 갖구 하자니까!
성식: (총알을 거두며) 이게 뭐 어렵다구 그래?

   공기놀이를 시작하는 성식, 완벽한 테크닉으로 순식간에 다섯 바탕을 끝내 버린다. 경탄하는 경필과 우진, 으쓱하는 수혁.

(중략)

S# 70. 북측 초소(밤)

수혁: 형, 정말 어제 무슨 일이 나려고 했던 거야?
경필: 낸들 알갔니. 미국 놈들이 폭격을 정말 하면 도리 없는 거지, 뭐.
성식: 그러니까 핵무기, 미사일 그런 거 안 만들면 되잖아.
경필: (버럭 소리 지르며) 아, 그걸 내가 만드냐?
성식: (덩달아 언성을 높이며) 왜 화를 내고 그래요?
우진: 전쟁 얘기 좀 그만해요. 무섭단 말이에요.
경필: (차분해지며) 부모님께 편지나 한 통씩 써. 수정이한테두 쓰구.
수혁: 정말로 전쟁이 나면 어쩌지? (경필과 우진을 보며) 우리도…… 서루 쏴야 돼?

   잠시 아무도 말이 없다.

경필: 난 안 쏜다구 장담 못 한다.
수혁: 형은 그럴지 모르지만 난 안 쏠 거예요.
우진: 우리끼리는 절대 쏘지 맙시다.
성식: 그래. 최소한 우리끼리는…….
우진: (좋은 생각이 났다는 듯) 우리, 증명서 같은 걸 서루 써 주면 어떨까? '위의 남성식 동지는 공화국을 위하여 복무한 자임을 증명함. 중사 오경필, 전사 정우진.' 뭐, 이런 식으루…….
성식: (목소리) 그래, 좋은 생각 같다, 그거…….
경필: …… 얼씨구? 육갑들 떨구 자빠졌네……. 미국 애들이 '워 게임'인지 뭔지 하면 여기 경비병 생존 확률 빵이야, 빵! 남북 모두 삼 분 안에 전멸! 몰라? (뒤통수를 긁적이는 우진과 성식. 경필, 잠자코 노래를 듣다가 혀를 차며) …… 아, 오마니 생각 나누나! 공화국 애들은 왜 이런 노랠 못 만들까? 근데 앤 왜 그렇게 일찍 죽었대니? 자, 우리, 광석일 위해서 딱 한 잔만 하자우!

– 박상연 원작, 박찬욱 외 각색, 「공동 경비 구역 JSA」

*클로즈업: 피사체에 가까이 접근해 찍어 피사체가 화면에 가득 차도록 하는 효과
*프리즈 프레임: 하나의 프레임을 반복 재생하여 화면을 정지 상태처럼 보이게 하는 효과

35 다음의 〈보기〉는 위 작품 속에 등장하는 인물들의 사건 전개에 대한 설명이다. 빈 칸에 들어갈 인물들을 차례대로 쓰시오.

> **보기**
>
> ① 성식은 (   )의 성화에 마지못해 군사 분계선을 넘어갔다.
> ② 경필은 수혁을 통해 (   )에 관한 이야기를 들은 적이 있다.
> ③ (   )은/는 전쟁이 발발하면 공동 경비 구역이 위험에 처할 수 있다는 점을 알고 있다.

① _____

② _____

③ _____

36 위 작품에서 상대의 신뢰를 바탕으로 상대가 위험에 처할 경우를 대비하려는 인물의 심리가 드러난 소재를 찾아 한 단어로 쓰시오.

Life isn't fair. It's just fairer than death, that's all.
삶은 공평하지 않다. 다만 죽음보다는 공평할 뿐이다.

– 윌리엄 골드먼 –

독서

[핵심이론]

1 독서의 본질

1. 독서의 준비

(1) 독서의 목적에 따라 글을 선택하는 방법

목적	글의 선택 방법
학업 독서	나에게 필요한 분야의 지식을 잘 정리한 책을 찾아서 정독함
교양 독서	나에게 필요한 교양이 무엇인지 생각하고 나서 읽을 만한 책을 찾음
문제 해결 독서	당면한 문제에 대해 분석하고 해결책을 제시한 책을 찾음
여가 독서	나의 흥미와 관심을 생각하여 책을 찾음
타인과의 관계 유지를 위한 독서	사람들의 공통적인 관심사를 생각하여 책을 찾음

(2) 독서 수준에 맞는 글을 선택하는 방법

① 표지를 통해 책의 성격에 대한 단서 찾기

② 목차와 서문을 통해 책에서 다룬 내용의 범위 확인하기

③ 본문을 보고 나의 지식이나 어휘력으로 이해할 수 있을지 짐작하기

(3) 가치 있는 글을 선택하는 방법

① 다른 사람이 쓴 서평 등을 참고하여 책 선택하기

② 여러 세대를 거치면서 검증되어 '고전'으로 인정된 책 선택하기

③ 권장 도서나 추천 도서로 선정된 책 선택하기

2. 주제 통합적 읽기

(1) 개념: 같은 화제를 다룬 여러 글을 읽고 비판적·통합적으로 이해하여 의미를 재구성하는 활동

(2) 필요성

① 다양하고 폭넓은 관점으로 주제를 바라볼 수 있음

② 주관적이고 비판적인 시각으로 다른 사람의 글을 읽을 수 있음

③ 인간과 세계를 폭넓게 이해하는 능력을 기를 수 있음

④ 문제 상황을 창의적으로 해결할 수 있는 능력을 기를 수 있음

(3) 과정

읽기의 목적 구체화하기
⇩
읽기 목적에 맞는 글 찾기
⇩
글의 분야, 글쓴이의 관점, 형식이 다른 글을 서로 비교하며 읽기
⇩
글의 주장을 비판적으로 검토하고 유용한 정보 추려 내기
⇩
자신의 관점에 따라 정보를 가려내어 화제에 대한 자신의 견해 정리하기(재구성하기)

❷ 독서의 방법

1. 사실적 읽기

(1) 개념: 글에 드러난 정보를 확인하면서 읽는 활동으로, 글을 이해하기 위한 가장 기본적인 읽기 방법

(2) 방법

① 제목을 주의 깊게 살펴보고 내용을 요약하기

② 글의 종류와 그에 따른 글 전체의 논리를 살펴 글의 구조를 파악하기

③ 글의 화제나 내용, 글의 전개 방식을 알려 주는 담화 표지 등을 살펴 글의 전개 방식을 파악하기

2. 추론적 읽기

(1) 개념: 글에 드러난 내용 이외의 것들을 추측하며 읽는 활동

(2) 방법

① 배경지식, 담화 표지, 글의 문맥 등을 종합적으로 활용하여 생략되거나 암시된 정보를 추론하기

PART 1 국어 / PART 2 수학 / PART 3 기출문제 / PART 4 해답

② 글의 종류, 글 전체의 내용과 글의 맥락을 고려하여 글쓴이의 의도나 목적을 추론하기

③ 글쓴이의 입장, 글의 예상 독자, 글의 화제나 대상을 대하는 글쓴이의 태도 등을 종합하여 숨겨진 주제를 추론하기

3. 비판적 읽기

(1) **개념**: 글의 내용과 표현 방법, 글쓴이의 관점, 글의 배경이 되는 사회·문화적 이념 들을 판단하며 읽는 활동

(2) **방법**

① 글쓴이의 관점이 타당한지, 내용이 논리적으로 타당한지, 정확하고 믿을 만한지, 공정한지, 자료가 적합한지 등을 판단하기

② 글에 쓰인 표현 방법이 적절하고 효과적인지 판단하기

③ 글에 숨겨진 의도, 글에 전제되거나 글쓴이가 의도적으로 반영한 사회·문화적 이념을 판단하기

4. 감상적 읽기

(1) **개념**: 글에 대해 정서적으로 반응하며 읽는 활동

(2) **방법**

① 공감하거나 감동을 느낀 부분의 의미를 생각하기

② 글에서 깨달음과 즐거움을 얻기

③ 글의 내용을 자신에게 맞게 수용하기

5. 창의적 읽기

(1) **개념**: 글의 내용과 글쓴이의 생각에 독자 자신의 지식과 경험을 더해 새로운 의미를 만들어 내는 활동

(2) **방법**

① 문제 해결에 도움이 되는 글을 찾아 읽기

② 문제와 관련된 글쓴이의 생각을 평가하고 이에 대한 대안을 찾으며 능동적으로 읽기

3 독서의 분야

1. 인문 · 예술 분야의 글 읽기

(1) 글의 특성

① **인문 분야**: 인간 존재에 대해 철학적으로 탐구하고, 인간의 삶을 기록하기 위한 인간의 지적 활동이 축적된 글

　예 문학, 역사, 철학, 언어, 종교, 심리 등에 관한 글

② **예술 분야**: 인간의 상상력과 기술을 발휘해 아름다움을 표현하려는 활동 및 그 결과로 만들어진 작품에 대한 설명, 예술이 탄생한 배경과 창작된 과정 등을 다룬 글

　예 예술 철학, 미학 등 예술론 일반에 대한 글, 작품론, 작가론, 음악, 미술, 연극, 영화, 무용, 건축, 사진, 공예 등

(2) 글을 읽는 방법

① 인문 분야와 예술 분야에 대한 배경지식을 활용하며 읽기

② 인문학적 세계관과 인간에 대한 글쓴이의 성찰을 비판적으로 이해하며 읽기

③ 예술과 삶의 문제를 대하는 인간의 태도를 비판적 시각에서 읽기

2. 사회 · 문화 분야의 글 읽기

(1) 글의 특성

① **사회 분야**: 정치, 경제, 언론, 법률, 국제 관계, 교육 분야를 다룬 글

② **문화 분야**: 의식주, 언어, 풍습, 종교, 학문 분야를 다룬 글

(2) 글을 읽는 방법

① 글에 담긴 사회적 요구와 신념을 비판적으로 파악하며 읽기

② 사회적 현상의 특성을 이해하며 읽기

③ 역사적 인물과 사건의 사회 · 문화적 맥락을 비판적으로 이해하며 읽기

3. 과학 · 기술 분야의 글 읽기

(1) 글의 특성

① **과학 분야**

　㉠ 자연 현상이나 물리적 세계를 대상으로 하며, 대상의 구조나 변화의 원리를 보편적 인과 법칙에 의해 서술함

    © 객관적 자료에 근거한 과학적 사실이나 법칙을 제시함

    © 자연 과학에 관한 글뿐 아니라 과학에 관한 일반적인 글도 포함함

  ② 기술 분야

    ゙ 과학 이론을 실제로 적용하여 자연과 사물 등을 인간 생활에 유용하도록 가공한 다양한 기술에 관해 서술함

    © 기술 공학적 원리나 법칙을 탐구하고 설명함

(2) 글을 읽는 방법

  ① 과학 용어나 개념을 명확하게 이해하며 읽기

  ② 지식과 정보의 객관성을 파악하며 읽기

  ③ 논거의 입증 과정을 파악하고 논거의 타당성을 판단하며 읽기

  ④ 과학적 원리의 응용과 한계를 파악하며 읽기

4. 시대의 특성을 고려한 글 읽기

(1) 글쓰기 관습의 변화

  ① 세로쓰기 → 가로쓰기

  ② 한문 또는 한문과 한글의 병기 → 한글 표기

(2) 글 읽기 방법

  ① 글이 생산된 당대의 글쓰기 관습이나 독서 문화를 고려하며 읽기

  ② 글쓴이의 상황이나 당시의 사회 · 문화적 맥락을 고려하며 읽기

  ③ 자신의 필요나 상황에 맞추어 글의 의미를 재구성하며 읽기

5. 지역의 특성을 고려한 글 읽기

(1) 필요성

  ① 인간과 세계의 다양성에 대한 이해의 폭을 넓힐 수 있다.

  ② 다른 지역의 사회 · 문화가 갖는 특수성을 알 수 있다.

  ③ 다른 지역과 비교하여 우리 사회와 문화의 고유한 가치, 한 인간으로서 자신에 대한 이해를 높일 수 있다.

(2) 글 읽기 방법

  ① 글이 쓰인 당시 그 지역을 지배한 가치관과 문화를 고려하며 읽기

② 글이 지역의 가치관이나 문화에 끼친 영향을 생각하며 읽기

③ 지역적으로 편중되지 않도록 세계와 국내 여러 지역의 문화를 다룬 글을 두루 읽기

④ 각 지역의 문화적 특성을 존중하는 문화 상대주의적 관점을 지니고 읽기

6. 매체의 특성을 이용한 글 읽기

(1) 독서 환경의 변화

① 정보 통신 기술의 발달로 다양한 읽기 매체(스마트폰, 태블릿 컴퓨터, 전자책 단말기 등)가 생겨남

② 인터넷을 통해 사람들이 지식과 정보의 구성에 직접 참여하고, 손쉽게 자료를 복제하고 전송할 수 있게 됨

(2) 글 읽기 방법

① 매체의 유형과 특성을 고려하여 매체 자료를 읽기

② 매체 자료의 타당성, 신뢰성, 공정성 등을 평가하며 비판적으로 읽기

③ 다양한 매체에서 필요한 정보를 수집하여 활용할 수 있도록 능동적이고 주체적으로 읽기

④ 독서의 태도

1. 지속적인 독서 활동

(1) 효과

① 지식과 정보를 얻어 시대의 변화에 대응할 수 있음

② 자기 분야의 전문가로 성장할 수 있음

ⓒ 독서 문화를 향유하고 건전한 독서 문화 형성에 이바지할 수 있음

(2) 실천

① 독서에 대한 흥미와 관심을 유지함

② 자발적인 독서 태도를 지님

③ 자신의 독서 이력을 관리함

2. 독서를 통해 타인과 교류하는 방법

① 자신의 관심사에 맞는 다양한 독서 활동 찾기

② 독서 활동에 능동적으로 참여하기

③ 독서 활동의 경험을 공유하고 확산하기

해답 p.310

대표문제

▶ 다음 글을 읽고 물음에 답하시오.

배점(총점)	예상 소요 시간
20점	5분 / 전체 80분

　사업에 필요한 돈을 마련하는데, 이때 회사의 정관에 발행 예정인 주식의 총수를 기재해야 한다. 이를 '수권 자본'이라고 하며 처음에는 수권 자본 내에서 주식의 일부만을 발행하고 나머지는 회사 설립 이후 필요에 따라 발행할 수도 있다. 이렇게 실제 발행한 주식의 수와 주식의 액면가를 곱한 것을 '자본금'이라고 한다. 예를 들어 액면가가 1천 원인 주식을 1만 주 발행하면 자본금은 1천만 원이 되는 것이다. 하지만 주식회사에서 초기의 자본 금만으로 사업을 하는 것은 아니다. 회사를 경영하면서 더 많은 돈이 필요하게 될 수 있는데 이럴 때에는 금융 기관에서 대출을 받거나 회사의 이름으로 채권을 발행할 수 있다. 하지만 대출이나 채권은 원금 상환과 이자 지 급의 의무가 발생하고 장기적으로는 회사에 부담이 될 가능성이 존재한다. 따라서 이런 방법들 외에 더 많이 쓰 이는 방법은 주식을 새로 발행하여 자본금을 늘리는 증자이다.

　증자에는 두 가지 방식이 있는데, 먼저 주식을 발행할 때 주주들에게 대가를 받는 '유상 증자'가 있다. 유상 증 자는 모집 대상을 기준으로 하여 3가지로 나뉜다. 첫째, 기존의 주주들을 대상으로 주식을 발행하는 주주 배정 방식이다. 이는 새로운 주식을 발행하는 기본적인 방식으로 기존 주주들의 권리를 잘 보장해 준다. 기존의 주주 들은 보유하고 있는 주식의 비율대로 새로운 주식을 구입할 수 있는 권리를 가지고 이에 따라 주식 구입 여부를 결정할 수 있다. 둘째, 불특정 다수의 투자자들을 대상으로 새로운 주식을 발행하는 일반 공모 방식이다. 대부분 의 유상 증자는 기존의 주주들에게 먼저 새로운 주식을 배정한 후 기존의 주주들이 구입하지 않은 나머지 주식 을 일반 공모로 처리하는 방식으로 이루어지고 있다. 이 방식을 시행하면 새로운 주주들을 모을 수는 있지만 기 존 주주들은 주식 보유 비율이 낮아지고 주가의 하락으로 손해를 입을 수 있다. 마지막으로는 특정인에게 새로 운 주식을 발행해서 투자금을 받는 제삼자 배정 방식이 있다. 이는 주로 회사와 밀접한 관련이 있는 특정 대상의 투자가 필요할 때 이루어지는데, 신기술의 도입이나 재무 구조의 개선 등 회사의 경영상 목적을 달성하기 위한 특별한 경우로 한정된다. 또한 기존 주주들의 이해관계나 지분에 따른 경영권 문제가 발생할 수 있으므로 정관 에 의거하거나 정관에 관련 규정이 없는 경우에는 이사회의 의결 외에도 주주들의 의결 절차를 거치는 등 엄격 한 규제 속에서 이루어진다.

　한편, 증자의 다른 방식으로 주식을 발행하지만 이를 주주들에게 대가 없이 나누어 주는 '무상 증자'가 있다. 무상 증자도 유상 증자와 마찬가지로 새로운 주식이 발행되는 것이기 때문에 자본금의 총액은 증가한다. 주주들 에게 주식이 무상으로 제공되기 때문에 회사에 실제로 돈이 들어오지는 않지만 재무적 변화는 발생한다. 그렇다 면 어떻게 자본금이 늘어나는 것일까? 회사의 자산은 자기 자본과 부채로 조달되는데, 자기 자본은 자본금과 잉 여금 등으로 구성된다. 잉여금에는 자본금을 바탕으로 사업을 해서 얻은 이익인 이익 잉여금과 시장의 현재 주 가가 액면가보다 높을 때 주식을 새로 발행하여 얻게 된 이익인 자본 잉여금이 있다. 무상 증자는 이러한 잉여금 을 자본금으로 이동시키는 것이다. 잉여금 중 일부에 해당하는 금액만큼의 주식을 발행한 후, 기존의 주주들이 보유한 주식의 비율에 따라 주식을 나누어 준다.

무상 증자는 회계상으로는 자본금이 증가하지만 기존 자산 내의 숫자가 이동한 것일 뿐, 실제로 회사가 보유한 자산이 늘어나는 것은 아니다. 기존의 주주는 새로운 주식을 받을 수 있기 때문에 보유한 주식의 수는 늘어나지만 시장 전체의 주식 수가 늘어난 만큼 주당 가격은 떨어지게 되므로 주주들 각자가 보유한 주식의 전체 가치는 달라지지 않는다. 하지만 무상 증자를 실시한다는 것은 회사 내에 잉여금이 많다는 것이고 그만큼 재무 구조가 건전한 것으로 해석될 수 있기 때문에 투자자의 심리에 긍정적인 영향을 줄 수 있다.

[예시문제]

다음은 어느 기업의 유상증자에 대한 사례이다. 윗글의 내용을 토대로 하여 ⓐ의 이유를 기술하시오.

(주)○○상사는 신규 사업 진출에 따라 일반 공모 방식의 유상증자를 실행하고자 하였다. 그러자 ⓐ기존 주주들이 크게 빈발하였다.

⟨유의 사항⟩

– 30자(±5)로 기술할 것(공백 제외)

모범답안 주식 보유 비율이 낮아지고 주가 하락으로 손해를 입을 수 있기 때문

바른해설 불특정 다수의 투자자들을 대상으로 새로운 주식을 발행하는 일반 공모 방식을 시행하면 기존 주주들은 주식보유 비율이 낮아지고 주가의 하락으로 손해를 볼 수 있다고 설명하고 있다.

채점기준

답안	배점
25~35자는 10점, 20~24자와 36~40자는 2점 감점, 그 외에는 4점 감점	
주식 보유 비율이 '낮아지고', 주가 하락으로 '손해를 입었다'는 의미를 모두 포함해야	10점
'주식 보유 비율이 낮아짐', '주가 하락으로 손해를 입음'	각 5점
'주식 보유 비율', '주가'의 키워드만 포함되면	각 2점
'손해 본다'의 문구가 없으면	2점 감점

[01~02] 다음 글을 읽고 물음에 답하시오.

ⓐ교과서에 포함된 글은 기능에 따라 '메타 텍스트', '서술 텍스트', '자료 텍스트'로 나뉜다. 메타 텍스트는 교과서 전체나 단원이 어떻게 구성되어 있는지 안내하는 부분이라서 학습 내용 자체를 서술하고 있지는 않다. 서술 텍스트는 학습해야 하는 내용을 직접 서술한 글이다. 가령 요약하며 읽기 단원이라면 요약하기의 전략과 유의점에 대해 구체적으로 서술되어 있다. 자료 텍스트는 제재(題材)라고도 하며, 서술 텍스트에서 배운 내용을 적용해 볼 수 있고 학습을 위한 활동의 대상이 되는 글이다. 이러한 제재는 독자의 학년을 고려하여 선정이 된다.

제재를 학년에 맞게 선정하기 위해서는 읽기 쉬운 정도, 즉 수준을 측정해야 하는데 측정 방법으로는 양적 평가와 질적 평가를 함께 사용하는 것이 권장된다. 양적 평가에서는 글의 표면적 특성인 문장의 길이, 쉬운 단어의 비율만을 특정한 공식에 대입하여 나온 점수로 수준을 평가한다. 하지만 이 두 가지 요소만으로는 글의 수준을 완벽하게 평가하기 어렵다. 단어와 단어가 만나면 개별 단어의 의미를 넘어서는 이면적인 의미가 만들어지기도 하기 때문이다. 한편 질적 평가에서는 전문가가 주관에 기초하여 글의 수준을 종합적으로 평가한다. 관습적인 글의 구조가 사용되었는지, 문장의 의미는 명료한지, 독자가 글을 읽는 목적은 무엇이며, 글을 이해하는 데 필요한 배경지식은 어느 정도인지를 종합하는 것이다. 하지만 이 방식은 전문가마다 측정한 결과의 편차가 클 수도 있다는 단점이 있다.

ⓑ국어 교과서의 제재를 선정할 때는 수준뿐만 아니라 '대자성', '균형성', '계열성'도 함께 고려한다. 다양하게 해석할 수 있는 글은 대자성이 있다고 하며, 조립 설명서는 의미가 고정된 글이어서 대자성이 없다. 대자성이 있는 글은 의견을 주고받는 수업에 활용할 수 있으므로 교과서에 일정 비율 수록된다. 균형성이란 다양한 유형의 제재가 수록되어야 한다는 것으로, 이를 갖추기 위해서는 설명문, 논설문, 문학이 모두 수록되어야 한다. 계열성이란 학습 순서의 선후 배치와 관련된 것인데, 이를 갖추기 위해서는 학년이 높아질수록 배우는 내용이 심화되거나 현재 배우는 것과 과거에 배운 것이 서로 관련되어야 한다.

보기

ⓒ고등학교 국어 교과서를 배부받았다. 차례를 보니 이 교과서에는 설명문, 논설문, 문학이 모두 제재로 수록되어 있었고 마지막 장에는 저자의 약력도 소개되어 있었다. 시 「진달래꽃」은 ⓒ중학교 국어 교과서에서 배웠는데 오늘 받은 교과서에도 있었다. 그때는 '화자의 정서와 태도'를 설명한 교과서 글을 읽은 후 「진달래꽃」의 화자의 정서와 태도를 정리해 보고, 중의적인 마지막 구절로 토론을 했던 기억이 났다. 고등학교에서는 가사 「속미인곡」을 읽은 후 정서와 태도가 「진달래꽃」과 비교해서 이별의 정한이라는 주제로 계승되는 양상을 배우는 것 같다.

---

01 제시문의 ⓐ를 참고하여 〈보기〉의 ⓒ, ⓒ을 이해할 때 다음의 빈칸에 들어갈 말을 차례대로 쓰시오.

> ⓒ에 실린 가사 「속미인곡」은 (①) 텍스트이다.
> ⓒ에 실린 시 「진달래꽃」은 (②) 텍스트이다.
> ⓒ에 포함된 '화자의 정서와 태도'를 설명한 글은 (③) 텍스트에 해당한다.

① _____　　② _____　　③ _____

02 제시문의 ⓑ를 참고하여 〈보기〉의 ㉠, ㉡을 이해할 때 다음의 빈칸에 들어갈 말을 차례대로 쓰시오.

> ㉠에 설명문, 논설문, 문학이 모두 제재로 수록되었으므로 (①)을 갖추었다.
> ㉡에 실린 시 「진달래꽃」의 경우, ㉠의 마지막 장에 소개된 '저자의 약력'과 달리 (②)이 있는 글이다.
> ㉠은 시 「진달래꽃」을 활용하여 학습 내용을 심화하고 있고 ㉡에서 배운 것과도 연관되므로 (③)을 갖추었다.

① _____   ② _____   ③ _____

PART 1 국어

[03～04] 다음 글을 읽고 물음에 답하시오.

PART 2 수학

식품 첨가물이란 식품을 제조, 가공, 조리, 보존하는 과정에서 감미, 착색, 표백, 산화 방지 등 특정한 목적으로 식품에서 사용되는 물질을 말한다. 예를 들어 식품에 함유된 카페인이나 소금은 식품의 맛이나 향미를 증진할 목적으로 사용된 것이므로 식품 첨가물이라 할 수 있다. 완성된 식품에 남아 있지 않더라도 식품의 제조, 가공, 조리, 보존 중 식품에 사용되었으면 식품 첨가물이라고 할 수 있으며, 식품에 닿는 기구나 식품 용기 및 포장을 살균하거나 소독하는 데에 사용하는 물질 중 간접적으로 식품으로 옮아갈 수 있는 물질도 식품 첨가물이라 할 수 있다.

PART 3 기출문제

식품 첨가물은 여러 방식을 통해 얻을 수 있다. 자연에 있는 자원에서 특정 성분을 추출한 후 정제하거나 발효하여 얻을 수도 있고, 화학적 합성을 통해 얻을 수도 있다. 화학적 합성을 통해 얻은 식품 첨가물은 자연에서 구할 수 있는 물질일 수도 있고 자연에서 구할 수 없는 물질일 수도 있다.

식품 첨가물은 다양한 목적을 위해 사용할 수 있다. 첫째로 특정한 식품 가공 공정에 꼭 필요하여 식품의 제조를 위해 사용할 수 있다. 예를 들어 껌의 제조에는 씹을 때 점성이 있으며 녹지 않는 물질인 껌 기초제라는 식품 첨가물이 필요하며, 두부의 제조에는 콩을 갈아 만든 콩물을 단단한 조직으로 만들어 주는 응고제라는 식품 첨가물이 필요하다. 둘째로 식품의 보존성과 저장성을 높이기 위해 사용할 수 있다. 식품 첨가물인 산화 방지제를 사용하여 식품 내 지방질의 산화로 인한 독성 물질의 생성을 막는 것이 이에 해당한다. 셋째로 식품에 대한 기호성을 높이기 위해 사용할 수 있다. 식품 첨가물인 향료나 향미 증진제를 사용하여 식품의 향미를 개선하거나, 착색료를 첨가하여 식품의 색깔을 개선해 먹는 즐거움을 더해 주는 것이 이에 해당한다. 넷째로 식품 자체에 부족하게 포함된 영양소나 식품 가공 중 손실된 영양소를 보충하기 위해 사용할 수 있다. 유제품 가공 중 손실된 칼슘을 인위적으로 첨가하는 것이 이에 해당한다. 하나의 식품 첨가물을 식품 제조 시에 한 가지 목적을 위해 사용할 수도 있지만, 동시에 여러 가지 목적을 위해 사용할 수도 있다.

PART 4 해답

모든 물질은 섭취량에 따라 우리 몸에 부정적인 영향을 미칠 수 있는데 식품 첨가물도 마찬가지이다. 즉 우리가 흔히 섭취하는 식품 첨가물도 많은 양을 섭취하게 되면 인체에 해가 될 수 있다. 특정 물질의 안전성 및 유해성은 해당 물질의 섭취나 투여에 따라 유해 반응이 나타난 실험 대상의 비율을 나타낸 용량 반응 곡선으로 살펴볼 수 있다. 식품 첨가물 또한 용량 반응 곡선을 통해 안전성 및 유해성을 파악할 수 있다. 식품의 섭취량은 식품 종류에 따라 다를 수 있으므로 특정 식품 첨가물의 용량 반응 곡선만으로는 식품 하나에 포함될 수 있는 식품 첨가물의 양을 쉽게 판단하기 어렵다. 그러므로 해당 물질의 유해성과 식품 종류에 따른 섭취량 등을 고려하여 식품 종류별로 중량당 함유할 수 있는 식품 첨가물의 양을 법적으로 제한하고 있다.

그러나 식품을 섭취하는 사람의 체중과 식품 섭취량은 상황에 따라 다르므로, 식품 첨가물의 안전한 섭취량을 알고 있는 것이 중요하다. 식품 첨가물의 안전한 섭취량을 알 수 있는 대표적인 기준으로는 일일 섭취 허용량이 있다. 일일 섭취 허용량은 식품 첨가물이나 식품에 남아 있는 잔류 농약 등 특정한 물질을 인간이 일생 동안 매일 먹더라도 유해한 작용을 일으키지 않는, 체중 1kg당 1일에 섭취 가능한 용량이다. 일일 섭취 허용량은 일생 동안 섭취할 경우에 발생하는 만성 독성을 근거로 산출된 값으로, 최대 무독성량을 안전 계수 100으로 나누어 계산한 값이다. 최대 무독성량이란 동물 실험에서 특정 물질과 관련된 유해한 영향이 관찰되지 않는 그 물질의 최대 섭취량이며, 안전 계수는 특정 물질의 안전성을 계산할 때 필요한 계수로 예상하지 못한 위험을 막기 위해 필요하다. 예를 들어 특정 물질의 최대 무독성량이 체중 1kg당 10mg이라면 이 물질의 일일 섭취 허용량은 0.1mg이 된다. 즉 안전 계수는 동물 실험과 실제 개개인에 적용되는 상황이 다를 수 있어 이를 보정하기 위한 것이다. 안전 계수는 동물과 사람의 종간 차이를 10으로 두고 사람 간의 차이를 10으로 두어 두 수를 곱하여 얻는다. 건강한 사람이라면 일시적으로 일일 섭취 허용량을 약간 초과하는 양의 식품 첨가물을 섭취하더라도, 장기간에 걸쳐 섭취한 양의 하루 평균이 일일 섭취 허용량 이하라면 유해한 영향이 나타나기 어렵다.

03 식품 첨가물에 대한 제시문의 내용을 다음과 같이 구성할 때, 각 문단의 빈칸에 들어갈 말을 제시문에서 찾아 차례대로 쓰시오.

[1문단] 식품 첨가물의 정의
[2문단] 식품 첨가물을 얻는 방법
[3문단] 식품 첨가물의 ①
[4문단] 특정 물질의 ② 및 ③ 을/를 판단하는 방법
[5문단] 식품 첨가물의 안전한 ④

〈유의 사항〉
① 2어절로 쓸 것
②·③·④ 3음절의 한 단어로 쓸 것

04 제시문의 내용을 고려할 때, 다음의 〈보기〉에서 '식품 첨가물'에 해당하는 것을 모두 고르시오.

> 보기
>
> ⓐ 화학적 합성을 통해 얻은 안식향산
> ⓑ 자연에 있는 자원에서 추출한 안식향산
> ⓒ 일반적인 빵의 제조 과정에서 사용하는 팽창제
> ⓓ 식품 가공 중 수분 손실을 방지해 식품의 보존성을 높일 목적으로 사용된 수산화나트륨
> ⓔ 식품 제조 과정에서 사용된 후 완전히 제거되어 완성된 식품에 포함되어 있지 않은 안식향산이나 수산화나트륨

식품 첨가물 ⇒ _____

PART 1
국어

PART 2
수학

PART 3
기출문제

PART 4
해답

[05~06] 다음 글을 읽고 물음에 답하시오.

사람은 제 모습과 유사한 사람에게 가장 흥미를 보인다고 한다. 사람을 찍은 사진은 단지 타인의 모습을 남기는 것에 그치지 않는다. 다른 사람들의 모습에서 자신의 현재를 발견하는 것이다. 어쩌면 사람을 찍는 일은 사진에 투영된 자아를 드러내고 싶은 욕망일지도 모른다. 결국 다른 사람의 모습을 통해 자신의 이야기를 하려는 것이다.

또한 사람을 찍는다는 것은 소통의 간절함을 드러낸다. 그토록 많은 사람이 사람을 찍는 이유가 여기에 있다. 자신의 존재를 세상과 연결하고 싶은 속내를 드러내는 것이다. 자신이 보고 만났던 사람을 통해 더 많은 이야기를 나누고 싶어 하는 것이다. 그래서 사람들은 누구나 찍지 못하는 인물 사진, 이야기가 담겨 있는 인물 사진, 나만의 방식으로 표현하는 인물 사진을 찍고 싶어 한다.

사람을 찍은 사진은 세월을 초월하는 힘이 있다. 시간이 흐르는 동안 온갖 기억들이 사진에 덧입혀져, 사진의 의미는 더 다양해지고 깊어진다. 사진에서 읽어 낼 수 있는 내용과 감동이 끊임없이 샘솟기 때문이다.

우리는 자신과 상관없는 다른 사람의 모습을 담은 사진에서 설명하기 어려운 공감대를 형성하기도 한다. 내가 찍은 소년의 모습에서 자신의 어린 시절 모습을 떠올리는 것처럼 말이다. 첫 키스의 떨리는 순간을 담은 연인의 사진, 스포츠 경기에 환호하는 사람들의 사진 등. 인간사의 모든 드라마는 나에게도 일어났거나, 일어날 개연성이 높다.

우리는 우리가 살고 있는 어제와 오늘이 크게 다르지 않다고 생각할지 모른다. 하지만 어제 겪었던 일들은 결코 오늘 다시 일어나지 않는다. 지하철 안은 늘 혼잡하지만 타고 있는 사람은 모두 새로운 사람들 아니던가? 그렇기에 바로 지금 벌어지는 삶의 순간을 프레임 속에 고정한 사진의 강렬함은 인상적이다. 사진은 순간을 잘라 낸 과거의 시간과 행동을 현재로 되돌려 놓는다. 이미 지나간 시간의 비밀을 다시 확인하는 놀라움은 크다. 미처 보지 못한 많은 것들이 사진 속에 여전히 선명하게 남아 있기 때문이다.

이토록 매력적인 소재인 인물을 사진가들이 놓칠 리 없다. 그래서 이를 아는 사진가들은 무엇보다 먼저 사람에 초점을 맞춘다. 겁내지 말고 사람을 찍어라. 사람이라는 소재는 마르는 법이 없다. 그러니 사람들을 향해 카메라를 들어라. 그리고 사람에 대해 애정을 가지고 사진을 찍어라. 그러면 사진 속의 삶을 이어 가는 수많은 인물은 끝없는 감동을 만들어 갈 것이다. 그 일은 결국 자신이 살아 있음을 확인하는 일이기도 하다.

한편 우리가 인물 사진만큼 많이 찍는 사진이 있다. 바로 풍경 사진이다. 사진 공모전 출품작의 대부분도 풍경 사진으로 채워진다. 봄이면 꽃, 여름에는 바다, 가을이면 낙엽 진 숲속, 겨울에는 눈 내린 산이 약속이나 한 듯 동시에 올라온다. 1년 사계를 통틀어 꾸준히 등장하는 바닷가 일출 장면과 석양의 노을 풍경 또한 말할 것도 없다.

그런데 이상하게도 절경을 보고 감탄하며 사진을 찍어 보아도, 찍고 나면 풍경들은 다 비슷하게 보인다. 아무리 자연 풍경을 정밀한 묘사력으로 재현한다 하더라도 실제의 감동에는 미치지 못한다. 애초에 눈앞에 펼쳐지는 입체적 공간의 느낌을 이차원 평면인 사진으로 표현한다는 것 자체가 불가능하기 때문이다. 어차피 실제의 입체적인 느낌을 살려 낼 수 없다면 풍경 사진을 찍을 때 염두에 두어야 하는 것은 무엇일까? 바로 풍경을 보는 자신의 인식과 프레임이다. 다시 말해 풍경의 재현이 아니라 해석인 것이다. 방법은 분명해졌다. 풍경 사진은 더 많이 생각하고, 자신의 해석을 더할 때 비로소 의미 있는 사진이 된다.

– 윤광준, 「내가 찍고 싶은 사진」

05 윗글에서 글쓴이가 제시한 인물 사진을 찍는 두 가지 방법을 서술하시오.

① _____

② _____

〈유의 사항〉

– 명령문의 형식을 활용하여 기술할 것(공백 제외)

06 다음의 〈보기〉는 제시문의 내용을 바탕으로 풍경 사진의 한계와 그 극복 방안을 설명한 것이다. 빈칸에 들어갈 단어를 차례대로 쓰시오.

보기

풍경 사진이 한계를 갖는 이유는 눈앞에 펼쳐지는 (ⓐ) 공간의 느낌을 (ⓑ) 평면인 사진으로 표현한다는 것 자체가 불가능하기 때문이며, 이를 극복하려면 풍경을 보는 자신의 인식과 (ⓒ)이/가 필요하다.

[07~08] 다음 글을 읽고 물음에 답하시오.

야구나 축구와 같은 구기 스포츠에서는 공을 강하게 멀리 보내거나, 날아오는 공을 멈추게 하는 등의 기술이 필요하다. 이를 역학의 개념으로 본다면 정지해 있거나 운동을 하는 물체(공)에 신체나 기구로 충격을 가하여 물체의 운동 상태를 변화시키는 것이라고 할 수 있다. 실제 공을 배트로 치거나 발로 찰 때에는 공이 찌그러졌다가 원래대로 돌아오면서 생기는 탄성력, 충격을 줄 때의 속도와 시간, 공기 저항, 마찰력 등의 다양한 요인이 작용한다. 이 모든 요인을 고려하여 운동의 변화를 설명하는 것은 매우 복잡하고 어렵지만 운동하는 물체의 질량과 속도의 곱으로 표현되는 물리량인 운동량을 사용하면 간단하게 설명할 수도 있다.

운동의 양은 사용하는 물리량과 정의 방법에 따라 달라질 수 있지만, 데카르트는 운동하는 물체가 직선으로 운동을 계속하려 한다는 점을 고려하여 질량과 속력의 곱으로 운동량을 정의했다. 데카르트가 정의한 운동량은 물체들 간의 충돌이 있어도 물체들의 운동량 총합은 보존되었기 때문에 물체의 운동을 나타내는 데 유용한 점이 있었다. 그런데 데카르트는 방향이 없는 스칼라양인 속력을 사용하였기 때문에 실제 충돌 실험에서는 예측과 맞지 않는 사례들이 있었다. 뉴턴은 이런 문제를 해결하기 위해 속력 대신 방향이 있는 벡터양인 속도를 사용하였다. 예컨대 1kg의 물체가 10m/s의 속력으로 날아간다면 운동량은 10kg · m/s로 표시할 수 있다. 이 물체가 다른 물체와 충돌 후 운동 방향만 반대가 되었다면 운동량은 −10kg · m/s로 표시할 수 있다. 운동량의 변화량, 즉 물체가 받은 충격량은 충돌 후의 운동량에서 충돌 전의 운동량을 뺀 값이므로 −20kg · m/s로 표시할 수 있다. 뉴턴은 물체끼리 충돌할 때 모든 작용에는 크기가 같고 방향은 반대인 반작용이 존재한다는 법칙을 통해 물체끼리 충돌할 때 운동량의 총합은 보존된다고 보았다.

충격량은 뉴턴의 운동 제2 법칙을 이용해서도 나타낼 수 있다. 뉴턴의 운동 제2 법칙에서 F(힘)$=m$(질량)$\times a$(가속도)로 나타낸다. 이때 가속도 a는 속도 변화(Δv)를 작용 시간(Δt)으로 나눈 것이므로 $F=m \times a = m \times \frac{\Delta v}{\Delta t}$로 나타낼 수 있다. 이를 변형하면 ㉠$F \times \Delta t = m \times \Delta v$로 나타낼 수 있는데, 우변의 $m \times \Delta v$는 충격량을 나타내는 것이므로, 충격량은 힘과 작용 시간의 곱이라는 것을 알 수 있다. 이 식은 스포츠나 일상생활에서 볼 수 있는 여러 상황들을 이해하는 데 필요한 중요한 의미를 내포한다. 야구나 골프에서 공을 멀리 내보내기 위해서는 충격량이 커야 한다. 충격량을 크게 하기 위해서는 공에 작용하는 힘을 크게 하거나, 같은 힘으로도 작용 시간을 길게 하면 된다. 공을 친 후에도 자세가 흐트러지지 않고 타격 궤적을 유지하는 기술을 '폴로 스루'라고 하는데, 폴로 스루를 하면 작용 시간이 길어져 충격량을 늘릴 수 있다.

이 식이 가진 또 다른 의미는 충격량이 같을 경우 작용 시간이 길면 충돌 시 받는 힘을 완화할 수 있다는 것이다. 예를 들어 날아오는 야구공을 받았다면 운동하던 공이 정지하게 되므로 맨손으로 받거나 글러브로 받거나 충격량은 같다. 포수 글러브의 경우 완충 재질로 되어 있기 때문에 작용하는 시간이 늘어나며, 이에 따라 손에 작용하는 힘의 크기가 줄어들게 된다. 이러한 원리는 일상생활에서도 흔히 볼 수 있다. 자동차의 에어백이나 운동화의 밑창 등은 충격을 흡수하여 인체를 보호해 준다. 이러한 것들은 모두 작용 시간을 늘릴 수 있는 재료를 사용하여 인체가 받는 힘을 최소화하는 것이다.

07 제시문의 ㉠을 통해 설명할 수 있는 사례로 적절한 것을 다음의 〈보기〉에서 모두 골라 그 기호를 쓰시오.

〈보기〉

ㄱ. 같은 탄환을 쓰더라도 총열이 긴 총일수록 화약의 폭발력이 더 오래 탄두에 작용하기 때문에 사정거리가 길어 진다.

ㄴ. 야구에서 스윙을 할 때 팔꿈치를 최대한 몸에 붙이고 하체와 몸통 회전을 하게 되면 더 큰 힘을 가할 수 있으므로 공을 더 멀리 보낼 수 있다.

ㄷ. 놀이기구인 범퍼카끼리 정면충돌을 하면 처음 진행하던 방향과 반대 방향으로 튕겨 나가게 된다.

ㄹ. 유리로 만든 제품을 택배로 보낼 때 스펀지로 포장하면 제품에 작용하는 충격을 줄여 유리가 손상되는 것을 막을 수 있다.

08 제시문을 바탕으로 다음의 〈보기 1〉을 이해할 때 〈보기 2〉에 들어갈 알맞은 식을 쓰시오.

〈보기 1〉

　질량과 속력이 같은 두 물체가 직선상에서 에너지 손실이 없는 완전 탄성 충돌을 한다고 할 때, 데카르트의 이론으로는 각각의 운동량이 a라면 운동량의 총합은 $2a$이며, 충돌 후 각각 반대 방향으로 움직일 때도 운동량의 총합은 $2a$로 같다. 뉴턴은 두 물체의 운동량을 각각 $+a$와 $-a$로 나타냈는데, 두 물체는 운동량 총합은 0이며 충돌 후의 운동량의 총합도 0으로 같다. 이 경우 두 사람의 표현은 다르지만 운동량 보존 법칙은 성립한다. 그런데 아래 〈그림〉처럼 질량이 m으로 같고, 속력이 각각 $2v$와 $4v$인 두 물체 A, B가 직선상에서 완전 탄성 충돌을 할 때, 데카르트는 운동량이 큰 물체 B가 물체 A를 밀고 가기 때문에 두 물체 모두 $3v$의 속력으로 B가 진행하던 방향으로 움직인다고 보았다. 뉴턴은 충돌할 때 속도 교환이 일어나기 때문에 각각 $+2v$, $-4v$였던 속도가 충돌 후에는 $-4v$, $+2v$가 된다고 보았다. 한편 물체의 운동 에너지는 $\dfrac{질량 \times 속도^2}{2}$으로 나타내는 물리량이며, 운동 에너지의 총합은 운동량과 마찬가지로 보존된다. 뉴턴의 설명은 운동 에너지 보존 법칙에 위배되지 않지만, 데카르트의 설명으로는 충돌 전에 $m \times 10v^2$이었던 운동 에너지의 총합이 충돌 후에는 $m \times 9v^2$이 된다.

〈그림〉

> **보기 2**
>
> 뉴턴의 이론에 따르면 물체 A의 운동 방향이 반대일 경우, 물체 A와 물체 B가 충돌했을 때 물체 A가 받은 충격량은
> [   ]이 된다.

[09~10] 다음 글을 읽고 물음에 답하시오.

동화 속 피노키오의 이야기는 매우 행복한 결말에 이른다. 그러나 우리의 미래도 그럴까? 미래 세대와 동등한 권리로 살아갈지도 모를 인공 생명들이 모두 '착한 로봇'일까? 어떤 사람들은 '모두 착한 로봇으로 만들면 되지!'라고 반박할지도 모른다.

실제로 일본의 유명한 로봇 과학자인 시게오 히로세는, 지능을 갖도록 설계된 로봇이라면 그 어떤 로봇도 도덕적 존재가 될 수 있다고 주장한다. 무엇보다도 로봇은 생물학적 생존을 위해 투쟁할 필요가 없으므로, 로봇을 이기적이지 않게 만들 수 있다. 그는 예의 바르고, 똑똑하고, 심지어 성인(聖人) 같은 로봇을 만들 수 있다고 주장한다. 이는 인간을 해치지 않을 로봇을 염두에 둔 것이다. 이처럼, 로봇이 이기적이거나 인간으로부터 완전히 독립적인 존재가 될까 염려하는 것은 결국 인간을 위한 로봇이라는 개념을 전제하기 때문이다.

모든 창조 행위에는 조물주의 통제를 벗어나는 묘한 자유의 영역이 있다. 이는 조물주 신화를 담고 있는 종교의 창세기에서도 알 수 있다. 우리는 조물주인 신의 명령을 거역한 최초 인간의 자유 행위와 그 결과로 낙원에서 쫓겨난 이야기를 잘 알고 있지 않은가. 하물며 인간이라는 창조자가 자신의 피조물을 완벽히 통제할 수 있다는 생각은 공허한 희망일 것이다.

그렇다면 미래에는 인공 생명과의 관계를 통제가 아니라 자율과 평등의 원칙으로 해결해 나가야 하지 않을까? '로봇에게 인권을!'과 같은 구호가 일상의 현실인 시대가 머지않아 올지 모른다.

로봇(robot)이라는 말은 원래 '강제 노동'을 뜻하는 체코어 '로보타(robota)'에서 유래했다. 이 명칭은 1920년대 초 카렐 차페크의 연극 〈로섬의 만능 로봇〉에서 처음 쓰였는데, 이 작품은 로봇이 노동자를 대체하는 미래 사회를 그리고 있다. 로섬의 공장은 인간 대신에 천하고 힘든 일을 하게 될 '인공 노예'를 생산하는 곳이다.

하지만 오늘날 로봇들은 이미 단순한 공장 노동자 이상의 역할을 한다. 청소 로봇이나 가정부 로봇처럼 주로 인간이 하는 노동을 대신하는 로봇도 있지만, 인간의 동반자 역할을 하는 로봇 또한 인공 지능 발명 계획의 목록에서 날로 늘고 있다. 애완동물 로봇은 이미 상용화되고 있고, 간병인 로봇이나 가정 교사 로봇 또는 배우 로봇 등도 개발 중이다. 다시 말해, 오늘날 로봇 공학은 노예나 단순 노동자보다는 삶의 동반자 역할이 강조되는 로봇을 개발하려는 경향을 보인다.

로드니 브룩스는 언젠가 로봇이 인간과 같은 정도의 지능과 의식을 갖게 될 것이라고 믿고 있다. 브룩스는 이것이 현실이 될 때, 인간을 위해 이들 로봇을 인공 노예나 대체 노동자로 부리는 것은 비윤리적인 일이 될 것이라고 말한다. 우리가 우리의 창조물을 노예처럼 취급해서는 안 된다는 것이다.

– 김용석, 「로봇에도 인권이 있을까」

09 다음의 〈보기〉는 초기 로봇의 역할과 비교하여 미래 사회 로봇의 역할이 어떻게 달라졌는지 보여주고 있다. 빈칸에 들어갈 말을 위의 제시문에서 골라 차례대로 쓰시오.

10 다음 〈보기〉의 '로봇 공학의 3원칙'을 수행하기 위한 로봇의 기본 전제가 무엇인지 제시문에서 찾아 두 어절로 쓰시오.

> ───── 보기 ─────
>
> [로봇 공학의 3원칙]
>
> 제1 원칙: 로봇은 인간에게 해를 끼쳐서는 안 되며, 인간이 해를 입게 방관해서도 안 된다.
>
> 제2 원칙: 제1 원칙에 위배되는 경우가 아니면 반드시 인간의 명령에 복종해야 한다.
>
> 제3 원칙: 앞의 두 원칙에 위배되지 않는 범위에서 로봇은 자기 자신을 보호해야 한다.

[11~12] 다음 글을 읽고 물음에 답하시오.

어느 드라마에서 사람들에게 빵과 복권 중 하나를 선택하라고 하는 장면이 있다. 작지만 확실한 이득을 얻는 선택을 할 것인지, 불확실하지만 큰 이득을 얻을 수 있는 선택을 할 것인지 결정하라는 것이다. 이처럼 결과가 불확실한 상황에서 사람들이 어떤 결정을 내리는지를 설명하는 이론으로 기대 효용 이론이 있다. 기대 효용 이론에 따르면 결과가 불확실한 상황에서 사람들은 특정 선택을 하였을 때 얻을 수 있다고 예상하는 효용인 기대 효용이 가장 큰 것을 선택하는 합리적인 결정을 내린다고 생각한다.

하지만 트버스키와 카너먼은 실제 상황에서 사람들이 기대 효용 이론에서 설명하는 합리적인 결정을 내리지 않는 경우가 많다고 생각하였다. 그래서 선택에 따른 결과가 불확실한 상황에서 사람들이 어떤 심리를 가지고 어떻게 결정을 내리는지를 설명하는 다양한 개념을 정리한 전망 이론을 제시했다. 전망 이론에서 설명하는 개념으로는 ⓐ확실성의 효과, 손실 회피, 반사 효과, 고립 효과, 보유 효과 등이 있다.

전망 이론에서는 사람들이 선택을 할 때 기대 효용 말고도 선택지의 확실성이 영향을 미친다고 주장한다. 예를 들어 100%의 확률로 90만 원을 받는 선택지와 10%의 확률로 1,000만 원을 받는 선택지가 있다면, 두 선택지에서 받을 수 있는 돈의 기댓값은 받을 돈에 확률을 곱하면 되므로 각각 90만 원과 100만 원이다. 받는 돈의 양과 그로부터 얻는 효용이 비례한다면, 기대 효용 이론에서는 당연히 사람들이 합리적으로 생각하여 두 번째 선택지를 선택한다고 판단하지만, 실제로 사람들은 첫 번째 선택지를 더 선호한다는 것이다. 즉 사람들은 확률적으로 얻을 수 있는 이득보다 확실하게 얻을 수 있는 이득에 좀 더 가중치를 두고 높게 평가하는 성향을 지니고 있는데, 이를 확실성의 효과라고 한다.

하지만 확실한 손실과 불확실한 손실 중 하나를 선택하는 상황에서는 결과가 불확실한 후자를 선호하는데, 이는 손실 회피와 관련이 있다. 손실 회피란 손실의 정도가 크지만 발생 확률이 낮은 손실보다 손실의 정도가 작지만 확실하게 일어나는 손실을 더 싫어하는 성향을 의미한다.

즉 사람들의 확실성에 대한 선호는 이익과 관련된 상황이냐 손실과 관련된 상황이냐에 따라 달라지는데, 이를 반사 효과라고 한다. 사람들은 이득과 관련된 상황에서는 확실성의 효과에 따라 위험 회피적인 결정을 하지만, 손실과 관련된 상황에서는 손실 회피에 따라 위험 선호적인 결정을 하는 것이다.

한편 사람들은 복수의 자극이 주어졌을 때 다른 것들과 차이가 있는 부분을 더 잘 기억하는데, 이를 고립 효과라고 한다. 고립 효과로 인해 사람들은 여러 선택지 중 하나를 선택할 때, 모든 선택지에 적용될 수 있는 문제 상황이나 공통으로 제시된 조건은 크게 집중하지 않고, 다른 선택지와 차이가 있는 개별 선택지에만 존재하는 요소에 더 집중한다. 이에 따라 결론만 생각할 때는 동일한 선택지일지라도, 문제와 선택지가 제시되는 형태에 따라 다른 선택지를 선택하는 결과를 보여 준다. 이때 개별 선택지에만 존재하는 요소를 이득과 관련하여 제시하느냐 손실과 관련하여 제시하느냐에 따라 다른 선택을 하게 되는데, 이런 결과는 앞서 설명한 확실성의 효과와 손실 회피 때문에 발생하는 것이다.

전망 이론에서 사람들의 비합리적인 결정을 설명하기 위한 개념 중 보유 효과라는 것도 있다. 보유 효과는 자신이 소유한 것에 더 높은 가치를 부여하는 것을 말한다. 보유 효과가 발생하면 특정 대상을 자신이 소유하고 있지 않을 때보다 소유하고 있을 때 그 대상에 대한 가치를 더 높게 평가한다. 즉 자신이 소유한 것에 대한 주관적인 평가가 객관적인 가치보다 높아지게 되는 것이다. 보유 효과에 의해 사람들은 현재 자신의 상황이나 자신이 소유한 물건의 가치에 가중치를 부여하여, 이것들이 특별히 나쁘지 않다면 가급적 이를 유지하려고 한다. 이에 따라 결과가 불확실한 상황에서 비합리적인 결정을 유발할 수 있는 것이다.

11 제시문의 내용을 바탕으로 다음의 〈보기 1〉을 이해할 때, 〈보기 2〉의 빈칸에 들어갈 적합한 선택지를 ㉠~㉣ 중 골라 쓰시오.

보기 1

[상황 1]
게임은 두 단계이다. 1단계에서는 25% 확률로 당첨되는 추첨이 이루어진다. 당첨된다면 2단계로 넘어갈 수 있으며, 당첨되지 않는다면 아무것도 받지 모한 채 게임은 끝이 난다. 2단계로 넘어간다면 당신은 다음 선택지 중 하나를 선택할 수 있는데, 1단계의 추첨 결과가 나오기 전에 2단계에서 어떤 선택을 할지 미리 결정해야 한다. 당신은 무엇을 선택할 것인가?

㉠ 80%의 확률로 400만 원을 받기
㉡ 100%의 확률로 300만 원을 받기

[상황 2]
게임은 한 번의 선택으로 끝이 나며, 당신은 다음 선택지 중 하나를 선택해야 한다. 무엇을 선택할 것인가?

㉢ 20%의 확률로 400만 원 받기
㉣ 25%의 확률로 300만 원 받기

※ 두 상황에서 받을 수 있는 돈의 양과 그로부터 얻는 효용은 비례한다고 가정한다.

보기 2

• 고립 효과와 확실성의 효과가 나타난 사람들은 [상황 1]에서 (①   )을/를 선택할 것이다.
• 기대 효용 이론에서 말하는 합리적인 결정을 하는 사람들은 [상황 2]에서 (②   )을/를 선택할 것이다.
• 사람들이 기대 효용 이론에 부합하는 선택을 한다면, [상황 1]에서는 (③   )을/를, [상황 2]에서는 (④   ) 을/를 선택할 것이다.

---

12 제시문을 바탕으로 다음의 〈보기 1〉을 이해할 때, 〈보기 2〉의 빈칸에 적합한 '전망 이론'의 개념을 ⓐ에서 찾아 쓰시오.

보기1

사람들에게 먼저 100만 원을 지급한 후, 50%의 확률로 100만 원을 추가로 받을 것인지 100%의 확률로 50만 원을 추가로 받을 것인지 선택하라고 했더니 후자를 선택하였다. 그런데 사람들에게 먼저 200만 원을 지급한 후, 50%의 확률로 100만 원을 돌려줄 것인지 100%의 확률로 50만 원을 돌려줄 것인지 선택하라고 했더니 전자를 선택하였다.

보기2

사람들이 이득을 볼 수 있는 선택지 중에서는 위험 회피적인 선택을 하지만, 손실을 볼 수 있는 선택지 중에서는 위험 선호적인 선택을 하는 것을 볼 때 [   ]이/가 나타났다고 할 수 있다.

[13~14] 다음 글을 읽고 물음에 답하시오.

영국의 경제학자 엘프리드 마셜은 어떤 상품을 구매함으로써 소비자가 얻는 이익을 소비자 잉여라는 개념으로 설명했다. 소비자 잉여는 소비자가 얻고 싶은 재화를 낮은 가격에 살 경우 실제 구입 가격과 최대한 지불할 수 있다고 생각했던 가격과의 차이에서 소비자가 얻는 이득 부분, 즉 지불 용의 가격에서 실제로 지불한 가격을 뺀 금액으로 정의한다.

[A] 예를 들어, 과일 가게에서 사과를 사려고 하는 소비자에게, 얼마까지 돈을 낼 용의가 있느냐고 묻는다고 가정해 보자. A 소비자는 1,500원까지는 지불할 수 있다고 마음속으로 생각하고 B 소비자는 1,000원까지는 낼 수 있다고 생각할 때, A와 B 소비자의 지불 용의 가격은 각각 1,500원과 1,000원이다. 그런데 상인이 사과의 가격이 한 개에 500원이라고 말한다면, A 소비자는 1,000원에 해당하는 만큼의 이득을 얻게 되고 B 소비자는 500원에 해당하는 만큼의 이득을 얻게 된다. 왜냐하면 A 소비자는 사과 한 개를 먹기 위해서 1,500원까지는 돈을 낼 용의가 있었는데, 실제로는 500원만 지불했고, B 소비자는 1,000원까지는 돈을 낼 용의가 있었는데, 실제로는 500원만 지불했기 때문이다. 이때 각각 1,000원과 500원의 덤을 경제 이론에서 소비자 잉여라고 말하며, A와 B 소비자 중 소비자 잉여가 큰 A 소비자가 시장을 이용하여 좀 더 많은 혜택을 보았다고 말할 수 있다. 이러한 정의에 의하면, 포그와 같이 높은 지불 용의 가격을 가진 사람은 시장을 이용함으로써 큰 소비자 잉여를 누린다고 할 수 있다.

반대로 상품의 공급자가 모든 소비자의 지불 용의 가격을 정확히 알고, 이에 맞춰 상품 가격을 달리 책정한다면 소비자 잉여는 발생하지 않을 것이다. 그러나 이것은 현실적으로 매우 어려운 일이다. 예를 들어 어떤 극장에서 같은 등급의 좌석 요금을 지불 용의 가격에 따라 다르게 책정한다면, 관람객들은 강하게 반발하며 다른 극장을 이용할 것이기 때문이다.

기업이 어떤 상품을 독점해서 판매하는 경우가 아니라면, 일반적으로 품질이 같은 상품은 소비자들에게 같은 가격으로 팔린다. 이처럼 각 소비자에게 같은 상품에 대한 가격을 다르게 받을 수 없을 때 소비자 잉여가 발생한다는 사실은 경쟁적 시장이 소비자에게 효율적이라는 것을 증명한다.

『80일간의 세계 일주』로 돌아가서, 포그는 2만 파운드의 상금을 염두에 두고 배포 있게 높은 지불 용의 가격을 부름으로써 매 순간 위기를 극복했고, 마침내 80일 만에 세계 일주를 할 수 있다는 것을 입증했다. 포그는 상금으로 2만 파운드를 받았지만, 여행 중에 약 1만 9,000파운드를 써 버렸다. 그리고 나머지 1,000파운드는 하인 파스파르투와, 자신을 은

행 강도로 오해하여 여행을 방해했던 픽스 형사에게 주었기 때문에 포그가 실제로 얻은 금전적 소득은 거의 없었다.

혹자는 포그가 세계 일주를 하면서 얻은 것이 하나도 없다고 말할 것이다. 그러나 포그는 세계 일주에 도전하지 않았다면 누리지 못했을 체험을 수없이 했으며, 값을 매길 수 없는 소중한 이익을 얻었다. 런던으로 돌아와 아우다 부인과 결혼을 약속한 것이다. 소설의 작가 쥘 베른은 소설의 마지막에서 '사람들은 이보다 더 작은 것을 위해서라도 세계 일주를 하지 않을까?'라는 질문을 던지며 펜대를 내려놓는다. 포그처럼 평생을 함께할 동반자를 만나는 만큼의 가치를 얻지 못한다 하더라도 우리는 여행을 떠난다. 그리고 나름의 소비자 잉여를 얻고 돌아올 것이다.

– 박정호, 「80일간의 세계 일주」와 소비자 잉여

13 '소비자 잉여'가 발생하기 위한 전제 조건이 다음의 〈보기〉와 같을 때 제시문의 내용을 바탕으로 밑줄 친 부분에 들어갈 말을 서술하시오.

---보기---

소비자 잉여가 발생하려면 공급자가 _____.

(단, 기업이 해당 상품을 독점해서 판매하지 않는다.)

---

14 다음의 〈보기〉는 제시문의 [A]를 그래프로 나타낸 것이다. 각 소비자의 지불 용의 가격과 소비자 잉여를 차례대로 구하시오.

보기

A 소비자의 지불 용의 가격	원
B 소비자의 지불 용의 가격	원
상품의 시장 가격이 500원일 때 A 소비자의 소비자 잉여	원
상품의 시장 가격이 500원일 때 B 소비자의 소비자 잉여	원
상품의 시장 가격이 1,000원일 때 A 소비자의 소비자 잉여	원

[15~16] 다음 글을 읽고 물음에 답하시오.

묵자는 중국 전국 시대의 사상가이며, 그의 사상을 바탕으로 하는 학파를 묵가라고 한다. 묵자의 사상과 이를 담은 책들은 시대가 흐름에 따라 잊혔지만, 청나라 시대에 실증적이고 구체적인 증거에 근거하여 경서를 연구하는 고증학이 발달하면서 다시 주목받고 복원되기 시작하였다. 묵자는 본래 유학을 공부하였으나, 유학이 농민과 같은 피지배층의 현실과 맞지 않는다는 것을 인식하고, 이들의 삶에 도움이 되는 사상을 전개하고자 했다.

묵자가 살았던 전국 시대는 전쟁이 끊임없이 일어나던 시기였다. 묵자는 전쟁과 같은 혼란과 갈등의 원인이 서로 사랑하지 않음을 뜻하는 불상애 때문이며, 불상애가 일어나는 원인은 차별적인 사랑을 의미하는 별애 때문임을 지적하였다. 이에 묵자는 별애와 반대되는 차별 없는 보편적 사랑을 의미하는 겸애를 하면 혼란과 갈등이 없어지고 세상이 평화로워질 것이라 주장하였다. 이런 묵자의 주장에 대해, 차별 없이 모두를 사랑하면 자신에게 돌아오는 이득이 없으므로 겸애를 하는 것은 현실적으로 어렵다는 비판이 있었다. 하지만 묵자는 오히려 겸애로 인해 이익을 얻을 수 있다고 생각하였다. 자신을 위하듯 남을 위하고 자기 나라를 위하듯 남의 나라를 위한다면, 온 세상이 이로워져 결국 그 이익이 자신을 포함한 모두에게 돌아올 것이라 생각했기 때문이다. 즉 차별 없이 사랑하는 겸애가 이루어지면, 서로 이익을 나누어 가짐을 뜻하는 교리가 따르게 된다는 겸애 교리의 사상을 주장하였다.

또한 묵자는 백성들의 삶을 위해 절용을 강조하였는데, 절용이란 노동의 결과물인 재화를 백성들의 삶에 도움이 되지 않는 곳에 낭비하지 않고, 재화의 본래 목적대로 절도 있게 사용하는 것을 의미한다. 단순히 재화를 아껴 쓰라는 것이 아니라 삶에 도움이 되는 곳에 사용하라는 것이다. 묵자는 절용을 실행하기 위해 절장과 비악을 주장하였다. 절장이란 장례 의식을 줄이는 것을 의미하는데, 묵자는 삼년상과 같은 당시의 장례 의식이 노동의 결과물인 식량이나 재물을 허비하게 만들고 노동에 사용해야 하는 시간을 허비하게 만들므로, 장례 의식을 줄일 것을 주장한 것이다. 비슷한 이유로 묵자는 비악을 주장하였는데, 비악이란 음악을 반대하는 것을 의미한다. 그러나 묵자가 음악이라는 예술 그 자체를 비판한 것은 아니며, 지배층의 사치를 위한 음악이나 국가 의식의 예법을 지키기 위해 사용하는 음악처럼 백성들의 노동력이나 노동의 결과물을 착취하고 그들의 삶에 도움이 되지 않는 음악을 비판한 것이다.

묵자는 노동을 매우 중요시하였으며, 그의 사상은 노동과 관련된 것이 많다. 그는 사람들이 각자 능력에 맞는 노동에 종사하는 사회적 분업을 실시하면 생산 효율을 높일 수 있다고 주장하였다. 또한 인간과 동물은 노동의 여부로 구별할 수 있다고 생각했다. 즉 사람은 노동을 통해 살아갈 수 있는 존재이며, 만약 그렇지 않으면 금수에 불과하다고 생각한 것이다. 앞서 말한 절용 또한 인간의 중요한 행위인 노동을 통해 생산한 것을 헛된 곳에 쓰지 않고 올바르게 사용해야 된다는 것이므로 노동의 중요성이 드러나는 사상이라 볼 수 있으며, 절장과 비악에도 노동과 백성의 삶을 중요하게 여긴 묵자의 생각이 담겨 있다고 할 수 있다.

15 제시문의 내용을 바탕으로 묵자의 사상을 〈보기 1〉과 〈보기 2〉처럼 도식으로 정리할 때, 빈칸에 들어갈 말을 제시문에서 찾아 쓰시오.

16 제시문의 내용을 바탕으로 다음의 〈보기 1〉을 이해할 때, 〈보기 2〉의 빈칸에 들어갈 적합한 사상가를 공자와 묵자 중 골라 쓰시오.

보기 1

공자는 사회가 올바르게 돌아가려면 사람들이 자신의 신분과 사회적 위치를 잘 알고 그에 맞는 역할에 충실해야 한다고 주장하였다. 군주와 신하, 부모와 자식, 윗사람과 아랫사람을 철저히 구별하고, 각자가 자신의 상황과 사회적 위치에 맞는 예절과 법도를 따른다면 사회의 혼란과 갈등이 줄어들 것이라고 본 것이다. 또한 공자는 선천적이고 내재적인 인간다움과 도리를 실현하기 위해 사람을 사랑해야 한다고 보았다. 다른 사람의 부모보다 자신의 부모를 더욱 공경하고 사랑하는 것은 자식으로서 당연한 도리이고, 다른 나라의 백성보다 자신의 나라의 백성을 더욱 아끼고 사랑하는 것은 군주로서 당연한 도리인 것처럼, 사랑에 있어서 대상에 따른 차이가 존재하는 것이 마땅하다고 생각하였다.

보기 2

• (①)은/는 대상에 따른 사랑의 차이를 당연하다고 인식하였지만, (②)은/는 모두가 이익을 나누어 가질 수 있는 차별 없는 사랑을 강조하였다.

• (③)이/가 추구하는 사랑은 (④)이/가 추구하는 사랑과 달리 자신이 얻을 수 있는 이득이 적어 현실적으로 실현하기 어렵다는 비판을 받을 수 있다.

[17~19] 다음 글을 읽고 물음에 답하시오.

사회 속에서 행동하는 개인이나 집단의 의식 및 행동을 연구하는 학문을 사회 심리학이라고 한다. 사회 심리학의 개념 중 하나인 동조 현상은 집단이 구성원에게 가하는 압력에 의해 개인의 행동이나 태도가 변하는 것을 말한다. 집단의 압력이 실제로 존재하지 않더라도 집단이 압력을 가하고 있다고 개인이 느낄 수 있는데, 이런 경우에도 동조 현상이 일어날 수 있다. 동조 현상은 다양한 규모의 집단에서 일어날 수 있는데, 국가와 같은 대규모 집단은 물론 특정한 상황으로 인해 모인 소수의 사람으로 구성된 소규모 집단에서도 일어날 수 있다.

구성원들의 행동이나 태도를 규율하는 기준을 의미하는 집단의 규범은 동조와 밀접한 관련이 있는데, 집단의 규범은 어떤 행동이나 의견이 적절한 것인지 부적절한 것인지를 판단하는 기준이 될 수 있기 때문이다. 집단의 규범에는 명문화되어 있거나 공식적으로 발표된 명시적 규범과, 명문화되어 있지 않으며 공식적으로 발표되지 않았지만 사람들이 암묵적으로 동의하는 묵시적 규범이 있다.

동조 현상이 일어나는 원인은 규범적 영향력과 정보적 영향력으로 구분할 수 있다. 규범적 영향력은 개인이 집단에서 고립되지 않고 구성원으로 받아들여지기 위해 집단의 명시적 규범이나 묵시적 규범을 따르는 것을 의미한다. 개인이 집단의 규범을 잘못된 것이라 생각해도 규범적 영향력에 의해 동조가 일어날 수 있는데, 이런 경우 개인의 신념 변화와 같은 내적인 변화보다는 행동 변화와 같은 외적인 변화가 주로 일어난다.

정보적 영향력은 개인이 판단의 근거가 부족하거나 판단이 어려운 상황에서 집단의 규범이나 의견을 정보로 여기고 따르는 것을 의미한다. 어떤 생각이나 행동을 할지 판단하기 어려운 낯선 상황에 처한 개인은 상황에 맞는 적절한 생각과 행동을 하기 위하여, 집단의 규범이나 다른 구성원들의 생각을 습득해야 할 정보로 여기고 이를 습득한 후 따르게 되는 것이다. 정보적 영향력에 의한 동조는 규범적 영향력보다 쉽게 내적인 변화를 일으킬 수 있다.

ⓐ동조 현상은 동조가 일어나는 상황이나 동조 정도에 따라 순응, 동일시, 내면화로 나눌 수 있다. 우선 순응은 보상을 얻거나 벌을 피하기 위해, 또는 다른 구성원들과 좋은 관계를 유지하기 위해 일시적으로 동조하는 것이다. 순응의 단계에서는 순간적인 행동의 변화가 있을 뿐, 신념이나 태도는 변화하지 않는다. 보상을 얻거나 처벌을 피하는 것 외에 구성원이 규범을 따라야 하는 다른 이유가 없다면, 특정 규범에 대한 순응은 태도나 신념의 변화로 이어지기 어렵다. 동일시는 집단의 특정 구성원과 비슷해지고 싶다는 욕구 때문에 일어나는 동조이다. 개인은 자신이 잘 모르는 행동을 해야 할 때 집단의 다른 구성원의 행동을 기준으로 삼는다. 이 때 매력적인 구성원이 있다면 그와 비슷해지고 싶다는 욕구가 생기며 이를 통해 동조가 일어나는 것이다. 동일시의 욕구를 가지는 개인은 판단이 필요한 상황에서 자신이 닮고자하는 사람의 태도와 행동을 무비판적으로 따르게 될 가능성이 높다. 마지막으로 내면화는 집단의 규범을 자신의 내면에 완벽하게 수용한 것이다. 순응과 달리, 내면화의 단계에 이른 집단 규범은 외부 압력 없이도 자발적으로 유지되며 오랫동안 지속된다. 반복적인 순응으로 인해 내면화가 일어나기도 하지만, 모든 순응이 내면화로 이어지는 것은 아니다.

17 제시문의 내용을 바탕으로 〈보기 1〉을 이해할 때 〈보기 2〉의 빈칸에 들어갈 말을 제시문에서 찾아 쓰시오.

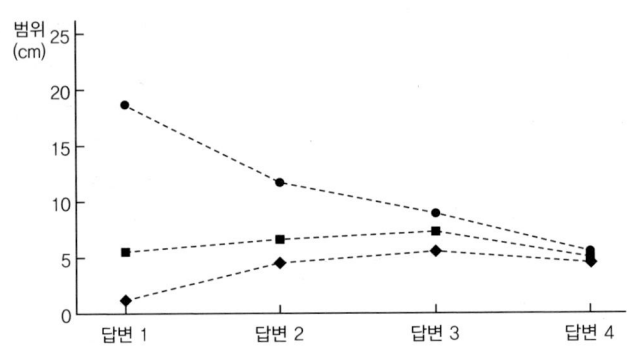

보기 1

　어두운 곳에서 고정된 광점(光點)을 보면 움직이는 것처럼 보인다. 어두운 방에 있는 세 명의 피험자에게 고정된 광점을 보게 한 후, 이들을 분리하여 각자가 인식한 광점의 이동 범위를 말하게 했다(답변 1). 그 후 피험자들을 모아 이에 대해 대화를 나누게 한 후 광점의 이동 범위를 말하게 했으며(답변2), 광점의 이동 범위에 대해 더 많은 대화를 나누게 한 후 광점의 이동 범위를 다시 말하게 했다(답변 3). 마지막으로 피험자를 따로 분리한 후 각자 최종적으로 생각한 광점의 이동 범위를 말하게 했다(답변 4). 실험의 결과는 아래 그래프와 같으며, 답변으로 인한 보상이나 처벌은 없었다.

보기 2

'답변 1'의 결과에서 '답변 4'의 결과로 변화하는 것을 보면 정답에 대한 판단이 모호한 문제에 대해서도 집단의 (　　　　　　)이/가 정해질 수 있음을 알 수 있다.

〈유의 사항〉
- 2어절로 쓸 것

18 제시문의 내용을 바탕으로 다음의 〈보기〉를 이해할 때 빈칸에 들어갈 말을 제시문에서 찾아 쓰시오.

> 보기
>
> 　연구자는 피험자에게 선분 하나가 그려진 카드 A와 서로 다른 길이의 선분 셋이 그려진 카드 B를 보여 주었다. B의 선분 중 하나는 A의 선분과 길이가 같았으며, B의 선분 중 어느 것이 A의 선분과 길이가 같은지 피험자가 명확하게 판단할 수 있게 선분이 그려져 있었다. 피험자에게 B의 선분 중 A의 선분과 길이가 같은 것이 무엇인지 물었을 때, 혼자 실험에 임한 피험자가 오답을 말한 비율은 1%가 되지 않았다. 하지만 오답을 말하도록 공모한 다수의 가짜 피험자 사이에 진짜 피험자를 두고 실험을 한 결과, 진짜 피험자가 오답을 말한 비율은 36.8%에 달했다. 이 실험을 통해 (　　　　　　　)이/가 발생하기 어려운 상황에서도 동조 현상이 일어날 수 있다는 것을 알 수 있다.

〈유의 사항〉

– 2어절로 쓸 것

19 제시문의 ⓐ를 참고하여 다음의 〈보기〉에서 설명하는 갑의 동조화 현상은 무엇인지 쓰시오.

> 보기
>
> 　갑은 학교 방침상 모든 학생이 동아리 활동을 해야 한다는 것을 알게 되었다. 갑은 동아리 활동을 하기 싫었으나, 학교 방침에 따라 원하지 않는 환경 동아리에 가입하였다. 이후 갑은 환경 동아리 부장인 을이 많은 학우에게 신뢰와 존경을 받고 있음을 알게 되었다. 갑은 점점 을을 신뢰하고 존경하게 되면서 을처럼 되고 싶다고 생각했고, 을의 행동을 관찰하고 따라 하면서 동아리 활동에 집중하기 시작했다.

〈유의 사항〉

– 한 단어로 쓸 것

[20~21] 다음 글을 읽고 물음에 답하시오.

밀리미터파는 직진성과 대기 감쇠 특성 때문에 한 번에 먼 거리로 데이터를 전송하는 데 어려운 점이 있다. 그러나 파장이 짧아 전자 회로와 안테나의 크기를 작게 만들 수 있으며, 가용 대역폭이 넓어서 수 기가헤르츠 대역폭을 필요로 하는 대용량 데이터의 고속 전송에 유용한 장점이 있다. 근래 들어 반도체 공정 기술의 발달로 밀리미터파 부품의 가격이 떨어지고, 고품질 영상 데이터와 같은 고속 데이터의 전송 수요가 많아짐에 따라 밀리미터파는 점점 더 우리 생활 속 깊숙이 파고들고 있다.

밀리미터파는 대역별로 다양하게 활용되고 있다. 먼저 60기가헤르츠 대역은 넓은 가용 대역폭을 활용해 근거리에서 대용량의 데이터를 고속 전송하는 데 사용되고 있다. 이 대역을 이용해 데이터를 전송하면 전송 속도가 초당 1기가비트에서 3기가비트까지 가능하다. 이는 700메가바이트 용량의 고화질 영화 한 편을 내려받는 데 2, 3초 정도면 가능한 속도이다. 이것은 하드 디스크, 셋톱 박스, 고화질 텔레비전(HDTV), 캠코더 등에 대용량의 데이터를 보내면서 굳이 케이블을 사용할 필요가 없어 편리함과 공간 활용도를 높일 수 있게 한다. 또한 밀리미터파의 넓은 대역폭은 영상 신호를 압축할 필요가 없게 하기 때문에 영상 신호의 지연도 나타나지 않을 뿐만 아니라, 압축 기술을 사용하면서 지불하는 기술 사용료도 사라지게 했다.

77기가헤르츠 대역은 차량 충돌 방지 레이더에 쓰이고 있다. 차량 충돌 방지 레이더는 밀리미터파 신호를 이용해 200미터 이내의 전방 차량과 옆으로 다가오는 차량 및 갖가지 장애물을 감지하여 사전에 충돌을 경고하거나 차량의 속도를 조절해 주는 장치이다. 낮은 주파수를 자동차 레이더에 이용하면 전파 간섭과 넓은 파장으로 앞차의 위치를 정확하게 판단하기 어려운 반면 밀리미터파를 이용하면 그 정확성이 매우 높아진다. 특히 앞에 가고 있는 차량이 같은 차선의 차량인지 옆 차선의 차량인지 알기 위해서는 해상도가 좋아야 하는데, 밀리미터파는 이런 특성을 모두 만족시켜 자동차 레이더에 알맞은 최적의 전파로 각광받고 있다.

94기가헤르츠 대역은 이미지 스캐닝 시스템에 활용되어 가시광선이 투과할 수 없는 숨겨진 물체에 대한 선명한 영상을 얻는 데 쓰이고 있다. 주파수가 높으면 투과나 반사의 성질이 커지고 적외선에 가까워질수록 더 높은 해상도를 얻을 수 있다. 병원에서 이용하는 엑스선의 파장은 10나노미터로 더 높은 해상도를 줄 수 있지만 방사선의 일종이라는 점에서 인체에 해로울 가능성이 있다. 또한 적외선은 넓은 영역을 스캔할 수 없다. 이러한 이유 때문에 상대적으로 넓은 영역을 스캔할 수 있는 밀리미터파의 활용도가 높다. 그래서 안개나 구름, 눈, 모래 폭풍 등의 기상 상태에 따라 가시거리가 달라지는 항공 시스템에서 전방 스캔용으로 쓰이고 있다. 또 공항이나 은행처럼 보안이 중요한 장소에서는 무기를 탐지하는 용도로 쓰인다.

– 한국 전자 통신 연구원 전파 기술 연구부, 「밀리미터파가 바꾸는 세상」

20 다음의 〈보기〉는 제시문의 내용을 바탕으로 밀리미터파의 장·단점을 도표로 정리한 것이다. 빈칸에 들어갈 밀리미터파의 특성을 차례대로 쓰시오.

보기		
· 장점 ⇒	(ⓐ)	전자 회로와 안테나의 크기를 작게 만들 수 있다.
	(ⓑ)	대용량 데이터의 고속 전송에 유용하다.
· 단점 ⇒	(ⓐ)	한 번에 먼 거리로 데이터를 전송하기가 어렵다.
	(ⓑ)	

〈유의 사항〉

– 장점의 ⓐ와 ⓑ는 순서대로 작성하고, 단점의 ⓐ와 ⓑ는 순서와 상관 없이 작성할 것

21 다음의 〈보기〉는 밀리미터파의 대역별 활용 사례를 설명한 것이다. 제시문을 바탕으로 각 활용 사례에 맞는 대역별 주파수를 쓰시오.

보기	
(①) ⇒	항공 시스템의 전방 스캔용 또는 무기 탐지용 이미지 스캐닝
(②) ⇒	대용량 데이터의 근거리 고속 전송
(③) ⇒	차량 충돌 방지 레이더

[22~23] 다음 글을 읽고 물음에 답하시오.

구글이 소유한 인공 지능 기술 개발 업체인 딥마인드가 창조해 낸, '알파고'는 최첨단 정보 통신 기술이 총동원된 인공 지능 바둑 시스템이다. 바둑의 확률을 수학적으로 계산하는 것이 불가능하기 때문에, '알파고'는 무작위로 바둑돌을 대입해 보며 예상 확률을 알아낸 뒤, 가장 가능성이 높은 수를 선택하는 몬테카를로 트리 탐색(MCTS)을 바탕으로 한다. 몬테카를로 트리 탐색은 선택지 중 가장 유리한 선택을 하도록 돕는 방식이다. 예를 들어 '알파고'가 검은 돌로 대결을 벌인다면, 흰 돌이 어디에 놓이느냐에 따라 검은 돌을 둔다는 의미이다. 당연히 최적의 선택이 반복될수록 대국은 유리하게 풀린다.

일반적으로 말하는 인공 지능은 사실 딥 러닝으로 이루어지는 강화 학습을 말한다. 일반 컴퓨터는 정해진 규칙을 따라 연산을 수행하면서 '예' 또는 '아니오'의 결과를 내놓는다. 반면에 딥 러닝은 연산 과정에 여러 층을 두어 컴퓨터 스스로 정보를 잘게 조각내어 작은 판단을 내리고, 그것을 종합하여 결과를 내놓는다. 즉 딥 러닝은 다층 구조의 정보망을 기반으로 하는 기계 학습의 한 분야로, 다량의 데이터에서 높은 수준의 추상화를 가능하게 하는 방법이다.

기계 학습은 정확하게 입력되지 않은 내용을 기반으로 인공 지능이 자체적으로 학습하는 것이다. 이때 인공 지능은 방대한 양의 자료를 수집하고, 그 자료를 기반으로 다음 단계를 예측한다. 구글이 '알파고'에 도입한 딥 러닝도 이러한 기계 학습의 한 종류이다. '알파고'의 개발자인 데미스 하사비스 박사는 '알파고'를 개발하면서 프로 바둑 기사의 대국 기보 3,000만 건을 입력했다고 말했다. 이후 '알파고'는 입력된 기보를 바탕으로 쉬지 않고 바둑을 두며 학습했는데, 무려 1,000년에 해당하는 시간만큼 바둑을 학습한 수준이라고 한다. '알파고'는 경기를 진행하면서 경험을 쌓아 스스로 학습하고 전략을 짜기 때문에 딥마인드 개발자들도 '알파고'가 어느 단계까지 진화할 수 있을지는 의문이라고 했다. '알파고'가 이세돌 9단을 상대로 연승할 수 있었던 것은 스스로 진화하는 학습 능력을 갖추었기 때문이다.

이러한 딥 러닝은 이미 여러 분야에서 활용되고 있다. 자동으로 음성을 인식하여 인간이 요구하는 기능을 작동하도록 하는 것도 이와 같은 예로 볼 수 있다 그뿐 아니라 이미지 분류에서도 딥 러닝을 이용해 자동으로 영상을 인식하여 이를 분류하고 분류 목적에 맞게 저장까지 할 수 있게 되었다.

제약 산업에서도 딥 러닝이 사용된다. 새로운 약이 개발되어도 생각만큼 약효를 보이지 못하거나, 예상치 못한 다른 작용을 일으켜서 상업적으로 출시되지 못하는 경우가 많다. 딥 러닝을 이용한 가상 실험 방법이 가능해지면서 많은 연구자들이 약물 개발에 유용하게 활용하고 있다. 마케팅 분야에서도 딥 러닝은 고객에 따라 활용 가능한 마케팅 방법을 선정하고 효과를 예측하는 데 활용되고 있다.

무엇보다도 우리에게 가장 잘 알려진 딥 러닝 활용 분야는 자율 주행 자동차이다. 자율 주행 자동차는 앞에 횡단보도가 있는지 사람이 있는지와 같은 정해진 물음에 답할 뿐 아니라, 안전하거나 위험한 상황을 담은 동영상 정보를 기반으로 스스로 학습해 자동차를 운행한다. 무엇이 더 중요한 정보인지 판단해 그것을 다음 연산에 반영하는 것이다. 참조할 자료가 많을수록 인공 지능은 단련된다. 인공 지능 연구자들은 이전에 없던 새로운 창의성이 나타날 수도 있다고 말한다.

– 이종호, 「인공 지능의 미래, 딥 러닝」

22 제시문의 내용을 바탕으로 빈칸에 알맞은 딥 러닝의 활용 분야를 순서에 상관 없이 쓰시오.

자동 음성 인식
ⓐ
ⓑ
ⓒ
ⓓ

딥 러닝의 활용 분야 ──

23 다음의 〈보기〉는 위의 제시문을 읽은 학생이 쓴 일기이다. 기기를 조작하거나 작동시킨 행위 중 인공 지능을 활용한 것으로 보기 어려운 사례를 찾아 쓰시오.

보기

　　아침부터 비가 오길래 스피커에게 오늘 날씨에 어울리는 노래를 틀어 달라고 말했다. 서정적인 피아노 협주곡을 들으며 외출 준비를 마친 후 자동차에 타 목적지를 입력하니 자동차가 스스로 시동을 걸고 주행을 시작하였다. 차에 편히 앉아 스마트폰에 미리 입력해 둔 오늘의 일정을 확인하였다. 시간이 남아 쇼핑몰 사이트에 접속하자 내 취향과 쇼핑 습관에 맞는 추천 제품 목록이 떴다. 구경을 하다가 문득 오늘 오후에 친구가 놀러 오기로 한 것이 생각나 홈 네트워크를 통해 거실의 로봇 청소기를 작동시켰다.

[24~25] 다음 글을 읽고 물음에 답하시오.

1780년 6월 21일.
　　책이 있으면서 남에게 빌려주지 않으면 ⓐ책 바보다. 자신에게 없는 책을 무슨 수를 써서든 소장하려고 드는 것도 책 바보다. 오직 책을 엮고 인쇄하여 마음이 통하는 고상한 사람에게 주고 뜻이 있는 시골 선비들과도 나누어야만 책 바보가 아니다.
　　비록 만 권의 책을 쌓아 두고 있다 할지라도 문장과 학문에 뜻이 없다면 한 글자도 제대로 읽어 낼 수가 없으니, 그저 좀벌레들 좋은 일만 시킬 따름이다. 비록 집에 책 한 질 없어도 글을 읽고자 하는 정성이 있다면 상아 책갈피가 꽂혀 있고 옥색 비단으로 장정된 멋진 책들이 절로 눈앞에 올 것이다.
　　책을 소장할 적에 오직 내 것이길 고집한다면 이는 사사로운 행동이다. 책을 쌓아 두고 내 것이라 하지 않아야 공정한 행위이다. 공정한 행위는 상쾌한 결과를 맞고, 사사로운 행동은 째째한 탐욕으로 귀결된다. 이걸 보면 무엇을 따라야 할지 알 수 있다.

　　사용하지 않는 물건은 본디 없는 물건이나 마찬가지이다. 훌륭한 서화를 소장하고 있으면서 더 깊은 곳에 숨겨 두어야 하지 않을까 걱정하는 것과 멋진 책을 쌓아 두고 있으면서 더러운 것이 묻지나 않을까 근심하는 것, 서화를 늘어놓고는 문을 닫아걸고 혼자 구경하는 것, 책꽂이를 맴돌며 먼지를 떨고 책갑이나 정돈하는 것 등도 모두 똑같이 어리석은 행동이다. 아마도 이런 무리는 죽을 때까지 이 사소한 물건의 노비가 되고 말 것이다.

　　내 것이라는 이름표를 달지 않은 채 만 권의 책을 소장해도 좋고, 집에 책이 한 권도 없어도 좋고, 아침에 모은 책을 저녁에 다 흩어 버려도 좋고, 옛 책을 보내고 새 책을 맞이해도 좋다. 선비는 하루라도 책이 없을 수 없겠으나, 이 또한 살아 있을 때의 일일 뿐이다. 자손이 책을 좋아한다면야 당연히 내가 가진 책을 그대로 물려주겠지만, 책을 좋아하지 않는다면 책을 물려준들 무슨 소용이 있으랴? 세상에서는 서적을 모아 두는 것을 자손을 위한 계획으로 삼곤 하는데, 참으로 지나친 행동이다.

1780년 10월 20일.

　　ⓑ오이 덩굴을 뽑아내는 방식으로 책을 읽으면 관련 서적을 모두 꺼내 보게 되므로, 다 읽은 글이 책 열 편이 안 되더라도 뽑아 본 책은 수백 권에 이르는 때도 있다. 내가 예전에 듣기로 성천 부사 민 아무개가 역사 공부를 할 때 이 방법을 썼다고 한다.

1781년 2월 18일.

　　책에 장서인을 찍는 법으로 말하자면, 우리나라와 중국은 공사와 아속의 측면에서 현저히 다르다. 중국인들은 책을 수집하더라도 유통하는 것을 근본으로 삼는다. 그러므로 그들이 장서인을 찍는 것은 나중에 그 책을 소유한 사람에게 이 책이 누구로부터 전해졌고 누가 평비하며 읽었는지 알려 주려 해서이다. 비유하자면 서화에 제발문을 쓰는 것과 같으니 어찌 공정하고 고상하다 하지 않겠는가? 우리나라 사람들은 책을 모을 때 소장하는 것을 근본으로 삼는다. 그래서 반드시 본관과 성명, 자와 호 등 서너 가지 장서인을 무슨 관청의 장부와 같이 거듭거듭 찍는다. 그 책이 남의 것이 될까 근심하는 듯하니, 어찌 사사롭고 저속하다 하지 않겠는가?

　　사사로운 마음으로 책을 대하기 때문에 간혹 책을 팔아 치우게 되면 반드시 장서인을 찍은 것을 없애면서 무언가 잃은 양 한탄스러워하는 것이고, 공정한 마음으로 책을 대하기 때문에 간혹 책을 기증하게 되어도 장서인 찍은 것을 그대로 남겨 두며 마치 증여하지 않은 것처럼 아무렇지도 않게 여긴다. 한탄스러워하는 것과 아무렇지도 않게 여기는 것의 사이에서 고상함과 저속함이 갈린다.

– 유만주, 「옛사람의 독서 일기」

24 윗글에서 ⓐ의 '책 바보'는 어떤 사람을 의미하는지 서술하시오.

〈유의 사항〉
‐ 25자(±5)로 기술할 것(공백 제외)

25 윗글에서 ⓑ의 '오이 덩굴을 뽑아내는 방식'과 유사한 현대의 독서 방법은 무엇인지 세 어절로 쓰시오.

[26~27] 다음 글을 읽고 물음에 답하시오.

순(舜)임금은 밭 갈고 씨 뿌리며 질그릇 굽고 물고기 잡는 일에서부터 황제가 되기까지 남에게 배우지 않은 것이 없었다. 공자가 말하기를, "나는 젊은 시정에 미천했기 때문에 막일에 많이 익숙했다."라고 했으니 그 막일 역시 밭 갈고 씨 뿌리며 질그릇을 굽고 물고기를 잡는 일 따위였을 것이다. 비록 순임금과 공자같이 거룩하고 재능 있는 분일지라도 사물에 나아가 기교를 창안하고 일에 임해 도구를 만들려면 시일도 부족하고 지혜도 막히는 바가 있었을 것이다. 그러므로 순임금과 공자가 성인이 된 것은 남에게 잘 묻고 잘 배운 것에 지나지 않는다.

우리나라 선비들은 한쪽 모퉁이 땅에 편협한 기질을 타고나, 발은 중국 대륙의 땅을 밟아 보지 못하고 눈은 중국의 사람을 보지 못한 채 태어나 늙고 병들어 죽기까지 국경 안을 떠나 본 적이 없다. 그래서 학은 다리가 길고 까마귀는 검은 것이 각자 자기의 천성을 지키는 것이고, 우물 안 개구리나 밭의 두더지는 오직 자기 땅만을 의지해야 한다고 여기며 살아왔다. 예(禮)는 차라리 소박해야 한다고 말하고 누추한 것을 검소한 것이라고 인식했다. 이른바 ⓐ 의 사민(四民)이라는 것도 겨우 명목만 남아 있고, ⓑ 의 도구는 날이 갈수록 어렵고 구차해졌다. 이는 다른 게 아니다. 배우고 물을 줄을 몰라 생긴 잘못이다.

장차 배우고 물어야 한다면 중국을 버려두고 어떻게 하겠는가? 그러나 그들은 말하기를, 지금 중국을 다스리는 자는 오랑캐들이라고 하면서 배우기를 부끄러워해 중국의 옛 법마저 싸잡아 천하고 야만적이라 여긴다. 저들이 진실로 변발을 하고 옷깃을 왼편으로 여미는 오랑캐이지만 저들이 살고 있는 땅이 삼대(三代) 이래 한(漢)·당(唐)·송(宋)·명(明)의 대륙이 어찌 아니겠는가? 그 땅 안에 살고 있는 사람들이 삼대 이래 한·당·송·명의 후손이 어찌 아니겠는가? 만약 법이 좋고 제도가 아름답다면 진실로 오랑캐라도 나아가 본받아야 할 터인데, 하물며 그 규모의 광대함과 마음 씀씀이의 정교함과 제작(制作)의 심원함과 문장의 찬란함이 아직도 삼대 이래 한·당·송·명의 옛 법을 보존하고 있음에랴?

우리를 저들과 비교한다면 진실로 한 치도 나은 점이 없다. 그럼에도 유독 상투를 튼 것만 가지고 스스로 천하에 제일이라고 뽐내면서 "지금 중국은 옛날의 중국이 아니다."라고 말한다. 그 산천은 비린내와 노린내가 난다고 헐뜯고, 그 백성은 개나 양이라고 욕을 하며, 그 언어는 오랑캐 말이라고 모함하면서, 중국 고유의 좋은 법과 아름다운 제도마저 싸잡아 배척해 버린다. 그렇다면 어디를 본받아 나아가야겠는가?

[A] 내가 북경에서 돌아오니 재선(在先) 박제가가 자신이 지은 《북학의(北學議)》 내외(內外) 두 편을 보여 주었다. 재선은 나보다 먼저 북경에 들어갔던 사람이다. 그는 농사짓고, 누에 치고, 가축을 기르고, 성을 쌓고, 집을 짓고, 배와 수레를 만드는 일에서부터 기와를 굽고, 대자리를 짜고, 붓과 자를 만드는 일에 이르기까지 눈으로 헤아려 보고 마음으로 비교해 보지 않은 것이 없었다. 눈으로 보지 못한 것이 있으면 반드시 물어보았고, 마음으로 깨닫지 못한 것이 있으면 반드시 배웠다. 시험 삼아 책을 한번 펼쳐 보니, 내가 쓴 《열하일기》와 조금도 어긋나는 것이 없어 한 사람의 손에서 나온 것 같았다. 이러하니 그가 진실로 즐거워하며 내게 보여 준 것이고, 나도 기분 좋게 사흘간 읽어도 싫증 나지 않았던 것이다.

아, 이것이 어찌 한갓 우리 두 사람이 눈으로만 보고 나서 그렇게 된 것이겠는가? 진실로 비 내리는 지붕과 눈 쌓이는 처마 아래서 연구하고, 술이 거나하고 등잔 심지 돋우는 즈음에 손뼉 치며 좋아했던 이야기를 한차례 눈으로 경험한 것일 뿐이다. 요컨대 이를 남들에게 말할 수가 없으니, 남들은 정말 믿지 않으리라. 믿지 않으니 참으로 화를 낼 것이다. 화를 내는 성질은 편협한 기질에서 말미암은 것이고, 믿지 않는 원인은 중국의 산천을 헐뜯은 데 있다.

— 박지원, 「북학의 참뜻」

26 다음의 〈보기〉를 참고하여 윗글의 ⓐ와 ⓑ에 들어갈 사자성어를 차례대로 쓰시오.

보기

ⓐ 조선 시대 백성을 나누던 네 가지 계급으로 선비, 농부, 공장(工匠), 상인을 이르던 말
ⓑ 기구를 편리하게 쓰고 먹을 것과 입을 것을 넉넉하게 하여, 국민의 생활을 나아지게 함

ⓐ _____

ⓑ _____

27 다음의 〈보기〉를 참고하여 윗글의 [A]에 드러난 사상이 무엇인지 한 단어로 쓰시오.

보기

양란 이후 조선 사회의 성리학 사상과 양반 중심 사회가 안고 있는 내부 결점으로 인해 드러난 사회적 모순을 바로잡아 민생을 안정시키고, 우리 실정에 맞는 새로운 사상을 정립할 필요성에 의해 대두되었다.

[28~29] 다음 글을 읽고 물음에 답하시오.

신경 전달 물질이 신경 세포막에 있는 수용체 단백질과 결합하면 연접 틈에서 신경 세포로 이온이 들어올 수 있는 길, 즉 이온 통로가 열린다. 이온은 원자나 분자가 전기를 띠고 있는 것이다. 양(+)의 전기를 띠고 있는 것은 양이온, 음(−)의 전기를 띠고 있는 것은 음이온이라고 한다. 이온 통로가 열리는 방법은 수용체 분자 자신이 이온 통로가 되는 방법, 또는 수용체 옆에 있는 이온 통로가 활성화되는 방법이 있다. 이렇게 이온 통로가 열리게 되면 나트륨 이온, 칼슘 이온과 같은 양이온, 혹은 염소 이온과 같은 음이온이 신경 세포로 들어올 수 있게 된다.

평상시 신경 세포는 음전하를 띠고 있다. 만일 나트륨 이온, 칼슘 이온 등의 양이온이 들어오면 신경 세포는 양전하를 띠게 되어 흥분하게 된다. 반대로 염소 이온과 같은 음이온이 세포 내로 들어오면 세포의 음전하가 커지게 되어 신경 세포의 흥분이 억제된다. 신경 세포를 흥분시키는 신경 전달 물질로는 글루탐산, 신경 세포의 흥분을 억제하는 신경 전달 물질로는 감마 아미노뷰티르산이 대표적이다. 단순하게 보면 신경 전달 물질은 신경에 전기를 흐르게 하는 여닫개와 같은 역할을 한다고 생각할 수 있다.

[A] 그러나 신경 전달 물질만 가지고 온전한 여닫개 역할을 하지 못한다. 신경 전달 물질이 적절히 방출된다고 하더라도 이와 결합하는 수용체가 적절한 기능을 하지 못하면 신경 정보는 효율적으로 전달되지 못하기 때문이다. 신경 전달 물질과 수용체가 합쳐져야 온전한 여닫개의 역할을 할 수 있다. 물론 여닫개의 비유는 이해를 돕기 위함이고 실제로는 이보다 훨씬 복잡하다. 신경 전달 물질의 종류도 많고, 그 각각에 맞는 수용체도 다르기 때문이다. 또한 재미있는 점은 방출되는 신경 전달 물질의 양이 어떤 이유로 줄어들면 수용체의 수는 증가하고, 반대로 방출되는 신경 전달 물질의 양이 너무 많아지면 수용체의 수는 줄어든다는 것이다. 쉽게 비유하자면 여닫개에 자동 수리 기능까지 있는 셈이다. 그래서 우리 뇌는 기능이 일정하게 유지되는 항상성을 지니게 된다. 이러한 항상성이 깨지면 여러 가지 신경 정신 질환이 발생한다.

어떻게 보면 신경 전달 물질은 인간 활동의 최고 주체이자, 인류 문화 창조의 근원이라고 해도 과언이 아니다. 중요한 역사적 사건의 주체들, 인류에 큰 타격을 준 사건을 일으켰던 사람들의 신경 전달 물질 체계가 보통 사람들의 것과 어떻게 다른가를 연구하는 것은 중요하다. 이들의 사상과 행동의 원인을 가시적으로 이해할 수 있기 때문이다. 고도의 정신 기능, 감정, 운동 및 감각 기능을 위하여 얼마나 많은 신경 전달 물질이 필요한지 아직도 완전히 알지 못한다. 앞으로 과학이 발달함에 따라 서로 다른 기능을 하는 많은 신경 전달 물질들이 끊임없이 발견될 것이다. 이 신경 전달 물질들의 체계와 특성을 밝혀 나감으로써 인간 정신세계의 본질을 규명할 수 있을 것이다.

– 서유헌, 「뇌 속의 전달자, 신경 전달 물질」

28 제시문의 내용을 바탕으로 다음의 〈보기〉를 이해할 때 빈칸에 들어갈 말을 쓰시오.

보기

투입		평상시 신경 세포의 상태		신경 세포의 변화
양이온	⇒	(ⓐ)를 띠고 있음	⇒	(ⓑ)를 띠게 되어 흥분하게 됨
음이온	⇒		⇒	(ⓒ)가 커져 흥분이 억제됨

29 제시문의 [A]를 바탕으로 뇌가 항상성을 유지하는 원리를 다음의 연관어를 사용하여 서술하시오.

연관어
신경 전달 물질의 양 / 수용체의 수

〈유의 사항〉
– 증가와 감소 표현을 사용하여 60자 이내로 기술할 것(공백 제외)

[30~31] 다음 글을 읽고 물음에 답하시오.

접점에서 만나지 않는 사람들, 즉 다른 의견을 듣지 않는 사람들은 마치 메아리 방에서 살 듯 자신의 소리만 듣고 살 가능성이 크다. 아니면 비슷한 생각을 가진 사람끼리 만나 동종 교배 하듯 서로 동의하며 기존의 입장을 기형적으로 견고하게 다질지도 모른다. 서로 다른 의견을 가진 사람들 각각의 집단 편향(집단 극화)이나 쏠림 현상이 강화되는 것이다.

이러한 현상은 인터넷 시대에 들어와서 더욱 심화되고 있다. 최근의 각종 연구 결과에 따르면, 이전과는 다르게 사람들은 소수의 여론 주도자에게 끌려 다니지 않고 ⓐ자신과 비슷한 생각을 가진 사람들에게 동조하면서 기존의 의견과 입장을 더욱 강화하는 경향을 보이고 있다. 이에 따라 사람들의 의견이 극단적으로 나뉘는 현상마저 발생하고 있다.

우리 사회에는 서로 다른 의견이 첨예하게 대립하는 사회 문제가 많지만, 그에 대해 치열하게 논쟁하는 모습은 찾아보기 힘들다. 또한 토론의 자리가 마련된다 하더라도 맞부딪쳐 조목조목 제대로 논쟁하는 모습을 보기 어렵다. 찬반 의견이 제시되는 것 같지만 논쟁의 내용을 들여다보면 찬성하는 사람은 찬성의 이유를 나열하고, 반대하는 사람은 반대의 이유를 나열하는 수준에 머무르는 경우가 허다하다.

이처럼 우리 사회가 토론과 논쟁에 서툴다는 것을 대부분의 사람은 알고 있다. 그러나 토론 부재와 논쟁 불능 사회가 가져오는 부작용이 얼마나 큰지는 제대로 인식하지 못하는 것 같다. 밀은 "사회에서 널리 통용되는 의견이나 감정이 부리는 횡포 그리고 그런 통설과 다른 생각과 습관을 가진 이견 제시자에게 사회가 법률적 제재 이외의 방법으로 억박지르면서 통설을 행동 지침으로 받아들이도록 강요하는 경향에 대해서도 대비를 해야 한다."라고 했다. 이는 다수의 의견을 모든 사회 구성원에게 강요하고 조금이라도 다른 의견은 묵살해 버리는 사회의 위험성과 폭력성을 경계하는 말이다. 그런 사회에서는 소수의 권익도, 다수를 위한 합리적인 정책도 보장되기 어렵다.

무릇 모든 소통이 그러하듯 논쟁의 출발점도 상대방의 입장을 듣는 데서 시작한다. 상대방의 논리에서 허점을 찾아내고 상대방이 납득할 만한 이유를 제공하는 것이 논쟁의 규칙이다. 그러자면 어울리기 싫어도 생각이 다른 이들과 대화를 하고 그들의 입장을 들어야 한다.

ⓑ미국의 법학자 선스타인은 "나는 네 의견에 동의하지 않는다."라고 말하지 않는 사람들은 집단의 의견에 동조하거나 강화된 자기 의견 속에 안주한다고 했다. 그렇게 되면 자기 합리화와 상호 비방만 있게 된다. 반대 의견을 내고 기꺼이 논쟁하는 사람들이 이러한 상황을 흔들 수 있는 생산적 논쟁에 나서야 한다. 치열하게 논쟁을 한다면 우리 사회의 의견 스펙트럼이 지금보다는 다양해질 것이다.

논쟁이 활발한 사회는 의견 스펙트럼의 중간층이 두껍다. 의견 양극화와 쏠림 현상이 두드러진 곳에서는 집단들 간에 공유되지 않는 정보가 많아지고 소수자들은 침묵하게 된다. 그래서 사람들이 의견을 잘 내지 않는 사회가 되기 쉽다. 그런 곳에서는 의견의 양극단만 보이고 중간이 보이지 않는다. 중간 의견이 반영되지 않는 극단의 결정이 횡행하게 된다. 오늘날의 한국 사회는 과연 어떠한가?

– 박성희, 「의견 양극화와 생산적 논쟁」

30 제시문의 ⓐ가 의미하는 바를 제시문에서 찾아 두 어절로 쓰시오.

31 제시문의 ⓑ에서 글쓴이가 '선스타인'의 견해를 인용한 목적을 서술하시오.

〈유의 사항〉
– 25자(±5)로 기술할 것(공백 제외)

[32~33] 다음 글을 읽고 물음에 답하시오.

정의(情誼)는 친애와 동정의 결합입니다. 친애란 부모가 자식을 보고 귀여워서 정으로써 사랑함이요, 동정이란 자식이 당하는 고와 낙을 자기가 당하는 것같이 여김입니다. 그리고 돈수(敦修)란 있는 정의를 더 커지게, 더 많아지게, 더 두터워지게 한다함입니다. 그러면 다시 말해서, 친애하고 동정하는 것을 공부하고 연습하여 이것이 잘되도록 노력하자 함입니다.

인류 중 불행하고 불쌍한 자 중에 가장 불행하고 불쌍한 자는 무정한 사회에 사는 사람이요, 복 있는 자 중에 가장 다행하고 복 있는 자는 유정한 사회에 사는 사람입니다. 사회에 정의가 있으면 화기가 있고, 화기가 있으면 흥미가 있고, 흥미가 있으면 활동과 용기가 있습니다.

유정한 사회는 태양과 우로(雨露)를 받는 것 같고 화원에 있는 것 같아서, 여기는 고통이 없을뿐더러 모든 일이 잘되어 갑니다. 사람들이 삶에 흥미가 있으므로 용기를 내서 일을 하고, 편안함과 즐거움을 주는 일이 넘쳐 납니다.

이에 반하여 무정한 사회는 가시밭과 같아서 사방에 괴로움뿐이므로, 사람은 자기가 사는 사회를 미워하게 됩니다. 또 비유하면 차가운 바람과 같아서 공포와 우울이 그 사회를 뒤덮고, 사람들은 매사에 흥미를 잃고 위축된 삶을 살아갑니다. 염세와 나약과 불활발이 있을 따름이며, 사회는 사람의 원수가 되니, 이는 사람에게 직접 고통을 줄 뿐 아니라 따라서 모든 일이 안 됩니다.

〈중략〉

우리는 이 정도의 돈수 문제를 결코 심상히 볼 것이 아닙니다. 우리가 우리 사회를 개조하자면 먼저 다정한 사회를 만들어야 하겠습니다. 우리는 선조 적부터 무정한 피를 받았기 때문인지 아무래도 더운 정이 없습니다. 그러므로 정의를 기르는 공부를 해야 하겠습니다. 그러한 뒤에야 참삶의 맛을 알겠습니다.

일언일동(一言一動)에 우리 사이의 정의를 손상하는 자는 우리의 원수입니다. 과거나 현재의 우리 동포는 어디 모인다 하면 으레 싸우는 것으로 압니다. 남의 결점을 지적하더라도 결코 듣기 싫은 말로 하지 말고 사랑으로써 해야 할 것입니다.

이제 정의를 기르는 데 있어서 주의할 몇 가지를 말하겠습니다.

[A]
- 1. 남의 일에 개입하지 말아야 한다.
- 2. 남의 개성을 존중해야 한다.
- 3. 남의 자유를 침범하지 말아야 한다.
- 4. 남에게 물질적으로 의뢰하지 말아야 한다.
- 5. 정이 깊고 얕음을 탓하지 말아야 한다.
- 6. 신의를 지켜야 한다.
- 7. 예절을 지켜야 한다.

〈중략〉

정의 없는 대한 민족의 고통은 실로 지옥 이상입니다. 대한인의 사회는 가시밭입니다. 아무런 낙이 없습니다. 우리 정의를 길러서 화기 가운데 살아 봅시다.

다시 하는 말은 정의가 있어야 화기가 있고, 화기가 있어야 흥미가 있고, 흥미가 있어야 성공이 있습니다. 그래야 무슨 사업이든지 무슨 의무든지 하고 싶어서 하게 됩니다. 우리는 어디를 가든지 오직 이 정의 돈수 네 글자에 의지하여 삽시다.

– 안창호, 「무정한 사회와 유정한 사회」

32 제시문의 글쓴이가 〈보기〉의 '정후'에 대해 밑줄 친 부분과 같이 평가한 근거를 제시문의 [A]에서 찾아 쓰시오.

보기

산하와 정후는 3년 내리 같은 반입니다. 둘은 서로 눈빛만 봐도 통하는 '절친'이지요. 그런데 어느 날, 정후가 급히 돈이 필요하다고 합니다. 얼마 전 이모에게서 용돈을 받아 새 드론을 살 꿈에 젖어 있던 산하는 정후의 딱한 사정을 듣고 고민하다가 마지못해 돈을 빌려줍니다. 그러나 <u>정후의 행동은 정의를 기르는 데 적절한 행동이 아닙니다.</u>

33 제시문의 필자가 독자에게 전달하고자 하는 내용을 다음의 〈보기〉와 같이 한 문장으로 요약할 때, 빈칸에 들어갈 말을 위의 제시문에서 찾아 각각 한 단어로 쓰시오.

보기

| ⓐ | 와 | ⓑ | 를 길러 대한 사회를 | ⓒ | 넘치는 | ⓓ | 한 사회로 만듭시다.

[34~35] 다음 글을 읽고 물음에 답하시오.

삶의 터전을 잃은 북극곰

녹아내린 빙하 사이로 앙상하게 여윈 북극곰이 위태롭게 걷고 있는 사진, 한 번쯤 본 적이 있을 것이다. 북극곰이 어쩌다 이렇게 된 걸까? 바로 지구 온난화 때문이다. 기후 변화에 관한 정부 간 협의체(http://www.ipcc.ch/)는 1906년 이후 100년 간 지구의 평균 온도가 약 0.74도 상승했다고 밝혔다. 그리고 2100년까지 지구의 평균 온도가 약 2.4~2.6도까지 상승할 수 있다고 예측했다. 지구 온도가 1도만 올라가도 생태계의 30퍼센트가 멸종된다고 하니, 다음 세대는 북극곰을 사진으로만 보게 될지도 모르겠다.

최근 '미국 어류 및 야생 동물 보호국'이 '영국 왕립 학술원 과학지'에 게재한 논문에서, 2050년 북극곰 개체 수가 현재보다 30퍼센트 정도 줄어들 것이라고 전망했다는 신문 기사를 본 적이 있다. 전 세계 25,000마리로 추정되는 북극곰 개체 수가 18,000마리로 줄어든다는 것이다. 이것은 지구 온난화로 인해 얼음이 녹으면서 북극곰이 서식지를 잃고 먹잇감도 줄어들고 있기 때문이다.

지구 온난화가 자신에게는 별문제 될 게 없다고 생각하는 사람들도 있을 것이다. 그러나 삶의 터전을 잃는 것은 이제 북극곰만의 문제가 아니다. 지구 온난화는 우리의 삶의 터전도 위협하고 있다.

지구 온난화로 인한 해수면 상승은 저지대 침수를 일으킨다. 지구 온난화가 지금과 같은 속도로 진행된다면 2100년에는 지구 해수면이 1미터 이상 높아지게 되고, 그에 따라 전 세계 인구의 10퍼센트가 거주지를 잃는다고 한다. 남태평양의 섬나라 투발루는 해수면 상승으로 수십 년 간 두 개의 섬이 바다에 잠겼고, 머지않아 전 국토가 바다에 잘길 위험에 처해 있다.

지구 온난화로 인한 사막화도 문제이다. 지구의 온도가 점점 올라가면 토양의 습기가 급속도로 증발되어 토양이 황폐해지고 사막화가 빠르게 진행된다. 해마다 전 세계적으로 6백만 헥타르가 사막화되고 있으며, 지구 표면의 1/3이 사막화 위험에 처해 있다고 한다. 아프리카는 대륙의 43퍼센트, 전 인구의 40퍼센트가 거주하는 지역이 사막화 위험에 처해 있다. 몽골 역시 국토 면적의 78퍼센트가 사막화 되고 있다.

지구 온난화의 유력한 원인으로 온실가스 발생을 꼽는데, 온실가스는 이산화 탄소가 대표적이다. 그렇다면 지구 온난화를 늦추기 위해 우리가 할 수 있는 실천 방법에는 무엇이 있을까?

[A]   첫째, 적정 실내 온도를 유지한다. 에어컨과 난방 기구의 사용을 줄이면 온실가스의 발생을 줄일 수 있다 여름철 적정 실내 온도는 26~28도, 겨울철 적정 실내 온도는 20도 이하이다. 둘째, 대중교통을 이용한다. 자동차에서 나오는 배기가스는 지구 온난화를 유발한다. 그러므로 버스, 지하철 등의 대중교통을 이용함으로써 지구 온난화를 늦출 수 있다. 셋째, 쓰레기 발생을 줄이고 재활용을 생활화한다. 하루에 일회용 종이컵 하나씩만 덜 사용하면 연간 4킬로그램 이상의 이산화 탄소 배출을 줄일 수 있다. 또 유리병과 캔 등을 재활용하면 연간 22킬로그램의 이산화 탄소 발생을 막을 수 있다. 넷째, 물과 전기를 아낀다. 양치할 때 물을 받아 쓰면 연간 5~7킬로그램의 이산화 탄소 발생을 줄일 수 있고, 사용하지 않는 플러그를 뽑아 두는 것만으로도 연간 78킬로그램의 이산화 탄소 발생을 줄일 수 있다.

개인의 작은 노력으로도 지구 온난화를 늦출 수 있다. 이제부터 생활 속 작은 실천으로 지구 환경을 지키도록 하자.

– 「지구 온난화와 북극곰」

34 윗글에서 제시하고 있는 지구 온난화의 주범과 그로 인해 일어나는 대표적 자연 재해 두 가지를 윗글에서 찾아 쓰시오.

지구 온난화의 주범
(ⓐ)

⇒

지구 온난화로 인한 자연 재해
(ⓑ), (ⓒ)

35 윗글의 [A]에서 이산화 탄소 발생을 가장 많이 줄일 수 있는 생활 속 실천방법은 무엇인지 찾아 쓰시오.
(단, 구체적 수치가 제시된 방법에 한함)

[36~37] 다음 글을 읽고 물음에 답하시오.

자유주의는 사적 자율성을 중시하는 경제적 자유주의와 공적 자율성을 추구하는 정치적 자유주의 사이의 긴장을 내포한다. 이는 근대 사회가 산업 혁명과 시민 혁명이라는 이중 혁명을 거치면서 형성되었다는 사실에 기인한다. 생산과 분배의 효율성 및 소유권을 중시하는 시장은 산업 혁명에 의해 발전되어 경제적 자유주의의 기초로 확립되었다. 또한 시민 혁명은 보편적 이상으로서 자유·평등·박애의 실현을 추구하는 정치적 자유주의를 출현시켰다.

침해되거나 간섭받지 않을 개인의 권리로서 자유를 파악하는 경제적 자유주의의 관점은, 제2차 세계 대전 이후 서구에서 강조되었던 재분배적 평등주의에 대한 비판적 입장으로 이어졌다. 개인의 소득과 재산을 자유롭게 처분할 권리를 국가가 복지라는 목적으로 침해하는 것이 정당화될 수 없다는 것이다. 특히 밀턴 프리드먼의 경우, 경제적 자유는 그 자체가 궁극적인 목적이며 정치적 자유를 성취하기 위한 필수 불가결한 수단이라고 보았다. 그는 경제적 자유가 보장되면 정치권력이 개인을 부당하게 간섭하는 것이 차단되어 권력이 분산된다고 보았으며, 정치적 자유의 실현은 경제적 자유의 토대 위에서만 가능하다고 생각했다. 경제적 자유에 대한 훼손이 정치적 자유의 제한으로 이어진다고 본 것이다. 또한 그는 경제적 자유의 보장이 개인들 간의 상호 자발적인 거래와 이를 통한 상호 이득을 가능하게 한다고 주장했다.

반면 자유와 자치를 연결해 이해하는 정치적 자유주의의 관점은 경제적 자유의 확대가 정치적 부자유로 이어질 수 있다고 비판했다. 이러한 관점은 자유를 자발적으로 정치에 참여하여 자신에게 적용될 법과 제도를 스스로 결정하는 적극적인 과정으로 이해한다. 간섭의 부재가 아닌 타인에 의한 자의적 지배의 가능성에서 벗어난 상태를 자유가 실현된 상태로 본 것이다. 특히 마이클 샌델은 개인의 선택과 권리의 우선성을 주장하는 경제적 자유주의가 정치적 자유의 실현을 방해하고 나아가 사회의 공공선을 침식하는 방향으로 흐르는 것을 비판했다. 개인의 권리를 보호한다는 명분 아래 자본가와 노동자 사이의 불평등이 정당화될 수 있으며, 이러한 불평등이 시민들로 하여금 눈앞의 생계와 자기 이익에 집중하게 만듦으로써 스스로 자신의 삶을 지배하는 시민적 역량을 약화시킨다고 본 것이다. 그는 시장 거래가 무엇이든 자유롭게 사고팔 수 있다는 생각을 부추길 때 돈으로 사거나 팔아서는 안 되는 것을 고민함으로써 인간적 가치가 상실되는 것을 경계해야 한다고 주장했다.

– 「경제적 자유주의와 정치적 자유주의」

36 다음의 〈보기〉에서 설명한 신자유주의 정책과 상통하는 자유주의 사상은 무엇인지 제시문에서 찾아 두 어절로 쓰시오.

> **보기**
>
> 1970년대 이후 신자유주의를 사상적 배경으로 등장한 영국의 대처 내각과 미국의 레이건 행정부는 노동 시장에서의 각종 규제를 제거하고, 고용 여부와 고용 시간을 자유롭게 결정하는 노동 시장의 유연화를 유도했다. 또한 이들 정부에 의해 국민 소득의 분배는 이자 생활자에게 유리한 상황으로 전환되었다. 예컨대 미국의 경우, 레이건 정부 출범 이전 불과 0.3%에 불과했던 장기 실질 이자율은 1983년 8.1%로 급상승했다. 1990년대 들어 국제 금융 시장은 더욱 투기적으로 변화했다. 1990년대 중반 국제 금융 시장의 하루 평균 매출액은 전 세계 하루 평균 무역액인 100억 달러의 100배가 훨씬 넘는 규모로 성장했다. 그리고 이는 1990년대 유럽 통화 제도, 멕시코, 아시아의 금융 위기로 이어지는 배경으로 작용했다.

37 다음의 〈보기〉는 제시문의 내용을 바탕으로 자유주의 사상에 대한 각 학자들의 관점과 자율성의 측면을 연결한 것이다. 빈칸에 들어갈 학자들과 자율성의 부류를 쓰시오.

학자	관점		자율성
(ⓐ)	개인의 선택권과 자기 이익을 우선시할 경우 공공선을 추구하는 시민적 역량이 훼손되어 공동체를 구성하는 인간적 가치가 상실될 수 있다고 보았다.	⇒	(ⓒ)
(ⓑ)	재분배적 평등주의가 개인의 경제적 자유를 제한하며, 이러한 권리 침해가 복지라는 목적으로 정당화될 수 없다고 보았다.	⇒	(ⓓ)

PART **2**

수학 I

I 지수함수와 로그함수

[핵심이론]

---

1 거듭제곱근

(1) 실수인 거듭제곱근

① a가 실수이고 n이 2 이상의 자연수일 때 a의 n제곱근 중 실수인 것

	$a>0$	$a=0$	$a<0$
n이 짝수	$\sqrt[n]{a}>0$, $-\sqrt[n]{a}<0$	$\sqrt[n]{0}=0$	없다
n이 홀수	$\sqrt[n]{a}>0$	$\sqrt[n]{0}=0$	$\sqrt[n]{a}<0$

② a의 n제곱근 중 실수인 것은 방정식 $x^n=a$의 실근이므로, 함수 $y=x^n$의 그래프와 직선 $y=a$의 교점의 x좌표와 같다.

(2) 거듭제곱근의 성질

$a>0$, $b>0$이고 m, n이 2 이상의 자연수 일 때

① $(\sqrt[n]{a})^n=a$

② $\sqrt[n]{a}\,\sqrt[n]{b}=\sqrt[n]{ab}$

③ $\dfrac{\sqrt[n]{a}}{\sqrt[n]{b}}=\sqrt[n]{\dfrac{a}{b}}$

④ $(\sqrt[n]{a})^m=\sqrt[n]{a^m}$

⑤ $\sqrt[m]{\sqrt[n]{a}}=\sqrt[mn]{a}=\sqrt[n]{\sqrt[m]{a}}$

⑥ $\sqrt[np]{a^{mp}}=\sqrt[n]{a^m}$ (단, p는 자연수)

---

2 지수의 확장

(1) 지수가 정수인 경우

① $a\neq0$이고 n이 양의 정수일 때

㉠ $a^0=1$

㉡ $a^{-n}=\dfrac{1}{a^n}$

② $a\neq0$, $b\neq0$이고 m, n이 정수일 때

㉠ $a^m a^n=a^{m+n}$

㉡ $a^m\div a^n=a^{m-n}$

㉢ $(a^m)^n=a^{mn}$

㉣ $(ab)^n=a^n b^n$

(2) 지수가 유리수와 실수인 경우

① $a>0$이고 m이 정수, n이 2 이상의 정수일 때

  ㉠ $a^{\frac{1}{n}}=\sqrt[n]{a}$ ㉡ $a^{\frac{m}{n}}=\sqrt[n]{a^m}$

② $a>0$, $b>0$이고 r, s가 유리수일 때

  ㉠ $a^r a^s=a^{r+s}$ ㉡ $a^r \div a^s=a^{r-s}$

  ㉢ $(a^r)^s=a^{rs}$ ㉣ $(ab)^r=a^r b^r$

③ $a>0$, $b>0$이고 x, y가 실수 일 때

  ㉠ $a^x a^y=a^{x+y}$ ㉡ $a^x \div a^y=a^{x-y}$

  ㉢ $(a^x)^y=a^{xy}$ ㉣ $(ab)^x=a^x b^x$

③ 로그

(1) 로그의 정의와 조건

① 정의

  $a>0$, $a \neq 1$, $N>0$일 때, $a^x=N \iff x=\log_a N$

② 조건

  $\log_a N$이 정의되려면 밑 a는 $a>0$, $a \neq 1$이고 진수 N은 $N>0$이어야 한다.

(2) 로그의 성질

$a>0$, $a \neq 1$이고 $M>0$, $N>0$일 때

① $\log_a 1=0$, $\log_a a=1$ ② $\log_a MN=\log_a M+\log_a N$

③ $\log_a \dfrac{M}{N}=\log_a M-\log_a N$ ④ $\log_a M^k=k\log_a M$ (단, k는 실수)

(3) 로그의 밑의 변환

① $a>0$, $a \neq 1$, $b>0$, $c>0$, $c \neq 1$일 때

  $\log_a b=\dfrac{\log_c b}{\log_c a}$

② 로그 밑의 변환 활용: $a>0$, $a \neq 1$, $b>0$일 때

  ㉠ $\log_a b=\dfrac{1}{\log_b a}$ (단, $b \neq 1$)

  ② $\log_a b \times \log_b c=\log_a c$ (단, $b \neq 1$, $c>0$)

③ $\log_{a^m} b^n = \dfrac{n}{m} \log_a b$ (단, m, n은 실수이고, $m \neq 0$이다.)

④ $a^{\log_b c} = c^{\log_b a}$ (단, $b \neq 1$, $c > 0$)

4 지수함수

(1) 지수함수의 뜻과 그래프

① 지수함수의 뜻

$y = a^x$ $(a > 0, a \neq 1)$ $\Rightarrow$ a를 밑으로 하는 지수함수

② 지수함수의 그래프

　㉠ $a > 1$일 때　　　　　　　　　　㉡ $0 < a < 1$일 때

 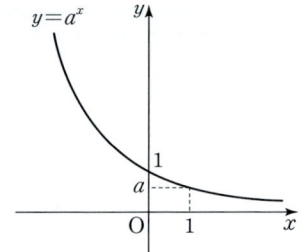

(2) 지수함수의 성질

① $a > 1$일 때 x의 값이 증가하면 y의 값도 증가하고, $0 < a < 1$일 때 x의 값이 증가하면 y의 값은 감소한다.

② 함수 $y = a^x$의 그래프는 점 $(0, 1)$을 지나고, 점근선은 x축(직선 $y = 0$)이다.

③ 함수 $y = a^x$의 그래프와 함수 $y = \left(\dfrac{1}{a}\right)^x$의 그래프는 y축에 대하여 서로 대칭이다.

④ 함수 $y = a^{x-m} + n$의 그래프는 함수 $y = a^x$의 그래프를 x축의 방향으로 m만큼, y축의 방향으로 n만큼 평행이동한 것이다.

(3) 지수함수의 활용

① $a > 0$, $a \neq 1$일 때, $a^{f(x)} = a^{g(x)} \Longleftrightarrow f(x) = g(x)$

② $a > 1$일 때, $a^{f(x)} < a^{g(x)} \Longleftrightarrow f(x) < g(x)$

③ $0 < a < 1$일 때, $a^{f(x)} < a^{g(x)} \Longleftrightarrow f(x) > g(x)$

5 로그함수

(1) 로그함수의 뜻과 그래프

① 로그함수의 뜻

$y = \log_a x \ (a > 0, \ a \neq 1) \Rightarrow a$를 밑으로 하는 로그함수

② 지수함수와 로그함수의 관계

역함수 관계: $y = a^x \ (a > 0, \ a \neq 1) \Longleftrightarrow y = \log_a x \ (a > 0, \ a \neq 1)$

③ 로그함수의 그래프

ㄱ $a > 1$일 때

ㄴ $0 < a < 1$일 때

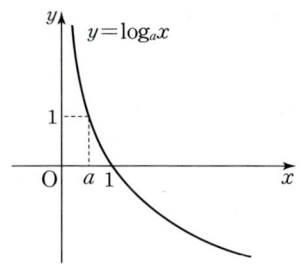

(2) 로그함수의 성질

① $a > 1$일 때 x의 값이 증가하면 y의 값도 증가하고, $0 < a < 1$일 때 x의 값이 증가하면 y의 값은 감소한다.

② 함수 $y = \log_a x$의 그래프는 점 $(0, 1)$을 지나고, 점근선은 y축(직선 $x = 0$)이다.

③ 함수 $y = \log_a x$의 그래프와 함수 $y = \log_{\frac{1}{a}} x$의 그래프는 x축에 대하여 대칭이다.

④ 함수 $y = \log_a (x - m) + n$의 그래프는 함수 $y = \log_a x$의 그래프를 x축의 방향으로 m만큼, y축의 방향으로 n만큼 평행이동한 것이다.

(3) 로그함수의 활용

① $a > 0, \ a \neq 1$일 때, $\log_a f(x) = \log_a g(x) \Longleftrightarrow f(x) = g(x), \ f(x) > 0, \ g(x) > 0$

② $a > 1$일 때, $\log_a f(x) < \log_a g(x) \Longleftrightarrow 0 < f(x) < g(x)$

③ $0 < a < 1$일 때, $\log_a f(x) < \log_a g(x) \Longleftrightarrow f(x) > g(x) > 0$

[실전문제]

 대표문제

배점(총점)	예상 소요 시간
10점	3분 / 전체 80분

▶ 1이 아닌 두 양수 a, b가

$$\begin{cases} \log_4 a = \log_3 b \\ (\log_3 a) \times (\log_2 b) = \log_2 a \end{cases}$$

를 만족시킬 때, a와 b의 값을 각각 구하시오.

모범답안 $\log_4 a = \log_3 b = m$이라 하면

$a = 4^m$, $b = 3^m$

이를 $(\log_3 a) \times (\log_2 b) = \log_2 a$에 대입하면

$(m\log_3 4) \times (m\log_2 3) = m^2 \times (2\log_2 2) \times \left(\dfrac{1}{\log_3 2}\right) = 2m$

$\therefore 2m(m-1) = 0$, $m = 0$ 또는 $m = 1$

이때 a, b는 1이 아닌 양수이므로 $m = 1$

따라서

$a = 4$, $b = 3$

채점기준

답안	배점
$\log_4 a = \log_3 b = m$	3점
$(m\log_3 4) \times (m\log_2 3) = m^2 \times (2\log_2 2) \times \left(\dfrac{1}{\log_3 2}\right) = 2m$	2점
$m = 1$	2점
$a = 4$, $b = 3$	3점

01 다음은 $\log_a(2-\sqrt{2})=2$일 때, a^2+2a^{-2}의 값을 구하는 과정을 논술한 것이다.

빈칸 ① , ② , ③ 을 채우시오.

$\log_a(2-\sqrt{2})=2$에서 지수와 로그의 변환을 이용하면

$a^2=$ ① 이므로

$2a^{-2}=$ ② 이다.

따라서

$a^2+2a^{-2}=$ ③

---

02 $\log_{(x-2)}(-x^2+8x-12)$가 정의되기 위한 모든 정수 x의 값의 범위를 구하는 과정을 논술하시오.

PART 1 국어

PART 2 수학

PART 3 기출문제

PART 4 해답

03 $n \geq k$인 두 자연수 n, k에 대하여 부등식 $|x+3| \leq n-k$를 만족시키는 정수 x의 최댓값을 m이라 하자.

$k \geq 2$이고 $n \leq 6$일 때,

m의 n제곱근 중 음수인 것이 존재하도록 하는 n, k의 모든 순서쌍 (n, k) 중 그 합의 최댓값을 구하는 과정을 논술하시오.

04 부등식 $2(3^x+1)^2 - (9^x-1) - a > 0$가 모든 실수 x에 대해 성립하도록 하는 실수 a의 범위를 구하는 과정을 논술하시오.

05 자연수 n에 대하여 두 수

$\log_2 \dfrac{36}{n+6}$, $\log_2 \dfrac{n}{3}$ 이 모두 자연수가 되도록

하는 n의 값을 구하는 과정을 논술하시오.

06 $35^x = 5$, $\left(\dfrac{1}{7}\right)^y = 125$, $a^z = 25$를 만족시키는

실수 x, y, z에 대해 $\dfrac{1}{x} + \dfrac{3}{y} - \dfrac{2}{z} = 2$가 성립

한다. 이때 양수 a의 값을 구하는 과정을 논술하시오.

07 함수 $f(x)=2\log_3(ax-b)$의 그래프가 두 점 $(1, 0)$과 $(0, 2)$를 지날 때, a와 b의 값을 각각 구하는 과정을 논술하시오.

08 정의역이 $\{x|-2\leq x\leq 2\}$일 때, 함수 $y=\log_3(2x+5)-1$의 최댓값과 최솟값을 구하는 과정을 논술하시오.

09 두 실수 a, b에 대하여 $2a-b$가 자연수일 때,

$$8a^3 - b^3 = \log_{16} n^3 - \frac{1}{2},$$

$$6ab^2 - 12a^2b = \log_{16}\frac{1}{9} \times \log_3 3\sqrt{n}$$

이 성립하도록 하는 자연수 n의 최솟값을 구하는 과정을 논술하시오.

10 함수 $y = |2^x - 8|$의 그래프가 직선 $y = n$과 만나는 서로 다른 점의 개수를 a_n이라고 할 때, $\sum\limits_{k=1}^{10} a_k$의 값을 구하는 과정을 논술하시오.

11 함수 $y=2^{x+1}+1$의 그래프가 y축과 만나는 점을 A, 함수 $y=\log_3(x+k)-1$의 그래프가 x축과 만나는 점을 B라 할 때, 선분 AB의 길이가 5가 되도록 하는 모든 실수 k의 곱을 구하는 과정을 논술한 것이다. 빈칸 ① , ② , ③ 을 채우시오

> 함수 $y=2^{x+1}+1$의 그래프가 y축과 만나는 점은 x의 좌표가 0이므로, A의 좌표는 $(0, 3)$이다.
> 함수 $y=\log_3(x+k)-1$의 그래프가 x축과 만나는 점은 y의 좌표가 0이므로, B의 좌표는 $(3-k, 0)$이다.
> 이때 선분 AB의 길이가 5이므로
> $\overline{AB}=$ ① ,
> 따라서 이를 정리한 식은 ② 이다.
> 근과 계수의 관계를 이용하여 두 근의 곱을 구하면 ③ .

12 부등식 $\log_2(2x+a) \le \log_2(-x^2+4)$의 해가 $x = b$일 때, ab의 값을 구하는 과정을 논술하시오.

13 방정식 $3^x - 3^{1-x} = 5 - 3^{2-x}$의 모든 실근의 곱을 구하는 과정을 논술하시오.

14 함수 $y = \left(\dfrac{1}{3}\right)^{x^2+4x+a}$의 최댓값이 27일 때, 상수 a의 값을 구하는 과정을 논술하시오.

15 두 상수 a, b에 대하여 두 함수
$f(x)=\log_2(x+2)+a$,
$g(x)=\log_2(-x+6)+b$
의 그래프의 점근선을 각각 l, m이라 하고,
곡선 $y=f(x)$와 직선 m이 만나는 점을 A, 곡선 $y=g(x)$와 직선 l이 만나는 점을 B라 하자. $\overline{\text{AB}}=10$일 때, $\dfrac{1}{6}|a-b|$의 값을 구하는 과정을 논술하시오.

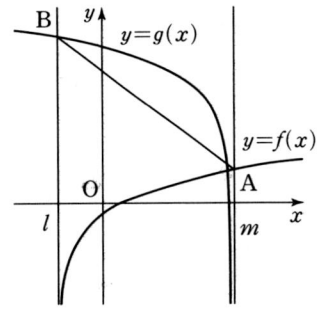

16 함수 $f(x)=\begin{cases}\left(\dfrac{1}{2}\right)^{x-3} & (x\leq 2) \\ -\log_2 x+3 & (x>2)\end{cases}$ 에 대하여
$2\sum\limits_{n=1}^{6} f\left(f\left(\dfrac{n}{2}\right)\right)$의 값을 구하는 과정을 논술하시오.

17 함수 $y=3^{x-1}-9$의 그래프를 x축의 방향으로 a만큼 평행이동한 그래프가 제4사분면을 지나지 않을 때, 실수 a의 최댓값을 구하는 과정을 논술하시오.

18 함수 $y=3^{x-m}+n$의 그래프와 그 역함수의 그래프가 두 점에서 만날 때, 두 교점의 x좌표가 각각 1, 4이다. 이때 $3^m \times n$의 값을 구하는 과정을 논술하시오.

19 $x = 3^{\frac{1}{3}} + 3^{-\frac{1}{3}}$일 때 $3x^3 - 9x + 10$의 값을 구하는 과정을 논술하시오.

20 함수 $f(x) = \log_2(x-a) + 2a^2$의 역함수 $g(x)$에 대하여 함수 $y = g(x)$의 그래프와 직선 $y = x$가 두 점에서 만나고 그 두 점의 x좌표를 각각 x_1, $x_2(x_1 < x_2)$라 하자. $x_2 - x_1 = 1$일 때, 실수 a의 최솟값과 최댓값의 합을 구하는 과정을 논술하시오.

II 삼각함수

[핵심이론]

1 일반각과 호도법

(1) 일반각

시초선 OX와 동경 OP로 주어진 ∠XOP에 대하여 동경 OP가 나타내는
한 각의 크기를 $a°$라 할 때, ∠XOP의 크기를 다음과 같이 나타내고, 이것
을 동경 OP가 나타내는 일반각이라고 한다.

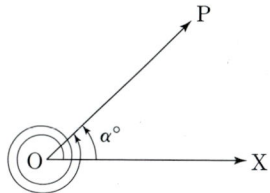

> 일반각: $360° \times n + a°$ (n은 정수)

(2) 호도법

반지름의 길이와 호의 길이가 같을 때, 부채꼴의 중심각의 크기를 1라디안
(rad)이라 한다.

① $1(\text{라디안}) = \dfrac{180°}{\pi}$

② $1° = \dfrac{\pi}{180°}(\text{라디안})$

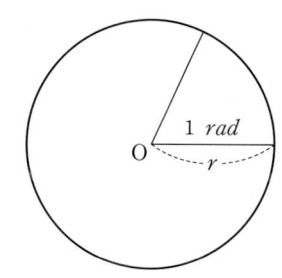

(3) 부채꼴의 호의 길이와 넓이

반지름의 길이가 r, 중심각의 크기가 θ(라디안)인 부채꼴에서 호의 길이를
l, 넓이를 S라하면

① $l = r\theta$

② $S = \dfrac{1}{2}r^2\theta = \dfrac{1}{2}rl$

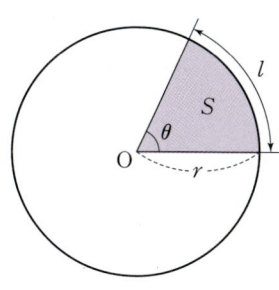

2 삼각함수의 정의 및 관계

(1) 삼각함수의 정의

좌표평면에서 중심이 원점 O이고 반지름의 길이가 r인 원 위의 한 점을 $P(x, y)$라 하고, x축의 양의 방향을 시초선으로 하는 동경 OP가 나타내는 각의 크기를 θ라 할 때, θ에 대한 삼각함수를 다음과 같이 정의한다.

$$\sin\theta = \frac{y}{r}, \ \cos\theta = \frac{x}{r}, \ \tan\theta = \frac{y}{x} \ (x \neq 0)$$

(2) 삼각함수의 부호

사분면	x, y 부호	$\sin\theta$	$\cos\theta$	$\tan\theta$
제 1 사분면	$x>0, \ y>0$	$+$	$+$	$+$
제 2 사분면	$x<0, \ y>0$	$+$	$-$	$-$
제 3 사분면	$x<0, \ y<0$	$-$	$-$	$+$
제 4 사분면	$x>0, \ y<0$	$-$	$+$	$-$

(3) 삼각함수 사이의 관계

① $\tan\theta = \dfrac{\sin\theta}{\cos\theta}$ ② $\sin^2\theta + \cos^2\theta = 1$ ③ $1 + \tan^2\theta = \dfrac{1}{\cos^2\theta}$

(4) 특수각의 삼각비

구분	$0°$	$30°$	$45°$	$60°$	$90°$
$\sin\theta$	0	$\dfrac{1}{2}$	$\dfrac{1}{\sqrt{2}}$	$\dfrac{\sqrt{3}}{2}$	1
$\cos\theta$	1	$\dfrac{\sqrt{3}}{2}$	$\dfrac{1}{\sqrt{2}}$	$\dfrac{1}{2}$	0
$\tan\theta$	0	$\dfrac{1}{\sqrt{3}}$	1	$\sqrt{3}$	∞

3 삼각함수의 그래프

(1) $y=\sin x$

   ① 정의역은 실수 전체의 집합이고, 치역은 $\{y\,|-1\leq y\leq1\}$이다.

   ② 모든 실수 x에 대하여 $\sin(-x)=-\sin x$이다. 즉, 그래프는 원점에 대하여 대칭이다.

   ③ 모든 실수 x에 대하여 $\sin(2n\pi+x)=\sin x$ (n은 정수)이고, 주기가 2π인 주기함수이다.

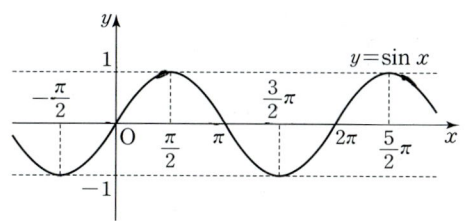

(2) $y=\cos x$

   ① 정의역은 실수 전체의 집합이고, 치역은 $\{y\,|-1\leq y\leq1\}$이다.

   ② 모든 실수 x에 대하여 $\cos(-x)=\cos x$이다. 즉, 그래프는 y축에 대하여 대칭이다.

   ③ 모든 실수 x에 대하여 $\cos(2n\pi+x)=\cos x$ (n은 정수)이고, 주기가 2π인 주기함수이다.

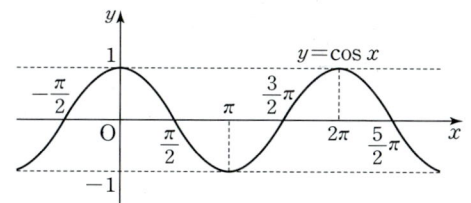

(3) $y=\tan x$

   ① 정의역은 $x\neq n\pi+\dfrac{\pi}{2}$ (n은 정수)인 실수 전체의 집합이고, 치역은 실수 전체의 집합이다.

   ② 정의역에 속하는 모든 실수 x에 대하여 $\tan(-x)=-\tan x$이다. 즉, 그래프는 원점에 대하여 대칭이다.

   ③ 모든 실수 x에 대하여 $\tan(n\pi+x)=\tan x$ (n은 정수)이고, 주기가 π인 주기함수이다.

   ④ 그래프의 점근선은 직선 $x=n\pi+\dfrac{\pi}{2}$ (n은 정수)이다.

4 삼각함수의 성질 및 활용

(1) 삼각함수의 성질

  ① $2n\pi+\theta$의 삼각함수 (단, n은 정수)

    ㉠ $\sin(2n\pi+\theta)=\sin\theta$ ㉡ $\cos(2n\pi+\theta)=\cos\theta$ ㉢ $\tan(2n\pi+\theta)=\tan\theta$

  ② $-\theta$의 삼각함수

    ㉠ $\sin(-\theta)=-\sin\theta$ ㉡ $\cos(-\theta)=\cos\theta$ ㉢ $\tan(-\theta)=-\tan\theta$

  ③ $\pi+\theta$의 삼각함수

    ㉠ $\sin(\pi+\theta)=-\sin\theta$ ㉡ $\cos(\pi+\theta)=-\cos\theta$ ㉢ $\tan(\pi+\theta)=\tan\theta$

  ④ $\dfrac{\pi}{2}+\theta$의 삼각함수

    ㉠ $\sin\left(\dfrac{\pi}{2}+\theta\right)=\cos\theta$ ㉡ $\cos\left(\dfrac{\pi}{2}+\theta\right)=-\sin\theta$ ㉢ $\tan\left(\dfrac{\pi}{2}+\theta\right)=-\dfrac{1}{\tan\theta}$

(2) 삼각함수의 활용

  ① 방정식에의 활용

    방정식 $2\sin x=1$, $2\cos x=-1$, $1+\tan x=0$과 같이 각의 크기가 미지수인 삼각함수를 포함한 방정식은 삼각함수의 그래프를 이용하여 다음과 같이 풀 수 있다.

    ㉠ 주어진 방정식을 $\sin x=k$($\cos x=k$, $\tan x=k$)의 꼴로 변형

    ㉡ 주어진 범위에서 함수 $y=\sin x$($y=\cos x$, $y=\tan x$)의 그래프와 직선 $y=k$의 교점의 x좌표를 찾아서 해를 구함

  ② 부등식에의 활용

    부등식 $2\sin x>1$, $2\cos x<-1$, $1-\tan x>0$과 같이 각의 크기가 미지수인 삼각함수를 포함한 부등식은 삼각함수의 그래프를 이용하여 다음과 같이 풀 수 있다.

    ㉠ 주어진 부등식을 $\sin x>k$($\cos x<k$, $\tan x<k$)의 꼴로 변형

    ㉡ 주어진 범위에서 함수 $y=\sin x$($y=\cos x$, $y=\tan x$)의 그래프와 직선 $y=k$의 교점의 x좌표를 구함

    ㉢ 함수 $y=\sin x$($y=\cos x$, $y=\tan x$)의 그래프가 직선 $y=k$보다 위쪽(또는 아래쪽)에 있는 x 값의 범위를 찾아서 해를 구함

5 사인 및 코사인 법칙

(1) 사인법칙

① △ABC의 외접원의 반지름의 길이를 R이라 하면

$$\frac{a}{\sin A}=\frac{b}{\sin B}=\frac{c}{\sin C}=2R$$

② 사인법칙의 변형

ⓐ $a=2R\sin A$, $b=2R\sin B$, $c=2R\sin C$

ⓑ $\sin B=\dfrac{a}{2R}$, $\sin B=\dfrac{b}{2R}$, $\sin C=\dfrac{c}{2R}$

ⓒ $a : b : c=\sin A : \sin B : \sin C$

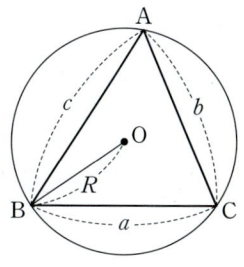

(2) 코사인법칙

① $a^2=b^2+c^2-2bc\cos A \Rightarrow \cos A=\dfrac{b^2+c^2-a^2}{2bc}$

② $b^2=c^2+a^2-2ca\cos B \Rightarrow \cos B=\dfrac{c^2+a^2-b^2}{2ca}$

③ $c^2=a^2+b^2-2ab\cos C \Rightarrow \cos C=\dfrac{a^2+b^2-c^2}{2ab}$

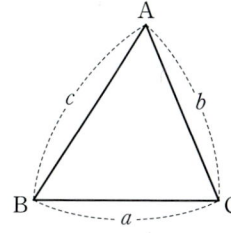

6 삼각형의 넓이

(1) 두 변의 길이와 끼인각의 크기가 주어진 삼각형의 넓이

$$S=\frac{1}{2}ab\sin C=\frac{1}{2}ac\sin B=\frac{1}{2}bc\sin A$$

(2) 내접원의 반지름의 길이(r)이 주어진 삼각형의 넓이

$$S=rs\left(\text{단, } s=\frac{a+b+c}{2}\right)$$

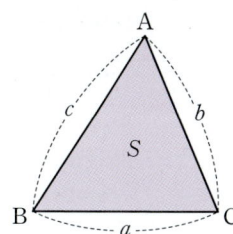

(3) 사각형의 넓이

① 평행사변형의 넓이 $S=xy\sin\theta$

② 사각형의 넓이 $S=\dfrac{1}{2}xy\sin\theta$

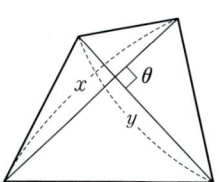

[실전문제]

해답 p.323

배점(총점)	예상 소요 시간
10점	3분 / 전체 80분

 대표문제

▶ $0<x\leq2\pi$에서 방정식 $2\sin(\pi+x)\cos\left(\dfrac{\pi}{2}+x\right)=\cos x-1$의 해를 구하시오.

모범답안 $\sin(\pi+x)=-\sin x,\ \cos\left(\dfrac{\pi}{2}+x\right)=-\sin x$이므로

$(-2\sin x)\times(-\sin x)-\cos x+1=0,\ 2\sin^2x-\cos x+1=0$

또한 $\sin^2x=1-\cos^2x$이므로

$2\sin^2x-\cos x+1=2(1-\cos^2x)-\cos x+1=0,$

$2\cos^2x+\cos x-3=(2\cos x+3)(\cos x-1)=0$

$\therefore \cos x=-\dfrac{3}{2}$ 또는 $\cos x=1$

$0<x\leq2\pi$에서 $\cos x$의 범위는 $-1\leq\cos x\leq1$이므로 $\cos x=1$

따라서 $\cos x=1$을 만족시키는 x값은 2π

$\therefore x=2\pi$

채점기준

답안	배점
$\sin(\pi+x)=-\sin x,\ \cos\left(\dfrac{\pi}{2}+x\right)=-\sin x$	4점
$(2\cos x+3)(\cos x-1)=0$	2점
$\cos x=1$	2점
$x=2\pi$	2점

01 $0 \le x < 2\pi$에서 부등식 $2\cos^2 x + 5\sin x > 4$를 만족시키는 모든 x의 값의 범위를 구하는 과정을 논술한 것이다. 빈칸 [①], [②], [③]을 채우시오.

> $\sin^2 x + \cos^2 x$이고 $-1 \le \sin x \le 1$이므로 $2\cos^2 x + 5\sin x > 4$의 식을 $\sin x$에 관해 정리하면 [①] < 0
>
> 따라서 $\sin x$의 범위는 [②]
>
> 이를 만족시키는 x값의 범위는 [③]

02 그림과 같이 $\dfrac{1}{2} < x < \dfrac{3}{2}$에서 정의된 함수 $y = a \tan \pi x$ (a는 상수, $a > 0$)의 그래프와 점 $P(1, 0)$을 지나고 기울기가 2인 직선이 서로 다른 세 점에서 만난다.

이들 세 점 중 P가 아닌 두 점을 각각 A, B라 하자. 삼각형 OAB의 넓이가 $\dfrac{2}{3}$일 때, $9a$의 값을 구하는 과정을 논술하시오.

(단, O는 원점이고, 점 A의 y좌표는 음수이다.)

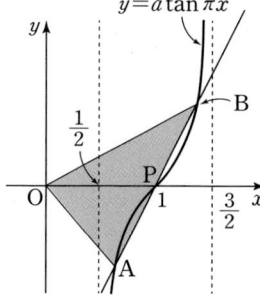

PART 1 국어

PART 2 수학

PART 3 기출문제

PART 4 해답

03 $\triangle$ABC의 두 변이 각각 $a=3$, $b=3\sqrt{3}$이고 이 삼각형에 외접하는 원의 반지름의 길이가 3일 때, $\triangle$ABC의 넓이를 구하는 과정을 논술하시오.

04 그림과 같이 $\overline{AB}=\overline{AC}$인 이등변삼각형 ABC에 대하여 선분 BC 위에 $\overline{AD}=\overline{BD}$가 되도록 점 D를 잡는다.

$\angle$ABD$=\theta$이고 $\cos 3\theta=-\dfrac{1}{3}$일 때,

$\sin(\angle$DAC$)$의 값을 구하는 과정을 논술하시오.

$\left(단, \dfrac{\pi}{6}<\theta<\dfrac{\pi}{3}\right)$

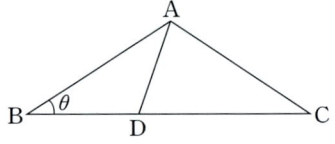

05 다음 그림과 같이 두 변의 길이가 각각 **7 m**, **10 m**이고 그 사이의 각이 **135°**인 평행사변형 모양의 농장의 넓이를 구하는 과정을 논술하시오.

06 $\dfrac{3}{2}\pi < \theta < 2\pi$일 때,

$$\sin(\pi+\theta) + \dfrac{\sqrt{\cos^2\left(\dfrac{\pi}{2}-\theta\right)}}{|\tan\theta|} - |\sin\theta - \cos\theta|$$

의 값을 구하는 과정을 논술하시오.

PART 1 국어
PART 2 수학
PART 3 기출문제
PART 4 해답

07 x값의 범위가 $0 \le x < 2\pi$일 때, 방정식 $\sin x = -\dfrac{1}{3}$를 만족시키는 모든 x값의 합을 a, 방정식 $\cos x = \dfrac{5}{6}$를 만족시키는 모든 x값의 합을 b라 할 때, $a+b$의 값을 구하는 과정을 논술하시오.

08 부채꼴의 둘레의 길이가 10일 때, 넓이가 최대가 되도록 하는 반지름의 길이를 구하는 과정을 논술하시오.

09 $0<x<\pi$일 때, 방정식 $\sin x=\dfrac{1}{3}$의 모든 해의 합을 구하는 과정을 논술하시오.

10 x에 관한 이차방정식 $x^2+4tx+6t^2=0$의 두 근이 각각 $\sin\theta$, $\cos\theta$일 때, 모든 상수 t의 값들의 곱을 구하는 과정을 논술하시오.

11 세 내각의 크기의 비가 $A : B : C = 1 : 1 : 2$ 인 $\triangle ABC$의 세 변의 길이의 비 $a : b : c$의 값을 구하는 과정을 논술하시오.

12 함수 $y = a\cos\left(3x - \dfrac{2}{3}\pi\right) + b$의 최솟값이 -2이고, $f\left(\dfrac{\pi}{3}\right) = 4$일 때, 함수 $f(x)$의 최댓값을 구하는 과정을 논술한 것이다. 빈칸 ① , ② , ③ , ④ 을 채우시오.

(단, $a > 0$)

함수 $y = a\cos\left(3x - \dfrac{2}{3}\pi\right) + b$의 최댓값과 최 솟값의 범위는 $-a + b \leq f(x) \leq a + b$이다.

(i) 최솟값이 -2이므로

$\therefore$ \[① \] $= -2$

(ii) $f\left(\dfrac{\pi}{3}\right) = a\cos\left(\pi - \dfrac{2}{3}\pi\right) + b$

$= $ \[② \] $= 4$

(i), (ii)를 연립하면 $a = $ \[③ \] , $b = $ \[④ \] 이다.

따라서 $f(x)$의 최댓값은 $a + b = 2$

---

13 $\triangle ABC$에서 $\angle A = 30°$, $b = 8\sqrt{3}$이고 이 삼각형에 외접하는 외접원의 반지름의 길이가 8일 때, $\triangle ABC$의 넓이가 될 수 있는 모든 값의 합을 구하는 과정을 논술하시오.

14 삼각형 ABC에서 $\sin A = \sin C$, $\sin A : \sin B = 2 : 3$일 때, $\dfrac{\cos C}{\cos A + \cos B}$의 값을 구하는 과정을 논술하시오.

PART 1 국어

PART 2 수학

PART 3 기출문제

PART 4 해답

15 $0 \leq x < 2\pi$에서

부등식 $6\cos^2 x - \cos x - 1 \leq 0$을 만족시키는 모든 x의 값의 범위는 $\alpha \leq x \leq \beta$ 또는 $\gamma \leq x \leq \delta$일 때, $\sin(\alpha - \beta - \gamma + \delta)$의 값을 구하는 과정을 논술하시오. (단, $\beta < \gamma$)

16 $\triangle \text{ABC}$에 외접하는 외접원의 반지름의 길이가 3이고 $\sin\left(A + C - \dfrac{\pi}{2}\right) + \cos B = 1$의 조건을 만족시킬 때, 삼각형의 한 변인 b의 길이를 구하는 과정을 논술하시오.

17 부등식 $x^2 + 2x \cos\theta > -1 - \sin\theta$가 모든 실수 x에 대해 성립할 때, θ값의 범위를 구하는 과정을 논술하시오. (단, $0 \le \theta < 2\pi$)

18 $\tan\theta + \dfrac{1}{\tan\theta} = 2$일 때 $\sin\theta - \cos\theta$의 값을 구하는 과정을 논술하시오.

19 한 원의 중심이 O(원점)이고 반지름의 길이가 r 일 때, 원 위의 점 $A(4, a)$에 대해 동경 OA가 나타내는 각의 크기를 θ라고 한다. $\cos\theta = \dfrac{1}{2}$ 일 때, $\dfrac{a\sqrt{3}}{6}\sin^2\theta$의 값을 구하는 과정을 논술하시오.

20 둘레의 길이가 45인 삼각형 ABC에서 $\sin A : \sin B : \sin C = 4 : 5 : 6$일 때, 삼각형 ABC의 넓이를 구하는 과정을 논술하시오.

Ⅲ 수열

[핵심이론]

1 등차수열

(1) 일반항 및 등차중항

① 일반항

첫째항이 a, 공차가 d인 등차수열 $\{a_n\}$의 일반항 a_n은

$a_n = a + (n-1)d$ (단, $n = 1, 2, 3, \cdots$)

② 등차중항

세수 a, b, c가 이 순서대로 등차수열을 이룰 때, b를 a와 c의 등차중항이라고 한다.

$b - a = c - b$이므로 $b = \dfrac{a+c}{2}$

(2) 등차수열의 합

등차수열의 첫째항부터 제n항까지의 합 S_n은 다음과 같다.

① 첫째항이 a, 제n항이 l일 때: $S_n = \dfrac{n(a+l)}{2}$

② 첫째항이 a, 공차가 d일 때: $S_n = \dfrac{n\{2a+(n-1)d\}}{2}$

2 등비수열

(1) 일반항 및 등비중항

① 일반항

첫째항이 a, 공비가 $r(r \neq 0)$인 등비수열 $\{a_n\}$의 일반항 a_n은

$a_n = ar^{n-1}$ (단, $n = 1, 2, 3, \cdots$)

② 등비중항

0이 아닌 세수 a, b, c가 이 순서대로 등비수열을 이룰 때, b를 a와 c의 등비중항이라고 한다.

$\dfrac{b}{a} = \dfrac{c}{b}$이므로 $b^2 = ac$

(2) 등비수열의 합

첫째항이 a, 공비가 $r(r \neq 0)$인 등비수열의 첫째항부터 제n항까지의 합 S_n은 다음과 같다.

① $r = 1$일 때: $S_n = na$

② $r \neq 1$일 때: $S_n = \dfrac{a(r^n - 1)}{r - 1} = \dfrac{a(1 - r^n)}{1 - r}$

(3) 수열의 합과 일반항 사이의 관계

수열 $\{a_n\}$의 첫째항부터 제 n항까지의 합을 S_n이라 하면

$a_1 = S_1,\ a_n = S_n - S_{n-1}\ (n \geq 2)$

③ 수열의 합

(1) 정의

수열 $\{a_n\}$의 첫째항부터 n번째 항까지의 합

$$\sum_{k=1}^{n} a_k = S_n = a_1 + a_2 + a_3 + \cdots + a_n$$

(2) 성질

① $\displaystyle\sum_{k=1}^{n}(a_k + b_k) = \sum_{k=1}^{n}a_k + \sum_{k=1}^{n}b_k$ ② $\displaystyle\sum_{k=1}^{n}(a_k - b_k) = \sum_{k=1}^{n}a_k - \sum_{k=1}^{n}b_k$

③ $\displaystyle\sum_{k=1}^{n}ca_k = c\sum_{k=1}^{n}a_k$ (단, c는 상수)   ④ $\displaystyle\sum_{k=1}^{n}c = cn$ (단, c는 상수)

(3) 여러 가지 수열의 합

① 자연수의 합

㉠ $\displaystyle\sum_{k=1}^{n}k = 1 + 2 + 3 + \cdots + n = \dfrac{n(n+1)}{2}$

㉡ $\displaystyle\sum_{k=1}^{n}k^2 = 1^2 + 2^2 + 3^2 + \cdots + n^2 = \dfrac{n(n+1)(2n+1)}{6}$

㉢ $\displaystyle\sum_{k=1}^{n}k^3 = 1^3 + 2^3 + 3^3 + \cdots + n^3 = \left\{\dfrac{n(n+1)}{2}\right\}^2$

② 분수 꼴인 수열의 합

① $\displaystyle\sum_{k=1}^{n}\dfrac{1}{k(k+a)} = \sum_{k=1}^{n}\dfrac{1}{a}\left(\dfrac{1}{k} - \dfrac{1}{k+a}\right)$

② $\displaystyle\sum_{k=1}^{n}\dfrac{1}{(k+a)(k+b)} = \dfrac{1}{b-a}\sum_{k=1}^{n}\left(\dfrac{1}{k+a} - \dfrac{1}{k+b}\right)$ (단, $a \neq b$)

③ 무리식으로 나타내어진 수열의 합

㉠ $\displaystyle\sum_{k=1}^{n}\frac{1}{\sqrt{k+a}+\sqrt{k}}=\frac{1}{a}\sum_{k=1}^{n}(\sqrt{k+a}-\sqrt{k})$ (단, $a\neq0$)

㉡ $\displaystyle\sum_{k=1}^{n}\frac{1}{\sqrt{k+a}+\sqrt{k+b}}=\frac{1}{a-b}\sum_{k=1}^{n}(\sqrt{k+a}-\sqrt{k+b})$ (단, $a\neq b$)

4 수학적 귀납법

(1) 귀납적 정의

① 수열: $\{a_n\}$을 첫째항 a_1, 서로 이웃하는 a_n과 a_{n+1} 사이의 관계식으로 정의하는 것

② 등차수열: $a_{n+1}-a_n=d$(일정), $2a_{n+1}=a_n+a_{n+2}$

③ 등비수열: $a_{n+1}\div a_n=r$(일정), $(a_{n+1})^2=a_n\times a_{n+2}$

(2) 수학적 귀납법

자연수 n과 관련된 어떤 명제 $p(n)$이 모든 자여수에 대하여 성립한다는 것을 증명하려면 다음 두 가지를 보이면 된다.

① $n=1$일 때: 명제 $p(n)$이 성립한다.

② $n=k$일 때: 명제 $p(n)$이 성립함을 가정하면, $n=k+1$일 때에도 명제 $p(n)$이 성립한다.

PART 1 국어

PART 2 수학

PART 3 기출문제

PART 4 해답

[실전문제]

해답 p.326

 대표문제

배점(총점)	예상 소요 시간
10점	3분 / 전체 80분

▶ 수열 $\{a_n\}$의 첫째항부터 제n항까지의 합을 S_n이라고 할 때, 다음 조건을 만족시킨다.

> (가) 점 (n, a_n)은 함수 $y=5x+4$ 위에 있다.
>
> (나) $\dfrac{S_n}{n}=\dfrac{33}{2}$

이때 n의 값을 구하시오.

모범답안 (가)의 조건에서 $a_n=5n+4$이고 첫째항부터 제n항까지의 합이 S_n이므로

$$S_n=\sum_{k=1}^{n}(5k+4)=5\times\frac{n(n+1)}{2}+4n$$
$$=\frac{5n^2+13n}{2}$$

채점기준 따라서 $\dfrac{S_n}{n}=\dfrac{1}{n}\times\dfrac{5n^2+13n}{2}=\dfrac{5n+13}{2}=\dfrac{33}{2}$

$\therefore n=4$

답안	배점
(가)의 조건에 따라 $a_n=5n+4$	3점
$S_n=\dfrac{5n^2+13n}{2}$	3점
$n=4$	4점

01 네 수 a, 1, b, c가 이 순서대로 등차수열을 이루고, $2a-c=2b$를 만족한다. 이때 $a+b+c$의 값을 구하는 과정을 논술한 것이다. 빈칸 ① , ② , ③ 을 채우시오.

네 수 a, 1, b, c가 이 순서대로 등차수열을 이루므로 공차를 d(d는 상수)라 할 때 a, b, c를 각각 d에 관한 식으로 정리하면

$a=1-d$, $b=1+d$, $c=$ ①

이를 $2a-c=2b$에 대입하면

$d=$ ②

따라서

$a+b+c=$ ③

---

02 첫째항이 1인 등차수열 $\{a_n\}$의 첫째항부터 제 n항까지의 합을 S_n이라 하자.
$S_6-S_3=15$일 때, S_{11}의 값을 구하는 과정을 논술하시오.

03 첫째항과 공차가 같은 등차수열 $\{a_n\}$의 첫째항부터 제 n항까지의 합을 S_n이라 할 때, $S_n = ka_n$을 만족하는 k가 두 자리 자연수가 되도록 하는 n의 최댓값과 최솟값의 합을 구하는 과정을 논술하시오.

04 모든 항이 양수인 수열 $\{a_n\}$이 다음 조건을 만족시킨다. $a_1 - a_3$의 값을 구하는 과정을 논술하시오.

> (가) 모든 자연수 n에 대하여
> $\log_2 a_{n+1} - \log_2 a_n = 1$이다.
> (나) $a_1 a_3 a_5 a_7 = 2^{10}$

05 $\displaystyle\sum_{k=1}^{13} \frac{1}{(2k-1)(2k+1)}$ 의 해를 구하는 과정을 논술하시오.

06 등차수열 $\{a_n\}$에 대하여
$a_3+a_5=-8,\ a_7+a_8+a_9=a_{10}$일 때,
a_1의 값을 구하는 과정을 논술하시오.

07 n이 자연수일 때, x에 대한 이차방정식 $x^2 - 33x + n(n+1) = 0$의 두 근을 α_n, β_n 이라 하자. 이때 $\sum_{n=1}^{10} \left(\dfrac{1}{\alpha_n} + \dfrac{1}{\beta_n} \right)$의 값을 구하는 과정을 서술하시오.

08 $\sum_{k=1}^{n} a_k = 2n^2 + n$일 때, $\sum_{k=1}^{8} k a_k$의 값을 구하는 과정을 논술하시오.

09 등비수열을 이루는 세 실수의 합과 곱이 각각 13, -64일 때, 세 실수를 구하는 과정을 논술하시오.

10 $\sum_{k=1}^{n} \{(n-2)+2k\} = 1$을 만족시키는 양수 n의 값을 구하는 과정을 논술하시오.

11 등차수열 $\{a_n\}$에서 $a_2=-10$, $a_5=14$일 때, $|a_1|+|a_2|+|a_3|+\cdots+|a_{10}|$의 값을 구하는 과정을 논술한 것이다. 빈칸 ① , ② , ③ 을 채우시오.

등차수열 $\{a_n\}$의 첫째항을 a, 공차를 d라고 하면

$a_n=a+(n-1)d$

$a_2=a+d=-10$, $a_5=a+4d=14$

두 식을 연립하면

$(a, d)=$ ①

따라서 등차수열 $\{a_n\}$은 제 ② 항까지 음수이므로

$|a_1|+|a_2|+|a_3|+\cdots+|a_{10}|$

$=$ ③ $+(a_4+\cdots+a_{10})$

$=-(-18-10-2)+\dfrac{7(6+54)}{2}$

$=30+210=240$

---

12 첫째항이 1인 수열 $\{a_n\}$의 첫째항부터 제n항까지의 합을 S_n이라 하자. S_n이 다음 조건을 만족시킬 때, S_8의 값을 구하는 과정을 논술하시오.

(가) $S_4=S_3$

(나) 2 이상의 모든 자연수 n에 대하여
   $S_{2n}-S_{n-1}=3(n+1)^2$이다.

---

13 수열 $\{a_n\}$에 대하여

$A = \sum\limits_{k=1}^{n}(2a_k+1)(a_k-1)$,

$B = \sum\limits_{k=1}^{n}(2a_k-3)(a_k+1)$일 때

$A-B=50$이다.

이 때 자연수 n의 값을 구하는 과정을 논술하시오.

14 첫째항이 1인 등차수열 $\{a_n\}$에 대하여

$\sum\limits_{n=1}^{2020}a_{2n} = 4040 + \sum\limits_{n=1}^{2020}a_{2n-1}$이 성립할 때,

$\sum\limits_{n=1}^{2020}a_n$의 값을 구하는 과정을 논술하시오.

15 등비수열 $\{a_n\}$의 첫째항부터 제 n항까지의 합을 $S_n = 3^{3n-1} - k$이라고 할 때, $\{a_n\}$이 첫째항부터 등비수열을 이루기 위한 k값을 구하는 과정을 논술하시오.

16 $\displaystyle\sum_{k=1}^{10}(k-1)(k+3) + \sum_{k=1}^{10}(k+1)(k-3)$의 값을 구하는 과정을 논술하시오.

17 자연수 n에 대하여 x에 대한 이차방정식 $n^2 x^2 - nx + \dfrac{1}{4} = 0$의 실근을 a_n이라 할 때, $\displaystyle\sum_{n=1}^{4} a_n a_{n+1}$의 값을 구하는 과정을 논술하시오.

18 등차수열 $\{a_n\}$의 첫째항부터 제5항까지의 합이 25, 첫째항부터 제15항까지의 합이 150이라고 한다. 이때 a_{20}의 값을 구하는 과정을 논술하시오.

PART 1 국어

PART 2 수학

PART 3 기출문제

PART 4 해답

19 수열 $\{a_n\}$이 모든 자연수 n에 대하여

$$2a_{n+1}=a_n+a_{n+2}$$

를 만족시킨다. $a_7-a_4=18$일 때,

a_5-a_3의 값을 구하는 과정을 논술하시오.

20 등차수열 $\{a_n\}$에 관하여,

$$x^2-8x+5=0$$의 두 근이 각각 a_5, a_9일 때

$\displaystyle\sum_{n=5}^{9} a_n$의 값을 구하는 과정을 논술하시오.

Ⅳ 함수의 극한과 연속

[핵심이론]

1 함수의 극한

(1) 함수의 수렴과 발산

① 함수의 수렴

함수 $f(x)$에서 x가 a가 아닌 값이면서 a에 한없이 가까워질 때, $f(x)$의 값이 일정한 값 α에 한없이 가까워지면 함수 $f(x)$는 α에 수렴한다고 하며, α를 $x \rightarrow a$일 때의 $f(x)$의 극한이라고 한다.

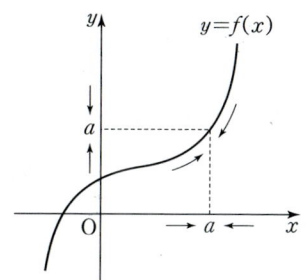

$$\lim_{x \to a} f(x) = \alpha \ \text{또는} \ x \rightarrow a \text{일 때}, f(x) \rightarrow \alpha$$

② 함수의 발산

함수 $f(x)$에서 x가 a가 아닌 값이면서 a에 한없이 가까워질 때, $f(x)$의 값이 한없이 커지거나 작아지면 $f(x)$는 양의 무한대 또는 음의 무한대로 발산한다고 한다.

$$\lim_{x \to a} f(x) = \infty \, (-\infty) \ \text{또는} \ x \rightarrow a \text{일 때}, f(x) \rightarrow \infty \, (-\infty)$$

(2) 함수의 좌극한과 우극한

① 함수의 좌극한

함수 $f(x)$에서 x가 a보다 작으면서 a에 한없이 가까워질 때, $f(x)$가 일정한 값 α에 한없이 가까워지면 α를 $x = a$에서 함수 $f(x)$의 좌극한값이라고 한다.

$$\lim_{x \to a-} f(x) = \alpha \ \text{또는} \ x \rightarrow a- \text{일 때}, f(x) \rightarrow \alpha$$

② 함수의 우극한

함수 $f(x)$에서 x가 a보다 크면서 a에 한없이 가까워질 때, $f(x)$가 일정한 값 α에 한없이 가까워지면 α를 $x = a$에서 함수 $f(x)$의 우극한값이라고 한다.

$$\lim_{x \to a+} f(x) = \alpha \ \text{또는} \ x \rightarrow a+ \text{일 때}, f(x) \rightarrow \alpha$$

③ 극한값의 존재

좌극한값과 우극한값이 같을 때, 극한값이 존재한다고 한다.

$$\lim_{x \to a-} f(x) = \lim_{x \to a+} f(x) = \alpha \text{ 일 때, } \lim_{x \to a} f(x) \to \alpha$$

(3) 함수의 극한에 대한 성질

① 기본 성질

두 함수 $f(x)$, $g(x)$에 대하여 $\lim_{x \to a} f(x) = \alpha$, $\lim_{x \to a} g(x) = \beta$ (α, β는 실수)일 때

㉠ $\lim_{x \to a} \{cf(x)\} = c\lim_{x \to a} f(x) = c\alpha$ (단, c는 상수)

㉡ $\lim_{x \to a} \{f(x) + g(x)\} = \lim_{x \to a} f(x) + \lim_{x \to a} g(x) = \alpha + \beta$

㉢ $\lim_{x \to a} \{f(x) - g(x)\} = \lim_{x \to a} f(x) - \lim_{x \to a} g(x) = \alpha - \beta$

㉣ $\lim_{x \to a} \{f(x)g(x)\} = \lim_{x \to a} f(x) \times \lim_{x \to a} g(x) = \alpha\beta$

㉤ $\lim_{x \to a} \dfrac{f(x)}{g(x)} = \dfrac{\lim\limits_{x \to a} f(x)}{\lim\limits_{x \to a} g(x)} = \dfrac{\alpha}{\beta}$ (단, $\beta \neq 0$)

② 함수의 극한과 부등식

㉠ $f(x) \leq g(x)$이면 $\lim_{x \to a} f(x) \leq \lim_{x \to a} g(x)$

㉡ $f(x) \leq h(x) \leq g(x)$이고 $\lim_{x \to a} f(x) = \lim_{x \to a} g(x) = \alpha$이면 $\lim_{x \to a} h(x) = \alpha$

(4) 미정계수의 결정

두 함수 $f(x)$, $g(x)$에 대하여 다음 성질을 이용하여 미정계수를 결정할 수 있다.

① $\lim_{x \to a} \dfrac{f(x)}{g(x)} = \alpha$ (α는 실수)이고 $\lim_{x \to a} g(x) = 0$이면 $\lim_{x \to a} f(x) = 0$이다.

② $\lim_{x \to a} \dfrac{f(x)}{g(x)} = \alpha$ ($\alpha \neq 0$인 실수)이고 $\lim_{x \to a} f(x) = 0$이면 $\lim_{x \to a} g(x) = 0$이다.

2 함수의 연속

(1) 연속과 불연속

① 함수의 연속

함수 $f(x)$가 실수 a에 대하여 다음의 세 조건을 만족시킬 때, 함수 $f(x)$는 $x = a$에서 연속이라고 한다.

$$\begin{cases} 함수\ f(x)가\ x=a에서\ 정의되어\ 있다. \\ \lim_{x \to a}f(x)가\ 존재한다. \\ \lim_{x \to a}f(x)=f(a)이다. \end{cases}$$

② **함수의 불연속**

함수 $f(x)$가 위의 세 조건 중 하나라도 만족하지 않을 때, $f(x)$는 $x=a$에서 불연속이라고 한다.

[함숫값 없음]   [극한값 없음]   [극한값 ≠ 함숫값]

(2) 연속함수의 성질

함수 $f(x)$, $g(x)$가 $x=a$에서 연속이면 다음 함수도 $x=a$에서 연속이다.

① $cf(x)$ (단, c는 상수)   ② $f(x) \pm g(x)$

③ $f(x)g(x)$ ④ $\dfrac{f(x)}{g(x)}$ (단, $g(x) \neq 0$)

(3) 최대 · 최소 정리

함수 $f(x)$가 닫힌구간 $[a, b]$에서 연속이면 함수 $f(x)$는 이 구간에서 반드시 최댓값과 최솟값을 갖는다.

(4) 사잇값 정리

① 함수 $f(x)$가 닫힌구간 $[a, b]$에서 연속이고 $f(a) \neq f(b)$이면 $f(a)$와 $f(b)$ 사이의 임의의 값 k에 대하여 $f(c)=k$가 열린구간 (a, b)에 적어도 하나 존재한다.

② 함수 $f(x)$가 닫힌구간 $[a, b]$에서 연속이고 $f(a)$와 $f(b)$의 부호가 서로 다르면 $f(c)=0$인 c가 열린구간 (a, b)에 적어도 하나 존재한다.

정답 및 해설 p.329

[실전문제]

 대표문제

배점(총점)	예상 소요 시간
10점	3분 / 전체 80분

▶ 실수 전체의 집합에서 연속인 함수 $f(x)$가 있다.

이때 모든 실수 x에 대하여 $(x+1)f(x)=\dfrac{\sqrt{x+k}-1}{x^3+2}$를 만족한다.

$kf(-1)$의 값을 구하는 과정을 논술하시오.

모범답안 함수 $f(x)$가 $x=-1$에서 연속이므로 $\lim\limits_{x \to -1} f(x)=f(-1)$이다.

$x \neq -1$일 때, $f(x)=\dfrac{\sqrt{x+k}-1}{(x+1)(x^3+2)}$이다.

$\lim\limits_{x \to -1} f(x)=\lim\limits_{x \to -1}\dfrac{\sqrt{x+k}-1}{(x+1)(x^3+2)}$

$x \to -1$일 때 (분모) $\to 0$이며 극한값이 존재하므로 (분자) $\to 0$이어야 한다.

즉, $\lim\limits_{x \to -1}(\sqrt{x+k}-1)=\sqrt{k-1}-1=0$, $k=2$이다.

$\lim\limits_{x \to -1} f(x)=\lim\limits_{x \to -1}\dfrac{\sqrt{x+2}-1}{(x+1)(x^3+2)}=\lim\limits_{x \to -1}\dfrac{(\sqrt{x+2}-1)(\sqrt{x+2}+1)}{(x+1)(x^3+2)(\sqrt{x+2}+1)}$

$\qquad =\lim\limits_{x \to -1}\dfrac{(x+1)}{(x+1)(x^3+2)(\sqrt{x+2}+1)}=\lim\limits_{x \to -1}\dfrac{1}{(x^3+2)(\sqrt{x+2}+1)}=\dfrac{1}{1(\sqrt{1}+1)}=\dfrac{1}{2}$

$\therefore f(-1)=\dfrac{1}{2}$, $k=2$, $kf(-1)=1$

채점기준

답안	배점
$<x=-1$에서의 극한 계산$>$ $\lim\limits_{x \to -1} f(x)=\lim\limits_{x \to -1}\dfrac{\sqrt{x+k}-1}{(x+1)(x^3+2)}$	3점
$<k$값 구하기 및 $\lim\limits_{x \to -1} f(x)$의 값 계산$>$ $\lim\limits_{x \to -1} f(x)=\lim\limits_{x \to -1}\dfrac{\sqrt{x+k}-1}{(x+1)(x^3+2)}$ $x \to -1$일 때 (분모) $\to 0$이며 극한값이 존재하므로 (분자) $\to 0$이어야 한다. 즉, $\lim\limits_{x \to -1}(\sqrt{x+k}-1)=\sqrt{k-1}-1=0$, $k=2$이다. $\lim\limits_{x \to -1} f(x)=\lim\limits_{x \to -1}\dfrac{\sqrt{x+2}-1}{(x+1)(x^3+2)}=\lim\limits_{x \to -1}\dfrac{(\sqrt{x+2}-1)(\sqrt{x+2}+1)}{(x+1)(x^3+2)(\sqrt{x+2}+1)}=\lim\limits_{x \to -1}\dfrac{(x+1)}{(x+1)(x^3+2)(\sqrt{x+2}+1)}$ $\qquad =\lim\limits_{x \to -1}\dfrac{1}{(x^3+2)(\sqrt{x+2}+1)}=\dfrac{1}{1(\sqrt{1}+1)}=\dfrac{1}{2}=f(-1)$	4점
$<kf(-1)$ 계산하기$>$ $\therefore f(-1)=\dfrac{1}{2}$, $k=2$, $kf(-1)=1$	4점

01 함수 $f(x)=3x-5$에 대하여 방정식 $f(x^3)=f(5-3x)$가 오직 하나의 실근을 갖는다. 이 실근이 열린구간 $(n,\ n+1)$에 속할 때, 정수 n의 값을 구하는 과정을 논술한 것이다. 빈칸 ① , ② , ③ , ④ 를 채우시오.

$f(x)=3x-5$는 일대일대응이므로 방정식 $f(x^3)=f(5-3x)$는 방정식 $x^3=5-3x$과 같다.

이때 $h(x)=x^3+3x-5$라 하면

사잇값 정리에 의해 함수 $h(x)$는 연속이므로 임의의 닫힌구간 $[a,\ b]$에 대하여

$h(a)h(b)<0$이 성립할 경우 $(a,\ b)$ 사이에 적어도 하나의 실근이 존재한다.

따라서 함수 $h(x)$에 임의의 값 $x=0$, $x=1$, $x=2$, $x=3$을 넣어보면

$h(0)=-5<0$, $h(1)=-1<0$,

$h(2)=9>0$, $h(3)=31>0$

사잇값의 정리를 사용할 수 있는 열린구간 $(n,\ n+1)$을 위의 $h(0)$, $h(1)$, $h(2)$, $h(3)$의 부호를 비교하여 판단할 수 있다.

$h(0)h(1)=(-5)\times(-1)$,

$h(1)h(2)=(-1)\times9$, $h(2)h(3)=9\times31$

따라서 x의 범위가 ① 일 때 사잇값정리가 성립한다.

$h'(x)=$ ② >0인 증가함수이므로

구간 ③ 사이에서 실근을 한 개 갖는다.

$\therefore n=$ ④

---

02 함수 $f(x)=\begin{cases} ax-1 & (x\le1) \\ x^2+ax+4 & (x>1) \end{cases}$

에 대하여

$\left\{\displaystyle\lim_{x\to1-}f(x)\right\}^2=\displaystyle\lim_{x\to1+}f(x)$를 만족시키는

a의 모든 값의 합을 구하는 과정을 논술하시오.

03 함수 $y=f(x)$의 그래프가 그림과 같다.

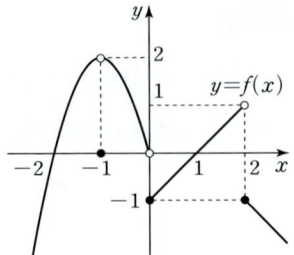

$2\lim\limits_{x \to -1}f(x) - \lim\limits_{x \to 0+}f(x)$의 값을 구하는 과정을 논술하시오.

04 두 함수 $f(x), g(x)$가 있다. 닫힌 구간 $[-5, -2]$에서 $f(x) = -\dfrac{8}{x+6}$의 최댓값을 M, 함수 $g(x) = \sqrt{x+6} - 3$의 최솟값을 m이라고 할 때 $M \times m$ 값을 구하는 과정을 논술하시오.

05 삼차함수 $f(x)$가

$$\lim_{x \to -1} \frac{f(x)}{x+1} = 2, \lim_{x \to 1} \frac{f(x)}{x-1} = 6$$을 만족시킬

때, $f(x)$를 구하는 과정을 논술하시오.

06 함수 $f(x)$가

$$\lim_{x \to 2} xf(x) = \frac{2}{9}$$를 만족시킬 때,

$$\lim_{x \to 2} (2x^2+1)f(x)$$의 값을 구하는 과정을 논술하시오.

07 다항함수 $f(x)$가 $\lim\limits_{x \to \infty} \dfrac{f(x)-x^3}{3x^2}=1$, $\lim\limits_{x \to 0} \dfrac{f(x)}{x}=-1$을 만족한다. 이 때, $f(3)$의 값을 구하는 과정을 논술하시오.

08 삼차함수 $f(x)$가 $\lim\limits_{x \to 1} \dfrac{f(x)-f(-1)}{x-1}=3$, $\lim\limits_{x \to 0} \dfrac{f(x+1)}{f(x-1)}=-3$을 만족시킬 때, $f(2)$의 값을 구하는 과정을 논술하시오.

09 $\lim\limits_{x \to 2} \dfrac{\sqrt{x^3-2x}-\sqrt{x^3-4}}{x^2-4}$ 의 값을 구하는 과정을 논술하시오.

10 연속함수 $f(x)$가 모든 실수 x에 대하여 $f(x)=f(x+4)$를 만족한다. 이때 구간 $[0, 4]$에서 함수 $f(x)$가

$$f(x)=\begin{cases} 2x+4 & (0 \le x < 2) \\ x^2+ax+b & (2 \le x \le 4) \end{cases}$$

일 때, $f(7)$의 값을 구하는 과정을 논술하시오.

11 함수 $f(x)$가 모든 실수 x에 대하여

$-4x^2+2x \leq f(x) \leq 4x^2+2x$를 만족한다.

이때 극한값

$$\lim_{x \to 0+} \frac{\{f(x)\}^3}{3x\{5x^2+(f(x)^2)\}} = \frac{p}{q}$$에서

$p+q$의 값을 구하는 과정을 논술하시오.

12 다항함수 $f(x)$가 $\displaystyle\lim_{x \to 0+} \frac{x^3 f\left(\frac{1}{x}\right)-1}{x^3+x} = 0$,

$\displaystyle\lim_{x \to 1} \frac{f(x)}{x-1} = 0$을 만족할 때, $f(x)$의 값을 구

하는 과정을 논술한 것이다. 빈칸 ① ,

② , ③ , ④ , ⑤ 를 채우시오.

$\displaystyle\lim_{x \to 1} \frac{f(x)}{x-1} = 0$에서

(분모) → 0이므로 (분자) → 0

따라서 $f(1) = $ ①

$\displaystyle\lim_{x \to 0+} \frac{x^3 f\left(\frac{1}{x}\right)-1}{x^3+x} = 0$에서 $\frac{1}{x} = t$라 하면

$x \to 0+$일 때, $t \to \infty$이므로

$$\lim_{t \to \infty} \frac{\left(\frac{1}{t}\right)^3 f(t)-1}{\left(\frac{1}{t}\right)^3 + \left(\frac{1}{t}\right)} = \lim_{t \to \infty} \frac{f(t)-t^3}{1+t^2} = 0$$

이때 분모가 $1+t^2$이므로 $f(t)-t^3$은 일차식이

다.

따라서 $f(t)-t^3 = at+b$(단, a, b는 상수)라

고 하면

$\therefore f(x) = x^3 + ax + b$

$x=1$을 대입하면

$f(1) = 1+a+b = 0$이므로 $a = $ ②

한편 $\displaystyle\lim_{x \to 1} \frac{f(x)}{x-1} = \lim_{x \to 1} \frac{x^2+ax+b}{x-1} = 0$를

이용하여 a와 b의 값을 구하면

$b = $ ③ , $a = $ ④

$\therefore f(x) = $ ⑤

13 최고차항의 계수가 1인 이차함수 $f(x)$에 대하여 두 함수 $g(x)$, $h(x)$를

$$g(x) = \begin{cases} f(x) & (x < 1) \\ 4 & (x \geq 1) \end{cases},$$

$$h(x) = \begin{cases} f(x-2) & (x < 1) \\ 4 & (x \geq 1) \end{cases}$$

이라 하자. 함수 $g(x)$는 $x = 1$에서 불연속이고, 함수 $|g(x)|$와 함수 $h(x)$는 실수 전체의 집합에서 연속일 때, $f(-3)$의 값을 구하는 과정을 논술하시오.

14 두 함수 $f(x)$, $g(x)$가

$$\lim_{x \to 1} \frac{f(x)-1}{x-1} = 2, \quad \lim_{x \to 1} \frac{g(x)+2}{\sqrt{x}-1} = -\frac{1}{3}$$

을 만족시킬 때,

$$\lim_{x \to 1} \frac{\{f(x)+g(x)\}\{f(x)-g(x)-3\}}{x-1}$$

의 값을 구하는 과정을 논술하시오.

15 연속함수 $f(x)$가

$$f(x)=\begin{cases} 2x+1 & (0\le x<2) \\ m(x-2)^2+n & (2\le x<6) \end{cases}$$

$$(m, n은 상수)$$

일 때 모든 실수 x에 대하여 $f(x+6)=f(x)$ 이다. 이때 $f(16)$의 값을 구하는 과정을 논술하시오.

16 다항함수 $f(x)$에 대하여 극한값

$$\lim_{x \to 0}\frac{f(x)}{x^2}=a일 때,$$

$$\lim_{x \to 0}\frac{3x^2+2f(x)}{x^4-f(x)}=-1이 성립한다.$$

이때, 상수 a의 값을 구하는 과정을 논술하시오.

17 다항함수 $g(x)$에 대하여 극한값

$\displaystyle\lim_{x \to 1}\frac{g(x)-2x}{x-1}$가 존재할 때

$f(x)+x-1=(x-1)g(x)$를 만족한다.

이때 $\displaystyle\lim_{x \to 1}\frac{f(x)g(x)}{x^2-1}$의 값을 구하는 과정을

논술하시오.

18 함수 $f(x)=x(x-a)$와 실수 t에 대하여 x에 대한 방정식 $|f(x)|=t$의 서로 다른 실근의 개수를 $g(t)$라 하자.

함수 $f(x)g(x)$가 실수 전체의 집합에서 연속일 때, $f(-1)$의 값을 구하는 과정을 논술하시오. (단, a는 0이 아닌 상수이다.)

19 함수 $f(x) = \dfrac{ax^2 + bx + c}{x^2 - x - 2}$에서

$\lim\limits_{x \to 2} f(x) = 2$, $\lim\limits_{x \to \infty} f(x) = 1$을 만족할 때,

abc의 값을 구하는 과정을 논술하시오.

20 다항함수 $f(x)$, $g(x)$에 대하여

$\lim\limits_{x \to 0} \dfrac{f(x)}{x} = 7$, $\lim\limits_{x \to 1} \dfrac{g(x)}{x - 1} = 11$일 때,

$\lim\limits_{x \to 2} \dfrac{f(x-2) + g(3-x)}{x^2 - 4}$의 값을 구하는 과

정을 논술하시오.

V 다항함수의 미분법

[핵심이론]

1 1. 평균변화율

(1) 정의

함수 $y=f(x)$에서 x의 값이 a에서 b까지 변할 때, 함수 $y=f(x)$의 평균변화율은

$$\frac{\Delta y}{\Delta x}=\frac{f(b)-f(a)}{b-a}=\frac{f(a+\Delta x)-f(a)}{\Delta x} \text{ (단, } \Delta x=b-a)$$

(2) 기하학적 의미

함수 $y=f(x)$에서 x의 값이 a에서 b까지 변할 때, 함수 $y=f(x)$의 평균변화율은 곡선 $y=f(x)$ 위의 두 점 $P(a, f(a))$, $Q(b, f(b))$를 지나는 곡선 PQ의 기울기를 나타낸다.

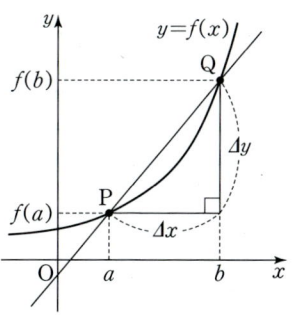

2 미분계수

(1) 정의

함수 $y=f(x)$의 $x=a$에서의 미분계수 $f'(a)$는

$$f'(a)=\lim_{\Delta x \to 0}\frac{\Delta y}{\Delta x}=\lim_{\Delta x \to 0}\frac{f(a+\Delta x)-f(a)}{\Delta x}=\lim_{x \to a}\frac{f(x)-f(a)}{x-a}$$

(2) 기하학적 의미

함수 $y=f(x)$의 $x=a$에서의 미분계수 $f'(a)$는 곡선 $y=f(x)$ 위의 점 $P(a, f(a))$에서의 접선의 기울기를 나타낸다.

(3) 미분가능과 연속

① 함수 $f(x)$에 대하여 $x=a$에서의 미분계수 $f'(a)$가 존재할 때, 함수 $f(x)$는 $x=a$에서 미분가능하다고 한다.

② 함수 $f(x)$가 어떤 열린구간에 속하는 모든 x에서 미분가능할 때,

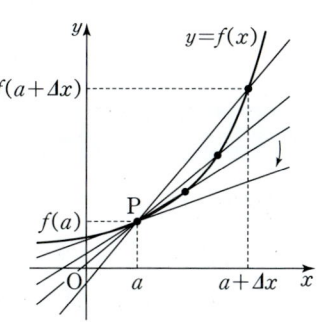

함수 $f(x)$는 그 구간에서 미분가능하다고 한다. 또한 함수 $f(x)$가 정의역에 속하는 모든 x에서 미분가능할 때, 함수 $f(x)$를 미분가능한 함수라고 한다.

③ 함수 $f(x)$가 $x=a$에서 미분가능하면 함수 $f(x)$는 $x=a$에서 연속이다. 그러나 일반적으로 그 역은 성립하지 않는다.

③ 도함수

(1) 정의

함수 $y=f(x)$가 정의역 임의의 원소 x에서 미분가능할 때, 정의역 임의의 원소에 대하여 미분계수 $f'(x)$를 대응시키는 함수를 $y=f(x)$의 도함수라 하고 $f'(x)$로 나타낸다.

$$f'(x)=\lim_{\Delta x \to 0}\frac{\Delta y}{\Delta x}=\lim_{\Delta x \to 0}\frac{f(x+\Delta x)-f(x)}{\Delta x}$$

(2) 기하학적 의미

$y=f(x)$의 도함수 $f'(x)$는 함수 $y=f(x)$의 그래프 위의 임의의 점 $(x, f(x))$에서의 접선의 기울기와 같다.

(3) 미분법 공식

$f(x)$, $g(x)$가 미분가능할 때,

① $y=c$ (단, c는 상수)이면 $y'=0$

② $y=x^n$이면 $y'=nx^{n-1}$

③ $y=cf(x)$ (단, c는 상수)이면 $y'=cf'(x)$

④ $y=f(x)\pm g(x)$이면 $y'=f'(x)\pm g'(x)$

⑤ $y=f(x) \cdot g(x)$이면 $y'=f'(x)g(x)+f(x)g'(x)$

⑥ $y=\{f(x)\}^n$이면 $y'=n\{f(x)\}^{n-1}f'(x)$

④ 도함수의 활용

(1) 접선의 방정식

① 접점 $(a, f(a))$에서 접선의 방정식

곡선 $y=f(x)$ 위의 점 $(a, f(a))$에서 접선의 방정식은

$$y-f(a)=f'(a)(x-a)$$

② 접점 $(a, f(a))$에서의 법선이 방정식

곡선 $y=f(x)$ 위의 점 $(a, f(a))$에서 접선에 수직인 법선의 방정식은

$$y-f(a)=\frac{1}{f'(a)}(x-a)$$

③ 기울기가 m인 접선의 방정식

㉠ $f'(a)=m$에서 접점의 x, y 좌표를 구한다.

㉡ $y-f(a)=m(x-a)$에 대입한다.

④ 곡선 밖의 한 점 (x_1, y_1)에서 그은 접선의 방정식

① 접점의 좌표를 $(a, f(a))$로 놓는다.

② $y-f(a)=f'(a)(x-a)$에 점 (x_1, y_1)을 대입하여 a를 구한다.

(2) 평균값의 정리

함수 $f(x)$가 닫힌구간 $[a, b]$에서 연속이고, 열린구간 (a, b)에서 미분가능하면 $\frac{f(b)-f(a)}{b-a}=f'(c)$ (단, $a<c<b$)를 만족시키는 c가 열린구간 (a, b)에 적어도 하나 존재한다.

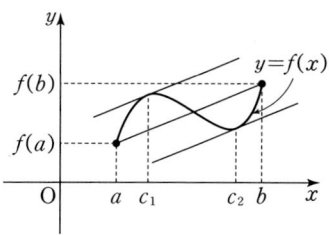

(3) 함수의 증가와 감소

① 함수 $f(x)$가 미분가능한 구간의 모든 실수 x에 대하여

㉠ $f'(x)>0$이면 $f(x)$는 이 구간에서 증가한다.

㉡ $f'(x)<0$이면 $f(x)$는 이 구간에서 감소한다.

② 함수 $f(x)$가 어떤 미분가능하고

㉠ $f(x)$가 증가하면 그 구간 모든 실수 x에 대하여 $f'(x)\geq0$이다.

㉡ $f(x)$가 감소하면 그 구간 모든 실수 x에 대하여 $f'(x)\leq0$이다.

(4) 함수의 극대와 극소

① 정의

함수 $y=f(x)$가 $x=a$에서 연속이고 x가 $x=a$를 지날 때

㉠ $f(x)$가 증가 상태에서 감소 상태로 변하면, $f(x)$는 $x=a$에서 극대라 하고 $f(a)$를 극댓값이라고 한다.

㉡ $f(x)$가 감소 상태에서 증가 상태로 변하면, $f(x)$는 $x=a$에서 극소라 하고 $f(a)$를 극솟값이라고 한다.

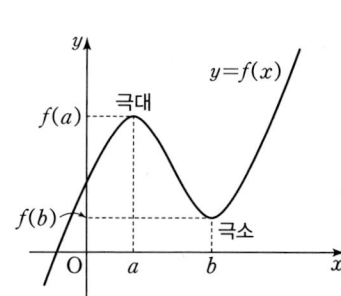

② 극값과 미분계수

$x=a$에서 미분가능한 함수 $f(x)$에 대하여

㉠ $x=a$에서 극값을 가지면 $f'(a)=0$이다.

㉡ $x=a$에서 극값 b를 가지면 $f'(a)=0$, $f(a)=b$이다.

(5) 함수의 최댓값과 최솟값

닫힌구간 $[a, b]$에서 연속인 함수 $y=f(x)$의 최댓값, 최솟값을 구할 때

① 열린구간 (a, b)에서의 모든 극값을 구한다.

② 닫힌구간 $[a, b]$의 양 끝점에서 함숫값 $f(a)$, $f(b)$를 구한다.

③ 위에서 구한 극값과 함숫값 $f(a)$, $f(b)$ 중에서 최대인 것이 최댓값, 최소인 것이 최솟값이다.

(6) 방정식의 근과 도함수

① 방정식 $f(x)=0$의 실근의 개수

함수 $y=f(x)$의 그래프와 x축과의 교점의 개수와 같다.

② $f(x)=g(x)$의 실근의 개수

함수 $y=f(x)$의 그래프와 $y=g(x)$의 그래프의 교점의 개수와 같다.

③ 삼차방정식의 실근의 개수

삼차함수 $f(x)$가 $x=\alpha$, $x=\beta$에서 극값을 가질 때, 삼차방정식 $f(x)=0$의 실근의 개수는 다음과 같다.

㉠ $f(\alpha)f(\beta)<0$이면 서로 다른 세 실근을 갖는다.

㉡ $f(\alpha)f(\beta)=0$이면 중근과 다른 한 실근을 갖는다.

㉢ $f(\alpha)f(\beta)>0$이면 한 실근과 서로 다른 두 허근을 갖는다.

(7) 속도와 가속도

수직선 위를 움직이는 점 P의 시간 t에서의 위치 x가 $x=f(t)$로 주어질 때, t에서의 속도와 가속도는 다음과 같다.

① 속도: 위치의 시간에 대한 변화율

$$v=\frac{dx}{dt}=\lim_{\Delta t \to 0}\frac{f(t+\Delta t)-f(t)}{\Delta t}=f'(t)$$

② 가속도: 속도의 시간에 대한 변화율

$$v=\frac{dv}{dt}=\lim_{\Delta t \to 0}\frac{v(t+\Delta t)-v(t)}{\Delta t}=v'(t)$$

[실전문제]

대표문제

배점(총점)	예상 소요 시간
10점	3분 / 전체 80분

▶ 함수 $f(x)=x^3+kx^2+x-4$가 $\lim\limits_{t\to-\infty}(-t)\left\{f\left(2-\dfrac{1}{t}\right)-f\left(2+\dfrac{1}{t}\right)\right\}=12$를 만족한다.

이때 k값을 구하는 과정을 서술하시오.

모범답안 $t=-\dfrac{1}{h}$로 놓으면 $t\to-\infty$일 때, $h\to0+$이다.

그러므로

$$\lim\limits_{t\to-\infty}(-t)\left\{f\left(2-\dfrac{1}{t}\right)-f\left(2+\dfrac{1}{t}\right)\right\}=\lim\limits_{h\to0+}\dfrac{1}{h}\{f(2+h)-f(2-h)\}=\lim\limits_{h\to0+}\dfrac{\{f(2+h)-f(2-h)\}}{h}$$

$$=\lim\limits_{h\to0+}\dfrac{\{f(2+h)-f(2)\}-\{f(2-h)-f(2)\}}{h}$$

$$=\lim\limits_{h\to0+}\dfrac{\{f(2+h)-f(2)\}}{h}+\lim\limits_{h\to0+}\dfrac{\{f(2-h)-f(2)\}}{(-h)}=2f'(2)=12$$

$f'(2)=6$이다.

$f'(x)=3x^2+2kx+1$

$f'(2)=12+4k+1=6$

$\therefore 4k=-7,\ k=-\dfrac{7}{4}$

채점기준

답안	배점
$<t=-\dfrac{1}{h}$로 치환하기$>$ $t=-\dfrac{1}{h}$로 놓으면 $t\to-\infty$일 때, $h\to0+$이다. 그러므로 $\lim\limits_{t\to-\infty}(-t)\left\{f\left(2-\dfrac{1}{t}\right)-f\left(2+\dfrac{1}{t}\right)\right\}=\lim\limits_{h\to0+}\dfrac{1}{h}\left(f(2+h)-f(2-h)\right)=\lim\limits_{h\to0+}\dfrac{\{f(2+h)-f(2-h)\}}{h}$	3점
$<f'(2)$구하기$>$ $=\lim\limits_{h\to0+}\dfrac{\{f(2+h)-f(2)\}-\{f(2-h)-f(2)\}}{h}$ $=\lim\limits_{h\to0+}\dfrac{\{f(2+h)-f(2)\}}{h}+\lim\limits_{h\to0+}\dfrac{\{f(2-h)-f(2)\}}{(-h)}=2f'(2)=12$ $f'(2)=6$이다.	4점
$<k$값 구하기$>$ $f'(2)=6$이다. $f'(2)=8+4k+2-4=4k+6=6$이다. $\therefore k=0$	3점

01 함수 $f(x)=x^3+3x^2+kx+1$이 열린구간 $(-2,\ 2)$에서 극댓값과 극솟값을 모두 갖도록 하는 실수 k의 값의 범위를 구하는 과정을 논술한 것이다. 빈칸 ① , ② , ③ , ④ 를 채우시오.

$f'(x)=3x^2+6x+k$이며,

이차방정식 $f'(x)=0$은 $-2<x<2$에서 서로 다른 두 실근을 가져야 한다.

(ⅰ) 방정식 $f'(x)=0$의 판별식을 D라고 하면

$$\frac{D}{4}=\boxed{\quad①\quad}>0$$

(ⅱ) $f'(-2)>0$이므로

$$f'(-2)=\boxed{\quad②\quad}>0$$

(ⅲ) $f'(2)>0$이므로

$$f'(2)=\boxed{\quad③\quad}>0$$

(ⅰ)~(ⅲ)에 의해 k값의 범위는 $\boxed{\quad④\quad}$

02 함수 $f(x)=2x^2-5x+3$에 대하여 닫힌구간 $[-4,\ 4]$에서 평균값 정리를 만족시키는 실수 c의 값을 구하는 과정을 논술하시오.

03 이차함수 $f(x) = ax^2 + bx$와 실수 t에 대하여 함수 $y = f(x)$의 $x = t$에서 $x = t + 2$까지의 평균변화율을 $g(t)$라 할 때, 함수 $g(t)$가 다음 조건을 만족시킨다.

(가) $\lim\limits_{t \to \infty} \dfrac{g(t)}{t} = 3$

(나) $g(f(t_1)) = g(f(t_2)) = 0$이고
$t_1 + t_2 = 4$를 만족시키는 서로 다른 두 상수 t_1, t_2가 존재한다.

$g(t_1 + t_2)$의 값을 구하는 과정을 논술하시오. (단, a, b는 상수이다.)

04 함수 $f(x) = 2x^3 - ax^2 + \left(a - \dfrac{4}{3}\right)x + 3$가 $x_1 < x_2$인 임의의 실수 x_1, x_2에 대하여 항상 $f(x_1) < f(x_2)$를 만족한다. 이때 실수 a의 값의 범위를 구하는 과정을 논술하시오.

05 다항함수 $f(x)$와 양수 a에 대하여 함수 $g(x)$ 를 $g(x)=(x^2+a)f(x)$라 하자.

$f'(1)=g(1), g'(1)=11f(1)$일 때, $\dfrac{f'(1)}{2f(1)}$의 값을 구하는 과정을 논술하시오.

06 직선 도로를 달리는 어떤 오토바이 운전자가 200m 앞의 정지선을 발견하고 브레이크를 밟았다. 브레이크를 밟은 후 t초 동안 달린 거리를 X m라고 할 때, $X=10t-kt^2$이다. 이때 정지선을 넘지 않고 멈추기 위한 양수 k의 최솟값을 구하는 과정을 논술하시오.

07 미분가능한 함수 $f(x)$가 모든 실수 x, y에 대하여 $f(x+y)=f(x)+f(y)+3xy$를 만족한다. $f'(0)=5$일 때, $f'(3)$의 값을 구하는 과정을 논술하시오.

08 곡선 $y=x^3-4x^2+5$ 위의 점 $(2, 3)$에서의 접선의 y절편을 구하는 과정을 논술하시오.

PART 1
국어

PART 2
수학

PART 3
기출문제

PART 4
해답

09 두 함수 $f(x)=x^3-3x^2+2x+a$, $g(x)=x^2+bx+c$가 다음 조건을 만족시킬 때, $\dfrac{|abc|}{2}$의 값을 구하는 과정을 논술하시오. (단, a,b,c는 상수이다.)

> (가) 두 곡선 $y=f(x)$, $y=g(x)$가 점 $A(1,2)$에서 만난다.
>
> (나) 곡선 $y=f(x)$ 위의 점 A에서의 접선과 곡선 $y=g(x)$ 위의 점 A에서의 접선이 서로 수직이다.

10 실수 전체의 집합에서 정의된 함수 $f(x)=x^3+3ax^2+2ax+1$의 역함수가 존재하도록 하는 a값의 범위를 구하는 과정을 논술한 것이다. 빈칸 ① , ② , ③ 을 채우시오.

> 역함수가 존재하기 위해서는 $f(x)$는 일대일대응이어야 한다.
>
> 따라서 $f'(x)\geq0$ 또는 $f'(x)\leq0$이어야 한다.
>
> $f'(x)=$ [①] 는 최고차항이 양수이므로 $f'(x)\geq0$
>
> 이차방정식 $f'(x)=0$의 판별식을 D라고 하면 $D\leq0$
>
> $\dfrac{D}{4}=$ [②] ≤0
>
> 그러므로 a의 범위는 [③]

11 다음 조건을 만족하는 최고차항의 계수가 1인 삼차함수 $f(x)$에 대하여 $\dfrac{f'(2)}{f(2)}$의 최댓값을 구하는 과정을 논술하시오.

> (가) 함수 $|f(x)|$는 $x=0$에서만 미분불가능하다.
>
> (나) 방정식 $f(x)=0$은 닫힌 구간 $[3,\ 5]$에서 적어도 하나의 실근을 갖는다.

12 함수 $f(x)=x^3+(a-2)x^2-3ax+4$가 실수 전체의 집합에서 증가하도록 하는 실수 a의 최솟값과 최댓값의 합을 구하는 과정을 논술하시오.

13 다항함수 $f(x)$와 실수 전체의 집합에서 미분가능한 함수 $g(x)$가 모든 실수 x에 대하여 $(x^2-4)g(x)=f(x)-4$를 만족한다. 이때 함수 $h(x)=f(x)g(x)$에 대하여 $f'(2)=2$, $h'(2)=4$일 때, $g'(2)$를 구하는 과정을 논술하시오.

14 곡선 $y=-x^2+4$ 위의 점 $(t, -t^2+4)$와 원점 사이의 거리의 제곱을 $f(t)$라 하자. 닫힌구간 $[0, 2]$에서 함수 $f(t)$의 최댓값과 최솟값을 각각 M, m이라 할 때, $\dfrac{M}{m}$의 값을 구하는 과정을 논술하시오.

15 수직선 위를 움직이는 두 점 P, Q가 어느 한 시각 $t(t \geq 0)$에서의 위치를 x_1, x_2라고 할 때 $x_1 = t^2 - 6t$, $x_2 = t^3 - 3t^2 - 24t$이다. 두 점 P, Q가 서로 다른 방향으로 움직일 때, t의 범위가 $p < t < q$이다. 이때 $p \times q$의 값을 구하는 과정을 논술하시오.

16 서로 다른 두 양의 정수 a, b에 대하여 함수 $f(x) = (2x-a)(2x-b)$에서 x의 값이 a에서 b까지 변할 때의 평균변화율을 $M(a, b)$라 하자. $M(a, b) < 9$를 만족시키는 모든 순서쌍 (a, b)의 개수를 구하는 과정을 논술하시오.

PART 1 국어

PART 2 수학

PART 3 기출문제

PART 4 해답

17 수직선 위를 움직이는 점 P의 시각 $t(t \geq 0)$에서의 위치 x가 $x = t^3 - 4t^2 + kt + 1$이다. 시각 $t = 1$에서의 점 P의 속도와 시각 $t = \alpha$ $(\alpha > 1)$에서의 점 P의 속도가 모두 5일 때, 시각 $t = \dfrac{k}{\alpha}$에서의 점 P의 가속도를 구하는 과정을 논술하시오. (단, α, k는 상수이다.)

18 두 곡선 $y = x^3 - x + 3$과 $y = x^2 + a$가 한 점에서 접하도록 하는 정수 a의 값을 구하는 과정을 논술하시오.

19 모든 실수 x에 대하여 부등식

$3x^4 + 4x^3 \geq 6x^2 + 12x + a$가 성립하도록 하는 실수 a의 최댓값을 구하는 과정을 논술하시오.

20 두 점 $\mathrm{A}(2, 0)$, $\mathrm{B}(8, 0)$에 대하여 점 P가 포물선 $f(x) = x^2 + 1$ 위를 움직일 때, $\overline{\mathrm{AP}}^2 + \overline{\mathrm{BP}}^2$의 최솟값을 구하는 과정을 논술하시오.

PART 1 국어 / PART 2 수학 / PART 3 기출문제 / PART 4 해답

Ⅵ 다항함수의 적분법

[핵심이론]

① 부정적분

(1) 정의와 표현

① 정의

함수 $f(x)$에 대하여 $F'(x)=f(x)$를 만족시키는 함수 $F(x)$를 $f(x)$의 부정적분이라 하고, $f(x)$의 부정적분을 구하는 것을 $f(x)$를 적분한다고 한다.

② 표현

함수 $f(x)$의 부정적분을 $F(x)$라 하면

$$\int f(x)dx = F(x) + C \text{ (단, } C\text{는 적분상수)}$$

(2) 부정적분과 미분의 관계

함수 $f(x)$의 부정적분은 미분의 역이다.

$$① \int \left\{ \frac{d}{dx}f(x) \right\} dx = f(x) + C \qquad\qquad ② \frac{d}{dx}\left\{ \int f(x)dx \right\} = f(x)$$

(3) 부정적분의 공식

$$① \int k\,dx = kx + C \text{ (단, } k\text{는 상수)}$$

$$② \int x^n dx = \frac{1}{n+1}x^{n+1} + C \text{ (단, } n \neq -1)$$

$$③ \int kf(x)dx = k\int f(x)dx \text{ (단, } k\text{는 상수)}$$

$$④ \int (f(x)+g(x))dx = \int f(x)dx + \int g(x)dx$$

$$⑤ \int (f(x)-g(x))dx = \int f(x)dx - \int g(x)dx$$

② 정적분

(1) 정의와 표현

① 정의

함수 $y=f(x)$의 닫힌구간 $[a, b]$에서 연속일 때, 함수 $y=f(x)$의 부정적분 중 하나를 $F(x)$라 하면 $F(b)-F(a)$를 구하는 것을 함수 $f(x)$를 a에서 b까지 적분한다고 한다.

② 표현

닫힌구간 $[a, b]$에서 연속인 함수 $f(x)$의 부정적분이 $F(x)$이면

$$\int_a^b f(x)dx=\left[f(x)\right]_a^b=F(b)-F(a)$$

(2) 정적분과 미분의 관계

① $\dfrac{d}{dx}\displaystyle\int_a^x f(t)dt=f(x)$

② $\dfrac{d}{dx}\displaystyle\int_x^{x+a} f(t)dt=f(x+a)-f(x)$

③ $\displaystyle\lim_{x\to a}\dfrac{1}{x-a}\int_a^x f(t)dt=f(a)$

④ $\displaystyle\lim_{x\to 0}\dfrac{1}{x}\int_x^{x+a} f(t)dt=f(a)$

(3) 정적분의 공식

① $\displaystyle\int_a^a f(x)dx=0$

② $\displaystyle\int_a^b f(x)dx=-\int_b^a f(x)dx$

③ $\displaystyle\int_a^b kf(x)dx=k\int_a^b f(x)dx$ (단, k는 상수)

④ $\displaystyle\int_a^b \{f(x)\pm g(x)\}dx=\int_a^b f(x)dx\pm\int_a^b g(x)dx$

⑤ $\displaystyle\int_a^b f(x)dx=\int_a^c f(x)dx+\int_c^b f(x)dx$

(4) 우함수와 기함수의 정적분

① 우함수의 정적분

$f(x)$가 y축에 대하여 대칭인 함수(우함수)인 경우 연속인 함수 $f(x)$가 모든 실수 x에 대하여 $f(-x)=f(x)$이면

$$\int_{-a}^a f(x)dx=2\int_0^a f(x)dx$$

② 기함수의 정적분

$f(x)$가 원점에 대하여 대칭인 함수(기함수)인 경우 연속인 함수 $f(x)$가 모든 실수 x에 대하여

$f(-x)=-f(x)$이면

$$\int_{-a}^{a}f(x)dx=0$$

3 정적분의 활용

(1) 곡선과 x축 사이의 넓이

함수 $f(x)$가 닫힌구간 $[a,\ b]$에서 연속일 때, 곡선 $y=f(x)$와 x축 및 두 직선 $x=a$, $x=b$로 둘러싸인 부분의 넓이 S는

$$S=\int_{a}^{b}|f(x)|dx$$

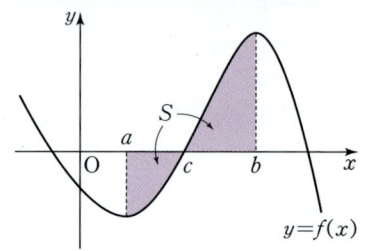

(2) 두 곡선 사이의 넓이

닫힌구간 $[a,\ b]$에서 연속인 두 곡선 $y=f(x)$, $y=g(x)$와 두 직선 $x=a$, $x=b$로 둘러싸인 도형의 넓이 S는

$$S=\int_{a}^{b}|f(x)-g(x)|dx$$

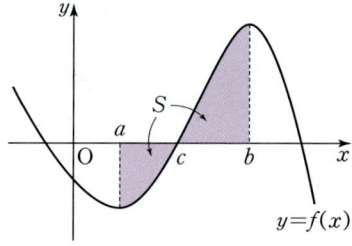

(3) 서로 역함수인 두 곡선 사이의 넓이

함수 $f(x)$, $g(x)$가 서로 역함수이고 곡선의 교점의 x좌표가 a, b일 때

$$S=\int_{a}^{b}|f(x)-g(x)|dx=2\int_{a}^{b}|f(x)-x|dx=2\int_{a}^{b}|g(x)-x|dx$$

(4) 수직선 위를 움직이는 점의 위치와 거리

① 수직선 위를 움직이는 점의 위치: 수직선 위를 움직이는 점 P의 시각 t에서의 속도가 $v(t)$이고, 시각 t_0에서의 위치가 x_0이면

㉠ 시각 t에서의 점 P의 위치: $x_0+\int v(t)dt$

㉡ 시각 $t=a$에서 $t=b$까지 점 P의 위치 변화량: $\int_{a}^{b}v(t)dt$

② 수직선 위를 움직이는 점의 실제 이동거리: 수직선 위를 움직이는 점 P의 시각 t에서의 속도가 $v(t)$이고 시각 $t=a$에서 $t=b$까지의 실제 이동 거리

$$\int_{a}^{b}|v(t)|dt$$

[실전문제]

해답 p.337

대표문제

배점(총점)	예상 소요 시간
10점	3분 / 전체 80분

▶ 이차함수 $f(x)=x^2-(k+2)x+2k$가 $\displaystyle\int_2^3 (x^2+1)f'(x)dx+\int_2^3 2xf(x)dx=0$을 만족한다. $\displaystyle\int_2^k f(x)dx$의 값을 구하는 과정을 서술하시오.

모범답안 $f(x)=x^2-(k+2)x+2k=(x-2)(x-k)$에서 $f(2)=0, f(k)=0$이며

$\dfrac{d}{dx}\{(x^2+1)f(x)\}=(x^2+1)f'(x)+2xf(x)$이므로

$\displaystyle\int_2^3 (x^2+1)f'(x)dx+\int_2^3 2xf(x)dx=\int_2^3 \{(x^2+1)f'(x)+2xf(x)\}dx$

$\displaystyle\qquad\qquad=\int_2^3 \{(x^2+x)f(x)\}'dx$

$\displaystyle\qquad\qquad=\Big[(x^2+x)f(x)\Big]_2^3=12f(3)-6f(2)=12f(3)=0$

$f(3)=9-3k-6+2k=0, k=3$

따라서 $f(x)=x^2-5x+6=(x-2)(x-3)$이므로

$\displaystyle\int_2^k f(x)dx=\int_2^3 \{x^2-5x+6\}dx=\Big[\frac{1}{3}x^3-\frac{5}{2}x^2+6x\Big]_2^3$

$\displaystyle\qquad\qquad=-\frac{1}{6}$

채점기준

답안	배점
$<f(x)$조사하기$>$ $f(x)=x^2-(k+2)x+2k=(x-2)(x-k)$에서 $f(2)=0, f(k)=0$이며 $\dfrac{d}{dx}\{(x^2+1)f(x)\}=(x^2+1)f'(x)+2xf(x)$	1점
$<k$값 구하기$>$ $\displaystyle\int_2^3 (x^2+1)f'(x)dx+\int_2^3 2xf(x)dx=\int_2^3 \{(x^2+1)f'(x)dx+2xf(x)\}dx=\int_2^3 \{(x^2+x)f(x)\}'dx$ $\qquad=\Big[(x^2+x)f(x)\Big]_2^3=12f(3)-6f(2)=12f(3)=0$ $f(3)=9-3k-6+2k=0, k=3$	5점
$\displaystyle\int_2^k f(x)dx=\int_2^3 \{x^2-5x+6\}dx=\Big[\frac{1}{3}x^3-\frac{5}{2}x^2+6x\Big]_2^3=-\frac{1}{6}$	4점

01 시각 $t=0$일 때 점 $A(12)$에서 출발하여 수직선 위를 움직이는 점 P의 시각 $t(t \geq 0)$에서의 속도 $v(t)$가 $v(t)=3t^2-4t$이다. 점 P와 원점 사이의 거리가 최소일 때, 점 P의 위치를 구하는 과정을 논술한 것이다. 빈칸 ① , ② , ③ 을 채우시오.

시각 $t=0$일 때 점 $A(12)$에서 출발하여 수직선 위를 움직이는 점 P의 시각 $t=a$에서의 위치 x는

$$x=12+\int_0^a v(t)dt=12+\int_0^a (3t^2-4t)dt$$

$$= \boxed{\quad ① \quad}$$

이때 $f(a)=a^3-2a^2+12$라고 하면

점 P와 원점 사이의 거리가 최소가 되기 위해서는 $f(a)$의 값이 최소가 되어야 한다.

따라서 $f'(a)=3a^2-4a=3a\left(a-\dfrac{4}{3}\right)$이다.

이때 증감을 따져보면 $a= \boxed{\quad ② \quad}$에서 최소를 갖는다.

그러므로 점 P와 원점 사이의 거리가 최소일 때, 점 P의 위치 $\boxed{\quad ③ \quad}$

---

02 $\displaystyle\int_1^k (3x^2-4x+3)dx=0$을 만족하는, 상수 k의 값이 존재하는지의 유무를 따지는 과정을 논술하시오. (단, $k>1$)

03 함수 $f(x)=\int(3x^2-4x)dx$에 대하여 $f(1)=3$일 때, $f(-1)$의 값을 구하는 과정을 논술하시오.

04 정적분 $\int_0^1(6k^2x^2+24kx+15)dx$의 값이 최소가 되도록 하는 실수 k의 값을 m, 그때의 정적분 값을 n이라고 한다. 이때, $m\times n$의 값을 구하는 과정을 서술하시오.

PART 1 국어

PART 2 수학

PART 3 기출문제

PART 4 해답

05 모든 실수 x에 대하여 연속인 함수 $f(x)$가 $f(x+3)=f(x)$를 만족한다. $\int_{-5}^{-2} f(x)dx=2$일 때, 정적분 $\int_{-2}^{10} f(x)dx$ 의 값을 구하는 과정을 논술하시오.

06 최고차항의 계수가 1인 삼차함수 $f(x)$가 $x=-1$, $x=2$에서 극값을 갖고, $\int_{-2}^{2} f(x)dx=0$일 때, $f(-1)$의 값을 구하는 과정을 논술하시오.

07 일차함수 $f(x)$에 대하여

$$\int_{-1}^{1} f(x)dx=6, \int_{-1}^{1} xf(x)dx=4$$일 때,

$$\int_{0}^{2} x^2 f(x)dx$$의 값을 구하는 과정을 논술하시오.

08 함수 $f(x)=(x-2)^3+27$이 있다. 이때, 다음 그림과 같이 곡선 $y=f(x)$가 x축과 만나는 점을 P라 하고, 점 P를 지나면서 x축에 수직인 직선을 l이라고 하자. 이때 곡선 $y=f(x)$와 y축 및 직선 $y=k$로 둘러싸인 도형의 넓이를 S_1이라 하고, 곡선 $y=f(x)$와 직선 l 및 직선 $y=k$로 둘러싸인 도형의 넓이를 S_2라고 하자. $S_1=S_2$일 때, 상수 k의 값을 구하는 과정을 논술하시오. (단 $0<k<19$)

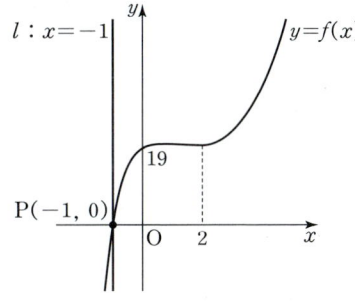

09 이차함수 $f(x)$가

$$\int_{-2}^{2} f(x)dx = \int_{-2}^{0} f(x)dx = \int_{0}^{2} f(x)dx$$

를 만족할 때, $f(4)$의 값을 구하는 과정을 논술
하시오.

10 다음은 함수 $f(x) = 4x^3 + 2x - 1$에서

$$\int_{-3}^{1} f(x)dx - \int_{3}^{1} f(x)dx$$의 값을 구하는 과

정을 논술한 것이다. 빈칸 ① , ② ,
③ 을 채우시오.

$\int_{b}^{a} f(x)dx = -\int_{a}^{b} f(x)dx$이므로

$\int_{-3}^{1} f(x)dx - \int_{3}^{1} f(x)dx$의 식을 변형하면

$\int_{-3}^{1} f(x)dx +$ ①

따라서

$= \int_{-3}^{3} f(x)dx = \int_{-3}^{3} (4x^3 + 2x - 1)dx$

$=$ ②

$= (3^4 + 3^2 - 3) - \{(-3)^4 + (-3)^2 + 3\}$

$=$ ③

---

11 다음 조건을 만족시키는 모든 다항함수 $f(x)$에 대하여 모든 $f(0)$의 값의 곱을 구하는 과정을 논술하시오.

> 모든 실수 x에 대하여
> $f(x) = -2x + 3 \left| \int_0^1 f(t)dt \right|$ 이다.

12 다항함수 $f(x)$가 모든 실수 x에 대하여

$$\int_{-1}^{x} f(t)dt + (x+1)\int_{-1}^{2} f(t)dt = 4x^2 - 4$$

를 만족시킬 때, $f(3)$의 값을 구하는 과정을 논술하시오.

PART 1
국어

PART 2
수학

PART 3
기출문제

PART 4
해답

실전문제 **195**

13 다항함수 $f(x)$가 모든 실수 x에 대하여
$f(-x)+f(x)=0$을 만족한다.
$\displaystyle\int_0^2 xf(x)dx=4$일 때,
$\displaystyle\int_{-2}^2 (x+1)^2 f(x)dx$의 값을 구하는 과정을
논술하시오.

14 그림과 같이 $a>3$인 상수 a에 대하여 직선
$y=ax$, 곡선 $y=\dfrac{1}{a}x^2$과 세 점 $A(3,\,0)$,
$B(3,\,3)$, $C(0,\,3)$이 있다.
직선 $y=ax$와 y축 및 선분 BC를 둘러싸인
부분의 넓이를 S_1, 곡선 $y=\dfrac{1}{a}x^2$과 x축 및
선분 AB로 둘러싸인 부분의 넓이를 S_2, 직선
$y=ax$, 곡선 $y=\dfrac{1}{a}x^2$ 및 두 선분 AB, BC
로 둘러싸인 부분의 넓이를 S_3이라 하자. S_1,
S_2, S_3이 이 순서대로 등비수열을 이룰 때, $\dfrac{1}{3}a$
의 값을 구하는 과정을 논술하시오.

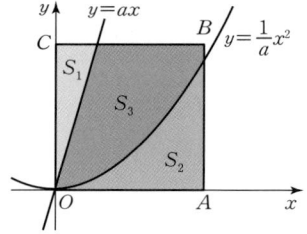

15 함수 $f(x)=1+x+x^2+x^3+x^4$에 대하여

$$\lim_{x \to 3}\frac{1}{x^2(x^2-9)}\int_9^{x^2}f(t)dt=\frac{3^q-1}{p}$$

일 때, $p+q$의 값을 구하는 과정을 논술하시오.

16 곡선 $y=(x-8)(x-12)$와 x축으로 둘러싸인 부분의 넓이를 구하는 과정을 논술하시오.

17 함수 $f(x) = x^2 + ax + b$가 다음의 두 조건을 모두 만족한다.

$$\lim_{x \to 1} \frac{\int_1^x f(t)dt}{x-1} = 1, \quad \int_0^1 f(x)dx = 0$$

이 때, 실수 a, b의 곱을 구하는 과정을 논술하시오.

18 시각 $t=0$일 때 동시에 원점을 출발하여 수직선 위를 움직이는 두 점 P, Q의 시각 $t\,(t \geq 0)$에서의 속도를 각각 $v_1(t)$, $v_2(t)$라 하면 $v_1(t) = v_2(t) - 3t^2 + 6t + 9$이고, 시각 $t=k$일 때 두 점 P, Q의 속도가 같다.

시각 $t=k$에서의 두 점 P, Q의 위치를 각각 $x_1(k)$, $x_2(k)$라 할 때, $x_1(k) - x_2(k)$의 값을 구하는 과정을 논술하시오.

19 최고차항의 계수가 1인 삼차함수 $f(x)$가 다음 조건을 만족시킬 때, $f(9)$의 값을 구하는 과정을 논술하시오.

> (가) 방정식 $f(x)=0$은 서로 다른 세 실근 a, 1, b $(a<1<b)$를 갖고, a, 1, b는 이 순서대로 등차수열을 이룬다.
> (나) 곡선 $y=f(x)$와 x축으로 둘러싸인 부분의 넓이는 128이다.

20 함수 $y=f(x)$의 그래프가 원점과 점 $(6, 6)$을 지난다.

$$\int_0^6 \{f(x)-x\}dx=6$$일 때,

$$\int_0^6 \{6-f^{-1}(x)\}dx$$의 값을 구하는 과정을 논술하시오.

PART **3**

기출문제

2025학년도 기출문제 국어

▶ 해답 p.342

[01~02] 다음 글을 읽고 물음에 답하시오.

　반도체와 도체를 구분할 수 있는 중요한 기준 중 하나는 온도에 따른 전기 전도도의 변화이다. 도체의 경우 온도가 증가함에 따라 원자의 진동이 커지기 때문에 전자의 흐름이 방해를 받아 전기 전도도는 감소한다. 반면 반도체 물질에 전류가 흐르기 위해서는 전자가 원자가띠와 전도띠라는 에너지 구간을 뛰어넘어야 한다. 따라서 원자의 진동보다도 전자의 에너지가 중요하여 온도의 증가에 따라 전기 전도도가 증가한다. 즉 반도체는 원자가띠에 있는 전자가 에너지를 받아서 전도띠로 이동하기 때문에 전기 전도도가 증가하는 것이다. 전도띠와 원자가띠가 어떤 폭을 갖는 것은 파울리의 배타 원리로 설명할 수 있다. 어떤 물체를 이루고 있는 원자의 전자들은 같은 에너지 수준을 가질 수 없는데 이를 파울리의 배타 원리라 한다. 따라서 수많은 전자의 에너지가 서로 다른 수준을 갖지만 그 수준의 차이는 매우 작기에 모든 전자의 에너지를 표현하면 띠와 같은 모양을 갖게 된다.

　도체와 달리 반도체의 원자가띠와 전도띠 사이에는 전자가 가질 수 없는 에너지의 수준이 존재하는데 이를 띠 간격이라 한다. 띠 간격의 크기에 따라 반도체와 부도체를 구분할 수 있는데 순수한 실리콘(Si)이나 저마늄(Ge) 같은 반도체의 경우 띠 간격이 비교적 작아 에너지를 받은 전자는 이를 뛰어넘을 수 있기에 전류가 흐를 수 있지만, 부도체는 띠 간격이 매우 크기 때문에 에너지를 받아도 전자가 띠 간격을 뛰어넘는 것이 거의 불가능해 전류가 흐르지 못한다. 반면 도체는 띠 간격이 존재하지 않아 전류가 잘 흐르는 물질이다. 순수한 물질로 이루어진 반도체를 고유 반도체라 하는데, 실리콘과 저마늄의 띠 간격은 각각 1.12eV와 0.66eV이다. 이러한 고유 반도체에 다른 물질을 소량 첨가하여 고유 반도체보다 전류가 더 잘 흐르는 불순물 반도체를 만든다.

　불순물 반도체는 n형과 p형 반도체로 나뉜다. 고유 반도체에 인(P)과 같이 최외각 전자가 5개인 원소를 소량 첨가하여 n형 반도체를 만들 수 있다. 인의 전자 중 4개는 실리콘과의 결합에 쓰이고, 나머지는 잉여 전자로 존재한다. 이 잉여 전자는 핵에 느슨하게 결합하고 있으며 잉여 전자의 에너지 준위는 실리콘의 띠 간격에 있는데 전도띠에 비교적 가까운 곳에 있다. 이때 잉여 전자는 작은 에너지만 받아도 전도띠로 도약할 수 있어서 쉽게 전류가 흐른다.

　반면 고유 반도체에 붕소(B)와 같이 최외각 전자가 3개인 원소가 소량 첨가되면 p형 반도체를 만들 수 있다. 실리콘은 결합에 쓰일 수 있는 전자가 4개이고 붕소는 3개이므로 실리콘과 붕소의 결합에서 전자 하나는 결합에 쓰이지 않고 그 자리에는 결합이 없는 빈 곳이 생기는데, 이를 양공(electron hole)이라 하며 양공은 전자와 반대인 (+)전하로 간주한다. 실리콘에 있는 전자는 양공 자리로 이동할 수 있기에 이동한

n형 반도체　　　　p형 반도체

전자의 자리에는 양공이 생기게 되는데, 이러한 일이 반복되며 전류가 흐른다. 이때 양공이 이동하는 것으로 볼 수 있으며 이러한 양공의 이동에 의해 전류가 흐른다. 실리콘 원자에서 전자가 이동하며 양공을 형성시키는 데 필요한 에너지는 0.045eV일 만큼 작다. 원자가띠에 전자가 빠져나간 자리에 양공이 생성되며 전류가 흐르기 때문에 띠 간

격의 특정 준위에서 양공이 내려온 것으로 간주할 수 있으며 원자가띠의 가장 높은 에너지 준위보다 0.045eV 위의 띠 간격의 에너지 준위에 받개 준위가 형성된다. p형 반도체에서도 전자에 의한 전류의 흐름도 있지만 이것은 무시할 만하다.

　고유 반도체와 불순물 반도체 모두 전기 전도도는 온도의 영향을 받으나 불순물 반도체가 보다 큰 영향을 받는다. 낮은 온도에서는 불순물 반도체 단위 부피당 도핑된 원자의 수에 의해 전기 전도도가 결정된다. 도핑이란 고유 반도체에 불순물을 첨가하여 불순물 반도체로 만드는 것을 의미한다.

01 다음은 도체와 반도체의 온도 증가에 따른 전기 전도도의 변화를 정리한 것이다. ㉠, ㉡에 들어갈 말을 쓰시오.

물질	전기 전도도	이유
도체	감소	원자의 진동이 커지기 때문에 (　㉠　)
반도체	증가	에너지를 얻어서 전자가 (　㉡　)에서 전도띠로 이동한다.

〈유의 사항〉

– ㉠은 10자(±3)로 쓸 것(공백 제외).

02 다음은 반도체의 구성에 대한 설명이다. ㉠~㉢에 해당하는 말을 찾아 쓰시오.

– 고유 반도체는 실리콘과 같은 순수한 물질로 이루어진 반도체인데, 여기에 ㉠최외각 전자가 5개인 원소를 첨가하면 n형 반도체가 되고, ㉡최외각 전자가 3개인 원소를 첨가하면 p형 반도체가 된다.

– 실리콘의 결합에는 전자가 4개가 필요한데 최외각 전자가 3개인 원소가 첨가되면 ㉢결합이 없는 빈 곳이 생기게 된다. 이것은 (–)전하인 전자와 반대인 (+)전하로 간주한다.

※ 다음 글을 읽고 물음에 답하시오.

예술 작품을 해석하고 평가하려는 시도는 작품을 예술 발전의 과정에 편입해서 이해할 수 있도록 하는 역사적 조건들을 탐구하거나, 형태, 구성, 채색, 소재 등의 요소를 분석하는 방향으로 귀결되는 경우가 많다. 지멜은 이러한 방식으로는 예술 작품의 참된 의미를 파악할 수 없다고 보고, 삶과의 관련성 속에서 예술의 가치를 찾고자 하였다. 따라서 그는 기교가 아무리 뛰어나더라도 삶의 진폭을 예술에 담지 못한 이는 예술가로 볼 수 없다고 보았다.

지멜은 특정 사조, 해당 시대에 널리 퍼져있는 양식을 그대로 따르는 것을 부정적으로 보았는데, 이렇게 보편성을 바탕으로 작품을 만들면 총체적 삶의 모습과 다양한 감정을 표현할 수 없게 된다고 여겼기 때문이다. 그는 예술가가 이처럼 양식화된 것을 그대로 따르는 것이 아니라 예술품에 담긴 대상의 개체적 삶을 드러내야 한다고 보았다. 그에 따르면 르네상스 초상화는 현세를 초월한 완전함, 절대성을 추구하려는 이상을 따랐고, 이를 효과적으로 드러내기 위해 명료한 조화와 균형을 기준으로 삼았다. 이로 인해 르네상스 초상화의 인

르네상스 초상화   렘브란트 초상화

물들은 '전형적인 인상'을 갖게 되는 경우가 많았다. 지멜은 르네상스 초상화가 대상의 개체성의 가치를 담아내지 못하는 초개체적인 작품에 불과하다고 비판하면서 렘브란트의 초상화가 삶을 예술의 준거점으로 삼고 인물의 전체적 삶을 표현하였음에 주목하였다. 렘브란트가 보기에 삶은 과거, 현재, 미래라는 논리로 분리되지 않으므로 그림에서 그려야 하는 것은 보편적 미의 이념으로 채색된 어떤 전형이 아니라 개별 인격체였다. 지멜은 렘브란트가 대상을 모사하는 것이 아니라, 인물의 현재 이미지를 바탕으로 과거를 가시화하고 그의 정신적 과거를 재구성하였다고 보았다. 그리고 인물의 영혼과 흐르는 삶의 시간을 담아내려고 노력한 렘브란트의 그림을 사실적이지는 않지만 최고로 개인적인 것이라고 평가하였다.

지멜은 개체성이 예술가의 개인 법칙에 근거하여 예술로 형상화된다고 보았다. 그는 개인법칙을 자신의 주관적 가치와 이상에 따라 행위할 수 있는 의지와 능력으로 정의하고, 개인 법칙에 입각해 객관적 물질인 재료를 예술 형식으로 구성하는 것이 예술이라고 보았다. 그리고 개인 법칙을 예술로 구현함으로써 단순한 일반화에서 해방되어 순전히 개인적인 삶을 드러낼 수 있다고 여겼다. 위대한 예술가가 만든 예술 작품들은 고유의 개체성을 지니는 동시에 그 예술가가 만든 다른 작품에도 적용되는 '형식 법칙'에 의해 예술가 자신의 고유한 양식으로 발전된다.

지멜은 외부에서 주어진 양식이 아닌 자신의 양식으로 작품을 만들어 주관성을 전달하는 이를 진정한 예술가라고 여겼다. 그리고 예술가가 스스로 만든 양식을 바탕으로 만들어진 작품들은 주어진 양식에 따라 그대로 만들어진 작품과 달리 개체성을 충분히 담아 낼 수 있다고 보았다. 감상자들은 이와 같은 개인 고유의 양식으로 만들어진 작품을 향유함으로써 예술가의 영혼과 교감하게 되는데, 예술가의 주관성이 작품을 거쳐 감상자에게 전달되기 때문이다.

또한, 지멜은 "색채, 형태 등으로 예술을 설명하는 것은 예술 작품이 영혼에 미치는 효과를 배제하는 것이다."라고 하였다. 감상자들이 총체성을 중심으로 예술을 감상해야 예술가가 작품에 담고자 한 삶의 진폭을 이해할 수 있다는 것이다. 삶에서 각각의 순간을 합하는 것으로 삶의 의미가 드러나지 않듯이 예술 작품 속에서 상호 작용하는 각각의 요소를 분리하여 개별적으로 분석하는 것으로 예술의 의미는 드러나지 않는다고 본 것이다. 그는 해부용 테이블에서 절단된 부분들을 조합한다고 살아있는 육체를 복원하는 것이 아니고 살아 있는 육체는 그러한 조합을 통해서 이해할

수 있는 것도 아니라고 말하며. 예술을 개별적 요소로 분해하여 이해하는 것을 거부하였다. 예술 작품 속에서 개별성을 지닌 하나는 또 다른 하나와 둘이면서 하나인 이중 구조로 존재하고, 둘은 서로의 거리가 가까워졌을 때 긴장을 일으키며 제3의 것으로 드러난다. 그는 예술에서 각 요소가 상호 간에 맺는 관계 속에서 드러나는 의미인 총체성에 주목함으로써 예술 작품의 진정한 의미를 이해할 수 있다고 평가하였다.

03 다음은 지멜의 예술론의 내용을 정리한 것이다. ㉠~㉢에 들어갈 말을 쓰시오.

내용	의미	특징	예시
보편성	특정 사조, 해당 시대에 널리 퍼져 있는 양식	(㉠)을/를 기준으로 함	르네상스 초상화
개인 법칙	자신의 주관적 가치와 이상에 따라 행위할 수 있는 의지와 능력	(㉡)에 의해 예술가 자신의 고유 양식으로 발전	렘브란트 초상화
(㉢)	색채, 형태 등 개별적인 예술 요소들이 맺는 관계 속에서 드러나는 의미	예술의 진정한 의미를 이해할 수 있게 함	–

[04~05] 다음 글을 읽고 물음에 답하시오.

(가)
설악산 대청봉에 올라
발아래 구부리고 엎드린 작고 큰 산들이며
떨어져 나갈까 봐 잔뜩 겁을 집어먹고
언덕과 골짜기에 바짝 달라붙은 마을들이며
다만 무릎께까지라도 다가오고 싶어
안달이 나서 몸살을 하는 바다를 내려다보니
온통 세상이 다 보이는 것 같고
또 세상살이 속속들이 다 알 것도 같다
그러다 속초에 내려와 하룻밤을 묵으며
중앙시장 바닥에서 다 늙은 함경도 아주머니들과
노령노래 안주해서 소주도 마시고
피난민 신세타령도 듣고
다음 날엔 원통으로 와서 뒷골목엘 들어가
지린내 땀내도 맡고 악다구니도 듣고
싸구려 하숙에서 마늘 장수와 실랑이도 하고

젊은 군인 부부 사랑싸움질 소리에 잠도 설치고 보니
세상은 아무래도 산 위에서 보는 것과 같지만은 않다
지금 우리는 혹시 세상을
너무 멀리서만 보고 있는 것은 아닐까 아니면
너무 가까이서만 보고 있는 것은 아닐까

– 신경림, 「장자를 빌려 – 원통에서」

(나)
꿈결처럼
초록이 흐르는 이 계절에
그리운 가슴 가만히 열어
한 그루
찔레로 서 있고 싶다

사랑하던 그 사람
조금만 더 다가서면
서로 꽃이 되었을 이름
오늘은
송이송이 흰 찔레꽃으로 피워 놓고

먼 여행에서 돌아와
이슬을 털듯 추억을 털며
초록 속에 가득히 서 있고 싶다

그대 사랑하는 동안
내겐 우는 날이 많았었다
아픔이 출렁거려
늘 말을 잃어 갔다

오늘은 그 아픔조차
예쁘고 뾰족한 가시로
꽃 속에 매달고

슬퍼하지 말고
꿈결처럼
초록이 흐르는 이 계절에
무성한 사랑으로 서 있고 싶다

– 문정희, 「찔레」

04 다음은 (가)의 시적 화자가 세상을 바라보는 관점 변화를 정리한 것이다. ㉠, ㉡에 들어갈 시행을 찾아 쓰시오.

	설악산 대청봉		속초/원통		성찰
관점	세상을 멀리서 바라보며 느낀 점	⇒	세상을 가까이서 바라보며 느낀 점	⇒	세상은 멀리서도 가까이서도 바라봐야 함
시행	(㉠)		(㉡)		

〈유의 사항〉

– ㉠, ㉡ 모두 완결된 하나의 시행으로 쓸 것.

05 다음은 (나)에 대한 설명이다. ㉠, ㉡에 들어갈 시행을 찾아 쓰시오.

> 선생님: (나)는 '찔레'에 빗대어 화자의 심리를 드러낸 시입니다. 이러한 의미가 나타난 시행을 찾아볼까요?
> 학생1: (㉠)은/는 자연물의 이중적인 속성을 나타내어 아름답고도 아픈 사랑의 양면성을 그리고 있습니다.
> 학생2: (㉡)은/는 이별의 슬픔을 극복하고 삶의 성숙함으로 승화하려는 태도가 소망의 형식으로 나타나 있습니다.

〈유의 사항〉

– ㉠, ㉡ 모두 완결된 하나의 시행으로 쓸 것.

수학

▶ 해답 p.343

06 곡선 $y=9^{x-2}$을 y축에 대하여 대칭이동한 후에 x축의 방향으로 a만큼 평행이동한 곡선을 $y=f(x)$라 하자. 그리고 곡선 $y=\left(\dfrac{1}{3}\right)^{2x+8}$을 x축의 방향으로 a^2만큼 평행이동한 곡선을 $y=g(x)$라 하자. 모든 실수 x에 대하여 $f(x)=g(x)$일 때 양수 a의 값을 구하는 과정을 논술하시오.

07 두 직선 $y=(\log_3 2)x$와 $y=(\log_8 a)x$가 서로 수직이 되도록 하는 양수 a의 값을 구하는 과정을 논술하시오.

08 그림에서 △ABC는 한 변의 길이가 1인 정삼
각형이고 점 C는 선분 AD의 1:4 내분점이다.
선분 AE의 길이를 구하는 과정을 논술하시오.

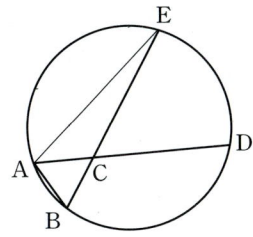

09 자연수 n에 대하여 이차방정식
$$x^3 + \frac{x}{n} - n - 1 = 0$$의 두 근을 a_n과 b_n이라
고 할 때,
$$\sum_{n=1}^{10} \left(\frac{1}{a_n} + \frac{1}{b_n} \right)$$의 값을 구하는 과정을 논술
하시오.

10 아래 그림과 같이 곡선 $y=x^2$ 위의 점 $\mathrm{P}(t,\ t^2)$을 지나고 직선 OP에 수직인 직선 l이 y축과 만나는 점을 A라고 할 때, $\lim\limits_{t\to\infty}(\overline{\mathrm{OA}}-\overline{\mathrm{OP}})$의 값을 구하는 과정을 논술하시오. (단, $t>0$)

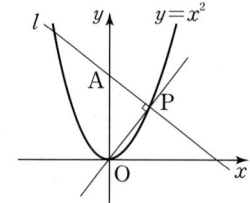

11 두 다항함수 $f(x)$와 $g(x)$에 대하여 두 조건
$$f(x)g(x)=x^4+x^3+6x^2+4x+8,$$
$$\lim_{x\to 1}\frac{f(x)-5}{x-1}=\frac{1}{2}g(1)$$
이 성립할 때, 미분계수 $g'(1)$의 값을 구하는 과정을 논술하시오.

12 함수 $f(x) = \dfrac{1}{4}x^4 - 2x^3 + ax^2 + bx$ 가 $x = 0, k, 2k$ 에서 극값을 가질 때, 함수 $f(x)$ 의 극댓값과 극솟값을 구하는 과정을 논술하시오. (단, a, b, k 는 실수, $k \neq 0$)

13 곡선 $y = x^3 - 2x^2$ 의 $x = 1$ 에서의 접선이 $x = -1$ 에서 곡선 $y = x^2 + ax + b$ 에 접할 때, 실수 a 와 b 의 값을 구하는 과정을 논술하시오.

14 그림에서 두 곡선 $y=(x-1)^2$과 $y=kx^2+1$로 둘러싸인 부분의 넓이 S_1이 $y=(x-1)^2$과 x축, y축이 둘러싼 부분의 넓이 S_2의 9배일 때, 실수 k의 값을 구하는 과정을 논술하시오. (단, $0<k<1$)

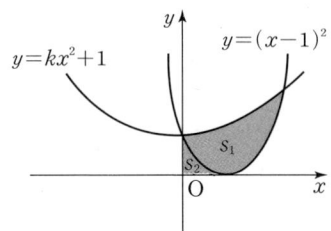

15 다항함수 $f(x)$가 모든 실수 x에 대하여

$$\int_1^x (x^2-t^2)f(t)dt = x^4+2ax^3+bx^2$$

을 만족시킬 때, $\int_0^1 f(x)dx$의 값을 구하는 과정을 논술하시오. (단, a와 b는 상수)

2025학년도

수원대
논술 모의고사

국어

수학

2025학년도 모의고사

국어[인문]

▶ 해답 p.348

[01~02] 다음 글을 읽고 물음에 답하시오.

크로노토프(chronotope)는 그리스어에서 시간을 의미하는 '크로노스(chronos)'와 공간을 의미하는 '토포스(topos)'가 합쳐진 말로, 말 그대로 시공간을 의미한다. 하지만 크로노토프는 시간과 공간의 단순한 결합에 그치는 것이 아니라 시공간이 불러일으키는 특별한 예술적 효과를 의미한다. 크로노토프라는 개념을 제시한 러시아의 문학가 바흐친은 시간과 공간은 본질적으로 밀접한 관계를 맺고 있으며 별개의 요소가 아닌 불가분의 관계라고 하였고, 문학 작품에서는 시간적 지표와 공간적 지표가 융합된다고 하였다. 시간은 공간을 통해 가시화되며 공간은 시간의 흐름을 바탕으로 채워진다는 것이다. 즉 크로노토프에서 시공간은 하나의 완전체로 통합된 상태이며, 여기에서 시공간은 객관적·물리적 차원을 넘어 함축적 의미의 차원에서 논의될 필요가 있다.

바흐친은 크로노토프가 서사적 사건을 구체화하고 살이 붙게 하며 혈관에 피가 흐르도록 한다고 하였다. 이는 곧 시공간이 이야기 속 사건의 성격을 시각적으로 느끼게 하는 것을 의미하며, 이를 위해 바흐친은 크로노토프가 독자에게 사건이나 인물 또는 세상의 특별한 이미지나 형상을 불러일으킬 수 있는 '시간적·공간적 표시물'이 되어야 한다고 말하였다. 예를 들어 2~6세기에 쓰인 그리스 로맨스에서 나타나는 크로노토프는 '모험의 시간'과 '광대한 낯선 공간'의 융합으로 이루어져 있다. 납치, 탈출, 추격, 수색, 감금 등으로 이루어진 '모험의 시간'은 그리스, 페르시아, 이집트 등 여러 나라를 포함하는 아주 '광대한 낯선 공간'을 필요로 한다. 여기에서 모험의 시간이나 광대한 낯선 공간은 시공간의 특별한 성격을 나타낸다. 사건이 벌어지는 2~6세기와 같은 구체적인 시간이나 그리스, 페르시아 등의 구체적인 공간은 객관적이고 표피적인 것에 불과하며, 이 시간과 공간이 결합하면서 객관적 차원에서 벗어나 모험의 시간과 광대한 낯선 공간과 같은 함축적 의미를 담게 되는 것이다. 또한 시간과 공간의 융합은 새로운 차원의 이미지를 창조하면서 이야기에 형체를 부여하는 힘을 가지게 되고, 이야기는 구체적인 모습과 의미를 가진 채로 독자에게 전달된다.

한편 크로노토프는 소설뿐만 아니라 연극을 분석하는 데도 용이하게 활용된다. 소설이 전적으로 언어에 의존한다면 연극은 무대에서 실연을 통해 시공간을 시청각적으로 표현한다는 특성이 있기 때문에 연극의 크로노토프는 소설의 크로노토프와는 구별된다. 연극에서 나타나는 시공간은 연극이 직접 표현하고 제시하는 '명시적 시공간', 상징적 의미의 차원에서 수용되는 '함축적 시공간', 주관적 느낌의 차원에서 수용되는 '심리적 시공간'으로 나눌 수 있다.

예를 들어 입센의 연극 「유령」에서 1막의 배경은 유리벽의 온실이 붙어있는 아늑한 거실로, 유리 벽 너머에 바깥의 음울한 풍경이 비치는 것으로 설정된다. 이는 연극이 시각적으로 제시한 명

〈입센의 연극 「유령」의 무대 배경〉

시적 시공간으로 그 자체로는 객관적으로 배경을 드러내고 있을 뿐이다. 여기에서 중산층의 안정된 삶을 보여 주는 거실의 시공간과 음울한 현실을 암시하는 유리 벽 밖의 시공간이 충돌하면서 새로운 이미지를 형성한다. 이렇게 작품에서 명시적으로 제시된 시공간은 상징적 차원의 의미를 담고 있는 함축적 시공간을 형성하게 된다. 또한 이러한 시공간 속에서 작품의 등장인물은 우울하고 불안한 시공간 속에 갇혀 있다고 느끼며 심리적 시공간을 형성한다. 여기서 명시적 시공간은 관객이 시청각을 통해 있는 그대로 받아들이는 것이며 그 자체로는 크로노토프를 형성하지 않지만, 작품의 다른 요소들과 결합하면서 함축적, 심리적 시공간이라는 새로운 이미지를 형성하면서 크로노토프를 환기하게 되는 것이다.

크로노토프는 시간과 공간의 결합에서 어떠한 이미지나 느낌, 상징을 창조하는 것을 의미하지만 여러 개의 시공간이 결합하면서 크로노토프를 환기하기도 한다. 한 편의 연극은 여러 장면으로 구성되며 각 장면에서 제시되는 여러 개의 시공간은 서로 조화를 이루거나 대립적인 관계를 형성하면서 연결되는데 이 또한 작품의 전체를 아우르는 이미지를 만들어 낸다. 또한 시공간끼리의 결합으로 형성되는 크로노토프는 관객들의 감상 과정에 영향을 미치기도 한다. 연극이 공연되고 있는 중에는 무대 위 허구적 시공간과 객석의 실제적 시공간이 공존하고 있는데, 각각의 시공간이 상호 작용하기도 하는 것이다. 연극의 허구적 시공간이 관객에게 수용되는 과정에서 실제적 시공간에 존재하고 있는 관객은 허구적 시공간을 보며 자신이 가지고 있는 기억을 활성화하고 그에 상응하는 사건을 예상하기도 한다. 즉 관객은 작품의 서사를 수용하는 과정에서 현실의 경험이나 다른 작품에 대한 전문적 지식 등 기억에 저장되어 있는 지식을 동원하게 된다.

01 다음은 바흐친의 크로노토프에 대한 평론가들의 대화이다. ㉠~㉡에 들어갈 말을 찾아 쓰시오.

> A: 바흐친은 시간은 공간을 통해 가시화되며 공간은 시간의 흐름을 바탕으로 채워진다고 했죠. 시공간은 하나의 (㉠)(으)로 통합된 상태로서 함축적 의미 차원에서 논의될 필요가 있다는 것이죠.
>
> B: 맞아요. 바흐친은 크로노토프가 독자에게 사건이나 인물 또는 세상의 특별한 이미지나 형상을 불러일으킬 수 있는 (㉡)이/가 되어야 한다고 주장하였지요.

02 다음은 연극에서 나타나는 시공간에 대한 설명이다. ㉠~㉢에 들어갈 말을 쓰시오.

종류	특성	(예) 입센의 「유령」
(㉠)	연극이 직접 표현하고 제시하는 객관적인 배경	유리 벽 너머 풍경이 보이는 온실이 붙어있는 아늑한 거실
함축적 시공간	(㉡) 의미의 차원에서 수용	중산층의 안정된 삶과 음울한 현실
심리적 시공간	주관적 느낌의 차원에서 수용	(㉢)

〈유의사항〉

– ㉢은 15자(±5)로 쓸 것(공백 제외).

[03~04] 다음 글을 읽고 물음에 답하시오.

아웃소싱이란 기업의 이윤을 최대화하기 위해 기업 내 일부 부서나 업무를 외부의 전문가나 전문 기업에 위탁하는 것을 의미한다. 아웃소싱에 적합한 분야를 선별하기 위해서는 먼저 기업의 핵심 역량이 무엇인지 파악하고 해당 분야의 산업 중요도를 분석해야 한다. 핵심 역량이란 타 기업이 쉽게 모방하지 못하는, 그 기업만이 가지고 있는 고유한 경쟁력을 의미한다. 산업 중요도는 아웃소싱을 시행하려는 분야가 전체 산업에서 중요한 성공 요소 인가를 의미한다. 만약 어떤 분야가 기업의 핵심 역량이면서 산업 중요도가 높다면 기업은 해당 분야를 자체적으로 수행하면서 기업 내부에서 지속적으로 운영하는 것이 가장 합리적이다. 기업의 핵심 역량이지만 산업 중요도가 낮다면 해당 분야를 분사*시켜 효율성을 추구하는 것이 좋다. 핵심 역량은 아니지만 산업 중요도가 높은 경우에는 다른 기업과 전략적 제휴를 통해 관계를 유지하고 그에 따른 이익을 추구할 수 있다. 아웃소싱은 어떤 분야가 기업의 핵심 역량이 아니면서 산업 중요도가 낮은 경우에 시행하게 된다. 아웃소싱은 제조업, 서비스업 등 다양한 산업에서 광범위하게 활용되고 있다.

〈그림〉 내부 제조와 아웃소싱시 비용차이

제조 분야에서 아웃소싱을 결정하기 위해 추가로 고려해야 할 사항은 비용이다. 이는 내부 제조와 아웃소싱 중 어느 쪽이 비용 측면에서 우위가 있는지를 따지는 것을 의미한다. 내부 제조를 하는 경우 고정비와 변동비가 발생한다. 고정비는 제품의 생산 수량과 관계없이 고정적으로 발생하는 비용이고, 변동비는 생산하는 제품의 수량에 따라 달라질 수 있는 비용이다. 아웃소싱을 하는 경우 제품을 직접 생산할 때의 고정비나 변동비가 발생하지 않지만 공급자 탐색 비용, 계약 비용, 구매 비용 등이 지출된다. 기업이 1개의 제품을 생산할 때의 비용을 C, 기업이 필요로 하는 제품의 수량을 Q라고 할 때 내부 제조를 하는 경우 변동비에 제품의 수량을 곱한 것과 고정비의 합만큼 총비용이 발생한다. 아웃소싱을 하는 경우 제품의 1개당 구매 가격 P에 수량 Q를 곱한 만큼의 비용이 발생한다.

〈그림〉은 기업이 제품을 내부에서 제조할 때와 아웃소싱을 맡길 때의 비용의 차이를 보여 준다. 내부 제조 시의 총비용 그래프가 아웃소싱 시의 총비용 그래프보다 더 위에서 시작하는 이유는 제품을 직접 제조할 때 고정비가 발생하기 때문이다. 기업의 아웃소싱 시행 여부는 두 그래프가 만나는 지점의 제품 수량인 Q^2을 기준으로 정해진다. 기업이 필요로 하는 수량이 Q^2보다 적을 경우 아웃소싱이 유리하고, 반대의 경우에는 내부 제조가 유리하다.

제조 분야에서 아웃소싱의 형태는 여러 가지로 구분할 수 있다. 기업이 제품의 제조 과정에서 생산비를 낮추려는 경우 주문자 상표 부착 생산(OEM)을 하게 된다. OEM은 주문자가 생산에 필요한 모든 지침을 정하고, 아웃소싱을 받은 외주 업체는 정해진 지침에 따라 제품을 제조하고 완성하여 납품하는 형태이다. 외주 업체는 주문자의 요구 사항에 따를 뿐, 독자적인 권리나 제품에 대한 지적 소유권은 갖지 못하며 완성된 제품은 실제 생산한 외주 업체가 아닌 주문자의 상표명으로 시장에 출시된다. OEM을 활용하면 주문자는 제품 개발이나 설계, 마케팅 등에만 집중할 수 있고 생산 관련 시설에는 투자하지 않아도 되기 때문에 비용과 노동력을 절감할 수 있다. 외주 업체는 다른 절차를 신경 쓰지 않고 생산에만 집중할 수 있고, 지속적인 경험으로 기술력을 향상시켜 경쟁력을 높이는 것도 가능하다. 하지만 주문자 입장에서는 기술 유출이나 품질 관리에 대한 문제가 발생할 수 있고, 외주 업체 입장에서는 상대적으로 이익률이 낮고 OEM에만 집중하다 보면 자신들만의 사업을 키우기 어렵다는 단점이 있다.

시간이 흐르면서 외주 업체의 경험이 축적되고 제조 경쟁력을 가지게 되는 경우 이웃소싱의 형태기 달라질 수 있다. 주문자가 모든 지침을 다 정하지 않고 큰 범위 내에서 개괄적인 지침을 정해 주면 외주 업체가 이에 따라 상세 설계를 완성하고 필요하다면 주문자가 지시한 설계나 규격까지도 변경할 수 있는 것이다. 이를 제조 업자 개발 생산(ODM)이라고 한다. ODM은 OEM에 비해 외주 업체의 생산 관련 권한과 자유도가 높고, 외주 업체는 주문자와의 협의에 따라 제품에 대한 지적 재산권을 공유할 수도 있지만 제품은 주문자의 상표명으로 출시된다. 주문자는 제품 생산에 대한 모든 지침을 완전히 완성하지 않아도 되어 시간과 비용을 절약할 수 있고, 외주 업체의 전문성을 적극적으로 활용할 수 있다는 장점이 있다. 하지만 외주 업체와 분쟁이 발생할 경우 다른 외주 업체로의 변경이 어렵기 때문에 주문자는 제품 생산에 차질을 빚을 수도 있다. 외주 업체는 생산 과정의 세부 절차를 직접 결정하기 때문에 스스로 생산 비용을 줄이는 것이 가능하여 OEM보다 더 많은 이익을 창출할 수 있다.

*분사: 본사에서 갈리어 그 아래에 속하여 있는 하부 기관이나 사업체

03 다음 내용을 참조하여, ㉠~㉢에 들어갈 말을 찾아 쓰시오.

> 선생님 : 앞의 〈그림〉에서 기업이 필요로 하는 제품의 수량이 Q1, Q2, Q3 세 가지 경우가 있어요. 여기서 Q3의 경우 (㉠)이/가 (㉡) 보다 유리합니다. 그 이유는 소요되는 (㉢)이/가 낮기 때문입니다.

04 다음은 OEM과 ODM에 대한 설명이다. ㉠~㉢에 들어갈 말을 찾아 쓰시오

구분	OEM	ODM
공통점	생산된 제품에 (㉠)이/가 부착되어 시장에 출시됨	
차이점	주문자는 제품을 설계나 생산에 필요한 지침을 정함	주문자가 큰 범위 내에서 개괄적인 지침을 정함
	외주 업체는 (㉡)(이)나 제품에 대한 지적 소유권은 갖지 못함	외주 업체는 주문자와의 협의에 따라 제품에 대한 (㉢)을/를 공유할 수도 있음

[05~06] 다음 글을 읽고 물음에 답하시오.

초음파는 사람이 들을 수 있는 주파수보다 높은 주파수를 가지는 음파이다. 이를 이용한 초음파 진단기는 신체에 탐촉자*를 대고 초음파를 발생시킨 뒤, 인체 조직을 통과하는 초음파 빔 중에서 되돌아오는 신호를 탐촉자가 수신하여 영상으로 변환해 화면에 나타내는 기기이다.

초음파는 소리의 파동이기 때문에 전파되기 위해서는 매개체, 즉 매질이 필요하다. 매질의 특성에 따라 초음파의 전파 속도에 차이가 나며, 동일한 매질 내에서는 동일한 전파 속도를 가진다.

〈자료 1〉은 매질별 초음파의 전파 속도와 음향 저항을 나타낸 표이다.

인체는 대략 65%가 수분으로 구성되어 있어 평균적인 전파 속도가 1,540m/s와 유사한 값을 갖는다. 뼈조직에서의 전파 속도는 4,080m/s로 가장 빠르고, 대부분이 공기로 채워진 폐에서의 전파 속도는 가장 느리다. 전파 속도는 통과하는 매질의 체적 탄성률*에 비례하고 매질의 밀도에 반비례한다. 탐촉자에서 송신한 초음파 빔은 인체 조직을 통과하면서 조직의 경계면에서 반사되거나 조직 내에서 산란되어 되돌아오는데, 초음파 진단기는 이러한 반사파나 산란파를 이용한다. 음향 저항이 서로 다른 두 조직의 경계면에 초음파가 입사*되면, 일부는 반사되고 나머지는 투과된다. 음향 저항은 음파에 대한 매질의 저항을 의미하는 것으로, 매질의 밀도(g/cm^3)와 매질 내

매질	초음파의 전파 속도 (m/s)	음향 저항 ($g/cm^2 \cdot s$)
공기	331	0.0004
지방	1,450	1.38
물	1,540	1.54
혈액	1,570	1.61
근육	1,585	1.70
뼈	4,080	7.80

〈자료 1〉

전파 속도(m/s)를 곱한 값으로 결정된다. 이때, 두 매질 사이에 음향 저항의 차이가 클수록 반사되는 초음파의 세기가 증가한다. 같은 매질 내에서는 같은 전파 속도를 가지므로, 음향 저항의 차이를 유발하는 것은 두 매질 간의 밀도 차이이다. 근육, 힘줄, 인대 등과 같은 연부 조직의 평균 음향 저항은 $1.70g/cm^2 \cdot s$로 지방보다 공기와의 음향 저항의 차이가 더 크므로, 지방과 근육의 경계면보다 공기와 근육의 경계면에서 반사파의 세기가 더 크다. 초음파 검사 시에 탐촉자와 피부 표면 사이에 점성이 높은 액체형 젤(gel)을 바르는 것도 탐촉자와 피부 사이의 공기로 인한 음향 저항의 차이를 고려하는 것이다.

또한, 음파의 반사는 입사각의 영향을 크게 받는다. 입사각은 입사되는 초음파와 법선*이 이루는 각도를 말한다. 표면이 평평한 두 매질의 경계면에 초음파 빔이 입사할 경우, 법선을 기준으로 입사각과 반사각은 같다. 초음파 빔이 조직의 경계면에 수직으로 입사하면, 탐촉자로 돌아오는 반사파가 많아져서 초음파 영상이 명료하게 나타난다. 하지

만 입사각이 커질수록, 즉 입사파와 경계면이 이루는 각도가 작아질수록 빔은 탐촉자의 반대 방향으로 반사되어 탐촉자로 돌아오는 빔이 적어져서 영상에 포함되지 않게 된다.

〈자료 2〉는 초음파가 조직의 경계면에 수직으로 입사한 경우의 반사 계수를 나타낸 표이다. 반사 계수란 입사파 대비 반사파의 비율로, 이 값이 1에 가까울수록 입사파 대부분이 반사됨을 의미한다.

한편, 산란은 초음파 빔이 표면이 균일하지 않은 반사면에 부딪히거나 초음파 파장보다 크기가 작은 산란체*를 만났을 때 여러 방향으로 흩어지는 것을 말한다. 반사가 두 조직의 경계면에서 발생하는 것과 달리, 산란은 조직 내 표면이 울퉁불퉁한 부분적인 부위에서 발생한다. 산란체의 크기가 초음파 파장의 길이보다 작을수록 산란의 강도가 증가한다. 또한, 산란 강도는 주파수의 네 제곱에 비례하기 때문에 주파수를 높일수록 산란 강도가 증가하여 더 좋은 초음파 영상을 얻을 수 있다. 초음파가 산란되는 강도는 조직마다 상이한데, 2.5MHz 초음파를 인체에 입사했을 때 혈액은 0.001로 가장 작은 반면에 지방은 1로 매우 큰 편이다.

경계면	반사 계수
지방 – 근육	0.10
혈액 – 근육	0.03
근육 – 뼈	0.64
신장 – 간	0.01
연부 조직 – 물	0.05
연부 조직 – 공기	0.99

〈자료 2〉

*탐촉자: 초음파를 발생시켜 송신하고 되돌아오는 음파를 수신하는 장비.

*체적 탄성률: 물체의 모든 방향에서 균일한 압축력이 가해졌을 때, 압축되지 않으려고 저항하는 정도를 나타내는 값.

*입사: 소리나 빛의 파동이 매질 속을 지나 다른 매질의 경계면에 이르는 일.

*법선: 어떤 면에 수직으로 세운 가상의 선.

*산란체: 입자나 전자기파의 산란을 일으키는 물체.

05 다음은 초음파 검사에서 활용하는 요소를 정리한 것이다. ㉠~㉢에 들어갈 말을 찾아 쓰시오.

요소	본질	특성	효과
초음파	(㉠)	기구 삽입이 필요 없음	신체 내부 상태를 쉽게 확인할 수 있음
	매질을 통해 전달함	매질에 따라 전파 속도가 차이	경계면에서 (㉡)이/가 다른 근육과 혈액, 뼈 등을 촬영할 수 있음
젤	점성이 높은 액체	탐촉자와 피부 사이의 (㉢)의 차이 감소	신체 내부에 초음파를 쉽게 투과시킴

06 다음은 초음파의 활용 방법과 효과에 대해 정리한 것이다. ㉠~㉢에 들어갈 말을 찾아 쓰시오.

이용 형태	발생 위치	방법	이유		효과
반사	두 조직의 경계면	(㉠)	탐촉자로 돌아오는 반사파가 많아짐	⇒	선명한 영상을 얻음
산란	(㉡)	주파수를 높임	(㉢)이/가 증가함		

[07~08] 다음 글을 읽고 물음에 답하시오.

(가)
구름이 무심탄 말이 아마도 허랑하다
중천에 떠 있어 임의로 다니면서
구태여 광명한 날빛을 따라가며 덮느냐

– 이존오

(나)
말 없는 청산이오 태(態) 없는 유수로다
값 없는 청풍이오 임자 없는 명월이라
이 중에 병 없는 이 몸이 분별없이 늙으리라

– 성혼

(다)
대천 바다 한가운데 중침 세침* 빠지거다
여남은 사공 놈이 끝 무딘 상앗대를 끝끝이 둘러메어 일시에 소리치고 귀* 꿰어 내단 말이 이셔이
다 임아 임아
온 놈이 온 말을 하여도 임이 짐작하소서

– 작자 미상

*중침 세침: 중간 크기의 바늘과 작은 바늘

*귀: 바늘귀

07 다음은 (가)와 (나)에 대한 설명이다. ㉠, ㉡에 들어갈 시행을 찾아 쓰시오.

> (가)와 (나)는 자연물의 일반적인 특징을 부각하여 시적 대상에 대한 화자의 태도를 드러내는 시이다.
> (가)의 (㉠)은/는 왕이 베푸는 선정을 신하가 방해하는 상황을 비판적으로 그리며,
> (나)의 (㉡)은/는 자연은 공평하게 주어져 누구나 향유할 수 있는 대상임을 나타내고 있다.

〈유의 사항〉

– ㉠, ㉡ 모두 완결된 하나의 시행으로 쓸 것.

08 다음은 (가)~(다)에 나타난 시어의 의미를 정리한 것이다. ㉠~㉢에 들어갈 말을 찾아 쓰시오.

작품	시어	의미
(가)	(㉠)	제멋대로 움직이며 주변을 어지럽히는 대상
(나)	(㉡)	침묵의 미덕을 지녀 화자가 추구하는 도덕적 표상
(다)	(㉢)	사람들의 이해관계에 따라 그 해석이 달라져 시비를 따져야 할 대상

〈유의 사항〉

– ㉠~㉢ 모두 두 어절 이내의 시어로 쓸 것.

[09~10] 다음 글을 읽고 물음에 답하시오.

"나도 그런 경험이 있으니까요."그가 대답했다.

"그렇지만 별로 기분 좋은 기억이 못 되더군요. 역시 우리는 그냥 바라보고 발견하고 비밀히 간직해 두는 편이 좋겠어요. 그런 짓을 하고 나서는 뒷맛이 좋지 않더군요."

"난 그런 짓을 많이 했습니다만 오히려 기분이 좋았……."

좋았다고 말하려고 했는데, 갑자기 내가 했던 모든 그것에 대한 혐오감이 치밀어서 나는 말을 그치고 그의 의견에 동의하는 고갯짓을 해버렸다. 그러나 그 때 나는 이상스럽다는 생각이 들었다.

내가 약 삼십 분 전에 들은 말이 틀림없다면 지금 내 옆에서 안경을 번쩍이고 앉아 있는 친구는 틀림없는 부잣집 아들이고 높은 공부를 한 청년이다. 그런데 왜 그가 이래야만 되는가?

"안 형이 부잣집 아들이라는 것은 사실이겠지요? 그리고 대학원 학생이라는 것도……."

내가 물었다.

"부동산만 해도 대략 삼천만 원쯤 되면 부자가 아닐까요? 물론 내 아버지 재산이지만 말입니다. 그리고 대학원생이라는 건 여기 학생증이 있으니까……."

그러면서 그는 호주머니를 뒤적거리면서 지갑을 꺼냈다.

"학생증까진 필요 없습니다. 실은 좀 의심스러운 게 있어서요. 안형 같은 사람이 추운 밤에 싸구려 선술집에 앉아서 나 같은 친구나 간직할 만한 일에 대해서 얘기하고 있다는 것이 이상스럽다는 생각이 방금 들었습니다."

(중략)

아저씨는 그저 우리 처분만 바란다는 듯한 태도로, 또는 지금 자기가 서 있는 곳이 어딘지도 모른다는 태도로 멍하니 서 있었다. 여관에 들어서자 우리는 모든 프로가 끝나 버린 극장에서 나오는 때처럼 어찌할 바를 모르고 거북스럽기만 했다. 여관에 비한다면 거리가 우리에게 더 좋았던 셈이었다. 벽으로 나누어진 방들, 그것이 우리가 들어가야 할 곳이었다.

"모두 같은 방에 들기로 하는 것이 어떻겠어요?" 내가 다시 말했다.

"난 아주 피곤합니다." 안이 말했다.

"방은 각각 하나씩 차지하고 자기로 하지요."

"혼자 있기가 싫습니다."라고 아저씨가 중얼거렸다.

"혼자 주무시는 게 편하실 거예요." 안이 말했다.

우리는 복도에서 헤어져 사환이 지적해 준, 나란히 붙은 방 세 개에 각각 한 사람씩 들어갔다.

"화투라도 사다가 놉시다." 헤어지기 전에 내가 말했지만,

"난 아주 피곤합니다. 하시고 싶으면 두 분이나 하세요."하고 안은 말하고 나서 자기의 방으로 들어가 버렸다.

"나도 피곤해 죽겠습니다. 안녕히 주무세요"라고 나는 아저씨에게 말하고 나서 내 방으로 들어갔다.

숙박계엔 거짓 이름, 거짓 주소, 거짓 나이, 거짓 직업을 쓰고 나서 사환이 가져다 놓은 자리끼를 마시고 나는 이불을 뒤집어 썼다. 나는 꿈도 안 꾸고 잘 잤다.

다음 날 아침 일찍 안이 나를 깨웠다.

"그 양반 역시 죽어 버렸습니다."

안이 내 귀에 입을 대고 그렇게 속삭였다.

"예?" 나는 잠이 깨끗이 깨어 버렸다.

"방금 그 방에 들어가 보았는데 역시 죽어 버렸습니다."

"역시 ……" 나는 말했다.

"사람들이 알고 있습니까?"

"아직까진 아무도 모르는 것 같습니다. 우선 빨리 도망해 버리는 게 시끄럽지 않을 것 같습니다."

"사실이지요?"

"물론 그렇겠죠."

나는 급하게 옷을 주워 입었다. 개미 한 마리가 방바닥을 내 발이 있는 쪽으로 기어오고 있었다. 그 개미가 내 발을 붙잡으려고 하는 것 같은 느낌이 들어서 나는 얼른 자리를 옮겨 디디었다.

밖의 이른 아침에는 싸락눈이 내리고 있었다. 우리는 할 수 있는 한 빠른 걸음으로 여관에서 멀어져 갔다.

"난 그가 죽으리라는 것을 알고 있었습니다." 안이 말했다.

"난 짐작도 못 했습니다." 라고 나는 사실대로 이야기했다.

"난 짐작하고 있었습니다." 그는 코트의 깃을 세우며 말했다.

"짐작했다고 하면 어떻게 하겠어요?" 그가 내게 물었다.

"씨팔것, 어떻게 합니까? 그 양반 우리더러 어떡하라는 건지……."

"그러게 말입니다. 혼자 놓아두면 죽지 않을 줄 알았습니다. 그게 내가 생각해 본 최선의, 그리고 유일한 방법이었습니다."

"난 그 양반이 죽으리라는 짐작도 못 했어요. 씨팔것, 약을 호주머니에 넣고 다녔던 모양이군요."

안은 어느 가로수 밑에서 멈췄다. 나도 그를 따라가서 멈췄다. 그가 이상하다는 얼굴로 물었다.

"김 형, 우리는 분명히 스물다섯 살짜리죠?"

"난 분명히 그렇습니다."

"나도 그건 분명합니다." 그는 고개를 한번 기웃했다.

"두려워집니다."

"뭐가요?" 내가 물었다.

"그 뭔가, 그러니까……." 그가 한숨 같은 음성으로 말했다.

"우리가 너무 늙어 버린 것 같지 않습니까?"

"우린 이제 겨우 스물다섯 살입니다." 나는 말했다.

"하여튼……"하고 그가 내게 손을 내밀며 말했다.

"자, 여기서 헤어집시다. 재미 많이 보세요." 하고 나도 그의 손을 잡으며 말했다.

우리는 헤어졌다. 나는 마침 버스가 막 도착한 길 건너편의 버스 정류장으로 달려갔다. 버스에 올라서 창으로 내어다 보니 안은 앙상한 나뭇가지 사이로 내리는 눈을 맞으며 무언가 곰곰이 생각하고 서 있었다.

– 김승옥, 「서울 1964년 겨울」

09 다음을 참고로 할 때, ㉠과 ㉡에 해당하는 소재를 찾아 쓰시오.

> 선생님: 「서울 1964년 겨울」의 인물들은 서로 대화를 나누면서도 진정한 소통을 이루지 못합니다. 이들은 ㉠서로의 신분을 확인하는 것마저도 생략한 채 자신의 익명성을 지키고자 합니다. 특히 ㉡소외된 사람이 상대에게 도움을 청하기도 하지만 이를 냉정히 뿌리치며 타인에 대해 책임을 지지 않으려는 태도를 보입니다.

〈유의 사항〉

– ㉡은 상징적 의미를 띠고 있는 소재를 쓸 것.

10 다음은 이 작품의 제목과 배경의 연관성을 정리한 것이다. ㉠~㉢에 들어갈 말이나 구절을 찾아 쓰시오.

제목	서울	1964년	겨울
배경	(㉠)	시간적 배경	계절적 배경
의미	번화한 대도시	소통이 단절된 현대인	삭막한 분위기
소재	– 싸구려 선술집 – 버스	– (㉡) – 나란히 붙은 방 세 개	– 추운 밤 – 싸락눈 – (㉢)

수학[인문]

▶ 해답 p.350

11 함수 $y=\log_3(kx-3k^2+5)$의 그래프가 x축과 만나는 점의 x좌표가 4일 때, 양수 k의 값을 구하는 과정을 논술하시오.

12 $\sin\theta+\cos\theta=\dfrac{1}{2}$일 때, $\sin^3\theta+\cos^3\theta$의 값을 구하는 과정을 논술하시오.

13 방정식 $(x-\alpha)(x-\beta)+(x-\beta)(x-\gamma)$ $+(x-\gamma)(x-\alpha)=0$이 서로 다른 두 실근을 가지는 이유를 논술하시오. (단, $\alpha<\beta<\gamma$)

14 다함함수 $f(x)$에 대하여

$$\lim_{x\to 1}\frac{(x+1)f(x)}{x-1}=-2$$일 때,

함수 $g(x)=(x^2+x+1)f(x)$의 미분계수 $g'(1)$의 값을 구하는 과정을 논술하시오.

15 두 곡선 $y = x^3 - 2x^2$과 $y = x^2 - 2x$으로 둘러싸인 부분의 넓이를 구하는 과정을 논술하시오.

국어[자연]

2025학년도 모의고사

▶ 해답 p.352

[01~02] 다음 글을 읽고 물음에 답하시오.

일반적으로 결정은 원자, 이온, 분자 따위가 일정한 법칙에 따라 규칙적으로 배열된 고체를 말한다. 결정화 기술은 금속의 용융 상태에서 결정을 얻거나 혼합물 용액에서 원하는 용질을 결정으로 얻어 내는 분리 기술을 말하며 산업적으로 널리 쓰이고 있다. 혼합물 용액에서 결정화 현상은 용해도 변화로 인해 일어난다. 즉 용액의 농도를 평형 농도 이상으로 변화시킴으로써 용액에서 고체가 결정으로 석출되는 결정화가 진행된다.

용해도란 용질이 용매에 용해되는 양의 한도를 말하며, 특정 온도에서 한도까지 용질이 용매에 녹아 있는 포화 상태에서의 용질의 농도로 표시한다. 용해도는 온도에 따라 커지는데, 어떤 농도에 있는 용액의 온도를 내리면 그 온도에서 용해도가 감소하여 용질은 용해도 이상으로 녹아 있는 과포화 상태가 된다. 포화 상태에 비해 과포화 상태는 매우 불안정한 상태이기 때문에 용해도 이상으로 녹아 있는 용질은 결정화되어 석출된다. 이러한 원리를 이용하여 온도를 낮추어 용액에 녹아 있던 용질을 결정으로 석출하는 방법을 냉각 결정화라 한다. 반용매 결정화 기술은 용질과 용매가 혼합된 용액에 용질을 용해하지 않고 용매에는 용해되는 물질을 첨가하는데 이렇게 첨가하는 물질을 반용매라 한다. 반용매를 첨가하면 용질의 용해도가 작아지기 때문에 석출하고자 하는 용질의 과포화를 유발하여 용질을 석출할 수 있다. 증발 결정화는 용매를 증발시키면 과포화가 유도되어 용질이 석출되는 방법으로 염전에서 물을 증발시켜 고체 결정의 소금을 얻는 과정이 이에 해당된다.

과포화를 유도하여 용질을 결정으로 석출하는 방법은 여러 가지가 있으나 용질이 석출되는 원리는 동일하다. 용질의 석출에 따른 결정의 성장과 관련된 에너지로는 부피와 표면에 관한 에너지가 있다. 석출되는 고체가 커짐에 따라 고체의 부피당 에너지 변화를 ΔG_v라 하고 결정을 구형으로 간주하면 고체가 생성됨에 따른 부피에 관한 에너지 변화 값은 구의 부피에 ΔG_v를 곱하면 구할 수 있다. 이 값은 음의 값을 가지는데, 결정의 반지름이 커짐에 따라 그 값의 절댓값은 더 커진다. 한편 석출에 따라 고체가 생기므로 그 표면에는 고체와 액체 간의 경계가 새롭게 형성되는데, 이를 계면이라 한다. 새로운 계면이 생김에 따라 변하는 표면에 관련된 에너지 변화는 결정의 반지름이 커질수록 그 값이 커진다. 단위 표면적당 표면 에너지 변화를 ΔG_s라 하면, 구로 간주한 결정의 반지름에 따른 표면 에너지는 구의 표면적과 ΔG_s를 곱하여 구한다. 이 값은 양의 값을 가지며 표면적을 작게 하는 것이 더 안정한 상태이기 때문에 구의 반지름이 커질수록 더욱 커진다. 결정이 석출될 때의 전체 에너지 변화(ΔG_t)는 이러한 부피 에너지 변화와 표면 에너지 변화의 합이 된다. ΔG_t값은 입자의 반지름이 커짐에 따라 양의 값에서 점점 증가하다가 최댓값을 지난 후 감소하기 시작하여 음의 값이 되며 계속하여 감소한다. 이는 구의 부피와 표면적이 각각 반지름의 세제곱과 제곱에 비례함을 생각하면 알 수 있다.

전체 에너지 변화

〈그림〉

〈그림〉은 결정 생성의 에너지 변화를 나타낸 것이다. 이 그래프에서 R_1은 임계 크기로서 용질에 따라 다르지만 대체로 1~2나노미터 정도로, 대개 원자 200~300개의 집합체이다. ΔG_t

값이 최대일 때의 결정의 반지름을 말하는데, 이 지점에서 에너지 감소가 두 가지 경우로 진행된다. 결정 입자가 다시 용해되어도 에너지가 감소하게 되며 결정 입자가 점점 커져도 에너지는 감소한다. 자연계에서 어떤 계는 보다 높은 에너지 상태에서 더 낮은 에너지 상태로 자발적으로 변화하기 때문이다.

0과 R_1 사이 크기의 입자는 엠브리오라고 하는데 이 구간에서는 입자의 표면 에너지 변화가 부피 에너지 변화의 절댓값보다 크다. R_2는 입자의 부피 에너지 변화와 표면 에너지 변화의 절댓값이 동일한 지점이다. 그리고 R_1과 R_2 사이에서는 전체 에너지의 변화가 감소되어 크기가 안정적으로 성장할 수 있다.

01 다음은 용액의 결정화에 대한 개념을 정리한 것이다. ㉠~㉢에 들어갈 말을 쓰시오.

개념		설명
용해도		특정 온도에서 용질이 용매에 녹아 있을 때 (㉠)에서 용질의 농도를 나타내는 것
과포화 상태		용질이 용매에 용해되는 양의 한도를 초과하여 녹아 있는 상태
결정화	(㉡)	온도를 낮추어 용액에 녹아 있던 용질을 석출
	(㉢)	용질을 용해하지 않고 용매에는 용해되는 물질을 첨가하여 용질을 석출
	증발 결정화	용액 속의 용매를 증발시켜 용질을 석출

02 다음은 결정 생성의 에너지 변화를 나타낸 〈그림〉에 대한 설명을 정리한 것이다. ㉠~㉢에 들어갈 말을 쓰시오.

입자 반지름	설명
0과 R_1 사이	해당 크기의 입자를 (㉠)(이)라고 하며 입자의 표면 에너지 변화가 부피 에너지 변화의 절댓값보다 크다.
R_1	임계 크기로서 결정 입자가 용해되거나 커져도 (㉡)
R_1과 R_2 사이	전체 에너지의 변화가 감소되어 결정의 크기가 안정적으로 성장한다.
R_2	입자의 부피 에너지 변화와 표면 에너지 변화의 (㉢)이/가 동일하다.

〈유의사항〉

– ㉡은 10자 이내로 쓸 것(공백 제외).

※ 다음 글을 읽고 물음에 답하시오.

　　경제학에서는 GDP가 장기간 하락하고 실업이 상당히 증가하는 상황을 불황이라고 부르며, 이러한 불황이 더욱 장기화되고 수치가 심각한 상황이 되는 것을 공황이라고 부른다. 이러한 상황에서는 상품이 부족해서가 아니라 너무 많아져서 문제가 된다. 물건을 아무리 많이 만들어도 소비가 감소하여 팔리지 않는다면 생산을 하지 않는 것만 못하게 된다. 이러한 현상이 개별 기업이 아닌 경제 전반에 걸쳐 지속적으로 발생한다면 심각한 사회 문제가 되는데, 공황 중에서도 야기한 충격이 컸기에 대공황이라고 불렸던 시대를 살아온 경제학자였던 하이에크와 슘페터는 공황을 다음과 같이 설명했다.

　　하이에크는 신용이 발달한 경제에서는 호황과 불황이 잇달아 일어나는 경기 변동 현상으로서 불황은 호황의 전조라고 보았다. 그가 주목하는 대공황의 근본 원인은 과잉 투자였다. 신용과 투자 그리고 이윤이 서로를 강화하는 과정에서 호황과 불황이 번갈아 발생하게 마련이며 호황은 불황의 씨앗을, 불황은 호황의 씨앗을 품고 있다는 것이다. 하이에크는 대출 금리가 가계의 저축과 기업의 투자가 균형을 이룰 수 있다고 보는 수준의 이자율에서 벗어나기 때문에 산출량의 변동이 발생한다고 보았다. 즉 적정한 이자율보다 금리가 낮으면 신용과 투자는 빠르게 증가하는 반면 가계는

〈경제 대공황〉

저축을 줄이게 된다. 이 과정에서 투자 증가로 인해 미래의 산출량은 늘어나지만 저축은 감소하고 미래의 소비도 줄어들어 결국 미래의 산출과 수요의 불일치가 일어나게 된다. 또한 이러한 과잉 투자는 설비 과잉을 초래하여 기업의 수익률을 떨어뜨리고, 수익률 하락을 목격한 은행이 신규 대출을 줄이고 기존 대출을 회수하며 금리도 상승하게 된다. 이에 따라 기업의 투자가 빠르게 줄어들고 불황이 찾아오지만, 이후 불황으로 기업이 도산하거나 과잉 설비가 정리되면 자연히 이윤과 투자가 다시 늘면서 호황 국면으로 진입하게 된다.

　　슘페터 역시 공황은 저지해야 할 악이 아니라 혁신의 잠재력이 쇠퇴할 때 불가피하게 발생하는 것이며, 경제의 혁신을 위해 반드시 필요한 조정의 수단으로 보았다. 따라서 하이에크와 슘페터는 공황 해결을 위해 누군가가 개입해서 조정을 하면 오히려 문제가 심각해질 수 있기 때문에 시장에 자율적 조정을 맡겨야 한다고 보았다.

　　이처럼 인위적 개입을 반대하는 자유 시장주의자의 입장과 대비되는 입장을 가진 학자에는 케인스가 있었다. 케인스는 경제에는 장기적으로 균형을 회복하는 힘이 있으므로 정부의 개입 없이 두어야 한다는 일련의 입장에 대해 대단히 비판적이었다. 또한, 그는 경기 침체를 사회가 자원을 탕진한 결과로 감수해야 하는 징벌이 아닌, 얼마든지 극복할 수 있는 질병이라고 보았다. 그리고 침체의 원인도 생산이 아닌 수요의 부족에 있다고 보았다. 민간 부문에서 수요란 가계의 소비와 기업의 투자로 구성된다. 케인스는 투자 감소에서 시작된 침체가 소비의 위축을 통해 더욱 심화 된다고 보았다. 투자재에 대한 수요가 축소되면 투자재 부문에 고용된 사람들의 소득이 줄어들거나 이들이 실업으로 인해 소득을 상실한다. 이는 다시 소비재 부문에 대한 수요 축소로 연결되어 경제 전반에 걸쳐 소비가 감소한다. 사람들이 미래에 대한 불안으로 소비를 미루며, 화폐 자체에 대한 수요가 높아지는 현상을 그는 유동성 선호라고 불렀다. 따라서 그는 정부의 적극적인 개입을 통해 수요를 살리는 정책을 펼쳐야 경기 침체를 극복할 수 있다고 보았다.

03 다음은 불황에 대한 학자들의 견해를 정리한 것이다. ㉠~㉢에 들어갈 말을 찾아 쓰시오.

구분	학자	의견	원인	극복 방법
자유 시장주의	하이에크	호황의 전조	(㉠)	시장의 자율적 조정
	(㉡)	경제 혁신을 위해 필요한 조정의 수단	혁신 잠재력 쇠퇴	
반자유 시장주의	케인스	극복 가능한 질병	수요 부족	(㉢)

[04~05] 다음 글을 읽고 물음에 답하시오.

그 무렵 집에 드나들던 파출부가 어느 날 나한테 이런 소리를 했다.

"세상 사람들이 눈이 멀어도 분수가 있지. 왜 사모님 같은 분을 효부 표창에서 빠뜨리느냐 말예요. 별거 아닌 사람들이 다 효자 효녀 효부라고 신문에 나고 상금도 타던데."

그 여자가 순진하게 분개하는 소리를 들으며 나는 나의 완벽한 위선에 절망했다.

"오늘 우리 어머님 목욕을 좀 시키고 싶은데 아줌마가 좀 도와줘야겠어요."

"그러문요, 도와 드리고말고요."

"목욕탕에 물 받으세요."

나는 벌써부터 내 속에서 증오와 절망적인 쾌감이 지글지글 끓어오르는 걸 느끼고 있었다. 아줌마 보는 앞에서 시어머님의 옷부터 벗기기 시작했다. 이번엔 처음부터 폭력적으로 다루기로 작정하고 있었다. 옷 한 가지를 벗겨 낼 때마다 살갗을 벗겨 내는 것처럼 처절한 비명을 질렀다. 보다 못한 아줌마가 제발 그만 해 두라고 애걸했다.

"너무하세요. 그렇게 아프게 밀게 뭐 있어요?"

아줌마가 노인 편을 들었다. 혼비백산한 얼굴로 구경만 했다.

"알지 못하면 가만히나 있으라니까요. 아무리 살살 밀어도 죽는 시늉할 게 뻔해요."

골치가 빠개질 듯이 띵하고 귀에서 잉잉 소리가 났다. 그런데도 나는 자꾸자꾸 증오를 불어넣고 있었다. 마치 터뜨릴 작정하고 고무풍선을 불듯이, 자신이 고무풍선이 된 것처럼 파멸 직전의 고통과 절정의 쾌감을 동시에 느끼고 있었다. 별안간 아찔하면서 온몸에서 힘이 쭉 빠졌다. 그런 중에도 나는 냉혹한 미소를 잃지 않았다. 이래도 나를 효부라고 할 테냐고 묻고 싶었다.

그날 이후 나는 몸져 누웠다. 파출부도 다시는 우리 집에 오지 않았다. 몸살에 신경 안정제의 후유증까지 겹쳐 정신과 치료까지 받지 않으면 안 되었다.

[중략 부분의 줄거리] 치매에 걸린 시어머니를 맡길 요양원에 알아 보기 위해 남편과 함께 시골에 간다.

나는 주인을 찾아 가게 터 뒤로 돌아갔다. 좀 떨어진 데 초가가 보였다. 초가지붕 위엔 방금 떠오른 보름달처럼 풍만하고 잘생긴 박이 서너 덩이 의젓하게 자리잡고 있었다.

"여보, 저 박 좀 봐요. 해산 바가지 했으면 좋겠네." 나는 생뚱한 소리로 환성을 질렀다.

"해산 바가지?" 남편이 멍청하게 물었다.

"그래요. 해산 바가지요." 실로 오래간만에 기쁨과 평화와 삶에 대한 믿음이 샘물처럼 괴어 오는 걸 느꼈다.

내가 첫애를 뱄을 때 시어머님은 해산달을 짚어 보고 섣달이고나, 좋을 때다, 곧 해가 길어지면서 기저귀가 잘 마를 테니, 하시더니 그해 가을 일부러 사람을 시켜 시골에 가서 해산 바가지를 구해 오게 했다.

"잘생기고, 여물게 굳고, 정한 데서 자란 햇바가지여야 하네. 첫손자 첫국밥 지을 미역 빨고 쌀 씻을 소중한 바가지니까." 이러면서 후한 값까지 미리 쳐 주는 것이었다. 이럴 때의 그분은 너무 경건해 보여 나도 덩달아서 아기를 가졌다는 데 대한 경건한 기쁨을 느꼈다.

나는 내가 낳은 첫아기가 딸이라는 걸 알자 속으로 약간 켕겼다. 외아들을 둔 시어머니가 흔히 그렇듯이 그분도 아들을 기다렸음직하고 더구나 그분의 남다른 엄숙한 해산 준비는 대를 이를 손자를 위해서나 어울림직 했기 때문이다. 그러나 퇴원한 나를 맞아들이는 그분에게서 섭섭한 티 따위는 조금도 찾아볼 수 없었다. 그 잘생긴 해산 바가지로 미역 빨고 쌀 씻어 두 개의 해산 사발에 밥 따로 국 따로 퍼다가 내 머리맡에 놓더니 정성껏 산모의 건강과 아기의 명과 복을 비는 것이었다. 다음에도 또 딸이었지만 그 희색이 만면하고도 경건한 의식은 조금도 생략되거나 소홀해지지 않았다. 다음에도 딸이었고 그 다음에도 딸이었다.

네 번째 딸을 낳고는 병원에서 밤새도록 울었다. 의사나 간호원까지 나를 동정했고 나는 무엇보다도 시어머니의 그 경건한 의식을 받을 면목이 없어서 눈물이 났다. 그러나 그분은 여전히 희색이 만면했고 경건했다. 다음에 아들을 낳았을 때도 더도 아니고 덜도 아닌 똑같은 영접을 받았을 뿐이었다. 그분은 어디서 배운 바 없이, 또 스스로 노력한 바 없이도 저절로 인간의 생명을 어떻게 대접해야 하는지를 알고 있는 분이었다. 그 분이 아직 살아 있지 않은가. 그분의 여생도 거기 합당한 대우를 받아 마땅했다. 나는 하마터면 큰일을 저지를 뻔했다. 그분의 망가진 정신, 노추한 육체만 보았지 한때 얼마나 아름다운 정신이 깃들었었나를 잊고 있었던 것이다. 비록 지금 빈 그릇이 되었다 해도 사이비 기도원 같은 데 맡겨 있지도 않은 마귀를 내쫓게 하는 수모와 학대를 당하게 할 수는 없는 일이었다.

나는 남편이 막걸리 병을 다 비우기도 전에 길을 재촉해 오던 길을 되돌아섰다. 암자 쪽을 등진 남편은 더 이상 땀을 흘리지 않았다. 시어머님은 그 후에도 삼 년을 더 살고 돌아가셨지만 그동안 힘이 덜 들었단 얘기는 아니다. 그분의 망령은 여전히 해괴하고 새록새록해서 감당하기 힘들었지만 나는 효부인 척 위선을 떨지 않음으로써 조금은 숨구멍을 만들 수가 있었다.

위선을 떨지 않고 마음껏 못된 며느리 노릇을 할 수 있고부터 신경 안정제가 필요없게 됐다. 시어머니도 나를 잘 따랐다. 마치 갓난아기처럼 천진한 얼굴로 내 치마꼬리만 졸졸 따라다녔다. 임종 때의 그분은 주름살까지 말끔히 가셔 평화롭고 순결하기가 마치 그분이 이 세상에 갓 태어날 때의 얼굴을 보는 것 같았다. 나는 마치 그분의 그런 고운 얼굴을 내가 만든 양 크나큰 성취감에 도취했었다.

– 박완서, 「해산 바가지」

04 다음은 해산 바가지의 서사적 기능에 대해 정리한 것이다. 윗글의 내용을 토대로 하여 ㉠, ㉡에 해당하는 구절을 찾아 쓰시오.

갈등	해산 바가지의 기능		갈등의 해소
	과거의 회상	태도의 전환	
시어머니를 요양원에 맡기려고 함	초가집의 박을 보고 해산 바가지를 떠올림	– 인간의 생명을 대접하는 분임을 깨달음 – ㉠시어머니에 대한 잘못된 인식을 반성함	– 시어머님을 모시기로 함 – ㉡편안한 임종을 맞이함

(화살표 ⇒ 갈등 → 해산 바가지의 기능 → 갈등의 해소)

〈유의 사항〉

– ㉠, ㉡ 모두 20자(±3자)로 쓸 것(공백 제외).

– ㉡은 비유로 이루어진 구절을 쓸 것.

05 다음은 '나'의 성격에 대해 정리한 것이다. ㉠, ㉡에 해당하는 문장을 찾아 쓰시오.

> 선생님: 「해산 바가지」의 '나'는 가족 구성원으로서 위악적인 행태를 보이고 있어요. 외부에서는 '며느리'로서의 '나'에 대해 (㉠   )(이)라는 평판을 내리고 있습니다. 하지만 '나'는 이에 대해 반감을 갖고 (㉡   )(이)라고 말하며 일부러 자신을 악하게 드러내는 행위를 하고 있어요.

〈유의 사항〉

– ㉠, ㉡ 모두 하나의 완결된 문장으로 쓸 것.

수학[자연]

2025학년도 모의고사

▶ 해답 p.354

06 그림과 같이 두 점 $A(0, 8\sqrt{2})$와 $B(a, 0)$을 잇는 선분 AB가 함수 $y=4^{x-2}$의 그래프와 만나는 점을 C라 하자.
$\overline{AC}:\overline{CB}=3:1$이 되는 점 C의 x좌표를 구하는 과정을 논술하시오. (단, a는 실수)

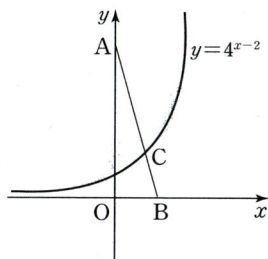

07 두 양수 a, b에 대하여 직선 $y=4x-1$이 두 점 $A(0, \log_3 ab)$와 $B\left(1, \log_3 \dfrac{b}{a}\right)$를 지날 때, a와 b를 구하는 과정을 논술하시오.

08 그림에서 △ABC는 $\overline{AB}=\overline{BC}$인 이등변삼각형이고, $\overline{AC}=\overline{CD}=2\sqrt{3}$, $\angle ACB=\dfrac{\pi}{6}$이다.

아래는 선분 AE의 길이와 원의 지름을 구하는 과정을 설명한 것이다. 빈칸 ① , ② , ③ , ④ 를 알맞은 수로 채우시오.

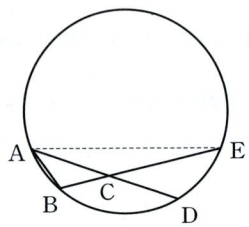

먼저, △ABC가 이등변삼각형이고 $\angle ACB=\dfrac{\pi}{6}$이므로

$$\dfrac{\dfrac{\overline{AC}}{2}}{\overline{BC}}=\cos(\angle BCA)=\cos\dfrac{\pi}{6}$$가 되어

$\overline{BC}=$ ① 이다.

선분 AE의 원주각으로 $\angle ADE=\angle ABE$이어서, △ABC와 △EDC는 세 각이 같으므로 닮은 삼각형이다.

그래서 $\overline{BC}:\overline{AC}=\overline{CD}:\overline{CE}$에서 $\overline{CE}=$ ② 을 얻는다.

이제, △ACE에 코사인법칙을 적용하면 $\overline{AE}=$ ③ 임을 알 수 있고,

이를 이용하여 △ABE에 사인법칙을 적용하면 원의 지름 = ④ 을 얻는다.

09 $\displaystyle\sum_{n=1}^{14} \log_2\{\log_{n+1}(n+2)\}$의 값을 구하는 과정을 논술하시오.

10 다음 그림과 같이 세 점 $A(0, k)$, $B(-a, 0)$, $C(a, 0)$을 꼭짓점으로 하는 삼각형 ABC가 있다. 삼각형 ABC에 내접하는 원의 반지름을 r이라고 할 때, $\lim\limits_{a \to 0^+} \dfrac{a}{r}$의 값을 구하는 과정을 논술하시오. (단, $k > 0$, $a > 0$)

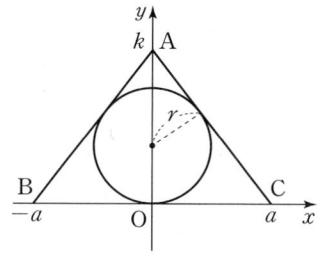

11 다항함수 $f(x)$와 $g(x)$가 두 조건

$$\lim_{x \to 0} \frac{f(x) - 2}{x} = 3,$$

$$\lim_{x \to 0} \frac{f(x)g(x) - 4}{x} = 4$$

를 만족시킬 때, 미분계수 $g'(0)$의 값을 구하는 과정을 논술하시오.

12 함수 $f(x)=\dfrac{1}{2}x^3-\dfrac{3}{2}ax^2$에 대하여 곡선 $y=f(x)$ 위의 점 $(t, f(t))$에서 접선의 y 절편을 $g(t)$라 하자. 닫힌구간 $[-a,\ a]$에서 함수 $g(t)$의 최댓값이 20이 되도록 양수 a의 값을 구하는 과정을 논술하시오.

13 함수 $f(x)=\dfrac{1}{3}x^3-2x^2+4x$의 역함수를 $g(x)$라고 하자. 두 곡선 $y=f(x)$와 $y=g(x)$가 둘러싼 부분의 넓이를 구하는 과정을 논술하시오.

14 모든 실수 x에 대하여

$$2x^2 - \int_0^x f(t)dt$$
$$= x^2 \int_1^2 f(t)dt + x \int_0^1 f(t)dt$$

를 만족시키는 다항함수 $f(x)$를 구하는 과정을 논술하시오.

15 수직선 위를 움직이는 두 점 P와 Q가 각각 $v_1(t) = 2t - t^2$과 $v_2(t) = 2t^2 - 6t$의 속도로 동시에 원점을 출발하여 다시 만나게 될 때까지 점 P가 움직인 거리를 구하는 과정을 논술하시오.

2024학년도
수원대
논술 기출문제

국어

수학

2024학년도 기출문제

국어

▶ 해답 p.359

[01~02] 다음 글을 읽고 물음에 답하시오.

원자력 발전은 핵분열 연쇄 반응을 유도하여 에너지를 얻는다. 원자력 발전의 연료로는 주로 우라늄이 사용되는데, 천연 우라늄을 구성하는 물질의 99% 이상은 핵분열이 일어나지 않는 우라늄-238이고 핵분열이 가능한 우라늄-235는 천연 우라늄 속에 0.7% 정도만 포함되어 있다. 이 상태로는 우라늄-235의 비율이 낮아 핵분열을 유도할 수 없기 때문에 우라늄-235의 비율을 3% 이상으로 높여야 하고, 이 과정을 우라늄 농축이라고 한다. 우라늄-235의 비율을 3~5%로 높여 원기둥 모양의 연료봉으로 만든 후 이를 다발로 묶어서 핵연료봉을 만든다. 이렇게 만들어진 핵연료를 원자로에 넣고 중성자를 충돌시켜 핵분열을 유도하는 것이다. 원자로에 넣은 핵연료의 우라늄-235의 비율이 낮아져서 반응력이 떨어지면 원자로에서 꺼내는데, 이를 사용 후 핵연료 라고 한다. 사용 후 핵연료에는 핵분열이 일어나지 않은 우라늄-235가 남아 있고, 우라늄-238, 우라늄-238이 중성자와 반응하여 만들어진 물질인 플루토늄-239, 그리고 이 외에도 핵분열 과정에서 생성된 핵물질들이 포함되어 있다. 이중 우라늄-235와 플루토늄-239는 핵분열을 일으킬 수 있는 물질이므로 사용 후 핵연료에서 추출한 후 원자력 발전의 연료로 재사용할 수 있는데, 이 분리 공정을 핵 재처리라고 한다.

현재 사용하고 있는 대표적인 핵 재처리 방식으로 사용 후 핵연료를 액체 상태로 만든 뒤에 우라늄-235와 플루토늄-239를 추출하는 퓨렉스 공법이 있다. 퓨렉스 공법은 먼저 사용 후 핵연료를 해체한 후 연료봉을 작게 절단한다. 다음으로는 절단한 연료봉을 90℃ 정도의 질산 용액에 담가 녹인다. 이후 질산에 녹인 핵연료를 유기 용매인 TBP 용액과 접촉시키면 우라늄-235와 플루토늄-239는 TBP 용액에 달라붙고 나머지 핵물질들은 질산 용액에 남는다. 이후 산화 및 환원 반응을 통해 우라늄-235와 플루토늄-239를 상호분리하게 된다. 퓨렉스 공법은 공정을 반복할 때마다 더 많은 양과 높은 순도의 우라늄-235와 플루토늄-239를 얻을 수 있다. 우라늄-235는 기존의 원자로에 넣어서 원자력 발전이 가능하지만 플루토늄-239는 고속 증식로*에서만 사용이 가능한데, 고속 증식로는 안정성이 부족하여 폭발의 위험성이 크기 때문에 아직 실용화되지 못하고 있다. 그리고 플루토늄-239는 핵무기의 원료로 사용되기 때문에 국제적으로도 민감한 문제가 될 수 있다.

이러한 문제를 해결하기 위해 개발 중인 핵 재처리 방식으로 파이로프로세싱 공법이 있다. 파이로프로세싱은 핵분열 물질을 추출하기 위해 용액이 아닌 전기를 활용한다. 먼저 사용 후 핵연료를 해체하고 연료봉을 절단한 후, 절단한 연료봉을 600℃ 이상의 고온에서 산화 우라늄 형태의 분말로 만든다. 이를 전기 분해하여 산소를 없애면 금속 물질로 변환되는데, 여기에는 우라늄-235와 플루토늄-239, 기타 다양한 핵물질이 포함되어 있다. 이 금속 물질을 용융염에 넣고 온도를 500℃까지 올려 용해시킨다. 여기에 전극을 연결하고 일정 전압 이하의 전기를 흘려 주는데, 우라늄-235는 다른 물질에 비해 낮은 전압에서도 쉽게 음극으로 움직이므로 음극에는 우라늄-235만 달라붙는다. 여기에서 우라늄-235를 일부 회수할 수 있다. 이후 전압을 올리면 남아 있던 우라늄-235와 플루토늄-239, 다른 핵

물질들이 음극으로 와서 달라붙게 된다. 파이로프로세싱은 플루토늄-239가 다른 핵물질들과 섞인 채로 추출되기 때문에 퓨렉스 공법에서 발생할 수 있는 폭발의 위험성을 상대적으로 줄일 수 있다.

* 고속 증식로: 고속 중성자에 의한 핵분열의 연쇄 반응을 이용하여, 소비한 연료 이상의 핵분열 물질과 에너지를 만드는 원자로.

01 다음은 원자력 발전의 과정을 정리한 것이다. ㉠, ㉡에 들어갈 내용을 기술하시오.

(㉠)		핵연료봉 제작		핵분열 유도		에너지 생성
우라늄-235의 비율을 3~5%로 높이기	⇒	원기둥 모양의 연료봉을 만든 후 다발로 묶기	⇒	핵연료를 원자로에 넣고 (㉡)	⇒	핵분열 연쇄 반응

02 다음은 핵 재처리 공법의 차이를 정리한 것이다. ㉠ ~ ㉢에 들어갈 말을 쓰시오.

공법	핵물질 추출	결과	특성
퓨렉스 공법	(㉡) 활용	많은 양과 높은 순도의 우라늄-235와 플루토늄-239을 추출	- (㉢) 원료로 사용 가능성 - 폭발의 위험성
(㉠) 공법	전기 활용	우라늄-235과 플루토늄-239가 다른 핵물질들과 섞인 채로 추출	폭발의 위험성 줄임

PART 1 국어

PART 2 수학

PART 3 기출문제

PART 4 해답

[03] 다음 글을 읽고 물음에 답하시오.

행정청이 상대방에게 법을 집행하는 것을 처분이라 하고 처분은 법적 효과에 따라 두 가지로 구분한다. 세금 부과처럼 처분의 상대방이 가진 이익을 침해하는 것은 침익적 처분이라 한다. 반면에 영업 허가처럼 처분의 상대방에게 이익을 부여하거나, 처벌 기간을 줄여서 처분의 상대방이 입을 불이익을 줄여 주는 것을 수익적 처분이라 한다. 그런데 처분이 어떤 사유로 인하여 무효이거나, 취소 또는 철회가 된다면 처분의 효력은 소멸된다.

처분이 적합한 요건을 갖추지 못하여 흠이 있는 상태를 하자라고 하며, 하자의 판단은 처분을 내린 시점을 기준으로 이루어진다. 그래서 처분을 내린 뒤에 근거가 되는 법령의 내용이 바뀌었더라도 처분 당시의 법령을 따랐다면 그 처분은 적법하다. 무효란 처분 당시에 중대한 하자가 있어서 그 처분은 처음부터 효력이 없는 것을 말한다. 가령 처분 당시 근거가 되는 법률이 위헌이었거나, 권한이 없는 행정청이 처분을 했거나, 행정청의 서명 날인이 없는 경우, 처분의 상대방이 사망을 한 경우 행정법에서는 이들을 중대한 하자로 본다.

반면에 행정청의 착오로 세금의 액수를 법령의 내용과 다르게 거둔 경우나, 행정청이 영업 정지 처분을 하기 전에 처분의 상대방으로 하여금 반박할 수 있는 기회를 주는 청문 절차를 거치지 않은 경우 등을 행정법에서는 중대한 하자까지는 아니라고 보고 취소의 사유로 정해 놓았다. 이러한 처분은 분명 하자는 있지만 일단 처분을 내린 시점부터 처분의 효력은 발생한다. 그리고 나중에 하자를 이유로 행정청이나 법원이 처분을 취소해야 처분의 효력은 소멸된다.

행정청이 자신이 내린 처분에 대해 스스로 취소하는 것을 직권 취소라 한다. 침익적 처분에 대한 직권 취소는 처분의 상대방에 대한 권리를 보호하는 것이므로 별도의 법적인 근거가 없더라도 가능하며, 취소하면 그 처분은 처음부터 없었던 것처럼 된다. 다만 수익적 처분을 취소한다는 것은 처분의 상대방에게 손해를 입히는 것이므로 '상당성의 원칙'에 따른다. 즉 적법한 행정으로 얻는 공익과 취소에 의해 상대방이 입게 될 손해를 비교하여, 공익이 더 크다면 취소할 수 있다. 그리고 이 경우는 취소가 결정된 이후부터 효력이 소멸된다. 단 처분의 상대방이 사실을 은폐했기 때문에 행정 기관이 하자 있는 처분을 내린 경우라면, 상대방은 위법한 처분이 취소될 수 있음을 알고 있었을 것이므로 행정청은 이러한 위법한 처분으로 얻는 상대방의 이익을 고려하지 않고 직권 취소할 수 있다.

직권 취소가 이루어지지 않으면, 처분의 상대방은 법원을 통한 재판으로 자신의 이익이 침해당한 것을 구제받아야 하는데 이를 쟁송 취소라 한다. 쟁송 취소는 처분의 상대방이 잃은 권리를 회복시키는 것이 목적이므로 원고가 승소하면 법원에 의해 그 처분은 취소되어 처음부터 없었던 것처럼 된다. 그래서 쟁송 취소의 대부분은 침익적 처분의 효력을 소멸시킬 목적으로 이루어 진다.

철회란 처분 당시에는 적법했지만 이후 발생한 새로운 사정에 의해서 집행했던 행정청이 그 처분을 소멸시키는 행위이다. 철회가 결정되면 결정된 이후부터 효력이 소멸된다. 이때 침익적 처분의 철회는 쉽게 가능하지만, 수익적 처분의 철회는 상당성의 원칙에 따른다.

하자가 있는 처분일지라도 적법한 처분인 것으로 만들 수 있다. 사후 보완을 통해 처분의 취소 사유를 없애는 것을 하자의 치유라 한다. 하자가 치유되면 그 처분은 처음부터 적법했던 것으로 다루어진다. 무효인 처분은 치유될 수 없으며, 사후 보완의 기한은 쟁송 취소를 제기하기 전까지이다. 한편 무효인 처분을 적법한 다른 처분으로 변경시키는 것을 하자의 전환이라 한다. 가령 사망한 자에 대한 영업 허가 처분은 무효이지만 이를 가족 중 다른 사람이 영업할 수 있게 처분의 상대방을 변경하는 경우가 이에 해당한다.

03 윗글의 내용을 토대로 할 때, ㉠, ㉡에 들어갈 말을 쓰시오.

> **[사례 1]** 자영업자 A는 자신의 소득을 속이고 보조금을 받았다. A가 사실을 은폐했기 때문에 행정청이 잘못된 처분을 내린 것이다. 행정청은 해당 처분으로 얻은 상대방의 이익을 고려하지 않고 (㉠)을/를 할 수 있다.

> **[사례 2]** 행정청은 식당의 환기 시설을 보완하라는 처분을 이행하지 않은 음식점주 B에게 영업 정지 처분을 내렸다. 이에 대해 B는 영업 정지 처분에 대한 청문 절차를 거치지 않았으므로 영업 정지 처분에 (㉡) 이/가 있다고 판단하여 법원에 소송을 제기하였다.

[04~05] 다음 글을 읽고 물음에 답하시오.

> "아무것도 안 보이는데, 길을 지키려구 초소를 지었을 리는 없구."
>
> 역시 문 상병은 고개를 흔들었다.
>
> "그리고 보니까, R의 임무는 뭐야? 도대체 모두 철수해 버린 보급 대대 앞 노상을 지킬 무슨 이점이라두 있니?"
>
> "탑이 있거든."
>
> "탑이라니……."
>
> "그전엔 여기 사원(寺院)이 있었어. 무너진 사원을 불도저루 밀어낼 때 주민들의 반대루 탑만 남겨 놓았거든. 월남인들의 감정에 큰 영향을 준다는 이유로 부대 진주 초기부터 지켜 왔던 거야. 우리는 저 탑을 적이 옮겨가지 못하도록 무사히 보존했다가 정부군에게 물려주는 거지. 저 따위를 지켜야 된다구 생각해 낸 자들은 바보야. 전략적 가치와 정치적 가치가 어떻다느니 하지만, 이놈의 전쟁은 시작부터가 전략적이라 그 말이지."
>
> 장난감과 같은 작은 탑을 지켜야 하는 일이란 걸 알았을 때, 나는 지프에 실려 이곳으로 오면서 느꼈던 공포감마저도 억울하다는 생각이 들었다. 실로, 그것은 탑이라는 거창한 말을 붙이기엔 너무나도 초라한 물건이었다. 초소와 숲 사이의 마당에 사람 두 키 정도의 높이로 세워져 있는 보잘것없는 돌덩이에 지나지 않았다.
>
> 돌은 조잡한 솜씨로 여섯 모 비슷하게 다듬어졌고, 중간중간에 희미하게 지워진 문자가 새겨져 있었다. 그러나 자세히 윗부분을 관찰하면서 나는 차츰 그렇게까지 초라한 것은 아님을 깨닫게 되었다. 탑의 위층부터 춤추는 듯한 사람들의 옷자락에 둘러싸인 부처의 좌상이 부조(浮彫)되어 있었는데, 그 꼭대기 부분만은 진짜인 듯했고, 나머지 부분은 나중에 보수한 것 같았다. 부녀들의 옷자락과 긴 띠와 손가락들의 윤곽은 아주 섬세했으며, 부처님의 거의 희미해진 조상은 그래서 더욱 신비로워 보였다. 짐작건대는 이것이 지방민의 사랑과 애착의 대상이리라는 것이었다.

PART 1 국어

PART 2 수학

PART 3 기출문제

PART 4 해설

[중략 줄거리] '나'는 비롯한 적군의 공격을 막아내고 많은 희생을 감수하며 탑을 지킨다. 그러던 어느 날 미군이 도착하여 불도저로 탑을 밀어 버리려 한다.

불도저는 드디어 초소 뒤의 빈터를 향하여 굴러왔다. 우리는 담배를 내던지고 벌떡 일어섰다. 선임 조장이 불도저 앞으로 달려갔다. 그는 자동소총을 운전사에게로 겨누었다.

"꺼져 이 새끼."

"갈겨 버려."

미군 중사는 발동을 끄고 어처구니없다는 듯이 우리를 두리번거리고 나서 두 손을 벌리며 어깨를 으쓱했다. 내가 어리둥절해 있는 장교에게 다가가서 말을 걸었다.

"뭐 하는 겁니까?"

장교가 얼굴이 새빨개져서 말했다.

"바나나숲을 밀어내겠어. 캠프와 토치카를 지을 걸세. 저 해병이 막는 이유가 뭔지 모르겠네."

"우리는 ㉠ 작전 명령 에 따라서 저 탑을 지켰습니다."

나는 초라하게 서 있는 작은 석탑을 가리켰다. 중위가 고개를 저었다.

"탑이라구? 나는 저런 물건에 관해서 명령받은 일이 없는데."

"아직 통고되지 않았을 겁니다. 아군은 월남군에게 탑을 인계하기로 되어 있었습니다. 인민해방전선은 저것을 빼앗아 옮겨가기로 했습니다."

나는 얘기하고 싶지 않았으나, 불교와 주민들의 관계, 참모들의 심리적인 판단이며 마을에 관해서 설명하려고 애썼다. 그렇지만 말하고 나자마자 우리는 깨끗이 속아 왔다는 것을 알았다. 그게 누구의 것인가. 내 말이 다 끝나기 전에 불교라는 낱말이 나오자 이 단순한 서양친구는 으흥, 하면서 고개를 끄덕였다. 중위가 말했다.

"그런 골치 아픈 것은 없애 버려야지. 미합중국 군대는 언제 어디서나 변화시키고 새롭게 할 수가 있네. 세계의 도처에서 말이지."

나는 우리가 탑과 맺게 된 더럽고 끈끈한 관계에 대해서 달리 설명할 방도가 없음을 깨달았다. 장교는 자기가 가장 실질적이며 합리적인 강대국 아메리카인의 전형임을 내세우고, 탑에 대한 견해도 그런 바탕에서 출발한 것이다. 한 무더기의 작은 돌덩어리가 무슨 피를 흘려 지킬 가치가 있었겠는가. 나는 안다. 우리가 싸워 지켜 낸 것은 겨우 우리들 자신의 개같은 목숨에 지나지 않는다는 것을. 그러나 나는 역겨움을 꾹 참고 말했다.

"중지시켜 주십시오."

중위는 내게 한쪽 눈을 찡긋 감아 보이면서 고개를 끄덕였다. 그는 기계 앞으로 걸어가서 중사에게 뭔가 일렀다. 배불뚝이 미군 중사는 불도저 위에서 뛰어내리며 투덜거렸다.

"노란 놈들은 이해할 수 없단 말야."

중위가 비워 둔 2.5톤을 가리키며 여단본부까지 태워다 주겠다고 말했다. 우리는 전사자의 시체와 장비를 싣고 R를 떠났다. 차가 바나나숲을 채 돌아가지 못해서, 나는 불도저의 굵직하게 가동하는 엔진 소리를 들었다. 불도저는 빈터의 가운데로 돌격했고, 떠받친 탑이 기우뚱했다가 무너져 자취를 감추었다. 탑의 그림자마저 짓이겨졌을 것이다. 달리는 트럭이 일으켜 놓는 먼지가 시야를 차단했다.

– 황석영, 「탑」

04 ㉮ 작전 명령 의 구체적인 내용을 윗글에서 찾아 쓰시오.

〈유의 사항〉

– 하나의 완전한 문장으로 쓸 것.

05 다음은 '탑'에 대한 주인공 '나'의 인식의 변화 과정을 그리고 있다. ㉠, ㉡에 들어갈 말을 찾아 쓰시오.

> '나'는 '처음에는 보잘것없는 돌덩이'로 인식했지만, 탑을 직접 보고 나서는 (㉠)임을 알게 되었다. 하지만 자신이 목숨을 바쳐 지킨 탑이 미군들에게는 (㉡)에 지나지 않는다는 것을 알고 좌절하게 된다.

수학

▶ 해답 p.360

06 실수 a와 b가 $a\log_3 8 = b\log_3 \dfrac{1}{5} = 1$을 만족시킬 때, $3^{\frac{1}{a} - \frac{3}{b}} + {}^{3a}\!\sqrt{3^{10}}$의 값을 구하는 과정을 논술하시오.

07 함수 $y = \log_2 x$의 그래프 위의 두 점 A와 B, 그리고 원점 O를 꼭짓점으로 하는 삼각형 AOB의 $\angle AOB$가 직각이고 점 A의 y좌표가 2일 때, 직각삼각형 AOB의 넓이를 구하는 과정을 논술하시오.

08 방정식

$$\frac{\sqrt{2}}{2}\cos\left(\frac{\pi}{2}+x\right)+\cos^2 x-2\cos\left(\frac{\pi}{2}-x\right)$$

$=1+\sqrt{2}$의 모든 해 x를 구하는 과정을 논술하시오. (단, $0\le x\le 2\pi$)

09 등차수열 $\{a_n\}$의 첫째항부터 제n항까지의 합을 S_n이라 하자. $a_3=14$, $S_5=S_7$일 때, S_n의 최댓값을 구하는 과정을 논술하시오.

10 다항함수 $f(x)$가 두 조건

$$\lim_{x \to \infty} \frac{f(x) - x^2}{x - 1} = 2, \quad \lim_{x \to 1} \frac{f(x) - 2}{x - 1} = a$$

를 만족시킬 때, 상수 a의 값을 구하는 과정을 논술하시오.

11 다항함수 $y = f(x)$의 $x = 1$에서의 접선의 방정식이 $y = 3x - 1$일 때, 함수 $y = \{f(x)\}^2 - 2f(x)$의 $x = 1$에서의 접선의 방정식을 구하는 과정을 논술하시오.

12 그림과 같이 반지름의 길이가 3인 구에 내접하는 원뿔 중에 그 부피가 최대가 되도록 하는 원뿔의 높이를 구하는 과정을 논술하시오.

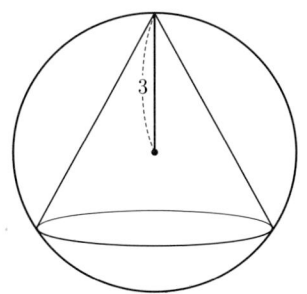

13 다항함수 $f(x)$가 다음 두 조건을 만족시킨다.

(가) 곡선 $y=f(x)$ 위의 임의의 점 $(x, f(x))$ 에서의 접선의 기울기가 x^2-kx이다.

(나) 함수 $f(x)$의 극댓값과 극솟값의 차이가 $\dfrac{4}{3}$ 이다.

이때 $\displaystyle\int_{-k}^{k} (x^2-kx)\,dx$를 구하는 과정을 논술하시오. (단, k는 양의 상수)

PART 1
국어

PART 2
수학

PART 3
기출문제

PART 4
해답

14 다항함수 $f(x)$가 모든 실수 x에 대하여

$$(x^2+1)f(x)=(x^2+1)^2+2\int_0^x tf(t)dt$$

를 만족시킬 때, $f(x)$를 구하는 과정을 논술하시오.

15 자연수 $n=2,\ 3,\ 4,\ \cdots$에 대하여 두 곡선 $y=x-x^2$과 $y=\dfrac{x}{n}-\left(\dfrac{x}{n}\right)^2$으로 둘러싸인 부분의 넓이를 S_n이라 할 때, $S_n=\dfrac{5}{54}$인 자연수 n의 값을 구하는 과정을 논술하시오.

2024학년도
수원대
논술 모의고사

국어

수학

2024학년도 모의고사

국어

▶ 해답 p.364

[01~02] 다음 글을 읽고 물음에 답하시오.

우리가 일상생활에서 흔히 사용하는 저울은 어떠한 원리로 작동하여 물체의 무게를 측정하는 것일까? 양팔저울과 대저울은 지레의 원리를 응용한다. 양팔저울은 지렛대의 중앙을 받침점으로 하고 양쪽의 똑같은 위치에 접시를 매달거나 올려놓은 것이다. 한쪽 접시에는 측정하고자 하는 물체를, 다른 한쪽에는 추를 올려놓아 지렛대가 수평을 이루었을 때의 추의 부재가 바로 물체의 무게가 되는 것이다. 그러나 양팔저울은 지나치게 무겁거나 부피가 큰 물체의 무게를 측정하기에는 한계가 있었다. 이런 점을 보완한 저울이 바로 대저울이다. 대저울은 받침점에 가까운 곳에 측정하고자 하는 물체를 걸고 반대쪽에는 작은 추를 걸어 움직여서 지렛대가 평형을 이루는 지점을 찾는 방법으로 물체의 무게를 측정한다. '물체의 무게×받침점과 물체 사이의 거리=추의 무게×받침점과 추 사이의 거리'이므로 받침점으로부터 평형을 이루는 지점을 알면 지레의 원리를 이용하여 물체의 무게를 간단히 계산할 수 있다.

전자저울은 스트레인을 감지하는 장치인 스트레인 게이지가 부착된 무게 측정 소자를 작동 원리로 한다. 무게 측정 소자는 금속 탄성체로 되어 있는데, 전자저울에 물체를 올려놓으면 이 금속 탄성체에는 스트레스에 따라 스트레인이 발생한다. 여기서 스트레스란 단위 면적에 작용하는 힘을 가리키는 것으로 압력과 동일하며, 스트레인이란 스트레스에 의한 길이의 변화량을 가리키는 것으로 길이의 변화량을 변화가 일어나기 전의 길이로 나눈 값이다. 스트레스에 따라 금속 탄성체에는 인장 변형이 일어나고 스트레인 게이지에서는 스트레인에 따른 저항 변화가 일어난다. 스트레인은 스트레스의 크기에 비례하고 전기 저항은 그 스트레인에 비례하기 때문이다. 통상적으로 스트레인 게이지에서의 저항 변화는 매우 작기 때문에 증폭 회로를 통해 약 100~200배를 증폭시키고 전기 신호로 전환한 다음, 디지털 신호로 바꾸면 전자저울의 지시계에 물체의 무게가 나타나게 된다. 전자저울에서 금속 탄성체는 가해진 스트레스에 대해 일정한 스트레인을 발생시켜야 하는 매우 중요한 부품으로, 시간에 따라 특성이 변하지 않아야 하고 탄성의 한계점이 높아야 한다. 전자저울에 너무 스트레스가 가해지면 금속 탄성체가 다시 원래대로 복귀하지 않는 소성변형이 일어난다.

스트레인이 생겨나지 않을 정도로 작은 물질의 무게는 어떻게 측정해야 할까? 과학 분야에서는 세포막이나 DNA 등의 무게를 측정하기 위해 초정밀 미량저울을 사용한다. 초정밀 미량저울은 압전 효과가 일어나는 수정 진동자 센서를 통해 무게를 측정하도록 설계되어 있다. 압전 효과란 1차 압전 효과와 2차 압전 효과에 의해 전기적 에너지와 기계적 에너지가 상호 변환되는 특이한 현상이다. 1차 압전 효과란 결정 구조를 가지는 재료인 결정성 재료에 기계적 압력을 가하면 그 압력에 비례하여 결정성 재료의 결정면 사이에 전압이 발생되는 것을 가리키며, 2차 압전 효과란 결정성 재료의 결정면 사이에 전압을 걸어 주면 결정성 재료에 변형이 생기는 것을 가리킨다. 수정은 절단된 각도와 두께에 따라 고유 주파수가 달라지는 재료로, 압전 효과가 일어나는 대표적인 결정성 재료이다. 고유 주파수는 물체가 갖는 고유의 진동 주파수이다. 초정밀 미량 저울에 사용되는 수정 진동자 센서는 전극 사이에 일정한 두께와 방향으로 잘린 수정 결정판을 넣고 특정한 주파수 값을 갖는 전압을 가하면 수정의 고유 주파수에서 공진이 발생하도록 되어 있다. 공진 주파수는 질량 변화에 민감하여 수정 진동자 센서를 사용하는 초정밀 미량 저울 위에 물질을 흡착시키면 흡착되는 물질의 무게에 비례하여 공진 주파수 감소가 일어난다. 물질의 흡착과 탈착에 의한 공진 주파수 변화량을 통해 물질의 무게를 확인할 수 있다.

01 다음은 저울의 종류와 측정 원리를 정리한 것이다. ㉠~㉢에 들어갈 말을 쓰시오.

종류	측정 원리
양팔저울	지렛대의 중앙을 (㉠)(으)로 하여 지렛대가 평형을 이루었을 때의 추의 무게를 통해 측정함.
대저울	지렛대의 받침점에 가까운 곳에 물체를 걸고 반대쪽에는 추를 걸어서 평형을 이루는 지점을 찾는 방법으로 측정함.
전자저울	스트레인 게이지가 부착된 (㉡)을/를 이용하여 측정함.
초정밀 미량저울	(㉢)이/가 일어나는 수정 진동자 센서를 활용하여 측정함.

02 다음은 물체의 무게를 재다가 발생한 문제 상황과 대책을 정리한 것이다. ㉠~㉡에 들어갈 말을 쓰시오.

상황	문제점 발생	대책
양팔저울로 무게를 측정하고 있다.	측정할 물체가 (㉠)	대저울을 사용한다.
전자저울로 무게를 측정하고 있다.	측정할 물질이 (㉡)	초정밀 미량저울을 사용한다.

〈유의사항〉

– 각각 15자(±3자)로 쓸 것(공백 제외).

[03~04] 다음 글을 읽고 물음에 답하시오.

여승(女僧)은 합장(合掌) 하고 절을 했다
가지취*의 내음새가 났다
쓸쓸한 낯이 옛날같이 늙었다
나는 불경(佛經)처럼 서러워졌다

평안도의 어느 산 깊은 금점판*
나는 파리한 여인에게서 옥수수를 샀다
여인은 나어린 딸아이를 때리며 가을밤같이 차게 울었다

섶벌*같이 나아간 지아비 기다려 십 년이 갔다
지아비는 돌아오지 않고
어린딸은 도라지꽃이 좋아 돌무덤으로 갔다

산(山)꿩도 섧게 울은 슬픈 날이 있었다
산(山)절의 마당귀에 여인의 머리오리*가 눈물방울과 같이 떨어진 날이 있었다

— 백석, 「여승」

*가지취: 산지의 맑은 숲속에서 자라는 참취나물

*금점(金店)판: 예전에, 주로 수공업적 방식으로 작업하던 금광의 일터

*섶벌: 나무섶체 집을 틀고 항상 나가서 다니는 벌

*머리오리: 낱낱의 머리털

03 윗글의 시구와 이에 대한 감상을 정리한 것이다. ⊙~ⓒ에 해당하는 시구를 찾아 쓰시오.

시구		감상
⊙_____	⇨	후각적 심상을 구사하여 '여승'이 속세와 단절된 삶을 살고 있음을 표현하고 있어요.
가을밤같이 차게 울었다.	⇨	소리를 온도에 대한 감각으로 표현하여 '여인'이 느낀 서러움을 인상적으로 드러내고 있어요.
ⓒ_____	⇨	'딸'의 죽음을 에둘러 표현함으로써 감정의 직접적 표출을 절제하면서도 슬픔을 심화시키고 있어요.
ⓒ_____	⇨	'여인'이 출가의 과정에서 느꼈을 심리적 고통을 자연물에 투영하여 드러내고 있어요.

04 〈보기〉를 참고로 하여, 다음 물음에 답하시오.

〈보기〉

선생님: 이 작품은 가족과 이별하고 여승이 된 한 여인의 기구한 운명을 통해 일제 강점기에 민중이 겪은 고난을 다룬 시입니다. 이 시를 읽고 나면 마치 짧은 영화 한 편을 본 것같은 느낌을 받게 되지요? 그건 이 작품이 시간의 흐름과 관련있는 시상 전개 방식을 택하고 있기 때문일 거예요. 즉 주인공 격인 여인의 고단한 삶의 내력이 ⊙( )연 → ( )연 → ( )연 → ( )연의 순서대로 전개되고 있는 것이죠. 또한 ⓒ연결어를 사용하여 서로 다른 두 대상을 비교하는 비유적 표현을 활발하게 사용하여 감동을 증폭시키고 있어요.

〈유의사항〉

– ⊙의 ( )에 해당하는 연의 숫자를 순서대로 쓸 것.

– ⓒ에 해당하는 표현을 3개 이상 쓰되, 반드시 연결어를 포함할 것.

수학

▶ 해답 p.365

05 부등식

$\log_2(x+2) + \log_{\frac{1}{4}}(2x+5) < \frac{1}{2}$을 만족시키는 정수 x의 개수를 구하는 과정을 논술하시오.

06 (단답형 문제) 아래는 수열 $\{a_n\}$이 $a_1 = \sqrt{2} - 1$이고, 모든 자연수 n에 대하여 $a_{n+1} - \sqrt{2}a_n + (1-\sqrt{2})n + 1 = 0$일 때, a_{16}의 값을 구하는 과정이다. 빈칸 ① , ② , ③ , ④ 를 알맞게 채우시오.

> 주어진 식 $a_{n+1} - \sqrt{2}a_n + (1-\sqrt{2})n + 1 = 0$ 을 정리하면, $a_{n+1} + (n+1) = $ ① 으로 쓸 수 있다. 그러므로 수열 $\{a_n + n\}$ 은 공비가 ② 인 등비수열임을 알 수 있다. 일반항을 구하면 $a_n + n = $ ③ 이다. 따라서 $a_{16} + 16 = $ ④ 이고, $a_{16} = $ ④ -16이다.

07 상수 a에 대하여 극한

$$\lim_{x \to -2} \frac{\sqrt{a-2x}-3}{x^2-(a-2)x-2a}$$ 이 존재할 때,

극한값을 구하는 과정을 논술하시오.

08 다항함수 $f(x)$에 대하여

$f'(x)=3x^2-12x$이고 $f(0)=0$일 때,

곡선 $y=f(x)$와 x축으로 둘러싸인 부분의

넓이를 구하는 과정을 논술하시오.

2023학년도
수원대
논술 기출문제

국어

수학

국어

▶ 해답 p.367

[01~02] 다음 글을 읽고 물음에 답하시오.

작품을 전시회에 출품하는 게 아니라 잡지에 기고하는 화가들이 있다. '개념 미술가'라 불리는 이들이 그들이다. '개념 미술'이라는 말을 처음 사용한 사람은 헨리 플린트인데, 그는 개념 미술이 언어와 아주 밀접한 관계가 있다는 점을 들어 개념 미술을 언어를 재료로 하는 미술 형식이라고 말하였다. 이와 같이 개념 미술에서는 작품이 지닌 물질성이 중요하지 않다.

예술의 물질성에 대해 견해를 밝힌 사람들 가운데 헤겔의 견해에 따르면, 예술은 필연적으로 물질성에서 정신성으로 이행한다. 고대 오리엔트의 예술을 대표한 것은 피라미드나 스핑크스와 같은 거대한 건축물이나 기념비였다. 이때 정신은 아직 육중한 물질에 눌려 있었다. 이어서 등장한 그리스 예술에서 주도적 역할을 맡은 장르는 조각이었다. 헤겔은 예술의 본질이 정신적 이념을 감각적 물질로 구현하는 데 있다고 주장했다. 이 때문에 그는 정신과 물질이 어느 쪽에도 치우치지 않고 적절히 조화를 이룬 그리스 조각에서 예술이 정점에 도달했다고 보았다.

이후 정신은 더 성장하여 서서히 물질을 압도하기 시작한다. 르네상스 예술을 주도한 장르는 회화였다. 회화는 개별 사물이나 표상에서 공통된 속성이나 관계를 뽑아내는 정신적 과정을 통해 현실의 한 차원을 접어 3차원의 공간을 2차원의 평면으로 환원시킨다는 점에서 조각보다 더 정신적이다. 또한 회화의 재료인 물감 역시 조각에 사용되는 육중한 돌에 비해 물질성이 한결 약하다. 17세기에는 음악이 예술을 주도하는 역할을 이어받게 된다. 음악의 재료인 소리에는 거의 물질성이 없다. 19세기 이후의 주도적 장르는 시였다. 이제 예술은 마침내 물질성을 완전히 벗고 학문과 똑같은 재료, 즉 개념을 사용하게 된다. 다 자란 정신에게 예술의 물질성은 그저 거추장스러운 옷일 뿐이다. 이 지점에서 헤겔은 예술의 종언을 선언한다. 절대정신이 물질적 매체를 통해 표현되는 시대는 지났다는 것이다.

본격적인 의미에서 최초의 개념 미술가는 멜 보크너였다. 1966년 그는 동료 작가들의 드로잉과 작업 구상을 담은 종이를 여러 번 복사하여 네 권의 파일 노트에 끼워 조각의 받침대 위에 올려놓았다. 거기에는 솔 르윗과 댄 플래빈의 작업 스케치, 그들의 작품에 대한 자세한 설명을 담은 송장, 존 케이지가 작곡한 악보가 포함되어 있었다. 파일의 첫 장은 화랑의 도면, 마지막 장은 복사기의 조립 도면이었다. 이 전시회를 찾은 관객들은 작품을 보는 게 아니라 파일을 넘겨 가며 읽어야 했다. 이렇게 작업 구상을 담은 종이, 작업 스케치, 작품에 대한 설명을 담은 송장 등이 예술이 될 때, 미술은 문학에 가까워진다.

〈그림〉 멜 보크너, 「어쩌구 저쩌구」(2008)

솔 르윗에 따르면 개념 미술에서는 생각이나 관념이 작품의 가장 중요한 측면이 된다. 예술가가 예술에 개념적 형식을 사용한다는 것은 곧 모든 계획과 결정이 미리 만들어지고 실행은 요식 행위가 된다는 것을 의미한다. 실제로 솔 르윗은 그의 작품 '벽 드로잉'의 실행을 고용된 인부들에게 위탁했다. 그는 벽 드로잉을 제작하기 위한 지침을 고용된 인부들에게 주었을 뿐이다. 이렇듯 개념 미술에서는 시각화되지 않은 생각이나 관념도 완성된 산물 못지않은 작품이다.

개념 미술은 일반적으로 네 가지 형식을 선호한다. 첫째는 '레디메이드'로, 이를테면, 마르셀뒤샹의 변기처럼 일상의 사물을 예술로 선언하는 것이다. 둘째는 '개입'으로, 오브제나 이미지를 엉뚱하거나 다른 맥락에 옮겨 놓는 것이다. 예를 들어, 다니엘 뷔랑은 모든 곳을 미술관으로 만들기 위해 줄무늬가 그려진 간판을 등에 짊어지고 파리의 거리를 활보했다. 셋째는 '자료화'이다. 자료화는 작품을 구성할 때에 실제 작품이 모두 기록, 지도, 차트, 그리고 사진 등을 바탕으로 이루어지는 것을 말한다. 위에서 언급한 보크너의 작업 스케치 전시가 여기에 속한다. 넷째는 개념 미술의 가장 보편적 형식으로, '언어'를 사용하는 것이다. 독일의 작가 한네 다르보벤은 숫자와 글자, 낙서를 계열적으로 늘어놓음으로써 회화가 글쓰기라는 관념을 표현했다. 개념 미술은 예술이 구체적으로 실재하는 작품이라는 전통적인 인식에서 벗어나 언어를 비롯한 비물질성을 지닌 생각이나 관념도 예술이 될 수 있다는 예술에 대한 새로운 인식을 가능하게 하였다.

01 다음은 예술의 물질성에 대한 헤겔의 견해를 정리한 것이다. ㉠, ㉡에 들어갈 말을 기술하시오.

시대	예술 작품	물질성
고대 오리엔트	피라미드, 스핑크스	정신이 물질에 눌려 있음
그리스	조각	㉠
르네상스	회화	물질성이 약화됨
17세기	음악	㉡
19세기 이후	시	물질성에서 완전히 벗어남

〈유의 사항〉
– 각각 10자(±3) 내외로 쓸 것(공백 제외).

02 다음은 개념 미술에 대한 화가들의 관점을 정리한 것이다. ㉠~㉢에 들어갈 말을 찾아 쓰시오.

헨리 플린트 : (　㉠　)을/를 재료로 하는 미술 형식이다.
솔 르윗 : (　㉡　)이/가 작품에서 중요하다.
한네 다르보벤 : 회화는 (　㉢　)이다./다.

[03~04] 다음 글을 읽고 물음에 답하시오.

자기 치유 소재란 시간이 지남에 따라 균열이나 부식이 생기는 금속이나 플라스틱, 콘크리트와 같은 재료에 첨가되어 이러한 손상을 스스로 치유할 수 있도록 돕는 물질을 말하는데, 이와 관련된 기술을 자기 치유 기술이라고 한다. 기본 원리는 금속, 플라스틱, 콘크리트와 같은 재료에 강력 접착제와 유사한 복원 물질을 첨가함으로써, 균열이나 부식이 일어날 경우 첨가되었던 복원 물질이 흘러나와 굳어져 균열이나 부식을 메우고 손상된 부분이 저절로 복구되게 하는 것이다.

자기 치유 기술의 적용은 사용 목적과 환경에 따라 달라진다. 복구가 시급한 경우에는 기술의 효과가 신속하게 나타나야 하지만, 비행기 날개나 헬리콥터의 회전 날개인 로터와 같이 장시간 사용하면서 생기는 균열, 즉 피로 파괴에 대응하는 것이 중요한 경우에는 균열이 생길 때마다 내부에서 조금씩 천천히 물질이 새어 나오는 것이 좋다. 사용 환경의 경우, 일상생활에서 사용하는 것이라면 공기를 만났을 때 굳어지는 것으로 충분하지만, 선박의 스크루나 바닥, 잠수함의 외벽에는 물을 만나 굳어지는 복원 물질을 사용하는 것이 좋다. 공기가 아예 없는 밀폐된 환경이나 우주선의 외벽에는 복원 물질과 함께 이를 견고하게 해 주는 화학 물질인 가교제를 추가로 넣어 주어야 한다. 이 외에도 온도에 반응해 가교제의 반응이 일어나도록 하는 방법도 존재한다.

자기 치유 기술에서 사용하는 방법으로는 우선 마이크로캡슐을 사용하는 방법을 들 수 있다. 머리카락 굵기 정도 지름의 작은 초소형 캡슐 속에 복원 물질을 넣은 후, 이 캡슐을 다시 재료 속에 섞어 넣어 여러 가지 제품을 만드는 것이다. 원래의 재료 속에 섞어 넣는 캡슐의 크기나 수를 조정하면 원하는 만큼의 성능을 기대할 수 있다. 이 방법은 캡슐이 일회용이라 동일 부위에 균열이 생기면 두 번째부터는 복구가 어려우며, 이로 인한 경제적 부담이 큰 편이라는 단점이 있다. 하지만 실제로 균열이 그렇게 자주 일어나지는 않는다는 점, 한 번이라도 큰 사고를 막을 수 있으니 그 자체로 쓸모가 크다는 점 등을 감안하면 적지 않은 이점이 존재하며, 주로 단단한 합성수지로 만든 제품의 내구성을 올리는 방법으로 활용된다.

유리 혹은 유사 소재로 만든 미세관이나 속이 빈 섬유에 복원 물질을 주입했다가 충격이나 균열이 생기면 미세관이나 섬유가 파괴되면서 속에 있던 복원 물질이 흘러나오게 만드는 방식인 혈관 모사법도 있다. 이 방법은 미세관이나 섬유를 통해 복원 물질을 지속적으로 공급할 수 있기 때문에 자기 치유 소재의 복원 능력이 장시간 유지된다는 장점이 있으나, 자기 치유 과정에서 마이크로캡슐에 비해 복원 물질이 더 많이 흘러나오는 경향이 있기 때문에 정밀 부품에 사용하기에는 다소 어려움이 존재한다.

전통적으로는 실리콘이나 젤과 같은 물질이 복원 물질로 활용되었지만, 최근에는 세균이나 곰팡이를 자기 치유 기술에 활용하기도 한다. 세균을 활용하는 경우는, 세균을 건조시켜 포자 모양의 껍질 속에서 휴면상태에 들어가게 한 뒤 영양분인 젖산 칼슘과 함께 압축, 건조해 생분 해성 플라스틱으로 만든 캡슐에 넣어 콘크리트에 섞는다. 플라스틱 캡슐은 콘크리트가 굳은 후 서서히 분해되는데, 콘크리트에 균열이 생기면 캡슐 안의 포자 모양 껍질에 들어 있던 휴면 상태의 세균이 공기 중의 수분 및 산소와 결합하면서 활성화된다. 이후 세균은 옆에 있던 젖산 칼슘을 먹고 이를 분해하면서 시멘트 원료인 석회석의 주성분을 이루는 탄산 칼슘을 생성해 자동으로 균열을 메우게 된다. 세균이 들어간 캡슐 대신 곰팡이를 이용하기도 한다. 곰팡이의 포자는 오랜 시간 동안 산소나 물 없이 생존할 수 있는데, 균열이 발생해서 그 틈으로 물과 산소가 공급되면 증식하기 시작한다. 이 과정에서 주변 물질을 흡수한 곰팡이는 탄산 칼슘 구조물을 만들어서 균열을 복원한다. 보통 건축물에 생기는 곰팡이가 건축물 균열 틈새로 성장하며 달라붙어 붕괴를 초래하는 것과는 정반대이다. 생명체의 대사 과정을 이용한다는 점에서는 세균을 이용한 방법과 비슷하다. 균열이 완전히 메워지면 물과 산소의 공급이 중단되기 때문에 곰팡이는 다시 포자 상태로 돌아가 다음 기회를 노린다.

03 다음은 자기 치유 기술 방법의 장단점을 정리한 것이다. ㉠, ㉡에 들어갈 내용을 쓰시오.

종류	장점	단점
마이크로캡슐 사용법	단단한 합성수지로 만든 제품의 (㉠)을/를 올릴 수 있음.	동일 부위 균열 시 경제적 부담이 큼.
혈관 모사법	복원 능력이 장시간 유지됨.	복원 물질이 많이 흘러나와 (㉡)에 사용하기 어려움.

04 다음은 세균을 자기 치유 기술에 활용하는 단계를 정리한 것이다. ㉠, ㉡에 들어갈 내용을 쓰시오.

세균을 건조시켜 포자 모양의 껍질 속에 넣는다.

⇓

(㉠)와/과 함께 압축하고 건조해 콘크리트에 섞는다.

⇓

콘크리트에 균열이 생기면 휴면 상태의 세균이 공기와 결합하면서 활성화된다.

⇓

세균이 젖산 칼슘을 먹고 이를 분해하면서 (㉡)을/를 생성하여 균열을 메우게 된다.

[05~06] 다음 글을 읽고 물음에 답하시오.

(가)

흐느끼며 바라보매
이슬 밝힌 달이
흰 구름 따라 떠간 언저리에
모래 가른 물가에
기랑의 모습이올시 수풀이여.
일오내 자갈 벌에서
낭이 지니시던

[ⓐ] 좇고 있노라.

아아, 잣나무 가지가 높아
눈이라도 덮지 못할 고깔이여.

늣겨곰 ㅂ라매
이슬 ㅂ갼 ㄷ라리
힌 구룸 조초 ㅼ여간 언저레
몰이 가론 ㅁ를서리여히
기랑(耆郎)이 즈싀올시 수프리야.
일오(逸烏)나릿 ㅈ벼긔
낭(郎)이여 디니더시온
ㅁ슨미 ㄱ슬 좇ㄴ라져.
아야 자싯가지 노포
누니 모ㄷ롤 두폴 곳가리여.

– 충담사, 「찬기파랑가」 (김완진 역)

(나)

생사 길은
예 있으매 머뭇거리고,
나는 간다는 말도
못다 이르고 어찌 갑니까.
어느 가을 이른 바람에

[ⓑ],

한 가지에 나고
가는 곳 모르온저.
아아, 미타찰에서 만날 나
도 닦아 기다리겠노라.

생사(生死) 길흔
이에 이샤매 머믓그리고,
나ᄂ 가ᄂ다 말ㅅ도
몯다 니르고 가ᄂ닛고.
어느 ㄱ슬 이른 ㅂ르매
이에 뎌에 ㅼ(러딜 닙ᄀ,
ᄒᄃ 가지라 나고
가논 곧 모ᄃ론뎌.
아야 미타찰(彌陀刹)아 맛보올 나
도(道) 닷가 기드리고다.

– 월명사, 「제망매가」 (김완진 역)

---

05 (가), (나)의 ⓐ, ⓑ에 들어갈 말을 쓰시오.

06 다음의 ㉠, ㉡에 들어갈 시어를 (가)와 (나)에서 각각 찾아 쓰시오.

> 고전 시가에서는 종종 자연물을 활용하여 대상의 이미지나 속성을 드러낸다.
> (가)에서는 (㉠   )을/를 활용하여 대상의 고결한 이미지를 나타내고 있으며,
> (나)에서는 (㉡   )을/를 활용하여 대상의 갑작스러운 죽음을 비유적으로 나타나고 있다.

PART 1 국어

PART 2 수학

PART 3 기출문제

PART 4 해답

▶ 해답 p.368

2023학년도 기출문제

수학

07 1이 아닌 세 양의 실수가 a, b, c가 $\log_a bc = 2$, $2\log_a b - \log_a c = 0$을 만족시킬 때, $\log_b a + \log_c a$의 값을 구하는 과정을 논술하시오.

08 그림과 같이 $\angle A = \dfrac{\pi}{3}$이고 $\overline{AB} = 5$, $\overline{AC} = 8$인 삼각형 ABC의 외접원의 반지름의 길이를 구하는 과정을 논술하시오.

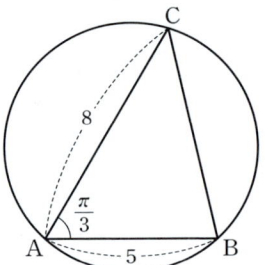

09 등차수열 $\{a_n\}$이 $a_9+a_{19}+a_{29}=12$와 $a_{29}+a_{39}+a_{49}=21$을 만족시킬 때, a_{29}의 값을 구하는 과정을 논술하시오.

10 (단답형 문제) 아래는

$$\lim_{x\to\infty}\frac{(f(x)+x)(f(x)-x^2+2x)}{x^2+2}=3$$

을 만족시키는 다항함수 $f(x)$를 구하는 과정을 논술한 것이다. 빈칸 ① , ② , ③ , ④ 를 알맞게 채우시오.

다항함수 $f(x)$의 차수에 따라 상수함수, 일차함수, 이차함수, … 순으로 생각해본다.

(i) $f(x)=c$ (c는 상수)인 경우, 분자 $(f(x)+x)(f(x)-x^2+2x)$는 ① 이(가) 되어 극한 $\lim\limits_{x\to\infty}\dfrac{①}{2\text{차다항식}}$이 존재하지 않는다.

(ii) $f(x)=ax+b$ (a와 b는 상수)인 경우, 극한이 존재하기 위하여 분자 $(f(x)+x)(f(x)-x^2+2x)$가 ② 이(가) 되려면 $(f(x)+x)$가 상수가 되어야 한다.

그러므로 $a=-1$이다.

$f(x)=-x+b$를

$$\lim_{x\to\infty}\frac{(f(x)+x)(f(x)-x^2+2x)}{x^2+2}=3$$에

대입하여 풀면 $b=$ ③ 이다.

(iii) $f(x)$가 ② 인 경우, 극한이 존재하기 위한 분자 $(f(x)+x)(f(x)-x^2+2x)$가 ② 이(가) 되어야 한다. 그래서 $f(x)-x^2+2x=c$ (c는 상수)이다.

이것을

$$\lim_{x\to\infty}\frac{(f(x)+x)(f(x)-x^2+2x)}{x^2+2}=3$$에

대입하여 풀면 $c=$ ④ 이다.

(iv) $f(x)$의 차수가 3차 이상이면, 극한값이 존재하지 않는다.

그래서 (i)~(iv)에 의하여, 문제의 극한 식을 만족시키는 다항함수 $f(x)$는

$f(x)=-x+$ ③ 과(와)

$f(x)=x^2-2x+$ ④ 이다.

PART 1 국어

PART 2 수학

PART 3 기출문제

PART 4 해답

11 함수 $f(x)=x^3-2x^2+3x-4$에 대하여 극한 $\lim\limits_{t\to\infty}t\left(f\left(1+\dfrac{1}{t}\right)-f\left(1-\dfrac{1}{t}\right)\right)$의 값을 구하는 과정을 논술하시오.

12 함수 $f(x)=x^2-2x+1$의 그래프 위의 점 $(a,\,f(a))\,(0<a<1)$에서의 접선이 x축 및 y축과 만나는 점을 각각 P, Q라 할 때, 삼각형 OPQ의 넓이가 최대가 되도록 하는 a를 구하는 과정을 논술하시오. (단, O는 원점)

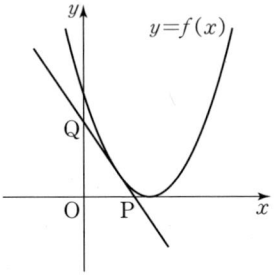

13 수직선 위를 움직이는 점 P의 시각 $t(t \geq 0)$ 에서의 위치 x가 $x = t^3 - 3t^2 - 9t$이다. 점 P의 이동 방향이 바뀌는 순간의 가속도를 구하는 과정을 논술하시오.

14 모든 실수 x에 대하여

$$xf(x) = \int_1^x f(t)\,dt + 2x^3 - 3x^2$$

을 만족시키는 다항함수 $f(x)$를 구하는 과정을 논술하시오.

PART 1 국어

PART 2 수학

PART 3 기출문제

PART 4 해답

15 곡선 $y = x^4 - (6+k)x^3 + 6kx^2$과 x축으로 둘러싸인 두 부분의 넓이가 서로 같을 때, 상수 k의 값을 구하는 과정을 논술하시오.

(단, $k > 6$)

2023학년도

수원대
논술 모의고사

국어

수학

2023학년도 모의고사

국어

▶ 해답 p.371

[01~02] 다음 글을 읽고 물음에 답하시오.

　　고대 이집트인들은 인간이 저승에서 계속 살아가기 위해서는 영혼이 들어가 사용할 육체가 필요하다고 믿었기 때문에 부패하여 없어질 신체의 대용품 역할을 하는 조각상을 만들어 묘지 내부의 방에 세웠다. 그들은 내세에서 영원히 살아갈 이가 노년의 고통을 겪지 않게 하기 위해 청년의 모습으로 조각상을 만들었다. 죽은 이의 사실적인 모습이 아닌 이상적인 인간의 모습을 조각상에 표현하려 한 것이다. 이처럼 만들어낸 미술품이 실제 인물을 대체한다는 생각은 고대 이집트 미술 전반에 깔려 있다.

　　당시 사람들은 조각상이 묘사되는 실제 인물과 똑같이 생겨야 할 필요를 느끼지 못했기 때문에 조각가들은 미리 조각상을 만들어서 보관하였다. 구매자가 조각상 제작을 의뢰하면 조각가는 조각상에 주인의 이름과 칭호를 붙임으로써 조각상이 나타내는 대상을 지정하였다. 당시에는 인간의 이상적인 모습을 드러내기에 가장 적합하다고 여겨지는 비례 규준이 통용되었는데, 당시 조각가들은 이 비례 규준에 따라 조각상을 만들어야 했다. 그들은 〈그림〉과 같은 격자 도안을 고안하여 사용했는데, 여기에서 신체 각 부분의 비율이 정확하게 규정되었다. 정사각형을 축소하거나 확대하면 조각상의 크기는 달라지지만 각 신체 부분은 조각상 내에서 항상 일정한 비례를 갖게 되었다. 인물의 자세 또한 정형적이어서 대부분 서 있거나 앉아 있는 자세였고, 서 있는 자세도 남성들은 걷는 모습, 여성은 발을 나란히 모은 모습인 경우가 대부분이었다. 고대 이집트 조각상의 대다수는 석회암이나 화강암 등의 암석으로 만들어졌다. 목재는 암석보다 가공이 쉬워서 신체 형상을 더 자유롭게 만들 수 있었지만, 이집트에서 목재는 적은 양만 산출되었기 때문에 부유한 이들만이 목재를 사용하여 조각상을 만들 수 있었다.

　　고대 이집트인들은 회화나 부조 역시 조각상처럼 실존 인물의 대체물로 간주하였다. 현대의 회화나 부조에서는 일반적으로 멀리 있는 대상을 가까이 있는 대상보다 작게 그리는 원근법이 사용되지만, 고대 이집트의 회화나 부조에서는 원근법이 사용되지 않았다. 그들은 대상을 사실적이고 아름답게 표현하기보다, 대상의 본질적인 부분을 분명하고 완전하게 드러내기를 원했다. 대상의 본질적인 모습을 잘 담은 미술품이 실제 인물을 완전히 대체할 수 있다고 보았기 때문이다. 그래서 그들은 정면법이라고 부르는 독특한 방법을 사용하였는데, 정면법은 대상을 각각의 부분으로 분해하고 각 부분의 본질적인 인상이 가장 잘 드러나도록 표현한 뒤 새롭게 조합하는 것이다. 따라서 고대 이집트의 회화나 부조는 실제로 있을 수 없는 형태의 신체를 가진 사람이 자주 등장한다. 가변적인 현실과 달리 내세는 불변한다고 보았기 때문에 순간적이고 변덕스러운 모습이 아닌 대상 그 자체를 완전히 드러내는데 중점을 둔 것이다. 이러한 방법은 풍경을 묘사할 때도 그대로 적용되었다. 그들은 연못은 위에서 본 모습으로, 연못 옆의 나무는 옆에서 본 모습으로 그렸다. 고대 이집트인들은 회화나 부조를 만들 때도 격자 도안을 사용했는데, 밑바탕에 격자 도안을 먼저 깔고 인물의 전체 윤곽을 그린 뒤, 각 부분을 정면법에 따라 표현하였다. 이로 인해 인물의 지위와 관계없이 인물들의 모습, 신체의 비례 등이 모두 유사하게 표현되었다. 따라서 그들은 좋은 옷, 장신구 등을 덧붙임으로써 인물의 지위가 높음을 드러내었는데, 이러한 방법은 조각에도 그대로 적용되었다. 예를 들어 왕과 왕족은 왕관이나 머리띠, 두건 등을 사용하여 신분을 표현하였고, 그 외의 백성들은 머리에 아무것도 쓰지 않았다.

　이러한 점들 때문에 어떤 예술 평론가는 ⓐ"고대 이집트인들은 그들이 본 것을 그린 게 아니라, 머릿속으로 알고 있던 것을 그렸다."라고 말하기도 하였다.

01 윗글의 밑줄 친 ⓐ의 예를 설명하려고 할 때, 다음의 ㉠, ㉡에 들어갈 단어를 본문에서 찾아 쓰시오.

> ○ 조각상을 정확한 비례 규준에 따라 만들기 위해 (㉠)을(를) 사용하였다.
> ○ 회화나 부조에서는 대상의 본질적인 모습을 드러내기 위하여 (㉡)를(을) 사용하였다.

02 다음의 핵심어를 모두 사용하여 고대 이집트인들의 미술관을 한 문장으로 표현할 때, ㉢에 들어갈 내용을 기술하시오.

> 핵심어: 미술품, 실제 인물

> 고대 이집트 사람들은 ＿＿＿＿＿＿ ㉢ ＿＿＿＿＿＿ 라고 생각했다.

〈유의사항〉

－ 15자 내외로 기술할 것(공백 제외).

[03~04] 다음 글을 읽고 물음에 답하시오.

그렇다고는 하여도 꼭 한 번의 첫 일을 잊을 수는 없었다. 뒤에도 처음에도 없는 단 한 번의 괴이한 인연. 봉평에 다니기 시작한 젊은 시절의 일이었으나 그것을 생각할 적만은 그도 산 보람을 느꼈다.

"달밤이었으나 어떻게 해서 그렇게 됐는지 지금 생각해두 도무지 알 수 없어."

허 생원은 오늘 밤도 또 그 이야기를 끄집어내려는 것이다. 조 선달은 친구가 된 이래 귀에 못이 박이도록 들어 왔다. 그렇다고 싫증을 낼 수도 없었으나 허 생원은 시침을 떼고 되풀이할 대로는 되풀이하고야 말았다.

"달밤에는 그런 이야기가 격에 맞거든."

[A]
조 선달 편을 바라는 보았으나 물론 미안해서가 아니라 달빛에 감동하여서였다. 이지러는 졌으나 보름을 가제 지난 달은 부드러운 빛을 흐붓이 흘리고 있다. 대화까지는 칠십 리의 밤길, 고개를 둘이나 넘고 개울을 하나 건너고 벌판과 산길을 걸어야 된다. 길은 지금 긴 산허리에 걸려 있다. 밤중을 지난 무렵인지 죽은 듯이 고요한 속에서 짐승 같은 달의 숨소리가 손에 잡힐 듯이 들리며, 콩 포기와 옥수수 잎새가 한층 달에 푸르게 젖었다. 산허리는 온통 메밀밭이어서 피기 시작한 꽃이 소금을 뿌린 듯이 흐붓한 달빛에 숨이 막힐 지경이다. 붉은 대궁* 이 향기같이 애잔하고 나귀들의 걸음도 시원하다. 길이 좁은 까닭에 세 사람은 나귀를 타고 외줄로 늘어섰다. 방울 소리가 시원스럽게 딸랑딸랑 메밀밭께로 흘러간다. 앞장선 허 생원의 이야기 소리는 꽁무니에 선 동이에 게는 확적히* 는 안 들렸으나, 그는 그대로 개운한 제멋에 적적하지는 않았다.

"장 선 꼭 이런 날 밤이었네. 객줏집 토방이란 무더워서 잠이 들어야지. 밤중은 돼서 혼자 일어나 개울가에 목욕하러 나갔지. 봉평은 지금이나 그제나 마찬가지나, 보이는 곳마다 메밀밭이어서 개울가에 어디 없이 하얀 꽃이야. 돌밭에 벗어도 좋을 것을, 달이 너무도 밝은 까닭에 옷을 벗으러 물방앗간으로 들어가지 않았나. 이상한 일도 많지. 거기서 난데없는 성 서방네 처녀와 마주쳤단 말이네. 봉평서야 제일가는 일색이었지."

"팔자에 있었나 부지."

아무렴 하고 응답하면서 말머리를 아끼는 듯이 한참이나 담배를 빨 뿐이었다. 구수한 자줏빛 연기가 밤기운 속에 흘러서는 녹았다.

"날 기다린 것은 아니었으나 그렇다고 달리 기다리는 놈팽이가 있는 것두 아니었네. 처녀는 울고 있단 말야. 짐작은 대고 있었으나 성 서방네는 한창 어려워서 들고날 판인 때였지. 한집안 일이니 딸에겐들 걱정이 없을 리 있겠나. 좋은 데만 있으면 시집도 보내련만 시집은 죽어도 싫다지…… 그러나 처녀란 울 때같이 정을 끄는 때가 있을까. 처음에는 놀라기도 한 눈치였으나 걱정 있을 때는 누그러지기도 쉬운 듯해서 이럭저럭 이야기가 되었네…… 생각하면 무섭고도 기막힌 밤이었어."

"제천인지로 줄행랑을 놓은 건 그 다음 날이렷다."

"다음 장도막* 에는 벌써 왼 집안이 사라진 뒤였네. 장판은 소문에 발끈 뒤집혀 고작해야 술집에 팔려가기가 상수라고 처녀의 뒷공론이 자자들 하단 말이야. 제천 장판을 몇 번이나 뒤졌겠나. 하나 처녀의 꼴은 꿩 궈 먹은 자리야. 첫날밤이 마지막 밤이었지. 그때부터 봉평이 마음에 든 것이 반평생을 두고 다니게 되었네. 평생인들 잊을 수 있겠나."

"수 좋았지. 그렇게 신통한 일이란 쉽지 않어. 항용 못난 것 얻어 새끼 낳고 걱정 늘고 생각만 해두 진저리 나지…… 그러나 늘그막바지까지 장돌뱅이로 지내기도 힘드는 노릇 아닌가. 난 가을까지만 하구 이 생애와두 하직하려네. 대화쯤에 조그만 전방이나 하나 벌이구 식구들을 부르겠어. 사시장철 뚜벅뚜벅 걷기란 여간이래야지."

"옛 처녀나 만나면 같으나 살까…… 난 거꾸러질 때까지 이 길 걷고 저 달 볼 테야."

산길을 벗어나니 큰길로 틔어졌다. 꽁무니의 동이도 앞으로 나서 나귀들은 가로 늘어섰다.

"총각두 젊겠다 지금이 한창 시절이렷다. 충줏집에서는 그만 실수를 해서 그 꼴이 되었으나 설게 생각 말게."

"처, 천만에요. 되려 부끄러워요. 계집이란 지금 웬 제격인가요. 자나깨나 어머니 생각뿐인데요."

허 생원의 이야기로 실심해한 끝이라 동이의 어조는 한풀 수그러진 것이었다.

"아비 어미란 말에 가슴이 터지는 것도 같았으나 제겐 아버지가 없어요. 피붙이라고는 어머니 하나뿐인걸요."

"돌아가셨나?"

"당초부터 없어요."

"그런 법이 세상에."

생원과 선달이 야단스럽게 껄껄들 웃으니 동이는 정색하고 우길 수밖에는 없었다.

– 이효석, 「메밀꽃 필 무렵」

*대궁: '대'의 방언. 꽃을 받치는 줄기.

*확적히: 정확하게 맞아 조금도 틀리지 아니하게.

*장도막: 한 장날로부터 다음 장날 사이의 동안을 세는 단위.

---

03 '소설의 형식을 가지고 시를 읊은 작가'라는 평을 받고있는 이효석은 시각적 이미지와 청각적 이미지가 함께 어우러지는 감각적인 문체를 구사하는 것으로 정평이 나 있다. [A]에서 청각적 이미지가 드러나는 구절을 찾아 쓰시오.(3개)

ㄱ _____

ㄴ _____

ㄷ _____

---

04 다음은 '허생원'의 삶에 대한 수업의 한 장면이다. ㄹ에 들어갈 허생원의 대화를 찾아 쓰시오.

> 선생님: 작가는 이 작품을 통해 자연과 하나되는 삶을 형상화하고 있다고 볼 수 있어요. 어떠한 면에서 그러한 가요?
>
> 학　생: 주인공 허생원이 '_____ㄹ_____' 라고 말하고 있는 것으로 보아 그가 장돌뱅이의 삶을 계속하면서 자연과 하나되는 삶을 지향하고 있음을 알 수 있어요.

〈유의사항〉

– 15자 내외로 기술할 것(공백 제외).

수학

▶ 해답 p.372

05 방정식 $\log_2(3x+2)=1+2\log_2(x-1)$ 의 해를 구하는 과정을 논술하시오.

06 (단답형 문제) 다음은 0이 아닌 두 실수 a, b 에 대하여 세 수 $4a$, $2a+b$, $a+2b$가 순서 대로 등비수열을 이룰 때 이 수열의 공비를 구하는 과정을 논술한 것이다. 빈칸 　①　, 　②　, 　③　 을 알맞게 채우시오.

> $4a$, $2a+b$, $a+2b$가 순서대로 등비수열을 이루므로, 공비는 $r=\dfrac{\boxed{①}}{4a}=\dfrac{a+2b}{\boxed{①}}$ 이다. 그래서 $\boxed{①}^2=4a(a+2b)$이고, 이를 정리하면 $b\left(b-\boxed{②}\right)=0$이다. 이때 $b\neq0$이므로 $b=\boxed{②}$ 이다. 그래서 공비는 $r=\dfrac{\boxed{①}}{4a}=\boxed{③}$ 이다.

07 다항함수 $f(x)$가 $f(2)=3$이고 함수 $g(x)=(2x^2-3x)f(x)$의 $x=2$에서의 미분계수가 $g'(2)=4$일 때, $f'(2)$의 값을 구하는 과정을 논술하시오.

08 곡선 $y=x^2-ax$와 x축으로 둘러싸인 영역의 넓이가 $\dfrac{4}{3}$일 때, 양수 a의 값을 구하는 과정을 논술하시오.

2022학년도

수원대
논술 기출문제

국어
수학

국어

▶ 해답 p.373

[01~02] 다음 글을 읽고 물음에 답하시오.

사업에 필요한 돈을 마련하는데, 이때 회사의 정관에 발행 예정인 주식의 총수를 기재해야 한다. 이를 '수권 자본'이라고 하며 처음에는 수권 자본 내에서 주식의 일부만을 발행하고 나머지는 회사 설립 이후 필요에 따라 발행할 수도 있다. 이렇게 실제 발행한 주식의 수와 주식의 액면가를 곱한 것을 '자본금'이라고 한다. 예를 들어 액면가가 1천원인 주식을 1만 주 발행하면 자본금은 1천만 원이 되는 것이다. 하지만 주식회사에서 초기의 자본금만으로 사업을 하는 것은 아니다. 회사를 경영하면서 더 많은 돈이 필요하게 될 수 있는데 이럴 때에는 금융 기관에서 대출을 받거나 회사의 이름으로 채권을 발행할 수 있다. 하지만 대출이나 채권은 원금 상환과 이자 지급의 의무가 발생하고 장기적으로는 회사에 부담이 될 가능성이 존재한다. 따라서 이런 방법들 외에 더 많이 쓰이는 방법은 주식을 새로 발행하여 자본금을 늘리는 증자이다.

증자에는 두 가지 방식이 있는데, 먼저 주식을 발행할 때 주주들에게 대가를 받는 '유상 증자'가 있다. 유상 증자는 모집 대상을 기준으로 하여 3가지로 나뉜다. 첫째, 기존의 주주들을 대상으로 주식을 발행하는 주주 배정 방식이다. 이는 새로운 주식을 발행하는 기본적인 방식으로 기존 주주들의 권리를 잘 보장해 준다. 기존의 주주들은 보유하고 있는 주식의 비율대로 새로운 주식을 구입할 수 있는 권리를 가지고 이에 따라 주식 구입 여부를 결정할 수 있다. 둘째, 불특정 다수의 투자자들을 대상으로 새로운 주식을 발행하는 일반 공모 방식이다. 대부분의 유상 증자는 기존의 주주들에게 먼저 새로운 주식을 배정한 후 기존의 주주들이 구입하지 않은 나머지 주식을 일반 공모로 처리하는 방식으로 이루어지고 있다. 이 방식을 시행하면 새로운 주주들을 모을 수는 있지만 기존 주주들은 주식 보유 비율이 낮아지고 주가의 하락으로 손해를 입을 수 있다. 마지막으로는 특정인에게 새로운 주식을 발행해서 투자금을 받는 제삼자 배정 방식이 있다. 이는 주로 회사와 밀접한 관련이 있는 특정 대상의 투자가 필요할 때 이루어지는데, 신기술의 도입이나 재무 구조의 개선 등 회사의 경영상 목적을 달성하기 위한 특별한 경우로 한정된다. 또한 기존 주주들의 이해관계나 지분에 따른 경영권 문제가 발생할 수 있으므로 정관에 의거하거나 정관에 관련 규정이 없는 경우에는 이사회의 의결 외에도 주주들의 의결 절차를 거치는 등 엄격한 규제 속에서 이루어진다.

[A] 한편, 증자의 다른 방식으로 주식을 발행하지만 이를 주주들에게 대가 없이 나누어 주는 '무상 증자'가 있다. 무상 증자도 유상 증자와 마찬가지로 새로운 주식이 발행되는 것이기 때문에 자본금의 총액은 증가한다. 주주들에게 주식이 무상으로 제공되기 때문에 회사에 실제로 돈이 들어오지는 않지만 재무적 변화는 발생한다. 그렇다면 어떻게 자본금이 늘어나는 것일까? 회사의 자산은 자기 자본과 부채로 조달되는데, 자기 자본은 자본금과 잉여금 등으로 구성된다. 잉여금에는 자본금을 바탕으로 사업을 해서 얻은 이익인 이익 잉여금과 시장의 현재 주가가 액면가보다 높을 때 주식을 새로 발행하여 얻게 된 이익인 자본 잉여금이 있다. 무상 증자는 이러한 잉여금을 자본금으로 이동시키는 것이다. 잉여금 중 일부에 해당하는 금액만큼의 주식을 발행한 후, 기존의 주주들이 보유한 주식의 비율에 따라 주식을 나누어 준다.

무상 증자는 회계상으로는 자본금이 증가하지만 기존 자산 내의 숫자가 이동한 것일 뿐, 실제로 회사가 보유한 자산이 늘어나는 것은 아니다. 기존의 주주는 새로운 주식을 받을 수 있기 때문에 보유한 주식의 수는 늘어나지만 시장 전체의 주식 수가 늘어난 만큼 주당 가격은 떨어지게 되므로 주주들 각자가 보유한 주식의 전체 가치는 달라지지 않는다. 하지만 무상 증자를 실시한다는 것은 회사 내에 잉여금이 많다는 것이고 그만큼 재무 구조가 건전한 것으로 해석될 수 있기 때문에 투자자의 심리에 긍정적인 영향을 줄 수 있다.

01 다음은 어느 기업의 유상증자에 대한 사례이다. 윗글의 내용을 토대로 하여 ⓐ의 이유를 기술하시오.

> (주)○○상사는 신규 사업 진출에 따라 일반 공모 방식의 유상증자를 실행하고자 하였다. 그러자 ⓐ기존 주주들이 크게 반발하였다.

〈유의 사항〉
– 30자(±5)로 기술할 것(공백 제외)

02 [A]의 내용을 토대로 하여 '무상증자'를 하게 되었을 때의 재무적 변화를 다음 핵심어를 사용하여 기술하시오.

핵심어: 잉여금

〈유의 사항〉
– 20자 이내의 한 문장으로 기술할 것(공백 제외)

PART 1 국어

PART 2 수학

PART 3 기출문제

PART 4 해답

[03~04] 다음 글을 읽고 물음에 답하시오.

최근 각광을 받고 있는 자율 주행 자동차는 센서 정보를 이용하여 스스로 차의 위치와 주변 환경을 탐지하고, 주행 경로를 계획하며, 충돌 없이 교통 법규에 따라 안전하게 운행이 가능한 자동차를 지칭한다. 자율 주행 자동차의 핵심 기술은 크게 인식, 판단, 제어의 3가지 기술로 구성된다. 센서 등을 통해 주변 장애물을 인지하고 자신의 위치를 확인하는 인식 기술, 인식된 결과를 바탕으로 다음 행동을 결정하는 판단기술, 수행할 행동이 결정되면 그것을 신속 정확하게 실행하는 제어 기술이 바로 그것이다. 이 세 가지 기술 중 특히 인식 기술은 자율 주행 자동차의 판단과 제어 기술의 방향과 수준을 결정하는 것으로서, 최근 기술적 발전이 크게 이루어졌다.

자율 주행 자동차의 인식 기술에는 카메라, 레이더(Radar), 초음파 센서, 라이다(LiDAR)와 같이 주변을 감지하는 다양한 센서가 사용된다. 이러한 센서들은 각 센서가 수집하는 정보의 특성, 탐지 거리, 사용 빈도, 가격 등을 고려하여 탑재 위치와 수량 등이 결정되는데, 다양한 센서들로부터 획득된 정보가 통합되어 자율 주행에 이용된다. 카메라는 다른 센서로는 수집할 수 없는 색상이나 무늬와 같은 2차원 영상 정보를 수집하는 데 탁월하지만, 환경 변화 및 거리 측정에 취약하고 데이터의 크기가 커 정보 처리에 시간이 많이 걸리는 단점이 있다. 또 차량에 장착되는 레이더는 야간이나 악천후에도 사용이 가능하고 최소 60m에서 최대 250m 사이에 있는 물체를 탐지할 수 있지만, 물체의 위치 및 형태를 식별할 수 있을 정도의 정밀한 측정이 불가능하다. 초음파 센서는 주로 차량 전후방에 장착되어, 주차 시 차량 주변의 장애물 유무를 탐지하는 데 사용된다. 초음파 센서는 단순히 장애물 유무 정도만을 탐지하는 센서로, 가격이 저렴하다는 장점이 있지만 탐지 거리가 15m 이내이고 오차가 커서 정밀한 측정이 어렵다. 카메라, 레이더, 초음파 센서는 기존의 자동차에 사용되었던 센서들로, 안전한 자율 주행에 필요한 정보를 안정적으로 제공해 줄 수 없기 때문에 자율 주행 자동차에는 이러한 센서들과 함께 라이다가 사용된다. 라이다는 높은 출력을 지닌 레이저를 물체에 방사하고, 이 레이저가 물체의 표면에 반사되어 돌아오는 데 걸리는 시간을 측정하여 물체까지의 거리뿐만 아니라 물체의 위치 및 형태와 같은 3차원 정보를 수집하는 장치이다. 약 150m 이내에 있는 물체에 대한 정보를 1~2cm 이내의 오차로 정밀하게 측정할 수 있다.

자율 주행 자동차에 사용되는 라이다로는 3D 레이저 스캐너 와 3D 플래시 라이다 가 있다. 3D 레이저 스캐너는 다수의 레이저 출력부와 수신부가 묶여 있는 장치가 회전하는 축에 고정되어 있다. 이러한 구조로 인해 3D 레이저 스캐너는 특정 방향의 수평 시야각에 대해 레이저의 입출력이 가능하며, 대상에 대한 레이저 방사와 거리 측정이 동시에 이루어진다. 그리고 이 축을 회전시킴으로써 다른 수평 시야각의 거리 정보를 수집하고, 이 정보를 조합해 전체 시야각, 즉 360도의 3차원 영상을 구성한다. 3D 레이저 스캐너는 넓은 시야각 확보를 위해 레이저 출력 및 수신 소자의 수를 증가시키고, 회전축이 지속적으로 회전할 수 있도록 하는 기계 장치를 갖출 필요가 있다. 하지만 높은 정밀도의 정보를 얻기 위해 레이저 수신부의 광검출기에 사용되는 갈륨 화합물의 가격이 비싸고, 차량 운행 시 발생하는 진동에 의해 회전체가 흔들려 레이저 입출력을 안정적으로 유지하는 것이 어렵다.

3D 플래시 라이다는 넓은 시야각을 확보하기 위해 단일 레이저 빔을, 광 확산기를 통과시켜 360도의 모든 방향으로 동시에 방사하고, 물체에 반사되어 돌아오는 레이저를 광 검출기를 통해 수신함으로써 실시간으로 3차원 영상을 얻는다. 수평 시야각이 360도로, 모든 방향에서 반사되어 돌아오는 레이저를 동시에 수신해야 하므로 값비싼 갈륨 화합물로 제작된 광 검출기의 개수가 상대적으로 많고 제작 공정이 까다롭다는 단점이 있다. 하지만 3D 플래시 라이다는 3D 레이저 스캐너가 수행하는 회전과 순차적인 레이저 스캐닝 과정을 생략할 수 있어, 정보 처리 시간이 단축되고 관련 장치를 소형화하는 데 유리하다.

3D 플래시 라이다는 정보 처리 시간이 짧고 수평 시야각이 360도나 되어 성능이 좋지만 높은 가격으로 인해 지금까지 자율 주행 자동차에는 주로 3D 레이저 스캐너가 사용되고 있다. 3D 레이저 스캐너는 상대적으로 저렴하지만

회전축이 360도 회전하며 많은 정보를 수집하여 정보 처리 속도가 느리고 진동에 취약하다는 단점이 있다. 이에 대한 대안으로 자율 주행 자동차 개발 업체들은 각도 고정형 3D 레이저 스캐너를 설치하려는 경향을 보이고 있다. 굳이 360도를 회전하여 탐색하는 방식보다는 제한된 수평 시야각만을 탐색하는 방식을 선택한 것이다. 이와 더불어 향후 자율 주행 자동차가 늘어나 수많은 차량에서 라이다를 사용할 경우, 각 차량에서 출력된 레이저가 간섭하는 문제, 다양한 기후 및 도로 환경에서 레이저를 통한 3D 거리 정보를 안정적으로 확보하는 문제, 레이저가 보행자의 시력을 손상시키는 문제 등이 발생할 수 있는데, 이를 해결하기 위한 연구도 활발하게 진행되고 있다.

03 다음은 자율 주행 자동차의 인식 기술과 관련된 센서들의 장단점을 정리한 것이다. ㉠, ㉡에 들어갈 내용을 쓰시오.

종류	장점	단점
카메라	- 2차원 영상 정보 수집 탁월	- 환경 변화 취약 - 정보처리 시간이 많이 걸림
레이더	- 야간이나 악천후 사용 가능 - 장거리 물체 탐지 가능	- 정밀한 측정이 불가
초음파센서	- 주차 시 장애물 유무 탐지에 탁월 - 가격이 저렴함	- 탐지 거리가 짧음 - 측정 오차가 큼
라이다	- _____㉠_____ - _____㉡_____	- 가격이 비쌈

04 다음은 '3D 플래시 라이다'와 '3D 레이저 스캐너'의 문제점을 정리한 것이다. 이러한 문제점을 해결하기 위한 대안으로 ㉢에 들어갈 내용을 기술하시오.

3D 플래시 라이다		3D 레이저 스캐너
수평 시야각이 360도로 성능이 좋지만 가격이 높음.	문제점	상대적으로 가격이 저렴하지만 360도 회전하여 정보처리 속도가 느리고 진동에 취약함.

↓

이들의 문제점을 해결하기 위한 대안은?
㉢

〈유의 사항〉
- 윗글에서 언급된 장치를 제시할 것
- 20자 이내로 기술할 것(공백 제외)

PART 1 국어
PART 2 수학
PART 3 기출문제
PART 4 해설

[05~06] 다음 글을 읽고 물음에 답하시오.

S# 39. 방송국 전경(낮)

   김추자의 「빗속의 여인」 흐르는 가운데 방송국 건물이 비에 젖고 있다. 카메라 스튜디오 창가로 다가가면 석영이 창가에 서서 밖을 보고 있다. 노란 우비를 입은 한 여성이 오토바이를 타고 방송국 입구를 지나 방송국 마당으로 들어오고 있다.

S# 40. 라디오 스튜디오(낮)

   김추자의 「빗속의 여인」 계속 흐르고……. 창밖을 보던 석영이 고개를 돌려 부스를 보면 최곤과, 박민수까지 짬뽕을 먹고 있다. 배달부 장 씨, 부스 안에서 최곤의 헤드폰을 끼고 음악에 흠뻑 취해 있다. 석영, 포기하는 표정으로 다시 창밖을 바라본다. 그때 김 양이 문을 열고 들어선다.

김 양: (낭랑한 목소리로) 커피 시키신 분.

박민수: (부스 안에서 마이크 통해) 여기.

   하고 손을 흔든다.

   (jump) 김추자의 「빗속의 여인」 계속 흐르고 있다. 최곤, 김 양이 배달해 온 커피를 마시고 있다.

   김 양, 김추자의 「빗속의 여인」에 젖어 든다. 석영이 최곤을 못마땅한 표정으로 바라보고 있다.

김 양: 아저씨, 이 노래 한 번만 더 틀어 주면 안 돼?

   최곤, 보면

김 양: 안 돼요? 우리 다방은 리필해 주는데.

최곤: 그러지 뭐.

김 양: 난 이 노래 들으면 엄마 생각나더라. 우리 엄마 십팔번이거든.

   그때 석영이 들어온다.

석영: 나와요.

김 양: 손님 다 마실 때까지 옆에 있는 거예요.

   노래 끝나 간다. 최곤을 노려보던 석영이 나가려는 순간,

최곤: (석영 들으란 듯) 너 엄마한테 한마디 할래?

   최곤 말에 깜짝 놀라는 김 양.

김 양: 아저씨 뭔 이야기를 해?

최곤: 엄마 십팔번이라며. 엄마 이야기해.

   석영, 멈춰 돌아보고 노래 완전히 끝난다.

최곤: (마이크 올리고) 오늘은 애청자 중 한 분을 스튜디오에 모셨습니다. 밖에서 듣고 있던 박민수와 박 기사가 놀란다. 최곤, 김 양에게 얘기하라고 손짓한다. 석영, 화난 표정으로 최곤을 바라본다.

김 양: (마이크 앞으로 다가앉으며) 안녕하세요? 저는 요 앞 터미널 바로 건너편 터미널 다방에 근무하는 김 양입니다.

   INS. 터미널 다방. 다방 안 스피커에서 김 양의 목소리가 나오자 다방 안에 있던 사람들이 놀란다.

박 양: 김 양이다.

손님 1: 쟤 저기서 뭐하는 거냐?

김 양 (E): 저, 먼저…… 평소 터미널 다방을 이용해 주시는 손님 여러분들께 감사드리구요.

김 양의 말에 다방 손님들과, 특히 사장이 흐뭇한 표정을 짓는다.

김 양 (E): 세탁소 김 사장님하고 철물점 박 사장님, 이번 달에는 외상값 꼭 갚아 주세요. 김 사장님 4만 7천원이구요……

　INS. 영월 시내 세탁소 내부. 세탁소 사장, 라디오에서 나오는 김 양의 얘기를 듣다 놀란다.

김 양: 철물점 박 사장님…… 맨날 쌍화차 드셔서 좀 많은데…… 10만 4천 원인데…… 4천 원 까고 10만 원만 받을게요.

　INS. 영월 시내 철물점. 철물점 사장, 라디오에서 나오는 김 양의 얘기를 듣고 당황한다. 옆에서 철물들을 정리하던 사장의 와이프가 남편을 째려본다.

김 양: 안 갚으시면 제 월급에서 까지는 거 아시죠?

　스튜디오, 김 양의 말 계속 이어진다.

〈영화 '라디오스타'〉

김 양: (잠시 뜸들이다) 엄마, 나 선옥인데…… 나 방송 출연했거든. 엄마, 잘 있지?

　석영, '어디까지 가나 보자.' 하는 표정으로 최곤을 노려본다. 최곤, 석영의 시선에 아랑곳 않고 김 양에게 계속 말하라고 손을 흔든다. 김 양, 잠시 말을 멈추더니 표정이 무거워진다.

[A]
　김 양: 엄마, 비 오네. 엄마, 기억 나? 나 집 나오던 날도 비 왔는데. 엄마, 알어? 나 엄마 미워서 집 나온 거 아니거든. 그때는 내가 엄마를 미워하는 줄 알았는데…… (울음을 삼키며) 집 나와서 생각해 보니까 세상 사람들 다 밉고, 엄마만 안 미웠어……. 그래서 내가 미웠어. 엄마, 나 내가 너무 미워서…… 좀 막 살았다. 그래서 지금은 내가 더 미워.

　김 양을 삐딱하게 바라보는 석영의 표정이 동정으로 변한다.

　INS. 지국장실. 라디오에서 나오는 김 양의 사연을 듣고 있는 지국장의 표정 슬프다.

[B]
　김 양: 엄마, 나 비 오면 엄마가 해 주던 부침개 해 보거든. 근데 엄마가 해 주던 것처럼 맛있게 안 돼. 이렇게도 해 보고 저렇게도 해 봤는데 잘 안 돼. 엄마, 보고 싶어. 너무 보고 싶어…….

하고는 무너져 테이블에 고개를 묻고 흐느낀다. 최곤이 김 양을 바라보다 김추자의 「빗속의 여인」을 내보낸다. 김 양의 흐느낌이 노래에 묻힌다. 최곤, 부스를 나온다. 석영이 김 양을 측은하게 바라본다. 최곤이 창가에 선 박민수에게 다가가면 박민수의 눈이 젖어 있다.

최곤: 뭐야?

박민수: 장마가 지려나?

　박민수, 괜히 목을 빼고 창밖을 바라본다.

– 최석환, 「라디오 스타」

05 [A]와 [B]에 드러난 '김 양'의 발화는 '비 오는 날'을 공통적인 화제로 삼고 있다. 발화 내용을 중심으로 ㉠과 ㉡의 내용을 기술하시오.

	행동		엄마에 대한 회상		정서
[A]	집을 나옴	⇒	"엄마를 미워하는 줄 알았어."	⇒	㉠
[B]	㉡		"엄마가 해 주던 것처럼 맛있게 안 돼."		엄마가 보고 싶음

06 S#39와 S#40은 서로 <u>다른</u> 공간이지만 두 장면을 연결시켜 주는 요소에 의해 내적 필연성을 갖게 된다. 내적 필연성을 위해 S#39에 사용된 효과음을 기술하시오.

수학

▶ 해답 p.374

07 방정식 $4^{x+2}=\left(\dfrac{1}{4}\right)^{-x}+30$의 해를 구하는 과정을 논술하시오.

08 다음은 반지름의 길이가 $\sqrt{3}$인 원에 내접하는 삼각형 ABC에서

$$3\sin(A+B)\sin C=2$$

일 때, 선분 AB의 길이를 구하는 과정을 논술한 것입니다. 빈칸 ① , ② , ③ 을 채우시오.

삼각형의 내각의 합 $A+B+C=\pi$이므로

$3\sin(A+B)\sin C=3\sin(\pi-C)\sin C=2$

인데, $0<C<\pi$이므로 $\sin C=$ ① 이다.

외접원의 반지름의 길이가 $\sqrt{3}$이므로 사인법

칙에 의하여 $\dfrac{\overline{AB}}{\sin C}=$ ② 이므로

$\overline{AB}=\sin C\times$ ② $=$ ③

---

09 첫째항이 3이고 공차가 4인 등차수열 $\{a_n\}$에 대하여 $\displaystyle\sum_{n=1}^{32} \frac{1}{(a_n-1)(a_{n+1}-1)}$의 값을 구하는 과정을 논술하시오.

10 두 함수 $f(x)=\begin{cases} x-1 & (x<1) \\ x+a & (x\geq1) \end{cases}$와

$g(x)=\begin{cases} x^3-x & (x<1) \\ 2x^2+6 & (x\geq1) \end{cases}$에 대하여,

함수 $\dfrac{g(x)}{f(x)}$가 $x=1$에서 연속이 되도록 실수 a의 값을 구하는 과정을 논술하시오.

11 함수 $f(x) = x^3 - 2x^2 - 3x + 1$에 대하여 곡선 $y = f(x)$ 위의 $x = 1$일 때의 점에서의 접선의 방정식을 구하는 과정을 논술하시오.

12 함수 $f(x) = \dfrac{1}{3}x^3 + ax^2 + (2-a)x + 2a$ 가 일대일대응이 되기 위한 실수 a의 범위를 구하는 과정을 논술하시오.

13 삼차함수 $f(x)$의 도함수 $y=f'(x)$의 그래프가 그림과 같고, 함수 $f(x)$의 극솟값이 -2, 극댓값이 2일 때, 삼차함수 $f(x)$를 구하는 과정을 논술하시오.

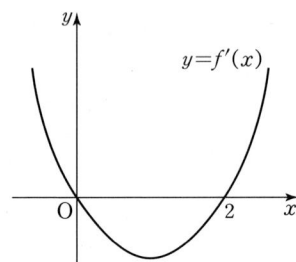

14 함수 $f(x)=4x^3+2x$의 역함수를 $g(x)$라고 할 때, $\displaystyle\int_0^6 g(x)dx$의 값을 구하는 과정을 논술하시오.

15 원점을 출발하여 수직선 위를 움직이는 점 P의 시각 t에서의 속도 $v(t)$는 $v(t)=-3t^2+6t$이다. 점 P가 움직이는 방향을 바꾼 후부터 다시 원점으로 돌아오는 데 걸린 시간을 구하는 과정을 논술하시오.

국어

▶ 해답 p.378

[01~02] 다음 글을 읽고 물음에 답하시오.

사전적 정의에 의하면 '매체(media)'란 어떤 작용을 다른 곳으로 전하는 역할을 하는 물체나 수단이다. 이에 따르면 젓가락이 부딪치는 소리를 우리 귀에 전달하는 공기, 또 음성의 정체를 분석하도록 뇌에 전달하는 귀도 일종의 매체이다. 곧 매체란 우리의 감각적 활동이나 사고를 가능하게 하는 매개체라 할 수 있다. 그런데 매체학자인 마셜 매클루언은 매체에 대한 이러한 기존 인식이 매체를 피상적으로 이해하는 것이라며 문제를 제기했다. 그는 매체가 우리의 감각적 활동이나 사고 작용을 유발하여 의사소통을 하는 데 활용되기는 하지만, 단순히 의사소통에 사용되는 매개 도구가 아니라 의사소통을 위해 반드시 필요한 조건이라고 보았다. 따라서 그는 연설이나 편지처럼 직접적으로 의미를 담고 있는 말과 글뿐만 아니라 간접적으로 의미를 전달하는 데 활용되는 옷과 집, 과학과 철학, 회화와 음악 등도 매체가 될 수 있다고 보았다. 그리고 이런 매체에 의해 인간의 사고가 결정되고, 인식 체계가 바뀌며, 인간관계와 사회 질서까지 변화될 수 있다고 주장하였다. '매체는 메시지이다.'라는 그의 말에는 새로운 매체의 등장을 바라보는 관점이 잘 담겨있다.

매클루언은 매체 자체를 아무런 내용도 갖지 않은 중립적 도구라고 보는 태도야말로 기존 매체론이 지닌 가장 근본적 오류라고 지적하였다. 기존 매체론에서는 콘텐츠(contents)를 매체에 의해 전달되는 정보와 지식 등으로 한정하였고, 그 콘텐츠를 담기에 적절한 매체가 무엇인지 파악하는 것을 중요하게 여겼다. 하지만 매클루언은 음식을 담고 있는 그릇, 즉 콘텐츠를 담고 있는 매체 자체가 지닌 의미에 주목하였다. 그는 콘텐츠가 우리에게 필요한 정보와 지식을 주지만 매체는 어떤 것이 콘텐츠가 될 수 있는지를 결정할 수 있으며, 심지어 매체에 의해 콘텐츠의 의미가 달라질 수 있다고 하였다. 예컨대 편지지에 인쇄되어 전달된 '사랑한다.'라는 글을 읽을 때와 감미로운 음악과 함께 휴대 전화로 전달된 '사랑해.'라는 문자 메시지를 읽을 때를 비교해 보자. 두 매체를 통해 전달하는 내용은 동일하지만, 매체에 따라 콘텐츠의 해석에 활용되는 감각의 종류와 정도가 다르고, 이로 인해 매체 사용자가 받게 될 감동이 달라진다. 매클루언은 바로 이런 이유로 ⟨　　　　　　　　(가)　　　　　　　　⟩(라)고 주장하였다.

또 매클루언은 매체의 종류에 따라 우리의 인식 체계가 달라질 수 있다고 여겼다. 예를 들어, 표음 문자와 상형 문자는 동일한 정보라도 다른 방식으로 표현한다는 점에서 다른 매체로 볼 수 있다. 그런데 표음 문자는 그 지시 대상과 전혀 관련이 없는 그저 추상적 상징으로 이루어져 있지만 상형 문자는 도상*처럼 지시대상과 유사성을 지니고 있다. 인식 체계의 측면으로 볼 때 표음 문자는 기호와 그것이 지시하는 대상의 의미가 분리되어 있다. 소쉬르의 주장처럼 알파벳과 같은 언어 체계는 현실 세계와 동떨어져 있는 반면에, 상형 문자는 그림처럼 나름대로 대상을 재현하고 있으며 현실 세계와 조응하고 있다. 그러므로 상형 문자라는 매체로 인식된 세계와 표음 문자라는 매체로 인식된 세계는 근본적으로 다를 수밖에 없다. 이런 점에서 매클루언은 매체가 달라지면 곧 우리 인식 체계도 달라진다고 판단하였다.

매클루언은 자신의 저서에서 매체를 기술과 동의어처럼 사용하였다. 새로운 기술의 등장으로 새로운 의사소통 체계와 사회 구조가 나타난 것처럼 매체의 변화가 의사소통 체계와 사회 질서를 변화시킬 수 있다고 여겼기 때문이다. 전화라는 기술, 곧 매체가 등장함에 따라 일반 회사의 분위기가 이전과 달라졌다. 시간과 장소에 상관없이 전화가 걸려 오기 시작한 후, 하급 회사원들은 관리자들이 자리를 비우는 식사 시간에만 전화를 피할 수 있게 되었다. 심지어 퇴근 후 가정에서도 전화에 시달리게 되었다. 전화로 인해 사생활이 위협받게 되었고, 차츰 의사소통 체계와 사회 구조가 일방 전달식으로 변화하게 된 것이다. 이처럼 매클루언은 전화로 인해 사람들의 의사소통 체계와 사회 구조가 근본적으로 바뀌었다고 주장하였다. 전화라는 매체 자체가 사회적 의미를 갖는 내용이며, 새로운 사회 질서와 의사소통 체계를 의미하는 메시지라는 것이다.

01 윗글의 내용을 토대로 할 때, ㉠과 ㉡에 들어갈 단어를 찾아 쓰시오.

　표음 문자는 대상을 추상적으로 (　㉠　)하는 것으로 현실 세계와 분리되어 있으며, 상형 문자는 대상을 구체적으로 (　㉡　)하는 것으로 현실 세계와 조응하고 있다.

02 다음의 핵심어를 모두 사용하여 윗글의 (가)에 들어갈 하나의 문장을 20자 이내로 기술하시오.

핵심어: 매체, 콘텐츠

[03~04] 다음 글을 읽고 물음에 답하시오.

임 씨는 자신의 아들딸이 네 명이란 것, 큰놈은 국민학교 4학년인데 공부를 썩 잘하고 둘째딸년은 학교 대표 농구 선수인데 박찬숙 못지않을 재주꾼이라고 자랑했다.

"그놈들 곰국 한번 못 먹인 게 한이오, 형씨. 내 이번에 가리봉동에 가면 그 녀석 멱살을 휘어잡아야지."

임 씨가 이빨 사이로 침을 찍 뱉었다. 뭐 맛있는 거나 되는 줄 알고 김반장의 발발이 새끼가 쪼르르 달려왔다.

"가리봉동에 가면 곰국이 나와요?"

임 씨가 따라 주는 잔을 받으면서 그는 온몸을 휘감는 술기운에 문득 머리를 내둘렀다. 아까부터 비 오는 날에는 가리봉동에 간다는 임 씨의 말을 술기운과 더불어 떠올랐다.

"곰국만 나오나. 큰놈 자전거도 나오고 우리 농구 선수 운동화도 나오지요. 마누라 빠마값도 쑥 빠집니다요. 자그마치 팔십만원이오, 팔십만원. 제기랄. 쉐타 공장 하던 놈한테 일 년내 연탄을 대줬더니 이놈이 연탄값 떼어먹고 야반도주했어요. 공장이 망했다고 엄살을 까길래, 내 마음인들 좋았겠소. 근데 형씨. 아, 그놈이 가리봉동에 가서 더 크게 공장을 차렸지 뭡니까. 우리네 노가다들, 출신이 다양해서 그런 소식이야 제꺼덕 들어오지, 뭐."

"그럼 받아야지, 암. 받아야 하구말구."

그는 딸국질을 시작했다. 임 씨에게 술을 붓는 손도 정처 없이 흔들렸다. 그에 비하면 임 씨의 기세 좋은 입만큼은 아직 든든하다.

"누군 받기 싫어 못 받수. 줘야 받지. 형씨, 돈 있는 놈은 죄다 도둑놈이요. 쫓아가면 지가 먼저 울상이네. 여공들 노임도 밀렸다, 부도가 나서 그거 메우노라 마누라 목걸이까지 팔았다고 지가 먼저 성깔 내."

"쥑일 놈."

그는 스웨터 공장 사장을 눈앞에 그려본다. 빤질빤질한 상판에 배는 툭 불거져 나왔겠지.

"그게 작년 일인데, 형씨 올여름에 비가 오죽 많았소. 비만 오면 가리봉동에 갔지요. 비만 오면 갔단 말이요."

"아따, 일년 삼백육십오일 비오는 날은 쌔김고 쌨는디 머시 그리 걱정이당가요?"

김반장이 맥주를 새로 가져오며 임 씨를 놀려먹었다.

"시끄러, 임마. 비가 와야 가리봉동에 가지, 비가 와야……."

"해 뜨는 날은 돈 벌어서 좋고, 비 오는 날은 돈 받아서 좋고, 조오타!"

김반장이 젓가락으로 장단까지 맞추자 임씨는 김반장 엉덩이를 찰싹 갈긴다.

"형씨, 형씨는 집이 있으니 걱정할 것 없소. 토끼띠면 어쩔 거여. 집이 있는데, 어디 집값이 내리겠소?"

"저런 것도 집 축에 끼나……."

이번엔 또 무슨 까탈을 일으킬 것인지, 시도 때도 없이 돈을 삼키는 허술한 집이라고 대꾸하려다가 임씨의 말에 가로채여서 그는 입을 다물었다.

"난 말요. 이 토끼띠 사내는 말요, 보증금 백오십만 원에 월세 삼만 원짜리 지하실 방에서 여섯 식구가 살고 있소. 가리봉동 그 새끼는 곧 죽어도 맨션아파트요, 맨션아파트!"

임 씨는 주먹을 흔들며 맨션아파트라고 외쳤는데 그의 귀에는 꼭 맨손아파트처럼 들렸다.

"돈 받으러 갈 시간도 없다구. 마누라는 마누라대로 벽돌 찍는 공장에 나 댕기지, 나는 나대로 이짓 해서 벌어야지. 그래도 달걀후라이 한 개 마음 놓고 못 먹는 세상!"

임 씨의 목소리가 거칠어졌다. 술이 너무 과하지 않나 해서 그는 선뜻 임 씨에게 잔을 돌리지 못하고 있었다.

"돌고 돌아서 돈이라고? 돌고 도는 돈 본 놈 있음 나와 보라 그래! 우리 같은 신세는 평생 이 지랄로 끝장이야. 돈? 에이! 개수작 말라고 해."

임 씨가 갑자기 탁자를 내리쳤다. 그 바람에 기우뚱거리던 맥주병이 기어이 바닥으로 나뒹굴면서 요란한 소리를 내었다.

"참고 살다 보면 나중에는……."

"모두 다 소용없는 일이야."

임 씨의 기세에 눌려 그는 또 말을 맺지 못하고 입을 다물었다. 나중에는 임 씨 역시 맨션아파트에 살게 되고 달걀 프라이쯤은 역겨워서, 곰국은 물배만 채우니 싫어서 갖은 음식 타박에 비 오는 날에는 양주나 찔끔거리며 사는 인생이 될 것이다, 라고 말할 수는 없었다. 천 번 만 번 참는다고 해서 이 두터운 벽이, 오를 수 없는 저 꼭대기가 발밑으로 걸어와 주는 게 아님을 모르는 사람이 그 누구인가.

그는 임 씨의 핏발 선 눈을 마주 보지는 못하였다. 엉터리 견적으로 주인 속이는 일꾼이라고 종일토록 의심하며 손해 볼까 두려워 궁리를 거듭하던 꼴을 눈치채이지는 않았는지, 아무래도 술기운이 확 달아나 버리는 느낌이었다. 제아무리 탄탄해도 라면 가닥으로 유지되는 사내의 몸뚱이는 술 앞에서 이미 제 기운을 잃고 있음이 분명했다. 임 씨의 몸이 자꾸만 한쪽으로 쏠리는 것을 보면서 그는 점차 술이 깨고 있었다.

－ 양귀자, 「비오는 날에는 가리봉동에 가야 한다.」

03 '반어(irony)'는 본래의 뜻과는 반대되는 말을 하여 문장의 의미를 강화하는 문학적 기법이다. 윗글 중 '임 씨'의 처지에 대해 김반장이 반어적으로 표현한 문장을 찾아 쓰시오.

04 윗글의 내용을 참조하여 다음의 유의 사항을 준수하여 ㉠에 들어갈 말을 쓰시오.

> 주인공 '그'는 일꾼인 '임 씨'에게 위로의 말을 전하려다가 그만둔다. 그것은 소시민인 자신과 노동자인 임 씨 사이에 (㉠)이(가) 존재하고 있음을 느끼고 있기 때문이었다.

〈유의사항〉

1. 윗글의 지문에 나온 단어를 사용할 것.

2. 두 개의 어절로 쓸 것.

수학

▶ 해답 p.379

05 공비가 양수인 등비수열 $\{a_n\}$에 대하여

$a_3 + a_4 + a_5 = 8,$

$a_5 + a_6 + a_7 = \dfrac{1}{2}(a_4 + a_5 + a_6) + 12$

일 때, $a_6 + a_7 + a_8$의 값을 구하고 그 과정을 서술하시오.

06 함수 $f(x) = x^2 - 6x + 11$과

함수 $g(x) = \log_3 x$가 있다.

구간 $\{x \mid 1 \leq x \leq 7\}$에서 합성함수

$(g \circ f)(x) = g(f(x))$의 최댓값과 최솟값의 차를 구하여 간단히 나타내고 그 과정을 서술하시오.

07 다항함수 $f(x)$에 대하여
함수 $g(x)$를 $g(x) = x^3 f(x)$라 하자.
함수 $g(x)$가 $x = 2$에서 극값 16을 가질 때,
$f'(2)$의 값을 구하고 그 과정을 서술하시오.

08 두 곡선 $y = 2x^2 - 4x + 3$과
$y = -x^2 + 8x - 6$으로 둘러싸인 부분의 넓
이를 구하고 그 과정을 서술하시오.

It is confidence in our bodies, minds and spirits that allows us
to keep looking for new adventures, new directions to grow in,
and new lessons to learn - which is what life is all about.
자신의 몸, 정신, 영혼에 대한 자신감이야말로 새로운 모험, 새로운 성장 방향,
새로운 교훈을 계속 찾아나서게 하는 원동력이며, 바로 이것이 인생이다.

– 오프라 윈프리 –

PART **4**

해답

국어

Ⅰ. 문학

[01~02]

갈래	가사, 장편 가사	특징	• 독락당의 경치를 중국과 비교하여 자부심을 드러냄 • 시간의 흐름에 따른 시상 전개 • 자연과의 일체감을 드러냄 • 이언적의 위대한 학자적 면모를 다양하게 표현함
성격	회상적, 추모적, 예찬적, 추앙적, 묘사적, 회화적		
표현	대구법, 대조법, 설의법, 영탄법		
배경	• 시간 : 봄 • 공간 : 경주 옥산의 독락당		
주제	이언적의 유지를 받들고 선현의 삶을 찬양함		

01 [모범답안]
독락당

[바른해설]
이언적이 머물던 공간을 '도화동 내린 물이 밤낮없이 복숭아꽃 띄워 오니 / 천태인가 무릉인가. 이 땅이 어디인가.'로 표현하고 '신선 자취 아득하니 어디인지 모르겠네.'로 표현한 부분을 통해 이언적을 신선과 같은 존재로 높이고 있다는 점을 알 수 있다. 이를 통해 화자가 보고 있는 이언적이 머물던 '독락당'의 아름다움과 이언적에 대한 예찬적 태도를 엿볼 수 있다.

02 [모범답안]
① 울긋불긋, 쉽겠는가
② 시대, 슬퍼하리

[바른해설]
① '울긋불긋 꽃 빛깔은 비단빛이 되어 있고 / 수많은 꽃향기 골바람에 날려오고 / 산사의 종소리 구름 밖에 들리도다. / 이러한 풍경을 명문장가의 붓인들 다 써내기 쉽겠는가.'를 통해 알 수 있으므로, 첫 어절은 '울긋불긋'이고 마지막 어절은 '쉽겠는가'이다.
② '시대 운수 불행하여 어진 이를 멀리하니 / 듣고 보는 사람들, 심산궁곡인들 뉘 아니 슬퍼하리.'를 통해 알 수 있으므로, 첫 어절은 '시대'이고 마지막 어절은 '슬퍼하리'이다.

[03~04]

갈래	자유시, 저항시	특징	• 역동적인 이미지로 미래에 완성될 이상적 현실을 제시함 • 의지적이고 확신에 찬 어조로 미래에 대한 기다림을 다짐함
성격	의지적, 저항적		
제재	꽃		
주제	현실에 대한 극복 의지와 미래에 도달할 새로운 세계에 대한 확신		

03 [모범답안]
① '저버리지 못할 약속(約束)'
② '바람결 따라 타오르는 꽃성(城)'

[바른해설]
'북(北)쪽 툰드라의 찬 새벽' 같은 생명을 위협하는 일제 강점기의 혹독한 시대를 지나, '눈 속 깊이 꽃 맹아리가 옴작거려 제비 때 까맣게 날아오길' 기다리며 희망을 품고, 조국 광복의 염원을 포기하지 않음으로써 마침내 '저버리지 못할 약속(約束)'이자 '바람결 따라 타오르는 꽃성(城)'처럼 민족의 해방을 맞이한다.

04 [모범답안]
북(北)쪽 툰드라

[바른해설]
〈보기〉에서 ⓑ의 '하늘도 그만 지쳐 끝난 고원'은 일제 강점기라는 극한 상황을 표현한 공간으로, 위 작품의 '북(北)쪽 툰드라'에 해당한다. 시적 화자는 생명을 위협하는 가혹한 상황 속에서도 눈 속 깊이 꽃 맹아리가 옴작거려 제비 때 까맣게 날아오길 기다린다고 노래함으로써 이를 극복할 수 있다는 강한 의지를 드러내고 있다.

[05~06]

갈래	현대 소설	특징	• 일제 강점기 간도 이주민의 힘겨운 삶을 사실적으로 형상화함 • 소금이라는 소재를 통해서 타향살이의 힘겨움과 고향에 대한 그리움을 효과적으로 부각함 • 봉염 모를 통해 이주 여성이 겪어야 했던 수난과 더불어 그것을 극복하려는 의지적 삶의 자세를 드러냄
성격	사실적, 비극적, 비판적		
배경	시간 – 일제 강점기 공간 – 간도		
주제	간도 이주민의 힘겨운 현실과 의지적 삶의 자세		

05 [모범답안]
ⓐ 소금
ⓑ 소금 자루

[바른해설]
ⓐ '소금'은 식생활에서 꼭 필요한 요소인데도 소금이 비싸다 보니 구할 길이 없어서 장을 단번에 담그지 못하고 싱거운 반찬을 먹으며 힘겹게 살아가는 데서 타향에서의 궁핍한 삶을 체감할 수 있다. 또한 고향에서는 소금으로 이를 닦을 수 있었는데 타향에서는 그럴 수 없었다는 것에서 고향에서의 삶을 그리워하는 모습을 엿볼 수 있다.
ⓑ '소금 자루'를 이고 순사의 눈을 피해 땀을 흘리며 소금 밀수를 강행하는 봉염 모의 모습에서 목숨을 걸고 생계를 유지해 나가야 하는 절박한 처지와 비극적 상황을 엿볼 수 있다.

06 [모범답안]
자기들의 신세도 신세려니와 이 부인의 신세가 한층 더 불쌍한 맘이 들었다.

[바른해설]
위 작품의 마지막 단락에서 앞서가던 밀수 일행이 낙오된 봉염의 어머니와 그녀를 구하러 간 길잡이가 무사히 돌아올 때까지 '맘을 졸이며' 기다리다가, 두 사람이 나타나자 '두 사람을 어루만지며 어떤 사람은 눈물까지 흘리'면서 이들을 반기는 모습을 보인다. 이는 위험을 무릅쓰며 순사의 눈을 피해 일행이 함께 걷고 있는 상황에서 '자기들의 신세'는 물론, '이 부인의 신세'를 '불쌍'하게 여기는 마음, 즉 비슷한 고통을 겪고 있는 사람들 간에 내적 연대가 형성된 모습을 보여 준다고 볼 수 있다.

[07~08]

갈래	고전소설, 가정소설, 영웅소설	특징	• 악기, 버선, 신체 표식 등 상징적 소재가 정체 확인의 매개로 기능함 • 우연적 만남과 신의 개입 등 전기적 요소가 극적 흥미를 유발함 • 가문 붕괴와 복권 과정을 통해 질서 회복의 서사 구조를 구현함
성격	교훈적, 전기적, 감동적, 서사적		
배경	• 시대 : 당나라 • 공간 : 황성, 해평, 절 등		
시점	전지적 작가 시점		
주제	가족의 이산과 상봉, 가족의 원한 해소		

07 [모범답안]
옥저, 탄금, 버선

[바른해설]
해선이 연주한 옥저와 탄금 소리에 주봉이 자신의 옥저와 탄금임을 알아차리고 주봉과 해선이 서로 부자지간의 관계임을 의심한다. 또한 이 부인이 선물로 건네 준 버선의 모양이 옛날 자신의 부인이던 이 부인의 수품(手品)과 일치함을 깨닫고 이 부인이 주봉의 아내임을 확인한다. 그러므로 옥저와 탄금, 버선은 위 작품에서 가족 상봉의 매개물로 사용된 소재임을 알 수 있다.

08 [모범답안]
① 성장사
② 조력자
③ 가족(의) 상봉
④ 혈육 찾기

[바른해설]
① 해선은 14세에 주봉과 이 부인을 만나서야 가족 이산의 비극을 알게 된다. 14년간 가족의 원수인 장취경의 아들 '장해선'으로 살아온 것은 어쩔 수 없는 상황에서 버려진 해선이 가족 상봉을 통해 알게 된 비극적인 '성장사'라 할 수 있다.
② '옥황상제'의 도움으로 주봉이 죽음의 위기를 벗어난 것은 초현실적인 존재가 현실의 문제에 개입한 것이며, '시비 옥엽'이 죽음을 무릅쓰고 이 부인이 도적의 소굴을 탈출하도록 한 것은 '조력자'의 도움이라 할 수 있다.
③ 처음 만난 주봉과 해선이 옥저와 탄금을 연주하는 소리를 듣고, 팔관 대사는 '부자 아니면 사제일 것 같다'며 두 인물의 관계에 대한 호기심을 드러내고 있는데, 이것은 뿔뿔이 흩어졌던 주봉 '가족의 상봉'을 암시한다고 볼 수 있다.
④ 연주 소리를 듣고 주봉과 해선일 것이라고 짐작한 이 부인은 이를 확인하기 위해 두 사람을 초대하여 버선을 선물한다. 주봉은 버선의 수품으로 이 부인을 알아보고, 이 부인은 버선을 신으려 하는 해선의 발에서 왼쪽 새끼발가락이 없는

것을 보고 자신이 버린 아들임을 알아챈다. 즉, 버선을 통해 혈육을 찾겠다는 이 부인의 '혈육 찾기' 의식이 드러난 사건이라 할 수 있다.

[09~10]

갈래	전기 소설, 한문 소설	특징	• 현실의 제도, 전쟁, 운명과 대결하는 인간의 의지가 드러남
성격	전기적, 낭만적, 비극적		• 산 사람과 죽은 사람 간의 사랑을 다룬 부분에 전기적 특성이 나타남
제재	• 시간: 고려 말 • 공간: 고려의 개성(송도)		• 삽입 시를 활용하여 등장인물의 심리를 효과적으로 전달함
주제	죽음을 초월한 남녀 간의 애절한 사랑		• 유(儒) · 불(佛) · 선(仙) 사상이 혼재하여 나타남

09 [모범답안]

그런데, 바쳤지요

[바른해설]

이 작품의 제목인 『이생규장전(李生窺墻傳)』은 '이생이 담장을 엿본 이야기'라는 뜻으로, 개성에 사는 이생이 어느 봄날 우연히 담 너머로 보게 된 최 씨와의 죽음을 초월한 사랑을 다루고 있다. 위의 작품에서 "그런데 당신께서 붉은 살구꽃이 핀 담장 안을 한 번 엿보신 후 제가 스스로 푸른 바다의 구슬을 바쳤지요."라는 문장에 제목의 유래가 잘 드러나 있다. 그러므로 첫 어절은 '그런데'이고, 마지막 어절은 '바쳤지요'이다.

10 [모범답안]

죽음을 초월한 남녀 간의 애절한 사랑

[바른해설]

위 작품의 [A]는 홍건적의 난 때 도적에게 죽임을 당한 최 씨가 이승으로 돌아와 이생과 재회하며 사랑을 재확인하는 내용이다. 이러한 비현실적인 전기적 요소를 통해 이 작품의 주제인 '죽음을 초월한 남겨 간의 애절한 사랑'을 엿볼 수 있다.

[11~12]

갈래	가사, 소지형 시가	특징	• 송사의 과정에 따른 시상 전개
성격	비판적, 고발적, 사실적, 묘사적, 송사적		• 사건의 순서대로 진행되는 순행적 · 직렬적 구성
표현	대구법, 대조법, 설의법, 영탄법, 연쇄법, 풍유법		• 동일한 사건을 두고 원고와 피고의 입장 차가 드러남
주제	부도덕한 지배층의 횡포		• 사건의 배경이 명확하게 제시됨

11 [모범답안]

ⓐ 최윤재(또는 순창 서리)

ⓑ 사또

ⓒ 의녀(또는 기생)

[바른해설]

ⓐ 최윤제(순창 서리)가 억울함을 호소하는 소장을 사또에게 제출함

ⓑ 최윤제가 자신이 겪은 피해 상황을 사또에게 진술함

ⓒ 피고가 된 의녀(기생)가 사또에게 억울함을 호소하며 변론함

12 [모범답안]

네 쇠뿔이 아니런들 내 담이 무너지랴

[바른해설]

'네 쇠뿔이 아니런들 내 담이 무너지랴'는 '너의 소 뿔이 아니면 어찌 나의 담장이 무너지겠느냐?'라는 뜻으로, 다른 사람으로 인해 자신이 손해를 보았음을 항의할 때 쓰는 속담이다. 즉, 최윤제가 자신의 상황이 모두 기생들 때문에 발생한 것임을 하소연하기 위해 해당 속담을 인용하고 있다.

[13~14]

갈래	연시조, 우국시	특징	• 병자호란이라는 역사적 사건을 바탕으로 현실 의식과 우국정신 형상화
성격	우국적, 비탄적, 애상적, 충신적, 유교적		• '꿈', '눈물', '시름', '탁주' 등 반복 시어를 통해 감정의 응축을 이룸
표현	대조법, 설의법, 영탄법, 직유법, 은유법, 풍유법, 돈호법, 도치법, 문답법		• 고사를 인용하여 당시의 상황을 표현함
주제	병자호란의 굴욕에 대한 비통함과 두 왕자에 대한 그리움		

13 [모범답안]
① 꿈 / ② 풀

[바른해설]
① 〈제1수〉에서는 '꿈'을 의인화하여 '묻노라'라고 말을 건네는 방식으로 왕자에 대한 그리움을 드러내고 있다.
② 〈제8수〉에서는 '풀'을 '너희'라고 의인화하여 세상사를 잘 아는 '우리'와 대조하면서 자신의 처지에 대한 부정적 인식을 드러내고 있다.

14 [모범답안]
ⓐ 인조 / ⓑ 박제상

[바른해설]
ⓐ 병자호란으로 인해 인조가 청나라에 굴욕적인 항복을 한 후 볼모로 보낸 두 왕자를 구해 올 충신이 없는 현실에 대한 안타까움을 드러내고 있으므로, ⓐ의 '임'은 인조를 가리킨다.
ⓑ 치술령에서 왜왕에게 죽임을 당한 남편의 귀환을 애타게 기다리던 박제상의 아내는 끝내 돌이 되었고, 박제상의 영혼만이 고향으로 돌아왔다는 전설에서 ⓑ의 '치술령 귀혼'은 박제상을 가리킨다.

[15~16]
[성삼문의 시조]

갈래	평시조, 정형시, 서정시	특징	• 백이와 숙제의 태도를 새로운 시각으로 평가함으로써 자신의 절의를 강조하고 있다. • 중의법, 설의법을 사용하여 화자의 의지를 부각하고 있다.
성격	의지적, 절의적, 지사적		
시점	백이와 숙제의 고사		
주제	죽음을 각오한 굳은 지조와 절의		

[황진이의 시조]

갈래	평시조, 정형시, 서정시	특징	• 도치법(또는 행간 걸침)의 표현을 통해 화자의 심리를 드러내고 있다. • 우리말의 절묘한 구사를 통해 자존심과 연정 사이에서 갈등하는 화자의 모습을 드러내고 있다.
성격	감상적, 애상적, 서정적		
시점	이별과 그리움		
주제	임을 그리워하는 마음, 이별의 회환		

[김천택의 시조]

갈래	평시조, 정형시, 서정시	특징	• 동물을 의인화하고 있다. • 대화체를 사용하여 자연에 동화되고 싶은 화자의 정서를 드러내고 있다.
성격	풍류적, 자연 친화적		
시점	갈매기		
주제	자연과 하나가 되고 싶은 마음		

[작자 미상의 시조]

갈래	사설시조	특징	• '마음'에 '창'을 낸다는 기발한 시적 발상이 돋보인다. • 반복법과 열거법 등을 사용하여 화자의 심정을 강조하고 있다.
성격	해학적		
시점	답답한 마음		
주제	삶의 답답함에서 벗어나고 싶은 마음		

15 [모범답안]
이제[백이와 숙제]보다 더 굳은 자신의 충절[절의, 지조]을 강조하기 위해서

[바른해설]
작품 (가)에서 화자는 백이와 숙제가 굶주려 죽을지언정 주나라 땅에서 난 고사리를 먹지 말았어야 했다고 이제(夷齊)의 고사를 인용하며, '이제[백이와 숙제]보다 더 굳은 자신의 충절[절의, 지조]'을 강조하고 있다.

16 [모범답안]
① '임이 굳이 가셨겠냐마는'
② '내가 굳이 보내고'

[바른해설]
글 (나)에서 ⓐ의 '제 구티야'는 주체를 누구로 보느냐에 따라 중의적 해석이 가능하다. 중장과 연결했을 때는 '임이 굳이 가셨겠냐마는'으로 해석할 수 있고, 종장과 연결했을 때는 '내가 굳이 보내고'라고 해석할 수 있다.

[17~18]

갈래	양반 가사, 기행 가사, 정격 가사	해제	• 관리로서의 현실 인식을 바탕으로 우국, 연군, 애민의 정과 개인으로서의 풍류 사이에서의 갈등을 꿈을 통하여 해소하는 모습이 잘 드러남 • 영탄법, 대구법, 생략법 등을 활용하여 금강산과 관동 팔경의 절경을 생동감 있게 묘사함 • 우리말의 아름다움을 잘 살려 뛰어난 언어적 기교가 나타남
성격	서정적, 지사적, 서경적		
운율	3(4)·4조, 4음보 연속체		
제재	내금강과 관동 팔경		
주제	관동 지방의 절경 감상과 선정의 포부		

17 [모범답안]
ⓐ 황뎡경 / ⓑ 명월

[바른해설]
ⓐ '황뎡경(黃庭經) 일자(一字)를 엇디 그릇 닐거 두고'에서 '황

'옥경'은 신선이 옥황상제 앞에서 이 경서의 한 글자만 잘못 읽어도 그 죄로 지상으로 내쳐진다는 말이 있는 도가의 경서이다. 그러므로 '황정경'은 〈보기〉에서 천상계의 신선이 죄를 지어 인간계로 쫓겨나는 것과 관계된 소재이다.
ⓑ '명월이 천산 만낙(千山萬落)의 아니 비쵠 대 업다'에서 '명월'은 임금의 은혜를 상징하며, 화자가 다스리는 관동 지방의 백성들이 선정을 통해 임금의 덕을 누리는 상황을 드러낸 것이다. 그러므로 '명월'은 〈보기〉에서 백성들이 임금의 덕을 누리게 하겠다는 소망을 나타내는 상징적 자연물과 관계된 소재이다.

18 [모범답안]
ⓐ 구태야 뉵면은 므어슬 상(象)톳던고
ⓑ 돌기둥 천백 개를 육각으로 깎아 내어

[바른해설]
[A]의 '구태야 뉵면은 므어슬 상(象)톳던고'와 〈보기〉의 '돌기둥 천백 개를 육각으로 깎아 내어'는 총석정 주변의 돌기둥(주상 절리)이 육각형 모형임을 구체적 수치를 통해 나타낸 시행이다.

[19~20]

갈래	현대 소설, 중편 소설, 사실주의 소설		
성격	사실적, 비판적, 자조적	특징	• 일본에서 조선(부산-김천-서울)으로 돌아오는 여정을 중심으로 전개되는 여로형 소설임 • 상세한 묘사와 함께 세태를 사실적으로 묘사함
시점	1인칭 주인공 시점		
배경	• 시간: 3·1 만세 운동 전 • 공간: 일본에서 돌아오는 여정		
주제	지식인의 눈으로 바라본 일제 강점기의 암울한 조선의 현실		

19 [모범답안]
ⓐ 일제의 침략에 짓밟힌 조선의 암울한 현실
ⓑ 암울한 현실 속에서 비참하게 살아가는 조선의 민중

[바른해설]
ⓐ의 '무덤'은 일제의 침략에 짓밟힌 '조선의 암울한 현실'을 반영하고 있고, ⓑ의 '구더기'는 묘지와 같이 암울한 현실 속에 생의 본능에만 매달려 '비참하게 살아가는 조선의 민중'을 상징하고 있다.

20 [모범답안]
ⓐ 저항적 / ⓑ 냉소적

[바른해설]
〈보기 1〉의 시적 화자는 백마 타고 오는 '초인'을 통해 식민지 조선의 암담한 현실을 극복하고자 광야에서 목 놓아 부르는 '저항적' 태도를 보이는 반면, 윗글의 '나'는 식민지 조선의 암담한 현실을 목격하고도 혼자 코웃음을 치듯 무기력하고 '냉소적'인 태도를 보이고 있다.

[21~22]

갈래	단편 소설		
성격	현실 고발적, 사실적	특징	• 1960년대 우리 사회의 전형성을 지닌 인물들을 통해 당시 시대가 당면한 문제를 제시하고 있다. • 특별한 사건 없이 단편적인 삽화들이 시간적으로 연결되는 구성을 지니고 있다. • 등장인물 간의 비현실적이고 무의미한 대화를 통해 의사소통이 불가능해진 현실을 나타내고 있다.
제재	세 남자의 우연한 만남		
주제	가치관을 상실한 현대인의 심리적 방황과 인간 소외		

21 [모범답안]
익명성

[바른해설]
윗글의 ⓐ에서 '나'가 숙박계에 거짓 이름, 거짓 주소, 거짓 나이, 거짓 직업을 쓴 것은 개인의 노출을 꺼려하는 현대인의 '익명성'을 나타낸 것이다. '익명성'이란 어떤 행위를 한 사람이 누구인지 모르는 것으로, 현대의 대중사회를 구성하는 대중이 누구인지를 모르는 현상을 말한다.

22 [모범답안]
인간 소외

[바른해설]
윗글에서 아내의 죽음에 대한 죄책감 때문에 괴로워하는 '사내'는 '나'와 '안'으로부터 위로와 공감을 받고 싶었으나 '나'와 '안'은 이를 외면한다. 또한 '사내'가 끝내 죽음을 선택한 후에도 '나'와 '안'은 주변 사람들이 알기 전에 여관에서 도망치듯 달아난다. 그러므로 윗글에서 '나'와 '안'이 외면한 '사내의 죽음'을 통해 작가가 말하고자 하는 주제 의식은 '인간 소외'이다.

[23~24]

갈래	현대 소설, 모더니즘 소설, 세태 소설, 심리 소설	특징	• 특별한 줄거리 없이 주인공의 의식의 흐름에 따라 서술됨
성격	심리적, 관찰적, 묘사적		• 주인공의 하루 여정에 따라 사건이 전개되는 여로형 구성임
제재	• 시간: 1930년대의 어느 날 • 공간: 서울 시내		• 당대 서울의 모습과 세태를 구체적으로 보여 줌
주제	무기력한 소설가의 눈에 비친 1930년대 서울의 일상과 그의 내면 의식		

23 [모범답안]

'행복'은 '안타까움'의 대상이지만, '너'는 '기다림'의 대상이다.

[바른해설]

이 작품에서 '구보'는 ⊙의 '행복'이 여자와 함께 가 버렸을지도 모른다며 안타까워하지만, 〈보기〉의 작품에서 '나'는 ⓒ의 '너'가 오랜 세월을 다하며 오고 있으니 기다리겠다고 한다. 즉, ⊙의 '행복'은 '안타까움'의 대상이지만, ⓒ의 '너'는 '기다림'의 대상이다.

24 [모범답안]

ⓐ 의식의 흐름

ⓑ 내면 의식

[바른해설]

이 작품은 시간의 순서와 논리성을 무시한 채 구보의 내면을 '의식의 흐름' 기법을 사용하여 서술하고 있다. 생각의 흐름대로 이어지는 '의식의 흐름' 기법은 일제 강점하에서 무기력하게 살아가는 인물들의 '내면 의식', 즉 생각과 심리를 드러내는 데 효과적이다.

[25~26]

갈래	판소리 사설	특징	• 3 · 4조, 4 · 4조의 운문과 산문이 혼재되어 나타난다.
성격	해학적, 풍자적, 교훈적		• 과장과 해학이 두드러지게 나타난다.
제재	흥보의 선행과 놀보의 악행		• 양반 계층의 한문 투와 평민의 비속어가 함께 나타난다.
주제	① 형제간의 우애와 권선징악 ② 빈부의 갈등, 낡은 관념과 새로운 생활 사이의 갈등		• 일상적 구어와 현재행 시제를 사용하여 현장감을 부여하고 있다.
			• 판소리 작품 중 서민적 취향이 강하게 드러나며, 조선 후기 민중들의 힘겨운 생활상이 드러난다.

25 [모범답안]

죽 말국이 코끝에서 소주(燒酒) 후주 내리듯 댕강댕강하겄다.

[바른해설]

〈보기〉는 우리 문학 속의 해학적 표현에 대해 설명하고 있는 글이다. 윗글의 [A]는 흥보 가족들의 자는 모습을 해학적으로 표현하고 있는데, 특히 '죽 말국이 코끝에서 소주(燒酒) 후주 내리듯 댕강댕강하겄다.'라는 문장은 토속적인 어휘와 과장된 표현 그리고 언어유희 등을 통한 해학미가 잘 드러나 있다.

26 [모범답안]

아니리

[바른해설]

소리, 발림과 함께 판소리를 구성하는 주요 3요소 중 하나인 '아니리'로, 창을 하는 중간에 가락을 붙이지 않고 이야기하듯 말하는 사설 부분을 말한다. 첫 번째 (A)의 '아니리'는 흥보가 환자를 얻으러 갔다가 호방으로부터 매품팔이 일을 얻게 되는 사설이고, 두 번째 (A)의 '아니리'는 흥부가 벌어온 돈의 출처를 흥부의 처에게 밝히는 사설이다.

TIP

• **소리**: 판소리나 창이라고도 부르며 소리꾼이 여러 가지 대목들을 창법으로 부르는 것
• **아니리**: 창을 하는 중간에 가락을 붙이지 않고 이야기하듯 말하는 사설
• **발림**: 소리의 극적인 전개를 돕기 위해 하는 몸짓이나 손짓

[27~28]

갈래	현대 소설	해제	• 개인적인 공간과 사물에 주목하여 주제를 형상화함
제재	피아노, 반지하방		• 개인의 일상적인 삶을 그리며 그에 내재된 사회의 문제를 표현함
주제	청년들의 고단한 삶		• 참신하고 감각적인 표현을 사용함

27 [모범답안]

피아노가 물에 잠겨 가고 있다는 사실을 깨달았기 때문이다.

[바른해설]

윗글에서 '나'는 반지하방에 빗물이 들어오는 문제 상황을 극복하기 위해 애를 쓰지만 다시금 차오르는 빗물을 보며 좌절한다. 그리고는 피아노가 물에 잠겨 가고 있다는 것을 깨달은 뒤, '나'는 물을 퍼내는 것을 포기하고 피아노를 치는 것으로 '나'가 현실에서 나름대로 할 수 있는 항거를 표출한다.

28 [모범답안]

매캐하고 비릿한 도시 냄새

[바른해설]

'나'가 발등까지 차오른 빗물에서 맡은 '매캐하고 비릿한 도시 냄새'는 혼자의 힘으로 감당하기 어려운 비정하고 힘든 도시 생활을 후각적으로 표현한 것이라고 볼 수 있다.

[29~30]

갈래	수필	특징	• 사물과 관련한 경험을 떠올리며 자신의 삶을 성찰함
성격	성찰적, 반성적, 회고적		
제재	존재의 테이블		• 다른 사람의 삶을 바탕으로 삶의 교훈을 이끌어 냄
주제	존재의 가치를 되찾으려는 노력		

29 [모범답안]

자기 성찰

[바른해설]

윗글에서 글쓴이는 거울과도 같은 '존재의 테이블'을 통해 '자기 성찰'의 시간이 갖는 중요함을 주제로 내세우고 있다. 즉, 글쓴이는 나의 테이블은 테이블이 아니라 실은 하나의 거울이며, 내가 지금 어디에 어떻게 앉아 있는가를 가장 잘 비추어 주는 거울이라며 '자기 성찰'의 대상으로 여기고 있다.

30 [모범답안]

(구리)거울

[바른해설]

윗글에서 화자는 내가 닦고 있는 것이 테이블이 아니라 실은 하나의 거울이며, 내가 지금 어디에 어떻게 앉아 있는가를 가장 잘 비추어 주는 거울이라고 하였다. 그러므로 ⓐ의 '테이블'은 '자기 성찰'의 대상이다. 〈보기〉의 시적 화자도 '구리거울'을 통해 참회와 고백을 통한 '자기 성찰'을 실천하고 있으므로, ⓐ의 '테이블'과 같은 역할을 하는 대상은 '(구리)거울'이다.

[31~32]

갈래	현대 수필	특징	• 글쓴이의 경험을 통해 인식의 변화를 드러냄
성격	사색적, 교훈적		
제재	풀독이 오른 경험		• 자연의 본성과 관련된 말을 인용하여 내용을 효과적으로 전달함
주제	인간 중심적 사고에 대한 성찰과 반성		

31 [모범답안]

ⓐ 이기주의적 / ⓑ 이타주의적

[바른해설]

ⓐ 풀독이 오르기 전, 글쓴이가 고추밭과 집터서리에 뒤덮인 잡풀을 필요가 없다하여 뽑고 베어 낸 것은 인간 중심의 이기주의적 사고를 실현한 것이다.

ⓑ 풀독이 오르고 난 후, 글쓴이가 잡풀도 인간과 동등하게 자신을 인위적으로 해하려는 대상에 반박할 수 있으며 이 때문에 풀독이 올랐다고 생각한 것은 생명을 존중하는 이타주의적 사고로 전환된 것이다.

32 [모범답안]

자연의 순리를 거스르지 않기 위해

[바른해설]

윗글에서 '풀독'은 인간 중심적인 사고로 자연의 순리를 거스르는 삶의 태도를 경고하고 질책하는 소재로 사용되었다. 글쓴이는 인위적으로 주사를 맞아 풀독을 낫게 하는 것이 자연의 순리를 거스르는 행동이라고 생각했기 때문에 병원을 찾지 않았다.

[33~34]

갈래	희곡, 현대극, 단막극	특징	• 서로 상반된 가치관을 지닌 인물 간의 갈등을 통해 사건을 전개하고 주제를 부각함 • 창고, 상자, 북어 대가리와 같은 상징적인 배경과 소재를 활용하여 주제를 우의적으로 표현함
성격	상징적, 비판적		
배경	현대의 어느 창고 안		
주제	현대 사회에서 기계 부품처럼 살아가는 현대인의 모습		

33 [모범답안]

가치관의 혼란을 겪으며 삶의 방향성을 상실한 현대인의 모습

[바른해설]

자신의 일에 대한 책임감과 자부심이 있었던 자앙은 창고에 혼자 남은 자신의 모습을 '북어 대가리'와 같다고 느낀다. 맡은 일을 성실히 하는 것이 옳다고 믿으며 창고 안의 삶에 만족했던 자앙은 요령을 부리며 창고 밖의 삶을 동경한 기임이 떠난 후, 자신의 신념과 태도가 헛된 것일 수도 있다는 회의감에 흔들린다. 그러므로 자앙의 회의감을 통해 '북어 대가리'는 '가치관의 혼란을 겪으며 삶의 방향성을 상실한 현대인의 모습'을 나타낸다고 볼 수 있다.

34 [모범답안]

ⓐ 이성적 / ⓑ 육체적

ⓒ 이성적 / ⓓ 육체적

ⓔ 육체적

[바른해설]

• 성실함을 중요하게 생각하는 의식적 존재인 자앙은 이성적 자아를, 아무런 의식 없이 현실적 행복을 찾아 떠나는 기임은 육체적 자아를 상징한다. 그러므로 ⓐ에는 '이성적', ⓑ에는 '육체적'이 들어갈 말로 적절하다.

• 정신적 자아를 상징하는 자앙이 육체적 자아의 상징인 기임을 의붓어미처럼 보살펴 주었다는 말을 통해 이성적 자아가 정신적 자아보다 우위에 있는 모습을 확인할 수 있다. 그러므로 ⓒ에는 '이성적', ⓓ에는 '육체적'이 들어갈 말로 적절하다.

• 기임이 떠난 뒤 자앙이 자신을 몸통(육체) 없이 머리(정신)만 남은 '북어 대가리'와 같다고 느끼는 것을 통해 몸통이라는 육체적 자아를 상실하면 머리만 남는 무기력한 존재로 남게 됨을 확인할 수 있다. 그러므로 ⓔ에 들어갈 말로 '육체적'이 적절하다.

[35~36]

갈래	희곡, 시나리오	특징	• 남북 대립이라는 비극적 상황을 휴머니즘으로 접근 • 공동 경비 구역을 배경으로 남북한 병사들 사이에서 벌어지는 다양한 에피소드와 인간적 유대 관계를 형상화 함
성격	휴머니즘		
배경	판문점의 공동 경비 구역(JSA)		
주제	남북 분단의 현실과 이념을 뛰어넘은 남북한 병사들의 우정		

35 [모범답안]

① 수혁 / ② 성식 / ③ 경필

[바른해설]

① S# 60에서 성식은 '안 가면 안 될까요?'라고 거부 의사를 밝혔지만, 수혁의 성화에 이끌려 군사 분계선을 넘고 있다.

② S# 60에서 경필은 성식을 처음 만났을 때, 성식에 관하여 이야기를 많이 들었다며 반갑게 인사하고 있다.

③ S# 70을 볼 때, 경필은 전쟁이 개시되면 삼 분 내에 공동 경비 구역 내 남과 북이 모두 전멸할 수 있다는 점을 알고 있다.

36 [모범답안]

증명서

[바른해설]

위 작품에서 '증명서'는 전쟁이 터졌을 때 성식의 안전을 보장하기 위해 우진이 생각해 낸 방법으로, 성식에 대한 신뢰를 바탕으로 성식의 안위를 걱정하는 우진의 심리가 반영되어 있다.

PART 1 국어
PART 2 수학
PART 3 기출문제
PART 4 해답

Ⅱ. 독서

[01~02]

주제	교과서에 포함된 글의 분류와 제재의 선정 방법	해제	교과서를 효율적으로 활용하기 위해서는 교과서에 포함된 글의 성격을 아는 것이 중요하다. 교과서에 포함된 글은 기능에 따라 메타 텍스트, 서술 텍스트, 자료 텍스트로 나뉜다. 이때 자료 텍스트를 '제재'라고도 부르는데, 제재는 서술 텍스트에서 배운 내용을 적용해 볼 수 있고 학습을 위한 활동의 대상이 되는 글이다. 제재를 학년에 맞게 선정하기 위해서는 양적 평가와 질적 평가를 함께 사용하는 것이 권장되며, 제재를 선정할 때는 대자성, 균형성, 계열성도 함께 고려된다.
구성	• 1문단: 기능에 따라 분류한 교과서에 포함된 글 • 2문단: 제재의 수준을 측정할 때 사용되는 평가법 • 3문단: 제재를 선정할 때 고려하는 요소들		

01 [모범답안]

① 자료 ② 자료 ③ 서술

[바른해설]

① · ② ㉠에 실린 「속미인곡」과 ㉡에 실린 「진달래꽃」은 제시문의 1문단에 따르면 학습을 위한 활동의 대상이 되는 글이므로 모두 '자료' 텍스트에 해당한다.

③ ㉡에 포함된 '화자의 정서와 태도'를 설명한 글은 학습해야 하는 내용을 직접 서술한 글이므로, 제시문의 1문단에 따르면 '서술' 텍스트에 해당한다.

02 [모범답안]

① 균형성 ② 대자성 ③ 계열성

[바른해설]

① 제시문의 3문단에서 균형성을 갖추기 위해서는 설명문, 논설문, 문학이 모두 수록되어야 한다고 하였으므로, ㉠에 설명문, 논설문, 문학이 모두 제재로 수록된 것은 균형성을 갖추었다고 볼 수 있다.

② ㉡에 실린 시 「진달래꽃」의 마지막 구절은 중의적이어서 토론을 했다고 하였으므로, 제시문의 3문단에 따라 이 시는 다양하게 해석할 수 있는 글인 대자성이 있는 글에 해당한다. 반면, ㉠의 마지막 장에 소개된 '저자의 약력'은 제시문의 3문단에 따르면 의미가 고정된 글이므로 대자성이 없는

글에 해당한다.

③ ㉠은 시 「진달래꽃」을 활용하여 학습 내용을 심화하고 있고 ㉡에서 배운 것과도 연관된다고 하였으므로, 제시문의 3문단에 따라 학년이 높아질수록 배우는 내용이 심화되거나 현재 배우는 것과 과거에 배운 것이 서로 관련된 계열성을 갖춘 글에 해당한다.

[03~04]

03 [모범답안]

① 사용 목적

② · ③ 안전성, 유해성

④ 섭취량

[바른해설]

① 3문단에서는 식품 첨가물은 다양한 목적을 위해 사용할 수 있다며, 네 가지 사례를 들어 설명하고 있다. 그러므로 빈칸에 들어갈 말은 '사용 목적'이다.

② · ③ 4문단에서는 특정 물질의 안전성 및 유해성은 해당 물질의 섭취나 투여에 따라 유해 반응이 나타난 실험 대상의 비율을 나타낸 용량 반응 곡선으로 살펴볼 수 있다며, 식품 첨가물의 안전성 및 유해성을 판단하는 방법을 제시하고 있다. 그러므로 빈칸에 들어갈 말은 '안전성'과 '유해성'이다.

④ 5문단에서는 식품 첨가물의 안전한 섭취량을 알고 있는 것이 중요하다며, 이를 알 수 있는 대표적인 기준으로 일일 섭취 허용량을 제시하고 있다. 그러므로 빈칸에 들어갈 말은 '섭취량'이다.

04 [모범답안]

ⓐ, ⓑ, ⓒ, ⓓ, ⓔ

[바른해설]

ⓐ · ⓑ 2문단에서 식품 첨가물은 자연에 있는 자원에서 특정 성분을 추출한 후 정제하거나 발효하여 얻을 수도 있고, 화학적 합성을 통해 얻을 수도 있다고 하였다.

ⓒ 3문단에서 특정한 식품 가공 공정에 꼭 필요하여 식품의 제조를 위해 사용하는 식품 첨가물이 있다고 하였다.

ⓓ 3문단에서 식품의 보존성과 저장성을 높이기 위해 식품 첨가물을 사용할 수 있다고 하였다.

ⓔ 1문단에서 완성된 식품에 남아 있지 않더라도 식품의 제조, 가공, 조리, 보존 중 식품에 사용되었으면 식품 첨가물이라고 하였다.

[05~06]

갈래	에세이		• 인물 사진과 풍경 사진
성격	분석적, 예시적		으로 나누어 각각의 사
제재	내가 찍고 싶은 사진	특징	진을 찍는 법을 소개함
주제	스스로 발견해 낸 소중한 가치를 담아야 하는 사진		• 사진의 결과물을 하나의 예로 활용하여 독자의 이해를 도움

05 [모범답안]

① 겁내지 말고 사람을 찍어라.

② 사람에 대해 애정을 가지고 찍어라.

[바른해설]

제시문에서 글쓴이는 첫째로 사람이라는 소재는 마르는 법이 없으므로 무엇보다 먼저 사람에 초점을 맞추어 '겁내지 말고 사람을 찍어라.'라고 주문하고 있다. 둘째로 사진 속의 삶을 이어 가는 수많은 인물이 끝없는 감동을 만들어 갈 것이기 때문에 '사람에 대해 애정을 가지고 찍어라'라고 주문하고 있다.

06 [모범답안]

ⓐ 입체적 / ⓑ 이차원 / ⓒ 프레임

[바른해설]

제시문에서 아무리 자연 풍경을 정밀한 묘사력으로 재현한다 하더라도 실제의 감동에 미치지 못하는 이유는 애초에 눈앞에 펼쳐지는 '입체적' 공간의 느낌을 '이차원' 평면인 사진으로 표현한다는 것 자체가 불가능한 일이기 때문이라고 그 한계를 설명하고 있다. 또한, 어차피 실제의 입체적인 느낌을 살려 낼 수 없다면 풍경 사진을 찍을 때 염두에 두어야 하는 것은 바로 풍경을 보는 자신의 인식과 '프레임'이라고 그 극복 방안을 제시하고 있다.

[07~08]

주제	운동량 및 충격량의 개념과 충격량 공식이 의미하는 것	해제	이 글은 물체의 운동과 관련된 물리량인 운동량과 충격량에 대해 설명하고, 이 개념이 적용될 수 있는 사례들을 제시하고 있다. 운동량에 대해 데카르트는 물체의 질량과 속력의 곱으로 정의를 했지만, 스칼라양인 속력을 사용했기 때문에 실제 실험과 맞지 않는 사례가 있었다. 뉴턴은 속력 대신 벡터양인 속도를 사용하여 데카르트가 정의한 운동량의 문제
	• 1문단: 역학의 관점에서 본 구기 스포츠		
	• 2문단: 운동량에 대한 데카르트와 뉴턴		

구성	의 정의와 운동량 보존 법칙		를 해결했다. 뉴턴의 운동 제2 법칙을 이용하면 충격량은 힘과 작용 시간의 곱으로 나타낼 수 있다. 이 공식을 통해 같은 힘으로도 작용 시간을 길게 하면 충격량을 크게 할 수 있으며, 충격량이 같을 경우 작용 시간이 길면 힘은 작아진다. 야구 글러브나 에어백 등이 충격을 완화해 주는 원리는 작용 시간을 길게 하여 사람에게 작용하는 힘을 줄인 것이다.
	• 3문단: 충격량 공식과 충격량을 늘리는 원리		
	• 4문단: 충격량 공식과 충돌 시 받는 힘을 완화하는 원리		

07 [모범답안]

ㄱ, ㄴ, ㄹ

[바른해설]

ㄱ → (O)

같은 탄환을 쓸 경우 화약의 폭발력은 같다. 이는 공식에서 F가 같다는 것을 의미한다. 그런데 총열이 길수록 더 멀리 날아간다는 것은 충격력 $m \times \Delta v$가 커진다는 것을 의미한다. $F \times \Delta t = m \times \Delta v$ 공식에서 F가 일정함에도 $m \times \Delta v$가 커지는 것은 바로 작용 시간인 Δt가 커졌기 때문이다.

ㄴ → (O)

타격할 때 하체와 몸통 회전을 하여 더 큰 힘을 냄으로써 공을 더 멀리 보낼 수 있다는 것은 $F \times \Delta t = m \times \Delta v$에서 F를 크게 하여 $m \times \Delta v$를 크게 하는 것이다.

ㄷ → (X)

범퍼끼리 정면충돌을 하면 반대 방향으로 튕겨 나가게 되는 것은 작용에 따른 반작용이 일어나는 것을 보여 주므로, ㉠으로 설명하기 어려운 사례이다.

ㄹ → (O)

스펀지로 포장을 하면 제품에 작용하는 충격이 줄어든다는 것은 $F \times \Delta t = m \times \Delta v$에서 Δt를 늘려서 전달되는 힘 F를 줄일 수 있다는 것이다.

08 [모범답안]

$-2v \times m$

[바른해설]

물체 A의 운동 방향이 반대일 경우 운동량은 $-2v \times m$이다. 〈보기〉에 따르면 두 물체가 충돌할 때 속도 교환이 일어나므로 충돌 후에는 $-4v \times m$이 된다. 2문단에 따르면 충격량은 충돌 후의 운동량에서 충돌 전의 운동량을 뺀 값이므로 '$-4v \times m - (-2v \times m) = -2v \times m$'이다.

PART1 국어

PART 2 수학

PART 3 기출문제

PART 4 해설

[09~10]

갈래	논설문	특징	• 친숙한 동화를 예로 들어 철학적 주제에 쉽게 접근함
성격	설명적, 예시적, 설득적		• 로봇 과학자들의 주장을 인용하여 앞으로 로봇과 관련하여 야기될 문제들을 제기함
제재	인간과 로봇의 관계		
주제	로봇에게 인권을 부여해야 하는가의 문제가 제기하는 새로운 철학적 과제와 인간 존재 성찰의 필요성		• 로봇에 대한 새로운 시각을 보이며 로봇을 대하는 인간의 태도가 달라져야 함을 강조함

09 [모범답안]
ⓐ 인공 노예
ⓑ 동반자

[바른해설]
로봇(robot)이라는 말이 원래 '강제 노동'을 뜻하는 체코어 '로보타(robota)'에서 유래했듯이, 초기의 로봇은 인간 대신에 천하고 힘든 일을 하게 될 '인공 노예'를 의미하였다. 그러나 오늘날의 로봇은 노예나 단순 노동자보다는 삶의 '동반자' 역할이 강조된다. 그러므로 ⓐ에는 '인공 노예', ⓑ에는 '동반자'가 들어갈 말로 타당하다.

10 [모범답안]
착한 로봇

[바른해설]
〈보기〉의 '로봇 공학의 3원칙'은 모두 인간의 명령에 따르며 인간을 위해 살아가는 '착한 로봇'을 전제로 한다. '로봇이 자기 자신을 보호해야 한다.'는 로봇 공학의 제3의 원칙도 '인간에게 해를 끼쳐서는 안 된다.'는 제1 원칙과 '인간의 명령에 복종해야 한다.'는 제2 원칙에 위배되지 않아야 하므로, 결국 인간의 통제 하에 놓여있는 '착한 로봇'을 전제로 함을 유추할 수 있다.

[11~12]

11 [모범답안]
① ⓒ / ② ⓔ / ③ ⓖ / ④ ⓔ

[바른해설]
① 고립 효과가 나타난다면 모든 선택지에 적용될 수 있는 문제 상황이나 공통으로 제시된 조건은 크게 집중하지 않고, 다른 선택지와 차이가 있는 개별 선택지의 내용에 집중하게 된다. 즉 [상황 1]에서 1단계에서는 25% 확률로 당첨되는 추첨이 이루어지고, 당첨된다면 2단계로 넘어갈 수 있다는 상

황에는 크게 집중하지 않고, 개별 선택지인 ⓖ과 ⓒ에만 집중하게 된다. 이런 상황에서 확실성의 효과가 나타난다면 확률적으로 얻을 수 있는 이득보다 확실하게 얻을 수 있는 이득에 좀더 가중치를 두고 높게 평가하게 되므로 ⓒ을 선택하게 된다.
② 기대 효용 이론에서 말하는 합리적인 결정을 하는 사람들은 [상황 2]에서 받을 수 있는 돈의 기댓값이 더 큰 ⓔ을 선택할 것이다.
③·④ 기대 효용 이론에 따르면 결과가 불확실한 상황에서 사람들은 특정 선택을 하였을 때 얻을 수 있다고 예상하는 효용인 기대 효용이 가장 큰 것을 선택하는 합리적인 결정을 내린다. ⓖ과 ⓔ은 모두 20%의 확률로 400만 원을 받을 수 있는 선택지이며, ⓒ과 ⓔ은 모두 25%의 확률로 300만 원을 받을 수 있는 선택지이다. 사람들이 기대 효용 이론에 부합하는 선택만을 한다면, [상황 1]에서는 ⓖ을, [상황 2]에서는 ⓔ을 선택할 것이다.

12 [모범답안]
반사 효과

[바른해설]
사람들의 확실성에 대한 선호가 이익과 관련된 상황이냐 손실과 관련된 상황이냐에 따라 달라지는 것을 '반사 효과'라고 한다. 〈보기 1〉에서 사람들은 이득을 볼 수 있는 선택지 중에서는 얻을 수 있는 돈이 적지만 확률이 높은 위험 회피적인 선택을 하지만, 손실을 볼 수 있는 선택지 중에서는 잃을 수 있는 돈은 많지만 확률은 낮은 위험 선호적인 선택을 하는 것을 볼 수 있으므로, '반사 효과'가 나타났다고 할 수 있다.

[13~14]

갈래	설명문	특징	• 잘 알려진 소설 「80일간의 세계 일주」의 내용을 인용함
성격	예시적, 사실적, 분석적		• 실생활과 밀접한 관련이 있는 경제 개념을 이해하기 쉽게 설명함
제재	소비자 잉여		
주제	「80일간의 세계 일주」를 통해 알아본 소비자 잉여의 개념과 특성		• 소비자 잉여가 발생하는 상황을 예로 들어 설명함

13 [모범답안]
각 소비자에게 같은 상품에 대한 가격을 다르게 받지 말아야 한다.

[바른해설]
제시문에서 기업이 어떤 상품을 독점해서 판매하는 경우가 아

니라면 공급자가 각 소비자에게 같은 상품에 대한 가격을 다르게 받을 수 없을 때 소비자 잉여가 발생하며, 이 사실은 경쟁적 시장이 소비자에게 효율적이라는 것을 증명한다고 하였다.

14 [모범답안]

1,500원 / 1,000원 / 1,000원 / 500원 / 500원

[바른해설]

A 소비자는 사과 한 개를 사는데 1,500원까지 지불할 수 있다고 생각하였으므로 A 소비자의 지불 용의 가격은 1,500원이고, B 소비자는 1,000원까지 지불할 수 있다고 생각하였으므로 B 소비자의 지불 용의 가격은 1,000원이다. 그런데 사과 한 개의 가격이 500원이므로 A 소비자는 1,500원에서 500원을 차감한 1,000원의 소비자 잉여가 발생하고, B 소비자는 1,000원에서 500원을 차감한 500원의 소비자 잉여가 발생한다. 만일 사과 한 개의 가격이 1,000원이라면 A 소비자는 1,500원에서 1,000원을 차감한 500원의 소비자 잉여가 발생하고, B 소비자는 1,000원에서 1,000원을 차감하여 소비자 잉여가 발생하지 않게 된다.

A 소비자의 지불 용의 가격	1,500 원
B 소비자의 지불 용의 가격	1,000 원
상품의 시장 가격이 500원일 때 A 소비자의 소비자 잉여	1,000 원
상품의 시장 가격이 500원일 때 B 소비자의 소비자 잉여	500 원
상품의 시장 가격이 1,000원일 때 A 소비자의 소비자 잉여	500 원

[15~16]

15 [모범답안]

A 불상애, ⓐ 별애, ⓑ 겸애

B 절용, ⓒ 절장, ⓓ 비악

[바른해설]

〈보기 1〉 2문단에서 묵자는 전쟁과 같은 혼란과 갈등의 원인이 '서로 사랑하지 않음'을 뜻하는 불상애(A) 때문이며, 불상애가 일어나는 원인은 '차별적인 사랑'을 의미하는 별애(ⓐ) 때문이라고 지적하였다. 또한 묵자는 별애와 반대되는 '차별 없는 보편적 사랑'을 의미하는 겸애(ⓑ)를 하면 혼란과 갈등이 없어지고 세상이 평화로워질 것이라 주장하였다.

〈보기 2〉 3문단에서 묵자는 절용(B)이란 '노동의 결과물인 재화를 백성들의 삶에 도움이 되지 않는 곳에 낭비하지 않고, 재화의 본래 목적대로 절도 있게 사용하는 것'을 의미한다고 하였다. 이런 절용을 실행하기 위해 묵자는 절장과 비악을 주장하였는데, 절장(ⓒ)이란 '장례 의식을 줄이는 것'을 의미하고 비악(ⓓ)이란 '음악을 반대하는 것'을 의미한다고 하였다.

16 [모범답안]

① 공자 / ② 묵자

③ 묵자 / ④ 공자

[바른해설]

① · ② 공자는 사랑에 있어서 대상에 따른 차이가 존재하는 것이 마땅하다고 생각하였지만, 묵자는 차별 없는 보편적인 사랑인 겸애를 하면 서로 이익을 나누어 가짐을 뜻하는 교리가 따르게 된다는 겸애 교리의 사상을 주장하였다.

③ · ④ 공자와 달리 차별 없는 보편적 사랑을 의미하는 겸애를 해야 한다는 묵자의 주장에 대해, 차별 없이 모두를 사랑하면 자신에게 돌아오는 이득이 없으므로 겸애를 하는 것은 현실적으로 어렵다는 비판이 있었다.

PART 1 국어

PART 2 수학

PART 3 기출문제

PART 4 해설

[17~19]

주제	동조 현상의 원인과 분류	해제	이 글은 동조 현상에 대해 설명하고 있다. 동조 현상은 집단이 구성원에게 가하는 압력에 의해 개인의 행동이나 태도가 변하는 것이며, 집단의 규범과 밀접한 관련이 있다. 동조 현상이 일어나는 원인 중 규범적 영향력은 개인이 집단에서 고립되지 않기 위해 집단의 규범을 따르는 것이며, 정보적 영향력은 개인이 판단하기 어려울 때 집단의 규범이나 의견을 정보로 여기고 따르는 것이다. 동조 현상은 순응, 동일시, 내면화로 나눌 수 있는데, 순응은 보상을 얻거나 벌을 피하기 위해 일시적으로 동조하는 것이고, 동일시는 집단의 특정 구성원과 비슷해지고 싶다는 욕구 때문에 일어나는 동조이며, 내면화는 집단의 규범을 자신의 내면에 완벽하게 수용한 것이다.
구성	• 1문단: 동조 현상의 정의 • 2문단: 동조 현상과 집단의 규범 • 3문단: 동조 현상의 원인1 – 규범적 영향력 • 4문단: 동조 현상의 원인2 – 정보적 영향력 • 5문단: 동조 현상의 분류 – 순응, 동일시, 내면화		

17 [모범답안]
묵시적 규범

[바른해설]
제시문의 2문단에 따르면 '묵시적 규범'이란 명문화되어 있지 않으며 공식적으로 발표되지 않았지만 사람들이 암묵적으로 동의하는 규범을 의미한다. 〈보기 1〉에서 '답변 1'을 통해 세 명의 피험자가 처음에는 광점의 이동 범위에 대한 생각이 모두 달랐으나, '답변 2'와 '답변 3'을 거치면서 광점의 이동 범위에 대한 묵시적 규범이 점차 생기고 있음을 알 수 있다. 또한 최종적으로 '답변 4'에서 피험자 집단에 생긴 묵시적 규범을 각각의 피험자가 스스로 옳다고 생각하고 받아들이고 있으며, 이는 정답에 대한 판단이 모호한 문제에 대해서도 집단의 '묵시적 규범'이 정해질 수 있음을 알 수 있다.

18 [모범답안]
정보적 영향력

[바른해설]
제시문의 4문단에서 '정보적 영향력'은 개인이 판단의 근거가 부족하거나 판단이 어려울 때 집단의 규범이나 의견을 정보로

여기고 따르는 것을 의미함을 알 수 있다. 〈보기〉에서는 B에 있는 선분 중 A에 있는 선분과 길이가 같은 선분을 피험자가 명확하게 판단할 수 있다고 하였다. 즉 〈보기〉의 실험은 피험자에게 정보적 영향력이 발생하기 어려운 상황이며, 이를 통해 정보적 영향력이 발생하기 어려운 상황에서도 동조 현상이 일어나는 것을 알 수 있다.

19 [모범답안]
동일시

[바른해설]
〈보기〉에서 갑은 점점 을을 신뢰하고 존경하게 되면서 을처럼 되고 싶다고 생각했으므로, 갑은 을에 대한 '동일시'의 욕구를 가진 것이다. 제시문의 5문단에 따르면 '동일시'는 집단의 특정 구성원과 비슷해지고 싶다는 욕구 때문에 일어나는 동조 현상을 말한다.

[20~21]

갈래	설명문	특징	밀리미터파의 특성과 원리를 설명하고 그것이 기술적으로 어떻게 응용되고 있는지를 설명하고 있다.
성격	논증적		
제재	밀리미터파		
주제	밀리미터파의 특성과 원리 및 응용 분야		

20 [모범답안]
ⓐ 짧은 파장 / ⓑ 넓은 가용 대역폭
ⓐ 직진성 / ⓑ 대기 감쇠 특성

[바른해설]
제시문에 따르면 밀리미터파는 파장이 짧아 전자 회로와 안테나의 크기를 작게 만들 수 있고, 가용 대역폭이 넓어서 수 기가헤르츠 대역폭을 필요로 하는 대용량 데이터의 고속 전송에 유용한 장점이 있다. 그러나 직진성과 대기 감쇠 특성 때문에 한번에 먼 거리로 데이터를 전송하는 데 어려운 점이 있다.

21 [모범답안]
① 94기가헤르츠 / ② 60기가헤르츠 / ③ 77기가헤르츠

[바른해설]
제시문에 따르면 '94기가헤르츠' 대역은 이미지 스캐닝 시스템에 활용되어 항공 시스템의 전방 스캔용 또는 공항이나 은행의 무기 탐지용으로 사용되고 있다. 또한 '60기가헤르츠' 대역은 넓은 가용 대역폭을 활용해 근거리에서 대용량의 데이터를 고속 전송하는 데 사용되며, '77기가헤르츠' 대역은 차량 충돌 방지 레이더에 쓰인다.

[22~23]

갈래	설명문		
성격	해설적, 분석적		
제재	인공 지능과 딥 러닝	특징	• 인공 지능과 관련하여 화제를 일으켰던 바둑 대결을 소재로 독자의 흥미를 유발함
주제	인공 지능의 미래와 인공 지능의 핵심 기술인 딥 러닝에 대한 소개		• 인공 지능이 활용되고 있는 여러 분야를 소개하며 효과적으로 내용을 전달함

22 [모범답안]

ⓐ 이미지 분류
ⓑ 제약 산업
ⓒ 마케팅 분야
ⓓ 자율 주행 자동차

[바른해설]

ⓐ 이미지 분류: 딥 러닝을 이용해 자동으로 영상을 인식하여 이를 분류하고 분류 목적에 맞게 저장까지 할 수 있게 되었다.
ⓑ 제약 산업: 딥 러닝을 이용한 가상 실험 방법이 가능해지면서 많은 연구자들이 약물 개발에 유용하게 활용하고 있다.
ⓒ 마케팅 분야: 딥 러닝은 고객에 따라 활용 가능한 마케팅 방법을 선정하고 효과를 예측하는 데 활용되고 있다.
ⓓ 자율 주행 자동차: 자율 주행 자동차는 앞에 횡단보도가 있는지 사람이 있는지와 같은 정해진 물음에 답할 뿐 아니라, 안전하거나 위험한 상황을 담은 동영상 정보를 기반으로 스스로 학습해 자동차를 운행한다.

23 [모범답안]

스마트폰에 미리 입력해 둔 오늘의 일정을 확인하였다.

[바른해설]

스마트폰에 미리 입력해 둔 오늘의 일정을 확인하는 것은 단순히 정보를 입력하고 저장하는 기능일 뿐 인공 지능을 활용한 사례로 보기 어렵다.

TIP

〈일기에 적힌 인공 지능 활용 사례〉
• 스피커에게 오늘 날씨에 어울리는 노래를 틀어 달라고 말했다.
• 자동차에 타 목적지를 입력하니 자동차가 스스로 시동을 걸고 주행을 시작하였다.
• 쇼핑몰 사이트에 접속하자 내 취향과 쇼핑 습관에 맞는 추천 제품 목록이 떴다.
• 홈 네트워크를 통해 거실의 로봇 청소기를 작동시켰다.

[24~25]

갈래	일기		
성격	독백적, 주관적		
제재	유만주의 독서 경험	특징	• 자신의 독서 경험과 당대의 독서 문화 등을 일기 형식으로 서술함
주제	자신이 읽은 책에 대한 감상과 당대의 독서 문화에 대한 비판		• 당시에 유행하던 책 소장 형태 및 독서 방식에 대한 비판적 인식을 드러냄

24 [모범답안]

책을 소장하려고만 하고 남에게 빌려주지 않는 사람

[바른해설]

1780년 6월 21일 일기의 서두에서 책이 있으면서 남에게 빌려주지 않으면 '책 바보'라고 하였고, 자신에게 없는 책을 무슨 수를 써서든 소장하려고 드는 것도 '책 바보'라고 하였다. 그러므로 '책 바보'는 '책을 소장하려고만 하고 남에게 빌려주지 않는 사람'을 의미한다.

25 [모범답안]

주제 통합적 읽기

[바른해설]

1780년 10월 20일 일기에서 ⓑ의 '오이 덩굴을 뽑아내는 방식'은 관련 서적을 모두 참고하여 읽는 독서 방법이므로, 현대의 독서 방법 중 '주제 통합적 읽기'에 해당된다. '주제 통합적 읽기'란 같은 화제를 다룬 여러 글을 읽고 비판적·통합적으로 이해하여 의미를 재구성하는 읽기 방법이다.

[26~27]

갈래	책 서문		
제재	북학의 의미		
주제	• 청나라의 선진 문물 수용의 필요성 • 청을 배척하는 지식인들에 대한 비판	특징	• 한문체인 '서(序)'의 형식을 통해 주장을 논리 정연하게 밝힘 • 성현의 고사를 인용하여 주장의 정당성을 강화하고 당대 지식인들의 현실 인식을 비판함

26 [모범답안]

ⓐ 사농공상 / ⓑ 이용후생

[바른해설]

ⓐ 사농공상(士農工商)은 조선 시대 백성을 나누던 네 가지 계급으로 사민(四民)을 말한다. 사민은 여러 일을 다스리는 선비, 농사에 힘쓰는 농부, 공예를 맡은 공장(工匠), 물화를 유통시키는 상인으로 구분된다.
ⓑ 이용후생(利用厚生)은 실학사상의 실천 이론으로, 기구를

편리하게 쓰고 먹을 것과 입을 것을 넉넉하게 하여 국민의 생활을 나아지게 한다는 뜻이다.

27 [모범답안]
실학사상

[바른해설]
윗글 [A]의 '그는 농사짓고 ~ 비교해 보지 않은 것이 없었다.'는 백성들의 삶을 보다 풍요롭게 하기 위한 실용적이고 실증적인 학문의 필요성을 강조하고 있다. 〈보기〉의 우리 실정에 맞는 새로운 사상이란 이러한 실용적이고 실증적인 학문을 의미하므로, 윗글의 [A]에 드러난 사상은 '실학사상'이다.

[28~29]

갈래	설명문		
제재	신경 전달 물질	해제	우리 몸의 가장 중요한 기관 중의 하나인 뇌에서 신경 세포 간의 정보 전달이 신경 전달 물질에 의해 어떻게 전달되는지 그 과정을 설명하고 있다.
주제	신경 전달 물질의 발견과 신경 세포 간의 정보 전달		

28 [모범답안]
ⓐ 음전하 / ⓑ 양전하 / ⓒ 음전하

[바른해설]
제시문의 2문단에 따르면 평상시 신경 세포는 ⓐ음전하를 띠고 있으며, 나트륨 이온, 칼슘 이온 등의 양이온이 들어오면 신경 세포는 ⓑ양전하를 띠게 되어 흥분하게 되고, 반대로 염소 이온과 같은 음이온이 세포 내로 들어오면 세포의 ⓒ음전하가 커지게 되어 신경 세포의 흥분이 억제된다고 설명하고 있다.

29 [모범답안]
방출되는 신경 전달 물질의 양이 감소하면 수용체의 수는 증가하고, 반대로 방출되는 신경 전달 물질의 양이 증가하면 수용체의 수는 감소한다.

[바른해설]
제시문의 [A]에 따르면 방출되는 신경 전달 물질의 양이 어떤 이유로 줄어들면 수용체의 수는 증가하고, 반대로 방출되는 신경 전달 물질의 양이 너무 많아지면 수용체의 수는 줄어든다고 하였다. 이것이 우리 뇌의 기능이 일정하게 유지되는 항상성의 원리이며, 이러한 항상성이 깨지면 여러 가지 신경 정신 질환이 발생하게 된다.

[30~31]

갈래	논설문		
제재	우리 사회의 토론 문화	특징	• 현실의 문제를 비판적으로 분석하고 그 해결 방안을 제안함
주제	우리 사회의 의견 스펙트럼의 다양화를 위한 토론과 논쟁의 필요성		• 대조, 비유 등을 사용하여 독자의 이해를 돕고 설득의 효과를 높임 • 전문가(학자)의 견해를 인용하여 주장의 설득력을 높임

30 [모범답안]
집단 편향[집단 극화]

[바른해설]
제시문의 ⓐ에서 '자신과 비슷한 생각을 가진 사람들에게 동조하면서 기존의 의견과 입장을 더욱 강화하는 경향'은 서로 다른 의견을 가진 사람들 각각의 '집단 편향[집단 극화]'을 의미하는 것으로, 사람들의 의견이 극단적으로 나뉘는 현상을 유발시킨다.

31 [모범답안]
논쟁을 기피하는 사람들이 야기할 수 있는 문제점을 드러내기 위해

[바른해설]
선스타인은 "나는 네 의견에 동의하지 않는다."라고 말하지 않는 사람은 집단에 동조하기, 자기 합리화, 상호 비방 등의 문제점을 보인다고 하였다. 따라서 이를 인용한 까닭은 논쟁을 피하는 사람들이 지닌 문제점을 드러내기 위함이라고 할 수 있다.

[32~33]

갈래	논설문		
성격	논리적, 설득적, 대조적		• 주장을 내세우기 위해 '정의'와 '돈수'의 개념을 정의함
제재	무정한 사회와 유정한 사회		• 무정한 사회와 유정한 사회의 모습을 대조적으로 제시함
주제	정의 돈수를 길러 대한 사회를 화기 넘치는 유정한 사회로 만들자	특징	• 당시 사회의 문제 원인을 무정함에서 찾고 '정의 돈수'에 힘써 유정한 사회로 나아갈 것을 강조함

32 [모범답안]
남에게 물질적으로 의뢰하지 말아야 한다.

[바른해설]
정후는 친구인 산하에게 돈을 빌렸으므로, 글쓴이가 정의를 기르는 데 당부한 몇 가지 주의사항 중 4의 '남에게 물질적으로 의뢰하지 말아야 한다.'는 항목에 어긋난 행동을 한 것이다.

33 [모범답안]
ⓐ 정의 / ⓑ 돈수 / ⓒ 화기 / ⓓ 유정

[바른해설]
제시문의 필자는 무정한 대한 사회를 비판하고 정의와 돈수를 길러 화기 넘치는 유정한 사회를 만들자고 독자를 설득하고 있다. 즉, '정의와 돈수를 길러 대한 사회를 화기 넘치는 유정한 사회로 만들자'가 윗글의 주제문에 해당한다. 그러므로 ⓐ에는 '정의', ⓑ에는 '돈수', ⓒ에는 '화기', ⓓ에는 '유정'이 들어갈 말로 적절하다.

[34~35]

매체 유형	블로그 글 (인터넷 매체)	해제	사진, 그래프, 동영상, 포스트 등의 다양한 자료를 복합적으로 활용하여 지구 온난화로 인한 생태 환경 파괴와 그 해결 방안을 제시하고 있는 블로그 글이다. 지구 온난화로 인한 기후 변화의 양상을 전문 기관의 자료를 인용하여 제시한 후, 그 피해를 북극곰에서부터 인류에게까지 확장하여 설명하고 있다.
제재	지구 온난화로 인한 생태 환경 파괴		
주제	지구 온난화가 북극곰과 인류에게 미치는 부정적 영향과 대책		

34 [모범답안]
ⓐ 온실가스
ⓑ 해수면 상승
ⓒ 사막화

[바른해설]
ⓐ 지구 온난화의 유력한 원인으로 '온실가스' 발생을 꼽는데, 온실가스로는 이산화 탄소가 대표적이다.
ⓑ 지구 온난화로 인한 '해수면 상승'은 저지대 침수를 일으킨다.
ⓒ 지구 온난화로 지구의 온도가 점점 올라가면 토양의 습기가 급속도로 증발되어 토양의 황폐화와 '사막화'가 빠르게 진행된다.

35 [모범답안]
사용하지 않는 플러그 뽑아 두기

[바른해설]
이산화 탄소를 줄일 수 있는 생활 속 실천방법 중 윗글의 [A]에서 제시한 구체적 수치에 근거하여 가장 많이 줄일 수 있는 방법부터 순서대로 나열하면 다음과 같다.

[36~37]

주제	경제적 자유주의와 정치적 자유주의 사이의 긴장	특징	이 글은 자유주의 안에서 경제적 자유주의와 정치적 자유주의가 일으키는 긴장 상태에 대해 설명하고 있다.
구성	• 1문단: 자유주의에 내재된 긴장 • 2문단: 경제적 자유주의의 관점 • 3문단: 정치적 자유주의의 관점		

36 [모범답안]
경제적 자유주의

[바른해설]
〈보기〉에서 설명한 신자유주의 정책은 시장에서의 각종 규제를 제거하고 노동 시장을 유연화화는 것을 그 내용으로 하므로 경제적 자유주의와 상통한다고 볼 수 있으며, 이는 재분배적 평등주의 정책과 배치되는 것이다.

37 [모범답안]
ⓐ 마이클 샌델 / ⓑ 밀턴 프리드먼
ⓒ 공적 자율성 / ⓓ 사적 자율성

[바른해설]
제시문의 3문단에 따르면, 마이클 샌델은 개인의 선택과 우선성을 주장하는 경제적 자유주의로 인한 불평등이 시민들로 하여금 눈앞에 생계와 자기 이익에 집중하게 만듦으로써 스스로 자신의 삶을 지배할 수 있는 시민 역량을 약화시킨다고 보았

다. 이러한 관점은 '공적 자율성'을 중시하는 정치적 자유주의 사상에 근거한다.

제시문의 2문단에 따르면, 밀턴 프리먼은 경제적 자유가 궁극적인 목적이자 정치적 자유를 성취하기 위한 필수 불가결한 수단이라고 보았다. 즉, 복지라는 목적으로 경제적 자유를 침해하는 재분배적 평등주의는 결과적으로 정치적 자유까지 위협하기 때문에 그 침해가 정당화될 수 없다고 보았다. 이러한 관점은 '사적 자율성'을 중시하는 경제적 자유주의에 사상에 근거한다.

수학

[수학Ⅰ]

Ⅰ. 지수함수와 로그함수

01 [모범답안]

$\log_a(2-\sqrt{2})=2$를 지수로 변환하면

$a^2=2-\sqrt{2}$ ······①

$2a^{-2}=\dfrac{2}{2-\sqrt{2}}=2+\sqrt{2}$ ······②

따라서

$a^2+2a^{-2}=(2-\sqrt{2})+(2+\sqrt{2})=4$ ······③

02 [모범답안]

$\log_{(x-2)}(-x^2+8x-12)$에서

(ⅰ) 밑 조건에 의해 $x-2$는 1이 아닌 양수이므로

$x-2>0,\ x-2\neq 1$이다.

따라서 $2<x<3,\ x>3$

(ⅱ) 진수 조건에 의해 $(-x^2+8x-12)$는 양수이므로

$-x^2+8x-12>0$

$x^2-8x+12<0$

$(x-2)(x-6)<0$

$2<x<6$

(ⅰ), (ⅱ)에 의해 x의 공통범위는 $2<x<3,\ 3<x<6$이다.

03 [모범답안]

$|x+3|\leq n-k$에서

$-n+k\leq x+3\leq n-k$

$-n+k-3\leq x\leq n-k-3$

$n,\ k$가 자연수이므로 조건을 만족시키는

정수 x의 최댓값 m은 $m=n-k-3$

$2\leq k\leq n\leq 6$인 두 자연수 $n,\ k$에 대하여 m의 n제곱근 중

음수인 것이 존재하려면 n이 홀수이고 m이 음수이거나, n이

짝수이고 m이 양수인 경우이다.

(ⅰ) n이 홀수이고 m이 음수인 경우

$m=n-k-3<0$에서 $k>n-3$

$n=3$인 경우 $k>0$이고 $2\leq k\leq n$이므로

$k=2,\ 3$

$n=5$인 경우 $k>2$이고 $2\leq k\leq n$이므로

$k=3,\ 4,\ 5$

(ⅱ) n이 짝수이고 m이 양수인 경우

$m=n-k-3>0$에서 $k<n-3$

$n=2$ 또는 $n=4$인 경우 조건을 만족시키는 자연수 k는

존재하지 않는다.

$n=6$인 경우 $k<3$이고 $2\leq k\leq n$이므로

$k=2$

(ⅰ), (ⅱ)에 의하여 조건을 만족시키는 순서쌍 $(n,\ k)$는

$(3,\ 2),\ (3,\ 3),\ (5,\ 3),\ (5,\ 4),\ (5,\ 5),\ (6,\ 2)$이고

그 순서쌍의 합 중 최댓값은 $5+5=10$이다.

04 [모범답안]

$3^x=t$라고 하면 지수함수는 $y>0$의 범위에 존재하므로 $t>0$

이다.

$2(3^x+1)^2-(9^x-1)-a=2(t+1)^2-(t^2-1)-a$

$f(t)=t^2+4t+3-a>0$

$f(t)=(t^2+4t+4)-4+3-a>0$

$\therefore f(t)=(t+2)^2-1-a>0$

따라서 주어진 부등식이 모든 실수 x에 대해 성립하기 위해서

는 $t>0$의 범위에서 함수 $f(t)=(t+2)^2-1-a>0$의 조

건을 만족시켜야 하므로 $t=0$일 때 $f(0)\geq 0$이어야 한다.

$f(0)=3-a\geq 0$이므로

실수 a의 범위는 $a\leq 3$

05 [모범답안]

$\log_2\dfrac{36}{n+6}$이 자연수가 되기 위해서는

$\dfrac{36}{n+6}=2^k$ (k는 자연수)이어야 한다.

$36=2^2\times 3^2$이므로

$n+6$은 36의 약수 중에서 36이 아닌 3^2의 배수이어야 한다.

이때 $n+6$이 될 수 있는 수는 9, 18이므로

n이 될 수 있는 수는 3, 12이다.

$n=3$이면 $\log_2\dfrac{n}{3}=\log_2 1=0$

$n=12$이면 $\log_2\dfrac{n}{3}=\log_2 4=2$

따라서 $\log_2\dfrac{36}{n+6}$, $\log_2\dfrac{n}{3}$ 모두 자연수가 되도록 하는 n의

값은 12이다.

06 [모범답안]

$35^x=5$에서 $5^{\frac{1}{x}}=35$,

$\left(\dfrac{1}{7}\right)^y=125$에서 $125^{\frac{1}{y}}=5^{\frac{3}{y}}=\dfrac{1}{7}$,

$a^z=25$에서 $25^{\frac{1}{z}}=5^{\frac{2}{z}}=a$이고

$\dfrac{1}{x}+\dfrac{3}{y}-\dfrac{2}{z}=2$가 성립함으로

$5^{\frac{1}{x}+\frac{3}{y}-\frac{2}{z}}=5^2=35\times\dfrac{1}{7}\div a$

따라서

$25=5\div a$이므로 $a=\dfrac{1}{5}$

07 [모범답안]

$f(x)=2\log_3(ax-b)$에 $(1,\ 0)$을 대입하면

$f(1)=2\log_3(a-b)=0$

따라서 $a-b=1$이므로

$\therefore a=1+b$

$f(x)=2\log_3(ax-b)$에 $(0,\ 2)$를 대입하면

$f(0)=2\log_3(-b)=2$, $\log_3(-b)=1$

따라서 $-b=3$이므로

$\therefore b=-3$

a와 b의 값은 각각 $a=-2$, $b=-3$이다.

08 [모범답안]

함수 $y=\log_3(2x+5)-1$은 밑이 1보다 크므로 x의 값이 증가할 때 y의 값도 증가하는 증가함수이다.

따라서 정의역 $\{x\mid -2\le x\le 2\}$의 범위에서

$x=-2$일 때 최솟값을, $x=2$일 때 최댓값을 갖는다.

$x=-2$일 때, $y=\log_3(2x+5)-1$은 최솟값 $y=-1$을,

$x=2$일 때, $y=\log_3(2x+5)-1$은 최댓값 $y=1$을 갖는다.

09 [모범답안]

$8a^3-b^3=\log_{16}n^3-\dfrac{1}{2}$ ……㉠

$6ab^2-12a^2b=\log_{16}\dfrac{1}{9}\times\log_3 3\sqrt{n}$ ……㉡

㉠, ㉡을 변끼리 더하면

(좌변)$=(8a^3-b^3)+(6ab^2-12a^2b)$
$=8a^3-12a^2b+6ab^2-b^3=(2a-b)^3$

(우변)$=\left(\log_{16}n^3-\dfrac{1}{2}\right)+\log_{16}\dfrac{1}{9}\times\log_3 3\sqrt{n}$

$\dfrac{1}{4}\log_2 n^3-\log_2 2^{\frac{1}{2}}-\dfrac{1}{2}\log_2 3\times\log_3 3\sqrt{n}$

$=\log_2 n^{\frac{3}{4}}-\log_2 2^{\frac{1}{2}}-\dfrac{1}{2}\log_2 3\sqrt{n}$

$=\log_2 n^{\frac{3}{4}}-\log_2 2^{\frac{1}{2}}-\log_2 3^{\frac{1}{2}}n^{\frac{1}{4}}$

$=\log_2 \dfrac{n^{\frac{3}{4}}}{2^{\frac{1}{2}}\times 3^{\frac{1}{2}}\times n^{\frac{1}{4}}}$

$=\log_2\left(\dfrac{n}{6}\right)^{\frac{1}{2}}$

$2a-b=k$ (k는 자연수)라 하면

$k^3=\log_2\left(\dfrac{n}{6}\right)^{\frac{1}{2}}$, $\left(\dfrac{n}{6}\right)^{\frac{1}{2}}=2^{k^3}$, $\dfrac{n}{6}=2^{2k^3}$

$n=6\times 2^{2k^3}$

$k=1$일 때 자연수 n의 값이 최소이므로 n의 최솟값은

$6\times 2^2=24$

$2a-b=1$, $n=24$가 ㉠, ㉡을 만족시키는지 확인해 보자.

$2a-b=1$에서 $b=2a-1$ ……㉢

㉠에서 $8a^3-(2a-1)^3=\log_{16}24^3-\dfrac{1}{2}$

$8a^3-(8a^3-12a^2+6a-1)=\log_2 4(2^9\times 3^3)-\dfrac{1}{2}$

$12a^2-6a+1=\dfrac{9}{4}+\dfrac{3}{4}\log_2 3-\dfrac{1}{2}$

$12a^2-6a-\dfrac{3}{4}(1+\log_2 3)=0$ ……㉣

이 이차방정식의 판별식을 D라 하면

$\dfrac{D}{4}=9+12\times\dfrac{3}{4}(1+\log_2 3)>0$에서 조건을 만족시키는 실수 a의 값이 존재하고 ㉢에서 실수 b의 값이 존재하므로 ㉠을 만족시킨다.

$n=24$와 ㉢을 ㉡에 대입하여 정리하면 ㉣이므로 이 a, b의 값은 ㉡도 만족시킨다.

따라서 n의 최솟값은 24이다.

10 [모범답안]

함수 $y=|2^x-8|$의 그래프는 다음 그림과 같다.

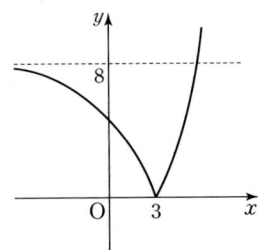

함수 $y=|2^x-8|$과 직선 $y=n$이 만나는 교점의 개수는 $y=8$을 기준으로 달라진다.

따라서

$1\le n\le 7$일 때 $a_n=2$

$8\le n\le 10$일 때 $a_n=1$

$\therefore \displaystyle\sum_{k=1}^{10}a_k=2\times 7+1\times 3=17$

11 [모범답안]

함수 $y=2^{x+1}+1$의 그래프가 y축과 만나는 점은 x의 좌표가 0이므로, A의 좌표는 $(0, 3)$이다.

함수 $y=\log_3(x+k)-1$의 그래프가 x축과 만나는 점은 y의 좌표가 0이므로, B의 좌표는 $(3-k, 0)$이다.

이때 선분 AB의 길이가 5이므로

$\overline{AB}=\sqrt{(3-k)^2+3^2}=\sqrt{k^2-6k+18}=5$ ……①

$k^2-6k+18=25$ ……②

따라서 $k^2-6k-7=0$이므로 근과 계수의 관계에 의해 두 근의 곱은 -7 ……③

12 [모범답안]

로그의 진수 조건에 의하여

$2x+a>0,\ -x^2+4>0$

$\log_2(2x+a)\le\log_2(-x^2+4)$에서 밑 2가 1보다 크므로

$2x+a\le -x^2+4$

$x^2+2x+(a-4)\le0$ …… ㉠

부등식 $\log_2(2x+a)\le\log_2(-x^2+4)$의 해가 $x=b$가 되기 위해서는

이차방정식 $x^2+2x+(a-4)=0$의 판별식을 D라 하면 $D=0$이어야 하므로

$\dfrac{D}{4}=1^2-(a-4)=-a+5=0,\ a=5$

$a=5$를 ㉠에 대입하면

$x^2+2x+1\le0$

$(x+1)^2\le0$에서 $x=-1$

$a=5,\ x=-1$일 때

$2x+a>0,\ -x^2+4>0$이므로 $b=-1$

따라서 $ab=5\times(-1)=-5$

13 [모범답안]

$3^x=t$라고 하면 t값의 범위는 $t>0$

$3^x-3^{1-x}=5-3^{2-x}$는 $t-\dfrac{3}{t}=5-\dfrac{9}{t}$

t값의 범위는 양수이므로 양변에 t를 곱하여 식을 정리하면

$t^2-5t+6=0,\ (t-3)(t-2)=0$

$\therefore\ t=2$ 또는 $t=3$

따라서 $3^x=2$ 또는 $3^x=3$이므로

$3^x=2$에서 $x=\log_3 2$이고

$3^x=3$에서 $x=1$이다.

따라서 모든 실근의 곱은 $\log_3 2\times 1=\log_3 2$

14 [모범답안]

함수 $y=\left(\dfrac{1}{3}\right)^{x^2+4x+a}$는 밑이 1보다 작으므로 x값이 증가할수록 y값이 감소하는 감소함수이다.

따라서 함수 $y=\left(\dfrac{1}{3}\right)^{x^2+4x+a}$는 x^2+4x+a의 값이 최소일 때 최댓값을 갖는다.

$x^2+4x+a=(x+2)^2+a-4$

따라서

$x=-2$일 때 x^2+4x+a가 최솟값을 가지므로

$\left(\dfrac{1}{3}\right)^{a-4}=27,\ 3^{4-a}=27,\ 4-a=3$

$\therefore\ a=1$

15 [모범답안]

함수 $f(x)=\log_2(x+2)+a$의 그래프의 점근선 l은 직선 $x=-2$이고

함수 $g(x)=\log_2(-x+6)+b$의 그래프의 점근선 m은 직선 $x=6$이다.

곡선 $y=f(x)$와 직선 m이 만나는 점이 A이므로

$A(6, a+3)$ 곡선 $y=g(x)$와 직선 l이 만나는 점이 B이므로 $B(-2, b+3)$

$\overline{AB}=\sqrt{(-2-6)^2+\{(b+3)-(a+3)\}^2}$

$\quad\ \ =\sqrt{64+(b-a)^2}$

$\overline{AB}=10$이므로

$64+(ba-a)^2=100,\ (b-a)^2=36$

따라서 $\dfrac{1}{6}|a-b|=\dfrac{6}{6}=1$

16 [모범답안]

함수 $y=\left(\dfrac{1}{2}\right)^{x-3}$의 역함수는 $x=\left(\dfrac{1}{2}\right)^{y-3}$

$y-3=\log_{\frac{1}{2}}x,\ y=-\log_2 x+3$이고

$\left(\dfrac{1}{2}\right)^{2-3}=2$이므로

곡선 $y=\left(\dfrac{1}{2}\right)^{x-3}\ (x\le2)$를

직선 $y=x$에 대하여 대칭이동한 곡선은 $y=-\log_2 x+3$ $(x\ge2)$이다.

즉, 함수 $f(x)$의 역함수는 $f(x)$이고 $f(f(x))=x$이다.

따라서

$2\displaystyle\sum_{n=1}^{6}f\left(f\left(\dfrac{n}{2}\right)\right)=2\sum_{n=1}^{6}\dfrac{n}{2}=\sum_{n=1}^{6}n=\dfrac{6\times7}{2}=21$

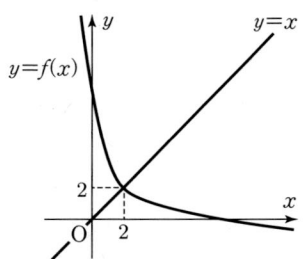

17 [모범답안]

함수 $y=3^{x-1}-9$의 그래프가 x축의 방향으로 a만큼 평행이 동한 그래프는 $y=3^{x-1-a}-9$이다.

이때 함수 $y=3^{x-1-a}-9$가 제4사분면을 지나지 않기 위해서는 $f(0) \geq 0$의 조건을 만족해야 한다.

따라서

$3^{0-1-a}-9 \geq 0$, $3^{-1-a} \geq 9$, $-1-a \geq 2$이므로

$-3 \geq a$

∴ a의 최댓값은 -3

18 [모범답안]

함수 $y=3^{x-m}+n$의 그래프와 그 역함수 그래프의 교점은 직선 $y=x$ 위에 있으므로 교점의 좌표는 각각 $(1, 1)$, $(4, 4)$이다.

따라서

(ⅰ) $1=3^{1-m}+n$

(ⅱ) $4=3^{4-m}+n$

(ⅱ)$-$(ⅰ)를 하면

∴ $3=3^{4-m}-3^{1-m}$이므로 $3^m=26$

(ⅰ)에서 $1=\dfrac{3}{26}+n$이므로

∴ $n=\dfrac{23}{26}$

따라서 $3^m \times n=26 \times \dfrac{23}{26}=23$

19 [모범답안]

$x=3^{\frac{1}{3}}+3^{-\frac{1}{3}}$의 양변을 세제곱 하면

$x^3=3+3^{-1}+3 \times 3^{\frac{1}{3}} \times 3^{-\frac{1}{3}}\left(3^{\frac{1}{3}}+3^{-\frac{1}{3}}\right)$

이때 $x=3^{\frac{1}{3}}+3^{-\frac{1}{3}}$이므로

$x^3=3+\dfrac{1}{3}+3x=\dfrac{10}{3}+3x$

∴ $x^3-3x=\dfrac{10}{3}$

$3x^3-9x+10=3(x^3-3x)+10$이므로 구하고자 하는 값은

$3 \times \dfrac{10}{3}+10=20$

20 [모범답안]

두 함수 $y=f(x)$, $y=g(x)$의 그래프는 직선 $y=x$에 대하여 대칭이므로

함수 $y=g(x)$의 그래프와 직선 $y=x$가 만나는 점과 함수 $y=f(x)$의 그래프와 직선 $y=x$가 만나는 점이 같다.

$x_1=k$라 하면 $x_2=k+1$이고

$f(k)=k$, $f(k+1)=k+1$

$\log_2(k-a)+2a^2=k$ ······㉠

$\log_2(k+1-a)+2a^2=k+1$ ······㉡

㉡$-$㉠을 하면

$\log_2(k+1-a)-\log_2(k-a)=1$

$\log_2\dfrac{k+1-a}{k-a}=1$

$\dfrac{k+1-a}{k-a}=2$, $k+1-a=2k-2a$, $k=a+1$

$k=a+1$을 ㉠에 대입하면

$\log_2(a+1-a)+2a^2=a+1$

$2a^2-a-1=0$, $(2a+1)(a-1)=0$

$a=-\dfrac{1}{2}$ 또는 $a=1$

따라서 실수 a의 최솟값과 최댓값의 합은

$\left(-\dfrac{1}{2}\right)+1=\dfrac{1}{2}$이다.

Ⅱ. 삼각함수

01 [모범답안]

$\sin^2 x + \cos^2 x = 1$, $-1 \le \sin x \le 1$이므로

$2\cos^2 x + 5\sin x > 4$, $2(1 - \sin^2 x) + 5\sin x > 4$

$2\sin^2 x - 5\sin x + 2 < 0$,

$(\sin x - 2)(2\sin x - 1) < 0$ ······①

따라서 $\dfrac{1}{2} < \sin x < 2$이므로

$\sin x$의 범위는 $\dfrac{1}{2} < \sin x \le 1$ ······②

$\dfrac{1}{2} < \sin x \le 1$를 만족하기 위한 x값의 범위는

$\dfrac{\pi}{6} < x < \dfrac{5}{6}\pi$ ······③

02 [모범답안]

점 $P(1, 0)$을 지나고 기울기가 2인 직선의 방정식은

$y = 2x - 2$

두 점 A, B는 점 $P(1, 0)$에 대하여 대칭이고

직선 $y = 2x - 2$ 위의 점이므로 양수 k에 대하여

$A(1-k, -2k)$, $B(1+k, 2k)$이다.

삼각형 OAB의 넓이는 두 삼각형 OPA, OPB의 넓이의 합과 같다. 이때 두 삼각형 OPA, OPB의 밑변을 $\overline{OP}$라 하면 높이는 모두 $2k$이므로 삼각형 OAB의 넓이는

$2 \times \left(\dfrac{1}{2} \times 1 \times 2k\right) = 2k = \dfrac{2}{3}$에서 $k = \dfrac{1}{3}$

즉, $B\left(\dfrac{4}{3}, \dfrac{2}{3}\right)$

점 B는 함수 $y = a\tan\pi x$의 그래프 위의 점이므로

$\dfrac{2}{3} = a \times \tan\dfrac{4}{3}\pi$

한편, 함수 $y = \tan x$의 주기는 π이므로

$\tan\dfrac{4}{3}\pi = \tan\left(\pi + \dfrac{\pi}{3}\right) = \tan\dfrac{\pi}{3} = \sqrt{3}$

$\sqrt{3}a = \dfrac{2}{3}$

따라서 $a = \dfrac{2}{3\sqrt{3}} = \dfrac{2\sqrt{3}}{9}$이고

$9a = 2\sqrt{3}$이다.

03 [모범답안]

$\triangle$ABC의 두 변이 각각 $a = 3$, $b = 3\sqrt{3}$이므로 사인법칙을 이용하면

$2 \times 3 = \dfrac{3}{\sin A}$, $\sin A = \dfrac{1}{2}$

$2 \times 3 = \dfrac{3\sqrt{3}}{\sin B}$, $\sin B = \dfrac{\sqrt{3}}{2}$

따라서

$\angle A = 30°$, $\angle B = 60°$

이므로

$\triangle$ABC는 $\angle C = 90°$인 직각삼각형이다.

따라서 $\triangle$ABC의 넓이는 $\dfrac{1}{2} \times 3\sqrt{3} \times 3 = \dfrac{9\sqrt{3}}{2}$

04 [모범답안]

$\overline{AD} = \overline{BD}$이므로 $\angle ABD = \angle BAD = \theta$

$\overline{AB} = \overline{AC}$이므로 $\angle ABD = \angle ACD = \theta$

또 $\angle ADC = \angle ABD + \angle BAD = 2\theta$

삼각형 ADC의 세 내각의 크기의 합은 π이므로

$2\theta + \theta + \angle DAC = \pi$에서 $\angle DAC = \pi - 3\theta$

따라서 $\sin(\angle DAC) = \sin(\pi - 3\theta) = \sin 3\theta$이고

$\dfrac{\pi}{2} < 3\theta < \pi$이므로

$\sin 3\theta = \sqrt{1 - \cos^2 3\theta} = \sqrt{1 - \left(-\dfrac{1}{3}\right)^2} = \dfrac{2\sqrt{2}}{3}$

05 [모범답안]

그림의 평행사변형은 두 변의 길이가 각각 7 m, 10 m이고 그 사이의 각이 135°인 삼각형 두 개를 합해놓은 것과 같다. 따라서 농장의 넓이는

$2 \times \left(\dfrac{1}{2} \times 10 \times 7 \times \sin 135°\right)$

$= 10 \times 7 \times \dfrac{\sqrt{2}}{2}$

$= 35\sqrt{2}$

06 모범답안

$\sin(\pi + \theta) = -\sin\theta$, $\cos\left(\dfrac{\pi}{2} - \theta\right) = \sin\theta$

$\dfrac{3}{2}\pi < \theta < 2\pi$일 때, $\sin\theta < 0$, $\cos\theta > 0$, $\tan\theta < 0$이므로

$\sin\theta - \cos\theta < 0$

따라서

$\sin(\pi + \theta) + \dfrac{\sqrt{\cos^2\left(\dfrac{\pi}{2} - \theta\right)}}{|\tan\theta|} - |\sin\theta - \cos\theta|$

$= -\sin\theta + \dfrac{\sqrt{\sin^2\theta}}{-\tan\theta} + (\sin\theta - \cos\theta)$

$= -\sin\theta + \dfrac{-\sin\theta}{-\tan\theta} + (\sin\theta - \cos\theta)$

$= -\sin\theta + \cos\theta + \sin\theta - \cos\theta = 0$

07 [모범답안]

$0 \le x < 2\pi$에서 $y = \sin x$의 그래프와 직선 $y = -\dfrac{1}{3}$이 만나는 모든 점의 x좌표를 M, m이라 하면

$$\frac{M+m}{2}=\frac{3}{2}\pi$$

따라서 $a=M+m=3\pi$

또한,

$0\le x<2\pi$에서 $y=\cos x$의 그래프와 직선 $y=\frac{5}{6}$가 만나는

모든 점의 x좌표를 N, n라 하면

$$\frac{N+n}{2}=\pi$$

따라서 $b=N+n=2\pi$

$\therefore a+b=3\pi+2\pi=5\pi$

08 [모범답안]

부채꼴의 반지름을 r, 호의 길이를 l, 중심각의 크기를 θ라 하

면 $10=2r+l$, $l=10-2r$

부채꼴의 넓이는

$$\frac{1}{2}rl=\frac{1}{2}r(10-2r)=-\left(r^2-5r+\frac{25}{4}-\frac{25}{4}\right)$$
$$=-\left(r-\frac{5}{2}\right)^2+\frac{25}{4}$$

따라서 부채꼴의 넓이는 $r=\frac{5}{2}$일 때 최댓값 $\frac{25}{4}$를 갖는다.

09 [모범답안]

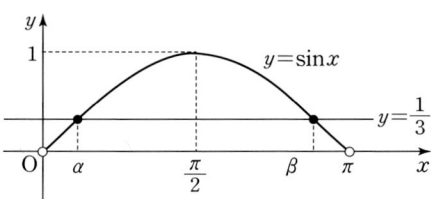

$0<x<\pi$일 때, 방정식 $y=\sin x$의 그래프와 직선 $y=\frac{1}{3}$이

만나는 점의 x좌표를 각각 α, β $(\alpha<\beta)$라 하면

$\frac{\alpha+\beta}{2}=\frac{\pi}{2}$에서 $\alpha+\beta=\pi$

따라서 방정식 $\sin x=\frac{1}{3}$의 모든 해의 합은 π이다.

10 [모범답안]

$x^2+4tx+6t^2=0$에서 근과 계수의 관계를 이용하면

$\sin\theta+\cos\theta=-4t$, $\sin\theta\cos\theta=6t^2$

이때 $\sin\theta+\cos\theta=-4t$의 양변을 제곱하면

$(\sin\theta+\cos\theta)^2=\sin^2\theta+\cos^2\theta+2\sin\theta\cos\theta=16t^2$,

$1+12t^2=16t^2$, $t^2=\frac{1}{4}$

$\therefore t=\pm\frac{1}{2}$

따라서 모든 상수 t의 값의 곱은 $\frac{1}{2}\times\left(-\frac{1}{2}\right)=-\frac{1}{4}$

11 [모범답안]

사인법칙에 의해 $\sin A:\sin B:\sin C=a:b:c$

$A:B:C=1:1:2$에서

$A=180°\times\frac{1}{4}=45°$, $B=180°\times\frac{1}{4}=45°$,

$C=180°\times\frac{2}{4}=90°$이므로

$a:b:c=\sin 45°:\sin 45°:\sin 90°$

$=\frac{\sqrt{2}}{2}:\frac{\sqrt{2}}{2}:1$

12 [모범답안]

함수 $y=a\cos\left(3x-\frac{2}{3}\pi\right)+b$의 최댓값과 최솟값의 범위는

$-a+b\le f(x)\le a+b$이다.

(ⅰ) 최솟값은 -2이므로

　　$\therefore -a+b=-2$　　　　　……①

(ⅱ) $f\left(\frac{\pi}{3}\right)=a\cos\left(\pi-\frac{2}{3}\pi\right)+b=a\cos\left(\frac{\pi}{3}\right)+b$

　　　　　$=\frac{1}{2}a+b$

$\therefore \frac{1}{2}a+b=4$　　　　　……②

(ⅰ), (ⅱ)를 연립하면 $a=4$, $b=2$　　　……③, ④

따라서 $f(x)$의 최댓값은 $a+b=6$

13 [모범답안]

사인법칙을 이용하면 $16=\frac{a}{\sin 30°}=\frac{8\sqrt{3}}{\sin B}$이므로

$a=8$, $\angle B=60°$ 또는 $120°$이다.

따라서

(ⅰ) $B=60°$일 때 $C=90°$이므로 $\triangle ABC$의 넓이는

　　$\frac{1}{2}\times 8\times 8\sqrt{3}\times\sin 90°=32\sqrt{3}$

(ⅱ) $B=120°$일 때 $C=30°$이므로 $\triangle ABC$의 넓이는

　　$\frac{1}{2}\times 8\times 8\sqrt{3}\times\sin 30°=16\sqrt{3}$

$\therefore 32\sqrt{3}+16\sqrt{3}=48\sqrt{3}$

14 [모범답안]

삼각형 ABC의 외접원의 반지름의 길이를 R이라 하면 사인

법칙에 의하여

$$\frac{a}{\sin A}=\frac{b}{\sin B}=\frac{c}{\sin C}=2R$$

즉, $\sin A=\frac{a}{2R}$, $\sin B=\frac{b}{2R}$, $\sin C=\frac{c}{2R}$

$\sin A=\sin C$에서 $a=c$

$\sin A:\sin B=2:3$에서 $a:b=2:3$

$a=2k$, $b=3k$, $c=2k$ $(k>0)$으로 놓으면 코사인법칙에 의

하여

$$\cos A = \frac{(3k)^2 + (2k)^2 - (2k)^2}{2 \times 3k \times 2k} = \frac{3}{4}$$

$$\cos B = \frac{(2k)^2 + (2k)^2 - (3k)^2}{2 \times 2k \times 2k} = -\frac{1}{8}$$

$\cos C = \cos A = \frac{3}{4}$ 이므로

$$\frac{\cos C}{\cos A + \cos B} = \frac{\frac{3}{4}}{\frac{3}{4} - \frac{1}{8}} = \frac{6}{5}$$

15 [모범답안]

$6\cos^2 x - \cos x - 1 \leq 0$ 에서

$(3\cos x + 1)(2\cos x - 1) \leq 0$ 이므로

$$-\frac{1}{3} \leq \cos x \leq \frac{1}{2}$$

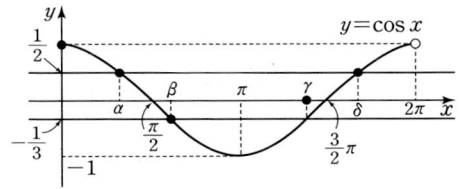

$0 < \alpha < \frac{\pi}{2}$ 이고 $\cos\alpha = \frac{1}{2}$ 이므로 $\alpha = \frac{\pi}{3}$

$\frac{3}{2}\pi < \delta < 2\pi$ 이고 $\cos\delta = \frac{1}{2}$ 이므로 $\delta = \frac{5}{3}\pi$

한편, $\cos\beta = \cos\gamma = -\frac{1}{3}$ 이고

함수 $y = \cos x$ 의 그래프는 직선 $x = \pi$ 에 대하여 대칭이므로

$\frac{\beta + \gamma}{2} = \pi$ 에서 $\beta + \gamma = 2\pi$

따라서 $\sin(\alpha - \beta - \gamma + \delta)$

$$= \sin\left(\frac{\pi}{3} - 2\pi + \frac{5}{3}\pi\right) = 0$$

16 [모범답안]

$\triangle ABC$의 내각의 크기의 합은 $180°$이므로 $A + C = \pi - B$

$\sin\left(A + C - \frac{\pi}{2}\right) + \cos B = \sin\left(\frac{\pi}{2} - B\right) + \cos B$

$$= 2\cos B = 1$$

$\therefore \cos B = \frac{1}{2}, \angle B = 60°$

이때 외접원의 반지름의 길이가 3이므로 사인법칙에 의해

$6 = \frac{b}{\sin 60°}, b = 6 \times \frac{\sqrt{3}}{2} = 3\sqrt{3}$

$\therefore b = 3\sqrt{3}$

17 [모범답안]

$x^2 + 2x\cos\theta + \sin\theta + 1 > 0$가 모든 실수 x에 대해 성립하

기 위해서는 이차방정식 $x^2 + 2x\cos\theta + \sin\theta + 1 = 0$의 판

별식이 $D < 0$인 조건을 만족해야 한다.

따라서

$$\frac{D}{4} = \cos^2\theta - \sin\theta - 1 < 0,$$

$$\cos^2\theta - \sin\theta - 1 = (1 - \sin^2\theta) - \sin\theta - 1 < 0$$

이때 $\sin x = t$라 하면 $-1 \leq t \leq 1$이고

$-t^2 - t < 0, t(t+1) > 0$

$t < -1$ 또는 $0 < t$이므로

t값의 범위는 $0 < t \leq 1$

따라서

θ값의 범위는 $0 < \theta < \pi$

18 [모범답안]

$\tan\theta + \frac{1}{\tan\theta} = \frac{\sin\theta}{\cos\theta} + \frac{\cos\theta}{\sin\theta} = \frac{\sin^2\theta + \cos^2\theta}{\sin\theta\cos\theta}$

$$= \frac{(\sin\theta - \cos\theta)^2 + 2\sin\theta\cos\theta}{\sin\theta\cos\theta} = 2$$

$$\therefore \frac{(\sin\theta - \cos\theta)^2}{\sin\theta\cos\theta} = 0$$

따라서

$\sin\theta - \cos\theta = 0$

19 [모범답안]

$r = \sqrt{4^2 + a^2}$

$\cos\theta = \frac{1}{2}$에서 $\cos\theta = \frac{4}{r} = \frac{4}{\sqrt{4^2 + a^2}} = \frac{1}{2}$이므로

$64 = 16 + a^2$

따라서

$a = 4\sqrt{3}, r = 8$

$\therefore \frac{a\sqrt{3}}{6}\sin^2\theta = \frac{a\sqrt{3}}{6} \times \left(\frac{a}{r}\right)^2 = 2 \times \left(\frac{4\sqrt{3}}{8}\right)^2 = \frac{3}{2}$

20 [모범답안]

삼각형 ABC에서 $\overline{AB} = c, \overline{BC} = a, \overline{CA} = b$라 하고

삼각형 ABC의 외접원의 반지름의 길이를 R이라 하면 사인

법칙에 의하여

$\sin A = \frac{a}{2R}, \sin B = \frac{b}{2R}, \sin C = \frac{c}{2R}$

이때 $\sin A : \sin B : \sin C = 4:5:6$이므로

$\frac{a}{2R} : \frac{b}{2R} : \frac{c}{2R} = 4:5:6$에서

$a:b:c = 4:5:6$

양의 실수 k에 대하여

$a = 4k, b = 5k, c = 6k$라 하면

삼각형 ABC의 둘레의 길이가 45이므로

$4k + 5k + 6k = 45$에서 $15k = 45, k = 3$

즉, $a=12$, $b=15$, $c=18$이므로

코사인법칙에 의하여

$$\cos A = \frac{15^2+18^2-12^2}{3\times 15\times 18} = \frac{1}{2}$$

$$\sin^2 A = 1-\cos^2 A$$

$$= 1-\left(\frac{1}{2}\right)^2 = \frac{3}{4}$$

$0<A<\pi$이므로 $\sin A = \frac{\sqrt{3}}{2}$

따라서 삼각형 ABC의 넓이는

$$\frac{1}{2}bc\sin A = \frac{1}{2}\times 15\times 18\times \frac{\sqrt{3}}{2} = \frac{135\sqrt{3}}{2}$$

Ⅲ. 수열

01 [모범답안]

네 수 a, 1, b, c가 이 순서대로 등차수열을 이루므로

공차를 d(d는 상수)라 하면

$$a=1-d,\ b=1+d,\ c=1+2d \qquad \cdots\cdots ①$$

이를 $2a-c=2b$에 대입하면

$$2(1-d)-(1+2d)=2(1+d)$$

$$2-2d-1-2d=2+2d$$

$$1-4d=2+2d,\ d=-\frac{1}{6} \qquad \cdots\cdots ②$$

따라서

$$a+b+c=(1-d)+(1+d)+(1+2d)=3+2d$$

$$3+2\times\left(-\frac{1}{6}\right)=3-\frac{1}{3}=\frac{8}{3} \qquad \cdots\cdots ③$$

02 [모범답안]

첫째항이 1인 등차수열 $\{a_n\}$의 공차를 d라 하면

$$S_6 = \frac{6\times(2\times 1+5d)}{2} = 6+15d$$

$$S_3 = \frac{3\times(2\times 1+2d)}{2} = 3+3d$$

$S_6-S_3 = (6+15d)-(3+3d) = 3+12d$이므로,

$3+12d=15$에서 $d=1$

따라서 $S_{11} = \frac{11\times(2\times 1+10\times 1)}{2} = 66$

03 [모범답안]

등차수열 $\{a_n\}$의 첫째항과 공차를 모두 a라 하면

$$a_n = a+(n-1)a = na$$

$$S_n = \frac{n(a+na)}{2} = \frac{na(n+1)}{2}$$

$S_n = ka_n$이므로

$$\frac{na(n+1)}{2} = kna$$

$$k = \frac{n+1}{2}$$

이때, k가 두 자리 자연수이므로

$$10\le k\le 99,\ 10\le \frac{n+1}{2}\le 99,$$

$$20\le n+1\le 198,\ 19\le n\le 197$$

그런데 k는 자연수이므로 n은 홀수이다.

따라서 n의 최솟값은 19, 최댓값은 197

$$\therefore 19+197=216$$

04 [모범답안]

조건 (가)에서

$$\log_2 a_{n+1} = 1+\log_2 a_n = \log_2 2a_n$$

$a_{n+1}=2a_n$이므로 수열 $\{a_n\}$은 공비가 2인 등비수열이다.

$$a_1a_3a_5a_7 = a_1\times 2^2a_1\times 2^4a_1\times 2^6a_1 = 2^{12}a_1^4$$

이므로 조건 (나)에서

$$2^{12}a_1^4 = 2^{10},\ a_1^4 = \frac{1}{4}$$

$$a_1 = -\frac{\sqrt{2}}{2}\ \text{또는}\ a_1 = \frac{\sqrt{2}}{2}$$

$a_1>0$이므로 $a_1 = \frac{\sqrt{2}}{2}$

따라서

$$a_1-a_3 = \frac{\sqrt{2}}{2}-\left(\frac{\sqrt{2}}{2}\times 2^2\right) = -\frac{3\sqrt{2}}{2}$$

05 [모범답안]

$$\sum_{k=1}^{13}\frac{1}{(2k-1)(2k+1)}$$

$$= \frac{1}{2}\sum_{k=1}^{13}\left\{\frac{1}{(2k-1)}-\frac{1}{(2k+1)}\right\}$$ 이므로

$$\therefore \frac{1}{2}\left\{\left(\frac{1}{1}-\frac{1}{3}\right)+\left(\frac{1}{3}-\frac{1}{5}\right)+\cdots+\left(\frac{1}{25}-\frac{1}{27}\right)\right\}$$

$$= \frac{1}{2}\left(\frac{1}{1}-\frac{1}{27}\right) = \frac{13}{27}$$

06 [모범답안]

$a_3+a_5 = 2a_4$이므로 $2a_4=-8$에서 $a_4=-4$

a_7, a_8, a_9는 이 순서대로 등차수열을 이루므로

$$a_7+a_8+a_9 = 3a_8$$

등차수열 $\{a_n\}$의 공차를 d라 하면

$3a_8=a_{10}$에서 $3(a_1+7d)=a_1+9d$,

$a_1+6d=0$ 즉, $a_7=0$

a_1, a_4, a_7은 이 순서대로 등차수열을 이루므로 $a_1+a_7=2a_4$

따라서 $a_1 = 2a_4-a_7 = 2\times(-4)-0 = -8$

---

07 [모범답안]

이차방정식 $x^2-33x+n(n+1)=0$의 두 근이 α_n, β_n이므로 근과 계수의 관계에 의해

$\alpha_n+\beta_n=33$, $\alpha_n\beta_n=n(n+1)$

따라서

$$\frac{1}{\alpha_n}+\frac{1}{\beta_n}=\frac{\alpha_n+\beta_n}{\alpha_n\beta_n}=\frac{33}{n(n+1)}=33\left(\frac{1}{n}-\frac{1}{n+1}\right)$$

이므로

$$\sum_{n=1}^{10}\left(\frac{1}{\alpha_n}+\frac{1}{\beta_n}\right)$$
$$=33\left\{\left(1-\frac{1}{2}\right)+\left(\frac{1}{2}-\frac{1}{3}\right)+\cdots+\left(\frac{1}{10}-\frac{1}{11}\right)\right\}$$
$$=33\left(1-\frac{1}{11}\right)=30$$

08 [모범답안]

$S_n=\sum_{k=1}^{n}a_k=2n^2+n$이므로

$a_n=S_n-S_{n-1}$
$=(2n^2+n)-\{2(n-1)^2+(n-1)\}$
$=4n-1$

$n=1$일 때, $a_1=S_1=3$이므로 a_n은 $n=1$부터 성립한다.

따라서 $a_n=4n-1$이므로

$$\sum_{k=1}^{8}ka_k=\sum_{k=1}^{8}k(4k-1)=\sum_{k=1}^{8}4k^2-k$$
$$=4\sum_{k=1}^{8}k^2-\sum_{k=1}^{8}k=4\times\frac{8\times9\times17}{6}-\frac{8\times9}{2}$$
$$=780$$

09 [모범답안]

등비수열을 이루는 세 실수의 첫째항을 a, 공비를 r이라고 하면

(i) $a+ar+ar^2=13$

(ii) $a\times ar\times ar^2=(ar)^3=-64$, $ar=-4$

(i)과 (ii)을 연립하면

$-\dfrac{4}{r}-4-4r=13$, $4r^2+17r+4=0$,

$4r^2+17r+4=0$, $(4r+1)(r+4)=0$

$\therefore r=-\dfrac{1}{4}$ 또는 $r=-4$

$r=-4$일 때 $a=1$이므로 구하는 세 수는 각각

1, -4, 16이다.

$\left(r=-\dfrac{1}{4}$도 동일하다.$\right)$

10 [모범답안]

$$\sum_{k=1}^{n}\{(n-2)+2k\}=\sum_{k=1}^{n}(n-2)+2\sum_{k=1}^{n}k$$
$$=n^2-2n+2\times\frac{n(n+1)}{2}$$
$$=2n^2-n$$

따라서

$2n^2-n=1$, $2n^2-n-1=0$,

$(2n+1)(n-1)=0$

이때 n은 양수이므로 $n=1$

11 [모범답안]

등차수열 $\{a_n\}$의 첫째항을 a, 공차를 d라고 하면

$a_n=a+(n-1)d$

$a_2=a+d=-10$, $a_5=a+4d=14$

두 식을 연립하면

$a=-18$, $d=8$ ……①

$a_n=-18+(n-1)\times8=8n-26$

등차수열 $\{a_n\}$은 -18, -10, -2, 6, 14, $\cdots$, 54로 제3항까지 음수이다. ……②

따라서

$|a_1|+|a_2|+|a_3|+\cdots+|a_{10}|$
$=-(a_1+a_2+a_3)+(a_4+\cdots+a_{10})$ ……③
$=-(-18-10-2)+\dfrac{7(6+54)}{2}$
$=30+210=240$

12 [모범답안]

수열 $\{a_n\}$의 첫째항이 1이고 이 수열의 첫째항부터 제n항까지의 합이 S_n이므로

$S_1=a_1=1$

조건 (가)에서 $S_4-S_3=a_4=0$

조건 (나)에서

$S_{2n}-S_{n-1}=a_n+a_{n+1}+a_{n+2}+\cdots+a_{2n}$이므로

$T_n=a_n+a_{n+1}+a_{n+2}+\cdots+a_{2n}$이라 하면

$T_n=3(n+1)^2$ (단, $n\geq2$)

$T_2=a_2+a_3+a_4$,

$T_4=a_4+a_5+a_6+a_7+a_8$이고

조건 (가)에서 $a_4=0$이므로

$S_8=a_1+a_2+a_3+\cdots+a_8$
$=a_1+(a_2+a_3+a_4)+(a_5+a_6+a_7+a_8)$
$=a_1+(a_2+a_3+a_4)+(a_4+a_5+a_6+a_7+a_8)$
$=1+T_2+T_4$
$=1+3\times3^2+3\times5^2$
$=103$

13 [모범답안]

$$A-B=\sum_{k=1}^{n}(2a_k+1)(a_k-1)-\sum_{k=1}^{n}(2a_k-3)(a_k+1)$$
$$=\sum_{k=1}^{n}(2a_k{}^2-a_k-1)-\sum_{k=1}^{n}(2a_k{}^2-a_k-3)$$
$$=\sum_{k=1}^{n}(2a_k{}^2-a_k-1-2a_k{}^2+a_k+3)$$
$$=\sum_{k=1}^{n}2=2n=50$$
$$\therefore n=25$$

14 [모범답안]

등차수열의 공차를 d라 하면

$a_{2n}=a_{2n-1}+d$이므로

$$\sum_{n=1}^{2020}a_{2n}=\sum_{n=1}^{2020}(a_{2n-1}+d)=\sum_{n=1}^{2020}a_{2n-1}+2020d$$이므로

$$2020d=4040,\ d=2,\ a_n=2n-1$$

$$\therefore \sum_{n=1}^{2020}a_n=\sum_{n=1}^{2020}(2n-1)=2\times\frac{2020\times2021}{2}-2020$$
$$=2020^2$$

15 [모범답안]

$n\geq2$에서 $a_n=S_n-S_{n-1}$이므로

$$a_n=(3^{3n-1}-k)-(3^{3n-4}-k)=3^{3n-1}-3^{3n-4}$$
$$=\left(\frac{27}{81}-\frac{1}{81}\right)3^{3n}=\frac{26}{81}\times3^{3n}$$

이때 등비수열 $\{a_n\}$이 첫째항부터 성립하기 위한 조건은

$S_1=a_1$일 때 이므로

$$3^2-k=\frac{26}{81}\times3^3,\ k=9-\frac{26}{3}$$

따라서 $k=\dfrac{1}{3}$

16 [모범답안]

$$\sum_{k=1}^{10}(k-1)(k+3)+\sum_{k=1}^{10}(k+1)(k-3)$$
$$=\sum_{k=1}^{10}(k^2+2k-3)+\sum_{k=1}^{10}(k^2-2k-3)$$
$$=\sum_{k=1}^{10}\{(k^2+2k-3)+(k^2-2k-3)\}$$
$$=\sum_{k=1}^{10}(2k^2-6)=2\sum_{k=1}^{10}k^2-\sum_{k=1}^{10}6$$
$$=2\times\frac{10\times11\times21}{6}-6\times10$$
$$=710$$

17 [모범답안]

$$n^2x^2-nx+\frac{1}{4}=\left(nx-\frac{1}{2}\right)^2=0$$에서

$$x=\frac{1}{2n}$$이므로 $a_n=\dfrac{1}{2n}$

따라서

$$\sum_{n=1}^{4}a_na_{n+1}=\sum_{n=1}^{4}\left\{\frac{1}{2n}\times\frac{1}{2(n+1)}\right\}=\frac{1}{4}\sum_{n=1}^{4}\frac{1}{n(n+1)}$$
$$=\frac{1}{4}\sum_{n=1}^{4}\left(\frac{1}{n}-\frac{1}{n+1}\right)$$
$$\frac{1}{4}\times\left\{\left(1-\frac{1}{2}\right)+\left(\frac{1}{2}-\frac{1}{3}\right)+\left(\frac{1}{3}-\frac{1}{4}\right)+\left(\frac{1}{4}-\frac{1}{5}\right)\right\}$$
$$\frac{1}{4}\times\left(1-\frac{1}{5}\right)=\frac{1}{5}$$

18 [모범답안]

(ⅰ) $S_5=\dfrac{5(2a+4d)}{2}=25$이므로, $2a+4d=10$

(ⅱ) $S_{15}=\dfrac{15(2a+14d)}{2}=150$이므로, $2a+14d=20$

(ⅰ)과 (ⅱ)를 연립하면

$$\therefore a=3,\ d=1$$

따라서

$$a_{20}=3+(20-1)\times1=22$$

19 [모범답안]

수열 $\{a_n\}$이 모든 자연수 n에 대하여

$2a_{n+1}=a_n+a_{n+2}$를 만족시키므로 수열 $\{a_n\}$은 등차수열이다.

수열 $\{a_n\}$의 공차를 d라 하면

$a_7-a_4=3d=18$이므로 $d=6$

따라서 $a_5-a_3=2d=2\times6=12$

20 [모범답안]

$x^2-8x+5=0$에서 근과 계수의 관계에 의해

$$a_5+a_9=8$$

또한 a_5부터 a_9까지는 총 5개의 항이 있으므로 등차수열의 합의 공식을 이용하면

$$\sum_{n=5}^{9}a_n=\frac{5(a_5+a_9)}{2}=\frac{5\times8}{2}=20$$

[수학 II]

IV. 함수의 극한과 연속

01 [모범답안]

$f(x)=3x-5$는 일대일대응이므로 방정식

$f(x^3)=f(5-3x)$는 방정식 $x^3=5-3x$와 같다.

이때 $h(x)=x^3+3x-5$라 하면

사잇값 정리에 의해 함수 $h(x)$는 연속이므로 임의의 닫힌구간 $[a, b]$에 대하여 $h(a)h(b)<0$이 성립할 경우 (a, b) 사이에 적어도 하나의 실근이 존재한다.

따라서 함수 $h(x)$에 임의의 값 $x=0$, $x=1$, $x=2$, $x=3$을 넣어보면

$h(0)=-5<0$, $h(1)=-1<0$, $h(2)=9>0$,

$h(3)=31>0$

사잇값의 정리를 사용할 수 있는 열린구간 $(n, n+1)$을 위의 $h(0)$, $h(1)$, $h(2)$, $h(3)$의 부호를 비교하여 판단할 수 있다.

$h(0)h(1)=(-5)\times(-1)$, $h(1)h(2)=(-1)\times9$,

$h(2)h(3)=9\times31$

따라서 x의 범위가 $1<x<2$ …… ①일 때 사잇값 정리가 성립한다.

$h'(x)=3x^2+3>0$ …… ②인 증가함수이므로

구간 $(1, 2)$ …… ③ 사이에서 실근을 한 개 갖는다.

$\therefore n=1$ …… ④

02 [모범답안]

$\lim_{x\to1-}f(x)=\lim_{x\to1-}(ax-1)=a-1$

$\lim_{x\to1+}f(x)=\lim_{x\to1+}(x^2+ax+4)=a+5$

$\left\{\lim_{x\to1-}f(x)\right\}^2=\lim_{x\to1+}f(x)$이므로

$(a-1)^2=a+5$, $a^2-3a-4=0$,

$(a+1)(a-4)=0$

$a=-1$ 또는 $a=4$

그러므로 a의 모든 값의 합은 $(-1)+4=3$

03 [모범답안]

주어진 그래프에서

$\lim_{x\to-1}f(x)=2$, $\lim_{x\to0+}f(x)=-1$

따라서

$2\lim_{x\to-1}f(x)-\lim_{x\to0+}f(x)=2\times2-(-1)=5$

04 [모범답안]

두 함수 $f(x)=-\dfrac{8}{x+6}$, $g(x)=\sqrt{x+6}-3$은 각각 닫힌 구간 $[-5, -2]$에서 연속이므로, 최대·최소 정리에 따라 이 구간에서 최댓값과 최솟값을 갖는다.

함수 $f(x)$는 닫힌 구간 $[-5, -2]$에서 증가하므로 $x=-2$에서 최댓값을, 함수 $g(x)$는 $x=-5$에서 최솟값을 갖는다.

$M=f(-2)=-\dfrac{8}{6-2}=-2$

$m=g(-5)=\sqrt{6-5}-3=1-3=-2$

따라서 $M\times m=4$

05 [모범답안]

삼차함수 $f(x)$는 연속이고 $\lim_{x\to-1}\dfrac{f(x)}{x+1}$, $\lim_{x\to1}\dfrac{f(x)}{x-1}$

의 값이 존재하며, 각자의 식에서 (분모) $\to$ 0이므로 (분자) $\to$ 0이어야 한다.

그러므로 $\lim_{x\to-1}f(x)=0$, $\lim_{x\to1}f(x)=0$이 성립한다.

즉, $f(-1)=f(1)=0$이므로

$f(x)=(x-1)(x+1)(mx+n)$ (단, m, n은 상수)

$\lim_{x\to-1}\dfrac{f(x)}{x+1}=\lim_{x\to-1}\dfrac{(x-1)(x+1)(mx+n)}{(x+1)}$

$=\lim_{x\to-1}(x-1)(mx+n)$

$=-2(-m+n)=2$

$\therefore -m+n=-1$

$\lim_{x\to1}\dfrac{f(x)}{x-1}=\lim_{x\to1}\dfrac{(x-1)(x+1)(mx+n)}{(x-1)}$

$=\lim_{x\to1}(x+1)(mx+n)=2(m+n)=6$

$\therefore m+n=3$

두 식을 연립하여 m과 n의 값을 구하면

$\therefore m=2$, $n=1$

따라서 $f(x)=(x-1)(x+1)(2x+1)$이다.

06 [모범답안]

함수 $f(x)$가

$\lim_{x\to2}xf(x)=\dfrac{2}{9}$이므로

$\lim_{x\to2}(2x^2+1)f(x)=\lim_{x\to2}\left\{\dfrac{2x^2+1}{x}\times xf(x)\right\}$

$=\lim_{x\to2}\dfrac{2x^2+1}{x}\times\lim_{x\to2}xf(x)$

$=\dfrac{9}{2}\times\dfrac{2}{9}=1$

07 [모범답안]

$\lim_{x\to\infty}\dfrac{f(x)-x^3}{3x^2}=1$에서 $f(x)$의 차수를 알 수 있다. 또한

PART 1 국어

PART 2 수학

PART 3 기출문제

PART 4 해답

[해답 영역]

분모는 이차식이지만 0이 아닌 다른 값으로 수렴하므로 $f(x)-x^3$도 최고차항의 계수가 3인 이차식이다.

그러므로 $f(x)=x^3+3x^2+mx+n$ (m, n은 상수)

한편, $\lim\limits_{x\to 0}\dfrac{f(x)}{x}=-1$에서 (분모)$\to 0$이므로 (분자)$\to 0$이고 $f(0)=0$임을 알 수 있다.

따라서 $n=0$

$f(x)=x^3+3x^2+mx$, $\lim\limits_{x\to 0}\dfrac{x^3+3x^2+mx}{x}=-1$에서

$m=-1$

따라서 $f(x)=x^3+3x^2-x$이다.

$\therefore f(3)=27+27-3=51$

08 [모범답안]

$\lim\limits_{x\to 1}\dfrac{f(x)-f(-1)}{x-1}=3$에서 $x\to 1$일 때

(분모)$\to 0$이고 극한값이 존재하므로 (분자)$\to 0$이어야 한다.

즉, $\lim\limits_{x\to 1}\{f(x)-f(-1)\}=f(1)-f(-1)=0$에서

$f(1)=f(-1)$

이때 $f(1)=f(-1)\neq 0$이면

$\lim\limits_{x\to 0}\dfrac{f(x+1)}{f(x-1)}=\dfrac{f(1)}{f(-1)}=1$이 되어

주어진 조건을 만족시킬 수 없으므로 $f(1)=f(-1)=0$이다.

$f(x)=a(x+1)(x-1)(x-k)$

(a는 0이 아닌 상수, k는 상수)라 하면

$\lim\limits_{x\to 0}\dfrac{f(x+1)}{f(x-1)}=\lim\limits_{x\to 0}\dfrac{ax(x+2)(x+1-k)}{ax(x-2)(x-1-k)}$

$=\lim\limits_{x\to 0}\dfrac{(x+2)(x+1-k)}{(x-2)(x-1-k)}$

$=\dfrac{2(1-k)}{-2(-1-k)}=\dfrac{1-k}{1+k}=-3$에서

$1-k=-3-3k$, $2k=-4$이므로 $k=-2$

$\lim\limits_{x\to 1}\dfrac{f(x)-f(-1)}{x-1}=\lim\limits_{x\to 1}\dfrac{a(x+1)(x-1)(x+2)}{x-1}$

$\lim\limits_{x\to 1}a(x+1)(x+2)=6a=3$에서

$a=\dfrac{1}{2}$

따라서 $f(x)=\dfrac{1}{2}(x+1)(x-1)(x+2)$이므로

$f(2)=\dfrac{1}{2}\times 3\times 1\times 4=6$

09 [모범답안]

$\lim\limits_{x\to 2}\dfrac{\sqrt{x^3-2x}-\sqrt{x^3-4}}{x^2-4}$

$=\lim\limits_{x\to 2}\dfrac{(\sqrt{x^3-2x}-\sqrt{x^3-4})(\sqrt{x^3-2x}+\sqrt{x^3-4})}{(x-2)(x+2)(\sqrt{x^3-2x}+\sqrt{x^3-4})}$

$=\lim\limits_{x\to 2}\dfrac{(x^3-2x)-(x^3-4)}{(x-2)(x+2)(\sqrt{x^3-2x}+\sqrt{x^3-4})}$

$=\lim\limits_{x\to 2}\dfrac{-2(x-2)}{(x-2)(x+2)(\sqrt{x^3-2x}+\sqrt{x^3-4})}$

$=\lim\limits_{x\to 2}\dfrac{-2}{(x+2)(\sqrt{x^3-2x}+\sqrt{x^3-4})}$

$=\dfrac{-2}{4\times(2+2)}=-\dfrac{1}{8}$

10 [모범답안]

$f(0)=4$이며 $f(x)=f(x+4)$이므로 $f(4)=4$이다.

이때 함수 $f(x)$는 연속함수이므로

$\lim\limits_{x\to 4-}f(x)=16+4a+b=f(4)=4$를 만족한다.

$\therefore 4a+b=-12$

그리고 함수 $f(x)$는 $x=2$에서 연속이므로

$\lim\limits_{x\to 2-}f(x)=\lim\limits_{x\to 2+}f(x)=f(2)$를 만족한다.

$\lim\limits_{x\to 2-}f(x)=8$

$\lim\limits_{x\to 2+}f(x)=4+2a+b$

$f(2)=4+2a+b$

$\therefore 2a+b=4$

따라서 $a=-8$, $b=20$

즉, $x^2+ax+b=x^2-8x+20$

$f(7)=f(3+4)$이고 $f(x)=f(x+4)$이므로 $f(7)=f(3)$

$f(3)=9-24+20=5$

11 [모범답안]

$x>0$일 때, $-4x^2+2x\leq f(x)\leq 4x^2+2x$에서 부등식의 각 변을 x로 나누면

$-4x+2\leq\dfrac{f(x)}{x}\leq 4x+2$

이때 부등식의 모든 변에 극한을 취하면

$\lim\limits_{x\to 0+}(-4x+2)\leq\lim\limits_{x\to 0+}\dfrac{f(x)}{x}\leq\lim\limits_{x\to 0+}(4x+2)$

이때 $\lim\limits_{x\to 0+}(-4x+2)=2$, $\lim\limits_{x\to 0+}(4x+2)=2$이므로

$\lim\limits_{x\to 0+}\dfrac{f(x)}{x}=2$

$\lim\limits_{x\to 0+}\dfrac{\{f(x)\}^3}{3x\{5x^2+(f(x)^2)\}}$에서 분모와 분자를 x^3으로 나누면

$\lim\limits_{x\to 0+}\dfrac{\left\{\dfrac{f(x)}{x}\right\}^3}{3\left\{5+\left(\dfrac{f(x)}{x}\right)^2\right\}}=\dfrac{8}{3(5+4)}=\dfrac{8}{27}=\dfrac{p}{q}$

$\therefore p+q=35$

12 [모범답안]

$\lim\limits_{x\to 1}\dfrac{f(x)}{x-1}=0$에서 (분모) $\to$ 0이므로 (분자) $\to$ 0

따라서 $f(1)=0$ $\quad\cdots\cdots$①

$\lim\limits_{x\to 0+}\dfrac{x^3 f\left(\dfrac{1}{x}\right)-1}{x^3+x}=0$에서 $\dfrac{1}{x}=t$

$x\to 0+$일 때, $t\to\infty$이다.

$\lim\limits_{t\to\infty}\dfrac{\left(\dfrac{1}{t}\right)^3 f(t)-1}{\left(\dfrac{1}{t}\right)^3+\left(\dfrac{1}{t}\right)}=\lim\limits_{t\to\infty}\dfrac{f(t)-t^3}{1+t^2}=0$

이때 분모가 $1+t^2$이므로 $f(t)-t^3$은 일차식이다.

따라서 $f(t)-t^3=at+b$(단, a, b는 상수)라고 하면

$\therefore f(t)=t^3+at+b$

따라서 $f(x)=x^3+ax+b$

이때, $f(1)=0$을 이용하여 a, b에 관한 관계식을 구할 수 있다.

$1+a+b=0$, $a=-(b+1)$ $\quad\cdots\cdots$②

한편, $\lim\limits_{x\to 1}\dfrac{f(x)}{x-1}=\lim\limits_{x\to 1}\dfrac{x^2+ax+b}{x-1}=0$이므로

$\lim\limits_{x\to 1}\dfrac{f(x)}{x-1}=\lim\limits_{x\to 1}\dfrac{x^2+ax+b}{x-1}=\lim\limits_{x\to 1}\dfrac{x^2-(b+1)x+b}{x-1}$

$\qquad=\lim\limits_{x\to 1}\dfrac{(x-1)(x-b)}{x-1}$

$\lim\limits_{x\to 1}(x-b)=1-b=0$

$\therefore b=1$ $\quad\cdots\cdots$③

따라서 $a=-2$ $\quad\cdots\cdots$④

$\therefore f(x)=x^3-2x+1$ $\quad\cdots\cdots$⑤

13 [모범답안]

$f(x)=x^2+ax+b$ (a, b는 상수)라 하자.

함수 $g(x)$가 $x=1$에서 불연속이므로

$\lim\limits_{x\to 1-}g(x)=\lim\limits_{x\to 1-}f(x)=f(1)\neq 4$

함수 $|g(x)|$가 실수 전체의 집합에서 연속이므로 $x=1$에서 연속이고

$\lim\limits_{x\to 1-}|g(x)|=\lim\limits_{x\to 1-}|f(x)|=|f(1)|=4$

$f(1)\neq 4$이므로 $f(1)=-4$ $\quad\cdots\cdots$㉠

함수 $h(x)$가 실수 전체의 집합에서 연속이므로 $x=1$에서 연속이고

$\lim\limits_{x\to 1-}h(x)=\lim\limits_{x\to 1-}f(x-2)=\lim\limits_{x\to -1-}f(x)$

$\qquad=f(-1)=4$ $\quad\cdots\cdots$㉡

㉠에서 $f(1)=1+a+b=-4$

㉡에서 $f(-1)=1-a+b=4$

두 식을 연립하여 풀면 $a=-4$, $b=-1$

따라서 $f(x)=x^2-4x-1$이므로

$f(-3)=9+12-1=20$

14 [모범답안]

$\lim\limits_{x\to 1}\dfrac{f(x)-1}{x-1}=2$ $\quad\cdots\cdots$㉠

㉠에서 $x\to 1$일 때 (분모) $\to$ 0이고 극한값이 존재하므로 (분자) $\to$ 0이어야 한다.

즉, $\lim\limits_{x\to 1}\{f(x)-1\}=0$에서

$\lim\limits_{x\to 1}f(x)=1$ $\quad\cdots\cdots$㉡

또 $\lim\limits_{x\to 1}\dfrac{g(x)+2}{\sqrt{x}-1}=-\dfrac{1}{3}$에서

$x\to 1$일 때 (분모) $\to$ 0이고 극한값이 존재하므로 (분자) $\to$ 0이어야 한다.

즉, $\lim\limits_{x\to 1}\{g(x)+2\}=0$에서

$\lim\limits_{x\to 1}g(x)=-2$ $\quad\cdots\cdots$㉢

$\lim\limits_{x\to 1}\dfrac{g(x)+2}{\sqrt{x}-1}=-\dfrac{1}{3}$이므로

$\lim\limits_{x\to 1}\dfrac{g(x)+2}{x-1}=\lim\limits_{x\to 1}\dfrac{g(x)+2}{(\sqrt{x}-1)(\sqrt{x}+1)}$

$\qquad=\lim\limits_{x\to 1}\dfrac{g(x)+2}{\sqrt{x}-1}\times\lim\limits_{x\to 1}\dfrac{1}{\sqrt{x}+1}$

$\qquad=-\dfrac{1}{3}\times\dfrac{1}{2}=-\dfrac{1}{6}$ $\quad\cdots\cdots$㉣

㉠~㉣에 의해

$\lim\limits_{x\to 1}\dfrac{\{f(x)+g(x)\}\{f(x)-g(x)-3\}}{x-1}$

$=\lim\limits_{x\to 1}\left[\{f(x)+g(x)\}\times\dfrac{\{f(x)-1\}-\{g(x)+2\}}{x-1}\right]$

$=\left\{\lim\limits_{x\to 1}f(x)+\lim\limits_{x\to 1}g(x)\right\}$

$\quad\times\left\{\lim\limits_{x\to 1}\dfrac{f(x)-1}{x-1}-\lim\limits_{x\to 1}\dfrac{g(x)+2}{x-1}\right\}$

$=\{1+(-2)\}\times\left\{2-\left(-\dfrac{1}{6}\right)\right\}$

$=-2\times\dfrac{13}{6}=-\dfrac{13}{3}$

15 [모범답안]

함수 $f(x)$가 $x=2$에서 연속이 되려면

$\lim\limits_{x\to 2-}f(x)=\lim\limits_{x\to 2-}(2x+1)=5$

$\lim\limits_{x\to 2+}f(x)=\lim\limits_{x\to 2+}\{m(x-2)^2+n\}=n$

이므로 $n=5$이다.

또한 $f(0)=f(6)$이므로

$f(0)=1$, $f(6)=16m+5$

$\therefore m=-\dfrac{1}{4}$

PART 1 국어 · PART 2 수학 · PART 3 기출문제 · PART 4 해답

따라서 $f(x) = \begin{cases} 2x+1 & (0 \le x < 2) \\ -\dfrac{1}{4}(x-2)^2 + 5 & (2 \le x < 6) \end{cases}$

$f(16) = f(10+6) = f(10) = f(4+6) = f(4)$

$f(4) = 4$

16 [모범답안]

주어진 식 $\displaystyle\lim_{x \to 0} \dfrac{3x^2 + 2f(x)}{x^4 - f(x)} = -1$에서 분모와 분자를 x^2으로 나누면

$$\lim_{x \to 0} \dfrac{3x^2 + 2f(x)}{x^4 - f(x)} = \lim_{x \to 0} \dfrac{3 + 2\dfrac{f(x)}{x^2}}{x^2 - \dfrac{f(x)}{x^2}}$$

이때, 극한값 $\displaystyle\lim_{x \to 0} \dfrac{f(x)}{x^2} = a$이므로

$$\lim_{x \to 0} \dfrac{3 + 2\dfrac{f(x)}{x^2}}{x^2 - \dfrac{f(x)}{x^2}} = \dfrac{3 + 2a}{-a} = -1$$

$3 + 2a = a$ $\therefore a = -3$

17 [모범답안]

$\displaystyle\lim_{x \to 1} \dfrac{g(x) - 2x}{x-1}$의 값이 존재하므로

$\displaystyle\lim_{x \to 1} \{g(x) - 2x\} = 0, g(1) = 2$

따라서

$$\lim_{x \to 1} \dfrac{f(x)g(x)}{x^2 - 1} = \lim_{x \to 1} \dfrac{(x-1)\{g(x)-1\}g(x)}{x^2 - 1}$$

$$\lim_{x \to 1} \dfrac{\{g(x)-1\}g(x)}{x+1} = \dfrac{\{g(1)-1\}g(1)}{2} = \dfrac{1 \times 2}{2} = 1$$

18 [모범답안]

$a > 0$, $a < 0$일 때, 두 함수 $y = f(x)$, $y = |f(x)|$의 그래프는 그림과 같다.

[$a > 0$일 때]

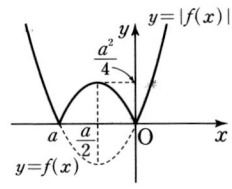

[$a < 0$일 때]

이때 함수 $g(t)$는 다음과 같다.

$$g(t) = \begin{cases} 0 & (t = 0) \\ 2 & (t = a) \\ 4 & \left(0 < t < \dfrac{a^2}{4}\right) \\ 3 & \left(t = \dfrac{a^2}{4}\right) \\ 2 & \left(t = \dfrac{a^2}{4}\right) \end{cases}$$

$\displaystyle\lim_{t \to 0-} g(t) \ne \lim_{t \to 0+} g(t)$, $\displaystyle\lim_{t \to \frac{a^2}{4}-} g(t) \ne \lim_{t \to \frac{a^2}{4}+} g(t)$이므로

함수 $g(t)$는

$t = 0$, $t = \dfrac{a^2}{4}$에서 불연속이다.

$h(x) = f(x)g(x)$라 하면 함수 $h(x)$가 실수 전체의 집합에서 연속이므로

$x = 0$, $x = \dfrac{a^2}{4}$에서 불연속이다.

$h(x) = f(x)g(x)$라 하면 함수 $h(x)$가 실수 전체의 집합에서 연속이므로 $x = 0$, $x = \dfrac{a^2}{4}$에서 연속이어야 한다.

함수 $h(x)$가 $x = 0$에서 연속이려면

$\displaystyle\lim_{x \to 0-} h(x) = \lim_{x \to 0+} h(x) = h(0)$이어야 한다.

이때

$\displaystyle\lim_{x \to 0-} h(x) = \lim_{x \to 0-} f(x)g(x) = f(0) \times 0 = 0$

$\displaystyle\lim_{x \to 0+} h(x) = \lim_{x \to 0+} f(x)g(x) = f(0) \times 4 = 0$

$h(0) = f(0)g(0) = 0 \times 2 = 0$이므로

$\displaystyle\lim_{x \to 0-} h(x) = \lim_{x \to 0+} h(x) = h(0)$

즉, 함수 $h(x)$는 $x = 0$에서 연속이다.

또 함수 $h(x)$가 $x = \dfrac{a^2}{4}$에서 연속이려면

$\displaystyle\lim_{x \to \frac{a^2}{4}-} h(x) = \lim_{x \to \frac{a^2}{4}+} h(x) = h\left(\dfrac{a^2}{4}\right)$이어야 한다.

이때

$\displaystyle\lim_{x \to \frac{a^2}{4}-} h(x) = \lim_{x \to \frac{a^2}{4}-} f(x)g(x) = f\left(\dfrac{a^2}{4}\right) \times 4$

$= \dfrac{a^3(a-4)}{4}$,

$\displaystyle\lim_{x \to \frac{a^2}{4}+} h(x) = \lim_{x \to \frac{a^2}{4}+} f(x)g(x) = f\left(\dfrac{a^2}{4}\right) \times 2$

$= \dfrac{a^3(a-4)}{8}$,

$h\left(\dfrac{a^2}{4}\right) = f\left(\dfrac{a^2}{4}\right) \times 3 = \dfrac{3a^3(a-4)}{16}$이므로

$\dfrac{a^3(a-4)}{4} = \dfrac{a^3(a-4)}{8} = \dfrac{3a^3(a-4)}{16}$

이때 $a \ne 0$이므로 $a = 4$

따라서 $f(x)=x(x-4)$이므로

$f(-1)=(-1)(-1-4)=5$

19 [모범답안]

$\lim\limits_{x\to\infty}f(x)=\lim\limits_{x\to\infty}\dfrac{ax^2+bx+c}{x^2-x-2}=1$에서 $a=1$,

$\lim\limits_{x\to2}f(x)=\lim\limits_{x\to2}\dfrac{x^2+bx+c}{x^2-x-2}$에서 $x\to2$일 때,

(분모) $\to0$이고 (분자) $\to0$이므로

$4+2b+c=0,\ c=-2b-4$

$\lim\limits_{x\to2}f(x)=\lim\limits_{x\to2}\dfrac{x^2+bx-2b-4}{x^2-x-2}$

$=\lim\limits_{x\to2}\dfrac{(x-2)(x+b+2)}{(x-2)(x+1)}$

$=\lim\limits_{x\to2}\dfrac{(x+b+2)}{(x+1)}=\dfrac{4+b}{3}=2$

$\therefore b=2,\ c=-8$

따라서 $abc=-16$

20 [모범답안]

$\lim\limits_{x\to2}\dfrac{f(x-2)+g(3-x)}{x^2-4}$

$=\lim\limits_{x\to2}\dfrac{f(x-2)}{(x-2)(x+2)}+\lim\limits_{x\to2}\dfrac{g(3-x)}{(x-2)(x+2)}$

이때, $\lim\limits_{x\to2}\dfrac{f(x-2)}{(x-2)(x+2)}$에서 $x-2=t$,

$\lim\limits_{x\to2}\dfrac{g(3-x)}{(x-2)(x+2)}$에서 $3-x=s$로 놓으

면 (단, t와 s는 상수) $x\to2$일 때, $t\to0,\ s\to1$이므로

$\lim\limits_{x\to2}\dfrac{f(x-2)}{(x-2)(x+2)}+\lim\limits_{x\to2}\dfrac{g(3-x)}{(x-2)(x+2)}$

$=\lim\limits_{t\to0}\dfrac{f(t)}{t(t+4)}+\lim\limits_{s\to1}\dfrac{g(s)}{(5-s)(1-s)}$

$=\dfrac{1}{4}\lim\limits_{t\to0}\dfrac{f(t)}{t}-\dfrac{1}{4}\lim\limits_{s\to1}\dfrac{g(s)}{(s-1)}=\dfrac{7}{4}-\dfrac{11}{4}=-1$

V. 다항함수의 미분법

01 [모범답안]

$f'(x)=3x^2+6x+k$이며, 이차방정식 $f'(x)=0$은

$-2<x<2$에서 서로 다른 두 실근을 가져야 한다.

(i) 방정식 $f'(x)=0$의 판별식을 D라고 하자.

$\dfrac{D}{4}=9-3k>0$ ······①

$\therefore 3>k$

(ii) $f'(-2)>0$이므로 $f'(-2)=k>0$ ······②

(iii) $f'(2)>0$이므로 $f'(2)=24+k>0\ \therefore k>-24$

······③

(i)~(iii)에서 $0<k<3$ ······④

02 [모범답안]

함수 $f(x)=2x^2-5x+3$은 다항함수이므로 닫힌구간

$[-4,4]$에서 연속이며 열린구간 $(-4,4)$에서 미분가능하다.

이때 평균값 정리에 의하여

$\dfrac{f(4)-f(-4)}{4-(-4)}=f'(c)$인 c가 열린구간 $(-4,4)$에 적어

도 하나 존재한다.

$f(-4)=32+20+3=55$,

$f(4)=32-20+3=15$이며 $f'(x)=4x-5$이므로

$f'(c)=4c-5$

$\dfrac{f(4)-f(-4)}{4-(-4)}=f'(c)$에서 $\dfrac{15-55}{4-(-4)}=4c-5=-5$

따라서 $c=0$

03 [모범답안]

$g(t)=\dfrac{f(t+2)-f(t)}{2}$

$=\dfrac{\{a(t+2)^2+b(t+2)\}-(at^2+bt)}{2}$

$=\dfrac{\{at^2+(4a+b)t+(4a+2b)\}-(at^2+bt)}{2}$

$=\dfrac{4at+4a+2b}{2}=2at+2a+b$

조건 (가)에서

$\lim\limits_{t\to\infty}\dfrac{g(t)}{t}=\lim\limits_{t\to\infty}\dfrac{2at+2a+b}{t}$

$=\lim\limits_{t\to\infty}\left(2a+\dfrac{2a+b}{t}\right)=2a$

즉, $2a=3$에서 $a=\dfrac{3}{2}$

이때 $f(t)=\dfrac{3}{2}t^2+bt,\ g(t)=3t+3+b$이므로

$g(f(t))=3f(t)+3+b$

조건 (나)에서 서로 다른 두 상수 $t_1,\ t_2$에 대하여

$g(f(t_1))=g(f(t_2))$이므로

$3f(t_1)+3+b=3f(t_2)+3+b$에서

$f(t_1)=f(t_2)$

$t_1+t_2=4$이고 이차함수 $y=f(x)$의 그래프의 대칭성에 의하

여 $\dfrac{t_1+t_2}{2}=-\dfrac{b}{3}$이므로

$2=-\dfrac{b}{3},\ b=-6$

즉, $f(x)=\dfrac{3}{2}x^2-6x$이고 $g(t)=3t-3$

또 t에 대한 방정식 $g(f(t))=0$에서

$3f(t)-3=0, f(t)=1$

즉, $\dfrac{3}{2}t^2-6t-1=0$

이 방정식의 서로 다른 두 실근이 t_1, t_2이므로 이차방정식의 근과 계수의 관계에 의하여

$t_1+t_2=4$

따라서 $g(t_1+t_2)=g(4)=3\times4-3=9$

04 [모범답안]

$x_1<x_2$인 임의의 실수 x_1, x_2에 대하여 항상 $f(x_1)<f(x_2)$를 만족하기 위해서는 함수 $f(x)$가 실수 전체에서 증가해야 한다.

$f(x)=2x^3-ax^2+\left(a-\dfrac{4}{3}\right)x+3$에서

$f'(x)=6x^2-2ax+\left(a-\dfrac{4}{3}\right)$

함수 $f(x)$가 실수 전체의 집합에서 증가하려면 모든 실수 x에 대하여 $f'(x)\geq0$이어야 한다.

이차방정식 $f'(x)=0$의 판별식을 D라 하면

$\dfrac{D}{4}=(-a)^2-6\left(a-\dfrac{4}{3}\right)=a^2-6a+8$

$=(a-2)(a-4)\leq0$

따라서 $2\leq a\leq4$

05 [모범답안]

$g(x)=(x^2+a)f(x)$에서 $g(1)=(a+1)f(1)$

이때 $f'(1)=g(1)$이므로

$f'(1)=(a+1)f(1)$ ······㉠

$g'(x)=2xf(x)+(x^2+a)f'(x)$이므로

$g'(1)=2f(1)+(a+1)f'(1)$ ······㉡

㉠을 ㉡에 대입하면

$g'(1)=2f(1)+(a+1)\_(a+1)f(1)$

$=(a^2+2a+3)f(1)$

이때 $g'(1)=11f(1)$이므로

$(a^2+2a+3)f(1)=11f(1)$,

$(a^2+2a-8)f(1)=0$

$(a+4)(a-2)f(1)=0$

$a>0$, $f(1)\neq0$이므로 $a=2$

㉠에서 $\dfrac{f'(1)}{f(1)}=a+1$이므로

$\dfrac{f'(1)}{2f(1)}=\dfrac{a+1}{2}=\dfrac{3}{2}$

06 [모범답안]

t초 후의 오토바이의 속도를 v m/s 라 하자.

이때 $v=\dfrac{dx}{dt}=10-2kt=0$

오토바이가 멈출 때의 속도는 0 m/s이므로

$v=10-2kt=0$에서 $t=\dfrac{5}{k}$이다.

그러므로 오토바이가 멈출 때까지 걸린시간은 $\dfrac{5}{k}$초이며 그때까지 이동한 거리가 200 m 이내이어야 하므로

$X_{t=\frac{5}{k}}=\dfrac{50}{k}-k\left(\dfrac{5}{k}\right)^2=\dfrac{50}{k}-\dfrac{25}{k}=\dfrac{25}{k}\leq200$,

$\dfrac{1}{8}\leq k$이므로 구하는 양수 k의 최솟값은 $\dfrac{1}{8}$이다.

07 [모범답안]

$f'(0)=\lim\limits_{h\to0}\dfrac{f(0+h)-f(0)}{h}=\lim\limits_{h\to0}\dfrac{f(h)}{h}=5$

한편, $f(x+y)=f(x)+f(y)+3xy$에서 $x=3, y=h$를 대입하면

$f(3+h)=f(3)+f(h)+9h$

따라서

$f'(3)=\lim\limits_{h\to0}\dfrac{f(3+h)-f(3)}{h}=\lim\limits_{h\to0}\dfrac{f(h)+9h}{h}$

$\therefore \lim\limits_{h\to0}\dfrac{f(h)+9h}{h}=\lim\limits_{h\to0}\dfrac{f(h)}{h}+9=f'(0)+9=14$

08 [모범답안]

$f(x)=x^3-4x^2+5$라 하면

$f'(x)=3x^2-8x$

이때 $f'(1)=3-8=-5$이므로

곡선 $y=f(x)$ 위의 점 $(2, 3)$에서의 접선의 방정식은

$y=-5(x-2)+3$

즉, $y=-5x+13$

따라서 이 접선의 y절편은 13이다.

09 [모범답안]

조건 (가)에서 점 $A(1, 2)$가

두 곡선 $y=f(x)$, $y=g(x)$ 위의 점이므로

$f(1)=1-3+2+a=2, a=2$

$g(1)=1+b+c=2, c=1-b$

$f(x)=x^3-3x^2+2x+2$에서

$f'(x)=3x^2-6x+2$이므로

$f'(1)=3-6+2=-1$

$g(x)=x^2+bx+c$에서 $g'(x)=2x+b$이므로

$g'(1)=2+b$

조건 (나)에서 곡선 $y=f(x)$ 위의 점 A에서의 접선과 곡선 $y=g(x)$ 위의 점 A에서의 접선이 서로 수직이므로

$f'(1)g'(1)=-1$

즉, $-1\times(2+b)=-1$이므로

$b=-1$이고 $c=1-b=1-(-1)=2$

따라서 $\dfrac{|abc|}{2}=\dfrac{|2\times(-1)\times2|}{2}=\dfrac{4}{2}=2$

10 [모범답안]

역함수가 존재하도록 하기 위해서는 $f(x)$는 일대일대응이 되어야 한다.

그러므로 $f'(x) \geq 0$이거나 $f'(x) \leq 0$이어야 한다.

$f'(x) = 3x^2 + 6ax + 2a$ ......①

최고차항이 양수이므로 $f'(x) \geq 0$

이차방정식 $f'(x) = 0$의 판별식을 D라고 하자.

이때 $f'(x) \geq 0$을 만족하기 위해서는 판별식 $D \leq 0$이어야 한다.

$$\frac{D}{4} = (3a)^2 - (2a) \times 3 = 9a^2 - 6a = 3a(3a-2) \leq 0$$
......②

그러므로 a의 범위는 $0 \leq a \leq \frac{2}{3}$이어야 한다. ......③

11 [모범답안]

(나)에서 $f(x) = 0$의 실근 중 하나를 α라 하면, α의 범위는 $3 \leq \alpha \leq 5$이다.

(가)에서 함수 $|f(x)|$는 $x = \alpha$에서 미분가능하므로,

$f(x) = (x-\alpha)^3$ 또는 $f(x) = (x-\alpha)^2(x-\beta)$이다.

이때 $f(x) = (x-\alpha)^3$인 경우 $x = 0$에서 함수 $|f(x)|$가 미분가능하므로 $f(x) = (x-\alpha)^2(x-\beta)$

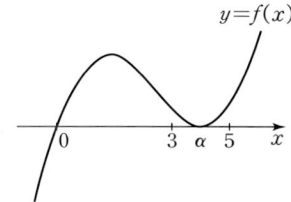

이때 함수 $|f(x)|$는 $x = 0$에서만 미분불가능이므로 $\beta = 0$, $f(x) = x(x-\alpha)^2$이다.

$f'(x) = (x-\alpha)^2 + 2x(x-\alpha) = (x-\alpha)(3x-\alpha)$

$\dfrac{f'(x)}{f(x)} = \dfrac{(x-\alpha)(3x-\alpha)}{x(x-\alpha)^2} = \dfrac{(3x-\alpha)}{x(x-\alpha)}$

$\dfrac{f'(2)}{f(2)} = \dfrac{6-\alpha}{4-2\alpha} = \dfrac{\alpha-6}{2\alpha-4} = \dfrac{1}{2} - \dfrac{2}{\alpha-2}$

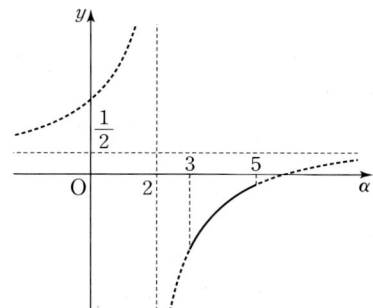

$y = \dfrac{1}{2} - \dfrac{2}{\alpha-2}$라고 하면 $3 \leq \alpha \leq 5$이므로 y는 $\alpha = 5$일 때,

최댓값 $-\dfrac{1}{6}$이다.

12 [모범답안]

$f(x) = x^3 + (a-2)x^2 - 3ax + 4$에서

$f'(x) = 3x^2 + 2(a-2)x - 3a$

함수 $f(x)$가 실수 전체의 집합에서 증가하므로 모든 실수 x에 대하여 $f'(x) \geq 0$이어야 한다.

이차방정식 $3x^2 + 2(a-2)x - 3a = 0$의 판별식을 D라 하면 $D \leq 0$이어야 하므로

$$\frac{D}{4} = (a-2)^2 + 9a \leq 0$$

$a^2 + 5a + 4 \leq 0$, $(a+1)(a+4) \leq 0$

따라서 $-4 \leq a \leq -1$이므로 실수 a의 최솟값과 최댓값의 합은 $(-4) + (-1) = -5$이다.

13 [모범답안]

$(x^2-4)g(x) = f(x) - 4$에서 양변에 $x = 2$를 대입하면,

$(4-4)g(2) = f(2) - 4 = 0$, $f(2) = 4$

$(x^2-4)g(x) = f(x) - 4$의 양변을 x에 대해 미분하면,

$2xg(x) + (x^2-4)g'(x) = f'(x)$

위 식의 양변에 $x = 2$를 대입하면,

$4g(2) = f'(2) = 2$, $g(2) = \dfrac{1}{2}$

한편, $h(x) = f(x)g(x)$

위 식의 양변을 x에 대해 미분하면,

$h'(x) = f'(x)g(x) + f(x)g'(x)$

위 식의 양변에 $x = 2$를 대입하면,

$h'(2) = f'(2)g(2) + f(2)g'(2)$

$\qquad = \left(2 \times \dfrac{1}{2}\right) + 4g'(2) = 1 + 4g'(2) = 4$,

$\qquad g'(2) = \dfrac{3}{4}$

$\therefore g'(2) = \dfrac{3}{4}$

14 [모범답안]

$f(t) = t^2 + (-t^2+4)^2 = t^4 - 7t^2 + 16$이므로

$f'(t) = 4t^3 - 14t = 2t(2t^2-7)$

닫힌구간 $[0, 2]$에서 $f'(t) = 0$인 t의 값은

0과 $\dfrac{\sqrt{14}}{2}$이다.

$f(0) = 16$, $f\left(\dfrac{\sqrt{14}}{2}\right) = \dfrac{49}{4} - \dfrac{49}{2} + 16 = \dfrac{15}{4}$,

$f(2) = 16 - 28 + 16 = 4$이므로

$M = 16$, $m = \dfrac{15}{4}$

따라서 $\dfrac{M}{m}=\dfrac{16}{\dfrac{15}{4}}=\dfrac{64}{15}$

15 [모범답안]

두 점 P, Q의 시각 t에서의 속도를 각각 v_1, v_2라 하면

$v_1=2t-6$, $v_2=3t^2-6t-24$

두 점 P, Q가 서로 다른 방향으로 움직이려면 $v_1v_2<0$이므로

$v_1v_2=2(t-3)\times 3(t-4)(t+2)<0$

$t\geq 0$이므로 $3<t<4$

따라서 $p=3$, $q=4$

$\therefore p\times q=3\times 4=12$

16 [모범답안]

평균변화율을 $M(a,b)=\dfrac{f(b)-f(a)}{b-a}$이므로

$f(b)=(2b-a)(2b-b)=2b^2-ab$

$f(a)=(2a-a)(2a-b)=2a^2-ab$

$M(a,b)=\dfrac{f(b)-f(a)}{b-a}=\dfrac{2(b^2-a^2)}{b-a}=2(a+b)$

$M(a,b)=2(a+b)<9$

$a+b<\dfrac{9}{2}$를 만족하는 순서쌍은 $(1,2)(1,3)(2,1)(3,1)$

으로 총 4개이다.

17 [모범답안]

점 P의 시각 t에서의 속도를 v라 하면

$v=\dfrac{dx}{dt}=3t^2-8t+k$

시각 $t=1$에서의 점 P의 속도가 5이므로

$3-8+k=5$, $k=10$

이때 시각 $t=\alpha$에서의 점 P의 속도도 5이므로 두 수 1, α는

방정식 $v=5$의 근이다.

$3t^2-8t+10=5$에서 $3t^2-8t+5=0$,

$(t-1)(3t-5)=0$

$t=1$ 또는 $t=\dfrac{5}{3}$

즉, $\alpha=\dfrac{5}{3}$이므로 $\dfrac{k}{\alpha}=\dfrac{10}{\dfrac{5}{3}}=6$

점 P의 시각 t에서의 가속도를 a라 하면

$a=\dfrac{dv}{dt}=6t-8$

따라서 시각 $t=\dfrac{k}{\alpha}$, 즉 $t=6$에서의 점 P의 가속도는

$6\times 6-8=28$이다.

18 [모범답안]

두 곡선이 한 점에서 접하므로 접하는 점에서의 접선의 기울기

는 서로 같다.

$f(x)=x^3-x+3$, $g(x)=x^2+a$라 하면

$f'(x)=3x^2-1$, $g'(x)=2x$

접점의 좌표를 $(k, f(k))$라 하면

$3k^2-1=2k$, $(3k+1)(k-1)=0$, $k=-\dfrac{1}{3}$, 1

이때 a값이 정수이므로 $k=1$

$x=1$일 때 두 곡선이 접하므로

$1-1+3=1+a$

$\therefore a=2$

19 [모범답안]

$3x^4+4x^3-6x^2-12x\geq a$에서

$f(x)=3x^4+4x^3-6x^2-12x$라 하면

$f'(x)=12x^3+12x^2-12x-12$

$\qquad =12(x+1)^2(x-1)$

$f'(x)=0$에서 $x=-1$ 또는 $x=1$

함수 $f(x)$의 증가와 감소를 표로 나타내면 다음과 같다.

x	$\cdots$	-1	$\cdots$	1	$\cdots$
$f'(x)$	$-$	0	$-$	0	$+$
$f(x)$	$\searrow$		$\searrow$	극소	$\nearrow$

함수 $f(x)$는 $x=1$에서 극소이면서 최솟값을 갖는다.

$f(1)=-11$이므로 모든 실수 x에 대하여 부등식 $f(x)\geq a$

가 성립하려면 $a\leq -11$이어야 한다.

따라서 실수 a의 최댓값은 -11이다.

20 [모범답안]

점 P(t, t^2+1)이라 하면

$\overline{AP}^2=(t-2)^2+(t^2+1)^2$

$\overline{BP}^2=(t-8)^2+(t^2+1)^2$

$\overline{AP}^2+\overline{BP}^2=2t^4+6t^2-20t+70$

이때, $f(t)=2t^4+6t^2-20t+70$이라 하자.

$f'(t)=8t^3+12t-20=(t-1)(8t^2+8t+20)$

x	$\cdots$	1	$\cdots$
$f'(t)$	$-$	0	$+$
$f(t)$	$\searrow$	58	$\nearrow$

즉, $t=1$일 때, $f(t)$는 극솟값을 가지므로 최솟값은 58이다.

VI. 다항함수의 적분법

01 [모범답안]

시각 $t=0$일 때 점 $A(12)$에서 출발하여 수직선 위를 움직이는 점 P의 시각 $t=a$에서의 위치 x는

$$x=12+\int_0^a v(t)dt=12+\int_0^a (3t^2-4t)dt$$
$$=12+\left[t^3-2t^2\right]_0^a=a^3-2a^2+12 \qquad \cdots\cdots①$$

이때, $f(a)=a^3-2a^2+12$라고 하자.

점 P와 원점 사이의 거리가 최소가 되려면 $f(a)$의 값이 최소가 되어야 한다.

$$f'(a)=3a^2-4a=3a\left(a-\frac{4}{3}\right)$$ 이다.

이때, 증감을 따져보면 $a=\frac{4}{3}$ $\qquad \cdots\cdots②$

에서 최소를 갖는다.

그러므로 점 P와 원점 사이의 거리가 최소일 때, 점 P의 위치

$$f\left(\frac{4}{3}\right)=\frac{292}{27} \qquad \cdots\cdots③$$

02 [모범답안]

$$\int_1^k (3x^2-4x+3)dx=\left[x^3-2x^2+3x\right]_1^k$$
$$=k^3-2k^2+3k-2$$
$$k^3-2k^2+3k-2=(k-1)(k^2-k+2)=0$$

이때 $k>1$이므로 $k^2-k+2=0$인 이차방정식을 풀어야 한다.

그러나 $k^2-k+2=0$의 판별식 $D=1-8<0$이므로 실근을 갖지 않는다.

따라서 $k>1$인 실근은 존재하지 않는다.

즉, $\int_1^k (3x^2-4x+3)dx=0$을 만족하는 k값은 존재하지 않는다.

03 [모범답안]

$f(x)=\int (3x^2-4x)dx$에서

$f(x)=x^3-2x^2+C$ (단, C는 적분상수)

$f(1)=1-2+C=C-1$

$C-1=3$에서 $C=4$

따라서 $f(x)=x^3-2x^2+4$이므로

$f(-1)=(-1)-2+4=1$

04 [모범답안]

$$\int_0^1 (6k^2x^2+24kx+15)dx$$
$$=\left[2k^2x^3+12kx^2+15x\right]_0^1$$
$$=2k^2+12k+15$$
$$=2(k^2+6k+9)-3$$
$$=2(k+3)^2-3$$

따라서 $k=-3$일 때, 최솟값 -3을 가지므로

$m=-3$, $n=-3$

$\therefore mn=9$

05 [모범답안]

함수 $f(x)$가 모든 실수 x에 대하여 $f(x+3)=f(x)$를 만족한다.

따라서

$$\int_{-5}^{-2}f(x)dx=\int_{-5}^{-2}f(x+3)dx=\int_{-2}^{1}f(x)dx$$

또한,

$f(x)=f(x+3)=f(x+6)$이므로

$$\int_{-5}^{-2}f(x)dx=\int_{-5}^{-2}f(x+6)dx=\int_{1}^{4}f(x)dx$$

이를 살펴보면

$$\int_{-5}^{-2}f(x)dx=\int_{-2}^{1}f(x)dx=\int_{1}^{4}f(x)dx$$
$$=\int_{4}^{7}f(x)dx=\int_{7}^{10}f(x)dx$$

이다.

따라서 $\int_{-2}^{10}f(x)dx=\int_{-2}^{1}f(x)dx+\int_{1}^{4}f(x)dx$
$$+\int_{4}^{7}f(x)dx+\int_{7}^{10}f(x)dx$$
$$=4\int_{-5}^{-2}f(x)dx=8$$

06 [모범답안]

$f(x)$가 최고차항의 계수가 1인 삼차함수이므로 $f'(x)$는 최고차항의 계수가 3인 이차함수이고, 삼차함수 $f(x)$가 $x=-1$, $x=2$에서 극값을 가지므로

$$f'(x)=3(x+1)(x-2)=3x^2-3x-6$$
$$f(x)=\int f'(x)dx=\int (3x^2-3x-6)dx$$
$$=x^3-\frac{3}{2}x^2-6x+C \text{ (단, }C\text{는 적분상수)}$$

$$\int_{-2}^{2}f(x)dx=\int_{-2}^{2}\left(x^3-\frac{3}{2}x^2-6x+C\right)dx$$
$$=2\int_0^2\left(-\frac{3}{2}x^2+C\right)dx$$
$$=2\left[-\frac{1}{2}x^3\times Cx\right]_0^2=2(-4+2C)=0에서$$

$C=2$

따라서 $f(x)=x^3-\dfrac{3}{2}x^2-6x+2$이므로

$f(-1)=(-1)-\dfrac{3}{2}+6+2=\dfrac{11}{2}$

07 [모범답안]

$f(x)=ax+b\ (a,b$는 상수, $a\neq0)$으로 놓으면

$\displaystyle\int_{-1}^{1}f(x)dx=\int_{-1}^{1}(ax+b)dx$

$\displaystyle=2\int_{0}^{1}bdx=2[bx]_{0}^{1}=2b$

$2b=6$에서 $b=3$

$\displaystyle\int_{-1}^{1}xf(x)dx=\int_{-1}^{1}(ax^2+bx)dx$

$\displaystyle=2\int_{0}^{1}ax^2dx=2\left[\dfrac{a}{3}x^3\right]_{0}^{1}=\dfrac{2a}{3}$

$\dfrac{2a}{3}=4$에서 $a=6$

따라서 $f(x)=6x+3$이므로

$\displaystyle\int_{0}^{2}x^2f(x)dx=\int_{0}^{2}x^2(6x+3)dx$

$\displaystyle=\int_{0}^{2}(6x^3+3x^2)dx$

$\displaystyle=\left[\dfrac{3}{2}x^4+x^3\right]_{0}^{2}=\dfrac{3}{2}\times16+8=32$

08 [모범답안]

곡선과 x축의 교점의 x좌표는 $x=-1$이다. 그러므로 $\mathrm{P}(-1,0)$임을 알 수 있다.

여기서 곡선 $y=f(x)$를 y축의 방향으로 $-k$만큼 평행이동 하면

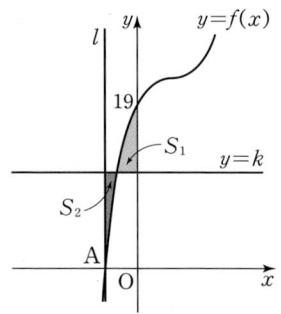

이때, $S_1=S_2$이므로

$\displaystyle\int_{-1}^{0}\{f(x)-k\}dx=0$이다.

$\displaystyle\int_{-1}^{0}\{(x-2)^3+27-k\}dx=0,$

$\displaystyle\int_{-1}^{0}(x-2)^3dx+\int_{-1}^{0}(27-k)dx=0$

$\displaystyle\int_{-1}^{0}(x-2)^3dx=\int_{-1}^{0}(-27+k)dx,$

$\displaystyle\left[\dfrac{1}{4}(x-2)^4\right]_{-1}^{0}=\dfrac{1}{4}(16-81)=-\dfrac{65}{4}=k-27$

$\therefore k=27-\dfrac{65}{4}=\dfrac{108-65}{4}=\dfrac{43}{4}$

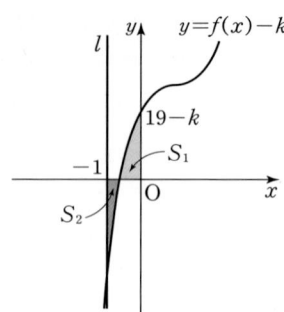

09 [모범답안]

$f(0)=-1$

$f(x)$는 이차함수이므로

$f(x)=ax^2+bx+c(a\neq0,\,a,\,b,\,c$는 상수$)$

$f(0)=-1$이므로 $c=-1$이다.

$f(x)=ax^2+bx-1$

한편,

$\displaystyle\int_{-2}^{2}f(x)dx=\int_{-2}^{0}f(x)dx=\int_{0}^{2}f(x)dx=A$라고하자.

$\displaystyle\int_{-2}^{2}f(x)dx=\int_{-2}^{0}f(x)dx+\int_{0}^{2}f(x)dx=A=A+A$

이므로 $A=2A$, $A=0$이다.

그러므로 $\displaystyle\int_{-2}^{2}f(x)dx=\int_{-2}^{0}f(x)dx=\int_{0}^{2}f(x)dx=0$

$\displaystyle\int_{-2}^{2}f(x)dx=\int_{-2}^{2}(ax^2+bx-1)dx$

$\displaystyle=\left[\dfrac{1}{3}ax^3+\dfrac{1}{2}bx^2-x\right]_{-2}^{2}$

$\displaystyle=\dfrac{16}{3}a-4=0$

$\therefore a=\dfrac{3}{4}$

한편 $\displaystyle\int_{0}^{2}f(x)dx=\int_{0}^{2}\left(\dfrac{3}{4}x^2+bx-1\right)dx$

$\displaystyle=\left[\dfrac{1}{4}x^3+\dfrac{1}{2}bx^2-x\right]_{0}^{2}=2+2b-2=0$

$\therefore b=0$

따라서 $f(x)=\dfrac{3}{4}x^2-1$이고 $f(4)=12-1=11$

10 [모범답안]

$\displaystyle\int_a^b f(x)dx - \int_a^b f(x)dx$이므로

$\displaystyle\int_{-3}^1 f(x)dx - \int_3^1 f(x)dx$의 식을 변형하면

$\displaystyle\int_{-3}^1 f(x)dx + \int_1^3 f(x)dx$ ......①

$\displaystyle =\int_{-3}^3 f(x)dx$

$\displaystyle =\int_{-3}^3 (4x^3+2x-1)dx$

$\displaystyle =\Big[x^4+x^2-x\Big]_{-3}^3$ ......②

$=(3^4+3^2-3)-\{(-3)^4+(-3)^2+3\}$

$=-6$ ......③

11 [모범답안]

$\displaystyle\int_0^1 f(t)dt=a$ (a는 상수)라 하면

$f(x)=-2x+3|a|$

(i) $a\geq0$인 경우

$f(x)=-2x+3a$이므로

$\displaystyle\int_0^1 (-2x-3a)dx=\Big[-x^2-3ax\Big]_0^1$

$=-1+3a=a$에서 $a=\dfrac{1}{2}$

따라서 $f(x)=-2x+\dfrac{3}{2}$이므로 $f(0)=\dfrac{3}{2}$

(ii) $a<0$인 경우

$f(x)=-2x-3a$이므로

$\displaystyle\int_0^1 (-2x+3a)dx=\Big[-x^2+3ax\Big]_0^1$

$=-1-3a=a$에서 $a=-\dfrac{1}{4}$

따라서 $f(x)=-2x+\dfrac{3}{4}$이므로 $f(0)=\dfrac{3}{4}$

(i), (ii)에 의하여 모든 $f(0)$의 값의 곱은

$\dfrac{3}{2}\times\dfrac{3}{4}=\dfrac{9}{8}$

12 [모범답안]

$\displaystyle\int_{-1}^2 f(t)dt=a$ (a는 상수)라 하면

$\displaystyle\int_{-1}^x f(t)dt+a(x+1)=4x^2-4$에서

$\displaystyle\int_{-1}^x f(t)dt=4x^2-ax-a-4$ ......㉠

㉠의 양변을 x에 대하여 미분하면

$f(x)=8x-a$

$\displaystyle\int_{-1}^2 f(t)dt=\int_{-1}^2 (8t-a)dt$

$=\Big[4t^2-at\Big]_{-1}^2=(16-2a)-(4+a)$

$=12-3a$

$12-3a=a$에서 $a=3$

따라서 $f(x)=8x-3$이므로

$f(3)=24-3=21$

13 [모범답안]

$f(-x)+f(x)=0$에서 $f(x)$는 원점대칭인 기함수임을 알 수 있다.

$\displaystyle\int_{-2}^2 (x+1)^2 f(x)dx=\int_{-2}^2 x^2 f(x)dx$

$\displaystyle\qquad\qquad +2\int_{-2}^2 xf(x)dx+\int_{-2}^2 f(x)dx$

이때 $x^2 f(x)=$ (우함수)$\times$(기함수)$=$ 기함수

$xf(x)=$ (기함수)$\times$(기함수)$=$ 우함수

따라서 $\displaystyle\int_{-2}^2 x^2 f(x)dx+2\int_{-2}^2 xf(x)dx+\int_{-2}^2 f(x)dx$

$\displaystyle\qquad =0+4\int_0^2 xf(x)dx+0$

$\displaystyle 4\int_0^2 xf(x)dx=4\times4=16$

14 [모범답안]

$ax=3$에서 $x=\dfrac{3}{a}$이므로 직선 $y=ax$와

선분 BC가 만나는 점의 x좌표가 $\dfrac{3}{a}$이고,

$S_1=\dfrac{1}{2}\times\dfrac{3}{a}\times3=\dfrac{9}{2a}$

$\displaystyle S_2=\int_0^3 \dfrac{1}{a}x^2 dx=\dfrac{1}{a}\int_0^3 x^2 dx$

$=\dfrac{1}{a}\Big[\dfrac{1}{3}x^3\Big]_0^3=\dfrac{9}{a}$

$S_2=2S_1$이고 S_1, S_2, S_3이 이 순서대로 등비수열을 이루므로

$S_3=2S_2=\dfrac{18}{a}$

원점 O에 대하여 $S_1+S_2+S_3$은

정사각형 $OABC$의 넓이와 같으므로

$\dfrac{9}{2a}+\dfrac{9}{a}+\dfrac{18}{a}=\dfrac{63}{2a}=9$

$2a=7$, 따라서 $\dfrac{1}{3}a=\dfrac{7}{6}$

15 [모범답안]

함수 $f(x)$의 부정적분을 $F(x)$라 하면

$\displaystyle\lim_{x\to3}\dfrac{1}{x^2(x^2-9)}\int_9^{x^2} f(t)dt$

PART 1 국어 / PART 2 수학 / PART 3 기출문제 / PART 4 해답

$$=\lim_{x \to 3}\left\{\frac{F(x^2)-F(9)}{(x^2-9)}\times\frac{1}{x^2}\right\}$$

$$=\lim_{x \to 3}\frac{F(x^2)-F(9)}{(x^2-9)}\times\frac{1}{9}$$

이다.

이때 $x^2=u$라고 치환하면 $x \to 3$일 때 $u \to 9$이므로

$$\lim_{x \to 3}\frac{F(x^2)-F(9)}{(x^2-9)}=\lim_{u \to 9}\frac{F(u)-F(9)}{(u-9)}$$

$$=F'(9)=f(9)$$

$$=1+9+9^2+9^3+9^4$$

$$=\frac{9^5-1}{9-1}=\frac{3^{10}-1}{8}$$

따라서

$$\lim_{x \to 3}\frac{1}{x^2(x^2-9)}\int_9^{x^2}f(t)dt=\frac{3^{10}-1}{8}\times\frac{1}{9}$$

$$=\frac{3^{10}-1}{72}$$

$p=72,\ q=10$

$\therefore p+q=82$

16 [모범답안]

평행이동을 생각하면

곡선 $y=(x-8)(x-12)$와 x축으로 둘러싸인 부분의 넓이는 곡선 $y=x(x-4)$와 x축으로 둘러싸인 부분의 넓이와 같다.

$0 \le x \le 4$에서 $x(x-4) \le 0$이므로

곡선 $y=x(x-4)$과 x축으로 둘러싸인 부분의 넓이는

$$\int_0^4\{-x(x-4)\}dx=\int_0^4(-x^2+4x)dx$$

$$=\left[-\frac{1}{3}x^3+2x^2\right]_0^4$$

$$=\left(-\frac{1}{3}\right)\times64+2\times16=\frac{32}{3}$$

17 [모범답안]

함수 $f(x)$의 한 부정적분을 $F(x)$라 하면

$$\lim_{x \to 1}\frac{\int_1^x f(t)dt}{x-1}=\lim_{x \to 1}\frac{F(x)-F(1)}{x-1}=F'(1)$$

$$=f(1)=1$$

$1+a+b=1,\ a+b=0$

$$\int_0^1 f(x)dx=\left[\frac{1}{3}x^3+\frac{a}{2}x^2+bx\right]_0^1=\frac{1}{3}+\frac{a}{2}+b=0$$

$3a+6b=-2$

$\therefore a=\dfrac{2}{3},\ b=-\dfrac{2}{3}$에서 $ab=-\dfrac{4}{9}$

18 [모범답안]

두 점 P, Q의 속도가 같을 때,

$v_1(t)=v_2(t)$에서 $v_1(t)-v_2(t)=0$

주어진 조건에서

$v_1(t)-v_2(t)=-3t^2+6t+9$이므로

$-3t^2+6t+9=0$에서

$t^2-2t-3=0,\ (t-3)(t+1)=0$

$t \ge 0$이므로 $t=3$, 즉 $k=3$

$$x_1(3)=x_1(0)+\int_0^3 v_1(t)dt,$$

$$x_2(3)=x_2(0)+\int_0^3 v_2(t)dt$$이고

$x_1(0)=x_2(0)=0$이므로

$$x_1(3)-x_2(3)=\int_0^3 v_1(t)dt-\int_0^3 v_2(t)dt$$

$$=\int_0^3\{v_1(t)-v_2(t)\}dt$$

$$=\int_0^3(-3t^2+6t+9)dt$$

$$=\left[-t^3+3t^2+9t\right]_0^3$$

$$=(-27+27+27)-0$$

$$=27$$

19 [모범답안]

방정식 $f(x)=0$은 서로 다른 세 실근 $a,\ 1,\ b\ (a<1<b)$를 갖고 $a,\ 1,\ b$는 이 순서대로 등차수열을 이루므로

$b-1=1-a=d\ (d>0)$이라 하면

$f(x)=(x-1+d)(x-1)(x-1-d)$

한편, 곡선 $y=f(x)$와 x축으로 둘러싸인 부분의 넓이는 곡선 $y=f(x)$를 x축의 방향으로 -1만큼 평행이동시킨 곡선 $y=f(x+1)$과 x축으로 둘러싸인 부분의 넓이와 같다.

$f(x+1)=x(x-d)(x+d)$

$=x^3-d^2x$이고 곡선 $y=f(x+1)$은 원점에 대하여 대칭이므로

곡선 $y=f(x+1)$과 x축으로 둘러싸인 부분의 넓이는

$$\int_{-d}^0(x^3-d^2x)dx+\int_0^d(-x^3+d^2x)dx$$

$$=2\int_0^d(-x^3+d^2x)dx=2\left[-\frac{1}{4}x^4+\frac{d^2}{2}x^2\right]_0^d$$

$$=2\left(-\frac{d^4}{4}+\frac{d^4}{2}\right)=\frac{d^4}{2}$$

$\dfrac{d^4}{2}=128$, 즉 $d^4=256$에서 $d>0$이므로 $d=4$

따라서 $f(x)=(x+3)(x-1)(x-5)$이므로

$f(9)=12\times8\times4=384$

20 [모범답안]

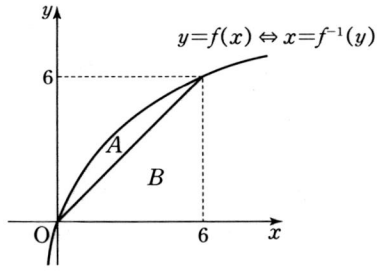

위의 그래프에서

$A=\int_0^6 \{f(x)-x\}dx=6$이라 하면 $A=6$이므로

$A+B=\int_0^6 f(x)dx=6+\dfrac{1}{2}\times 6\times 6=24$

$\therefore \int_0^6 \{6-f^{-1}(x)\}dx=A+B=24$

기출 3

2025학년도 기출문제

국어

01 [모범답안]

답안	배점	예상 소요 시간
㉠ 전자의 흐름이 방해된다	5점	5분 / 전체 80분
㉡ 원자가띠	5점	

[바른해설]

㉠ 도체의 경우 온도가 증가함에 따라 원자의 진동이 커지기 때문에 전자의 흐름이 방해를 받아 전기 전도도는 감소한다.

㉡ 반도체 물질에 전류가 흐르기 위해서는 전자가 원자가띠와 전도띠라는 에너지 구간을 뛰어넘어야 한다. 따라서 원자의 진동보다도 전자의 에너지가 중요하여 온도의 증가에 따라 전기 전도도가 증가한다.

[채점기준]

– 문항당 5점

– ㉠ 원자의 흐름이 방해된다: 0점

– ㉡ 원자띠: 1점 감점 / 원자기띠: 1점 감점
  정답을 포함한 문장을 작성하는 경우: 내용에 따라 1~2점 감점
  '원자가띠와 전도띠': 0점

02 [모범답안]

답안	배점	예상 소요 시간
㉠ 인 / P	3점	5분 / 전체 80분
㉡ 붕소 / B	3점	
㉢ 양공(electron hole)	3점	
기본 점수	1점	

[바른해설]

㉠ 불순물 반도체는 n형과 p형 반도체로 나뉜다. 고유 반도체에 인(P)과 같이 최외각 전자가 5개인 원소를 소량 첨가하여 n형 반도체를 만들 수 있다.

㉡ 고유 반도체에 붕소(B)와 같이 최외각 전자가 3개인 원소

가 소량 첨가되면 p형 반도체를 만들 수 있다.

㉢ 실리콘은 결합에 쓰일 수 있는 전자가 4개이고 붕소는 3개이므로 실리콘과 붕소의 결합에서 전자 하나는 결합에 쓰이지 않고 그 자리에는 결합이 없는 빈 곳이 생기는데, 이를 양공(electron hole)이라 하며 양공은 전자와 반대인 (+) 전하로 간주한다.

[채점기준]

– 문항당 3점, 기본 점수 1점

– ㉠~㉢에서 정답 이외에 부가적/불필요한 내용이 추가되는 경우: 1~2점 감점

  예 고유 반도체에 붕소: 1점 감점

  예 고유의 반도체에 붕소(B)와 같이 최외각전자가 3개인 원소가 소량 첨가되면 P형 반도체를 만들 수 있다: 2점 감점

03 [모범답안]

답안	배점	예상 소요 시간
㉠ 명료한 조화와 균형	3점	5분 / 전체 80분
㉡ 형식 법칙	3점	
㉢ 총체성	3점	
기본 점수	1점	

[바른해설]

지멜은 특정 사조, 해당 시대에 널리 퍼져있는 양식을 그대로 따르는 것을 부정적으로 보았는데, 이렇게 보편성을 바탕으로 한 르네상스 초상화는 현세를 초월한 완전함, 절대성을 효과적으로 드러내기 위해 명료한 조화와 균형을 기준으로 삼았다. 지멜은 개인법칙을 자신의 주관적 가치와 이상에 따라 행위할 수 있는 의지와 능력으로 정의하고 위대한 예술가가 만든 예술 작품들은 고유의 개체성을 지니는 동시에 그 예술가가 만든 다른 작품에도 적용되는 '형식 법칙'에 의해 예술가 자신의 고유한 양식으로 발전된다고 여겼다. 그는 예술에서 각 요소가 상호 간에 맺는 관계 속에서 드러나는 의미인 총체성에 주목함으로써 예술 작품의 진정한 의미를 이해할 수 있다고 평가하였다.

[채점기준]

– 문항당 3점, 기본 점수 1점

– ㉠ '조화와 균형'만 쓰면 1점 감점

04 [모범답안]

답안	배점	예상 소요 시간
㉠ 온통 세상이 다 보이는 것 같고 / 또 세상살이 속속들이 다 알 것도 같다	5점	5분 / 전체 80분
㉡ 세상은 아무래도 산 위에서 보는 것과 같지만은 않다	5점	

[바른해설]

(가)에서 시적 화자는 설악산 대청봉에서 산 아래를 바라보며 "온통 세상이 다 보이는 것 같고/ 또 세상살이 속속들이 다 알 것도 같다."라는 시행을 통해 세상에 대한 관점을 드러내고 있다. 그러다가 속초와 원통을 방문하면서는 이러한 관점을 바꾸어 "세상은 아무래도 산 위에서 보는 것과 같지만은 않다."라는 표현으로 인식의 전환을 드러내고 있다.

[채점기준]

– 문항당 5점

– ㉠ 두 시행 중 하나의 시행을 쓴 경우만 정답: 5점

    두 시행 모두 쓴 경우: 3점

    다 보이는 것 같고: 3점

    다 알 것도 같다: 3점

– ㉡ 산 위에서 보는 것과 같지만은 않다: 3점

05 [모범답안]

답안	배점	예상 소요 시간
㉠ 예쁘고 뾰족한 가시로	5점	5분 / 전체 80분
㉡ 무성한 사랑으로 서 있고 싶다	5점	

[바른해설]

(나)의 화자는 "예쁘고 뾰족한 가시로"라는 시행을 통해 아름답지만 동시에 날카로운 자연물의 이중적인 속성을 나타내어 사랑의 양면성을 그리고 있고, "무성한 사랑으로 서 있고 싶다."라는 시행을 통해 이별의 아픔을 '무성한 사랑'으로 승화하려는 태도를 소망의 형식으로 그리고 있다.

[채점기준]

– 문항당 5점

– ㉠, ㉡에서 정답 시행을 포함하지만 다른 시행을 함께 쓴 경우: 3점

– ㉡ 찔레로 서 있고 싶다: 3점

    초록 속에 가득히 서 있고 싶다: 3점

수학

06 [모범답안]

곡선 $y=9^{x-2}$을 y축에 대하여 대칭이동한 곡선은 $y=9^{-x-2}$이고, 이 곡선을 x축의 방향으로 a만큼 평행이동한 곡선은 $y=9^{-(x-a)-2}$

$\Rightarrow f(x)=9^{-(x-a)-2}$

$y=\left(\dfrac{1}{3}\right)^{2x+8}$을 x축의 방향으로 a^2만큼 평행이동한 곡선은 $y=\left(\dfrac{1}{3}\right)^{2(x-a^2)+8}$

$\Rightarrow g(x)=\left(\dfrac{1}{3}\right)^{2(x-a^2)+8}$

모든 실수 x에 대하여 $f(x)=g(x)$이므로

$9^{-(x-a)-2}=\left(\dfrac{1}{3}\right)^{2(x-a^2)+8}$

즉, $\left(\dfrac{1}{9}\right)^{(x-a)+2}=\left(\dfrac{1}{9}\right)^{x-a^2+4}$

그러므로 $x-a+2=x-a^2+4$

또는 $a^2-a-2=(a-2)(a+1)=0$

$a>0$이므로 $a=2$

[채점기준]

예시답안	배점
곡선 $y=9^{x-2}$을 y축에 대하여 대칭이동한 곡선은 $y=9^{-x-2}$이고, 이 곡선을 x축의 방향으로 a만큼 평행이동한 곡선은 $y=9^{-(x-a)-2}$ $\Rightarrow f(x)=9^{-(x-a)-2}$	3점
$y=\left(\dfrac{1}{3}\right)^{2x+8}$을 x축의 방향으로 a^2만큼 평행이동한 곡선은 $y=\left(\dfrac{1}{3}\right)^{2(x-a^2)+8}$ $\Rightarrow g(x)=\left(\dfrac{1}{3}\right)^{2(x-a^2)+8}$	2점
모든 실수 x에 대하여 $f(x)=g(x)$이므로 $9^{-(x-a)-2}=\left(\dfrac{1}{3}\right)^{2(x-a^2)+8}$ 즉, $\left(\dfrac{1}{9}\right)^{(x-a)+2}=\left(\dfrac{1}{9}\right)^{x-a^2+4}$	2점
그러므로 $x-a+2=x-a^2+4$ 또는 $a^2-a-2=(a-2)(a+1)=0$ $a>0$이므로 $a=2$	2점

PART 1 국어

PART 2 수학

PART 3 기출문제

PART 4 해답

07 [모범답안]

두 직선 $y=(\log_3 2)x$, $y=(\log_8 a)x$가 서로 수직이므로

$\log_3 2 \times \log_8 a = -1$

$\log_3 2 \times \log_{2^3} a = -1$

$\dfrac{\log 2}{\log 3} \times \dfrac{\log a}{3\log 2} = -1$

$\dfrac{\log a}{\log 3} = \log_3 a = -3$

그러므로 $a = 3^{-3} = \dfrac{1}{27}$

[채점기준]

예시답안	배점
두 직선 $y=(\log_3 2)x$, $y=(\log_8 a)x$가 서로 수직이므로 $\log_3 2 \times \log_8 a = -1$	4점
$\log_3 2 \times \log_{2^3} a = -1$ $\dfrac{\log 2}{\log 3} \times \dfrac{\log a}{3\log 2} = -1$ $\dfrac{\log a}{\log 3} = \log_3 a = -3$	4점
그러므로 $a = 3^{-3} = \dfrac{1}{27}$	2점
별해	**배점**
두 직선 $y=(\log_3 2)x$, $y=(\log_8 a)x$가 서로 수직이므로 $\log_3 2 \times \log_8 a = -1$	4점
$\log_8 a = -\dfrac{1}{\log_3 2} \Rightarrow \dfrac{1}{3}\log_2 a = -\log_2 3$	4점
$a^{\frac{1}{3}} = 3^{-1} \Rightarrow a = 3^{-3} = \dfrac{1}{27}$	2점

08 [모범답안]

(1) $\overline{AC} = 1$

점 C가 선분 AD의 1:4 내분점이므로 $\overline{CD} = 4$

(2) △ABC가 정삼각형이므로, △DEC도 정삼각형

$[\because \angle DCE = \angle ACB = \dfrac{\pi}{3}$,

$\angle CDE = \angle ADE = \angle ABE = \dfrac{\pi}{3}$,

그래서 △DEC는 정삼각형]

그러므로 $\overline{CE} = 4$

(3) △ACE에 코사인법칙을 적용하면

$\overline{AE}^2 = \overline{AC}^2 + \overline{CE}^2 - 2\overline{AC}\,\overline{CE}\cos(\angle ACE)$

$= 1^2 + 4^2 - 2 \cdot 1 \cdot 4 \cdot \cos\dfrac{2\pi}{3}$

$= 21 \left(\because \cos\dfrac{2\pi}{3} = -\dfrac{1}{2} \right)$

그러므로 $\overline{AE} = \sqrt{21}$

[채점기준]

예시답안	배점
$\overline{AC} = 1$ 점 C가 선분 AD의 1:4 내분점이므로 $\overline{CD} = 4$	2점
△ABC가 정삼각형이므로, △DEC도 정삼각형 $[\because \angle DCE = \angle ACB = \dfrac{\pi}{3}$, $\angle CDE = \angle ADE = \angle ABE = \dfrac{\pi}{3}$, 그래서 △DEC는 정삼각형] 그러므로 $\overline{CE} = 4$	4점
△ACE에 코사인법칙을 적용하면 $\overline{AE}^2 = \overline{AC}^2 + \overline{CE}^2 - 2\overline{AC}\,\overline{CE}\cos(\angle ACE)$ $= 1^2 + 4^2 - 2 \cdot 1 \cdot 4 \cdot \cos\dfrac{2\pi}{3}$ $= 21\left(\because \cos\dfrac{2\pi}{3} = -\dfrac{1}{2}\right)$ 그러므로 $\overline{AE} = \sqrt{21}$	4점
〈또는〉 △ABE에 코사인법칙을 적용, 이때 $\overline{BE} = 5$ $\overline{AE}^2 = \overline{AB}^2 + \overline{BE}^2 - 2\overline{AB}\,\overline{BE}\cos(\angle ABE)$ $= 1^2 + 5^2 - 2 \cdot 1 \cdot 5 \cdot \cos\dfrac{\pi}{3} = 21$ 그러므로 $\overline{AE} = \sqrt{21}$	4점

09 [모범답안]

$a_n + b_n = -\dfrac{1}{n}$, $a_n b_n = -n-1$

$\displaystyle\sum_{n=1}^{10}\left(\dfrac{1}{a_n} + \dfrac{1}{b_n}\right) = \sum_{n=1}^{10}\dfrac{a_n + b_n}{a_n b_n} = \sum_{n=1}^{10}\dfrac{1}{n(n+1)}$

$= \displaystyle\sum_{n=1}^{10}\dfrac{1}{n} - \dfrac{1}{n+1} = 1 - \dfrac{1}{2} + \dfrac{1}{2} - \dfrac{1}{3} + \cdots + \dfrac{1}{10} - \dfrac{1}{11}$

$= 1 - \dfrac{1}{11} = \dfrac{10}{11}$

[채점기준]

예시답안	배점
$a_n + b_n = -\dfrac{1}{n}$, $a_n b_n = -n-1$	2점
$\displaystyle\sum_{n=1}^{10}\left(\dfrac{1}{a_n} + \dfrac{1}{b_n}\right) = \sum_{n=1}^{10}\dfrac{a_n + b_n}{a_n b_n} = \sum_{n=1}^{10}\dfrac{1}{n(n+1)}$	2점
$= \displaystyle\sum_{n=1}^{10}\dfrac{1}{n} - \dfrac{1}{n+1}$	2점
$= 1 - \dfrac{1}{2} + \dfrac{1}{2} - \dfrac{1}{3} + \cdots + \dfrac{1}{10}$ $- \dfrac{1}{11}$ $= 1 - \dfrac{1}{11} = \dfrac{10}{11}$	4점

10 [모범답안]

직선 OP의 기울기는 $\dfrac{t^2}{t}=t$

직선 l의 방정식은 $y-t^2=-\dfrac{1}{t}(x-t)$

$x=0$을 대입하면 $\overline{OA}=t^2+1$

$$\lim_{t\to\infty}(\overline{OA}-\overline{OP})$$
$$=\lim_{t\to\infty}(t^2+1-\sqrt{t^2+t^4})$$
$$=\lim_{t\to\infty}\frac{(t^2+1)^2-(t^2+t^4)}{t^2+1+\sqrt{t^2+t^4}}$$
$$=\lim_{t\to\infty}\frac{t^2+1}{t^2+1+\sqrt{t^2+t^4}}$$
$$=\frac{1}{2}$$

[채점기준]

예시답안	배점
직선 OP의 기울기는 $\dfrac{t^2}{t}=t$ 직선 l의 방정식은 $y-t^2=-\dfrac{1}{t}(x-t)$	3점
$x=0$을 대입하면 $\overline{OA}=t^2+1$	1점
$\lim_{t\to\infty}(\overline{OA}-\overline{OP})$ $=\lim_{t\to\infty}(t^2+1-\sqrt{t^2+t^4})$ $=\lim_{t\to\infty}\dfrac{(t^2+1)^2-(t^2+t^4)}{t^2+1+\sqrt{t^2+t^4}}$	4점
$=\lim_{t\to\infty}\dfrac{t^2+1}{t^2+1+\sqrt{t^2+t^4}}$ $=\dfrac{1}{2}$	2점

11 [모범답안]

$\lim_{x\to1}\dfrac{f(x)-5}{x-1}=\dfrac{1}{2}g(1)$에서 $x\to1$일 때 분모 $\to0$이므로
분자 $\to0$이어야 해서 $f(1)=5$이다.

$\lim_{x\to1}\dfrac{f(x)-5}{x-1}=\lim_{x\to1}\dfrac{f(x)-f(1)}{x-1}=f'(1)=\dfrac{1}{2}g(1)$

$f(x)g(x)=x^4+x^3+6x^2+4x+8$에서
$f(1)g(1)=20$이므로 $g(1)=4, f'(1)=2$
$f(x)g(x)=x^4+x^3+6x^2+4x+8$을 미분하면
$f'(x)g(x)+f(x)g'(x)=4x^3+3x^2+12x+4$이므로
$f'(1)g(1)+f(1)g'(1)=8+5g'(1)=23$
즉, $g'(1)=3$이다.

[채점기준]

예시답안	배점
$\lim_{x\to1}\dfrac{f(x)-5}{x-1}=\dfrac{1}{2}g(1)$에서 $x\to1$일 때 분모 $\to0$이므로 분자 $\to0$이어야 해서 $f(1)=5$	2점
$\lim_{x\to1}\dfrac{f(x)-5}{x-1}=\lim_{x\to1}\dfrac{f(x)-f(1)}{x-1}=f'(1)$ $=\dfrac{1}{2}g(1)$	2점
$f(x)g(x)=x^4+x^3+6x^2+4x+8$에서 $f(1)g(1)=20$이므로 $g(1)=4, f'(1)=2$	2점
$f(x)g(x)=x^4+x^3+6x^2+4x+8$을 미분하면 $f'(x)g(x)+f(x)g'(x)$ $=4x^3+3x^2+12x+4$	2점
$f'(1)g(1)+f(1)g'(1)=8+5g'(1)=23$ 즉, $g'(1)=3$이다.	2점

12 [모범답안]

$f(x)$가 $x=0, k, 2k$일 때 극값을 가지므로,
$f'(x)=x^3-6x^2+2ax+b$
$=x(x-k)(x-2k)$이어야 한다. 그래서 $b=0$
$x^2-6x+2a=(x-k)(x-2k)$에서 $6=3k$
즉, $k=2$ 그래서 $a=k^2=4$
$f'(x)=x(x-2)(x-4)$이고
$f(x)=\dfrac{1}{4}x^4-2x^3+4x^2$
극솟값은 $f(0)=0, f(4)=4^3-2\times4^3+4^3=0$
극댓값은 $f(2)=4-16+16=4$

[채점기준]

예시답안	배점
$f(x)$가 $x=0, k, 2k$일 때 극값을 가지므로, $f'(x)=x^3-6x^2+2ax+b$ $=x(x-k)(x-2k)$	2점
$b=0$	1점
$x^2-6x+2a=(x-k)(x-2k)$에서 $6=3k$ 즉, $k=2$ 그래서 $a=k^2=4$ $f'(x)=x(x-2)(x-4)$이고 $f(x)=\dfrac{1}{4}x^4-2x^3+4x^2$	3점
극솟값은 $f(0)=0, f(4)=4^3-2\times4^3+4^3=0$ 극댓값은 $f(2)=4-16+16=4$	4점

PART 1 국어 PART 2 수학 PART 3 기출문제 PART 4 해답

13 [모범답안]

곡선 $y=x^3-2x^2$의 $x=1$에서의 접선은

접점이 $(1, -1)$이고

기울기가 $y'|_{x=1}=3x^2-4x|_{x=1}=-1$이므로

$y-(-1)=(-1)(x-1)$ 즉, $y=-x$이다.

접선 $y=-x$이 $x=-1$에서 곡선 $y=x^2+ax+b$에 접하므로

기울기 $y'|_{x=-1}=2x+a|_{x=-1}=-2+a=-1$이다.

그래서 $a=1$

접점은 $(-1, 1)=(-1, 1-a+b)$여야 하므로

$1=1-a+b=b$이다.

[채점기준]

예시답안	배점
곡선 $y=x^3-2x^2$의 $x=1$에서의 접선은 접점이 $(1, -1)$이고 기울기가 $y'|_{x=1}=3x^2-4x|_{x=1}=-1$이므로 $y-(-1)=(-1)(x-1)$ 즉, $y=-x$	4점
접선 $y=-x$이 $x=-1$에서 곡선 $y=x^2+ax+b$에 접하므로 기울기 $y'|_{x=-1}=2x+a|_{x=-1}$ $=-2+a=-1$이다. 그래서 $a=1$	3점
접점은 $(-1, 1)=(-1, 1-a+b)$여야 하므로 $1=1-a+b=b$이다.	3점

14 [모범답안]

(1) $S_2=\int_0^1 (x-1)^2 dx=\left[\frac{1}{3}(x-1)^3\right]_0^1=\frac{1}{3}$

(2) $(x-1)^2=kx^2+1$ 즉, $(1-k)x^2=2x$

그러므로 두 곡선의 교점의 x좌표는 $x=0, \frac{2}{1-k}$

(3) $S_1=\int_0^{\frac{2}{1-k}}\{(kx^2+1)-(x-1)^2\}dx$

$=\int_0^{\frac{2}{1-k}}\{-(1-k)x^2+2x\}dx$

$=\left[-\frac{1}{3}(1-k)x^3+x^2\right]_0^{\frac{2}{1-k}}$

$=-\frac{1}{3}(1-k)\frac{8}{(1-k)^3}+\frac{4}{(1-k)^2}$

$=\frac{4}{3(1-k)^2}$

(4) $S_1=9S_2$이므로 $\frac{4}{3(1-k)^2}=9\times\frac{1}{3}=3$

즉, $4=9(1-k)^2$

그래서 $9k^2-18k+5=(3k-5)(3k-1)=0$

그래서 $k=\frac{1}{3}, \frac{5}{3}$

그런데 $0<k<1$이므로 $k=\frac{1}{3}$

[채점기준]

예시답안	배점
$S_2=\int_0^1(x-1)^2dx=\left[\frac{1}{3}(x-1)^3\right]_0^1=\frac{1}{3}$	2점
$(x-1)^2=kx^2+1$ 즉, $(1-k)x^2=2x$ 그러므로 두 곡선의 교점의 x좌표는 $x=0, \frac{2}{1-k}$	3점
$S_1=\int_0^{\frac{2}{1-k}}\{(kx^2+1)-(x-1)^2\}dx$ $=\int_0^{\frac{2}{1-k}}\{-(1-k)x^2+2x\}dx$ $=\left[-\frac{1}{3}(1-k)x^3+x^2\right]_0^{\frac{2}{1-k}}$ $=-\frac{1}{3}(1-k)\frac{8}{(1-k)^3}+\frac{4}{(1-k)^2}$ $=\frac{4}{3(1-k)^2}$	3점
$S_1=9S_2$이므로 $\frac{4}{3(1-k)^2}=9\times\frac{1}{3}=3$ 즉, $4=9(1-k)^2$ 그래서 $9k^2-18k+5=(3k-5)(3k-1)=0$ 그래서 $k=\frac{1}{3}, \frac{5}{3}$ 그런데 $0<k<1$이므로 $k=\frac{1}{3}$	2점

15 [모범답안]

(1) $x=1$을 대입하면

$0=\int_1^1(1-t^2)f(t)dt=1+2a+b$

그래서 $b=-1-2a$ 또는 $2a+b+1=0$

(2) 준식 $x^2\int_1^x f(t)dt-\int_1^x t^2f(t)dt$

$=x^4+2ax^3+bx^2$을 미분하면

$2x\int_1^x f(t)dt+x^2f(x)-x^2f(x)$

$=4x^3+6ax^2+2bx$

또는 $\int_1^x f(t)dt=2x^2+3ax+b$

(3) 위의 식에 $x=1$을 대입하면 $4+6a+2b=0$

또는 $2+3a+b=0$

그래서 (1)에서 구한 식과 연립하여 풀면

$a=-1, b=1$

그러므로 $\int_1^x f(t)dt=2x^2-3x+1$

또는 $f(x)=4x-3$

(4) $x=0$을 대입하면 $\int_1^0 f(t)dt=1$

그래서 $\int_0^1 f(x)dx=-1$

또는 $f(x)=4x-3$에서

$$\int_0^1 f(x)dx=\int_0^1 (4x-3)dx=[2x^2-3x]_0^1=-1$$

[채점기준]

예시답안	배점
$x=1$을 대입하면 $0=\int_1^1 (1-t^2)f(t)dt=1+2a+b$ 그래서 $b=-1-2a$ 또는 $2a+b+1=0$	2점
준식 $x^2\int_1^x f(t)dt-\int_1^x t^2 f(t)dt$ $=x^4+2ax^3+bx^2$을 미분하면 $2x\int_1^x f(t)dt+x^2 f(x)-x^2 f(x)$ $=4x^3+6ax^2+2bx$ 또는 $\int_1^x f(t)dt=2x^2+3ax+b$	3점
위의 식에 $x=1$을 대입하면 $4+6a+2b=0$ 또는 $2+3a+b=0$ 그래서 (1)에서 구한 식과 연립하여 풀면 $a=-1,\,b=1$ 그러므로 $\int_1^x f(t)dt=2x^2-3x+1$ 또는 $f(x)=4x-3$	3점
$x=0$을 대입하면 $\int_1^0 f(t)dt=1$ 그래서 $\int_0^1 f(x)dx=-1$ 또는 $f(x)=4x-3$에서 $\int_0^1 f(x)dx=\int_0^1 (4x-3)dx$ $=[2x^2-3x]_0^1=-1$	2점

2025학년도 모의고사

국어[인문]

01 [모범답안]

답안	배점	예상 소요 시간
㉠ 완전체	5점	5분 / 전체 80분
㉡ 시간적 공간적 표시물	5점	

[바른해설]

바흐친은 문학작품 속에서 시공간을 하나의 완전체로 통합된 상태라고 규정하고, 시공간이 불러일으키는 특별한 예술적 효과로서 크로노토프는 서사적 사건을 구체화하고 살이 붙게 하며 혈관에 피가 흐르도록 한다고 보았다. 바흐친은 크로노토프는 독자에게 사건이나 인물 또는 세상의 특별한 이미지나 형상을 불러일으킬 수 있는 '시간적 · 공간적 표시물'이 되어야 한다고 말했다.

[채점기준]

- 문항당 5점
- ㉠ 하나의 완전체: 1점 감점
- ㉡ '표시물'만 쓰면: 2점 감점
  시간적 공간적: 0점

02 [모범답안]

답안	배점	예상 소요 시간
㉠ 명시적 시공간	3점	5분 / 전체 80분
㉡ 상징적	3점	
㉢ (인물이) 우울하고 불안한 시공간에 갇혀 있음	3점	
기본 점수	1점	

[바른해설]

연극에서 나타나는 시공간은 연극이 직접 표현하고 제시하는 '명시적 시공간', 상징적 의미의 차원에서 수용되는 '함축적 시공간', 주관적 느낌의 차원에서 수용되는 '심리적 시공간'으로 나눌 수 있다. 입센의 연극 「유령」에서 1막의 배경은 유리벽의 온실이 붙어있는 아늑한 거실로, 유리 벽 너머에 바깥의 음울한 풍경이 비치는 것으로 설정된다. 이는 연극이 시각적으로 제시한 명시적 시공간이다. 중산층의 안정된 삶을 보여 주는 거실의 시공간과 음울한 현실을 암시하는 유리 벽 밖의 시공간이 충돌하면서 함축적 시공간을 형성하게 된다. 또한 이러한 시공간 속에서 작품의 등장인물은 우울하고 불안한 시공간 속에 갇혀 있다고 느끼며 심리적 시공간을 형성한다.

[채점기준]

- 문항당 3점, 기본 점수 1점
- ㉢ '우울, 불안' 중 하나만 쓰면: 2점 감점
  '갇혀 있음'을 안 쓰면: 2점 감점

03 [모범답안]

답안	배점	예상 소요 시간
㉠ 내부 제조	3점	5분 / 전체 80분
㉡ 아웃소싱	3점	
㉢ 총비용	3점	
기본 점수	1점	

[바른해설]

〈그림〉에서 기업이 요구하는 제품 수량이 Q^1, Q^2, Q^3 일 때, 유리한 상황이 다르다.

Q^1 – 아웃소싱이 내부제조 보다 유리. 총비용 : 내부 제조 > 아웃소싱

Q^2, – 어느 한쪽이 유불리하지 않음

Q^3 – 내부 제조가 아웃소싱보다 유리. 총비용 : 내부 제조 < 아웃소싱

[채점기준]

- 문항당 3점, 기본 점수 1점
- ㉠ 내부 제조시 총비용: 1점
- ㉡ 아웃소싱시 총비용: 1점
- ㉢ 변동 비용, 고정 비용, 비용: 1점
  내부 제조시 총비용: 감점 없음

04 [모범답안]

답안	배점	예상 소요 시간
㉠ 주문자 상표(명)	3점	5분 / 전체 80분
㉡ 독자적인 권리	3점	
㉢ 지적 재산권	3점	
기본 점수	1점	

[바른해설]

㉠ (공통점)

생산된 제품에 주문자 상표(명)가 부착되어 시장에 출시된다(넷째 문단).

㉡ & ㉢ (차이점)

OEM 방식 주문자가 모든 지침을 정하며, 외주업체는 독자적인 권리나 제품에 대한 지적 소유권은 갖지 못한다(넷

째 문단).

ODM 방식 : 주문자가 큰 범위 내에서 개괄적인 지침을 정함. 외주 업체는 주문자와의 협의에 따라 제품에 대한 지적 재산권 공유 가능하다(다섯째 문단).

[채점기준]
– 문항당 3점, 기본 점수 1점

05 [모범답안]

답안	배점	예상 소요 시간
㉠ 소리의 파동 / (사람이 들을 수 있는 주파수보다 높은 주파수를 가지는) 음파	3점	5분 / 전체 80분
㉡ 반사 계수 / 반사파의 세기 / 반사파의 크기	3점	
㉢ 음향 저항 / 공기로 인한 음향 저항	3점	
기본 점수	1점	

[바른해설]
㉠ 초음파는 소리의 파동이므로 전파되기 위해서는 매개체(매질)이 필요하고, 초음파를 통해 신체 내부의 상태를 쉽게 확인가능하다(둘째 & 첫째 문단).
㉡ 인체의 근육과 혈액, 뼈 등에 대한 초음파의 반사계수가 서로 달라서 이들에 대한 촬영이 가능하다(넷째 & 다섯째 문단).
㉢ 초음파 진단 시 젤을 사용 이유는 탐촉자–피부 사이에 있는 공기를 제거해 음향 저항의 차이를 감소시키기 위함이다(셋째 문단).

[채점기준]
– 문항당 3점, 기본 점수 1점
– ㉠ 사람이 들을 수 있는 주파수보다 높은 주파수를 가지는 음파: 0점
　　인체 조직을 통과함: 0점
– ㉢ 음향 저항: 0점

06 [모범답안]

답안	배점	예상 소요 시간
㉠ 입사각을 수직으로 함	3점	5분 / 전체 80분
㉡ 조직의 표면 / 조직내 표면	3점	
㉢ 산란의 강도	3점	
기본 점수	1점	

[바른해설]
㉠ 반사파

두 조직의 경계면에 위치하고, 입사각(입사파와 경계면이 이루는 각도)가 작아질수록 탐촉자로 돌아오는 빔이 많아져서 초음파 영상이 선명해 진다(넷째 문단).
㉡, ㉢
산란파는 조직 내 표면에 위치하며 주파수 높을수록 산란의 강도가 증가한다(여섯째 문단).

[채점기준]
– 문항당 3점, 기본 점수 1점
– ㉠ 입사각이 작아질수록: 2점
　　입사각을 줄임: 2점

07 [모범답안]

답안	배점	예상 소요 시간
㉠ 구태여 광명한 날빛을 따라 가며 덮느냐	5점	5분 / 전체 80분
㉡ 값 없는 청풍이오 임자 없는 명월이라	5점	

[바른해설]
(가)의 화자는 (나)의 화자는 "구태여 광명한 날빛을 따라가며 덮느냐"라는 시행을 통해 선정을 베풀고자 하는 왕의 의지를 무화하는 악한 신하의 모습을 그리고 있고, (나)의 화자는 "값 없는 청풍이오 임자 없는 명월이라"라는 시행을 통해 값 없이 향유할 수 있는 자연의 모습을 그리며 자연은 누구에게나 공평함을 그리고 있다.

[채점기준]
– 문항당 5점
– ㉠, ㉡ 정답을 포함하여 두 행을 쓰면: 각 2점
　　정답 시행의 일부를 쓰면: 각 2점

08 [모범답안]

답안	배점	예상 소요 시간
㉠ 구름	3점	5분 / 전체 80분
㉡ 청산	3점	
㉢ 온 말	3점	
기본 점수	1점	

[바른해설]
(가)의 화자는 '구름'이라는 시어를 통해 세상을 어지럽히는 신하의 모습을 그리고 있으며, (나)의 화자는 '청산'이라는 시어를 통해 불필요하게 세상을 선동하는 말을 하지 않고 조용히 침묵을 지키는 도덕적 표상을 그리고 있고, (다)의 '온 말'을 통해 '온 놈'으로 표현되는 대중들의 이해관계에 따라 해석이 달라지고 왜곡되기도 하는 대상을 그리고 있다.

09 [모범답안]

답안	배점	예상 소요 시간
㉠ 학생증	5점	5분 / 전체 80분
㉡ 개미 (한 마리)	5점	

[바른해설]

이 작품 속에서 인물들은 익명성을 지키기 위해 서로 대화를 나누면서도 진정한 소통을 이루지 못합니다. 대학원생인 '안'은 '학생증'을 내면서 자신의 신분을 밝히려고 하지만, '나'는 '학생증까진 필요 없습니다'라고 하면서 서로의 신분을 확인하는 것마저도 생략한다. 또한 아내의 시체를 판 돈으로 하루를 보내려고 하는 '사내'가 죽은 것을 확인 한 후 '개미 한 마리'가 '내 발이 있는 쪽'으로 기어오고 있지만 '얼른 자리를 옮겨 디디었다'는 것은 소외된 사람이 상대에게 도움을 청하기도 하지만 이를 냉정히 뿌리치며 타인에 대해 책임을 지지 않으려는 태도라고 할 수 있다.

[채점기준]
– 문항당 5점
– ㉠ '신분증', '여관', '(같은) 방': 모두 0점

10 [모범답안]

답안	배점	예상 소요 시간
㉠ 공간적/장소적/지리적 배경	3점	
㉡ 벽으로 나누어진 방	3점	5분 / 전체 80분
㉢ 앙상한 나뭇가지 (사이로 내리는 눈)	3점	
기본 점수	1점	

[바른해설]

– '서울'이라는 '번화한 대도시'에서 '싸구려 선술집'과 '버스'라는 소재가 의미하는 배경은 '공간적/장소적/지리적 배경'(㉠)을 의미한다.
– '1964년'이라는 '시간적 배경'에서 '소통이 단절된 현대인'을 의미하는 소재는 '나란히 붙은 방 세 개'와 '벽으로 나누어진 방'(㉡)이라고 할 수 있다.
– '겨울'이라는 '계절적 배경'에서 '삭막한 분위기'를 의미하는 소재는 '추운 밤', '싸락눈'과 '앙상한 나뭇가지 (사이로 내리는 눈)'(㉢)이라고 할 수 있다.

수학[인문]

11 [모범답안]

함수 $y=\log_3(kx-3k^2+5)$의 그래프가 x축과 만나는 점의 x좌표가 4이므로 점 $(4, 0)$을 지남
즉, $0=\log_3(4k-3k^2+5)$
$1=4k-3k^2+5$, 즉 $3k^2-4k-4=0$
$(3k+2)(k-2)=0$ $k=2$ 또는 $-\dfrac{2}{3}$
$k>0$이므로 $k=2$

[채점기준]

예시답안	배점
함수 $y=\log_3(kx-3k^2+5)$의 그래프가 x축과 만나는 점의 x좌표가 4이므로 점 $(4, 0)$을 지남 즉, $0=\log_3(4k-3k^2+5)$	4점
$1=4k-3k^2+5$, 즉 $3k^2-4k-4=0$ $(3k+2)(k-2)=0$ $k=2$ 또는 $-\dfrac{2}{3}$	4점
$k>0$이므로 $k=2$	2점

12 [모범답안]

$(\sin\theta+\cos\theta)^2=\sin^2\theta+2\sin\theta\cos\theta+\cos^2\theta$
$=1+2\sin\theta\cos\theta$
그러므로 $\sin\theta\cos\theta=\dfrac{1}{2}\left\{\left(\dfrac{1}{2}\right)^2-1\right\}=-\dfrac{3}{8}$
$\sin^3\theta+\cos^3\theta$
$=(\sin\theta+\cos\theta)^3-3\sin^2\theta\cos\theta-3\sin\theta\cos^2\theta$
$=(\sin\theta+\cos\theta)^3-3\sin\theta\cos\theta(\sin\theta+\cos\theta)$
$=\left(\dfrac{1}{2}\right)^3-3\left(-\dfrac{3}{8}\right)\cdot\dfrac{1}{2}=\dfrac{1}{8}+\dfrac{9}{16}=\dfrac{11}{16}$

[채점기준]

예시답안	배점
$(\sin\theta+\cos\theta)^2=\sin^2\theta+2\sin\theta\cos\theta+\cos^2\theta$ $=1+2\sin\theta\cos\theta$ 그러므로 $\sin\theta\cos\theta=\dfrac{1}{2}\left\{\left(\dfrac{1}{2}\right)^2-1\right\}=-\dfrac{3}{8}$	5점

	배점
$\sin^3\theta+\cos^3\theta$ $=(\sin\theta+\cos\theta)^3-3\sin^2\theta\cos\theta-3\sin\theta\cos^2\theta$ $=(\sin\theta+\cos\theta)^3-3\sin\theta\cos\theta(\sin\theta+\cos\theta)$ $=\left(\dfrac{1}{2}\right)^3-3\left(-\dfrac{3}{8}\right)\cdot\dfrac{1}{2}=\dfrac{1}{8}+\dfrac{9}{16}=\dfrac{11}{16}$	5점

별해	배점
$\dfrac{1}{4}=\left(\dfrac{1}{2}\right)^2=(\sin\theta+\cos\theta)^2$ $=\sin^2\theta+2\sin\theta\cos\theta+\cos^2\theta$ $=1+2\sin\theta\cos\theta$ 그러므로 $\sin\theta\cos\theta=\dfrac{1}{2}\left(\dfrac{1}{4}-1\right)=-\dfrac{3}{8}$	5점
$\sin^3\theta+\cos^3\theta$ $=(\sin\theta+\cos\theta)(\sin^2\theta-\sin\theta\cos\theta+\cos^2\theta)$ $=\dfrac{1}{2}(1-\sin\theta\cos\theta)=\dfrac{1}{2}\left\{1-\left(-\dfrac{3}{8}\right)\right\}=\dfrac{11}{16}$	5점

13 [모범답안]

$f(x)=(x-\alpha)(x-\beta)+(x-\beta)(x-\gamma)+(x-\gamma)$
$(x-\alpha)$라 하자.
$f(\alpha)=(\alpha-\beta)(\alpha-\gamma)>0$
$f(\beta)=(\beta-\gamma)(\beta-\alpha)<0$
$f(\gamma)=(\gamma-\alpha)(\gamma-\beta)>0$
사잇값 정리에 의해 α와 β 사이에 실근을 갖고 β와 γ 사이에 실근을 갖는다.

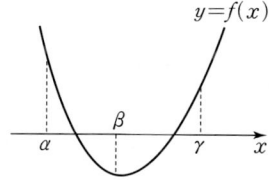

(별해)
방정식을 정리하면
$3x^2-2(\alpha+\beta+\gamma)x+(\alpha\beta+\beta\gamma+\gamma\alpha)=0$
판별식은 $\dfrac{D}{4}=(\alpha+\beta+\gamma)^2-3(\alpha\beta+\beta\gamma+\gamma\alpha)$
$=\alpha^2+\beta^2+\gamma^2-\alpha\beta-\beta\gamma-\gamma\alpha$
$=\dfrac{1}{2}\{(\alpha-\beta)^2+(\beta-\gamma)^2+(\gamma-\alpha)^2\}>0$

[채점기준]

예시답안	배점
$f(x)=(x-\alpha)(x-\beta)$ $+(x-\beta)(x-\gamma)+(x-\gamma)(x-\alpha)$라 하자. $f(\alpha)=(\alpha-\beta)(\alpha-\gamma)>0$	2점
$f(\beta)=(\beta-\gamma)(\beta-\alpha)<0$	2점
$f(\gamma)=(\gamma-\alpha)(\gamma-\beta)>0$	2점

예시답안	배점
사잇값 정리에 의해 α와 β 사이에 실근을 갖고 β와 γ 사이에 실근을 갖는다. (다음과 같은 그래프만 그려도 감점 없음) $y=f(x)$ $\alpha \quad \beta \quad \gamma \quad x$	4점

별해	배점
방정식을 정리하면 $3x^2-2(\alpha+\beta+\gamma)x+(\alpha\beta+\beta\gamma+\gamma\alpha)=0$ 판별식은 $\dfrac{D}{4}=(\alpha+\beta+\gamma)^2-3(\alpha\beta+\beta\gamma+\gamma\alpha)$	2점
$=\alpha^2+\beta^2+\gamma^2-\alpha\beta-\beta\gamma-\gamma\alpha$	3점
$=\dfrac{1}{2}\{(\alpha-\beta)^2+(\beta-\gamma)^2+(\gamma-\alpha)^2\}>0$	5점

14 [모범답안]

$\displaystyle\lim_{x\to1}\dfrac{(x+1)f(x)}{x-1}=-2$에서 $x\to1$일 때

분모 $\to0$이어서 분자 $\to0$이므로 $f(1)=0$

$-2=\displaystyle\lim_{x\to1}\dfrac{(x+1)f(x)}{x-1}=\lim_{x\to1}\dfrac{(x+1)\{f(x)-f(1)\}}{x-1}$

$=2f'(1)$ 그래서 $f'(1)=-1$

$g'(x)=(2x+1)f(x)+(x^2+x+1)f'(x)$이므로

$g'(1)=3f(1)+3f'(1)=-3$

[채점기준]

예시답안	배점
$\displaystyle\lim_{x\to1}\dfrac{(x+1)f(x)}{x-1}=-2$에서 $x\to1$일 때 분모 $\to0$이어서 분자 $\to0$이므로 $f(1)=0$ (극한의 성질, 다항함수의 연속성)	3점
$-2=\displaystyle\lim_{x\to1}\dfrac{(x+1)f(x)}{x-1}$ $=\lim_{x\to1}\dfrac{(x+1)\{f(x)-f(1)\}}{x-1}=2f'(1)$ $f'(1)=-1$ (미분계수의 정의)	3점
$g'(x)=(2x+1)f(x)+(x^2+x+1)f'(x)$ (곱의 미분법)	3점
$g'(1)=3f(1)+3f'(1)=-3$	1점

15 [모범답안]

(1) 두 곡선의 교점의 x좌표는 $x^3-2x^2=x^2-2x$를 만족

즉, $x^3-3x^2+2x=x(x-1)(x-2)=0$

즉, $x=0, 1, 2$

(2) 참고로, 두 곡선의 그래프는

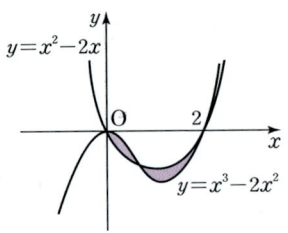

이므로,

두 곡선 $y=x^3-2x^2$과 $y=x^2-2x$으로 둘러싸인 부분의 넓이는

$$\int_0^1 \{(x^3-2x^2)-(x^2-2x)\}dx$$

$$+\int_1^2 \{(x^2-2x)-(x^3-2x^2)\}dx$$

(3) $=\left[\frac{1}{4}x^4-x^3+x^2\right]_0^1 - \left[\frac{1}{4}x^4-x^3+x^2\right]_1^2$

$=2\left(\frac{1}{4}-1+1\right)-\left(\frac{1}{4}\cdot 2^4-2^3+2^2\right)=\frac{1}{2}$

[채점기준]

예시답안	배점
두 곡선의 교점의 x좌표는 $x^3-2x^2=x^2-2x$를 만족 즉, $x^3-3x^2+2x=x(x-1)(x-2)=0$ 즉, $x=0, 1, 2$	3점
참고로, 두 곡선의 그래프는 $y=x^2-2x$ $y=x^3-2x^2$ 이므로, (그래프에는 점수 없음) 두 곡선 $y=x^3-2x^2$과 $y=x^2-2x$으로 둘러싸인 부분의 넓이는 $\int_0^1 \{(x^3-2x^2)-(x^2-2x)\}dx$ $+\int_1^2 \{(x^2-2x)-(x^3-2x^2)\}dx$	4점
$=\left[\frac{1}{4}x^4-x^3+x^2\right]_0^1 - \left[\frac{1}{4}x^4-x^3+x^2\right]_1^2$ $=2\left(\frac{1}{4}-1+1\right)-\left(\frac{1}{4}\cdot 2^4-2^3+2^2\right)=\frac{1}{2}$	3점

국어[자연]

01 [모범답안]

답안	배점	예상 소요 시간
㉠ 포화 상태	3점	
㉡ 냉각 결정화	3점	5분 / 전체 80분
㉢ 반용매 결정화	3점	
기본 점수	1점	

[바른해설]

㉠ 용해도란 용질이 용매에 용해되는 양의 한도를 말하며, 특정 온도에서 한도까지 용질이 용매에 녹아 있는 포화 상태에서의 용질의 농도로 표시한다.

㉡ 포화 상태에 비해 과포화 상태는 매우 불안정한 상태이기 때문에 용해도 이상으로 녹아 있는 용질은 결정화되어 석출된다. 이러한 원리를 이용하여 온도를 낮추어 용액에 녹아 있던 용질을 결정으로 석출하는 방법을 냉각 결정화라 한다.

㉢ 반용매 결정화 기술은 용질과 용매가 혼합된 용액에 용질을 용해하지 않고 용매에는 용해되는 물질을 첨가하는데 이렇게 첨가하는 물질을 반용매라 한다. 반용매를 첨가하면 용질의 용해도가 작아지기 때문에 석출하고자 하는 용질의 과포화를 유발하여 용질을 석출할 수 있다.

[채점기준]

– 문항당 3점, 기본 점수 1점

– ㉠ 한도: 1점

– ㉡ '냉각'만 쓰면: 1점 감점

– ㉢ '반용매'만 쓰면: 1점 감점
　　반용액 결정화: 0점

02 [모범답안]

답안	배점	예상 소요 시간
㉠ 엠브리오	3점	
㉡ 에너지는 감소한다 / 에너지 감소	3점	5분 / 전체 80분
㉢ 절댓값	3점	
기본 점수	1점	

[바른해설]

㉠ 0과 R_1 사이 크기의 입자는 엠브리오라고 하는데 이 구간에서는 입자의 표면 에너지 변화가 부피 에너지 변화의 절댓값보다 크다.

㉡ R_1은 임계 크기로서 이 지점에서 에너지 감소가 두 가지 경우로 진행된다. 결정 입자가 다시 용해되어도 에너지가

감소하게 되며 결정 입자가 점점 커져도 에너지는 감소한
다.

ⓒ R₂는 입자의 부피 에너지 변화와 표면 에너지 변화의 절
댓값이 동일한 지점이다.

[채점기준]
– 문항당 3점, 기본 점수 1점
– ⓛ 자발적으로 변화한다: 0점
　　 높은 상태에서 낮은 상태로 변화한다: 0점

03 [모범답안]

답안	배점	예상 소요 시간
㉠ 과잉 투자	3점	5분 / 전체 80분
㉡ 슘페터	3점	
㉢ 정부 개입	3점	
기본 점수	1점	

[바른해설]
㉠ & ㉡ 하이에크는 경제 불황은 호황의 전조이며, 대공황의
근본 원인은 과잉 투자로 보았다. 슘페터는 경제 불황은 혁
신의 잠재력이 쇠퇴할 때 발생한다고 보았다. 두 학자 모두
시장이 자율적으로 이를 해결하는 능력이 있다고 보았다
(둘째 & 셋째 문단).
㉢ 반시장 자유주의인 케인스는 경제 불황은 수요 부족으
로 인해 발생하며, 정부가 개입하여 공황을 극복해야 한다
고 본다(넷째 문단).

[채점기준]
– 문항당 3점, 기본 점수 1점
– ㉢ '정부'가 없으면: 2점 감점
　　 예 수요의 증가/창출
　　 수요를 증가시키는 정책: 1점 감점

04 [모범답안]

답안	배점	예상 소요 시간
㉠ 그분의 망가진 정신, 노추한 육체만 보았지.	5점	5분 / 전체 80분
㉡ 이 세상에 갓 태어날 때의 얼굴을 보는 것 같았다. 그분의 그런 고운 얼굴을 내가 만든 양	5점	

[바른해설]
이 작품에서 '해산바가지'라는 소재는 중심 인물의 심리를 변
하게 하는 주요한 서사적 기능을 갖고 있다. ㉠은 초가집 위의
해산바가지를 보고 과거에 시어머니에 대해 '그분의 망가진
정신, 노추한 육체'라고 잘못된 인식을 떠올리고 있는 부분을

찾아 쓸 수 있는가를 물으며, ㉡은 시어머니가 '갓 태어날 때
의 얼굴', '그분의 그런 고운 얼굴을 내가 만든 양' 등에 드러난
것처럼 편안한 임종을 맞이했음을 드러내는 부분을 찾을 수
있는지를 묻고 있다.

[채점기준]
– 문항당 5점
– ㉠, ㉡에서 정답 구절이 포함된 문장 전체를 쓴 경우: 1점 감
점

05 [모범답안]

답안	배점	예상 소요 시간
㉠ 왜 사모님 같은 분을 효부 표창에서 빠뜨리느냐	5점	5분 / 전체 80분
㉡ 이래도 나를 효부라고 할 테냐	5점	

[바른해설]
중심 인물인 '나'는 가족 구성원으로서 위악적인 행태를 보이
고 있다. 다른 사람들은 '며느리'로서의 '나'에 대해 '왜 사모님
같은 분을 효부 표창에서 빠뜨리느냐?'라는 긍정적인 평판을
내리고 있다. 하지만 '나'는 이러한 평판에 대해 반감을 갖고
'이래도 나를 효부라고 할 테냐?'라며 일부러 자신을 악하게
드러내는 행위를 하고 있어요. 외부에서 바라보는 평판과 자
신의 행동을 상반되게 취함으로써 인물의 내면적 갈등을 드
러내고 있다.

[채점기준]
– 문항당 5점
– ㉠ 정답과 유사한 내용이지만 본문에서 찾아 쓰지 않은 경
우: 1점 감점
　　 효부, 효부 표창: 3점
– ㉡ 정답과 유사한 내용이지만 본문에서 찾아 쓰지 않은 경
우: 1점 감점
　　 못된 며느리: 3점

수학[자연]

06 [모범답안]

$\overline{AC}:\overline{CB}=3:1$이므로 점 $C\left(\frac{3}{4}a, 2\sqrt{2}\right)$

점 C가 곡선 $y=4^{x-2}$ 위의 점이므로

$2\sqrt{2}=4^{\frac{3}{4}a-2}$, 즉 $2\sqrt{2}=2^{\frac{3}{2}a-4}$

$\frac{3}{2}=\frac{3}{2}a-4 \Rightarrow \frac{11}{2}=\frac{3}{2}a \Rightarrow a=\frac{11}{3}$

점 C의 x좌표 $=\frac{3}{4}a=\frac{11}{4}$

[채점기준]

예시답안	배점
$\overline{AC}:\overline{CB}=3:1$이므로 점 $C\left(\frac{3}{4}a, 2\sqrt{2}\right)$	5점
점 C가 곡선 $y=4^{x-2}$ 위의 점이므로 $2\sqrt{2}=4^{\frac{3}{4}a-2}$, 즉 $2\sqrt{2}=2^{\frac{3}{2}a-4}$	2점
$\frac{3}{2}=\frac{3}{2}a-4 \Rightarrow \frac{11}{2}=\frac{3}{2}a \Rightarrow a=\frac{11}{3}$ 점 C의 x좌표 $=\frac{3}{4}a=\frac{11}{4}$	3점
별해	**배점**
점 C의 x좌표를 p라 하면 $C(p, 4^{p-2})$	2점
세 점 A, B, C의 y좌표가 각각 $8\sqrt{2}, 0, 4^{p-2}$이고 $\overline{AC}:\overline{CB}=3:1$이므로 $\frac{3\times0+1\times8\sqrt{2}}{3+1}=4^{p-2}$	5점
$2^{1+\frac{1}{2}}=2^{2(p-2)}$이므로 $\frac{3}{2}=2p-4$ 따라서 $p=\frac{1}{2}\left(4+\frac{3}{2}\right)=\frac{11}{4}$	3점

07 [모범답안]

점 $A(0, \log_3 ab)$가 직선 $y=4x-1$ 위에 있으므로

$\log_3 ab=4\times0-1=-1$

그러므로 $ab=3^{-1}=\frac{1}{3}$

점 $B\left(1, \log_3\frac{b}{a}\right)$가 직선 $y=4x-1$ 위에 있으므로

$\log_3\frac{b}{a}=4\times1-1=3$

그러므로 $\frac{b}{a}=3^3=27$

위의 두 식을 곱하면 $b^2=9$이므로 $b=3$ 또는 $b=-3$

b는 양수이므로 $b=3$

$a=\frac{1}{3b}=\frac{1}{9}$

[채점기준]

예시답안	배점
점 $A(0, \log_3 ab)$가 직선 $y=4x-1$ 위에 있으므로 $\log_3 ab=4\times0-1=-1$ 그러므로 $ab=3^{-1}=\frac{1}{3}$	3점
점 $B\left(1, \log_3\frac{b}{a}\right)$가 직선 $y=4x-1$ 위에 있으므로 $\log_3\frac{b}{a}=4\times1-1=3$ 그러므로 $\frac{b}{a}=3^3=27$	3점
위의 두 식을 곱하면 $b^2=9$이므로 $b=3$ 또는 $b=-3$ b는 양수이므로 $b=3$ $a=\frac{1}{3b}=\frac{1}{9}$	4점
별해	**배점**
$\log_3 ab=-1$, 그러므로 $\log_3 a+\log_3 b=-1$	3점
$\log_3\frac{b}{a}=3$, 그러므로 $-\log_3 a+\log_3 b=3$	3점
두 식을 더하면 $2\log_3 b=2$, 그러므로 $b=3$ 두 식을 빼면 $2\log_3 a=-4$, 그러므로 $a=\frac{1}{9}$	4점

08 [모범답안]

① $\overline{BC}=\frac{\overline{AC}}{2\cos\frac{\pi}{6}}=\frac{2\sqrt{3}}{2\times\frac{\sqrt{3}}{2}}=2$

② $\overline{CE}=\frac{\overline{AC}\times\overline{CD}}{\overline{BC}}=\frac{2\sqrt{3}\times2\sqrt{3}}{2}==6$

③ $\overline{AE}^2=\overline{AC}^2+\overline{CE}^2-2\overline{AC}\,\overline{CE}\cos(\angle ACE)$

$=(2\sqrt{3})^2+6^2-2\cdot2\sqrt{3}\cdot6\cdot\cos\frac{5\pi}{6}$

$=12+36-2\cdot2\sqrt{3}\cdot6\cdot\left(-\frac{\sqrt{3}}{2}\right)=84$

$\overline{AE}=\sqrt{84}$

④ ($\triangle$ABE의 외접)원의 지름: $2R=\frac{\overline{AE}}{\sin(\angle ABE)}$

$=\frac{\overline{AE}}{\sin\frac{2\pi}{3}}=\frac{2\sqrt{21}}{\frac{\sqrt{3}}{2}}=4\sqrt{7}$

[채점기준]

예시답안	배점
① 2 $\overline{BC}=\dfrac{\overline{AC}}{2\cos\dfrac{\pi}{6}}=\dfrac{2\sqrt{3}}{2\times\dfrac{\sqrt{3}}{2}}=2$	2점
② 6 $\overline{CE}=\dfrac{\overline{AC}\times\overline{CD}}{\overline{BC}}=\dfrac{2\sqrt{3}\times2\sqrt{3}}{2}==6$	2점
③ $\sqrt{84}$ 또는 $2\sqrt{21}$ $\overline{AE}^2=\overline{AC}^2+\overline{CE}^2-2\overline{AC}\,\overline{CE}\cos(\angle ACE)$ $=(2\sqrt{3})^2+6^2-2\cdot2\sqrt{3}\cdot6\cdot\cos\dfrac{5\pi}{6}$ $=12+36-2\cdot2\sqrt{3}\cdot6\cdot\left(-\dfrac{\sqrt{3}}{2}\right)=84$	3점
④ $4\sqrt{7}$ ($\triangle ABE$의 외접)원의 지름: $2R=\dfrac{\overline{AE}}{\sin(\angle ABE)}$ $=\dfrac{\overline{AE}}{\sin\dfrac{2\pi}{3}}=\dfrac{2\sqrt{21}}{\dfrac{\sqrt{3}}{2}}=4\sqrt{7}$	3점

09 [모범답안]

$\displaystyle\sum_{n=1}^{14}\log_2\{\log_{n+1}(n+2)\}$

$=\log_2(\log_2 3)+\log_2(\log_3 4)+\log_2(\log_4 5)$

$+\cdots+\log_2(\log_{15}16)$

$=\log_2(\log_2 3\times\log_3 4\times\log_4 5\times\cdots\times\log_{15}16)$

$=\log_2\left(\log_2 3\times\dfrac{\log_2 4}{\log_2 3}\times\dfrac{\log_2 5}{\log_2 4}\times\cdots\times\dfrac{\log_2 16}{\log_2 15}\right)$

$=\log_2(\log_2 16)=\log_2 4=2$

[채점기준]

예시답안	배점
$\displaystyle\sum_{k=1}^{14}\log_2\{\log_{n+1}(n+2)\}$ $=\log_2(\log_2 3)+\log_2(\log_3 4)+\log_2(\log_4 5)$ $+\cdots+\log_2(\log_{15}16)$ $=\log_2(\log_2 3\times\log_3 4\times\log_4 5\times\cdots\times\log_{15}16)$	4점
$=\log_2\left(\log_2 3\times\dfrac{\log_2 4}{\log_2 3}\times\dfrac{\log_2 5}{\log_2 4}\times\cdots\times\dfrac{\log_2 16}{\log_2 15}\right)$	4점
$=\log_2 4=2$	2점

10 [모범답안]

삼각형의 넓이는

$\dfrac{1}{2}\times2a\times k=\dfrac{1}{2}\times r\times(2a+2\sqrt{a^2+k^2})$

$\displaystyle\lim_{a\to0+}\dfrac{a}{r}=\lim_{a\to0+}\dfrac{a+\sqrt{a^2+k^2}}{k}=1$

[채점기준]

예시답안	배점
삼각형의 넓이는 $\dfrac{1}{2}\times2a\times k=\dfrac{1}{2}\times r\times(2a+2\sqrt{a^2+k^2})$	5점
$\displaystyle\lim_{a\to0+}\dfrac{a}{r}=\lim_{a\to0+}\dfrac{a+\sqrt{a^2+k^2}}{k}=1$	5점

11 [모범답안]

$\displaystyle\lim_{x\to0}\dfrac{f(x)-2}{x}=3$에서 $x\to0$일 때 분모 $\to0$이므로

분자 $\to0$이다. 그래서 $f(0)=2$

마찬가지로 $\displaystyle\lim_{x\to0}\dfrac{f(x)g(x)-4}{x}=4$에서 $f(0)g(0)=4$이

고 $g(0)=2$가 된다.

$3=\displaystyle\lim_{x\to0}\dfrac{f(x)-2}{x}=\lim_{x\to0}\dfrac{f(x)-f(0)}{x}=f'(0)$

$4=\displaystyle\lim_{x\to0}\dfrac{f(x)g(x)-4}{x}$

$\quad=\displaystyle\lim_{x\to0}\dfrac{f(x)g(x)-f(0)g(0)}{x}=h'(0)$,

여기서 $h(x)=f(x)g(x)$

$h'(x)=f'(x)g(x)+f(x)g'(x)$이므로

$4=h'(0)=f'(0)g(0)+f(0)g'(0)=6+2g'(0)$이어

서

$g'(0)=-1$

[채점기준]

예시답안	배점
$\displaystyle\lim_{x\to0}\dfrac{f(x)-2}{x}=3$에서 $x\to0$일 때 분모 $\to0$이 므로 분자 $\to0$이다. 그래서 $f(0)=2$	2점
마찬가지로 $\displaystyle\lim_{x\to0}\dfrac{f(x)g(x)-4}{x}=4$에서 $f(0)g(0)=4$이고 $g(0)=2$	2점
$3=\displaystyle\lim_{x\to0}\dfrac{f(x)-2}{x}=\lim_{x\to0}\dfrac{f(x)-f(0)}{x}$ $=f'(0)$	2점
$4=\displaystyle\lim_{x\to0}\dfrac{f(x)g(x)-4}{x}$ $=\displaystyle\lim_{x\to0}\dfrac{f(x)g(x)-f(0)g(0)}{x}=h'(0)$. 여기서 $h(x)=f(x)g(x)$ $h'(x)=f'(x)g(x)+f(x)g'(x)$이므로 $4=h'(0)=f'(0)g(0)+f(0)g'(0)$ $=6+2g'(0)$이어서 $g'(0)=-1$	4점

12 [모범답안]

$(t, f(t))$에서 접선의 식은 $y-f(t)=f'(t)(x-t)$이므로, 접선의 y절편은

$$g(t)=f(t)-tf'(t)=\frac{1}{2}t^3-\frac{3}{2}at^2-t\left(\frac{3}{2}t^2-3at\right)$$

$$=-t^3+\frac{3}{2}at^2$$이다.

$g'(t)=-3t^2+3at=3t(a-t)$이므로, $t=0$, a에서 극값을 갖는다.

$g(0)=0$, $g(a)=\frac{a^3}{2}$, $g(-a)=a^3+\frac{3}{2}a^3=\frac{5}{2}a^3$이므로

구간 $[-a, a]$에서 최댓값은 $\frac{5}{2}a^3=20$이어서 $a=2$이다.

[채점기준]

예시답안	배점
$(t, f(t))$에서 접선의 식은 $y-f(t)=f'(t)(x-t)$이므로, 접선의 y절편은 $g(t)=f(t)-tf'(t)$ $=\frac{1}{2}t^3-\frac{3}{2}at^2-t\left(\frac{3}{2}t^2-3at\right)=-t^3+\frac{3}{2}at^2$	3점
$g'(t)=-3t^2+3at=3t(a-t)$이므로, $t=0$, a에서 극값을 갖는다.	3점
$g(0)=0$, $g(a)=\frac{a^3}{2}$, $g(-a)=a^3+\frac{3}{2}a^3=\frac{5}{2}a^3$이므로 구간 $[-a, a]$에서 최댓값은 $\frac{5}{2}a^3=20$이어서 $a=2$이다.	4점

13 [모범답안]

(1) $f'(x)=x^2-4x+4=(x-2)^2\geq0$여서 역함수 존재

(2) 곡선 $y=\frac{1}{3}x^3-2x^2+4x$와 직선 $y=x$와의 교점의 x

좌표는 $\frac{1}{3}x^3-2x^2+4x=x$

즉, $x^3-6x^2+9x=x(x-3)^2=0$

그래서 $x=0$, $x=3$ (중근)

(3) 참고로 그래프는

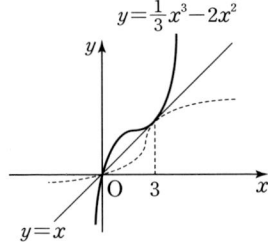

여기서 점선은 역함수의 그래프

그래서 곡선과 역함수의 그래프가 둘러싼 부분의 넓이는

$$2\int_0^3\left[\left(\frac{1}{3}x^3-2x^2+4x\right)-x\right]dx$$

$$=\left[2\left(\frac{1}{12}x^4-\frac{2}{3}x^3+\frac{3}{2}x^2\right)\right]_0^3$$

$$=2\left(\frac{1}{4}\cdot27-\frac{2}{3}\cdot27+\frac{1}{2}\cdot27\right)$$

$$=54\left(\frac{1}{4}-\frac{2}{3}+\frac{1}{2}\right)=\frac{9}{2}$$

[채점기준]

예시답안	배점
(1) $f'(x)=x^2-4x+4=(x-2)^2\geq0$여서 역함수 존재	0점
(2) 곡선 $y=\frac{1}{3}x^3-2x^2+4x$와 직선 $y=x$와의 교점의 x좌표는 $\frac{1}{3}x^3-2x^2+4x=x$ 즉, $x^3-6x^2+9x=x(x-3)^2=0$ 그래서 $x=0$, $x=3$ (중근)	4점
(3) 참고로 그래프는 여기서 점선은 역함수의 그래프 그래서 곡선과 역함수의 그래프가 둘러싼 부분의 넓이는 $2\int_0^3\left[\left(\frac{1}{3}x^3-2x^2+4x\right)-x\right]dx$	4점
$=\left[2\left(\frac{1}{12}x^4-\frac{2}{3}x^3+\frac{3}{2}x^2\right)\right]_0^3$ $=2\left(\frac{1}{4}\cdot27-\frac{2}{3}\cdot27+\frac{1}{2}\cdot27\right)$ $=54\left(\frac{1}{4}-\frac{2}{3}+\frac{1}{2}\right)=\frac{9}{2}$	2점

14 [모범답안]

(1) 준식을 미분하면,

$$4x - f(x) = \int_1^2 f(t)dt + \int_0^1 f(t)dt$$

그래서

$$f(x) = \left(4 - 2\int_1^2 f(t)dt\right)x - \int_0^1 f(t)dt := ax + b$$

여기서 $4 - 2\int_1^2 (at+b)dt = a$, $-\int_0^1 (at+b)dt = b$

(2) $a = 4 - 2\int_1^2 (at+b)dt = 4 - 2\left(\frac{3}{2}a + b\right)$

$= 4 - 3a - 2b$ 즉, $2a + b = 2$

$b = -\int_0^1 (at+b)dt = -\left(\frac{1}{2}a + b\right) = -\frac{1}{2}a - b$

즉, $b = -\frac{1}{4}a$

(3) $a = \frac{8}{7}$, $b = -\frac{2}{7}$ 그래서 $f(x) = \frac{8}{7}x - \frac{2}{7}$

[채점기준]

예시답안	배점
(1) 준식을 미분하면, $4x - f(x) = \int_1^2 f(t)dt + \int_0^1 f(t)dt$ 그래서 $f(x) = \left(4 - 2\int_1^2 f(t)dt\right)x$ $- \int_0^1 f(t)dt := ax + b$ 여기서 $4 - 2\int_1^2 (at+b)dt = a$, $- \int_0^1 (at+b)dt = b$	3점
(2) $a = 4 - 2\int_1^2 (at+b)dt = 4 - 2\left(\frac{3}{2}a + b\right)$ $= 4 - 3a - 2b$ 즉, $2a + b = 2$ $b = -\int_0^1 (at+b)dt = -\left(\frac{1}{2}a + b\right)$ $= -\frac{1}{2}a - b$ 즉, $b = -\frac{1}{4}a$	5점
(3) $a = \frac{8}{7}$, $b = -\frac{2}{7}$ 그래서 $f(x) = \frac{8}{7}x - \frac{2}{7}$	2점
별해	배점
(1) 준식에서 $f(x)$가 1차함수이다. 그래서 $f(x) = ax + b$의 형태	3점
(2) $\int_1^2 (at+b)dt = \frac{3}{2}a + b$, $\int_0^1 (at+b)dt = \frac{1}{2}a + b$	2점

(3) 준식은 $2x^2 - \left(\frac{1}{2}ax^2 + bx\right) = \left(\frac{3}{2}a + b\right)x^2$ $+ \left(\frac{1}{2}a + b\right)x$이 된다. 그래서 $2 - \frac{1}{2}a = \frac{3}{2}a + b$이고 $-b = \frac{1}{2}a + b$ 또는 준식을 미분: $4x - f(x) = 2x\int_1^2 f(t)dt + \int_0^1 f(t)dt$에 $f(x) = ax + b$를 대입하여 계산하여 $(4-a)x - b = 2x\left(\frac{3}{2}a + b\right) + \left(\frac{1}{2}a + b\right)$로 계수 비교	3점
(4) 그러므로 $b = -\frac{1}{4}a$, $2 = 2a + b$ $= 2a - \frac{1}{4}a$ 즉, $a = \frac{8}{7}$, $b = -\frac{2}{7}$ 그래서 $f(x) = \frac{8}{7}x - \frac{2}{7}$	2점

15 [모범답안]

(1) 점 P의 위치 $x_1(t) = \int_0^t v_1(t)dt$

$= \int_0^t (2t - t^2)dt = t^2 - \frac{1}{3}t^3$

점 Q의 위치 $x_2(t) = \int_0^t v_2(t)dt$

$= \int_0^t (2t^2 - 6t)dt = \frac{2}{3}t^3 - 3t^2$

(2) $x_1(t) = x_2(t) \Rightarrow t^2 - \frac{1}{3}t^3 = \frac{2}{3}t^3 - 3t^2$

$\Rightarrow t^2(t-4) = 0$ 그래서 $t = 4$

(3) $v_1(t) = 2t - t^2 = 0 \Rightarrow t = 0, 2$

그래서 $0 \leq t \leq 2$에서 $v_1(t) \geq 0$, 그 외 $v_1(t) \leq 0$

(4) 점 P가 움직인 거리 $= \int_0^4 |v_1(t)| dt$

$= \int_0^2 (2t - t^2)dt - \int_2^4 (2t - t^2)dt$

$= \left[t^2 - \frac{1}{3}t^3\right]_0^2 - \left[t^2 - \frac{1}{3}t^3\right]_2^4$

$= \left[\left(4 - \frac{8}{3}\right) - 0\right] - \left[\left(16 - \frac{64}{3}\right) - \left(4 - \frac{8}{3}\right)\right]$

$= \frac{4}{3} + \frac{20}{3} = 8$

[채점기준]

예시답안	배점
(1) 점 P의 위치 $x_1(t) = \int_0^t v_1(t)dt$ $= \int_0^t (2t - t^2)dt = t^2 - \dfrac{1}{3}t^3$ 점 Q의 위치 $x_2(t) = \int_0^t v_2(t)dt$ $= \int_0^t (2t^2 - 6t)dt = \dfrac{2}{3}t^3 - 3t^2$	2점
(2) $x_1(t) = x^2(t) \Rightarrow t^2 - \dfrac{1}{3}t^3 = \dfrac{2}{3}t^3 - 3t^2$ $\Rightarrow t^2(t - 4) = 0$ 그래서 $t = 4$	2점
(3) $v_1(t) = 2t - t^2 = 0 \Rightarrow t = 0, 2$ 그래서 $0 \leq t \leq 2$에서 $v_1(t) \geq 0$, 그 외 $v_1(t) \leq 0$	3점
(4) 점 P가 움직인 거리 $= \int_0^4 |v_1(t)| dt$ $= \int_0^2 (2t - t^2)dt - \int_2^4 (2t - t^2)dt$ $= \left[t^2 - \dfrac{1}{3}t^3 \right]_0^2 - \left[t^2 - \dfrac{1}{3}t^3 \right]_2^4$ $= \left[\left(4 - \dfrac{8}{3} \right) - 0 \right]$ $\quad - \left[\left(16 - \dfrac{64}{3} \right) - \left(4 - \dfrac{8}{3} \right) \right]$ $= \dfrac{4}{3} + \dfrac{20}{3} = 8$	3점

2024학년도 기출문제

국어

01 [모범답안]

답안	배점	예상 소요 시간
㉠ 우라늄 농축 (과정) ㉠ 핵연료봉의 우라늄 농축 〈가능답〉 ㉡ 중성자를 충돌 (시킴) / 중성자와 반응 (시킴)	10점	5분 / 전체 80분

[바른해설]

㉠ 원자력 발전의 주연료는 우라늄인데, 천연 우라늄의 99% 이상은 핵분열이 일어나지 않는 우라늄-238이고, 핵분열이 가능한 우라늄-235는 천연 우라늄 속에 0.7% 정도만 포함되어 있다. 이 상태로는 우라늄-235의 비율이 낮아 핵분열을 유도할 수 없기 때문에, 우라늄-235의 비율을 3% 이상으로 높여야 하고, 이 과정을 우라늄 농축이라고 한다.

㉡ 우라늄-235의 비율을 3~5%로 높여 원기둥 모양의 연료봉으로 만든 후 이를 다발로 묶어서 핵연료봉을 만든다. 이렇게 만들어진 핵연료를 원자로에 넣고 중성자를 충돌시켜 핵분열을 유도하는 것이다.

[채점기준]

㉠ '농축'은 3점
㉡ '중성자를 충돌시켜 핵분열 유도'는 3점

02 [모범답안]

답안	배점	예상 소요 시간
㉠ 파이로프로세싱 ㉡ 질산/TBP (용)액 ㉢ 핵무기	10점	5분 / 전체 80분

[바른해설]

㉠ 파이로프로세싱 공법은 핵분열 물질을 추출하기 위해 용액이 아닌 전기를 활용한다.

㉡ 퓨렉스 공법은 사용 후 핵연료를 해체한 후 연료봉을 작게 절단한다. 절단한 연료봉을 90℃ 정도의 질산 용액에 담가 녹인다. 이후 질산에 녹인 핵연료를 유기 용매인 TBP 용액과 접촉시키면 우라늄-235와 플루토늄-239는 TBP 용액에 달라붙고 나머지 핵물질들은 질산 용액에 남는다.

㉢ 플루토늄-239는 핵무기의 원료로 사용되기 때문에 국제적으로도 민감한 문제가 될 수 있다.

[채점기준]

㉡ 질산 : 2점 / TBP : 2점

03 [모범답안]

답안	배점	예상 소요 시간
㉠ 직권 취소 ㉡ 하자	10점	5분 / 전체 80분

[바른해설]

'직권 취소'는 행정청이 자신이 내린 처분에 대해 스스로 취소하는 것을 말한다. [사례 1]에서 자영업자는 사실을 은폐했기 때문에 행정 기관이 하자 있는 처분을 내린 경우에 해당하므로, 행정청은 위법한 처분으로 얻는 상대방의 이익을 고려하지 않고 직권 취소할 수 있다.

'하자'는 처분이 적합한 요건을 갖추지 못하여 흠이 있는 상태를 말한다. [사례 2]에서 행정청이 처분을 이행하지 않은 음식점주 B에게 영업 정지 처분을 내렸지만, 이에 대해 B는 영업 정지 처분에 대한 청문 절차를 거치지 않았으므로 영업 정지 처분에 하자가 있다고 판단하여 법원에 소송을 제기한 것이다.

[채점기준]

㉠ '행정청이 자신이 내린 처분에 대해 스스로 취소하는 것'은 3점
㉡ '처분이 적합한 요건을 갖추지 못하여 흠이 있는 상태'/'취소의 사유'는 3점
– '중대한 하자'는 0점

04 [모범답안]

답안	배점	예상 소요 시간
우리는 저 탑을 적이 옮겨가지 못하도록 무사히 보존했다가 정부군에게 물려주는 거지.	10점	5분 / 전체 80분

[바른해설]

'나'를 비롯한 대원들이 받은 작전 명령은 월남인들의 감정에 큰 영향을 주는 탑을 잘 지키고 있다가 정부군에게 넘겨주는 것이다. 유의사항에 하나의 완전한 문장으로 쓰라고 제시되어 있으므로 이러한 내용이 윗글에서 정확하게 드러나는 것은 '우리는 저 탑을 적이 옮겨가지 못하도록 무사히 보존했다가 정부군에게 물려주는 거지.'이다.

[채점기준]

– 축약이나 재진술/유의 사항 위배는 7점

– '탑의 보존'의 내용만 있으면 5점

– '탑의 인계'의 내용만 있으면 5점

　　예 '아군은 월남군에게 탑을 인계하기로 되어 있었습니다.' 는 5점

05　[모범답안]

답안	배점	예상 소요 시간
㉠ (지방민의) 사랑과 애착의 대상 ㉡ (한 무더기의) 작은 돌덩이	10점	5분 / 전체 80분

[바른해설]

'나'는 우리가 지켜야 하는 탑이 '처음에는 보잘것없는 돌덩이' 로 인식했지만, 탑의 모습을 찬찬히 살펴 보고나서는 신비감 을 느끼게 된다. 그래서 이 탑이 '지방민의 사랑과 애착의 대 상'임을 알게 된다. 그런데 자신이 목숨을 바쳐 지킨 탑을 미 군들은 불도저로 밀어버리려고 한다. '나'는 이 탑이 미군들에 게는 '한 무더기의 작은 돌덩이'에 지나지 않는다는 것을 알고 좌절하게 된다.

[채점기준]

㉡ '골치 아픈 것'은 2점

– '돌덩이'는 2점

수학

06　[모범답안]

$\dfrac{1}{a}=\log_3 8$이므로 $3^{\frac{1}{a}}=8$ 또한 $3^{\frac{1}{3a}}=2$

$\dfrac{1}{b}=\log_3\dfrac{1}{5}=-\log_3 5$이므로 $3^{-\frac{1}{b}}=5$

$3^{\frac{1}{a}-\frac{3}{b}}=3^{\frac{1}{a}}\left(3^{-\frac{1}{b}}\right)^3=8\cdot 5^3=1000$

$\sqrt[3a]{3^{10}}\left(3^{\frac{1}{3a}}\right)^{10}=2^{10}=1024$

$3^{\frac{1}{a}-\frac{3}{b}}+\sqrt[3a]{3^{10}}=1000+1024=2024$

[채점기준]

예시답안	배점
$\dfrac{1}{a}=\log_3 8$이므로 $3^{\frac{1}{a}}=8$ 또한 $3^{\frac{1}{3a}}=2$	2점
$\dfrac{1}{b}=\log_3\dfrac{1}{5}=-\log_3 5$이므로 $3^{-\frac{1}{b}}=5$	2점
$3^{\frac{1}{a}-\frac{3}{b}}=3^{\frac{1}{a}}\left(3^{-\frac{1}{b}}\right)^3=8\cdot 5^3=1000$	2점
$\sqrt[3a]{3^{10}}\left(3^{\frac{1}{3a}}\right)^{10}=2^{10}=1024$	2점
$3^{\frac{1}{a}-\frac{3}{b}}+\sqrt[3a]{3^{10}}=1000+1024=2024$	2점

07　[모범답안]

점 A는 함수 $y=\log_2 x$의 그래프 위의 점이므로

$2=\log_2 x$에서 $x=4$, 그러므로 $A(4, 2)$

선분 OA의 기울기는 $\dfrac{1}{2}$,

그러므로 선분 OB의 기울기는 -2

따라서 $B(b, \log_2 b)$의 좌표는 $(b, -2b)$

$\log_2 b=-2b$에서 $b=\dfrac{1}{2}$ 그러므로 $B\left(\dfrac{1}{2}, -1\right)$

$\triangle AOB=\dfrac{1}{2}\times\overline{OA}\times\overline{OB}$

$=\dfrac{1}{2}\sqrt{4^2+2^2}\sqrt{\left(\dfrac{1}{2}\right)^2+(-1)^2}$

$=\dfrac{1}{2}\sqrt{4\cdot 5}\sqrt{\dfrac{5}{4}}=\dfrac{5}{2}$

[채점기준]

예시답안	배점
점 A는 함수 $y=\log_2 x$의 그래프 위의 점이므로 $2=\log_2 x$에서 $x=4$, 그러므로 $A(4, 2)$	2점
선분 OA의 기울기는 $\dfrac{1}{2}$, 그러므로 선분 OB의 기울기는 -2	2점
따라서 $B(b, \log_2 b)$의 좌표는 $(b, -2b)$ $\log_2 b=-2b$에서 $b=\dfrac{1}{2}$ 그러므로 $B\left(\dfrac{1}{2}, -1\right)$	2점
$\triangle AOB=\dfrac{1}{2}\times\overline{OA}\times\overline{OB}$ $=\dfrac{1}{2}\sqrt{4^2+2^2}\sqrt{\left(\dfrac{1}{2}\right)^2+(-1)^2}$ $=\dfrac{1}{2}\sqrt{4\cdot 5}\sqrt{\dfrac{5}{4}}=\dfrac{5}{2}$	2점

08　[모범답안]

준식 $\Rightarrow \dfrac{\sqrt{2}}{2}(-\sin x)+1-\sin^2 x-2\sin x=1+\sqrt{2}$

$\sin^2 x+\left(2+\dfrac{\sqrt{2}}{2}\right)\sin x\sqrt{2}=0$

또는 $(\sin x+2)\left(\sin x+\dfrac{\sqrt{2}}{2}\right)=0$

$\sin x+2>0$이므로 $\sin x=-\dfrac{\sqrt{2}}{2}$

즉, $x=\dfrac{5}{4}\pi, \dfrac{7}{4}\pi$

[채점기준]

예시답안	배점
준식 $\Rightarrow \dfrac{\sqrt{2}}{2}(-\sin x)+1-\sin^2 x-2\sin x$ $=1+\sqrt{2}$	2점
$\sin^2 x+\left(2+\dfrac{\sqrt{2}}{2}\right)\sin x\sqrt{2}=0$ 또는 $(\sin x+2)\left(\sin x+\dfrac{\sqrt{2}}{2}\right)=0$	3점
$\sin x+2>0$이므로 $\sin x=-\dfrac{\sqrt{2}}{2}$	2점
즉, $x=\dfrac{5}{4}\pi,\ \dfrac{7}{4}\pi$	3점

09 [모범답안]

$a_3=14 \Rightarrow a_2+2d=14$

$S_7-S_5=a_6+a_7=2a_1+11d=0$

두 식을 연립하여 풀면 $d=-4,\ a_1=22$

$a_6+a_7=0,\ d=-4$이므로 $a_6>0>a_7$이므로

S_6가 S_n의 최댓값이다.

$S_n=\dfrac{n\{2a_1+(n-1)d\}}{2}$

$\Rightarrow$ 최댓값 $S_6=\dfrac{6\{2\cdot 22+5\cdot(-4)\}}{2}=72$

[채점기준]

예시답안	배점
$a_3=14 \Rightarrow a_2+2d=14$	2점
$S_7-S_5=a_6+a_7=2a_1+11d=0$	3점
두 식을 연립하여 풀면 $d=-4,\ a_1=22$	2점
$a_6+a_7=0,\ d=-4$이므로 $a_6>0>a_7$이므로 S_6가 S_n의 최댓값이다. $S_n=\dfrac{n\{2a_1+(n-1)d\}}{2}$ $\Rightarrow$ 최댓값 $S_6=\dfrac{6\{2\cdot 22+5\cdot(-4)\}}{2}=72$	3점

10 [모범답안]

$\lim\limits_{x\to\infty}\dfrac{f(x)-x^2}{x-1}=2$를 만족시키는 다항함수 $f(x)-x^2$은

최고차항의 계수가 2인 일차함수이므로

$f(x)=x^2+2x+b$ (단, b는 상수) ……①

또한 $\lim\limits_{x\to 1}\dfrac{f(x)-2}{x-1}=a$에서 $x\to 1$일 때,

분모 $\to 0$이고 극한값이 존재하므로 분자 $\to 0$이다.

$\lim\limits_{x\to 1}f(x)-2=f(1)-2=0$, 즉 $f(1)=2$

①에서 $f(1)=1+2+b=2$, 따라서 $b=-1$

$a=\lim\limits_{x\to 1}\dfrac{f(x)-2}{x-1}=\lim\limits_{x\to 1}\dfrac{(x^2+2x-1)-2}{x-1}$

$=\lim\limits_{x\to 1}\dfrac{(x+3)(x-1)}{x-1}=\lim\limits_{x\to 1}(x+3)=4$

[채점기준]

예시답안	배점
$\lim\limits_{x\to\infty}\dfrac{f(x)-x^2}{x-1}=2$를 만족시키는 다항함수 $f(x)-x^2$은 최고차항의 계수가 2인 일차함수이므로 $f(x)=x^2+2x+b$ (단, b는 상수) ……①	3점
또한 $\lim\limits_{x\to 1}\dfrac{f(x)-2}{x-1}=a$에서 $x\to 1$일 때, 분모 $\to 0$이고 극한값이 존재하므로 분자 $\to 0$이다. $\lim\limits_{x\to 1}f(x)-2=f(1)-2=0$, 즉 $f(1)=2$	3점
①에서 $f(1)=1+2+b=2$, 따라서 $b=-1$ $a=\lim\limits_{x\to 1}\dfrac{f(x)-2}{x-1}=\lim\limits_{x\to 1}\dfrac{(x^2+2x-1)-2}{x-1}$ $=\lim\limits_{x\to 1}\dfrac{(x+3)(x-1)}{x-1}=\lim\limits_{x\to 1}(x+3)=4$	4점

11 [모범답안]

$f(1)=3\times 1-1=2$이고 $f'(1)=3$이다.

$y=\{f(x)\}^2-2f(x)$를 미분하면

$y'=2f(x)f'(x)-2f'(x)$이다.

$x=1$을 대입하면 $y'(1)=2\times 2\times 3-2\times 3=6$이다.

$y=\{f(x)\}^2-2f(x)$의 $x=1$에서의 값은

$2^2-2\times 2=0$이다.

접선의 방정식은 $y-0=6(x-1)$, 즉 $y=6x-6$이다.

[채점기준]

예시답안	배점
$f(1)=3\times 1-1=2$이고 $f'(1)=3$이다.	3점
$y=\{f(x)\}^2-2f(x)$를 미분하면 $y'=2f(x)f'(x)-2f'(x)$이다.	3점
$x=1$을 대입하면 $y'(1)=2\times 2\times 3-2\times 3=6$이다.	1점
$y=\{f(x)\}^2-2f(x)$의 $x=1$에서의 값은 $2^2-2\times 2=0$이다.	1점
접선의 방정식은 $y-0=6(x-1)$, 즉 $y=6x-6$이다.	2점

12 [모범답안]

피타고라스의 정리 $9=r^2+(h-3)^2$으로부터

$r^2=6h-h^2$이다.

원뿔 부피공식에 대입하면,

$V=\dfrac{1}{3}\pi r^2 h=\dfrac{1}{3}\pi(6h-h^2)h=\dfrac{1}{3}\pi(6h^2-h^3)$이다.

미분하면 $\dfrac{dV}{dh}=\dfrac{1}{3}\pi(12h-3h^2)=\pi(4-h)h$이다.

높이 $h=4$일 때 원뿔의 부피가 최대이다.

[채점기준]

예시답안	배점
피타고라스의 정리 $9=r^2+(h-3)^2$으로부터 $r^2=6h-h^2$이다.	2점
원뿔 부피공식에 대입하면, $V=\dfrac{1}{3}\pi r^2 h=\dfrac{1}{3}\pi(6h-h^2)$ $h=\dfrac{1}{3}\pi(6h^2-h^3)$이다.	3점
미분하면 $\dfrac{dV}{dh}=\dfrac{1}{3}\pi(12h-3h^2)=\pi(4-h)h$ 이다.	3점
높이 $h=4$일 때 원뿔의 부피가 최대이다.	2점

13 [모범답안]

(가)에서 $f'(x)=x^2-kx$이므로

$f(x)=\dfrac{1}{3}x^3-\dfrac{k}{2}x^2+C$

(나)에서 $|f(0)-f(k)|=\dfrac{4}{3}$이므로 $\dfrac{k^3}{6}=\dfrac{4}{3}$

그러므로 $k=2$

$\displaystyle\int_{-k}^{k}(x^2-kx)dx=\int_{-2}^{2}f'(x)dx=f(2)-f(-2)=\dfrac{16}{3}$

$\left(\text{또는 }\displaystyle\int_{-k}^{k}(x^2-kx)dx=2\int_{0}^{2}x^2dx=\dfrac{16}{3}\right)$

[채점기준]

예시답안	배점
(1) 접선의 기울기로부터 함수를 구한다: $f'(x)=x^2-kx$이므로 $f(x)=\dfrac{1}{3}x^3-\dfrac{k}{2}x^2+C$	2점
(2) 접선의 기울기로부터 함수의 극대, 극소를 안다: $|f(0)-f(k)|=\dfrac{4}{3}$	3점
$\dfrac{k^3}{6}=\dfrac{4}{3}$ 그러므로 $k=2$	2점

$\displaystyle\int_{-k}^{k}(x^2-kx)dx=\int_{-2}^{2}f'(x)dx$ $=f(2)-f(-2)=\dfrac{16}{3}$ $\left(\text{또는 }\displaystyle\int_{-k}^{k}(x^2-kx)dx=2\int_{0}^{2}x^2dx=\dfrac{16}{3}\right)$	3점

14 [모범답안]

준식을 미분하면, $2xf(x)+(x^2+1)f'(x)$

$=2(x^2+1)(2x)+2xf(x)$

그러므로 $f'(x)4x$이고, $f(x)=2x^2+C$

(단, C는 적분상수)이다.

다시 준식에 $x=0$를 대입하면, $f(0)=1$

그러므로 $f(x)=2x^2+1$

[채점기준]

예시답안	배점
준식을 미분하면, $2xf(x)+(x^2+1)f'(x)$ $=2(x^2+1)(2x)+2xf(x)$	5점
그러므로 $f'(x)4x$	1점
$f(x)=2x^2+C$ (단, C는 적분상수)	1점
준식에 $x=0$를 대입하면, $f(0)=1$	2점
그러므로 $f(x)=2x^2+1$	1점

15 [모범답안]

그래프를 그리면 다음과 같은 형태이다.

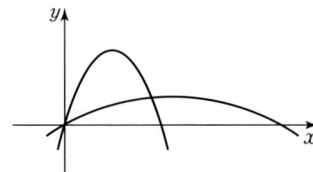

$y=x-x^2=\dfrac{x}{n}-\left(\dfrac{x}{n}\right)^2$에서

교점의 x좌표는 $x=0$, $\dfrac{n}{n+1}$

$S_n=\displaystyle\int_{0}^{\frac{n}{n+1}}\left(x-x^2-\dfrac{1}{n}x+\dfrac{1}{n^2}x^2\right)dx$

$=\displaystyle\int_{0}^{\frac{n}{n+1}}\left(\dfrac{n-1}{n}x-\dfrac{n^2-1}{n^2}x^2\right)dx$

$=\displaystyle\int_{0}^{\frac{n}{n+1}}\left[\dfrac{n-1}{2n}x^2-\dfrac{n^2-1}{3n^2}x^3\right]_{0}$

$=\dfrac{n(n-1)}{2(n+1)^2}-\dfrac{n(n^2-1)}{3(n+1)^3}=\dfrac{1}{6}\dfrac{n(n-1)}{(n+1)^2}$

$S_n=\dfrac{5}{54}$이려면 $\dfrac{n(n-1)}{(n+1)^2}=\dfrac{5}{9}$

즉, $4n^2-19n-5=(4n+1)(n-5)=0$이어야 한다.

그래서 $n=5$

[채점기준]

예시답안	배점
$y=x-x^2=\dfrac{x}{n}-\left(\dfrac{x}{n}\right)^2$ 에서 교점의 x좌표는 $x=0,\ \dfrac{n}{n+1}$	2점
$S_n=\displaystyle\int_0^{\frac{n}{n+1}}\left(x-x^2-\dfrac{1}{n}x+\dfrac{1}{n^2}x^2\right)dx$	2점
$=\displaystyle\int_0^{\frac{n}{n+1}}\left[\dfrac{n-1}{2n}x^2-\dfrac{n^2-1}{3n^2}x^3\right]_0^{\frac{n}{n+1}}$ $=\dfrac{n(n-1)}{2(n+1)^2}-\dfrac{n(n^2-1)}{3(n+1)^3}=\dfrac{1}{6}\dfrac{n(n-1)}{(n+1)^2}$	2점
$S_n=\dfrac{5}{54}$ 이려면 $\dfrac{n(n-1)}{(n+1)^2}=\dfrac{5}{9}$ 즉, $4n^2-19n-5=(4n+1)(n-5)=0$	2점
$n=5$	2점

PART1 국어

PART 2 수학

PART 3 기출문제

PART 4 해답

2024학년도 모의고사

국어

01 [모범답안]

답안	배점	예상 소요 시간
㉠ 받침점 ㉡ 무게 측정 소자 ㉢ 압전 효과	10점	5분 / 전체 80분

[바른해설]
㉠ 양팔저울은 지렛대의 중앙을 '받침점'으로 하여 지렛대가 평형을 이루었을 때 추의 무게를 통해 물체의 무게를 측정한다.
㉡ 대저울은 지렛대가 평형을 이루는 지점을 찾는 방법으로 물체의 무게를 측정한다. 전자저울은 스트레인 게이지가 부착된 '무게 측정 소자'를 이용하여 무게를 측정한다.
㉢ 초정밀 미량저울은 '압전 효과'를 활용하여 무게를 측정하도록 설계되어 있는데, 일반적으로 수정 진동자 센서를 사용한다. 초정밀 미량 저울의 수정 진동자 표면 위에 물질의 흡착과 탈착에 의한 공진 주파수 변화량은 흡착 혹은 탈착한 물질의 무게 변화에 비례한다.

[채점기준]
– 각 문항당 3점. 기본 점수 1점
– 순서가 바뀌면 0점

02 [모범답안]

답안	배점	예상 소요 시간
㉠ 지나치게 무겁거나 부피가 크다. ㉡ 스트레인이 생겨나지 않을 정도로 작다.	10점	5분 / 전체 80분

[바른해설]
㉠ 양팔 저울은 지나치게 무겁거나 부피가 큰 물체의 무게를 측정하기에는 한계가 있었다. 이런 점을 보완한 저울이 바로 대저울이다. 대저울은 받침점에 가까운 곳에 측정하고자 하는 물체를 걸고 반대쪽에는 작은 추를 걸어 움직여서 지렛대가 평형을 이루는 지점을 찾는 방법으로 물체의 무게를 측정한다.
㉡ 전자 저울로는 스트레인이 생겨나지 않을 정도로 작은 물질은 측정하기가 곤란하다. 이때 과학 분야에서는 세포막이나 DNA 등의 무게를 측정하기 위해 초정밀 미량저울을 사용한다.

[채점기준]
– 각 문항당 5점
– 15자(±3자)를 위배하면 2글자당 1점 감점
– 순서가 바뀌면 0점

03 [모범답안]

답안	배점	예상 소요 시간
㉠ 가지취의 내음새가 났다. ㉡ 도라지 꽃이 좋아 돌무덤으로 갔다. ㉢ 산(山) 꿩도 섧게 울은	10점	5분 / 전체 80분

[바른해설]
㉠ 화자가 만난 '여승'에게 '가지취의 내음새가 났다.'고 한 것은 산속에서 자라는 나물의 향기라는 후각적 심상을 통해 '여승'이 속세와 단절된 채 살아가는 인물임을 드러내는 것이다.
㉡ '도라지 꽃이 좋아 돌무덤으로 갔다'라는 표현은 '여인'의 '딸'이 죽은 것을 일컫는 것으로, 감정의 직접적 표출을 절제하는 표현을 통해 비극적 상황을 그린 것이라고 할 수 있다.
㉢ '여인'은 어린 딸을 잃고 속세와의 인연을 끊기 위해서 출가를 결심한다. 이 때 느꼈을 심리적 고통을 '산 꿩'이라는 자연물에 투영하여 드러내고 있다.

[채점기준]
– 문항당 3점. 기본 점수 1점
– 시구를 잘못 쓰거나 일부분만 쓰면 각 1점 감점

04 [모범답안]

답안	배점	예상 소요 시간
㉠ 2(연) → 3(연) → 4(연) → 1(연) ㉡ 옛날같이, 불경(佛經)처럼, 섶벌같이, 가을밤같이, 눈물방울과 같이	10점	5분 / 전체 80분

[바른해설]
㉠ 화자는 예전에 평안도 어느 금점판에서 옥수수를 파는 '여인'을 만난 것이 있다. 그때 그녀는 '딸아이'를 때리면서 서럽게 울었다.(2연) 그 후 세월이 흘렀고 '지아비'는 돌아오지 않았으며 '딸아이'는 죽고 말았다.(3연) 그토록 모진 시련을 겪은 '여인'은 '산절의 마당귀'에서 머리를 깎고 '여승'

이 되었다.(4연) 시간이 흐른 뒤 화자는 '여승'이 된 그때 그 '여인'을 다시 만나 '쓸쓸한 낯이 옛날같이' 늙은 것을 보고 서러움을 느낀다.(1연) 따라서 이 시에 담겨 있는 사간들이 일어난 순서대로 연을 재배열한다면 2연 → 3연 → 4연 → 1연의 차례가 될 것이다.

ⓒ 시에서 연결어를 사용하여 서로 다른 두 대상을 비교하는 비유적 표현은 직유법(直喩法)이다. 직유법은 비슷한 성질이나 모양을 가진 두 대상을 ~같이, ~듯이, ~처럼 ~ 인 양 등의 연결어와 결합하여 직접 비유하는 방법을 말한다. 〈여승〉에서는 '쓸쓸한 낯이 옛날같이 늙었다', '나는 불경(佛經)처럼 서러워졌다', '가을밤같이 차게 울었다', '섶벌같이 나아간 지아비', '눈물방울과 같이 떨어진 날이 있었다' 등에서 보이는 것처럼 모두 5개의 직유 표현이 사용되고 있다.

[채점기준]
– 각 문항당 5점
ⓐ 순서가 모두 맞아야 5점
ⓑ 다섯 개 중에서 두 개 쓰면 3점, 한 개 쓰면 1점 / 연결어를 쓰지 않으면 각 1점씩 감점

수학

05 [모범답안]
우선 $\log_2(x+2)$에서 $x+2>0$,
마찬가지로 $2x+5>0$ 그러므로 $x>-2$이다.
주어진 식을 $\log_2(x+2)-\frac{1}{2}\log_2(2x+5)<\frac{1}{2}$로 쓰고,
2를 곱하고 간단히 하면,

$\log_2(x+2)^2-\log_2(2x+5)=\log_2\frac{(x+2)^2}{2x+5}<1$

즉, $\frac{(x+2)^2}{2x+5}<2$이다.

정리하면 $x^2+4x+4<4x+10$, 즉 $x^2<6$을 얻는다.
이 식을 만족시키는 정수 x는 $x=0, 1, -1, 2, -2$
그런데 $x+2>0$이므로 $x=-2$는 제외되고 조건을 만족시키는 정수는 4개이다.

[채점기준]

예시답안	배점
우선 $\log_2(x+2)$에서 $x+2>0$, 마찬가지로 $2x+5>0$ 그러므로 $x>-2$이다.	2점
주어진 식을 $\log_2(x+2)-\frac{1}{2}\log_2(2x+5)<\frac{1}{2}$로 쓰고, 2를 곱하고 간단히 하면, $\log_2(x+2)^2-\log_2(2x+5)$ $=\log_2\frac{(x+2)^2}{2x+5}<1$ 즉, $\frac{(x+2)^2}{2x+5}<2$이다.	4점

예시답안	배점
정리하면 $x^2+4x+4<4x+10$, 즉 $x^2<6$ 이 식을 만족시키는 정수 x는 $x=0, 1, -1, 2, -2$	2점
$x+2>0$이므로 $x=-2$는 제외되고 조건을 만족시키는 정수는 4개이다.	2점

06 [모범답안]

$\boxed{①} = \sqrt{2}(a_n+n)$

$\boxed{②} = \sqrt{2}$

$\boxed{③} = (\sqrt{2})^n$

$\boxed{④} = 256 \ (또는 \ 2^8)$

[채점기준]

예시답안	배점
$\boxed{①} = \sqrt{2}(a_n+n)$	3점
$\boxed{②} = \sqrt{2}$	2점
$\boxed{③} = (\sqrt{2})^n$	3점
$\boxed{④} = 256 \ (또는 \ 2^8)$	2점

07 [모범답안]
극한 $\displaystyle\lim_{x\to-2}\frac{\sqrt{a-2x}-3}{x^2-(a-2)x-2a}$이 존재하는데,
$\displaystyle\lim_{x\to-2}x^2-(a-2)x-2a$
$=\displaystyle\lim_{x\to-2}(x+2)(x-a)=0$이므로
$\displaystyle\lim_{x\to-2}\sqrt{a-2x}-3=0$이어야 해서
$\sqrt{a+4}-3=0$, 즉 $a=5$
그러므로 $\displaystyle\lim_{x\to-2}\frac{\sqrt{a-2x}-3}{x^2-(a-2)x-2a}$
$=\displaystyle\lim_{x\to-2}\frac{\sqrt{5-2x}-3}{(x+2)(x-5)}$
$=\displaystyle\lim_{x\to-2}\frac{\sqrt{5-2x}-3}{(x+2)(x-5)}\cdot\frac{\sqrt{5-2x}+3}{\sqrt{5-2x}+3}$
$=\displaystyle\lim_{x\to-2}\frac{-2(x+2)}{(x+2)(x-5)(\sqrt{5-2x}+3)}=\frac{1}{21}$

[채점기준]

예시답안	배점
극한 $\displaystyle\lim_{x\to-2}\frac{\sqrt{a-2x}-3}{x^2-(a-2)x-2a}$이 존재하는데, $\displaystyle\lim_{x\to-2}x^2-(a-2)x-2a$ $=\displaystyle\lim_{x\to-2}(x+2)(x-a)=0$이므로 $\displaystyle\lim_{x\to-2}\sqrt{a-2x}-3=0$이어야 해서 $\sqrt{a+4}-3=0$, 즉 $a=5$	5점

PART 1 국어

PART 2 수학

PART 3 기출문제

PART 4 해답

예시답안	배점
그러므로 $\displaystyle\lim_{x\to-2}\frac{\sqrt{a-2x}-3}{x^2-(a-2)x-2a}$ $\displaystyle=\lim_{x\to-2}\frac{\sqrt{5-2x}-3}{(x+2)(x-5)}$ $\displaystyle=\lim_{x\to-2}\frac{\sqrt{5-2x}-3}{(x+2)(x-5)}\cdot\frac{\sqrt{5-2x}+3}{\sqrt{5-2x}+3}$ $\displaystyle=\lim_{x\to-2}\frac{-2(x+2)}{(x+2)(x-5)(\sqrt{5-2x}+3)}=\frac{1}{21}$	5점

08 [모범답안]

$f'(x)=3x^2-12x$이므로 $f(x)=x^3-6x^2+C$ (단, C는 적분 상수)

$f(0)=0$이므로 $C=0$

$f(x)=x^3-6x^2=x^2(x-6)$이므로

$f(x)=0$에서 $x=0$ 또는 $x=6$

$0<x<6$에서 $f(x)=x^2(x-6)<0$이므로

$y=f(x)$와 x축으로 둘러싸인 부분의 넓이는

$$\int_0^6|f(x)|\,dx=\int_0^6|x^2(x-6)|\,dx$$

$$=-\int_0^6 x^2(x-6)\,dx$$

$$=-\left[\frac{1}{4}x^4-2x^3\right]_0^6=\frac{1}{2}\times 6^3=108$$

[채점기준]

예시답안	배점
$f'(x)=3x^2-12x$이므로 $f(x)=x^3-6x^2+C$ (단, C는 적분 상수) $f(0)=0$이므로 $C=0$	3점
$f(x)=x^3-6x^2=x^2(x-6)$이므로 $f(x)=0$에서 $x=0$ 또는 $x=6$	3점
$0<x<6$에서 $f(x)=x^2(x-6)<0$이므로 $y=f(x)$와 x축으로 둘러싸인 부분의 넓이는 $\displaystyle\int_0^6|f(x)|\,dx=\int_0^6|x^2(x-6)|\,dx$ $\displaystyle=-\int_0^6 x^2(x-6)\,dx$ $\displaystyle=-\left[\frac{1}{4}x^4-2x^3\right]_0^6=\frac{1}{2}\times 6^3=108$	4점

2023학년도 기출문제

국어

01 **[모범답안]**

답안	배점	예상 소요 시간
㉠ 정신과 물질이 조화를 이룸 ㉡ (물질성이) 거의 없음	10점	5분 / 전체 80분

[바른해설]

본 지문은 개념 미술의 특성과 형식을 설명하고 그 의의를 기술하고 있다. 본 문항은 예술의 물질성에 대한 헤겔의 견해를 토대로 시대별로 정신과 물질의 상관관계를 고찰하고 있다.

[채점기준]

㉠ – '한쪽으로 치우치지 않음' : 3점
– '조화를 이룸' : 3점
㉡ '(물질성이) 없음', '(물질성이) 약간 있음' 등 : 3점

02 **[모범답안]**

답안	배점	예상 소요 시간
㉠ 언어 ㉡ 생각이나 관념 ㉢ 글쓰기	10점	5분 / 전체 80분

[바른해설]

개념 미술에 대한 다양한 화가들의 관점을 읽고, 각 화가가 기술한 관점의 핵심 개념을 기술할 수 있다.

[채점기준]

㉡ '생각', '관념' 하나만 쓰는 경우: 1점
㉢ '글쓰기라는 관념' : 1점

03 **[모범답안]**

답안	배점	예상 소요 시간
㉠ 내구성 ㉡ 정밀 부품	10점	5분 / 전체 80분

[바른해설]

자기 치유 기술의 적용은 사용 목적과 환경에 따라 달라지며, 마이크로 캡슐 사용법이나 혈관 모사법의 방법, 그리고 각 장단점은 본문에 설명이 되어 있으므로, 본문의 내용을 정확하게 이해하고 있으면 해당 모범답안을 제시할 수 있다.

[채점기준]

㉠~㉡ 모두 [모범답안]만 인정

04 **[모범답안]**

답안	배점	예상 소요 시간
㉠ 젖산 칼슘 ㉡ 탄산 칼슘	10점	5분 / 전체 80분

[바른해설]

세균이나 곰팡이를 자기 치유 기술에 활용하는 경우의 과정이 마지막 단락에 세부적으로 기술되어 있는데, 이 내용에 근거하면 젖산 칼슘과 탄산 칼슘이 각각 ㉠과 ㉡에 들어감을 파악할 수 있다.

[채점기준]

㉠ '젓산 칼슘', '젖산 칼륨' 등 용어 오기: 2점 감점
㉡ 주어진 정답 이외에 별도의 용어를 추가적으로 제시한 경우(단, 본문의 내용과 부합하는 경우): 2점 감점

05 **[모범답안]**

답안	배점	예상 소요 시간
ⓐ 마음의 갓 / 마음의 끝을 ⓑ 이에 저에 떨어질 잎처럼 / 여기 저기 떨어지는 잎(같이)	10점	5분 / 전체 80분

[바른해설]

ⓐ 향가의 한글 형태 표기인 해당 부분은 현대어로 '마음의 갓을'으로 표기하며, 이는 기파랑이 지니던 것으로 화자가 도달하고자 하는 지향점에 해당한다.
ⓑ 향가의 한글 형태 표기인 해당 부분은 현대어로 '이에 저에 떨어질 잎처럼'으로 표기하며, 이는 화자가 추모하는 대상과 이별하게 된 상황을 비유적으로 나타내는 것이다.

[채점기준]

ⓐ '마음', '갓' : 각 3점
ⓑ '이에 저에', '떨어질' '잎처럼' : 각 2점

06 **[모범답안]**

답안	배점	예상 소요 시간
㉠ 잣나무 가지 ㉡ (어느 가을) 이른 바람	10점	5분 / 전체 80분

[바른해설]

㉠에서 기파랑의 고결한 이미지를 나타내는 자연물은 '잣나무 가지'이며, ㉡에서 마음의 준비를 하지 못한 누이의 갑작스러운 죽음을 나타내는 자연물은 여기저기에 잎을 떨어뜨리는 '어느 가을 이른 바람'이다.

[채점기준]

ⓐ–'잣나무' : 5점

  –'가지': 3점

ⓑ '바람': 3점

수학

07 **[모범답안]**

$\log_a bc=2$, $2\log_a b-\log_a c=\log_a\dfrac{b^2}{c}=0$에서

$bc=a^2$, $\dfrac{b^2}{c}=1$을 얻는다.

그래서 $c=b^2$, $b^3=a^2$, $c^3=a^4$이다.

$\log_b a+\log_c a=\log_b b^{\frac{3}{2}}+\log_c c^{\frac{3}{4}}=\dfrac{3}{2}+\dfrac{3}{4}=\dfrac{9}{4}$

[별해]

$\log_a bc=2=\log_a b+\log_a c$와 $2\log_a b-\log_a c=0$을 비교

하여 계산하면,

$\log_a b=\dfrac{2}{3}$, $\log_a c=\dfrac{4}{3}$을 얻는다. [5점]

그래서 $\log_b a+\log_c a=\dfrac{1}{\log_a b}+\dfrac{1}{\log_a c}=\dfrac{3}{2}+\dfrac{3}{4}=\dfrac{9}{4}$

[5점]

[채점기준]

답안	배점
(1) 문제의 조건은 $bc=a^2$, $\dfrac{b^2}{c}=1$을 의미한다. 그래서 $c=b^2$, $b^3=a^2$, $c^3=a^4$이다.	5점
(2) $\log_b a+\log_c a=\log_b b^{\frac{3}{2}}+\log_c c^{\frac{3}{4}}$ $=\dfrac{3}{2}+\dfrac{3}{4}=\dfrac{9}{4}$	5점

08 **[모범답안]**

코사인법칙 $\overline{BC}^2=\overline{AB}^2+\overline{AC}^2-2\overline{AB}\;\overline{AC}\cos\dfrac{\pi}{3}$를 이용

하면, $\overline{BC}^2=25+64-40=49$

사인법칙 $\dfrac{\overline{BC}}{\sin\dfrac{\pi}{3}}=2R$을 이용하면 외접원의 반지름의 길이

는 $R=\dfrac{7}{\sqrt{3}}=\dfrac{7}{3}\sqrt{3}$이다.

[채점기준]

답안	배점
(1) 코사인법칙 $\overline{BC}^2=\overline{AB}^2+\overline{AC}^2-2\overline{AB}\;\overline{AC}\cos\dfrac{\pi}{3}$를 이용하면, $\overline{BC}^2=25+64-40=49$	5점

답안	배점
(2) 사인법칙 $\dfrac{\overline{BC}}{\sin\dfrac{\pi}{3}}=2R$을 이용하여 외접원의 반 지름의 길이를 구하면, $R=\dfrac{7}{\sqrt{3}}=\dfrac{7}{3}\sqrt{3}$	5점

09 **[모범답안]**

$\{a_n\}$이 등차수열이므로, $\{a_9, a_{19}, a_{29}, a_{39}, a_{49}\}$도 등차수열

즉, 등차중항 $a_{19}=\dfrac{a_9+a_{29}}{2}$ 즉,

$a_9+a_{19}+a_{29}=3a_{19}=12$

그러므로 $a_{19}=4$

마찬가지로 $a_{29}+a_{39}+a_{49}=3a_{29}=21\cdot a_{39}=7$

그러므로 $a_{29}=\dfrac{a_{19}+a_{39}}{2}=\dfrac{4+7}{2}=\dfrac{11}{2}$

[채점기준]

	답안	배점
방법 1	$\{a_n\}$이 등차수열이므로, $\{a_9, a_{19}, a_{29}, a_{39}, a_{49}\}$도 등차수열	4점
	즉, 등차중항 $a_{19}=\dfrac{a_9+a_{29}}{2}$ 즉, $a_9+a_{19}+a_{29}=3a_{19}=12$ 그러므로 $a_{19}=4$ 마찬가지로 $a_{29}+a_{39}+a_{49}=3a_{29}=21\cdot a_{39}=7$	3점
	그러므로 $a_{29}=\dfrac{a_{19}+a_{39}}{2}=\dfrac{4+7}{2}=\dfrac{11}{2}$	3점
방법 2	$\{a_n\}$이 등차수열이므로, $\{a_9, a_{19}, a_{29}, a_{39}, a_{49}\}$도 등차수열	4점
	등차중항을 이용하여 $a_9+a_{19}+a_{29}+a_{39}+a_{49}=5a_{29}$ 그러므로 $(a_9+a_{19}+a_{29})+(a_{29}+a_{39}+a_{49})=6a_{29}$	3점
	그러므로 $a_{29}=\dfrac{12+21}{6}=\dfrac{11}{2}$	3점
방법 3	$a_9+a_{19}+a_{29}$ $=(a+8d)+(a+18d)+(a+28d)$ $=3a+54d=12$ $a_{29}+a_{39}+a_{49}$ $=(a+28d)+(a+38d)+(a+48d)$ $=3a+114d=21$	4점
	연립하면 $d=\dfrac{3}{20}$, 그래서 $a=\dfrac{13}{10}$	3점
	$a_{29}=\dfrac{13}{10}+28\times\dfrac{3}{20}=\dfrac{110}{20}=\dfrac{11}{2}$	3점

10 [모범답안]

① : 3차식 (또는 삼차식, 삼차함수, 3차함수, 3차 다항식, 3차 다항함수)로 답을 쓰면 1점 감점

② : 2차식 (또는 이차식, 이차함수, 2차함수, 2차 다항식, 2차 다항함수)

③ : -3

④ : 3

[채점기준]

답안	배점
① : 3차식 (또는 삼차식, 삼차함수, 3차함수, 3차 다항식, 3차 다항함수) $(c+x)(c-x^2+2x)$로 답을 쓰면 1점 감점	2점
② : 2차식 (또는 이차식, 이차함수, 2차함수, 2차 다항식, 2차 다항함수)	2점
③ : -3	3점
④ : 3	3점

11 [모범답안]

$h=\dfrac{1}{t}$라 놓자.

$\displaystyle\lim_{t\to\infty}t\left(f\left(1+\dfrac{1}{t}\right)-f\left(1-\dfrac{1}{t}\right)\right)$

$=\displaystyle\lim_{h\to 0}\dfrac{f(1+h)-f(1-h)}{h}$

$=\displaystyle\lim_{h\to 0}\dfrac{f(1+h)-f(1)-f(1-h)+f(1)}{h}$

$=\displaystyle\lim_{h\to 0}\dfrac{f(1+h)-f(1)}{h}+\lim_{h\to 0}\dfrac{f(1-h)-f(1)}{-h}$

$=2f'(1)$

미분하면 $f'(x)=3x^2-4x+3$이다.

$2f'(1)=2\times(3-4+3)=4$

[채점기준]

답안	배점
(1) $h=\dfrac{1}{t}$라 놓자. $\displaystyle\lim_{t\to\infty}t\left(f\left(1+\dfrac{1}{t}\right)-f\left(1-\dfrac{1}{t}\right)\right)$ $=\displaystyle\lim_{h\to 0}\dfrac{f(1+h)-f(1-h)}{h}$	3점
(2) $=\displaystyle\lim_{h\to 0}\dfrac{f(1+h)-f(1)-f(1-h)+f(1)}{h}$ $=\displaystyle\lim_{h\to 0}\dfrac{f(1+h)-f(1)}{h}$ $+\displaystyle\lim_{h\to 0}\dfrac{f(1+h)-f(1)}{-h}=2f'(1)$	3점

답안	배점
(3) 미분하면 $f'(x)=3x^2-4x+3$이다.	3점
(4) $2f'(1)=2\times(3-4+3)=4$	1점

12 [모범답안]

접선의 방정식은 $y-(a^2-2a+1)=(2a-2)(x-a)$ 이다.

$x=0$을 대입해서 $y=a^2-2a+1-2a^2+2a=-a^2+1$을 얻고

$y=0$을 대입해서 $x=a-\dfrac{a-1}{2}=\dfrac{a+1}{2}$을 얻는다.

삼각형 OPQ의 넓이는

$s=\dfrac{1}{2}(-a^2+1)\left(\dfrac{a+1}{2}\right)=\dfrac{1}{4}(-a^3-a^2+a+1)$이다.

미분하면 $s'=\dfrac{1}{4}(-3a^2-2a+1)$이다.

인수분해하면 $\dfrac{1}{4}(-3a+1)(a+1)$이므로 $a=\dfrac{1}{3}$에서 넓이가 최대가 된다.

[채점기준]

답안	배점
(1) 접선의 방정식은 $y-(a^2-2a+1)=(2a-2)(x-a)$이다.	4점
(2) $x=0$을 대입해서 $y=a^2-2a+1-2a^2+2a=-a^2+1$을 얻고	1점
(3) $y=0$을 대입해서 $x=a-\dfrac{a-1}{2}=\dfrac{a+1}{2}$을 얻는다.	1점
(4) 삼각형 OPQ의 넓이는 $s=\dfrac{1}{2}(-a^2+1)\left(\dfrac{a+1}{2}\right)$ $=\dfrac{1}{4}(-a^3-a^2+a+1)$이다.	1점
(5) 미분하면 $s'=\dfrac{1}{4}(-3a^2-2a+1)$이다.	1점
(6) 인수분해하면 $\dfrac{1}{4}(-3a+1)(a+1)$이므로 $a=\dfrac{1}{3}$에서 넓이가 최대가 된다.	2점

13 [모범답안]

미분하면 $x'=3t^2-6t-9$이다.

인수분해하면 $3(t^2-2t-3)=3(t+1)(t-3)$이므로 $t=3$일 때 이동방향을 바꾼다.

한 번 더 미분하면 $x''=6t-6$이다.

$t=3$을 대입하면 가속도 $6\times 3-6=12$를 얻는다.

PART 1 국어

PART 2 수학

PART 3 기출문제

PART 4 해답

[채점기준]

답안	배점
(1) 미분하면 $x'=3t^2-6t-9$이다.	3점
(2) 인수분해하면 $3(t^2-2t-3)=3(t+1)(t-3)$이므로 $t=3$일 때 이동방향을 바꾼다.	4점
(3) 한 번 더 미분하면 $x''=6t-6$이다.	2점
(4) $t=3$을 대입하면 가속도 $6\times3-6=12$를 얻는다.	1점

14 [모범답안]

$xf(x)=\int_1^x f(t)dt+2x^3-3x^2$ …… ①

①의 양변을 미분하면 $f(x)+xf'(x)=f(x)+6x^2-6x$

$xf'(x)=x(6x-6)$

$f(x)$가 다항함수이므로 $f'(x)=6x-6$

$f(x)=\int(6x-6)dx=3x^2-6x+C$

(단, C는 적분상수) …… ②

①의 양변에 $x=1$을 대입하면

$1\times f(1)=2\times1^3-3\times1^2=-1$

②에서 $f(1)=3-6+C=-1$로부터 $C=2$

따라서 $f(x)=3x^2-6x+2$

[채점기준]

답안	배점
(1) $xf(x)=\int_1^x f(t)dt+2x^3-3x^2$ …… ① ①의 양변을 미분하면 $f(x)+xf'(x)=f(x)+6x^2-6x$ $xf'(x)=x(6x-6)$ $f(x)$가 다항함수이므로 $f'(x)=6x-6$	5점
(2) $f(x)=\int(6x-6)dx=3x^2-6x+C$ (단, C는 적분상수) …… ② ①의 양변에 $x=1$을 대입하면 $1\times f(1)=2\times1^3-3\times1^2=-1$ ②에서 $f(1)=3-6+C=-1$로부터 $C=2$ 따라서 $f(x)=3x^2-6x+2$	5점

15 [모범답안]

$y=x^4-(6+k)x^3+6kx^2=x^2(x-6)(x-k)$

곡선 $y=x^2(x-6)(x-k)$의 그래프는 다음과 같다.

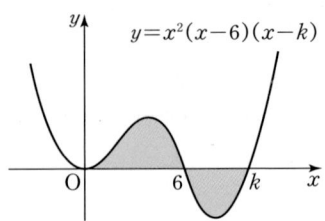

$k>6$이고 주어진 곡선과 x축으로 둘러싸인 두 부분의 넓이가 서로 같으므로

$\int_0^k \{x^4-(6+k)x^3+6kx^2\}dx=0$

$\int_0^k \{x^4-(6+k)x^3+6kx^2\}dx$

$=\left[\frac{1}{5}x^5-\left(\frac{6+k}{4}\right)x^4+2kx^3\right]_0^k$

$=\frac{1}{5}k^5-\frac{3}{2}k^4-\frac{1}{4}k^5+2k^4=-\frac{1}{20}k^5+\frac{1}{2}k^4$

$=\frac{1}{2}k^4\left(-\frac{1}{10}k+1\right)=0$

$k>6$이므로 $k=10$

[채점기준]

답안	배점
(1) $y=x^4-(6+k)x^3+6kx^2$ $=x^2(x-6)(x-k)$	2점
(2) 곡선 $y=x^2(x-6)(x-k)$의 그래프는 다음과 같다. $k>6$이고 주어진 곡선과 x축으로 둘러싸인 두 부분의 넓이가 서로 같으므로 $\int_0^k\{x^4-(6+k)x^3+6k^2\}dx=0$	4점
(3) $\int_0^k\{x^4-(6+k)x^3+6kx^2\}dx$ $=\left[\frac{1}{5}x^5-\left(\frac{6+k}{4}\right)x^4+2kx^3\right]_0^k$ $=\frac{1}{5}k^5-\frac{3}{2}k^4-\frac{1}{4}k^5+2k^4$ $=-\frac{1}{20}k^5+\frac{1}{2}k^4=\frac{1}{2}k^4\left(-\frac{1}{10}k+1\right)=0$ $k>6$이므로 $k=10$	4점

2023학년도 모의고사

국어

01 [모범답안]
㉠ 격자 도안 ㉡ 정면법

[바른해설]
고대 이집트의 조각가들은 〈그림〉과 같은 격자 도안을 고안하여 사용함으로써 비례 규준에 따라 조각상을 만들었다. 또한 회화나 부조에서는 원근법을 사용하지 않고 정면법이라고 부르는 독특한 방법을 사용하여 대상의 본질적인 부분을 분명하고 완전하게 드러내기를 원했다. 이러한 점들을 볼 때, 고대 이집트인들은 만들어낸 미술품이 실제 인물을 대체한다고 생각하였음을 알 수 있다. "그들이 본 것을 그린 게 아니라, 머릿속으로 알고 있던 것을 그렸다"는 말도 이와 같은 의미로 해석할 수 있다.

[채점기준]

예시답안	배점
㉠ 격자 도안	5점
㉡ 정면법	5점

02 [모범답안]
(만들어 낸 또는 만든) 미술품이 실제 인물을 대체한다.

[바른해설]
고대 이집트인들은 조각상, 회화, 부조 등의 미술품에서 공통적으로 인간이 만들어낸 미술품이 실제 인물을 있는 그대로 드러내는 것이 아니라 대상의 본질을 드러내어 실제 인물을 대체한다고 보았다. 이러한 생각은 고대 이집트 미술 전반에 깔려 있다.

[채점기준]

예시답안	배점
(만들어 낸) 미술품이 실제 인물을 대체한다. **해설** : 핵심어 조건인 '미술품', '실제 인물'을 포함하고 본문의 내용에 맞게 '대체한다'는 의미를 표현해야 함. 즉 인간이 만든 미술품이 실제 인물을 사실적으로 표현하지 않고 인간이 머릿속으로 알고 있던 대로 표현하여 실제 인물을 대체하였음을 의미해야 함.	10점

예시답안	배점
미술품은 실제 인간의 본질을 드러내야 한다. **해설** : 핵심어 조건인 '미술품'과 '실제 인물'을 포함하고 '대체'라는 용어를 사용하지는 않았으나 실제 인물과 다르게 생각하는 대로 표현하였다는 의미를 기술함.	7점
실제 인물을 대체한다. **해설** : 핵심어 조건의 하나인 '실제 인물'만 포함하여 기술함.	3점
미술품이 실제 인간을 나타낸다. **해설** : 핵심어 조건인 '미술품'과 '실제 인물'을 포함하였으나 '대체'의 의미가 아닌 뜻으로 기술함.	0점

03 [모범답안]
㉠ 달의 숨소리
㉡ 방울 소리
㉢ 이야기 소리

[바른해설]
[A]는 허생원과 조선달 그리고 동이가 대화장으로 가기 위해서 밤새 걷는 길의 풍경을 그리고 있는 대목이다. 이 대목은 자연물을 소재로 하여 시각적 이미지와 청각적 이미지를 절묘하게 결합하여 표현하고 있다. 특히 달빛과 짐승의 울음소리를 공감각적으로 결합하여 숨소리라고 표현한 것이나, 길을 걸어가는 나귀의 목에 달린 방울 소리, 그리고 허생원의 이야기 소리를 청각적으로 드러낸 감각적 문체가 두드러진다.

[채점기준]

예시답안	배점
순서에 관계없이 셋을 모두 쓰면	10점
셋 중 둘만 맞으면	7점
셋 중 하나만 맞으면	4점

04 [모범답안]
난 거꾸러질 때까지 이 길 걷고 저 달 볼 테야.

[바른해설]
작가는 주인공 허생원을 통해 자연과 하나되는 삶을 형상화하고자 하였다. 조선달은 가을까지만 장돌뱅이 생활을 하겠다고 말한다. 이에 대해 허생원은 '옛 처녀가 만나면 같이나 살까'라고 하면서 '거꾸러질 때까지 이 길 걷고 저 달 볼테야.'하고 말한다. 이는 작가가 허생원의 삶을 통해 자연과 하나되는 삶을 드러내고 있다고 볼 수 있다.

[채점기준]

예시답안	배점
난 거꾸러질 때까지 이 길 걷고 저 달 볼 테야. **해설**: 허생원의 대화 중에서 '난 거꾸러질 때까지 이 길 걷고 저 달 볼 테야.'가 자연과 하나되는 삶을 드러내는 표현임.	10점
제시된 문장 중 일부분만 쓰면 감점	−3점
맞춤법, 띄어쓰기 등이 어긋나면 각각 감점	−1점

수학

05 [모범답안]

$1=\log_2 2$이므로 $\log_2(3x+2)=\log_2 2+\log_2(x-1)^2$

$=\log_2 2(x-1)^2$

$3x+2=2(x-1)^2$이므로 $2x^2-4x+2=3x+2$,

즉 $2x^2-7x=0$이다.

그러므로 $x=0$, $x=\dfrac{7}{2}$

진수 $3x+2>0$, $x-1>0$이어야 하므로 $x>1$이어야 한다.

따라서 $x=\dfrac{7}{2}$이다.

[채점기준]

예시답안	배점
$1=\log_2 2$이므로 $\log_2(3x+2)=\log_2 2+\log_2(x-1)^2$ $=\log_2 2(x-1)^2$ (또는 $\log_2(3x+2)-\log_2(x-1)^2=1$)	4점
$3x+2=2(x-1)^2$ (또는 $\dfrac{3x+2}{(x-1)^2}=2$)이므로 $2x^2-4x+2=3x+2$, 즉 $2x^2-7x=0$이다. 그러므로 $x=0$, $x=\dfrac{7}{2}$이다.	4점
진수 $3x+2>0$, $x-1>0$이어야 하므로 $x>1$이어야 한다. 따라서 $x=\dfrac{7}{2}$이다.	2점

06 [모범답안]

①	$=2a+b$
②	$=4a$
③	$=\dfrac{3}{2}$

[채점기준]

예시답안	배점
① $=2a+b$	4점
② $=4a$	3점
③ $=\dfrac{3}{2}$	3점

07 [모범답안]

함수 $g(x)=(2x^2-3x)f(x)$를 미분하면

$g'(x)=(4x-3)f(x)+(2x^2-3x)f'(x)$이 된다.

$x=2$를 대입하면 $g'(2)=5f(2)+2f'(2)$,

즉 $4=5\cdot 3+2f'(2)$이 된다.

그러므로 $f'(2)=-\dfrac{11}{2}$이다.

[채점기준]

예시답안	배점
(1) 도함수 구하기 $g'(x)=(4x-3)f(x)+(2x^2-3x)f'(x)$	6점
(2) 주어진 값을 대입하여 미분계수 구하기 $x=2$를 대입하면 $g'(2)=5f(2)+2f'(2)$, 즉 $4=5\cdot 3+2f'(2)$이 된다. 그러므로 $f'(2)=-\dfrac{11}{2}$이다.	4점

08 [모범답안]

$0=x^2-ax=x(x-a)$

$\dfrac{4}{3}=\displaystyle\int_0^a(-x^2+ax)dx$

$=\left[-\dfrac{1}{3}x^3+\dfrac{a}{2}x^2\right]_0^a=-\dfrac{a^3}{3}+\dfrac{a^3}{2}=\dfrac{a^3}{6}$

$8=a^3$으로부터 $a=2$

[채점기준]

예시답안	배점
$0=x^2-ax=x(x-a)$ $\dfrac{4}{3}=\displaystyle\int_0^a(-x^2+ax)dx$	4점
$=\left[-\dfrac{1}{3}x^3+\dfrac{a}{2}x^2\right]_0^a=-\dfrac{a^3}{3}+\dfrac{a^3}{2}=\dfrac{a^3}{6}$	4점
$8=a^3$으로부터 $a=2$	2점

2022학년도 기출문제

국어

01 [모범답안]

답안	배점	예상 소요 시간
주식 보유 비율이 낮아지고 주가 하락으로 손해를 입을 수 있기 때문	10점	5분 / 전체 80분

[바른해설]

불특정 다수의 투자자들을 대상으로 새로운 주식을 발행하는 일반 공모 방식을 시행하면 기존 주주들은 주식보유 비율이 낮아지고 주가의 하락으로 손해를 볼 수 있다고 설명하고 있다.

[채점기준]

- 25~35자는 10점, 20~24자와 36~40자는 2점 감점, 그 외에는 4점 감점
- 주식 보유 비율이 '낮아지고', 주가 하락으로 '손해를 입었다'는 의미를 모두 포함해야 10점
- '주식 보유 비율이 낮아짐', '주가 하락으로 손해를 입음' 각각 5점
- '주식 보유 비율', '주가'의 키워드만 포함되면 각각 2점
- '손해 본다'의 문구가 없으면 2점 감점

02 [모범답안]

답안	배점	예상 소요 시간
잉여금은 줄어들고 자본금은 늘어난다. / 잉여금이 자본금으로 이동한다.	10점	5분 / 전체 80분

[바른해설]

무상증자는 잉여금 중 일부에 해당하는 금액만큼의 주식을 발행한 후, 기존의 주주들이 보유한 주식의 비율에 따라 주식을 나누어 주기 때문에 무상증자를 하면 잉여금은 줄어들고 자본금은 줄어들게 된다.

[채점기준]

- 21~30자는 2점 감점, 그 외에는 4점 감점
- '잉여금의 감소' 7점 (핵심어 제시)
- '자본금의 증가' 5점 (핵심어 미제시)
- '잉여금과 자본금이 변화 한다' 5점
- '총액'에 대해 기술한 경우, 자본금이 명시되지 않으면 2점 감점

- '잉여금을 통해'와 같이 불명확한 표현은 정답으로 인정하지 않음

03 [모범답안]

답안	배점	예상 소요 시간
⑤ (거리, 위치, 형태의) 3차원 정보의 수집 ⓒ 정밀 측정 (가능) / 측정 오차가 작음 / 높은 정밀도	10점	5분 / 전체 80분

[바른해설]

라이다는 높은 출력을 지닌 레이저를 물체에 방사하고, 이 레이저가 물체에 반사되어 돌아오는 데 걸리는 시간을 측정하여 3차원 거리 정보를 획득할 수 있으며, 약 150m 이내에 있는 물체의 위치, 거리, 형태와 같은 3차원 정보를 1~2cm 이내의 오차로 정밀하게 측정할 수 있는 장점이 있다.

[채점기준]

- ⑤, ⓒ 각 5점, 순서와 무관하게 채점
- ⑤ '수집' 대신 '탐지', '획득' 허용
- ⑤ '3차원 정보' 대신 '거리', '위치', '형태' 중 하나만 쓴 경우 1점, 두 개 쓴 경우 3점
  예 '거리, 위치의 정보 수집' 3점, '거리 정보의 수집' 1점
- ⑤과 ⓒ의 세부항목과 무관하게 전체적으로 파악하여 채점
  예 ⑤ '거리', 위치 정보 수집 가능', ⓒ '형태 파악 가능' 인 경우 5점
- ⓒ '측정 오차' 3점
- '3D 플래시 라이다'의 장점인 '3D 레이저 스캐너가 수행하는 회전과 순차적인 레이저 스캐닝 과정을 생략 가능', '정보처리 시간 단축'과 '소형화 유리', '수평 시야각이 360도가 된다' 등처럼 3D 레이저 스캐너와 비교한 장점은 정답 불인정

04 [모범답안]

답안	배점	예상 소요 시간
각도 고정형 3D 레이저 스캐너 (를 설치함.)	10점	5분 / 전체 80분

[바른해설]

3D 플래시 라이다의 높은 가격으로 3D 레이저 스캐너가 주로 사용되는데 3D 레이저 스캐너는 여러 가지 단점을 가지고 있다. 이에 대한 보완으로 360도의 모든 방향을 세밀하게 탐지하는 방식보다는 제한된 수평 시야각만을 탐색할 수 있는 각도 고정형 3D 레이저 스캐너를 설치하려는 경향을 보이고 있다.

[채점기준]

– 21~30자는 2점 감점, 그 외에는 4점 감점

– '고정형 3D 레이저 스캐너', '각도 고정형 3D 레이저', '각도 고정형 스캐너'는 7점

– '각도 고정형', '3D 레이저 스캐너', '개선된 3D 레이저 스캐너' 5점

– '제한된 수평 시야각만을 탐색하는 방식'처럼 장치의 성능만을 제시하면 5점

05 [모범답안]

답안	배점	예상 소요 시간
㉠ 자신이 미움. / 내가 미웠어. ㉡ 부침개를 해봄.	10점	5분 / 전체 80분

[바른해설]

[A]에서 '김양'은 자신이 집을 나온 행동에 대해 '내가 미웠어.'라는 정서를 드러내고 있으며, [B]에서 '김양'은 비오는 날에는 '부침개를 해 보'았지만 엄마가 해 준 것처럼 맛있게 안 된다고 하면서 엄마가 보고 싶다고 한다.

[채점기준]

– ㉠, ㉡ 각각 5점

– ㉠ '엄마가 안 미움.', '엄마가 밉지 않음.'은 3점

– ㉡ '부침개'만 적으면 3점.

– ㉡ '부침게', '부침개 만듬'에서와 같이 오타는 1점 감점

– ㉡ '요리를 해보다'는 3점

06 [모범답안]

답안	배점	예상 소요 시간
(김추자의) '빗속의 여인' / 김추자의 노래	10점	5분 / 전체 80분

[바른해설]

S#39에서 흘러나오는 김추자의 '빗속의 여인'이라는 노래는 S#40에도 이어지면서 두 장면의 내적 필연성을 갖게 하는 효과음이 되고 있다.

[채점기준]

– '노래', '음악'은 5점

– '빗소리', '오토바이 소리', '라디오 소리'는 각 5점

07 [모범답안]

$4^{x+2}=16\times 4^x$, $\left(\dfrac{1}{4}\right)^{-x}=(4^{-1})^{-x}=4^x$이므로 준식은

$16\times 4^x=4^x+30$이다.

즉, $(16-1)\times 4^x=30$이므로 $15\times 4^x=30$이다.

$4^x=2$이므로 $2^{2x}=2$이다. 그러므로 $x=\dfrac{1}{2}$이다.

[채점기준]

답안	배점
$4^{x+2}=16\times 4^x$, $\left(\dfrac{1}{4}\right)^{-x}=(4^{-1})^{-x}=4^x$이므로 준식은 $16\times 4^x=4^x+30$이다. 즉, $(16-1)\times 4^x=30$이므로 $15\times 4^x=30$이다.	6점
$4^x=2$이므로 $2^{2x}=2$(또는 $x\log 4=\log 2$)이다. 그러므로 $x=\dfrac{1}{2}$(또는 $x=\log_4 2$)이다.	4점

08 [모범답안]

①$=\sqrt{\dfrac{2}{3}}$

②$=2\sqrt{3}$

③$=2\sqrt{2}$

[채점기준]

답안	배점
삼각형의 내각의 합 $A+B+C=\pi$이므로 $3\sin(A+B)\sin C=3\sin(\pi-C)\sin C$ $\qquad\qquad=3\sin^2 C$이다. 그러므로 주어진 식으로부터 $3\sin^2 C=2$이므로 $\sin^2 C=\dfrac{2}{3}$이다. $0<C<\pi$이므로 $\sin C=\sqrt{\dfrac{2}{3}}$이다. 그러므로 ①$=\sqrt{\dfrac{2}{3}}$ (또는 $\dfrac{\sqrt{2}}{\sqrt{3}}$, 또는 $\dfrac{\sqrt{6}}{3}$)	4점
외접원의 반지름의 길이가 $\sqrt{3}$이므로 사인법칙에 의하여 $\dfrac{\overline{AB}}{\sin C}=2\sqrt{3}$이다. 그러므로 ②$=2\sqrt{3}$	3점

답안	배점
따라서 $\overline{AB}=2\sqrt{3}\times\sin C$ $=2\sqrt{3}\times\sqrt{\dfrac{2}{3}}=2\sqrt{2}$이다. 그러므로 ③$=2\sqrt{2}$	3점

09 [모범답안]

첫째항이 30이고 공차가 4인 등차수열의 일반항은
$a_n=4n-10$이다.

$$\frac{1}{(a_n-1)(a_{n+1}-1)}=\frac{1}{(4n-2)(4n+2)}$$
$$=\frac{1}{4}\left(\frac{1}{4n-2}-\frac{1}{4n+2}\right)$$

$$\sum_{n=1}^{32}\frac{1}{(a_n-1)(a_{n+1}-1)}=\sum_{n=1}^{32}\frac{1}{4}\left(\frac{1}{4n-2}-\frac{1}{4n+2}\right)$$
$$=\frac{1}{4}\left(\frac{1}{2}-\frac{1}{6}+\frac{1}{6}-\frac{1}{10}+\cdots-\frac{1}{130}\right)$$
$$=\frac{1}{8}\left(1-\frac{1}{65}\right)=\frac{8}{65}$$

[다른풀이]

a_n은 공차가 4인 등차수열이므로

$$\sum_{n=1}^{32}\frac{1}{(a_n-1)(a_{n+1}-1)}=\sum_{n=1}^{32}\frac{1}{4}\left(\frac{1}{a_n-1}-\frac{1}{a_{n+1}-1}\right)$$
$$=\frac{1}{4}\left(\frac{1}{a_1-1}-\frac{1}{a_{33}-1}\right)$$
$$=\frac{1}{4}\left(\frac{1}{2}-\frac{1}{130}\right)=\frac{8}{65}$$

($a_{33}=131$ 이용)

[채점기준]

답안	배점
첫째항이 30이고 공차가 4인 등차수열의 일반항은 $a_n=4n-10$이다.	2점
$\dfrac{1}{(a_n-1)(a_{n+1}-1)}=\dfrac{1}{(4n-2)(4n+2)}$ $=\dfrac{1}{4}\left(\dfrac{1}{4n-2}-\dfrac{1}{4n+2}\right)$	4점
$\sum\limits_{n=1}^{32}\dfrac{1}{(a_n-1)(a_{n+1}-1)}$ $=\sum\limits_{n=1}^{32}\dfrac{1}{4}\left(\dfrac{1}{4n-2}-\dfrac{1}{4n+2}\right)$ $=\dfrac{1}{4}\left(\dfrac{1}{2}-\dfrac{1}{6}+\dfrac{1}{6}-\dfrac{1}{10}+\cdots+-\dfrac{1}{130}\right)$ $=\dfrac{1}{8}\left(1-\dfrac{1}{65}\right)=\dfrac{8}{65}$	4점

10 [모범답안]

$$\lim_{x\to1-}\frac{g(x)}{f(x)}=\lim_{x\to1-}\frac{x^3-x}{x-1}=\lim_{x\to1-}x(x+1)=2$$
$$\lim_{x\to1+}\frac{g(x)}{f(x)}=\lim_{x\to1+}\frac{2x^2+6}{x+a}=\frac{8}{1+a}$$
$$\left(\text{또는, }\frac{g(1)}{f(1)}=\frac{8}{1+a}\right)$$

$\dfrac{g(x)}{f(x)}$가 $x=1$에서 연속이므로,

$$\lim_{x\to1-}\frac{g(x)}{f(x)}=\frac{g(1)}{f(1)}\left(=\lim_{x\to1+}\frac{g(x)}{f(x)}\right)\text{이어야 한다.}$$

그래서 $2=\dfrac{8}{1+a}$에서 $a=3$

[채점기준]

답안	배점
<좌극한 계산> $\lim\limits_{x\to1-}=\dfrac{g(x)}{f(x)}=\lim\limits_{x\to1-}\dfrac{x^3-x}{x-1}$ $=\lim\limits_{x\to1-}x(x+1)=2$	3점
<우극한 또는 함수값 계산> $\lim\limits_{x\to1+}\dfrac{g(x)}{f(x)}=\lim\limits_{x\to1+}\dfrac{2x^2+6}{x+a}$ $=\dfrac{8}{1+a}\left(\text{또는, }\dfrac{g(1)}{f(1)}=\dfrac{8}{1+a}\right)$	3점
<구한 두 값이 같음에서 a값> $\dfrac{g(x)}{f(x)}$가 $x=1$에서 연속이므로, $\lim\limits_{x\to1-}\dfrac{g(x)}{f(x)}=\dfrac{g(1)}{f(1)}\left(=\lim\limits_{x\to1+}\dfrac{g(x)}{f(x)}\right)$ 이어야 한다. 그래서 $2=\dfrac{8}{1+a}$에서 $a=3$	4점

11 [모범답안]

$y=f(1)=1^3-2\cdot1^2-3\cdot1+1=-3$이므로 접점은 $(1,-3)$이다.

곡선의 점 $(1,-3)$에서의 접선의 식은 $y+3=f'(1)(x-1)$인데, $f'(x)=3x^2-4x-3$이므로, 접선의 기울기가 $f'(1)=3-4-3=-4$이고, 접선의 방정식은 $y=-4(x-1)-3=-4x+10$이다.

PART1 국어

PART 2 수학

PART 3 기출문제

PART 4 해답

[채점기준]

답안	배점
<접점구하기 또는 $f(1)$ 구하기> $f(1)=-3$, 접점은 $(1, -3)$	3점
<기울기 구하기> $f'(x)=3x^2-4x-3$이므로, 접선의 기울기가 $f'(1)=-4$	3점
<접선의 식 구하기> 접선의 식은 $y-f(1)=f'(1)(x-1)$, 또는 $y=f'(1)(x-1)+f(1)$ 접선의 방정식은 $y=-4x+1$	4점

12 [모범답안]

함수 $f(x)$의 도함수 $f'(x)=x^2+2ax+2-a$이고
$$f'(x)=x^2+2ax+2-a$$
$$=x^2+2ax+a^2+(2-a-a^2)$$
$$=(x+a)^2+(2-a-a^2)$$
이므로 모든 x에 대하여 $f'(x)\geq 0$이기 위해서는
$2-a-a^2\geq 0$여야 한다.
즉, $a^2+a-2=(a-1)(a+2)\leq 0$이고,
그래서 함수 $f(x)$가 일대일대응이기 위한 a의 범위는
$-2\leq a\leq 1$가 된다.

[채점기준]

답안	배점
<문제 의미 분석> f가 일대일함수이기 위해 f는 증가함수 또는 $f'(x)\geq 0$	2점
<도함수 구하기> $f'(x)=x^2+2ax+2-a$	2점
<a에 관한 조건 찾기> $f'(x)\geq 0$으로부터 완전제곱 활용: $f'(x)=(x+a)^2+(2-a-a^2)$ 에서 $2-a-a^2\geq 0$ $\left(\text{또는 판별식 사용: } \dfrac{D}{4}=a^2-(2-a)\leq 0\right)$	3점
<위조건에서 a의 범위 구하기> $a^2+a-2=(a-1)(a+2)\leq 0$ 으로부터 $-2\leq a\leq 1$	3점

13 [모범답안]

$f'(x)=ax(x-2)=ax^2-2ax$라 두자.
$$f(x)=\frac{ax^3}{3}-ax^2+C$$
미분계수의 부호가 $+$에서 $-$로 바뀌는 $x=0$이 극대점이고
$-$에서 $+$로 바뀌는 $x=2$가 극소점이므로,
$$2=f(0)=C, \quad -2=f(2)=\frac{8a}{3}-4a+2$$
따라서 $a=3$이고 $f(x)=x^3-3x^2+2$

[채점기준]

답안	배점
$f'(x)=ax(x-2)=ax^2-2ax$라 두자.	2점
$f(x)=\dfrac{ax^3}{3}-ax^2+C$	3점
미분계수의 부호가 $+$에서 $-$로 바뀌는 $x=0$이 극대점이고 $-$에서 $+$로 바뀌는 $x=2$가 극소점이므로, $2=f(0)=C$, $-2=f(2)=\dfrac{8a}{3}-4a+2$	4점
따라서 $a=3$이고 $f(x)=x^3-3x^2+2$	1점

14 [모범답안]

$f(0)=, f(1)=6$
다음 그림에서 오른쪽 아래 영역이 $\int_0^1 f(x)dx$이고 왼쪽 위
영역이 $\int_0^6 g(x)dx$이다.

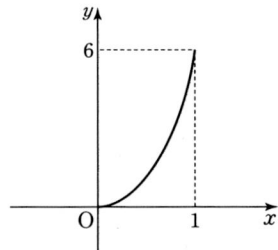

$$1\times 6=\int_0^1 f(x)dx+\int_0^6 g(x)dx$$
$$\int_0^1 (4x^3+2x)dx=\left| x^4+x^2 \right|_{x=0}^{1}=2$$이므로
$$\int_0^6 g(x)dx=4$$

[채점기준]

답안	배점
$f(0)=0,\ f(1)=6$	1점
다음 그림에서 오른쪽 아래 영역이 $\int_0^1 f(x)dx$이고 왼쪽 위 영역이 $\int_0^6 g(x)dx$이다. $1\times6=\int_0^1 f(x)dx+\int_0^6 g(x)dx$	5점
$\int_0^1(4x^3+2x)dx=\left\lvert x^4+x^2=2\right\rvert_{x=0}^{1}=2$ 이므로 $\int_0^6 g(x)dx=4$	2점

15 [모범답안]

$v(t)=-3t(t-2)$이므로 $t=2$일 때 방향을 바꾼다.

원점을 출발하여 다시 원점으로 돌아올 때까지 걸린 시간을 s라 하면

$$0=\int_0^s(-3t^2+6t)dt=\left\lvert -t^3+3t^2\right\rvert_{t=0}^{s}=-s^3+3s^2$$

$s=3$

걸린 시간은 $3-2-1$

[채점기준]

답안	배점
$v(t)=-3t(t-2)$이므로 $t=2$일 때 방향을 바꾼다.	4점
원점을 출발하여 다시 원점으로 돌아올 때까지 걸린 시간을 s라 하면 $0=\int_0^s(-3t^2+6t)dt=\left\lvert -t^3+3t^2\right\rvert_{t=0}^{s}$ $=-s^3+3s^2$ $s=3$	4점
걸린 시간은 $3-2=1$	2점

2022학년도 모의고사

국어

01 [모범답안]

㉠ 상징 ㉡ 재현

[바른해설]

표음 문자와 상형 문자는 동일 정보라도 다른 방식으로 표현하는 다른 매체라고 할 수 있다. 표음 문자는 그 지시 대상과 전혀 관련이 없는 그저 추상적 '상징'으로 이루어져 있고, 상형 문자는 그림처럼 나름대로 대상을 '재현'하고 있다.

[채점기준]

예시답안	배점
㉠ 상징 ㉡ 재현	10점
둘 중 하나만 맞는 경우	5점
㉠ 전달	3점
㉡ 전달, 조응	3점

02 [모범답안]

매체가 달라지면 콘텐츠가 달라진다.

[바른해설]

매클루언은 매체 자체를 중립적인 도구로 보지 않고 콘텐츠를 담는 매체 자체가 지닌 의미에 주목하면서 매체는 어떤 것이 콘텐츠가 될 수 있는지를 결정할 수 있으며, 심지어 매체에 의해 컨텐츠의 의미가 달리진다고 하였다. '사랑한다'의 콘텐츠를 편지와 감미로운 음악이 있는 문자 메시지라는 다른 매체를 통해 전달될 때 받게 되는 감동이 달라진다는 예는 '매체가 달라지면 콘텐츠가 달라진다'는 매클루언의 주장을 뒷받침하는 것이다.

[채점기준]

예시답안	배점
핵심어인 '매체'와 '콘텐츠'의 상호 연관성을 구체적으로 밝힘. 단, 매체의 변화가 콘텐츠의 변화를 주도한다는 의미로 진술되어야 함. (예) – 매체는 콘텐즈가 변화하는데 영향을 끼친다. – 매체의 변화에 따라 콘텐츠도 변화한다.	10점
핵심어인 '매체'와 '콘텐츠'의 관련성을 단순 제시하거나 나열함. (예) – 콘텐츠는 매체의 영향을 받는다. – 매체와 콘텐츠는 깊은(서로) 관련이 있다.	7점
핵심어인 '매체'나 '콘텐츠' 중 하나만 사용하여 진술함 (예) – 매체 자체가 지닌 의미를 중시하였다. – 매체의 종류에 따라 인식 체계가 달라진다. – 매체는 메시지이다. – 콘텐츠는 우리에게 필요한 정보와 지식을 준다. – 콘텐츠의 해석에 활용되는 감각의 종류와 정도가 다르다.	3점
'매체'와 '콘텐츠'의 관계를 역으로 진술한 경우 (예) – 매체는 콘텐츠의 영향을 받는다.	0점
내용이 맞더라도 완결된 문장의 형식을 갖추지 않는 경우.	–3점

03 [모범답안]

"해 뜨는 날은 돈 벌어서 좋고, 비 오는 날은 돈 받아서 좋고, 조오타!"

[바른해설]

'반어(反語, irony)'는 본래의 뜻과는 반대되는 말을 하여 문장의 의미를 강화하는 문학적 기법이다.

'노가다'인 임 씨는 비가 오면 일을 하지 못한다. 그런 날에는 가리봉동에 가서 '스웨터 사장'에게 밀린 연탄값을 받으러 가야 한다고 말한다. 하지만 '스웨터 사장'은 이런 저런 핑계를 대고 밀린 돈을 주지 않는다.

이런 처지에 놓인 '임 씨'에 대해 대해 '김 반장'은 "해뜨는 날은 돈 벌어서 좋고, 비오는 날은 돈 받아서 좋고, 조오타!"라고 놀리듯이 말한다. 즉 '임 씨'의 처지를 '해가 뜨나 비가 오나 돈을 벌어서 좋다'라고 하여 가난하면서도 딱한 처지를 반대로 말하고 있다.

[채점기준]

예시답안	배점
'김반장'의 발언 중 "해 뜨는 날은 돈 벌어서 좋고, 비 오는 날은 돈 받아서 좋고"만 쓰고, 뒷 부분의 '조오태'를 쓰지 않는 경우	10점
'김반장'의 발언 중 – "해 뜨는 날은 돈 벌어서 좋고"만 제시하는 경우 – "비 오는 날은 돈 받아서 좋고"만 제시하는 경우	7점
이 외의 경우	0점
띄어쓰기나 맞춤법이 틀리는 경우 – 한 개당 1점씩 감점하되 최대 3점까지 감점	–1점

04 [모범답안]

두터운 벽

[바른해설]

주인공이나 사건을 서술하고 있는 화자인 '나'는 자기 집을 수리하러 온 토끼띠 동갑내기인 '임 씨'에게 동정심을 느끼고 있다. '나'는 '임 씨'에게 나중에는 맨션아파트에 살게 되고 비오는 날에는 양주나 찔끔거리며 사는 인생이 될 것이라고 말하고 싶었지만 결국에는 하지 못한다. '노가다'인 '임 씨'와 '소시민'인 '나' 사이에는 넘어설 수 없는 '두터운 벽'이 있음을 알고 있기 때문이다.

[채점기준]

예시답안	배점
단순 오타이거나 띄어쓰기 오류 (예) – 두꺼운 벽 – 두터운벽	8점
㉠에 들어갈 말을 쓰지 않고 '그'와 '임 씨'의 관계에 대해서 설명한 경우	0점
'나'와 '임 씨'의 신분적 차이를 드러내는 비유적 표현을 썼지만, 문맥상 ㉠에 들어가기에 적절하지 않는 표현 (예) – '오를 수 없는 저 꼭대기' – '저 꼭대기'	0점
유의 사항을 준수하지 않은 경우 감점이 있음 – 지문에 나온 단어를 사용하지 않음 – 두 개의 어절을 사용하지 않음	–2점

05 [모범답안]

$\{a_n\}$의 공비를 r이라 하면
$a_5+a_6+a_7=r^2(a_3+a_4+a_5)=8r^2$,
$a_4+a_5+a_6=r(a_3+a_4+a_5)=8r$이다.
그러므로 r이 만족시키는 방정식은
$8r^2=\dfrac{1}{2}\times 8r+12=4r+12$이다.
$8r^2-4r-12=4(2r-3)(r+1)=0$이므로
$r=\dfrac{3}{2}$ 또는 $r=-1$이다.
$r>0$이므로 $r=\dfrac{3}{2}$이다.
따라서 $a_6+a_7+a_8=r^3(a_3+a_4+a_5)$
$=8r^3=8\times\left(\dfrac{3}{2}\right)^2=27$이다.

[채점기준]

예시답안	배점
$\{a_n\}$의 공비를 r이라 하면 $a_5+a_6+a_7=r^2(a_3+a_4+a_5)=8r^2$, $a_4+a_5+a_6=r(a_3+a_4+a_5)=8r$이다.	4점
그러므로 r이 만족시키는 방정식은 $8r^2=\dfrac{1}{2}\times 8r+12=4r+12$이다. $8r^2-4r-12=4(2r-3)(r+1)=0$이므로 $r=\dfrac{3}{2}$ 또는 $r=-1$이다. $r>0$이므로 $r=\dfrac{3}{2}$이다.	4점
따라서 $a_6+a_7+a_8=r^3(a_3+a_4+a_5)$ $=8r^3=8\times\left(\dfrac{3}{2}\right)^2=27$이다.	2점
(공통) 앞 과정의 오류와는 별개로 뒤의 과정은 독립적으로 채점하는 것을 원칙 (공통) 단순오기나 단순연산 실수 시 개당 –1점	

06 [모범답안]

$f(x)=x^2-6x+11=(x-3)^2+2$이므로
$\{x\,|\,1\leq x\leq 7\}$에서 $f(x)$의 최솟값은 $f(3)=2$이다.
구간의 양 끝점에서 $f(1)<f(7)$이므로 $f(x)$의 최댓값은 $f(7)=18$이다.
한편, $g(x)=\log_3 x$는 x의 값이 증가하면 $g(x)$의 값도 증가하므로, $(g\circ f)(x)=g(f(x))$의 최솟값은 $g(f(3))=g(2)=\log_3 2$이고,
최댓값은 $g(f(7))=g(18)=\log_3 18$이다.
따라서 $(g\circ f)(x)=g(f(x))$의 최댓값과 최솟값의 차는
$\log_3 18-\log_3 2=\log_3 9=2$이다.

PART 1 국어
PART 2 수학
PART 3 기출문제
PART 4 해답

[채점기준]

예시답안	배점
$f(x)=x^2-6x+11=(x-3)^2+2$이므로 $\{x\,|\,1\leq x\leq 7\}$에서 $f(x)$의 최솟값은 $f(3)=2$이다.	2점
구간의 양 끝점에서 $f(1)<f(7)$이므로 $f(x)$의 최댓값은 $f(7)=18$이다.	2점
한편, $g(x)=\log_3 x$는 x의 값이 증가하면 $g(x)$의 값도 증가하므로, $(g\circ f)(x)=g(f(x))$의 최솟값은 $g(f(3))=g(2)=\log_3 2$이고, 최댓값은 $g(f(7))=g(18)=\log_3 18$이다.	4점
따라서 $(g\circ f)(x)=g(f(x))$의 최댓값과 최솟값의 차는 $\log_3 18-\log_3 2=\log_3 9=2$이다.	2점
(공통) 앞 과정의 오류와는 별개로 뒤의 과정은 독립적으로 채점하는 것을 원칙 (공통) 단순오기나 단순연산 실수 시 개당 -1점	

07 [모범답안]

함수 $g(x)$가 $x=2$에서 극값 16을 가질 때,

$16=g(2)=8f(2)$이므로 $f(2)=2$이다.

$g(x)=x^3 f(x)$를 미분하면

$g'(x)=3x^2 f(x)+x^3 f'(x)$이다.

함수 $g(x)$가 $x=2$에서 극값을 가지므로,

$0=g'(2)=12f(2)+8f'(2)=24+8f'(2)$이므로

$f'(2)=-3$이다.

[채점기준]

예시답안	배점
함수 $g(x)$가 $x=2$에서 극값 16을 가질 때, $16=g(2)=8f(2)$이므로 $f(2)=2$이다.	2점
$g(x)=x^3 f(x)$를 미분하면 $g'(x)=3x^2 f(x)+x^3 f'(x)$이다.	4점
함수 $g(x)$가 $x=2$에서 극값을 가지므로, $0=g'(2)=12f(2)+8f'(2)=24+8f'(2)$이므로 $f'(2)=-3$이다.	4점
(공통) 앞 과정의 오류와는 별개로 뒷 과정은 독립적으로 채점하는 것을 원칙 (공통) 단순오기나 단순연산 실수 시 개당 -1점	

08 [모범답안]

$0=(-x^2+8x-6)-(2x^2-4x+3)$

$\quad=-3x^2+12x-9$

$\quad=-3(x-1)(x-3)$이므로

두 곡선은 $x=1$과 $x=3$에서 만난다.

닫힌구간 $[1,\,3]$에서 $-x^2+8x-6\geq 2x^2-4x+3$이므로,

두 곡선으로 둘러싸인 부분의 넓이는 정적분

$\displaystyle\int_1^3 (-3x^2+12x-9)dx$으로 주어진다.

정적분을 계산하면 $\left[-x^3+6x^2-9x\right]_1^3=4$이다.

[채점기준]

예시답안	배점
$0=(-x^2+8x-6)-(2x^2-4x+3)$ $\quad=-3x^2+12x-9$ $\quad=-3(x-1)(x-3)$이므로 두 곡선은 $x=1$과 $x=3$에서 만난다.	3점
닫힌구간 $[1,\,3]$에서 $-x^2+8x-6\geq 2x^2-4x+3$이므로, 두 곡선으로 둘러싸인 부분의 넓이는 정적분 $\displaystyle\int_1^3 (-3x^2+12x-9)dx$으로 주어진다.	3점
정적분을 계산하면 $\left[-x^3+6x^2-9x\right]_1^3=4$이다.	4점
(공통) 앞 과정의 오류와는 별개로 뒤의 과정은 독립적으로 채점하는 것을 원칙 (공통) 단순오기나 단순연산 실수 시 개당 -1점 교과과정을 벗어난 넓이 공식을 단순 적용 시 해당 항목 배점 없음	